한국 문학사상의 정체성 연구

겨레문화 27

한국 문학사상의 정체성 연구

윤 경 수

이회

책머리에

한국문학사상이라 하면 문학을 논할 때 한 차원 뜻이 깊은 단계라 문학하는 이들에게 호감을 가지게 된다. 문학하면 사상의 힘을 빌려서 나타낸 작품을 일컫게 되지만 사상(thought)을 더 첨가하면 사고 작용의 깊이가 있어 보여 심층적인 의미를 더하게 된다. 이로 인해 작품은 등장인물에 대해 여러 가지 세계관·인생관을 이성적으로 생활 감정을 나타나게 된다. 사상은 사고 작용의 결과로 얻은 체계적 의식 내용이니, (영)'thought', (독)'gedanke', (프)'pensée'에서와 같이 정신 속에 일어나는 모든 현상을 말하게 된다. 따라서 사상은 명확한 체계적 질서를 가진 이론적 과학이 뒷받침되어야 한다는 뜻이 함유되어 있으므로 문학하는 이들의 대상이 되는 글제이기도 하다.

여기에 한국문학사상의 정체성(正體性, identity)이란 한자의 '바를 정'(正) 자(字)에 '몸 체'(體) 자니, 정체성이라 하면 바른 모양을 지닌 성질을 가진 독립적 존재를 가리키게 된다. 이에 따라 정체성은 본디부터 가지고 있는 고유한 특성이나 형체가 갖고 있는 성격을 말한다.

따라서 영어의 'identity'란 단어는 '확인하다(identify)'란 말에서 유래했다는 사실을 유의해 필요가 있는데, 이는 정체성이 자기가 아닌 남에 의한 확인과 증명을 통해 형성되는 것을 말해준다. 즉 자아와 정체성은 혼자만이 아닌 다양한 의견이 존재하게 되어, 대중가운데 개인적 정체성, 사회적 정체성을 의미하는 걸로 보게 되어 여러 사람의 검증된 확인이 필요하게 된다.

이 문제는 세계문화유산에 등재된 고인돌에서 제의문화가 탄생되었는데 제수용품으로 대추·밤·감·배를 제상에 차려놓고 차례를 지냈다. 그런데 사람들은 이 네 가지 과실로써 제사를 지내는 이유에 대해 아는 사람이 없다. 그리고 오늘날 폐백(幣帛)을 올릴 때 시부모가 시부에게 대추·밤을 보에 던져주는 이유를 아는 사람도 없다. 다만 사람들은 대추밤은 다산관계라고 잘못 이해하고 있다. 본고에서는 단군조선시대에 고인돌이 조성되었으니 반만년의 역사를 지닌 의식인데도 모르고 있어 이를 고증해 냈다.

우리문학에는 정체성을 밝히지 못한 작품이 있다. 첫 번째는 18세기~19세기 문학의 경우를 실학파문학의 예를 들어보면 알 수 있다. 실학이 우리 땅에 정착되기 전에는 양반유학자들이 문학을 제대로 파악하지 못하고 주로 주자학(朱子學)으로써 도덕을 중시하여 권선징악을 주제로 한 소설을 중시하여 왔다. 이 때문에 우리 한민족이 공유하고 있는 정서나 사상은 객관화시키지 못하고 주관적인 자각을 중시하여 왔다. 이 때문에 사물의 실상을 나타내는 한시(漢詩)는 음풍농월식이 주류를 형성하여 왔다.

실학파문학에선 성리학파가 주장하는 유가들이 주장하는 학통과는 전연 다른 실학파들이 문학을 개혁해야 된다는 계획으로 한문학도 연암(燕巖) 박지원(朴趾源)의 소설문학이나 정약용의 한시에서 이 전의 문학과는 그 양상을 달라했다. 이러한 관계로 고전문학의 백미라고 일컫는 18세기 19세기에 등장한 『춘향전』도 그 등장인물의 행위도 달라졌다. 이 때문에 18~19세기에 걸친 문학은 대체로 실학의식에 의해 시조 등에도 현실 생활과 관련으로 지어 졌다.

본고에서의 문학의 정체성은 비단 실학파문학만을 지칭하지도 않고, 그 이전의 향가(鄕歌)에서의 정체성을 제대로 파악하지 못하는 것을 『서동요』가 지니고 있는 내용에서도 나타난다. 실학사상이 등장하기 전에는 부귀영화를 누리게 되면 사후에도 승천의식이 마련되어 있었다. 그러나 실학사상의 등장한 후에는 이런 의식이 사라져 현실성을 중시하여 사후세계는 대체로 거론하지 않는 경향이었다.

『흥부전』의 경우 흥부내외의 부지런함으로 부귀영화를 누리는 생활을 했음에도 천상으로 회귀하는 장면이 나타나 있지 않았다. 그럼에도 오늘에 사람들은 놀부를 흥부보다 더 선호하고 흥부는 경제관념이 없는 무능한 인간으로 보고 있어 전국각처에는 많은 놀부음식점이 생겨났다. 사람들은 놀부음식점에서 놀부를 예찬하고 흥부를 무능력자도 매도하고 있는 것도 『흥부전』을 제대로 파악하지 못한 결과로 흥부에 대해 정체성을 제대로 읽지 못하고 있는 것이다. 흥부는 형제 우애를 돈독히 지녀 패가망신한 놀부를 도와. 살게 한 것을 인지해야 하는데 결과만으로 흥부의 근면성과 인간상을 이해 못한 것으로 현재까지 지속되고 있다.

우리에게는 문학작품의 정체성을 올바로 파악하지 못하고 그릇되게 이해하여 문학의 정체성을 그릇되게 알고 있는 가운데 독자 여러분의 현명한 판단이 선행되어야 우리작품도 바르게 정착되리라 믿는다.

본고에서의 우리 문학사상은 선학들에 의해 올바르게 파악하지 못했거나 현 학자들이 작품을 제대로 분석하지 못한 것을 대상으로 정체성을 밝혀보기로 한다.

단기 4348년(서기 2015년 6월 1일)

서초구 서재에서 저자 씀

차례

제2부 양반층을 비웃는 풍자문학

제3부 고전문학의 현대적 분석

제5부 노장사상과 한국문학

제1부
실학파문학

18세기~19세기 민족문학의 정체성 연구

-18세기 실학파의 문학을 중심으로-

Ⅰ. 머리말

한국민족문학의 기점 논의는 크게 두 가지로 보고 있다. 첫째는 18세기~19세기 영정시대로, 둘째는 1894년 갑오경장이다. 전자는 실학파 문인들이 주장한 학설을 근간으로, 후자는 일제가 주장하는 내용으로 김홍집 내각이 갑오개혁을 한 것으로 본 것이다.

그러나 민족문학은 국가의식과 민족적 자각이 상보적인 관계로 이뤄지는 민족주의 문학(literature in nationality)[1]과는 달리, 세계문학이라는 전체적인 테두리 안에서 볼 때 한 민족의 민족성(nationality)이 진지하게 제시된 문학[2]이어야 한다.

다시 말해 민족문학은 그 민족의 개성이 독특하게 표현된 문학을 대상으로 삼아야 하며, 정치성이나 외세의 영향에서 벗어난 관점에서 고찰

---

1) Boya C. Shafer, *Nationalism*, New York. Harcourt, Brace and World, 1955, p.243.

2) Rene Wellek & Austin Warren, *Theory of Literature*. Harmondworth, Penguin Books, 1970. p.52.

되어야 함은 말할 것도 없다. 한국문학사는 선학들이 일제 식민사관에 입각해서 문학사를 폈던 관계로, 아직도 정치성 또는 외세적인 학설이 많이 작용되어 있기에 시정해야 될 부분이 있음을 밝혀 두어야 하겠다.

우리 문학사에서 민족사적 전통의식인 민족문학의 정립은 18세기 영정시대가 문예부흥기가 된다. 그런데 선학들은 문학사를 제대로 정립하지 못한 채 민족문학의 근대적인 출발을 갑오경장으로 보고 있다. 후학들 또한 선학들로 인해서 그러한 경향으로 보고 있는 실정이다.

간혹 학자들 간에 개화기를 근대화의 발원이라고 보는 견해도 없지 않다. 물론 개화파는 내재적 요구에 의해 개화라는 진보적 의욕이 보였으나, 일본의 침략 야욕에 맹목적이 되어 버리는 오류를 범했다.

한 나라의 문학사는 민족의 전통성이 면면히 계승된 것을 대상으로 타당성 있게 기술되어야 한다. 그럼에도 불구하고 문학사를 정치사 중심으로 하거나 왕조사를 중심으로 하거나, 서구성이나 서구화에 따라 본다는 것은 전근대적인 방법이며 잘못된 견해이다.

갑오경장은 일제의 치밀한 계획 아래 빚어진 정치적 사건이고 일본의 침략을 용이하게 해준 제도적 요인이 된다. 그런데 문학사를 정치적 사건과 관련시켜 정립시킨 것은 온당치 못한 일이다. 일본의 내정간섭에 의해 강행된 갑오경장이 관제개혁이란 허물을 뒤집어쓰고 침략의 입김을 불어넣었던 것도 배제할 수 가 없는 역사적 사실이다. 갑신정변과 갑오경장과 을사조약은 일제가 우리의 정치·경제·사회·문화 속에 깊숙이 파고들 수 있는 발판을 마련했다는 점에서 동일선상으로 파악되는 가능성이 충분히 있을 수 있다. 그 중에서도 갑오경장은 우리 민족에게 전환기를 가져다 준 것이 되었지만 사실은 그렇지가 아니했다.

우리 민족문학이 정치적 사건으로 근대적인 시발점을 설정했다는 것은 잘못된 것이다. 후학들은 선학의 학설로 인해 민족문학의 근대적인 시발점을 갑오경장으로 보는 경향으로 치우치고 있다. 물론 갑오경장의 생리가 외면적으로는 그럴싸하지만 내면적으로는 침략이라는 야욕이 도사려 있었다는 것은 주시해야 한다.

한국 문학사의 근대적인 출발을 학자의 견해에 따라 18세기 후반기와 갑오경장 그 이후 개화기로부터 보는 학설이 있어 왔다. 그런데 갑오경장으로 보는 것은 민족문학사적 발전 도상에서 과연 민족문학의 근대적인 출발점이 될 수 있느냐에 대해서는 의문이고 문제점이 많다. 간혹 학자들 간에는 영정시대를 근대문학의 시발점으로 보아 민족문학을 수립함에 있어 많은 도움을 주고 있다. 이들의 학설은 18세기 영정시대를 연구하는데 좋은 자료로써 평가되리라 믿는다.

본고는 선학들이 문학사의 근대적인 기점을 갑오경장으로 보는데 있어서 시각을 달리하고, 18세기의 실학파문학을 중심으로 학설을 펴기로 한다.

Ⅱ. 한국근대문학의 기점과 실학파의 한시

1. 18세기~19세기 영정시대

한국근대문학의 기점은 갑오경장이 어떻게 이뤄진 것을 모르고 착각한 나머지 민족문학의 시발점이라 하였다. 그 선구적 주자는 임화(林和, 1908~1953)인데 그의 저 『조선신문학사』(朝鮮新文學史, 1953, 한길사)에서 갑오경장 이후 신소설 작품 등을 진지하게 다루어 본격적인 현대문학사의 길을 여는 역할이라 했다. 또한 백철(白鐵, 1908.3.18.~1985.10.13)도 『조선신문학사조사』(朝鮮新文學思潮史, 首善社, 1948)에서 갑오경장 이후의 현대문학 분야를 집대성하여 민족론의 시발점을 갑오개혁으로 성정해 놓았다. 조연현(趙演鉉, 1920.7.26.~1981.11.24)도 마찬가지로 『조선현대문학사』(韓國現代文學史, 성문각, 1969)에서 갑오경장으로부터 시작한 연대를 현대문학이라는 명칭을 곧 신문학이라는 개념이라고 하였다.

이와 같이 초창기 한국에서 소위 일급 문학평론가들에 의해서 갑오경장을 근대문학의 시발점으로 보고 있다. 특히 2012년에는 임화(林和)가 발표한 문학과 그에 대한 연구서가 십여 권이 출판되어 1950년 6.25전쟁이 일어나기 전과같이 그에 대한 붐이 다시 일어났다고 할 수 있다. 그럼에도 그는 근대문학의 기점을 갑오개혁으로 자리 잡았다는 것은 미처 18세기 이후 실학사상과 영정 때 문예부흥에 대해서 미처 연구하지 못한 때문이라 하겠다. 여기에 임화 백철 조연현도 마찬가지이고 갑오경장이 어떤 것인지 제대로 알지 못한 것으로 볼 수밖에 없다. 이 3인의 평론가 중 백철의 저서를 인용하면 이들의 주장이 나타나게 되리라 믿는다.

> 특히 1894년의 갑오연간은 조선이 근대적으로 전환하려는 의견을 역사가 제시한 중요한 한 과정이었다. 갑오는 개화에 의해 이뤄졌다. 이른바 갑오경장이 혁신할고 한 주요항목을 읽어보라. 문무관존비의 폐, 반상의 평등, 인재등용, 공사노비의 전적(典籍)의 폐, 인신매매의 금(禁), 조혼을 금하고 남자20세, 여자16세 이상, 대신통행의 평민의 기립, 하마의 폐, 역인(驛人), 배우, 피공(皮工) 천인의 폐… 등 이것은 얼마나 근대적인 혁신이었던가. 동학란이란 혁신운동이 얼마나 근대적인 의미를 갖고 있는가는 당시 동학당이 일반 민중에게 발한 격문을 보면 명백하다.[3]

갑오개혁은 일인들에 의해서 그 앞잡이 김홍집(金弘集, 1842~1896) 내각이 주장한 것이라 민족문학을 근대문학의 기점으로 볼 수 없음은 물론

3) 白鐵, 『朝鮮新文學思潮史』, 「近代思潮와 朝鮮의 新文學」, 首善社, 1948, 18~19쪽.

이다. 이미 갑오경장의 208조항은 실학자 유형원(柳馨遠)과 성호(星湖) 이익(李瀷)의 저서에서 나타낸 것에 대해 부연 설명에 불과하기 때문에 실학자와 실학파문학자들의 주장이 설득력을 지닌다.

평론가 최일수(崔一秀)는 『민족문학신론』(民族文學新論, 동천사, 1983)에서 '민족문학은 봉건체제하의 신분적 제약을 타파하고 민주주의적인 평등한 산업사회를 지향하려는 이상을 실현하기 위한 근대화 운동과 불가분의 관계를 맺으며 형성 발전하여 왔다.'[4]라고 했다.

민족문학은 근대화운동 없이 발전할 수가 없었고, 근대화 운동 역시 민족운동과 맥을 끊고서는 지속될 수 없었던 만큼 민족운동과 근대화 운동은 일체적인 성격을 지닌다. 또 최일수는 민족문학의 근대성에 대해 그 출발점을 영정시대부터 보는 논지를 다음과 같이 기술하고 있다.

> 우리 문학의 근대를 갑오경장 때부터 비롯되었다고 보는 일부 문학사가나 비평가들은 그것을 굳이 서구적 근대관이나 또는 일본의 신문학 여명기를 근거로 해서 기산하고 해석을 하기 때문에 박지원의 실학소설이 근대문학의 발원이라고 보는 근본 이유는 서구문학에서도 그랬듯이 김만중의 〈구운몽〉 등의 낭만주의를 비판하고 사실을 근대지향 적으로 정밀하게 묘사한 리얼리즘의 문학이라는 데 있다.[5]

최일수는 박지원의 실학문학이 우리 문학의 근대적 발원이라고 본 것이다. 박지원의 소설뿐만 아니라 18세기 영정시대의 인간회복의 작품과 그 정신은 동학운동과 갑오경장의 사상적 뒷받침이 된 사실은 부인할 수 없다. 그런데 문학사가나 비평가들인 소위 선학들이 민족문학의 근대성

4) 崔一秀, 『民族文學新論』, 東泉社, 1983, 9쪽.
5) 上揭書, 「그 實學小說의 近代性」, 14쪽.

[그림 1] 김홍집

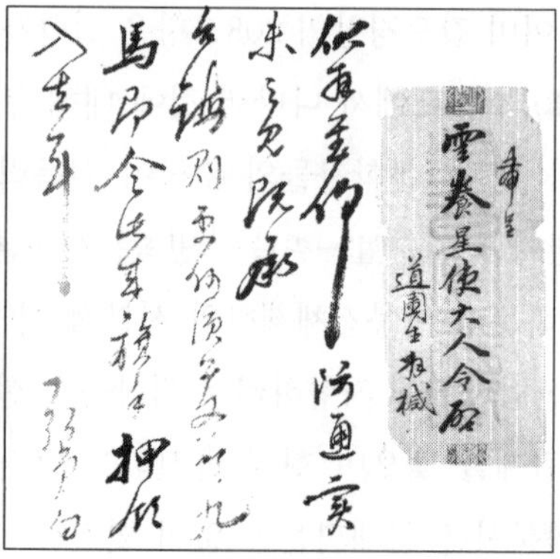
[그림 2] 김홍집의 친필

의 시발점을 갑오경장으로 정립한 것은 민족의 전통적인 관점에서는 성립될 수가 없고 이를 논할 일고의 가치도 없는 것이다.

갑오경장은 일본공사 오오도리(大鳥圭介)가 김홍집(金弘集)친일 내각을 내세워 군국기무처(軍國機務處)라는 기관을 만들어 208건의 신법제정으로써 사회·관제·경제 등을 개혁하게 된 것이다. 이 법은 한국의 근대화에 있어서 긴요한 것이었으나 관제개혁, 경제개혁, 과거제개혁, 세제개혁, 사회계급의 타파, 노예해방 등은 이미 실학자인 저술에 나타나 있었다.

본디 이 신법은 일제의 강제성 때문에 국민의 신뢰를 받지 못하고 공문에 그쳐 한 번도 실시하지 못했다. 일제는 이 법의 실효성이 없자 후임으로 이노우에(井上馨)가 부임해 군국기무처를 폐지하고 홍범(洪範) 14조를 제정하여 내정개혁을 시도했다. 이 법은 우리나라 최초의 헌법적 성격을 띤 것이라 할 수 있는데 청(淸)과의 조약을 파기하려하고, 한국세력과 대원군의 정치 간섭을 배제하려는 속셈이 두드러지게 나타나고 있고, 식민지 정책을 쓰기 위한 편법에 불과한 것이었다.

갑오개혁은 일제가 왜 주장하고 친일파인 김홍집 내각이 그 개혁을 펴려고 한 것은 조선인에게 전근대적인 조선의 봉건주의를 탈피케 하고 일제의 신문명을 받아들이게 하여 식민지정책을 잘 수행하기 위한 것이 된다. 임화 백철 조연현은 18~19세기 역사적 안식과 갑오경쟁의 생리를 제대로 심층적으로 파악하지 못하고 겉으로만 드러낸 것을 토대로 근대문학의 기점을 갑오개혁으로 정한 것이라 할 수 있다. 이 삼인은 일제의 교육을 받고 친일파도 있었으니 민족문학의 전통적인 역사를 제대로 알 수가 없었던 이들이다. 따라서 김홍집 친일내각이 어떠한 것인지 모른 것으로 한국문학사에서 씻을 수 없는 오류를 범하고 말았다.

원칙으로 민족문학은 민족만의 문학을 대상으로 하여야 하는데 갑오경장을 시발점으로 본 것은 역사인식이 부족한 탓이다. 려증동(呂增東)교수는 『한국문학역사』(韓國文學歷史, 형설출판사, 1983)에서 '갑오경장'은 '르네상스'와 같은 뜻을 지니고 있는 역사 용어로 일본으로서는 '경장'이 됨이 틀림이 없지만, 한국으로서는 망조가 되는 원인이 되므로[6] 우리가 쓸 수 없는 용어라고[7] 했다.

일찍이 백암(白岩) 박은식(朴殷植, 1859~1925)은 『한국통사』(韓國痛史, 단국대학교출판부, 1975)에서 한국이 망하는 기점을 갑오년이라[8] 지적했다.

---

6) 呂增東, 『韓國文學歷史』, 螢雪出版社, 1983, 326쪽.
7) 呂增東, 「한국역사용어」, 『국어국문학』 85호, 1981, 94~99쪽.
8) 朴殷植, 『韓國通史』, 檀國大學校 出版部, 1975, 46~58쪽.

[그림 3] 박은식

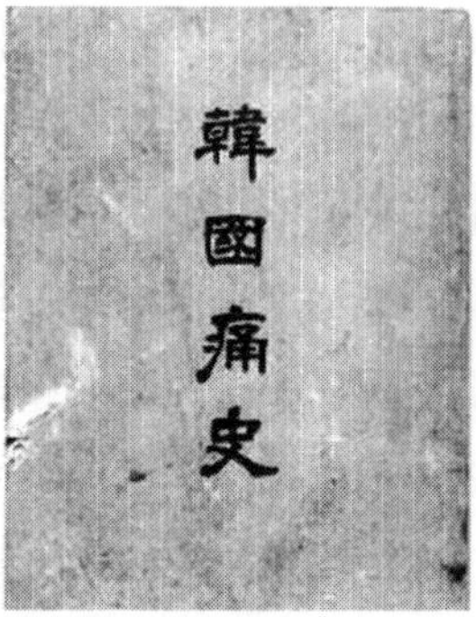

[그림 4] 한국통사

[그림 5] 한국독립운동지혈사

갑오년(1894)은 일제가 자기들의 법을 만들어 실행하게 했기 때문에 우리는 그 법을 받아들일 수 없었다. 고종임금은 '경장'이란 말에 대해 회고하기를 '안으로 들어와서는 협박하고 밖으로 나가서는 경장이라고 퍼뜨리고 있었는데 짐은 그것을 보고 들음이 있다. 만고 천하에 어찌 이런 일이 있을까'[9]라고 한탄했다.

우리 민족의 입장으로는 갑오경장이 갑오망조가 되기에 민족문학의 근대성이 출발점으로는 받아들일 수가 없는 것이다. 이에 대해 김일근(金一根)교수의 편 학설을 소개해 보기로 한다.

> 肅宗代의 〈九雲夢〉〈謝氏南征記〉가 當時의 平時調가 依然히 貴族文學과 古代文藝에 充實하였으나 英祖朝에 들어와서 燕岩의 小說 〈春香傳〉 辭說時調 等의 革新性을 發展을 雄辯하고 있는 것이다. … 이 동안을 '近代前期'라 보고 甲午更張 以後 三一運動까지 西歐思潮의 吸收에 依하여 韓國近代性의 量的 質的 大發展期를 '近代後期'라 보고 싶다.[10]

9) 『高宗實錄卷』 35 建陽2年 1月27日條 深求堂 影印, 1970, 615쪽. "噫嘻, 昨年 八月之變, 渠之許多凶凶, 入而脅持于內, 出而譸張于外, 背朕有見聞於渠輩者, 以渠輩證渠輩, 萬古天下, 寧有是耶".

그는 근대화의 전기를 18세기로, 갑오경장 이후 3·1운동까지를 그 후기로 보고 있다. 그의 학설에 따르면 학자들이 근대화의 시발점을 갑오경장이나 개화기로 보는 것은 18세기 문학에서 이미 이루어진 학설의 연장에 지나지 않는다고 본 것이다. 김일근 교수가 영정시대를 근대화의 시발이라고 학설을 편 것은 그의 논문이 1950년대 이전의 학설에 이의를 제기한 효시였다는 데 그 의의가 있다.

김일근 교수가 근대화의 전기를 18세기로 본 것은 연암소설에 대해서 연구하여 학술지에 발표하였기 때문에 한국최초의 근대문학을 영정시대로 보게 된 것이다.[11] 그가 연암소설을 학술적으로 연구했으니 누구도 생각지도 못한 학술논문을 발표하게 된 것이라 할 수 있다.

그 이후 학술적으로 김윤식·김현 교수의 『한국문학사』(민음사, 1973)에서는 임화·백철 등의 문학사 기술방식과는 다르게 기술했다. 이 저술은 전적으로 서구에 편향됨으로써 서구화라는 오류를 낳은 데 대한 반동에서 시정하여야 하겠다는 취지에서 18~19세기 영정시대를 근대문학의 기점으로 서술했다. 이들 양인은 비평가이자 대학교수였으니, 선배들이 아무 거리낌 없이 발표한 것을 저술에서 연구하여 학술적으로 누구도 이의를 제기할 수 없게 하였다.

한 때 이들의 발표이후 이에 대한 찬·반 양론이 계속적으로 제기됨으로 해서 근대문학의 기점문제에 대한 논란이 크게 야기된 바 있다. 이에 대해 김윤식 교수는 반론을 제기하였는데 그는 이원조·임화·백철 교수 등이 주장한 바와 같이 개항에 의해서 근대화가 이루어진 것은 사실이나 외적 자극을 무조건적으로 추종했다기보다는 비주체적인 입장에서 우리 문학을 변모시켰다고 하였다.

---

10) 金一根, 「民族文學史的 時代區分 試論」, 『自由文學』, 1957.7, 155쪽.

11) 金一根, 「연암소설의 근대적 성격」, 『경북대논문집』 제1집, 1956.

평론가 최일수도 『민족문학신론』에서 민족문학의 근대성을 18세기 문학으로 보았는데 이 또한 후학도 들에게 많은 도움을 주었다. 갑오경장은 18세기 실학사조로 이루어진 한시 · 시조 · 잡가 · 창극 · 민요 · 소설 등의 예증을 통해서 볼 때도 민족문학의 근대성의 시발점이 될 수 없음은 너무나 당연하다. 다음에선 일부나마 몇 가지를 예를 들어 단편적으로 소개해야 하겠지만, 한시로써 민족문학의 근대성을 논하고자 한다.

2. 사가(四家)의 한시(漢詩)

한시에서는 연암 박지원(1737(영조13)~1805(순조5))의 문인들이 성리학만을 고수하는 소위 도학파와 다른 실학사상을 근간으로 지어 개혁하게 된 것이다. 종래의 한시는 중국의 한시를 모방하여 짓던 것을 우리의 생활 정서로 짓게 되어 일대혁신을 가져오게 되었다. 따지고 보면 조선조 후기 한문학은 연암으로 개혁하게 된 것이라 할 수 있다. 그 개혁의 뒷받침은 실학자의 학설로 영향을 미친 것이다. 연암은 성호 이익의 실학과

[그림 6] 박지원의 영정

[그림 7] 박지원의 필적

밀접한 관계를 이룬다.

일찍이 연암은 정조가 문체문정(文體反正)을 거론할 만큼 연암의 문제를 쓰지 못하도록 연암에게 제재를 가했다. 그러나 청의 문물이 밀려들어와 결국 한시에서도 개혁이 일어나게 되었는데 연암의 문인인 사가시(四家詩)는 이덕무(李德懋) 유득공(柳得恭) 박제가(朴齊家) 이서구(李書九)를 말한다. 이들이 사가(四家)라 불리게 된 것은 유득공의 숙부인 유연(柳璉)이 1776년(정조 원년) 연행 길에 사가의 시를 모아서 1777년 청(淸)에서 『한객건연집』(韓客巾衍集)을 간행하였다. 이 책 서문에는 청(淸)의 이조원(李調元)·반정균(潘庭筠)이 사가시(四家詩)라고 하여 사가(四家)라고 불리게 된 것이다.

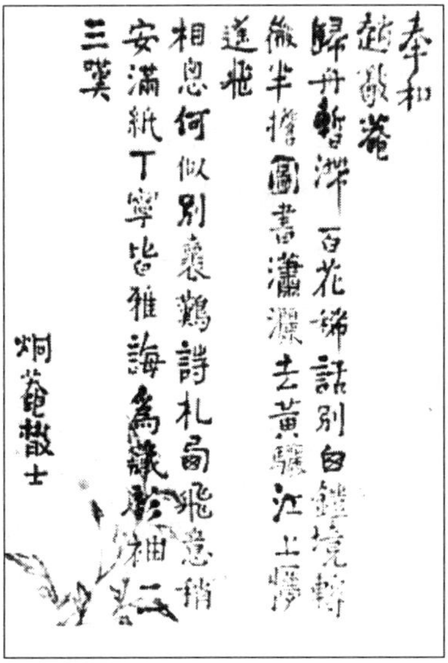

[그림 8] 이덕무의 필적

사가(四家)는 홍대용(洪大容)과 박지원의 북학(北學)과 실학정신이 수용으로 시작에 임하였다. 여기에 이서구를 제외하는 삼인은 한두 번 내지는 네 번이나 연행을 하고, 사가의 문집을 출판하여 그곳 문사와 학자들과 교유로 자신의 학문세계를 실사구시(實事求是)로써 넓힐 수가 있었다. 따라서 이들의 시의 특징은 성리학을 금과옥조로 여기는 고문파의 문인들과는 완연히 다른 것이다.

청에서 발행한 『한객건연집』(韓客巾衍集)에는 이덕무(李德懋, 1741~1793)의 『청장관집』(青莊館集), 유득공(柳得恭, 1748~1807)의 『가상루집』(歌商樓集), 박제가(朴齊家, 1750~?)의 『명농초고』(明農初稿), 이서구(李書九, 1754~

1825)의 『강산집』(薑山集)이 게재되어 있다.

사가(四家)들 중 이덕무와 유득공의 시에 대해서 소개하기로 한다. 예전에는 신언서판(身言書判)을 이르는 말과 같이 필적은 그 쓴 사람됨을 이해하는데 도움이 되어 그의 친필을 소개하면 다음과 같다.

그의 한시는 마치 그림을 연상시키는 회화성이 마치 김홍도(金弘道)의 진경산수(眞景山水)를 보는듯한 인상으로 나타나 있다.

또록또록 석류꽃 푸른 가지 불붙는 소리 나는 듯	的的留花燒綠林
노랑미색 발그림자 스며들어 햇빛이 옮겨가네	緗簾透影午暉移
전과 같은 불 연기 꺼질듯 말듯 차 달리는 소리 나니	篆烟欲歇茶鳴沸
바로 이게 숨어 사는 사람이 그림을 보는 때이네	政是幽人讀畵時[12]

기구에 석류꽃의 붉은 색감, 승구에 노랑미색 대발에 스며들어 어른대는 그림자의 율동미, 전구에 향불연기의 시각적인 이미지와 후각적(嗅覺的) 이미지, 차 향기와 보글대는 후각적인 이미지와 청각적 이미지는 독자로 하여금 새로운 맛을 풍겨 놓는다.

정양완(鄭良婉)은 이덕무의 시에 대해서, '그의 시(詩)의 소재면(素材面)에서는 문인화적(文人畵的)인 추상성(抽象性)을 띤 것보다는 직접(直接) 자기생활(自己生活)의 주변(周邊)에서 볼 수 있는 조선의 자연(自然)을 읊었다는 의미에서 단원(檀園)의 '진경산수'(眞景山水)와 일맥상통(一脈相通)하는 면이 있지 않을까 한다.'[13]라고 말하고 있다.

그의 시가 회화성이 짙은 진경산수라고 하는 것은 실학의 학풍으로 작

---

12) 李德懋, 『青莊館全書』 卷三十二, 「端陽日集觀軒」, 서울大 古典刊行會, 1966.
13) 鄭良婉, 『朝鮮朝後期 漢詩研究』, 「1.李德懋의 生涯와 詩」, 誠信女大 出版部, 1983, 38쪽.

품을 형상한데 있다. 대개 18세기만 하더라도 성리학자들은 앵무새 되기를 꺼려하게 되므로 당연의 조선의 시를 지어야 하는 것이다.

그럼에도 당시 현실은 고문파가 집권세력이었기에 중국유명시인들의 작풍을 모방하는데 급급하였다. 심지어 정조대왕은 시대변화를 감지하지 못하여 박지원의 문장을 순정고문(醇正古文)에 반하다고 하여 연암 박지원 『열하일기』(熱河日記)와 같이 참신한 문장을 패관소품이라 규정하고 기존고문을 모범으로 삼아야 한다는 일으킨 사건이 문체반정(文體反正)이다. 정조는 연암에게 제재를 가하고 규장각을 설치하고 청의 문집의 수입을 금하여 박지원의 문장에 물들지 않게 하였다.

당시 집권층 신하들은 정조가 주장하는 대로 따를 수밖에 없었으니 고문대로 쓸 수밖에 없었다. 엄연히 18세기~19세기는 당(唐)이니 송(宋)의 시대가 아니고 조선이기에 사가들은 조선의 시를 쓰게 되었다. 사가시인 중 연장자인 이덕무는 자신의 목소리로써 시를 지었다. 그의 내정(內從)인 치천(穉川) 박종산(朴宗山)은 예술론이 정밀・주도하여 혜안(慧眼)을 갖추고 있는 분으로서 이덕무의 시세계를 다음과 같이 나타냈다.

> 형의 전집을 읽어보면 어디 한 자나 고미(苦味) 안 나는 글자가 있는가. 대개 현재가 과거요 과거도 바로 현재나 다름없다는 묘리를 깨닫고 있기 때문일 것이다.[14)]

이런 자주의식의 발로는 바로 중국 시 모방에서 벗어나는 데 의미가 주어진다. 연암 박지원의 경우도 「영처고서」(嬰處稿序)에서 이덕무의 시에 대해서, 치천(穉川) 박종산(朴宗山)과 같은 내용으로 나타냈다.

14) 李德懋, 『靑莊館全集』 卷32, 淸脾錄 「穉川談藝」. "而讀兄全集, 何嘗一字非古, 古猶今之妙."

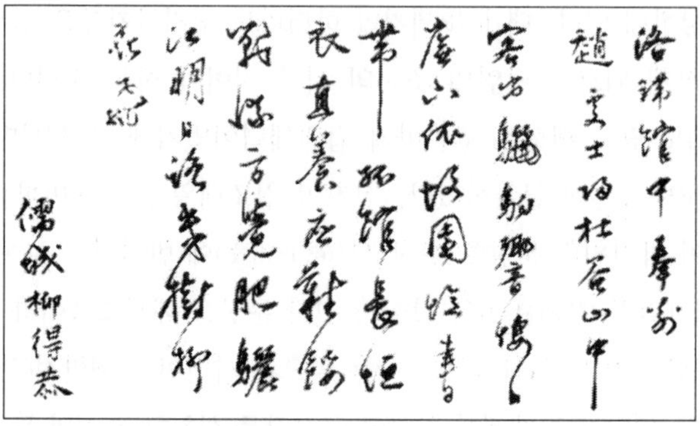

[그림 9] 유득공의 필적

> 현재 무관(楙官)은 조선인이다. 산천과 풍기가 중국과 다르며 언어와 민요 풍속이 한당시대가 아니다. … 그 체가 비슷하면 할수록 그 말은 더욱 거짓말일 뿐이다.[15)]

이덕무는 중국시의 흉내를 내는 일을 부끄러워했기[16)]에 시의 소재를 자기의 생활주변에서 찾아 '법고이찬신'(法古而剏新)의 정신으로 시작에 임했던 것이다. 특히 이덕무의 시는 회화성이 뛰어나 단원(檀園) 김홍도(金弘道, 1745~1806 이전)의 진경산수의 진경을 나타내 주는 시화(詩畵) 쌍절(雙絕)의 실학파의 시인으로서 독창적 참신한 시를 남겼다.

다음 냉재(冷齋) 유득공(柳得恭)의 시는 연암 박지원을 사우(師友)로 모셨던 관계로 그의 시문학과 실학사상의 연계로 필적도 자유자재로 나타나 그의 친필은 그림 9와 같다.

특히 위의 필적은 글자마다 이어지는 자획이 노래 가락으로 이어주는

---

15) 朴趾源, 『燕巖集』, 「嬰處稿序」, 106~107쪽. "今楙官朝鮮人也. 山川風氣, 地異中華, 言語謠俗世非漢唐. … 而意實卑, 體益似, 而言益僞耳."

16) 『箋註四家詩』, 「長歌贈楚亭子謝餽紅酒」, "贋詩贋文恥依樣" 翰南書林, 1917 丙辰(1916).

인상을 풍겨준다. 시의 특성이 음향성(音響性)이 뛰어난 것 또한 필적에서 나타내 준다. 그의 음향성은 형식에 얽매이지 않는 실학사상의 기조에서 울어난 것으로 볼 수 있다. 그의 시 중 그의 문학사상을 보여주는 「이십일도회고시」(二十一都懷古詩)는 입연시기(入燕時期) 이전에 이미 지어진 것이라는 것을 감안할 때 실학사상이 작용된 것이라 할 수 있다. 실학자들은 으레 청조문화에 대해 관심을 가지게 되는데, 그와 교분이 있었던 홍대용(洪大容, 1731.음력 4.7~1783.음력 10.23)을 통해서 그 문화에 대해 깊은 관심을 가졌을 것이다.[17] 그러나 그보다는 연암의 문하에서 실학을 배웠던 것이니, 직접으론 연암이고 홍대용과는 간접적인 영향관계가 이뤄진다.

그의 시의 특징은 역사성과 함께 우선 알기 쉬우면서도 외우기 좋게 음향성을 살려서 지었다. 특히 그의 시가 회화성이 짙은 시를 지었다는 것은 그의 시 「송경잡절」(松京雜絕)에 나타난다.

말방울은 절렁 잘랑 온 거리 들리는데	郎當征鐸滿通衢
주막집 새벽 닭은 꼬꼬 울어대네	店舍晨鷄喔喔呼
오정문 동녘엔 등 그림자 어른대고	午正門東燈影亂
시장 장사치 담배사려 외쳐대네	市兒叫賣淡婆姑[18]

이 시는 기구(起句)와 승구가 의성어로, 전귀(轉句)가 회화성이 잘 나타나고 있다. 시에서 음악성과 회화성이 시인의 정감과 융합된 시를 옛사람은 신운이 감도는 좋은 시라고 일컬었다. 정양완(鄭良婉)은 윗 시에 대해

17) 宋寯鎬, 「柳得恭의 二十一都懷古詩 硏究」, 『國文學資料論文集』 第3輯 大提閣, 1986, 667쪽.

18) 柳得恭, 『冷齋集』, 「松京雜絕」, 國立中央圖書館.

서 다음과 같이 음향성에 대해서 다음과 같이 피력해 놓았다.

> 제3구를 제외한 1,2,4구는 모두 청각에 호소한다. 첫구의 낭당(郎當)은 첩운이자 또한 같은 설음(舌音) 동위쌍성(同位雙聲)으로, … 1,2구는 청각에 호소하고, 3구는 슬며시 시각에 호소한다. … 제4구는 청각에 호소하기 위한 한 휴식으로 볼 수가 있다.[19]

이들의 시는 고문파의 시와는 완연히 다른 것이다. 이런 관계로 영정시대 실학은 한시에서 개혁의 바람을 불러일으켰다. 박제가와 이서구의 시에서도 연암의 문하에서 한문을 배웠던 관계로 성리학파인 고문파의 시와는 완연히 달랐다. 실학파의 문인이었으니, 이서구와 유득공의 시와 같은 맥락으로 당시 사조에 의해서 시를 지었으니, 별도의 지면을 마련해서 발표하기로 한다.

3. 다산시(茶山詩)에서

앞장에서 사가의 시에서 민족문학의 근대성을 찾아보았고, 본장에서는 다산 정약용(1762~1836)의 시에서 근대성을 고찰하기로 한다. 다산은 실사구시의 학풍으로 인해서 중국시 모방에서 벗어나는 조선시를 썼던 것이다.

본디 다산은 성호 이익의 학풍을 이어 실학을 다방면으로 집대성한 학자이다. 그는 중국시 체제에서 벗어나서 자주적인 바탕으로 지어야 한다는 주장을 그의 「노인일쾌사」(老人一快事)에서 볼 수 있다.

늙은이 한 가지 기분 좋은 일은	老人一快事
붓 가는 대로 마음껏 쓰는 일이네	縱筆寫狂詞

19) 鄭良婉, 「柳得恭의 生涯와 詩」, 『韓國漢文學散藁』, 동림사, 2010, 106~107쪽.

어려운 운자에 구애받지 아니하고	競病不必拘
시문의 글귀를 고치고 다듬느라 늦지도 않네	推敲不必遲
…(중략)…	
나는 본디 조선 사람이고	我是朝鮮人
조선시를 즐겨 지우겠네	甘作朝鮮詩
…(중략)…	
어찌 구슬픈 말로써 꾸미고 치장해	焉能飾悽黯
괴롭고 애간장 끊는 시를 쓰겠는가	辛苦斷腸爲[20]

마치 배와 귤의 맛이 다르듯이 조선 시와 중국 시는 엄연히 다르며, 그러므로 다산 자신은 조선 사람이기에 조선시를 쓰겠다는 것이다. 다산이 그들의 격과 율에 얽매일 필요가 없다고 한 것이라든지, 중국시 모방에서 벗어나야 되는 것을 나타낸 것은 민족의 주체의식에 의한 소산이 된다.

[그림 10] 2009년 새로 제작한 정약용 영정(影幀)

삼국시대에 있어 한시는 『시경』과 『문선』의 영향으로 지어졌고, 고려시대는 송나라와 교통하여 송 문화기를 받아들였기에 그 중에서 처음으로 영향을 받은 것은 시문학이었다. 송의 시학이 우리나라에 들어오자 한시 문학 풍은 일대 변혁을 가져오게 되었다. 고려의 시인들은 종래의 당시문학(唐詩文學)을 존중하던 풍을 구축(驅逐)

20) 丁若鏞, 『與猶堂全書』, 「第一集 第六卷 老人快事六首 效香山體其五」, 文獻編纂委員會, 影印, 1960.

하고 송 시풍을 따랐다.

이규보가 소동파의 글을 존중하는 시인이 많아져 진사과 급제를 30명 발표할 때마다 고려에서도 30명의 소동파가 나왔다고 할 정도로 송시의 영향은 큰 것이었다. 소동파의 시풍의 흐름은 이규보가 생존했던 때에만 그치지 않고 고려가 멸망할 때까지 변함없이 계속되었으며, 목은(牧隱) 이색(李穡)도 그 한 사람이었다고 볼 수 있다.

고려시대의 한시문학의 시풍을 전후의 양기로 나누게 되는데, 전기는 국초(918)에서 고종말(1259)까지로 주로 성당(盛唐)과 만당(晩唐) 풍을 따랐다가 뒤에 송시 풍을 수용해 시풍의 전환을 이룩했고, 후기는 원종초년(1260)에서 멸망(1392)할 때까지로 송시 풍을 따랐다.

조선시대의 시풍은 초기로부터 중종에서 명종시기까지는 고려후기의 시풍을 계승했고, 선조 때에 이르러서는 재래의 송시학풍을 버리고 당시문학을 취해 따르게 되었다.

18세기 조선후기에 들어와서 당의 문학을 닦는데 급급했던 것과는 달리 소동파의 시풍을 존중했다. 자하(紫霞) 신위(申緯, 1769(영조45)~1845(헌종11))가 '於詩學盛唐, 後改學蘇東坡, 悉棄前作'[21](시는 처음으로 성당 풍을 배웠고 후에 소동파 시로 다시 고쳐 배워, 전의 작품은 모두 버려두었다)라고 한 말이 나올 정도가 되었다. 당시 풍으로부터 실박고일(實樸高逸)한 소동파(蘇東坡)의 유형으로 옮겨가는 작시 태도로서 대개 조선후기의 시인들은 화려한 전환했다. 여기서 다시 조선후기의 실학파가 당송풍의 시세계에서 벗어나 조선시를 짓기까지에는 오랜 세월이 걸렸다. 실학파 문인이 남긴 시 중에서 다산은 중국 시 모방에서 벗어나서 조선시를 써야 함을 역설하였는데, 이를 「농가」(農歌)에서 보기로 한다.

---

21) 申緯, 『警修堂全藁』, 「年譜」, 奎章閣所藏.

보릿고개 험하기 태행산이고	麥嶺崎嶇似太行
단오절 지나서 처음으로 보리가 익네	天中過後始登場
누가 풋보리를 한 사발 떠서	誰將一椀熬靑麰
누가 대감 맛본다고 바치겠나	分與籌司大監嘗[22]

다산은 실학파 문임답게 묘사하려는 대상을 충실하게 있는 그대로 묘사하는 수법이 뛰어났다. 위의 시에서와 같이 그는 조선시를 쓰기 위해서 우리말 보릿고개를 '맥령'(麥嶺)이라는 한자로 만들어 썼고, 재상을 '대감'(大監)이라는 방언으로 시에 넣어서 지었다. 다산은 이밖에 우리의 말을 한자로 만들어서 '아가'를 '아가'(兒歌)로 '높새바람'을 '고조풍'(高鳥風)으로 '마파람'을 '마아풍'(馬兒風)으로 만들어 시를 지었다. 그는 남인 실학파라는 이유로 오랜 귀양살이를 하였는데, 오히려 그런 상황에서 백성들이 관리의 시달림을 당하는 쓰라린 정황을 더욱 사실적으로 나타내었다.

18세기는 실학파들이 청의 선진문화와 문명을 받아들여 과학을 부르짖고 사회제도에 대해서 개혁할 것을 주장하는 추세였다. 다산이 근대적인 대안으로 조선시를 썼던 것은 18세기 사조에서 연유된 것이다.

다산은 실학을 집대성한 까닭에 사실적인 작품으로 조선시를 지을 수가 있었다. 18세기 후반기 조선시는 실로 우리의 주체의식이 담긴 민족문화의 근대성이라 아니할 수가 없게 된다. 한시에서도 18~19세기 영정시대는 실학의 영향으로 중국시의 모방에서 벗어나 민족문학의 정통성의 바람을 불러 일으켜 놓았던 까닭으로 인해 일제에 의한 갑오개혁을 근대문학의 기점으로 볼 수 없는 것이다. 이러한 당위성을 다음에서 개화기 항일가사에서 보기로 한다.

---

22) 丁若鏞, 前揭書, 「長鬐農歌」.

Ⅲ. 갑신정변·갑오경장 비판의 가사

1. 신태식 작 친일파를 규탄한 『창의가』(倡義歌)

『창의가』는 개화기 때 신태식(申泰植, 1864~1932)이 지은 의병가사. 일명 '신의관창의가'(申議官倡義歌)라고도 한다. 일제 침략에 항거하여 일어난 의병장의 한 사람인 작자가 의병활동을 한 내력을 읊은 가사이다. 작자의 친필 본은 전하지 않고 사본으로만 전하다가 1973년 2월호(통권 5호) 『문학사상』(文學思想)에 게재되어 일반에게 널리 알려졌다. 지은 연대는 작자가 출옥한 것이 1919년이라 할 때 그 이후로 보게 된다.

흔히 개화기라 하면 강화도 조약(1876년) 이후 서양 문물의 영향을 받은 시기를 말한다. 이때는 봉건질서를 타파하고 근대사회로 바뀌는 시기이니, 사람들의 의식과 인지가 깰 때이다. 신태식은 이런 개화기 상황에서 경북 문경에서 태어나 향리에서 한학을 공부하다가 을사조약의 강제체결 소식을 듣고 참을 수 없는 분통으로 비통해 하다가 1907년에 충북 단양에서 의병을 일으켜 일제에 대항하였다. 그의 의병부대는 한말의 의병장 이강년(李康秊, 1858~1908)의 의병부대와 일제와 전투를 벌이기도 하였다.

그는 9월에 일제와 영평(永平) 전투에서 총상을 입고 체포되었다가.10년을 복역 출옥 후에 다시 경북의용단(慶北義勇團)을 조직하여 단장으로 활동하다가 다시 체포되어 투옥되었다. 그의 의병활동은 처음 문경에서 기병한 이래 멀리는 강원도 평안도 함경도 등 곳곳을 누비며 생사의 고비를 넘기며 투쟁한 경력을 실감나게 『창의가』에서 노래하고 있다. 이 『창의가』는 1200행이나 되는 장편 시가이니, 당시상황을 엿볼 수 있다. 특히 그 중에 간신과 충신에 대한 당시상황에 대하여 자세하게 기록해 놓았다.

[그림 11] 의병장 이강년

[그림 12] 의병단장 신태식

본고에서는 개화기 당시 오적과 갑신정변과 갑오경장을 생생하게 나타낸 그 당시 상황을 참고하여 전개하려한다.

주지하는바 갑신정변(甲申政變)은 1884년 12월 4일(고종 21년 음력 10월 17일) 김옥균・박영효・홍영식・서재필 등 개화당이 개화정권을 수립하려 한 정변이다. 우정국 낙성식을 계기로 정변을 일으켜 민씨 척족들을 축출하거나 일부 처형하였다. 그러나 3일 만에 진압되어 다른 이름으로는 3일 천하로도 부른다. 흔히 개화당은 일본과 손잡고 갑신정변을 일으켰으니 친일파의 원조라고 할 수 있다.

『창의가』와 풍요(風謠)을 통하여 갑신정변과 갑오경장에 대해서 비판하고 있는데, 필자도 이에 대해 공감하고 민족문학의 시발점이 될 수 없다는 것에 대해서 먼저 소개하고, 이 두 노래에 대해서 살펴보기로 하겠다. 『창의가』는 갑신정변과 갑오개혁에 대해서 비판하고 개화기 항일풍요에서도 갑오개혁을 비판하고 있다.

갑신년과 갑오년은 친일파들의 정변을 일으켜 의병대장 신태식(申泰植, 1864~1932)이 지은 『창의가』에서 나타난다. 이 노래는 1천 2백 줄이나 되는데 여기서는 갑신정변과 갑오경장에 관련된 대목만을 들어 보겠다.

(가) 사흉은 누가 되며 오적은 누가 될까
금릉위 박영효와 이조참판 김옥균이
재조의 서광범이 참위에 서재필이

(나) 大韓光武 甲午年에 倭賊이 侵犯하야
옛法을 모다 고쳐 開化하기 시작했네
官制도 모다 고쳐 衣服도 모다 고쳐
이래저래 몇 년 만에 人心은 散亂하고

(가)는 개화당의 비판이고 (나)는 갑오경장의 비판이다. 개화당은 개화라는 명목을 내세워 1884년(고종21) 갑신년에 우정국 낙성식 때 그들의 앞잡이 김옥균·박영효·서광범·서재필로 하여금 조정대신들을 초청해, 이들을 살해하려는 음모를 꾸몄다가 뜻을 완전히 이루지 못하고 중상만을 입히었다. 그들은 다시 대궐로 쳐들어가 살인을 하는 끔찍한 난동을 부렸다. 고종이 갑신년 난동을 4적의 변이라고 한 것과 같이 『창의가』에서도 '사흉은 누가 되며 오적은 누가 될까'라고 한 것이다. 을사오적은 한말에 을사조약(乙巳條約)에 찬동, 이의 체결에 참가한 다섯 매국노 외부(外部) 대신 박제순(朴齊純), 내부(內部) 대신 이지용(李址鎔), 군부 대신 이근택(李根澤), 학부 대신 이완용(李完用), 농상공부 대신 권중현(權重顯) 등을 이른다.

2. 항일 『풍요』(風謠)

갑오개혁은 일제가 우리를 기만한 편법인 만큼 항일 개화기 『풍요』에서 「개혁이라 하는 것은」에서도 비방하는 내용이 담겨져 있다.

> 개혁이라 하는 것은 무슨 뜻을 이름이냐
> 내 수중에 있는 권리 남의 장중(掌中) 넣어주고
> 내 국민의 소유권을 남의 인문(咽門) 넣어주면
> 이걸 위지(謂之) 개혁이냐 소소백일(昭昭白日)
> 감림하에 괴귀지설(怪鬼之說) 너무하다.[23]

이 풍요는 주체인 우리의 권리가 일제의 장중에 있기 때문에 개혁이라 할 수 없다는 내용이다. 일제는 갑오년 6월 22일 일본공사 오오도리로 하여금 이 괴귀지설로써[24] 고종임금을 협박했다.[25] 즉 우리나라가 개화할 것과 옛 법과 새 법으로 두루 정치를 행하면 영원토록 뻗어나갈 새 기틀이 된다는 것[26]이었다.

이와 같은 상황이라 『창의가』에서는 "이래저래 몇 년 만의 인심(人心)을 산란(散亂)하고"라고 했고, 항일 『풍요』에서도 "개혁이라 하는 것은 무슨 뜻을 이름이냐."라고 절규하여 갑신정변과 갑오경장을 비판했으니 민족문학의 근대성의 시발점으로 볼 수 없는 것이다.

---

23) 항일, 『풍요』(風謠), 「개혁이라는 것은」.

24) 『高宗實錄』 卷31 高宗31年 6月22日條 深求堂 影印, 1970, 장33, 492쪽. "御咸和堂, 接見日本公使大鳥圭介, 公使曰, 自今開化, 則兩國交隣, 比施前日, 尤爲篤好矣."

25) 呂增東, 「19세기 때 나타난 "開化"라는 말에 대한 연구」, 『語文學』 40輯, 1980.

26) 『承政院日記』, 高宗12 高宗31年 6月22日條 國史編纂委員會 影印, 1968, 1014쪽. "公使曰 舊憲新法, 均爲治本, 則實萬億年無疆之鞏基矣."

Ⅳ. 18세기 후반기문학

1. 18세기 후반기 실학파문학

18세기 후반기는 영정시대를 일컫는다. 영정시대는 조선왕조의 중흥을 기하기 위해 새로운 기운이 거세게 일어났던 시기로 각 방면에서 제도와 개혁이 이뤄지는 때이다. 이 시기는 구제도와 실학사상이 교차되는 전환기라고 볼 수 있다. 구제도는 성리학으로 일색이 된 체제를 말하고 실학사상은 실사구시의 학풍을 근간으로 한 것이다. 다음 도표로 나타내 본다.

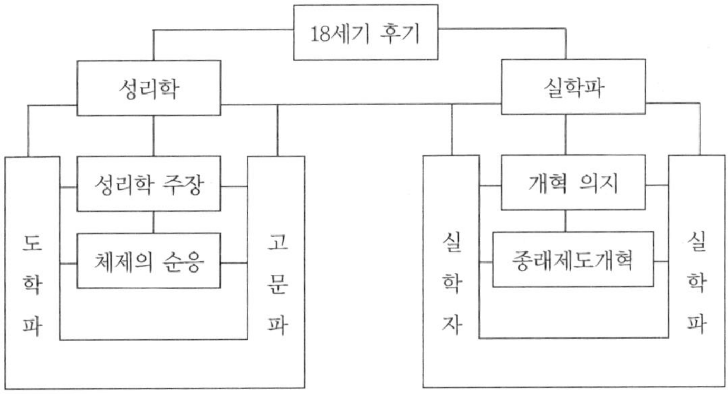

국문학에서 성리학만을 주장하는 학파를 고문파 또는 도학파라고 한다. 고문파는 개혁의 의지와는 달리 성리학의 범주에서 벗어나는 행위는 허용하지를 않았다. 이들의 행위는 마치 피라미드와 같은 구조의 생활을 했다고 볼 수 있다. 만약 피라미드의 구조에서 밑에 놓인 돌 하나가 이탈하게 되면 그것은 무너지고 만다. 그 돌 하나하나가 무너지지 않기 위해서는 체제에 순응해야 한다. 실학파는 피라미드의 구조물을 일체 무너뜨리려고 하지 않았다. 이에 비해 실학사상은 성리학에 대해 반동하자는

것이 아니고, 개신 유학이기에 새롭게 도를 개혁해 나가자는데 의의가 있다. 실학파의 견해와 같이, 피라미드의 하부구조의 돌은 정점을 위해서 존재해 있는 것이 아니고, 호혜작용을 하는 요소로 보아야 한다.

양반 학자들은 실학사상을 받아들이지 않고 재래의 구제도만을 고집했다. 그런 데서 고문파와 실학자들 간에 갈등이 일게 되어 드디어는 고문체인 경서체가 위협을 받게 되자 정조가 정고문(正古文)으로 환원시키고 문체반정을 단행한 것은 이미 그 시대에 근대적인 평민문학의 싹이 돋아나 있었다는 것을 입증하는 것이다.

18세기는 이전의 구제도에서 벗어나서 새로운 형태의 개혁이 이루어졌는데 이것을 뒷받침한 것은 실학자의 공이라 아니할 수 없다.

문예면에서도 영정조년간은 실학사조로 인해서 많은 개혁이 이루어졌다. 미술의 경우 고문파들은 신선도만을 그리다가 진산진경(眞山眞景)을 그린 것과, 단가에서 새시조창이 발생한 것은 근대의식의 성장이 아니면 어려운 것이다. 또 시조의 미의식의 경우, 질서의 요구에 의해서 숭고미와 비장미가 구현되고, 안정의 요구에 의해서 우아미를 추구했던 체제에서 벗어나게 되었다. 18세기 후기에는 초현실적이고 현실도피적인 위대하고 탁월한 것을 소재로 한 것과는 달리 생활현장과 일상적인 현실에서 소재를 가져와서 새로운 미학인 희극미가 창조되었다.

이처럼 18세기의 실학은 구제도에서 벗어나게 하였는데, 이는 실학파가 개혁이 이뤄지는 역할을 했다고 볼 수 있다.

2. 실학파문학의 근대성

조선 후기의 사회가 안정되어 가면서 성리학적인 지도이념의 한계성이 노출되고 자기전통에 대한 반성과 극복의 길이 모색되었다. 18세기

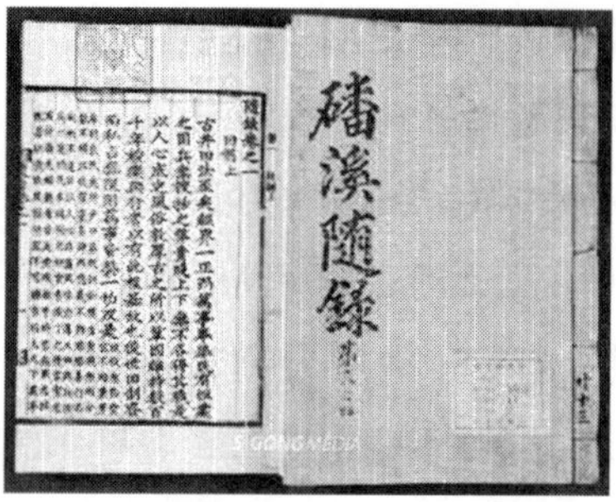

[그림 13] 서울대학교 중앙도서관 소장

[그림 14] 성균관대학교 도서관 소장

실학의 도래로 인해 문학방면에서도 많은 개혁이 일어났다. 이는 한시·시·가사·잡가·민요·소설 방면에서도 두드러지게 나타나고 있다.

한시는 석북 신광수(石北 申光洙, 1712~1775)시에서 볼 수 있다.[27] 한시는 석북 이후 실학파 문인에 의해 민족문학의 근대성이 대대적으로 이뤄지기는 했지만 처음에는 그렇지 못했다. 그래서 필자는 석북에게서 그 면모를 찾아보기로 하겠다. 석북의 조부 태제(泰濟, 1656~1718)는 유형원(磻溪 柳馨遠, 1622~1673)의 사위였던 관계로 실학에 가까이 접할 수가 있었다.[28] 유형원은 조선 중기의 실학자로서 농업 중심 개혁론의 선구자로서 일생 동안 농촌에 묻혀 살면서 학문 연구에 몰두하여 『반계수록』(磻溪隨錄)을 저술하여 균전론을 주장하고 사회제도의 불합리한 모순을 비판하였다.

성호(星湖) 이익(李瀷, 1681.10.18~1763.12.17)은 유형원의 실학사상을 계승 발전시켜 『성호사설』(星湖僿說)을 저술하고 이익학파를 형성하여 박지원과 다산에게 영향을 미치었다.

27) 申光洙, 『石北文集』, 木活字本, 1906.
28) 尹敬洙, 「三. 石北詩의 背景」, 『石北詩研究』, 正法文化社, 1984, 14쪽.

18세기 당시는 서인 집권기이므로 남인 실권층(失權層)인 석북가(石北家)는 출사할 수 없었다. 석북은 부패한 유생들의 시세계와는 완연히 다른 민요풍을 의식적으로 살려서 모든 사람들이 읊기 좋게 시를 지어 가창케 했다. 석북의 민요풍은 오언사구인 32수로 지은 「金馬別曲」에서 볼 수 있으며, 그는 그 풍취를 살리기 위해 여항(閭巷)의 말투로 끌어넣었다[29]고 술회하고 있다. 석북의 시 「관산융마」(關山戎馬)와 「관서악부」(關西樂府)의 경우와 같이 2백년간 전무후무하게 곳곳에서 인구에 회자되었다. 그 이유는 양반들이 일상적으로 불렀던 흐름에서 벗어나서 민족이 나아갈 길을 의미연관으로 넣어 지었던 바라고 할 수 있다. 고문파들의 시는 관념적이어서 부르기가 쉽지 않았으나, 석북시는 실사구시의 학풍을 바탕으로 한 것이었기에 널리 애창되었다. 즉 석북시가 사실적인 경향이어서 부르기 쉬웠기에 많은 사람들에 애창되었다고 할 수 있다.

영조시대 작품은 해학과 풍자적인 수법이 많이 깃들어 있음을 볼 수 있는데, 유머는 어느 시대라도 시대성에 부응하기 위해서 있을 수 있으나, 아이러니는 시대성의 제약을 많이 받는다. 18세기 후반에 풍자문학이 산출되었다는 것은 리얼리즘에 충실하기 위한 것과 반봉건적인 근대성이 민중의 흉중에 간직되었음을 의미하는 것이다.

연암 박지원은 주자학을 신봉하는 양반계급을 깨우쳐 주기 위해서 풍자적인 수법의 소설을 썼다. 연암의 풍자문학은 동서양의 근대적인 사조적인 흐름에서 탄생되었다. 그의 12편의 소설 중 『양반전』은 양반을 비방하는 풍자적인 내용을 담고 있다. 『양반전』이 지어진 것은 1757년경이다. 중국 청대(清代)에 오경재(吳敬梓, 1701~1754)가 지은 장회체(章回體) 사회 풍자소설인 『유림외사』(儒林外史)가 1735년에 나왔으니 연암보다

---

29) 申光洙, 前揭書 卷4 張24 「金馬別曲」. “備一邦風謠之作, 而自以麗得樂府遺意, 往往有閭巷聲口.”

23이나 앞섰다. 그 주된 내용은 과거제도의 모순과 유학자들의 부패와 타락을 풍자한 것으로 되어 있다.

서양의 풍자소설은 중국소설보다 10년이 앞섰고 우리보다 32년이나 앞섰다. 영국의 조나단 스위프트(1667~1745)작『걸리버여행기』가 1726년에 지어진 것은 이를 뒷받침해 주는 자료가 된다. 일본에 평가원내(平賀源內, 1728~1880)작『풍속지헌전』(風俗志道軒傳)은 1746년에 지어졌으니 우리보다 8년이나 늦게 나온 것이지만 18세기 중엽이라는 공시성에 유의해 볼 필요가 있다.[30)]

박지원의 실학문학은 처음부터 공상으로 일관된『구운몽』같은 낭만주의가 아니고 양반사회에 대한 풍자성을 근대사회에서 구해 실학정신의 객관적인 인식을 도입한 것이었다. 최일수는 이에 대해서 다음과 같이 언급했다.

> 프랑스의 리얼리즘이 콩트의 실증철학과 베이컨의 경험론을 배경으로 한 것과 같이 박지원의 소설은 철저하게 실학을 배경으로 하고 있다. … 박지원의 실학문학도 임진왜란과 병자호란을 계기로 평민들이 새로운 시대를 자각하게 되고 영조가 … 신문고를 다시 설치함으로써 평민들의 소리에 귀를 기울여야만 했던 역사적 사실을 배경으로 한 것이다.[31)]

이와 같이 연암의 소설은 실학사상을 배경으로 해 반봉건의 기치를 높이 펴들었던 것이다. 연암의『양반전』은『춘향전』이 탄생되는 계기를 마련했는데 이는 큰 수확이라 아니할 수 없다. 보통『춘향전』에서 자주 이야기되는 주제는 '성춘향의 절개'에 대한 일반적으로 내려오는 전통적 관

30) 윤경수,「근대성을 중심으로 한 민족문학」,『한국비평문학대계』, 한국문학비평가협회 편, 1994, 290쪽.

31) 崔一秀,「2. 實學小說의 近代性」, 前揭書, 15쪽.

습의 하나에 불과하다. 여인의 정절은 목숨과도 상통한다든지 여인들이 지켜야 할 지침서 제시 정도이다. 이는 후세 여인들의 본보기가 되게 하려고 하는 작가의 의도성이 보인다. 그러나 시각의 초점을 조금 달리해서 우리는 보통 주인공의 생애를 중심으로 보게 되는데 주위환경에도 눈을 돌려서 비판의 눈길로 작품을 자세히 살펴보면 탐관오리의 가렴주구나 신분상승에의 욕구, 서민들의 한이 구슬프게 나타나고 있다. 이는 그 사회의 단면을 요약해서 보여주는 예라 할 수 있겠다.

『춘향전』에서 탐관오리를 저주한 것이라든가 인간평등을 구가한 것 등은 실학사조로 연유되어 이뤄진 것이다. 본디 실학은 청나라에 있어서 서양문명의 영향으로 탄생된 것이다. 이것이 우리나라에까지 유입되었다는 것은 세계 성을 띠었다고 볼 수 있다.

이상은 실학이 문학에 끼친 영향에 대해 소개했는데 이는 간략히 고찰해 본 것에 불과하다. 민족문학의 근대성이 실학과 밀접한 관련 하에 이루어지고 세계사조로도 근대성의 보조가 맞춰졌으니, 18세기 후반기는 근대문학의 발원이 되었다고 보지 않을 수 없다.

Ⅴ. 맺음말

위에 쓴 바와 같이 필자는 18세기 민족문학의 근대성의 기점을 18세기 후반 실학파문인들의 작품으로 보았다.

18세기 문학은 연암 박지원의 문학에서 나타난바와 같으나 정조가 연암의 문체에 제재를 가하는 문제반정은 당시 위정자의 안식이 열리지 않는 증거라 할 수 있다. 그러나 왕명도 시대변화는 막을 수 없었다.

실학의 학설과 실학파의 작품으로 인한 여파는 만인을 공명 공감케 해

평민들이 많이 참여해 근대성에 부응하게 되었다. 민족문학의 근대성이 시조·가사·창극·소설 방면에서 발생한 것은 말할 것도 없고, 한시의 경우 연암 박지원의 문하에서 사가 시에서 근대문학에 호응하는 한시가 나타났다는 것은 놀라운 일이다.

한시는 고문파인 양반층이 가장 가까이 한 문학 장르인 만큼 평민과는 소외된 문학이었다. 실학파문인이었던 다산 정약용은 양반들이 중국시의 모방만을 일삼았던 작시 태도에서 벗어나서 조선시를 탄생케 했다.

따라서 18세기 문학은 우리의 생활주변에서 소재를 찾아 우리의 사상과 감정을 불어 넣음으로써 반봉건의 기치를 높이 펴들고 민족문학의 근대성을 정립했던 것이다.

이에 대해서 갑오경장은 일본인이 일으킨 정치적 사건이어서 우리 민족만의 근대성과는 소원한 것이었다. 갑오경장은 일제가 208건의 법을 만들어[32] 우리 민족에게 강제적으로 펴려 했던 정치적 사건으로서 민족문학의 전통성과는 접맥될 수가 없었다. 20세기 선학의 비평가들이 민족문학의 근대성을 외면하고 갑오경장으로 정립한 것은 일제 식민사관에 의한 구분방식에서 벗어나지 못했음을 의미한다.

본디 민족문학은 민족과 호흡을 같이 하는 것을 대상으로 하기 때문에 갑오경장이나 개화기는 비주체적인 것으로 민족의 근대적인 내부적 성장에는 역행했다. 그러므로 민족문학의 근대성은 시기적으로도 이보다 훨씬 앞서고 민족문학의 전통성을 잇는 맥락에서도 18세기 실학파의 문학에서 찾아야 한다. 민족문학을 갑오개혁으로 정립하는 것은 일제의 식민지통치를 합리화하기 위한 일제의 앞잡이 친일내각의 책동이니 당연히 배격해야 할 개혁이다. 뿐더러 이런 개혁은 역사의 역사와 민족문학의

---

32) 朴成壽, 『獨立運動史硏究』, 創批社, 1980, 31쪽.

전통의 단절을 의미하는 관계로 민족의 전통을 계승하는 점에서도 당연히 18세기에서 민족문학의 정통성을 찾아야 한다.

광복 후 평론가 들이 한국근대문학의 기점을 갑오경장으로 정립하였다는 것은 민족의 역사를 제대로 파악하지 못한 소치라 할 수 있다. 일찍이 이런 비합리적인 역사인식은 의장 단장을 역임한 신태식이 지은 『창의가』에서 나타난 바와 같다.

이상에서 본바와 같이 민족문학의 기점은 18세기~19세기 영정시대를 기점으로 정해야 한다. 우리는 이 시대를 근거로 하여 학설을 처음으로 편 건국대하교 김일근(金一根) 교수의 공로를 치하하지 않을 수 없고, 평론가 김윤식 김현 최일수 등도 마찬가지로 한국문학사에서 높이 평가하여야 한다. 따라서 필자도 한국민족문학론은 18세기~19세기가 정확한 정통성의 기점이 된다는 것을 강조하며 이들의 학설을 찬동한다.

다산(茶山)의 사회시(社會詩) 연구

Ⅰ. 머리말

다산(茶山)은 "낡은 우리나라를 혁신하자"(新我之舊邦)라고 외쳤다. 베트남 독립의 아버지 호치민(胡志明, 1890~1969)은 다산의 목민관의 정신으로 머리와 가슴을 움직였다. 다산의 시대를 뛰어넘은 선진사상은 오늘의 위정자들이 본받아야 한다. 오늘에 대통령 일부측근은 뇌물수수 혐의로 하루가 멀다하게 자고나면 매스컴에 발표되곤 한다. 다산이 살았던 18세기~19세기는 관권만능시대이다.

위정자들은 권력으로써 백성의 재물을 약탈하는 일이 조선조 500년간 가장 극성을 피웠던 때가 다산이 생존했던 무렵이라고 해도 지나친 말이 아닐 것이다. 다산은 각도의 으뜸 벼슬을 하는 감사(관찰사)를 일컬어 도둑 중에 큰 도둑(大盜)이라 하고, 이들이 그대로 있는 한 백성들이 전부 죽게 된다고 당시 실상을 고발했다.

오늘에도 이런 발언은 사회적으로 엄청난 파장을 몰고 올 사건이다. 그런데 다산은 권력이 횡행했던 시대에 고급관리들을 향해 큰 도둑 중에 큰 도둑놈이라고 했으니, 다산이야 말로 우국휼민(憂國恤民)의 정으로 글을 쓴 애국충정의 학자라 할 수 있다.

특히 '베트남의 아버지' 호치민(胡志明)은 독립운동가로 활동하던 시절 『목민심서』(牧民心書) 만큼은 꼭 챙겼을 책갈피가 닳을 정도로 읽었다고 전한다. 이로 인해 『목민심서』는 베트남 공무원들의 지침서로 채택되기도 했다.

1969년 사망한 호치민의 머리맡에는 생전에 애독했던 다산 정약용의 『목민심서』가 놓여있다. 오늘에 우리의 위정자도 『목민심서』를 애독할 정도로 다산을 사숙하여 청렴결백한 공직자가 된다면 부정비리는 발생하지 않고 근절될 것이다.

너무나 잘 알려진 다산 정약용(1762~1836)은 조선후기 실학사상을 집대성한 학자이자 문인이다. 그는 실학자로서 실사구시의 학풍과 아울러 서구적 자연과학 사조까지 포용했으므로, 그의 시는 상당히 사실적(寫實的)이다. 또한 다산시는 인륜성, 사회성, 자주성, 전원성, 서정성이 풍부한 경향으로 나타나 있는 점이 공통적인 특색이다. 그 중 그의 사회 시는 18~19세기에 걸쳐 병든 나라를 "신아지구방"(新我之舊邦, 우리나라를 새롭게 한다)으로 만들고자 하는 위국연민(爲國憐憫)의 정이 강하게 표출되어 있다.

3세기나 지난 다산시가 21세기 오늘날에도 만인에게 공명과 공감할 수 있는 것은 시공을 초월한 자연스러운 시를 사실적으로 지은데 있다. 다산이 말하는 사실성이란 경험적이고 실증적인 것과 동일 개념으로 나타나기 때문에 종래의 관념적인 것과는 다른 양상을 띤다. 따라서 그의 시 규명은 큰 의의를 지닌다.

그 당시 대부분의 시인들은 삼정(三政)인 전부(田賦)·군정(軍政)·환곡(還穀)의 문란으로 인해 백성들의 삶이 도탄에 빠졌음에도 불구하고, 조정을 옹호하고 임금의 덕을 칭송하기에 급급했다. 반면에 다산은 조선후기 사회에서의 삼정의 문란을 고발하고 우국충절과 애민정신으로 사실적인 시를 지었다.

남인(南人)이었던 다산은 서인(西人)들이 집권하던 상황에서 집권당을 옹호하지 않고 치군택민(致君澤民)의 이상을 구현하고 실천하는 데 힘을 기울였다. 정배(定配) 기에는 저술 활동을 통하여 경세제민(經世濟民)의 방책을 마련하는 데 온 정열을 다 바쳤다. 그래서 그는 낡은 봉건 사회를 새롭게 하는 데 온 정성을 쏟았다.

다산의 시작활동을 하던 작품 수는 2,500여수라는 방대한 양을 지었다. 그렇지만 그는 집권당의 시인들과 같이 곡학아세로 시를 짓지 아니했다. 다산은 예리하고 정확한 눈으로 사회 전반을 조명해, 백성들이 벼슬아치에게서 겪는 극한적 고초를 낱낱이 해부해 내어 그 시대 사회의 사실성을 나타냈다. 특히 그는 실학파 문인이었던 관계로, '文必秦漢, 詩則盛唐'(글은 반드시 진(秦)과 한(漢)나라를, 시는 성당(盛唐)을 따른다)을 표방하는 의고문파(擬古文派)의 사대 모화의식이 팽배한 문학과는 본질적으로 다르게 시작에 임했다.

다산은 실학파문학인으로서 그 시대 생활상을 시로써 정확하고 사실적으로 표현했다. 위대한 시는 진실의 표현이자 진실의 확충이란 말이 있듯이, 18~19세기 다산시의 사실성을 조명해 보기로 한다.

[그림 1] 茶山 丁若鏞

[그림 2] 茶山私淑 胡志明

Ⅱ. 다산시의 사회적 배경

1. 18~19세기 배경

다산시의 반체제성을 규명하기 위해 먼저 사회적 배경이 작품과 긴밀한 관계가 있는 시문학을 소개하기로 한다. 인간은 사회와 고립해서는 살 수가 없는 관계이듯이, 작품 역시 사회적 배경과 무관할 수가 없게 되어왔다. 시대의 사회 환경이란 항상 작품의 모태적인 역할을 하여왔다.

다산의 사회시를 통해 우리는 18세기 후반기와 19세기 초의 사회를 비추어 볼 수 있다. 실학파와 다산 시에서 본 사회 고발성을 이해하기 위해 다산의 의도가 어디에 있었는가를 알 수 있다.

다산의 사회시는 고문파 들이 성리학만을 금과옥조로 신봉하는 시와는 안연히 다른 것을 18~19세기 생활을 음양의 조화원리 또는 정(正) 반(反) 합(合) 변증법의 논리에서 조명하여 도표로 나타내면 다음과 같다.

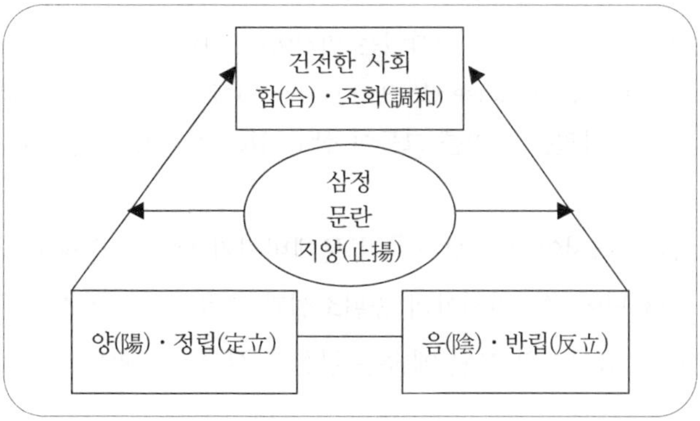

위의 도표는 다산이 살았던 시대상황을 음양의 관계에서 양(陽)·정(正)이라 한다면 당시 사회는 음(陰)·반(反)의 사회라고 할 수 있다. 다산이 생존했던 사회는 N. 프라이가 사계절의 순환에서 겨울과 같은 사회라고 할 수 있다.

다시 말해 다산이 살았던 18~19세기 사회는 삼정의 문란으로 낡은 사회인데다가 탐관오리들의 관권만능주의가 팽배해짐에 따라 백성들의 생활은 곤궁할 수밖에 없었다. 이에 실학파와 다산은 관리들의 부정을 고발하여 시정을 촉구하는 방향의 학설과 사회시를 지었다. 그렇지만 관리들의 구태의연한 사고와 행위는 불식되지 않고 백성들의 고난만을 가중시켰다. 그 당시의 사회상은 실학파의 사회고발이 외면당하였지만 시일이 경과됨에 따라 양반 관리들의 기세를 꺾기 위해 양반 관리를 저주하는 문학이 확산되었다. 이에 다산의 작품과 그 시대와의 관계에 관한 이해를 돕기 위해 J. ruskin(1819~1900)의 저서 『근대화가론』에서 언급한 것을 소개하기로 한다

> 시인이나 역사가를 불문하고 위해한 인간들은 모두 그들 자신의 시대에 살고 있다는 것과 그들 작품의 최대의 수확을 그들 자신들의 시대에서 얻었다는 것은 일종의 변함없는 법칙이다. Dante(1265~1322)는 13세기의 이탈리아를, Chauser(1519~1594)는 16세기의 베니스를 그리고 있다. 그들의 살아있는 진리를 그들이 살고 있는 시대에서 찾았다.[1)]

위의 글은 러시아의 사상가이며 문예비평가 벨린스키(Belinskii, 1811~1848)가 1935년에 쓴 『러시아의 중편소설과 고골리의 중편소설에 대하여』에서 현대에 있어서의 참된 예술은 현실의 시이고 생활의 시이고 실사회

---

1) J. Ruskin, *Modern Painters*, London, 1935, p.93.

의 시라고 한 것과 부합이 된다.

이 양 인의 글은 위대한 작품일수록 그 작품의 바탕은 시대와 사회에 뿌리박고 있음을 보여 준다. 18세기 후반은 실학사조로 인해 성리학이 쇠퇴하는 시대인데 연암이나 다산의 문학은 이 당시의 대표적 작품들이다.

이들은 18~19세기 초에 사회적 배경에서 작품의 소재를 구하여 문학의 본질적인 요건을 갖추어서 형상화를 이룩했다. 이들은 모두 현실에서의 문학적 형상화를 통하여 민족의 나아갈 방향을 제시한 선각자적인 글을 썼다는 공통점이 있다.

조선조 후반기는 실학사조가 발전하던 시기로, 이 글은 고문파와 정고문의 문학을 거세케 했고 반봉건의 기치를 실사구시의 학풍인 실학으로 높이 발양하여, 조국의 근대화를 이룩했다. 특히 다산은 실학파로서 실학의 가치를 중시하여, 사실성이 짙은 사회시를 낳았다. 다산시의 이해를 돕기 위하여 그의 시에 나타난 반체제성이 궁극에 가서는 우국휼민하는데 목적이 있었다.

다산이 사회비판적인 시를 쓴 것은 당시 양반 체제를 부정하려는 것이 아니다. 그는 당시 양반체제를 비판함으로써 관념적이고, 구태의연한 의식을 각성시키기 위해 일대 혁신적인 일환으로 광정하고자 하는데 목적이 있었다. 그의 시에 대한 평가를 높은 가치를 지니게 하는 이유는 이에 있는 것이다. 다산시의 역사적인 기록을 통해 그가 생존했던 배경을 일별하여 보기로 한다.

조선조 18세기 후반기는 전례에 없던 많은 유민이 발생하게 되어, 다산은 그 실상에 대해서 시를 지었다. 유민의 발생 원인은 첫째 흉년과 둘째 삼정의 문란 셋째 경험부족에서 온 농사 개량법을 들 수 있다.

첫째, 조선 후기 18~19세기에 있어 흉년은 천수농경에 원인이 있었다. 그 때는 관개시설이 갖추어져 있지 않았던 관계로 흉년은 피할 수 없는 천재이었다. 다산이 쓴 『전간기사』(田間紀事)에 의하면 기사년 강진유배 때 큰 가뭄이 들어, 지난겨울부터 봄을 거쳐 입추에 이르기까지 황금의 물결을 이루는 땅이 현저히 줄어들었고 들에는 풀 한 포기 보이지 않았고, 유월 초에는 유랑민이 길을 메웠으며 그 참상은 눈 뜨고 차마 볼 수 없는 정경이었다고 한다.

이에 다산은 백성들이 살 의욕마저 잃어버릴 것 같았다고 그때 일을 술회하고 있다. 이처럼 18~19세기는 관계시설이 갖추어져 있지 않았기에 가뭄이 들면 속수무책으로 흉년을 피할 수가 없었다.

둘째, 유민의 발생은 삼정의 문란을 들지 않을 수 없다. 삼정은 전정(田政), 군정(軍政), 양정(糧政)을 이름 한다. 이 세 가지는 18세기 후반기와 19세기 초에 극도로 문란했는데, 이들은 정치 부재 하에서 온 가장 부패하기 쉬운 것으로, 그 중 심한 폐단은 전정(田政)을 꼽을 수 있다. 이 제도는 관리들의 부정이 얼마든지 변수로 작용될 수 있으므로 다산은 『목민심서』 호전(戶典) 육조(六條) 전정(田政)에서 목민관의 직책이 가장 어렵다고 서술되었다. 그 원인은 전제제도(田地制度) 자체에 모순점이 있었고, 올바르게 효율적으로 사용되지 못했기 때문이라고 했다.

> 지금 나라 안에 전답은 약 80만 결이고, 인구는 약 8백만 명이다. 가령 10명을 1호로 계산한다면 매호에서 밭 1결을 분배 받은 후 그 재산은 고르게 경작해야 공평하게 된다. 그런데 지금 문무관들과 항간 부호들로서 1호에 조 수천 석을 거두고 있는 자가 심히 많은데, 그들 개인이 차지한 땅을 계산하며, 백결 이하가 되지 않을 것이다. 국내의 부호로서 영남 최 씨와 호남의 왕 씨같이 조 만석을 추수하는 자가 있는데, 그 전답을 계산하면 400결이나 된다. 이는 990명의 생명을 죽여 1호를 살찌게 하는 것이다. 조정에 앉아 있는 자들은 시급히 부호한테서는 덜어내고 가난한 자에게는

보태줌으로써 재산을 고르게 만드는데 힘써야 할 것이다. 이렇게 하지 않으면 그들은 임금과 관리의 도리에 옳게 의지해 자기 임금을 섬기지 못하는 결과가 된다.[2)]

다산이 이를 발표한 통계 자료로써 1769년(영조45) 기축년(己丑年)을 근거한 것이고, 인구는 1753년(영조29) 계유년(癸酉年) 것을 자료로 한 것이다. 18세기 후반기에는 전지제도가 잘못되어 문무 고관들은 1호에 조 수천 석을 거두고 있는 곳이 매우 많다고 하여, 990명의 생명을 빼앗은 결과라고 한 것으로 이를 증명하고 있다. 부호 1호 때문에 990명의 생명을 빼앗아 살찌게 한다는 통계 자료는 다산의 고증에서 주도면밀히 밝혀진 것이다.

군정은 18세기 영조 때 균역법을 실시해 15세에서 60세까지 연 베2필씩이던 군포를 1필씩으로 반납했는데, 그 후 법이 점차 문란해지면서 군역의 부담이 힘없는 백성들에게만 돌아가게 됐다. 이 제도는 아이를 낳으면 군적에 등록되고 군포 2필을 납부해야만 했고, 게다가 죽은 이의 세금까지 부과해야 되는 백골징포(白骨徵布)가 있어, 민초의 생활고는 극심한 상태에 놓여 있었다.

원래는 군대 적령자에게 부과되어야 하며, 직접 현역에 복무하지 않을 때 그 대신으로 매인당 베나 무명을 나라에 바치는 조세법의 하나이다. 이 군포 징수법은 1537년부터 균역법이 실시되면서, 베로는 한필, 돈으로는 두 냥, 쌀로는 여섯 말로 제정했다. 그래서 매인당 액수는 감소됐으나 황구첨정(黃口簽丁), 백골징포 등의 현상이 나타나게 됐고, 그 가짓수도 여러 형태로 늘어나서 표면상으로는 균역법이 잘 진행되는 것 같았으나, 실질적으로는 부담이 더욱 커서 백성들을 괴롭혔다. 다산은 신포의

2) 丁若鏞, 『與猶堂全書』 第1集 第11卷 田論, 景仁文化社 影印, 1969, 3쪽.

(身表儀)에서 18~19세기 생활을 음양의 조화원리 또는 정(正)・반(反)・합(合) 변증법의 논리에서 조명하여 본 것이다. 다음과 같이 주장했다.

> 나라에서 신포의 징수를 관직에 있는 자나 진사나 평민으로서 등용된 자나 군대에 있는 자들의 경우를 제외하고는 일정한 관직을 가지지 않는 한, 양반 고관의 자손일지라도 신포를 징수해야 된다. 특히 신포를 징수할 때는 그 신포의 수량이나 혹은 그 대가로서의 화폐 액수 및 그 경비의 및 수와 민정의 실무 등을 정확히 대조 계산해서 서로 알맞게 해야 될 것이다. 이렇게 하면 관가에서 민정의 실수를 조사하는 헛수고가 없을 것이고, 민가에서 징수의 불공평에 대해 원성이 없어질 것이다. 따라서 국가의 재정도 넉넉하게 될 것이다. 그런 까닭으로 신포의 징수법을 고치지 않으면 태평한 정치를 바랄 수 없다고 단언한다.[3)]

환곡제도에 있어서도 관리들에게 징수 문제가 일임되어 백성은 거의 죽게 되었고, 나라는 거의 패망의 길에 접어들었다. 19세기는 환곡제도가 극히 문란했으므로 봉급을 받지 못하는 관리들이 백성들로부터 재물을 거둬들이게 되고, 관곡을 횡령하기에 이르러 그 문란의 정도는 극도에 달했음을 알 수 있다.

> 내가 민가에 있어 보니 풍헌이니 약정이니 별유사니 방주인이니 하는 무리들이 농간을 부려 폐단을 만들어 이전보다도 더했다. 모든 상납물이 그들의 손에 들어가면 대부분은 사라진다. 아랫돌을 빼내어 윗돌을 괴는 식으로 이리저리 미봉해 가는 동안에 마침내 수백 냥의 거액을 잘라 먹고는 향리들을 매수해 또 다시 백성들에게서 강제로 징수하곤 한다. 수령은 먼저 이들의 농간부터 막아야 할 것이다.(『牧民心書』, 貢納)

---

3) 丁若鏞, 前揭書 第1集 第9卷 身表儀 張24~25, 180쪽.

> 근래에 와서 조세와 부역이 무겁고 번잡하며 관리들의 횡포가 심해 백성들이 편안히 살지 못하고 대부분이 난리를 생각하게 되었으므로, 요사스러운 말과 망령된 말들이 동쪽에서 나면 서쪽에서 화답하니 이것을 법에 따라 처단한다면 백성은 한 사람도 살아남지 못 할 것이다.(『牧民心書』, 應變)

환곡(양정)이 문란했다는 것은 그만큼 백성을 굶게 만드는 요인이 됐다. 따라서 삼정의 문란은 백성을 유이민(流移民)으로 만들고, 굶어 죽게 하는 원인이 됐던 것이다.

셋째, 민초들이 유민하게 된 원인은 원시 농사법인 직파법(直播法)에서 이양법(移秧法)으로 농사법이 개량되는 과정에 있었다. 직파법은 노동력이 많이 드는데 비해서 이앙법은 노동력의 감소를 가져오게 됐다. 이는 『영조실록』(1725(영조원년 11월))에 수록하고 있는 바와 같다.

직파법은 논바닥을 고르게 해 직접 씨앗을 뿌리는 농사법인데 대해, 이앙법은 못자리를 만들어서 모가 자란 후 옮겨 심는 것으로 매고 가꾸는 과정에서 품이 적게 들게 된다. 이런 식의 농사법은 밭곡을 가꾸는 견묘법(畎畝法, 밭도랑·이랑)에 있어서도 노동력의 감소를 가져오게 했다.

이익(李瀷)은 『성호사설류』(星湖僿說類)에서 이앙법과 견묘법은 직파법보다 생산성이 높을 뿐만 아니라, 쌀, 보리 등을 1년에 번갈아 경작할 수 있는 이모작의 실시 가능 종자의 절약 등 많은 이점을 가져 왔다고 했다.[4] 그래서 지주는 농사 개량법으로 인해 소작인에게 병작을 주지 않고 자작을 하게 돼, 토지를 잃은 농민들이 급격하게 늘어나서 도시로 몰려들면서 유민이 많이 발생하게 되었다.

유민이 도시로 집중하게 되어 조정에서는 진청(賑廳)을 설치해 기민을 구제했다는 기록이 『영조실록』[5]과 『국조보감』[6]에 보인다. 그러나 유민

---

4) 李瀷, 『星湖僿說』 卷上 四下 人事文 11賦, 景文社 影印, 1978, 352쪽.

의 수가 너무 많아서 구제할 길이 없었기 때문에 도로변에는 아사자와 질병으로 죽은 자가 부지기수로 증가했으며, 조정에서는 이를 큰 문젯거리로 삼았다는 『승정일기』[7]와 『영조실록』[8]의 기록은 그 시대 상황을 짐작할 수 있게 한다.

2. 사실성(寫實性)의 시

다산은 『양시아』(兩示兒)에서 시의 본질은 '우국휼민'에 있는 것이라고 하면서 '항상 힘없는 사람들을 도와주고 가난한 자들을 구제하고 방황하는 이들을 측은하게 여겨서 버리지 않으려는 뜻이 있어야 한다.'[9]라고 했다. 19세기 초는 18세기에 비해 민초들의 굶주림이 극도로 심했고, 조정에 대한 원성은 하늘을 찌를 듯했음을 다산시를 통해 알 수 있다.

다산은 『조승문』(弔蠅文, 파리를 조문하는 글)에서 1810년 여름에 쇠파리가 크게 들끓은 이유를 굶어 죽은 사람들이 부패해서 그렇게 되었다고 했다. 다음은 이 글을 쓰게 된 연유를 밝히고 있는 작품이다.

경오년(1810) 여름에 쇠파리가 크게 생겨 집과 방을 크게 채우더니 번식하매 산과 골짜기를 뒤덮었다. 건물마다 달라붙지 않은 곳이 없고 술집과 떡집에 구름처럼 앉아 윙윙거렸다. 노인들이 탄식하며 괴변으로 여겼다. 아이들이 화를 내어 때려잡기도 하고 혹자는 대나무 통을 만들어 걸려 들게 하고 짐독을 설치해 놓으니 파리들이 죽어 떨어지는 것이 눈에 현란한 정도이었다.

---

5) 『英祖實錄』 卷53 張18, 17年 3月 26日 辛酉條, 9쪽.
6) 『國朝寶鑑』 卷62 張9, 英祖 17年 3月條, 862쪽.
7) 『承政院日記』 957冊, 乾隆 7年 6月 19日 丙午條.
8) 『英祖實錄』 卷55 張33, 英祖 18年 6月 19日 丙午條.
9) 丁若鏞, 前揭書, 第1集 第21卷 張18 兩示兒, 447쪽.

내가 말하기를 '오호라 때가 이런 때이니 죽일 수 없는 것이다. 이때를 생각하면 이는 굶어 죽은 시체의 전신이다.'라고 했다. 아아, 기구하게도 살아났구나, 지난해는 큰 기근으로 슬퍼하더니, 다시 혹독한 추위로 괴로워해야 하는가. 이로 인해 전염병이 퍼졌고 잇달아 백성들 재물을 쓸어갔다. 쌓인 시체가 길에 즐비했고 실려 온 것을 엎으면 다시 이어 실려 오니 들것이 언덕을 덮었다. 수의도 입히지 않고 관도 쓰지 않아, 훈훈한 바람과 더운 김으로 살은 부패했다. 예전에 흘어 내린 물에다 새로 흐르는 물이 괴어 잡초가 우거지고 썩은 물에는 구더기가 들끓었다. 이들은 자꾸 늘어가 강가에 모래와 같았다. 이것들이 깃을 달고 날개를 달아 인가에 날아든다. 아, 창승(蒼蠅)이여 어찌 아류(我類)가 아니리오. 너의 삶을 생각하니 눈물이 솟는구나. 이에 밥을 갖추어 모여들기를 청한다. 서로 전하고 알리어 뱃 것 씹고 먹어라. 이에 애도하는 글을 적노라.[10]

경오년 여름에는 유달리 쇠파리가 극성을 피우면서 건물마다 달라붙지 않는 것이 없었고, 집안에는 구름처럼 앉아 뒤덮었던 일로 해서 노인들은 괴변이라고 탄식했던 것이다. 이 파리는 다름 아닌 굶어 죽은 시체에서 구더기가 변해서 파리가 되었다는 것으로 서술했다. 다산은 파리를 굶어 죽은 백성들의 전신이라 생각하고 '아, 창승이여, 이찌 아휴(我類)가 아니리오'라고 탄식했던 것도 굶어 죽은 이들에 대한 측은함과 치자의 실덕에 대한 악정을 고발하기 위한 것이다.

다산은 죽은 시체가 창승(蒼蠅)으로 변하여 인가에 날아오는 삶을 생각할 때 눈물이 난다고 했다. 죽은 시체가 비록 창승으로 전신되었다 하더라도 원한을 풀어 주기 위해 밥을 갖추어 모여들기를 청한다고 '창승들의 원을 서로 풀어 주기 위해 밥을 갖추어 먹어라'라고 절규했던 것이다. 그러나 다산은 이 음식물을 차려놓고 산 파리를 모여들게 한 것은 애도의

10) 丁若鏞, 前揭書, 第1集 第22卷 雜文 張17, 461쪽.

대상이 파리가 아니라 파리처럼 죽어간 백성으로 보았기 때문이다.

이 『조승문』은 1810년(순조10) 경오년 여름에 일어났던 재해를 그린 것으로 잡문조(雜文條)에 실려 있다. 전편이 164구 673자나 되는 긴 문장이나 대체로 4구로 되어 있고 짝수구마다 지(只)자로 끝나며, 그 지(只)자 앞에 운이 달려 있고 11차례나 걸쳐 환운되고 있다. 그러나 뚜렷한 규칙성은 없다. 이 『조승문』은 문으로 보겠지만, 시적 구성을 하고 있어 이를 소개하면 다음과 같다.

파리야 이리로 날아와라	蠅兮飛來
훌쩍 훌쩍 울지를 말고	無啜泣只
너의 부모를 데리고	挈爾父母
처자도 같이 와라	妻子合只
애오라지 실컷 먹고	聊鉉一飽
근심하지 마라	無於悒只

다산은 민초들이 기근과 온갖 학정에 시달리다가 죽어서 파리로 전신된 비참한 모습을 애달프게 그리고 있다. 그는 파리가 현세에서는 미운 존재이지만, 민초들이 굶어죽어 전신되었기에 밥을 실컷 먹으라고 한 것이다.

다음은 사람이 사는 인가에 밤에는 박쥐가 날고 낮에는 여우가 운다는 내용이다. 게다가 곡식이 자라야 할 밭에는 잡풀이 무성하게 자라 폐허로 변해 버렸다는 시구를 인용해 본다.

그대의 옛집을 보니 / 쑥과 넝쿨로 뒤덮었네 / 처마와 벽은 무너지고 / 지붕 또한 한쪽으로 기울었네 / 밤에는 박쥐가 날아들고 / 낮에는 여우가 우네 / 그대의 옛 밭은 / 강아지풀이 무성하게 자라고 있네 / 금년엔

비가 자주 내려 / 진흙탕이 흐르네 / 마을에는 사람이 없어 / 황폐해져 밭갈 땅이 없게 되었네

다음 시의 내용은 백성을 수탈하는 관가에 대한 분노로 이어진다.

파리야 이리로 날아와라 / 현에는 들어가서는 안 되네 / 따오기 같은 모습에다, 채소 같은 낯 빛을 하며 / 엄격히 가려 뽑힌다네 / 서리가 붓을 들어 / 얼굴을 살펴본다네. / 대나무처럼 빽빽이 서 있는 가운데 / 다행히 한 번 뽑히게 되네. / 물같이 멀건 죽을 / 겨우 한 번 삼킬 수 있다네 / 죽 안에 곡식벌레 떠다니며 / 위 아래로 눈짓을 하네 / 피부가 살찐 돼지 같으면 / 이게 호사스러운 관리임을 알아야 하네 / 하나가 되어 펴고 공을 아뢰니 / 칭찬하여 견책이 없네 / 보리가 익어 진대가 끝나면 / 잔치를 벌여 연회를 베푼다네 / 북과 장고 치고 / 피리소리 울려 한바탕 질펀하게 놀 것이네 / 아리따운 볼과 예쁜 눈썹으로 / 춤추며 이리저리 놀 것이네 / 교태를 머금고 모양을 내며 / 흰 깁부채로 얼굴을 가린다네 / 비록 먹을게 풍성하여도 / 그대는 절대 부러워하면 안 되네

다산은 관리들의 비행이 다반사로 이뤄지는 데서 파리에게 관가에는 가지 말라고 당부하고 있다. 민초들은 관리들에게 약탈을 당해 먹지 못하며, 따오기처럼 마르고 채소같이 푸르죽죽한 얼굴빛을 하고 운이 좋아야 죽 한 그릇 얻어 마시게 된다고 했다. 다산은 파리에게 피부가 살찐 돼지 같으면 고급관리라고 했는데, 이는 관리가 백성의 재물을 그만큼 많이 착취한 대상으로 본 것이다.

다음은 관리들이 백성의 재물을 빼앗아 기생과 더불어 질탕하게 먹고 마시며 흥겹게 놀 때 상급관청에 올리는 글로서 관리들의 부정과 비리를 고발한 것이다.

아전은 술집에 앉아 / 썩 훌륭하게 판문을 적네 / 말이 달려 글을 보내는데 / 마을은 편안하였네 / 길에는 병들어 죽거나 마른 사람 없어 / 태평하고 근심이 없네

민초들의 굶어죽은 시체가 길을 메우고 있는 데도 하급관아는 허위 공문서를 태평성대라고 작성해 보고하고 있다. 이는 읽는 이로 하여금 분노마저 불러일으키게 한다. 이러한 실상에 대해서 다산은 파리에게 임금 계신 궁궐로 들어가 충성을 다하고, 민초들이 슬픔을 겪는 것에 대해 소상히 밝혀 아뢰어 달라고 지었다.

파리야 이리로 날아와라 / 또 북쪽으로 날려가길 바라네 / 북쪽으로 천리를 달려 / 왕궁에 들어가 보길 바라네 / 그대의 충정을 사뢰고 / 깊은 슬픔을 밝히기를 바네 / 해와 달이 밝게 빛나고 / 서광이 빛난다고 아뢰기를 바라네 / 정사를 들어내고 인을 베푼다고 하고 / 홀(笏)을 써서 고해기를 바라겠네 / 천둥이나 벼락처럼 / 권위를 분기시키기를 빌겠네 / 벼랑 기장이랑 풍년이 들고 / 백성들 굶주리는 일이 없게 아뢰기를 바라겠네 / 파리야 이리로 날아와라 / 이에 남쪽으로 돌아오기를 빌겠네[11]

주지하는바 파리는 형체가 미소한 것이지만 해를 끼치는 일은 지극히 많다. 『시경』에서 창승(蒼蠅)은 군덕을 어지럽히고 사회를 해롭게 하는 일이 많은 것으로 비유해 지었는데 다산은 백성들이 굶어 죽은 전신으로 보고 있다.

그렇기 때문에 다산은 창승(蒼蠅)으로 하여금 부정부패한 수령들과 아전들의 횡포, 자연의 재해로 인해 굶주리는 백성들의 참상을 임금님께

11) 丁若鏞, 上揭書, 第1集 第22卷 張17 雜文, 461쪽.

홀기(笏記)로써 아뢰어, 선정을 베풀어 주기를 기약하는 의도에서 지었다.

한시에서 파리를 소재로 해 간언의 대상으로 한 것은 『시경』의 창승(蒼蠅)에서 볼 수 있다. 구양수(歐陽修)는 『증창승부』(憎蒼蠅賦)에서 창승은 간사한 참인(讒人)이 군덕과 나라를 어지럽히고, 사회를 해롭게 하는 일이 많은 것으로 비유했다. 이에 대해 다산이 존재했던 19세기 초의 사회적 배경은 청(淸)의 선진 문화가 들어와 근대화로 발전하기 시작했다. 이에 실학이 융성기를 맞아 농사법도 개량되고 산업도 발달했다. 또 민초들은 농사 개량으로 인해서 토지를 지주에게 수탈당해 경작을 하지 못하게 되고, 삼정의 문란으로 부정부패가 만연하게 돼, 관리들의 약탈은 가중되어만 갔다. 이에 민초들은 고향을 떠나 유랑하다가 죽게 됐다.

이 사실은 곡창지대라고 잘 알려진 호남에서 기민이 많이 발생한 것으로 볼 수 있다.[12] 기근이 극에 달해 결국에는 사람을 구어 먹는 사례가 발생했다는 것[13]은 당시의 심각성을 노정시켜주는 사례이기도 하다. 18세기의 경우를 들어보면 100가구가 되던 마을이 10가구도 남지 않고, 10가구였던 마을은 한 가구도 남지 않을 만큼[14] 농민 몰락을 가져 왔다.

19세기 초에는 18세기보다 사태가 더 심각해, 『조승문』은 당시의 사회적 배경을 사실성에 입각해 나타내었다고 할 수 있다.

---

12) 丁若鏞, 上揭書, 第5集 第29卷, 牧民心書 卷14 賑荒六條, 601쪽. 『備邊司謄錄』 143冊 英祖 癸未 39年 3月 28日. "今覽湖南道臣啓本, 飢民惣數, 多至四十八萬三千七百五十餘口, 覽此, 而何心玉食."

13) 『英祖實錄』 卷32 張26, 英祖 8年 12月 10日 癸亥, 323쪽. "全羅道康津縣, 有飢民炙食人屍之變". 『承政院日記』 752冊 率正 10年 壬子 12年 10月, 829쪽. "以全羅監司狀啓, 康津縣有丐人, 有炙食十餘歲兒屍之變"

14) 『承政院日記』 636冊, 英祖 3年 丁未 閏 3月 16日 壬申條. "前日百戶之村 今年十家之村 前日十家之閭 今年一戶之遺 人煙斷絕市里丘墟"

Ⅲ. 다산의 실학과 문학

1. 실증적 실학

다산은 18년간에 전라도 강진에서 유배생활을 바탕으로 실증학과 경험론을 바탕으로 하여 1818년(순조18)에 해배된 후 목민관이 지켜야할 실천윤리와 관리들의 폭정을 비판한 다산의 대표적인 『목민심서』를 48권 16책으로 완성했다. 다산은 이 저작에서 부패상이 극에 달한 당시 정치상황과 민생문제를 위정자 책무와 결부시켜 고발했는데, 특히 관리들의 폐해를 없애고 지방행정을 쇄신하기 위해 내용으로 되어 있다. 이 『목민심서』는 다산시를 연구하는데 많은 참고가 된다.

다산의 실증적인 실학은 과학적인 것으로 연계해 볼 수 있다. 마치 이런 유사성은 청대의 고증학자들이 한 때 경전학적인 실학에 몰두하고 있는 사이에, 그들의 주변에서는 서구문명의 수입과 더불어 새로운 과학사조가 물밀 듯이 들어오고 있는 것과 같다. 고증학자들이 지닌 실사구시(實事求是)의 태도는 실증적인 것이요, 실증적인 것은 바로 과학적인 것으로 연계해 볼 수 있다.

다산뿐만 아니라 실학자들의 학설이 실사구시와 실증 학을 동일한 개념으로 간주한 것이라든지, 경험 또는 실증적인 것과 과학적인 것을 동일 개념으로 본 것은 이런 연계성 때문이다. 실학의 공통점은 태서과학(泰西科學)을 겸하게 된다고 보아, 콩트의 실증주의와 베이컨의 경험론이 다분히 사실적이고 실용적이므로 같은 특색을 지니고 있다고 하겠다. 편의상 다산의 경우로 실증적인 실학을 고증해 이들과 유사성을 들어 보기로 한다.

다산은 자연과 사물의 근원을 인식함에 있어서 신비적인 요소와 관념적인 요소를 배격하고, 경험적이고 물질적인 입장을 취해 가시적인 천지만물 이외의 또 다른 존재를 인정하지 않았다. 다산이 관념론적 세계관에서 경험론적 세계관으로 전이했던 것을 볼 수 있다. 그는 맹자가 내 마음 속에 모든 이치가 구비돼 있다는 것과는 다른 견해인 과학적으로 보았는데, 그 예를 '마음'으로 규명했다.

그는 인간의 마음을 무형한 것으로 간주하고, 마음은 이목구비와 같은 유형한 감각 기관에 의해 자각되는 것이라고 했다. 감각관은 인간과 사물을 접합시키는 문로의 역할을 하는 것이라고 판단하여서 인간의 육체적 활동이나 감각 사유는 피와 기의 양자에 의해 가능한 것이라 하고, 몸에 전달한다는 그의 과학적 사고의 일단을 엿볼 수 있다.

다산은 과학적인 사고로 자연과학과 기술의 중요성을 인식하고, 그것을 연구해 축성병사(築城兵事)에 대한 지식과 기술을 소유했다. 또 그는 과학 지식의 재능을 발휘해 한강교의 가설설계와 수원성의 축조 때의 성제설(城製說) 및 기중기(起重機)의 창제(創製) 등과, 특히 활자(活字)를 만들기도 했다.[15]

다산의 과학 방면은 그의 의학집의 마과회통(麻科會通) 의영(醫零) 종두설(種頭說)과 설(說) 중의 기중도설(起重圖說)・골거도설(滑車圖說)・포루도

[그림 3] 1894년 목판본 상균관대학교 도서관

[그림 4] 서울대학교 도서관소장

15) 丁若鏞, 前揭書, 第1集 第10卷 張1~13, 204, 205쪽.

설(砲樓圖說) 등의 명설이 있다. 근래에는 이들에 대해 연구가 있으니 다행한 일이다. 이러한 학설은 다산이 중국으로부터 들어온 도서를 익혀 자기의 것으로 소화한 것으로 볼 수 있다.

다산은 기예론(技藝論)에서 우수한 기술을 습득해 장려하고, 그 방면으로 주력한다면, 나라는 부유해지고 군대는 강해질 것이며, 백성들의 생활은 향상되고 건강은 좋아질 것이라고 주장하고 있다. 그는 기술의 발달을 위해 이용감(利用監)을 설치해 북학의를 의논하게 함으로써 부국강병을 도모해야 한다고 「경세유표서」(經世遺表序)에서 밝히고 있다. 다산이 우리나라에서 최초로 종두법을 실험한 것 등은 그의 학문 체계가 서구의 실증주의와 경험론적인 견해와 일치하는 것이라고 볼 수 있다.

다산의 실증적인 실학은 문학에 있어서 사실주의적인 경향을 띠게 했는데, 이는 서구의 리얼리즘이 실증철학과 경험론을 배경으로 한 것과 같은 유사성과 대비된다. 이런 점으로 실학파문학은 실학사상을 바탕으로 봉건적 유교사상을 미화시키는 것보다는, 그 비리와 모순을 척결해 사실적으로 묘사하는 것이라 할 수 있다.

2. 실학파의 문학

① 관리들의 횡포와 약탈상

다산문학은 실학의 사실성을 띠었기 때문에 18~19세기 사회를 잘 반영했다. 레오리벤탈은 문학과 사회에서 문학 사회화의 목표와 작가를 관련해 다음과 같이 피력하고 있다.

> 문학은 사회 안에서 각 개인의 삶의 태도를 보여 줄 뿐만 아니라, 그 개인의 사회화 과정도 제시해 준다. 문학은 개인의 체험 세계를 들려주면

서 그 체험 세계에 관한 의미론도 시도한다. 작가는 개별적 존재에 기초를 둔 전문적 사상가이다. 따라서 작품은 사회학에 대해 중요할 뿐만 아니라, 개인과 사회와의 관계를 전문적인 것으로 살펴보는 기록이 될 수 있다.16)

이 학설은 18~19세기 초의 다산 문학을 연구하는 데 보조 역할이 될 수 있다. 다산의 학은 경험론적인 인식 태도와 자연과학적인 합리주의 사상에서 출발했으므로 실생활에 하등의 도움을 주지 못하는 스콜라적 공리공론만을 일삼는 정통 주자학에 반대해, 그 허위성과 부패상을 신랄히 폭로 규탄했다. 그래서 다산은 민초의 편에 서는 입장으로 자신의 견해를 폈다. 그의 시에서 우국연민의 정이 나타나게 된 것은 그런 관계에서다.

18세기 관리들의 횡포가 심각했다는 것은 1794년 경기도 암행어사의 명을 받아 연천 지방 순찰 시에 지은 시에서도 나타난다. 제1단을 소개해 보겠다.

시냇가 헌집 한 채 뚝배기 모양	臨溪破屋如瓷鉢
북풍에 이엉이 말려 서까래 앙상하네	北風捲茅榱齾齾
묵은 재에 눈 덮여 부엌 찬 기운이 돌고	舊灰和雪竈口冷
뚫어진 벽 틈으로 별빛이 비쳐드네	壞壁透星篩眼豁
방안에 있는 물건 쓸쓸해 가진 거란 없고	室中所有太蕭條
다 팔아도 몇 푼이 안 되겠네	變賣不抵錢七八
개꼬리만한 조 이삭 세 줄기와	尨尾三條山粟穎
닭 창자 같이 비틀어진 고추 한 꿰미	雞心一串番椒辣
깨진 항아리 헝겊으로 때었으며	破甖布糊度支穿漏
선반 대는 새끼줄로 얽었도다	皮架索縛防墜脫

16) Leo Lowenthal, *literature and Ges'ellschaft Luchterhand*, 1972, pp.248~249.

구리 수저 이정한테 빼앗기고	銅匙舊遭里正攘
무쇠 솥은 옆집 부자 빚돈으로 뺏겼네	鐵鍋新被鄰豪奪
검푸른 무명이불 한 채니	靑綿敝衾只一領
부부유별이란 말할 수 없네	夫婦有別論非達

이 시는 다산이 적성촌에 있는 시냇가 헌집을 대상으로 해 지은 것으로, 가난에 찌든 생활상을 엿볼 수 있다. 게다가 집안에 세간 즙물은 보잘 것 없는데다가 구리수저는 이정이 빼앗아 갔다. 그 중 무명이불 한 채가 돋보이게 된다. 여러 식구가 북풍한설에 한 이불을 덮게 돼 부부간의 정도 제대로 누릴 수가 없음을 보이고 있다. 제2단은 다음과 같다.

> 어린것 해진 옷 어깨 팔뚝 다 나왔고 / 날 때부터 바지 버선 걸쳐보지 못했네 / 큰 아이 다섯 살에 기병으로 올리고 / 세 살 난 작은 놈도 군적에 올라 있네 / 두 아들 군포세로 오백 냥을 물고 나니 / 빨리 죽남편 나무하러 가고 아내 이웃에 방아품 팔러가 / 대낮 사립 닫아 그 모습 참담한 생활이네 / 점심 저녁 굶고 밤중에 밥을 짓고 / 여름 솜 누더기 겨울 삼베옷으로 지나네기 바라는 데 옷이 다 무엇이랴 / 강아지 세 마리 새로 태어나 애들과 한 방 잠자는데 / 호랑이 밤마다 울 밖에서 울어댄다

작품에 나타난 부부와 아이들은 제대로 옷을 못 입고 굶기가 일쑤이고, 다섯 살과 세 살 되는 두 아들은 기병과 군적에 등록됐다. 부모는 자식의 군포 세를 물게 되어 죽기를 바라고, 호랑이는 밖에서 새로 태어난 강아지와 아이들을 위협하고 있어 마음 놓고 살수 없는 정경을 나타내었다.

이처럼, 18세기 대부분의 백성들에게는 인간이 살아가는데 기본적인 의식주 문제가 해결되지 못했던 관계로 사는 것이 처절하기만 하여 부자간에 천륜이 끊긴 사회였다. 아들을 낳으면 군포 세를 내야하니 사는 것

이 원수일정도로 죽기를 바라고 있다는 것은 너무나 가난하게 사는데 오른 비탄의 목소리라고 할 수 있다.

제3단을 소개하기 전에 군포가 얼마나 백성을 괴롭혔는가에 대해 알아본다.

> 요즘 피폐한 마을이나 가난한 집에서라도 아이를 낳기가 무섭게 홍첩에 오른다. 음양의 이치는 하늘의 품부한 것이니 정교하지 않을 수 없고, 정교하면 아이를 낳게 된다. 아이는 낳기만 하면 병적에 올려서 세금을 바쳐야 되니, 이 땅의 부모 되는 자로 하여금 천지의 살아가는 이치를 원망하게 한다. 집집마다 탄식하고 울부짖게 하니, 나라의 무법함이 어찌 여기까지 이를 수 있겠는가. 배가 불룩한 것만 보고도 이름을 지으며 여자를 남자로 바꾸기도 하고, 이보다 더 심한 것은 강아지 이름을 혹 군안에 기록하니 이는 사람의 이름이 아니라 개이며, 절굿공이의 이름이 혹 관첩에 나오니 이는 사람의 이름이 아니라 정말 절굿공이다.[17]

관리들은 세금 징수에 눈이 어두워 아이를 낳기도 전에 강아지나 절굿공이까지 이름을 붙여 세금을 짜내었다. 결국 관리들은 세금을 더 걷게 하게 위한 수단으로 여자아이를 남자 아이로 바꿔 군적에 올리니, 관리들의 세상이라 말해도 소용없다. 결국 군포세는 한 농부로 하여금 생식기를 자른 비극까지 낳게 하였으니, 『애절양』(哀絕陽)이 그 시다.[18] 다산은 군정의 문란에 대해 다음과 같이 지었다.

> 많고 많은 백성들 / 모두 한 나라 사람이네 / 마땅히 징렴이 있어야 한다면 / 부자들은 그대로 괜찮겠네 / 어찌해 힘없는 백성에만 / 가혹한

---

17) 丁若鏞, 上揭書, 第5集 第23卷 張13-14, 『牧民心書』 卷8 簽丁.

18) 丁若鏞, 上揭書, 第1集 第4卷 張29, 『哀絕陽』.

정사가 베풀어지나 / 군포란 이름이 무엇이기에 / 이다지 모질게도 법을 만들었나 / 일 년 내내 일을 해봐도 / 이 한 몸 가릴 없이 생기지 않네 / 어린 아이 태어나기 무섭게 / 죽어서 먼지 되고 티끌 돼도 / 군포 신포 그 몸에 따라다니니 / 가을 하늘 곳곳에 울부짖는 그 소리 / 원통하고 혹독해 절양(絕陽)에까지 이르니 / 참으로 슬프고 쓰라린 일이네.[19]

군정의 문란으로 절양에 이른 것은 조선조 사회의 말기 현상을 의미하는 것이나 다름없다. 다시 제3단으로 돌아와 소개한다.

들 냉이 캐려하나 땅이 풀리지 않고 / 이웃집 술 거르거든 찌끼 얻어먹자 / 지난봄에 환자미가 닷 말인데 / 금년 이 꼴이니 무슨 수로 갚는단 말인가 / 무섭고 험상궂은 나졸 놈 오는 것만 겁날 뿐 / 관가 곤장 맞는 일 두렵잖다 / 오호라 이런 집이 온 천하에 가득하니 / 구중궁궐 깊고 멀어 어찌 살펴보랴 / 한 나라 옛 제도엔 직지사나 파견해 / 이 천석 관리라도 마음대로 처분했네 / 폐단과 어지러움 뿌리째 못 뽑으면 / 공황이 다시 온들 바로잡기 어려우리 / 정협의 유민도를 넌지시 못내 잊어 / 이 시 한 편 그려내어 임금님께 드리려 하네[20]

작자는 농군 부부가 봄이 돌아와야 초근목피로 살아갈 방책을 세울 것인데, 아직은 겨울이고 환자미도 갚을 도리가 없어 살아갈 일이 난감하다는 것을 표명했다. 이들 부부는 나졸들이 오는 것을 두려워 할 뿐이고, 자기 같은 딱한 처지에 있는 사람이 천지에는 가득하다는 것을 알게 되니, 관리들의 비리가 심했다는 것을 의미한다. 이에 시적 자아는 어진 관리가 다시 와서 정사를 보살피어도 바로 잡기 어렵다고 고백하고 있다.

---

19) 丁若鏞, 上揭書, 第1集 第5卷 張1, 『夏日對酒』.
20) 丁若鏞, 上揭書, 第1集 第2卷 張11, 『奉旨廉察到積城村舍作』.

작자는 중국 한(漢)나라 때 왕명을 받들고 지방을 순찰하던 직지사자(直指使者)와 이천 석 연봉을 받은 장관이 있다면 백성들의 참상을 이해할 것이고 대책으로 백성의 형편을 돌볼 것이다. 그리고 시적화자는 중국 송나라 정치가 정협(鄭俠)이 백성의 참상을 그린 유민도(流民圖)를 신종(神宗)에게 바쳤던 것과 같이, 이 시 한편을 임금님께 바치겠다고 했다.

위의 시는 다산이 1794년 경기도 암행어사의 명을 받아 연천 지방을 순찰할 때 지은 것이다. 그는 농민들의 비참한 생활상과 지방관 및 아전들의 횡포를 직접 목격하고, 이를 사실적으로 나타냈다.

다산시의 수법은 실증적이고 경험적인 사유를 거쳐 나온 과정에서 쓰였던 만큼 사실적인 경향의 작품이라 할 수 있다. 그 당시 집권당의 시인들은 삼정의 문란으로 인해 백성이 관리에게 당하는 횡포를 외면하고 그에 대한 시를 짓지 아니했다. 그러나 다산은 민초가 관리에게 수탈당하는 참상을 사실성에 입각해서 지었다. 그 중에서도 환곡과 군포의 폐단은 이조사회를 피로 물들여 백성을 죽음으로 몰아, 백성들은 물불 가운데 울부짖으며 뒹구는 상황이었다고 할 수 있다.

다산은 환곡제도의 처음 의도와는 달리 백성으로 하여금 고문을 당하게 하고[21] 가물집기를 차압당하게 하는 것이 환곡의 실정이었다고 했다. 이에 대한 시를 소개한다.

> 봄철에 좀먹는 쌀 한 말 빌리고서 / 가을에 깨끗한 쌀 두 말을 바치네 / 좀먹은 쌀 돈으로 물러하니 / 깨끗한 쌀 판 돈을 바치네 / 이익으로 남은 것은 벼슬아치 살을 찌워 / 한 번 벼슬길에 일확천금 생기네 / 고초는 빈자에 돌아오니 / 휘두르는 채찍질 살점이 떨어진다 / 큰 가마 작은 솥 모두 가져가고 / 자식은 팔려가고 송아지 끌려가네[22]

---

21) 丁若鏞, 上揭書, 第1集 第9卷 張28, 還餉議.

다산은 환상제도의 실정을 다음과 같이 증언한다.

> 내가 다산에 살 때 창고로 가는 길을 굽어본지 이제 10년이 되었다. 일찍이 촌민들이 곡식섬을 받아 지고 지나가는 것을 보지 못했다. 한 톨의 곡식도 받아본 적이 없는데도 겨울이 되면 집집마다 곡식 5, 6, 7섬을 내어 관의 창고로 운반해 가는데, 그래도 다시 이를 불러 환상이라 하니 어찌 부끄럽지 않겠는가. 대개 천(遷)이란 돌아옴(回)이요, 갚는다(報)는 뜻이다. 가져가지 않았으면 돌려 줄 것도 없는 것이며 주지 않았다면 갚는 것도 없는 법인데 어찌 천상(遷上)이라 하겠는가. 지금은 까닭 없이 그저 바친다는 '백상'(白上)은 있어도'천상'(遷上)은 없는 것이다.[23]

다산은 환상제도가 진휼이라는 본래의 성격을 잃어 이를 늑탈아란 불러 마땅한 지경이 되어버렸다고 했다.[24] 이는 그 당시의 실상을 잘 입증했다고 볼 수 있다. 여기다가 중간 관리가 끼어들어 일반 백성들의 생활을 아비지옥이라 한 것에서도[25] 다산은 당시의 상황을 잘 나타내, 다산의 증언대로 보면 관리들에게 민초들이 얼마나 억울하게 재물을 빼앗겼는가를 알 수 있다. 다산이 1809년 6월에 김공후에게 보낸 서한에서도 흉년의 실상을 볼 수 있다.

> 6월에 유랑민이 사방으로 흩어져 가는 곳마다 곡성이 진동하고 길가에는 버린 아이의 시체가 부지기수이어서 마음속으로 걱정이 되고, 차마 볼 수 없는 정경이며 귀로 들을 수 없는 형편에 이르렀다. 유민들이 여름부터 이러하니 가을일을 짐작할 것이며, 겨울 이후의 형편은 상상하기 어려운

---

22) 丁若鏞, 上揭書, 第2集 第5卷 張1, 『夏日對酒』.

23) 丁若鏞, 上揭書, 第5集 第20卷 張24, 『牧民心書』 卷5 戶典 穀簿, 409쪽.

24) 丁若鏞, 第5集 第20卷 張14, 『牧民心書』 卷5 穀簿.

25) 上同, 張15.

것이다. 강진 고을의 논이 6천여 결에 지나지 않는데, 그 중에서 모를 심지 못한 것이 4천여 결에 달한다. 이 중에서 가뭄에 타 버려 불그레한 흙바닥으로 남은 것이 10분의 7, 8이나 된다. … 이 고을만 그런 것이 아니라 여러 도가 다 그러하며 들리는 소식은 듣기 민망할 정도로 기막힐 뿐이다. … 심지어 지방 장관들은 이러한 경황임에도 불거하고 악질적인 관리들을 시켜 민간의 곡식을 탐색하고 사찰들을 습격하고 거리의 상인들을 협박하고 백석을 가진 자는 천 냥을 뇌물로 바치게 하고 10석을 가진 자는 백 냥을 뇌물로 내게 하는 등 온갖 수단의 가렴주구를 다하며 포악무도함이 그지없으니 이는 또 어떻게 된 판국인가 … 비록 공수(龔遂) 황패(黃霸)와 같이 재간 있는 이가 수령이 되고, 주공과 소공처럼 현명한 이가 장관으로 부임한다 하더라도 백성들을 살릴 대책은 강구하지 못할 것이다. 하늘이여! 이 일을 장차 어떻게 하오리까.[26)]

이처럼 민초들은 흉년과 함께 관리들의 행패로 극심한 피해를 받게 돼 고향을 떠나게 된 것이다.

현재 호남지방에서 큰 염려가 두 가지 있다. 그 하나는 백성들의 소동이며, 또 하나는 관리들의 탐욕 행위이다. 수삼년 이래 양반 부호로서 가족을 이끌고 깊은 산골로 이주한 자가 수천 명에 달했다. 무주 장수 등지의 산간에는 이주민의 초막이 산골마다 가득 차 있다. 한편 순창 동북지방에 집을 잃고 노방에 헤매는 유랑민의 행렬이 거리에 늘어서 있다. … 그리고 탐관오리의 포악한 행위는 날마다 해마다 가면 갈수록 심해질 뿐이다. 그 사이 5, 6년만 하더라도 무릇 수 백리의 지역에 걸쳐 새로운 관리들이 번갈아 전근되어 왔다. 그런데 이는 사람마다 한층 더 기괴망측한 자들이며, 이 고을 저 고을이 모조리 그러했다. 이들에게서는 온갖 더러운 소문과 누추한 냄새를 차마 듣고 맡을 수 없는 형편이다.[27)]

---

26) 丁若鏞, 第1集 第19卷 張14, 與公厚.

다산은 흉년의 실상과 관리들의 부패상에 대해 사실적으로 표현했는데, 이는 그 시대의 실상을 쉽게 알게 해 준다. 이러한 실상은 기사년(1809) 당시 다산이 거주한 장진군뿐만 아니라 '온 도가 그러하며 한 도만 그런 것이 아니라 여러 도가 그러하며' 에서도 그 실상이 잘 나타나 있다. 이듬해인 1810년 6월에 기민수가 수원, 광주, 여주, 평택, 전주, 경주 등을 위시해 여러 읍에서 840여 만이나 되는 기민이 속출했다는 기록[28]을 보더라도 식량난이 심각했던 것을 짐작할 수 있다. 다산은 또 관리의 포악함과 백성의 고통, 농촌의 황폐화 현상을 다음과 같이 말하고 있다.

> 그들은 징인(徵隣), 징리(徵里), 징족(徵族), 징인(徵姻)을 자행하고 방을 뒤지고 땅을 파며 목을 매달고 팔을 묶으며 솥을 들쳐 갔다. 또 송아지와 돼지 등을 빼앗아 갔다. 온 마을은 떠들썩하고 통곡하는 소리가 하늘에까지 진동했다. 이리하여 천지의 화평한 기운을 해치며 인가에서 나는 연기의 쓸쓸함은 처참하게 느껴졌다. 이 사람들이 지나간 곳은 열 집 가운데 아홉 집은 비게 됐으며, 처마는 무너지고, 벽은 파괴됐고, 창문은 비틀어졌다.[29]

다산이 수령과 아전들이 농민을 수탈하는 실상을 빠짐없이 사실적으로 고발하고 있는 것은, 실증적인 실학을 다방면으로 대성한 학자라는 데 그 이유를 들 수 있다. 다산에 의하면 관리들은 목민관의 사명과 멀어진 감이 든다. 이들은 관리라기보다 화적떼라고 하는 것이 좋을 정도이다. 불한당 같은 관리들이 민가를 약탈하는 시를 소개한다.

---

27) 上同, 張15.

28) 『純祖實錄』, 純祖 10年 6月 庚辰條.

29) 丁若鏞, 上揭書, 第5集 第1卷 張15~16, 經世遺表 地方戶曹, 第二.

원님 앞서 사령 오니 온 마을이 깜짝 놀라 / 장정들 도망가고 늙은이도 붙들리네 / 기세 높은 군노들이 집집마다 다니며 / 나팔 불고 피리불어 어지러이 구네 / 닭 삶고 돼지 잡고 온 마을이 야단법석 / 떡치기 술 마련에 발등에 불이 났네…

위의 시는 어느 마을에 호랑이가 나타나 민가의 피해를 많이 끼친다는 말을 듣고, 현관이 백성을 측은히 여겨 호랑이를 잡게 했을 때 일어난 일을 다산이 지은 것이다. 이들이 호랑이를 잡는 것은 구실에 불과하고 민가를 약탈하기 위한 목적이 있었다 하겠다.

당초에 어떤 자가 호랑이 났다 알렸느냐 / 입빠른 것이 잘못 뭇 사람의 원성 듣네 / 호랑이 피행일랑 한 두 사람만 받는 것 / 어이해 고을 사람 고통을 받게 하는고?… / 예전에는 나라사냥 때를 가려 하였거늘 / 여름 농사철은 사냥할 때 아니네 / 가증스런 관리들은 밤중에 문 두드리니 / 차라리 남은 호랑이로 오는 관리 좇아내겠네[30]

다산이 관리들의 비리를 파헤칠 수 있었다는 것은 실학파 문인이라는 데 그 이유를 들 수 있다. 다산은 실학파문인인 관계로 당시 관리나 위정자를 일컬어 곡식 피륙을 바치지 않으면 곤장을 때리고 피를 흘리게 한 뒤 그친다고 하여 지방관을 공인된 도적 이라고 했다. 그는 이런 도적에 대해 이서(吏胥)들을 소도(小盜) 감사를 대도(大盜)라고 하였다. 다산은 백성들은 이런 도적들이 없어지지 않으면 백성들이 모두 죽게 된다고 절규하였다.[31]

---

30) 丁若鏞, 上揭書, 第1集 第5卷 張27, 『獵虎行』.

31) 丁若鏞, 上揭書, 第1集 第12卷 張11, 監司論. "若是者 庸詎非大盜也與哉 大盜也已, 君子曰, 大盜不去, 民劉."

② 민초(民草)들의 고초상(苦楚相)

다산이 1795년에 지은 『기민시』(飢民詩, 饑民詩)는 사회 비판적 시로서, 원시 농경에서 근대적인 농사 개량법에로의 과도기에 흉년을 만나 백성들이 살아갈 일이 난감했을 때 지었다. 당시 관리들은 백성에게 과중한 세액의 부담을 징수해, 거기에 따른 부작용으로 유민이 발생했음을 살펴볼 수 있게 했다. 따라서 그 시는 흉년으로 인한 기민의 참상과 그 시대 삼정의 문란을 단적으로 중명해 준다.

『기민시』는 48행의 오언고시체로 구성해 있는데 3단 구조를 이루고 있다. 제1단을 소개해 보기로 한다.

> 인생이 만일에 초목이라면 / 물과 흙으로만 한 세상 살아가겠네 / 힘껏 일해 땅의 털을 먹고 사니 / 콩과 조 바로 이것이네 / 콩과 조 구슬보다 귀해졌으니 / 어디서 몸의 힘이 솟아날 소냐 / 마른 목은 길쭉해 따오기 모양 / 병든 살갗 주름져 닭살같이 푸르스름하네 / 우물은 있다마는 새벽 물 긷지 않고 / 땔감 있다마는 저녁 끼니 짓지 못하네 / 다리는 아직 움직일 수 있지만 / 굶은 걸음걸이 제대로 옮길 수 없네 / 해 저문 넓은 들 부는 바람 서글픈데 / 슬피 우는 저 기러기 어디로 날아가네 / 고을 원님 어진 정사 베풀기 위해 / 사재 털어 없는 백성 쌀 준다네 / 걷고 또 걸어서 고을 문 닿고 보면 / 옹기종기 입만 들고 죽 솥으로 모여드네 / 개돼지도 거들떠 안 볼 음식 / 굶주린 입엔 엿보다도 달구나 / 어진 정사한다는 말 원하지 않고 / 주린 백성 구휼함도 달갑지 않네 / 관가의 상자 속은 악한 놈이 엿보거니 / 우리들 굶게 한 것 아니냐 / 관가 마구간 마소들 살찌는데 / 진실로 우리들의 피와 살이네 / 슬피 울며 고을 문 나서 보니 / 눈앞이 캄캄해 앞길이 안 보이네 / 발 멈추어 마른 잔디 언덕 위에 / 무릎 펴고 앉아 어린 것 달래보네 / 고개 숙여 어린 것 서캐 이를 잡노라니 / 두 줄기 눈물이 비 오듯 떨어지네

제1단은 18세기 후반기의 사회를 사실적으로 잘 반영해 놓았다. 다산이 국가의 창고는 탐관오리의 재산이나 다름없어, 온갖 탐욕행위를 다하고 있다고 김공후에게 보낸 서한에서 밝힌 바 있다. 18세기 후반기에 탐관오리가 국가의 창고를 자기 개인의 재산이나 다름없이 여겨 왔음은 위의 시 '관가의 상자 속은 악한 놈이 엿보거니 이 어찌 우리를 굶게 한 것 아니더냐'라고 한 데서 밝힌 바와 같다.

제1단은 민초들이 흉년으로 먹지를 못해 목은 따오기 같이 길쭉하고 살갗은 닭살같이 주름져 있다고 한 것이라든지, 아침저녁 끼니를 짓지 못하고 기운이 없어 걷지도 못한다는 실상을 사실적으로 표현했다. 그는 흉년으로 민초들이 겪는 고초를 생생하게 그렸다. 다산은 관리들이 민초들에게 감언이설로 대하는 것을 일축해 사재를 털어서 백성을 구제하거나, 어진 정사를 베푼다는 것도 원하지 않는다는 내용으로 지었다. 19세기는 삼정의 문란으로 인해 관리들이 민초들로부터 믿음을 잃게 되었다. 제2단을 소개한다.

> 유유히 흐르는 천지간의 큰 이치 / 누가 알기나 했을까? / 많은 백성들이 살아가는 저 모습 / 여위고 병들어 몰골이 말 아니네 / 갈대처럼 마른 몸 가누지를 못해 / 거리마다 만나는 이 유랑민뿐이네 / 이고 지고 나섰으나 오라는 곳 없어 / 갈 곳을 모르니 어디로 가야 하나 / 골육도 제대로 보전치 못해 / 곤궁해 천륜마저 끊기겠네 / 상농군도 이제는 거지가 돼 / 집집마다 문 두드려 구걸을 하네 / 가난한 집 구걸 갔단 되레 슬프고 / 부잣집에 구걸가긴 내키진 않네 / 날짐승 아니어서 벌레 쪼지 못하고 / 물고기가 아니어서 헤엄칠 수 없네 / 얼굴 빛 처참해 누렇게 뜨고 / 머리는 흩어져 어지러이 휘날리네 / 옛날 성현 어진 정사 펴던 시절은 / 얼마나 홀아비와 과부를 살피라 했네 / 지금 그들이 오히려 부러워라 / 가기 한 몸 굶으면 그만이니까 / 매인 가족 돌볼 걱정 없었으니 / 어찌해 살림 걱정

> 생기겠는가 / 따스한 봄바람이 단비를 몰고 오면 / 꽃 피고 잎 피어 온갖 초목 자라네 / 생의 뜻이 온 천리에 가득 / 가난한 자 구휼함이 바로 이 때라네 / 엄숙하고 점잖은 조정의 높은 분네 / 나라의 안위는 경제에 달려 있네 / 모든 생명들 도탄에 빠졌는데 / 이들을 구원할 자 그대 들 뿐이라네

제2단은 18세기 유민의 실상에 대해서 쓴 것이다. 민초들은 천지자연의 큰 이치로 살아가게 마련이데, 고향에서 살지 못하고 길가에 만나는 이들은 유랑민뿐이라고 했다. 이들은 남부여대로 살 곳을 찾아 나섰으나 어디로 가야할지 모르니 처량하기 그지없는 것이다. 이때 시적화자는 유랑민이 새가 아니어서 벌레를 쪼아 먹지 못하고 물고기가 아니어서 헤엄도 칠 수가 없다고 한탄한 것은, 그 원한의식이 관리들에게 있음을 상기시켜 준다. 또 그 화자는 기민의 얼굴빛이 처참해 누렇게 뜨고 머리는 산발이 돼, 옛 성현이 어진 정사를 하였던 시절을 회상케 한 것은 관리들의 책임의식을 제고한 것이다.

기민들은 우선 먹는 것을 소원한다. 다산이 시에서 봄이 돌아와 생의 뜻이 온천지에 가득한 때를 만나 관리들이 빈민 구제해야 할 것을 호소한 것이라든지, 경제 원칙을 잘 수립해야 할 것을 담고 있는 것은 그 때문이다. 제3단을 소개한다.

> 누렇게 뜬 얼굴 생기라곤 없고 / 가을되기 전에 시든 버들가지 형상이네 / 구부러진 허리에 걸음 옮길 힘없어 / 담 벽 부여잡고 간신히 일어서네 / 부모자식 서로 간 도우지 못하는데 / 길가는 나그네 동정이나 하겠느냐 / 제 살기에 착한 본성 잃어버려 / 굶주려 병든 자를 보고 웃고 있네 / 이리저리 사방 찾아가나 / 마을 풍속 본이 이러하던가 / 부러워라 저 들판에 날아가는 새 떼들 / 벌레나 쪼아 먹고 가지 위에 앉아 있네 / 고관대작 집안에는 술과 고기 낭자하고 / 거문고 피리소리 예쁜 계집 맞이하네 /

희희낙락 즐겁게도 태평세월 모습 / 대감입네. 그 모습 근엄하고 풍성하네 / 간사한 백성들 거짓말만 늘어놓고 / 교활한 양반들 걱정이라 하는 말이 / 오곡이 풍성해 산더미로 쌓였으되 / 농사에 게으른 자 스스로 주리노라 / 초목같이 많은 백성 어쩌다 번영케 하리 / 요순도 골고루 살피지 못하리라 / 하늘에서 곡식이 비처럼 오지 않으면 / 어찌 이 흉년을 구원하랴 / 두어라 또 한잔 마셔나 보자 / 대부 벼슬 깃발 봄바람에 춤추는구나 / 강 언덕과 산골에 묻힐 땅 있으리니 / 사람이란 숙명으로 한 번은 죽음 면할 수 있다 / 제 아무리 어두운 백성이라 할지라도 / 나라에 이 사정 알려서 무엇 하리 / 형제간 서로서로 돕지 않는데 / 부모인들 그 어찌 자애를 베풀쏘냐[32]

제3단에서 다산은 기민들이 부황으로 거동도 제대로 하지 못하면서 유랑을 하는 정황에 대해서 지었다. 기민들은 먹지를 못했기 때문에 새를 부러워하는 가운데 고관대작들은 주지육림에서 노는 모습을 등장시키고 있다. 관리들은 백성이 죽어가는 경황에도 동정은커녕 도리어 교활하게 거짓말만 늘어놓고, 기민들에 대해 게을러서 굶는 것이라고 했다.

다산은 흉년과 관리들의 갈취로 인해 민초들은 유랑하게 되고, 이로 인하여 인정과 사랑이 끊어진 사회가 도래했음을 슬퍼하고 있다. 결국 그는 민초들이 죽을 수밖에 없는 급박한 상황에 어느 누구도 자비를 베풀지 않았음을 한탄한 것이다. 아니, 한탄이라기보다 통탄하는 상황이었다고 할 수 있다.

『기민시』에서 제1·2·3단의 공통성은 관리들이 기민에 대한 대책을 세우지 않고 돌보지 않았다는 데 문제를 제기했다. 다산은 유민이 발생하게 된 책임을 고관들의 잘못으로 돌리고 있다. 그는 원래 박학다식의 학

---

32) 丁若鏞, 上揭書, 第1集 第2卷 張13, 『饑民詩』, 27쪽.

자이고, 경세치용의 이론가이자 실천가이다. 위의 『기민시』에서의 주장은 죽어가는 백성을 살리고자 하는 것이다. 그 길은 관리들의 선정과 올바른 경제 정치를 수립하는 데 있음을 은근히 비친 것이다.

다산은 『기민시』에서 18세기 후반기의 사회상을 사실적으로 묘사했다. 본디 문학 작품은 사실 인식의 표현에 나타나는 진실성에 비례해서 훌륭한 예술이 된다고 평가한다. 문학에 있어서 진실성은 예술적 특징의 본질이라고 할 수 있다.

다산시가 진실하게 지었다는 점에서가 아니라 진은 미적인 표현을 이름 한다. 다산은 중국 시인이나 고문 파들과는 달리 수식에 찬 미문을 짓지 않았다. 그는 시에 미적인 수식을 구사하지 않았고 진(眞)을 구현하는 사실성으로 대했다. 문학에 있어 진과 미는 다산의 경우를 말하는 것이 아닐까 한다. 흔히 문학에서 진은 미이고 미는 진이다고 말할 수 있는 것은 이 때문이다. 문학에 있어 진과 미는 둘이 아니고 하나라고 하는 것은, 미적 표현이나 형상화는 진으로 표현되어지는 인간의식이 융해돼 있을 때만 비로소 가치가 있다고 본다. 그러기에 키츠(Keats)는 미는 진이고, 진은 미라고 한 것이고, 칸트는 진과 미는 하나라고 한 것이다. 이를 도표로 나타내면 다음과 같다.

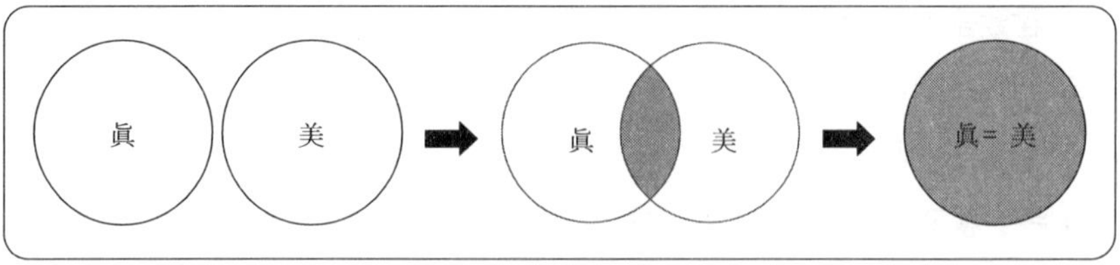

외렌(A. Warren)은 문학의 이론에서 '예술은 물질적으로 아름답고 속성으로 진실한 것이다.'라고 진의 가치를 중시한다. 실상 문학에 있어 미는 진리의 정연(fiancees of truth)에 지나지 않기에 진의 미적 표현이 된다. 문학은 아리스토텔레스의 시학 이후에 호라티우스 엘리엇을 거쳐, 카시러에 이르는 모방에 대한 논의를 들 수 있다. 모방론도 문학의 중요한 입장을 형성하는 것이 되지만, 문학에 있어서 리얼리티의 발전을 결여해서는 아무런 가치가 없다. 다산의 사회시를 이해하기 위해 카시러가 인생의 새로운 질서의 발견을 리얼리티에 있음을 주장한 것에 대해 소개해 본다.

> 다른 상징적 형태와 같이 예술은 있는 것의 재생이 아니고 새로운 질서를 주는 것이다. 그것은 사물이나 인간생활의 객관적 시점으로 인도하는 방법의 하나이다. 그것은 모방이 아니고 리얼리티의 발견이다.[33]

다산은 자신이 살던 시대의 사회적 폐단을 파헤쳤다. 다산의 사회 시는 18~19세기 사회가 삼정의 문란으로 인해 이를 둘러싼 관리들의 횡포가 여지없이 고발되고, 새로운 방향을 제시한데서 인간의 새로운 질서를 발견하게 된다. 고문 파들은 백성들이 관리들에게 시달림을 받는 것에 대해 일언반구도 하지 않았고 조정을 옹호하는 것으로 일관했으나, 다산은 사실적이고 근대적인 안목으로 시대상을 반영해 시를 지었다. 특히 다산의 사회 시는 그 시대를 진실 되게 사실적으로 나타냈기 때문에 작가·작품·사회는 상호관련이 된다고 할 수 있다.[34]

---

33) E.Cassirer, *An Eassay on man*, Yale Univ. Press, 1944, pp.143~144.

34) Hans-Nobert Fugen, *Die Hauptrichtungen der Literatursoziologie*, Bonn, Bouvier, 1974, p.107.

『기민시』가 지어진 것은 18세기 후반기가 된다. 다산이 『흠흠신서』에서 '살아야 할 사람이 죽어가고 죽어가야 할 사람이 살고 있었다.'라고 한 사회상이기에 병들지 않을 수 없었고, 순진한 백성들은 살기가 어려웠으며 탐관오리는 부유해져 갔다. 『기민시』 흉년, 농사법의 개량, 가혹한 세금 징수로 인해 유민하게 된 실상을 볼 수 있고, 18세기 후반기 사회를 조명해 보는 계기가 된다.

『기민시』 제2단에서 상농사군도 거지가 됐다는 것은 흉년으로 백성들이 유랑하는 것만은 아니고, 농사 개량법에도 원인이 있는데다가 가렴주구의 세액부담을 꼽지 않을 수 없다.

청담 이중한은 18세기에 있어서 사대부들이 가빈하여 실세하면 하품으로 계급이 강등되므로, 그렇게 되지 않기 위해서는 재물을 모으는 데 수단과 방법을 가리지 않게 되었다고 밝히고 있다.[35]

성호 이익도 양반 관료들이 벼슬을 그만 둔 후에는 고리대금업자로 둔갑을 하거나, 또 18세기에는 물물교환 시대를 벗어나지 못했으므로 돈을 사용하게 되니 관리들은 백성의 재물을 흔적도 없이 빼어가는 데 편리하게 됐다고 했다.[36]

연암 박지원이 『옥갑야화』에서 대금업자 거부 변승업을 다루고[37] 『광문자전』에서는 대금업자들이 잡는 전당물이 의복 가구들과 전답 노비문서에까지 이르렀으니,[38] 백성들은 모두 뺏기게 돼, 고향을 떠날 수밖에 없었다는 내용을 다루었다. 다산이 『기민시』에서 '길가에 만나는 이 유랑민뿐이네'라고 한 것은 관리들의 횡포가 극심했음을 볼 수 있다.

---

35) 李重漢, 『擇里志』, 京畿, 朝鮮光學會, 1882, 38쪽.
36) 李瀷, 『星湖僿說』 卷4下 人事篇6 治道門三, 錢害, 朝鮮古書刊行會, 1915, 40쪽.
37) 朴趾源, 『燕岩集』 卷14 別集 張90~96, 熱河日記 玉匣夜話, 297~300쪽.
38) 朴趾源, 上揭書, 卷8 別集 張9, 放瓊閣外傳 廣文者傳, 118쪽.

민초들은 먹을 것을 찾아 헤매다가 죽게 되는데, 『기민시』 1·2 단에서 민초들이 날짐승들이 쪼아 먹는 것을 보고 부러워했다는 것은 관리들의 무책임한 정책에 대해 비난한 내용을 우화적으로 표현한 것이다. 『기민시』 3단에서와 같이, 민초들은 죽어가는 지경에 이르렀음에도 정사를 맡은 관리들은 아랑곳하지 않고, 주지육림에서 기생들과 함께 풍악으로 즐기면서 노는 장면은 더욱 관리들의 실정을 가중시킨 결과가 된다. 다산은 『기민시』에서 당대 사회를 사실성으로 반영시켰다.

다산의 사회적 비판 시는 아놀드가 '시는 진리와 시적 미의 법칙에 의한 비평에 알맞은 상태에 있고 인생의 비평이다.'[39]라고 한 것과 같이 단순한 정서에 그치는 것이 아니라 인생의 의미와 사상성을 내포하고 있는 것이라 할 수 있다. 즉 다산은 당대 사회상을 체험에서가 아니라 '믿을 만하게 기록된 개성적 체험의 시'[40]를 지은 것이다.

이와 같이 다산은 민초들이 흉년을 만나고 관리들에게 재물을 빼앗기게 돼, 유랑할 수밖에 없던 상황을 사실적으로 담았다. 그는 18~19세기 초에 삼정이 문란했던 사회와 내적 모순에 쌓인 시대의 말기적 현상을 드러내는 시를 지었다. 다산은 유민의 실상과 치자의 부도덕한 면을 고발하고 기민구제의 방법을 경제정책에다 두고, 치자의 각성을 촉구하며 애민휼민의 정을 근대적인 안목으로 드러내었다.

다산은 관리들의 비행을 고발했을 뿐만 아니라 위국휼민의 일환으로 중국시의 모방에서 벗어나야 된다고 주장했다. 그가 우리말을 한자로 만

---

39) M. Arnold, "A French Critic on Milton" in Christopher Ricksc(ed). Selected Criticism, New York, 1972, p.13. 'Poetry is a Criticism of life under the conditions fixed for such a Criticism by the law of Poetic truth and Poetic beauty.'

40) Domald Stauffer, The Nature of Poetry, New York, 1946, p.17. 'A Poem is … experience recorded as faithfully as possible by an individual Poet.'

들어 조선시를 지은 것[41] 또한 실사구시를 표방하는 학자이었다는 것을 들지 않을 수 없다.

다산은 근대화의 물결로 사회제도와 실학에 대해 개혁할 것을 주장하고, 실학이 대성한 것을 배경으로 근대성이 담긴 혜안으로 사실적이고 개성 있는 조선시를 썼던 것이다. 특히 다산의 시에서 순수한 우리말이나 지방색이 짙은 방언을 한자화해서 쓴 것에 대해 높이 평가할 수 있다.

Ⅳ. 맺음말

서상에서와 같이 필자는 다산시의 사실성에 대해서 조명해 보았다. 고문 파들은 시를 지을 때 민초들이 겪는 사회 현실을 외면하고, 오히려 이들은 조정대신을 비호하고 통치자의 덕을 칭송하기에 급급했다. 그에 반해 실학자파들의 시는 실사구시를 바탕으로 하여, 백성들이 관리에게 당하는 학대를 사실적으로 반영했다. 다산 시는 당대 사회를 사실적으로 담아 18세기 후반기의 사회를 연구하는 데 많은 도움을 주었다. 시의 어조와 주제가 작가 자신에 대한 화자의 태도를 가리키는 것이라면,[42] 다산의 사회적비판시는 18~19세기 다산의 영적인 혼이 담긴 결정체라고 할 수 있다.

다산이 사회 현실을 사실적으로 나타낸 것은 실학 문인이라는 데 큰 원인이 있다. 다산은 호남 강진군에서 오랜 동안의 유배 생활을 통해, 삼정의 문란, 농사 개량법과 흉년으로 기민이 많이 발생했음을 대상으로

---

41) 丁若鏞, 上揭書, 第1集 第6卷 張34, 老人一快事 六首 效香山體 第5首.

42) Brooks and Warren, *Understanding Poetry*, New York, Holt Rinehart and Winehart and Winston, 3rd Edition, 1960, p.181.

시를 지었다. 다산 시는 형식적 아취는 없었다 하더라도 사실적으로 지었으므로, 18~19세기 현실을 알 수 있게 했다.

다산의 『기민시』는 민초들이 흉년과 관리들의 부정 비리로 고향에서 살 수 없게 됨에 따라 유랑하는 실상에 대해서 지은 것이다.

『조승문』은 흉년과 관리들의 행패로 인해, 민초들이 기근과 학정에 시달리어 유랑하다가 길거리나 산간에서 죽어 갔음을 나타내었다. 다산은 기민이 유랑하다가 길거리에서 죽어가 시체에서 창승이 번성해 전신됐으므로 아류(我類)하고 한 것이다. 다산은 창승이 아류인데서 임금님 있는 대궐로 날아가 백성들의 참상을 아뢰어 선정을 베풀어 주기를 충간하는 의도에서 지었다.

다산 시는 부정과 비리를 파헤쳐 놓아 사실적이고 현실적이다. 또한, 다산의 사회적비판시는 사회시의 전통 위에서 한층 심화하고 확충했으므로 시사적 의의를 지닌다.

이것은 다산이 수학기부터 『시경』체시, 우화시 등 풍간의 의도를 폭넓게 수용하고, 이해하여, 다산 자신의 시관을 수립한 데 있다. 또 두보와 백거이의 사회시 세계와 고려 중엽으로부터 일기 시작한 사회 시, 조선 전기를 거쳐 계속 지속되고 확장되어 온 전통을 다산은 집대성 했다고 할 수 있기 때문이다.

이런 점에서 다산 시는 비록 시공의 차이는 있을지언정, 중국 시와 한국 전통의 사회시를 근간으로 하여 사실적으로 그려낸 데서 문학사적 의의가 크다고 할 수 있다.

다산이 애민 애국하고 시대에 대해 분개하는 시 정신은 『시경』에서 나온 것이라 할 수 있다. 그가 시성으로 불리는 두보를 공자처럼 힘써야 한다는 것은 『시경』의 시관을 잘 계승했기 때문이다. 백거이가 민생을 다룬 사회시를 다수 산출했듯이, 다산은 풍간의 시 정신을 담아 도탄에 빠진 민생을 자신의 문학상의 한 과제로 삼았다고 할 수 있다.

다산이 실학의 학풍으로 그 시대의 사회현실을 시로써 형상화 하였다는 것은 진실성에 입각한 시작 행위라 아니할 수 없다. 다산 시는 기교를 부리는 것과는 달리 사회성과 대상을 진실 되게 묘사했다는 데 의의를 부여할 수 있다. 따라서 다산의 사회 시는 오늘의 부정비리를 재조명하게 하는 현대적 의미를 지닌다.

제2부

양반층을 비웃는 풍자문학

양반계층의 시조의 미학과 사설시조의 미의식 고찰

Ⅰ. 머리말

시조는 평시조 · 엇시조 · 사설시조 세 가지로 또는 평시조 · 사설시조 두 가지로 이루어진다. 이러한 시조의 구분은 시조를 음악으로 여기면서 마련되었다. 이 가운데 사설시조(장시조)는 18세기 중엽이후에 이르러 융성기를 맞이하였다. 처음 시조가 생성되었을 때는 평민들의 각성과는 아무런 연관이 없었다. 18세기 중엽에 이르러서야 사설시조는 평민성을 다분히 띠었지만 초창기의 사대부 양반계층이 불렀던 사설시조는 양반들의 '유기적 구조'(organic form, dynamic structure)[1]를 잘 반영시켜 준다. 양반들은 유교경전을 금과옥조로 생각하면서 살아 왔다. 문학은 그 당시 사회적 배경과 밀접하게 관련되어 있다.[2] 여기서 초기의 사설시조에는 양반들의 생활성과 연관된 숭고미 · 우아미 · 비장미 등이 나타나 있다.

---

1) René Wellek & A.Warren, *Theory of Literature*, harmondsworth A Peregrine Book, 1970, pp.154~155.

2) René Wellek & A.Warren, *Ibid*, p.10. Literature is a Social institution, using as its medium language, a social creation.

여기서, 숭고미(sublime beauty)는 옛날 성군의 세계로 돌아가는 고답주의적인 것으로 대개 양반들의 의식은 옛 성현의 법도를 따르는 것이 그들의 이상이었기에 숭고미는 시조나 사설에서 두루 창조되었다. 우아미(elegant beauty)는 양반들의 담담한 심정을 나타낸 것으로써 점잖음을 유지하는 생활을 뜻한다. 사설시조에 나타난 우아미가 양반의 유유자적한 생활이었으므로 강호에서 맛보는 도피적인 생활상이었다. 비장미(tragic beauty)는 양반들의 비장한 정경을 나타낸 것이다. 양반들의 생활은 성군의 치적을 동경하는 것이었다. 그런데 18세기 중엽의 현실은 성군의 치세와는 거리가 멀었다. 왜냐하면 이때는 당파간의 알력이 심화되었던 시기였기 때문이다.

양반들이 사설시조에서 비장미를 구현한 까닭은, 그들이 성군의 치세하에서 살지 못하는 안타까운 현실 때문이었다. 사설시조에서 비장미 창조는 조선 왕조의 지배 계급이 질서를 추구하는데 필요한 미학이 되었던 것이다.

사설시조는 18세기 중엽을 전후해서 그 내용이 달라졌다. 물론 현존하는 사설시조 중에는 16세기 중엽 이전에 지어진 것이 전하기는 하나, 작자 미상의 사설시조가 많기 때문에 18세기 중엽 이후 서민들에 의해 지어진 사설시조가 대부분을 차지한다. 이것은 양반이 양반을 비방하는 노래를 지은 것은 유교 사회에서는 극히 보기 드문 현상에 속하기 때문이다.

16~17세기에 사설시조는 주로 양반들의 생활상을 나타낸 것이고, 18세기 중엽 이후에는 서민들의 생활을 반영하여 사회의 경화된 모습과 양반들의 위선을 풍자하였다. 서민들의 풍자는 단순한 것이 아니고 양반사회에 대한 부정적인 측면을 나타내었다.

서민들은 양반들의 위선을 풍자하는데 있어서 희극미(comic beauty)를 구현하였다. 18세기 중엽은 새로운 사조로 인해 근대화에 대한 의식의 각성이 나타나고 그 영향은 서민생활에도 미치게 된다. 이러한 근대화에 실학사상은 역동적인 역할을 하였다고 본다. 특히 사설시조는 일부 양반계층과 서민들이 창작하고 노래하였으므로 이들의 작품을 예를 들면서 내용을 전개시키려고 한다.

Ⅱ. 사설시조의 작가계층 개관

1. 양반계층의 초기작가

사설시조는 당시의 주류를 이룬 학풍이었던 성리학과의 관련 하에서 발생했다. 사설시조의 발생은 18세기 숙종조 이후라는 학설도 있긴 하지만 이미 16세기 고응척(高應陟), 정철(鄭澈)의 작품이 전하는 것으로 보아 적어도 선조 때 또는 명종 때에 형성되었던 것으로 볼 수 있다.

두곡(杜谷) 고응척(高應陟, 1531~1605)은 송강(松江) 정철(鄭澈, 1536~1593)과 거의 같은 시기의 사람이다. 두곡은 정치가로서 환해에 부심하다가 고은(故隱)에 돌아와서는 은사(隱士)로 자처하지 않고 도학에 근원을 둔 산천학자(山村學者)였다. 즉 그는 도학자이면서 문신(文臣)이었던 것이다.[3]

비록 두곡의 작품을 송강(松江)의 작품에 비할 정도는 아니지만 단시조(短時調)의 정형(定型)에서 파형(破型)의 시조(時調)를 지었다는데 중요한 의의를 지닌다. 이는 현대시에서 지속적으로 형성되어 있는 인습을 깨뜨려야 한다는 것과[4] 새로운 시형을 모색하는 장르 의식과도 관련되어 있는 것이다.[5] 두곡의 호호가(浩浩歌) 삼수(三首) 중 그 삼수을 인용해 본다.

---

3) 金東旭, 「杜谷時調硏究」, 『韓國歌謠의 硏究』, 宣明文化社, 1975, 275쪽.

4) T.S.Eliot, *Selected Prose*, The use of Paetry & The use of Criticism, A Pergrine Book New York Harcout, 1965, p.155.

天地 萬物이 엇디하야 삼긴게고
시저리 쓰시면 太倉애 祿米을 때누키고 머그리랴 시저리 바리시면 綠水靑山이 어듸가
업스리오 渭川漁夫도 낫대한 나쑤니오 莘野耕叟도 두어고랑 바티로다 하물며 嚴子陵도
帝腹애 발연즈니 그믈기도 몯하거든 셩식글내실러냐
어릴샤 뎌宰相아 제지브로 오라할샤

(『歷代時調全集』 2805)

그의 문집 『두곡집』(杜谷集)에는 28수의 시조 작품이 전하는데, 그 중 25수가 『대학』(大學) 장구(章句)를 시조로 읊어 교훈시를 만든 것으로 미루어 두곡은 유학자라는 것이 분명하게 드러나지만, 이 속에 6수가 점에 주목하지 않을 수 없다.

위의 인용한 「호호가」는 은일(隱逸)을 주제로 한 것으로서 파격(破格)의 시조라는 점에서 사설시조로 볼 수 있다. 송강 역시 유학자이면서 장시조(長時調)인 문신이었는데 그의 「장진주사」(將進酒辭)는 『진본청구연언』(珍本靑丘永言)이나 『가곡원류』(歌曲源流)의 각 이본(異本)에 수록되어 있다. 이는 가곡(歌曲)으로 가창(歌唱)되었음을 의미하는데 「장진주사」(將進酒辭)의 형식을 가곡(歌曲)의 5장형식(5章形式)에다 맞추어 보면 창사(唱詞)가 된다. 송강의 「장진주사」를 소개한다.

한 盞먹새근여 또 한 盞먹새근여 곳것거 算노코 無盡無盡 먹새근여
이몸 주근 後면 지게우해 거적 더퍼 주리혀 매여 가나 流蘇寶帳의 萬人이우러네나

5) René Wellek & Austin Warren, *op. cit*, p.226.

어욱새 속새 덥가나모 白楊 수페 가지곳 가면 누론해 흰달 가난 비 굴근 눈 쇼쇼리
바람불제 뉘 한 盞 먹쟈할고
하물며 무덤 우해 잿나비 바람불제 뉘우츤들 엇디니
(『珍本青丘永言』)

이 작품은 가장 초기의 사설시조라고 한다. 이 내용은 인생의 무상함을 탄식한 노래로서, 사람이 죽으면, 거적에 덮어 지게 위에 얹혀 가거나 호화롭게 만인의 애도 속에 황량한 묘지에 가게 되는 허무한 존재임을 말하고 있다. 살아 있을 때 후회가 없도록 꽃을 꺾어 셈하면서 술이나 많이 마시며 살아 보자고 부른 노래이다. 이는 일종의 권주가로서의 내용을 지닌 것에 불과하다.

송강은 이백(李白)을 사숙한 관계로 술도 좋아하고 시조 가사도 잘 지었다. 원래 「장진주사」는 이하(李賀) 등의 「장진주」(將進酒)와 두보(杜甫) 「시마백부행」(緦麻百夫行)을 모방해서 지었다고 한다.

사설시조가 숙종조 이전의 문헌상에 전하는 것은 이들 양인 외에 강복중(姜復中, 1563~1639), 백수회(白受繪, 1574~1642), 채유후(蔡裕後, 1599~1660) 등이 있다. 이들 작품으로 인하여 사설시조의 생성시기를 숙종조보다 훨씬 거슬러 잡아야 한다는 학설이 있다.

> 長型時調도 文獻에다 중점을 두자면 兩班學者의 손에서 성립되었다고 하겠고, 성립은 16세기 17세기까지 約 百餘年間에 되었다고 하겠다.[6)]

이 학설은 위의 5인의 작가와 작품을 근거로 한 인상을 받게 한다.

6) 우리어문학회, 『國文學概論』, 一成堂書店, 1949, 231쪽.

> 辭說時調는 近代의 문학이었지마는 그 淵源은 실로 멀리 松江에 있었던 것인데, 그 때는 아직 존재는 하였지마는 하나의 形態文學으로서 그 가치를 발휘하지 못하던 것이 近代 散文精神이 팽창 하는데 따라 점점 그 가치가 인정되어 여기에 드디어 時代文學으로서 등장하였던 것이다.[7)]

사설시조의 연원은 송강에 두고 있으나 고응척의 장시조와 송강의 작품 중 과연 어느 작품이 먼저 생성되었느냐 하는 데는 의문이 생기지 않을 수 없다. 그러나 사설시조는 일반적으로 송강으로 부터 연원되었다고 일컬어지고 있으며 장시조의 생성이 명종 때까지 소급될 수 있다는 학설도 있다.

> 歌辭는 長時調의 확대요 長時調는 歌辭의 축소라 함을 증명하여 주는 實證인 갓이다 그러므로 初期에는 二代 代表的인 詩歌形式인 時調(短時調)와 歌辭와는 구분되어 창작되어 오던 것이 어느 사이인지 그 接線이 凝結되어서 그 中間存在인 長時調形態를 산출하였던 것이다. 이것이 적어도 明宗代까지는 소급될 수 있다고 본다.[8)]
>
> 長時調形은 短時調形과 歌辭形이 兩大장르로서 連線히 展開되어져 오다가 그 中間型인 長時調形을 創案해 내게 되었는데 그 時期는 아마 明宗頃으로 치켜 올릴 수도 있겠다.[9)]

위 학설에 의하면 장시조의 생성기는 적어도 송강 당시 선조대로 보거나 혹은 소급하더라도 명종대에 생겨났다는 것을 알 수 있다. 따라서 사설시조의 생성을 16~17세기로 보게 되는데, 이는 시대와의 관련 하에서

---

7) 趙潤濟, 『韓國文學史』, 探求堂, 1987, 344~345쪽.
8) 李泰極, 『時調槪論』, 새글사, 1959, 310쪽.
9) 李泰極, 『時調의 史的 研究』, 宣明文化社, 1974, 102쪽.

살펴볼 수 있다. 즉 임진란 이후의 시조 창작에 민중의 각성이 작용하고 있었음을 의미한다.

이 시기는 임·병란의 후유증이 심각해서 급격한 변화와 혼란의 현실 상황을 단형의 형식으로는 전부 표현할 수가 없었던 것이다. 게다가 당파 간의 알력이 심화되었으므로 감정이 폭주하게 되었던 것이다. 그러므로 장형시조의 생성은 16~17세기의 시대적 상황과 밀접한 관련이 있다고 할 수 있다.

2. 평민계층의 작품과 시대조류

사설시조에서 근대성은 18세기 중엽의 상황과 관련된다. 이에 대해서 최동원은 장시조의 전성기를 다음과 같이 말하고 있다.

> 長時調의 全盛期는 18세기, 즉 肅宗 後半期부터 正祖期에 걸친 약 1세기 동안이라 하겠는데, 그 가운데서도 英祖一代의 半世紀가 最全盛期였다.[10)]

18세기 중엽에는 사상과 문학이 전대에 비할 수 없을 정도로 왕성하였다. 시조방면에서도 그 발전은 예외가 아니었다. 이세춘(李世春)의 시조 창에서 볼 수 있는 바와 같이 단가(短歌)에서 시조창(時調唱)이 생성되어 양반계층만이 부르던 것이 평민 계층에서도 부르게 되었다. 18세기 중엽의 영정시대는 새로운 시대사조인 청조의 실학정신에 의한 각성의 시대이기도 하였다. 뿐만 아니라 새로운 문물이 물밀듯이 밀려 들어와서 사람들의 의식을 각성케 하였던 것이다.

18세기 이전의 사설시조의 작가 층을 보면 사대부 양반계층과 서민

---

10) 崔東元, 『古時調論』, 三英社, 1986, 81쪽.

계층으로 나눌 수가 있는데 최동원은 심재원편저(沈載完編著)『역대시조전서』(歷代時調全書)에 수록된 3335수 작품을 장시조(長時調, 사설시조) 525수, 엇시조 약 40수를 분류해 냈다. 장시조(長時調) 작품으로 가려진 525수의 작가는 약 40명이며, 그 중에서 신빙성 있는 작가는 21명에 불과한데, 이 중에서 16~17세기 작가로 밝혀진 5명을 제외하면 나머지 작가는 16명에 지나지 않는다고 하였다. 또 21명의 작품수도 131수이고보면 나머지 작가들과 그들의 작품 수는 명확하지 않으므로 이들은 대부분이 평민계층이었음을 밝혀진다.[11] 이로써 18세기 중엽 전성기에 활약했던 사설시조 작가의 주류는 중인 계층이었다는 것을 알 수 있다.

고정옥은 사설시조의 작가 계층을 ① 신진주의 작가 ② 창곡류 ③ 부녀자 ④ 기녀 ⑤ 민요 시창자 ⑥ 몰락한 양반[12]이라 보고 있다. 물론 이 중에는 몰락한 양반이 아니라 사대부 계층도 있는데, 이정보(李鼎輔)가 그 계층에 속하게 된다. 그런데 당당한 사대부인 그가 과연 양반계층을 비방하는 장시조를 지었겠느냐 하는 데는 학자 간에 많은 이설이 있다.

18세기 중엽에 창작된 사설시조의 작가 층을 보면 압도적으로 중인계층이 많다는 것은 타당성이 있다. 김동욱은 고정옥의 설에 동조하여 사설시조의 작가적 주류는 평민계층이라고 보고 있다.[13]

사설시조는 18세기 가운데에서도 가악이 융성했던 시기인 영조일대(英祖一代)에 성행하였으며, 그 당시 김천택(金天澤)·김성기(金聖器)·김수장(金壽長) 등이 활발하게 활동한 것으로 볼 수 있다. 사설시조의 작가와 창자(唱子)는 주로 중인계층이었으며 그 중에서도 서리출신(胥吏出身)의

---

11) 崔東元, 위의 책, 80쪽.
12) 고정옥, 『고장시조선주』, 서울출판사, 1949.
13) 『국어국문학』 1호, 부산, 1952.

가객이 주도적인 역할을 하였다. 이렇게 사설시조의 작가와 창자(唱者) 중 평민 출신들이 많이 등장한 것은 18세기 이후에 서민 의식이 성장하였기 때문이다. 서민 출신 작가는 새로운 사조의 영향을 받아서 양반들의 부정한 면모를 신랄하게 풍자하고, 또 그들의 경직된 생활을 치유하기 위해서 사설시조에 그들의 감정을 불어 넣었던 것이다.

18세기 중엽에는 서민 정신과 새로운 사조의 영향으로 양반들의 각성을 요구하는 사설시조가 나타났다고 볼 수 있다. 새로운 사상이 생성되기 이전에는 어느 시대를 막론하고 이미 그만한 폐단이 만연한다는 것을 감안할 때 실학사상의 등장도 그러한 상황이 야기한 사상이었던 것이다. 상위문화가 하위문화를 압도하는 것이 시대적인 흐름과 관련된다[14]는 것을 감안할 때 성리학에서 실학으로 사상이 전환되는 것은 새로운 시대적 산물이라고 할 수 있다. 실학사상의 새로운 등장은 서민들의 의식을 한층 더 깨우쳐 주었다.

양반들의 시는 숭고하고 우아하며 때로는 비장미가 풍긴다. 이에 반해 서민들의 시는 단조롭기 그지없다. 서민들은 양반 유가와는 달리 지적 지능이 부족하여 깊숙하고 은은한 맛이 없이 직설적이지만 또 이들의 사설시조는 솔직 대담하면서도 또한 희극적인 특성을 지닌다.

소경이 盲觀이를 두룻쳐 업고
굽떠러진 편격디 맨발에 신고 외나무 석은 나리로 막대 업지 앙감쟝감 건너가니 그 아래
돌부쳬 셔잇다가 仰天大笑하더라.

(『花原樂譜』)

---

14) Herbert Read, *Collected Essays in Literary Criticism*, London, Faber and Faber, 1950, pp.17~19.

위의 사설시조는 작가 미상으로 눈이 어두워 아주 못 보는 사람이 장님을 업고 썩은 외나무 다리를 막대도 없이 건너가는 모습을 돌부처가 보고 웃는다는 내용인데, 양반들이 비장미를 구현한 것과는 달리 서민들은 희극적으로 형상화했다.

평민들의 사설시조가 희극적 표현을 통해 웃음을 자아내는 것은 양반들의 경제적 생활을 웃음으로 치유시켜 주는데 있었다. 실제로 양반들은 경직된 생활을 하여 왔고, 서민들의 사설시조는 이러한 양반들의 생활에 활력을 불어 넣었다.

사설시조 의의는 당시 사회를 솔직하게 표현했다는 데에 있다. 양반들은 겉으로 점잖은 체 하면서도 안으로는 위선적인 생활을 하여 왔으나 서민계층은 진솔하게 남녀의 연모상사를 사설시조에 꾸밈없이 표현하였다.

> 도련님 날보시할제 피나모 굽격지에 잣징박아 주마터니
> 도련님 날 보신後난 굽격지는 카니와 헌신짝 하나토 나몰래라
> 이 後란 도련님 날보고 누금적할제 나난 입을 빗죽하리라.
>
> (『歷代時調全書』 854)

이 노래는 엄격한 유교사회에서 유부녀가 외간 남자에 대한 정을 노래했다는 것이 다른 사설시조와는 사뭇 색다르다. 노래 내용이 매우 노골적인데 유부녀가 어린 초립동과 뜻이 맞아 밤에 월장도주(越墻逃走) 하려다가 잠귀 밝은 시아버지가 '도적이다' 소리치는 바람에 허사가 되어버리자, 다시 만날 길 없는 임을 그리는 연모의 정이 잘 나타난 시조이다. 또한 사설시조에서는 남녀 간의 정사를 담은 노래가 많이 보인다. 사설시조의 내용이 솔직 대담하게 나타난 것은 다음의 시조에서도 볼 수 있다.

드립더 바득 안으니 셰허리지 자늑자늑
紅裳을 거두치니 雪膚之豊肥하고 擧脚蹲坐하니 半開한 紅牧丹이 發郁於春風이로다.
進進코 又退退하니 茂林山中에 水春聲인가 하노라.

(『珍本靑丘永言』)

이 시조는 남자가 한 계집의 음부를 홍목단(紅牧丹)으로 묘사한 것이고, 또 성행위 하는 장면을 나무숲 우거진 봄날에 부는 바람 소리로 비유하고 있다. 이러한 노래가 불러졌다는 것은 유교체제에서 너무나 억압된 생활을 하여오다가 새로운 사조와 사상의 유입으로 노골적인 장면까지도 묘사가 가능해졌다는 것을 의미한다.

간밤의 자고 간 그놈 암아도 못니즐라.
瓦冶ㅅ놈의 아들인지 진흙에 뽐내듯이 두더쥐 佾息인지 국국기 뒤지듯이 沙工의 成佾인지
沙禦때 질으듯이 平生에 처음이요 凶症이도 야르제라.
前後에 나도 무던이 격거시되 참 盟誓하지 간밤 그 놈은 참아 못니즐까 하노라.

(『校注海東歌謠』)

이 노래는 유곽의 계집이 노래한 작품이다. 그들의 겪은 정사를 실토한 노래로서 어느 남자와의 성관계에 대한 미련을 나타난 것이다.

위의 사설시조는 양반들의 미의식이 표현된 시조와는 많은 차이가 나타난다. 이 노래는 희극미가 내포되어 있으므로 사람들에게 선사하려는 의도가 있었다. 18세기 중엽에 이러한 노래가 불리어졌다는 것은 경직된 사회를 혐오한 데서 생성되었다고 볼 수 있다. 성리학은 유교경전대로

행할 것을 권유하기 때문에 경직된 생활을 하게 된다. 이러한 야반들의 생활을 치유하기 위해서는 풍자문학이 필요했던 것이다.

사설시조에서 18세기 중엽에 생성된 희극미는 양반 유가의 생활을 비난하는 반동적인 의식의 소산이다. 유교에서는 남녀 7세 부동석이라 할 만큼 남녀의 율기를 철저하게 지켰다. 유교 사회에서 남녀의 정사를 부정해 왔던 것은 그런 이유 때문이다. 그런 데도 사설시조에서 위와 같이 남녀의 정사 장면을 노골적으로 노래했다는 것은 유가 체제에 반항하는 의식에서 생겨났다고 할 수 있는데, 이러한 현상은 우연한 일이 아니고, 시대적 상황에 의하여 생겨났다고 볼 수 있다. 곧 양반들의 의식과는 다른 노래가 지어졌다는 것은 시대적 상황이 성리학적 시대에서 실학시대로 변화되었음을 말해 준다.

본고에서 사설시조의 작품을 양반계층과 서민계층으로 나누었는데, 전자는 성리학적 사유체계로 창작하였고, 후자는 실학정신이 뒷받침되어 사설시조를 산출시켰다고 본다. 작품이 시대적 상황과 연관되어 생성되는 것이라면, 사설시조의 연구 또한 이러한 사설에 주목해야 할 것이다. 그러므로 사설시조는 사회의식과 사상이 이미 당시 사람들에게서 속속들이 배태되어 있는 것으로 연구해야만 할 것이다.

Ⅲ. 양반계층의 생활미학

1. 숭고미 구현

조선조 국가체제는 성리학으로 굳건히 이루어져, 기존의 시조는 말할 것도 없고 새로이 나타난 사설시조에서도 관념적인 형태가 나타나게 되었다. 양반계층은 성리학의 주체적인 사상을 금과옥조로 신봉하여 평민들과는 달리 고도의 정치문화를 유교적인 시조로 완성하기에 이른다. 이들의 궁극적 목적은 사회의 질서와 안정을 도모하는 데 있었다. 양반들의 생활상을 담은 평시조의 미학에는 여러 종류가 있는데, 그 중 강상(綱常)을 주제로 한 시조에서 인륜의 도리를 내용으로 한 시조를 예로 들어 본다.

> 仁心은 터히 되고 孝悌忠臣 기둥이 되야
> 禮義廉恥로 가족이 녜엿신이
> 千萬年 風雨를 만난들 기울쭐이 잇시랴.
>
> (『大東風雅』)

이 시조는 숙종 때 경상도 칠원 현감을 역임한 주의식(朱義植)이 지은 것으로 내용은 어진 마음으로 집터를 이루고 효제 충신으로 기둥이 되고 예의 염치로 만든 집이 즐비해 있으니 천만년토록 풍우를 만나도 반석 위에 놓인 것과 같이 기울지 않는다고 했다. 이것은 유교 이념인 오상(五常)과 도리를 지켜야 할 것을 말하고 있으니, 사람이 살아가는 질서를 구현하는 숭고미를 반영한 작품이라 할 수 있다. 숭고미의 사설시조가 어떠한 내용인지 다음에서 소개하기로 한다.

> 漢高祖의 謀臣猛將 이제와 議論하면
> 蕭何의 給饋餉不絕糧道와 張良의 軍籌帷帳과 韓信의 戰必勝功必取는 三傑이라 할연이와
> 陳平의 六出奇計 안이런들 白登에 에운 城을 뉘라셔 푸러냄여 項羽의 范亞父를 뉘라셔
> 離問할꼬
> 암아도 金刀刱業之功은 四傑인가 하노라.
>
> (奎章閣本『歌曲原流』)

이 사설시조는 작가 미상이다. 이 시조는 병자호란 때 항복을 반대하다가 척화파로 몰리어 청(淸)에 잡혀가서 갖은 고문에도 굴하지 않다가 심양의 서문(西門) 밖에서 사형(死刑)을 받은 삼학사(三學士)인 홍익한·오달제·윤집 등의 빛나는 대의를 중국의 충신열사들과 비교하면서 삼학사의 충절을 따를 자가 없다고 노래한 것이다.

중국 역대의 충신열사는 조선 왕조에서도 숭앙의 대상이 되어 왔기 때문에 작자는 주대(周代)의 백이숙제(伯夷叔齊), 은(殷)의 용봉비간(龍逢比干), 전국시대(戰國時代)의 제(齊)의 노중달(魯仲達), 한(漢) 성제(成帝)때의 주은(朱雲), 진(晋)의 도연명(陶淵明), 당(唐)의 남제운(南霽雲), 송(宋) 고종(高宗)때의 악비(岳飛) 등은 만천하 인이 숭앙하는 충신의사(忠臣義士)라고 소개한 것이다. 삼학사(三學士)는 중국의 충신열사보다 더 절개가 굳은 것으로 나타나는데 이는 작가가 의도적으로 숭고미를 구현한 작품이라 할 수 있다. 숭고미가 삶의 질서를 추구하기 위한 것은 다음 사설시조에서도 엿볼 수 있다. 소개하여 보기로 한다.

> 아마도 太平할슨 우리 君親 이 時節이야
> 聖主ㅣ 有德하샤 國有風雲慶이오 雙親이 有福하니 家無桂玉愁ㅣ로다.
> 億兆蒼生이 年豊을 홍계워 白酒黃鷄로 喜互同樂 하놋다.
>
> (『珍本青丘永言』)

위의 사설시조에 나타난 군왕은 어느 왕인지 소상하게 알 수 없으나 성주가 후덕(厚德) 하거나 유덕(有德)하면 풍년도 찾아오고 가정에 복도 찾아오게 된다는 것이다. 고대에 있어서 태평성대는 우순풍조 하는데 있다고 하여도 과언이 아니다.

위의 사설시조는 사람들의 서로 도우며 사는 생활상을 표현하는 동시에 숭고미를 구현한 작품이라 할 수 있다.

2. 우아미·비장미 창조

양반계층의 시는 숭고미와 함께 우아미가 나타난다. 양반들의 생활의식은 성리학의 기반으로 인하여 그 지식을 우아한 문체(an elegant style)로 승화시켜 놓았다. 양반들이 전가(田家)에서 한거하는 사설시조를 예로 들어본다.

> 人生을 혜알이니 榮辱이 半이로다 東門에 掛冠하고 田里로 도라와셔 聖經賢傳열쳐노코 니러기를 다한 後에 압내예 살진고기도 낙고 뒷뫼에 움진 藥도 캐다가 登高望遠하며 任意逍遙할재 青風은 徐來하고 明月이 至時로다.
>
> 이즁에 슐손조부어먹고 琴歌自適하니 이갓치 安逸한 죠흔마시 世上에 또 이셔 비겨보랴 이리 노니다가 昇化歸雲하여 帝鄕에 올나가면 餘恨이 업슬노다.
>
> (『歷代時調全書』 2394)

이 시조는 작가가 높은 벼슬을 누리고 있을지라도 원래 인간은 영욕이 반반이라는 것을 깨닫게 한다. 그래서 작가는 치사 귀전하여 초가집에서 성현의 서를 읽고 때로는 천렵과 약도 캐여 높은 산에 올라 멀리 바라보며 소요·유감하기로 한다는 정경을 노래하고 있다. 이때 맑은 바람이 서서히 불어오고 달이 밝을 때 손수 술을 부어 마시며 거문고를 타고 자족하는 안일한 생활을 하는 것이 세상에 다시 없는 즐거움이라는 것이다. 이것은 양반들의 생활상을 잘 반영해 놓은 것이라 하겠다.

양반들이 환로에 나아가 부귀영화를 누리는 것은 그들이 바라는 소망이기도 하였다. 일단 양반들이 벼슬자리에 나아가 임기를 채우고 나면

치사한객이 되어 여생을 강호에서 자연과 벗 삼고 죽어서는 승화, 서운하여 제향에 올라가면 여한이 없다는 것인데, 이 또한 양반들의 삶과 이상을 나타낸 시조이다.

林川의 草堂짓고 萬卷書册 싸아 놋코
烏騅馬날지게 메계흐느는 물가의 굽씩겨 세고 보래매 길드리며 절대佳人 겻헤 두고
碧梧거문거 새줄언저 세워두고 生簧洋海琴海琴저피리 一等美色 前後唱夫 左右로 만저
엇쪼로 弄樂헐제
아마도 耳目之所好와 無窮之至所樂은 나뿐인가.

(『歷代時調全書』 2459)

초·중장은 나무수풀 우거지고 시냇물이 흐르는 곳에 자리를 잡아 초당을 짓고 만권서적을 쌓아 두고 독서를 하고, 무료하면 때로는 오추마를 씻어 타고 보라매로 사냥하게 되니 건강한 몸을 유지하게 된다는 내용이다. 또 절세가인을 옆에 끼고 거문고를 비롯한 각종 악기의 연주에 맞추어 창부들 놀이로 세월을 보낸다는 것이 무궁한 지락이 아니겠느냐고 작자는 노래하고 있다. 양반들의 우아미는 대체로 강호지락을 즐기는 것으로 표현되어 있다.

漁村에 落照하고 水天이 한 빗친제
小艇의 그믈싯고 十里沙艇 나려가니 滿江蘆荻에 霞鶩은 섯겨 날고 桃花流水에 鱖魚는
살젓난듸 柳橋邊에 배를 매고 고기 듀고 술을 사셔 酩酊케 醉한 후에 欸乃欸부르며 달을

띄여 도라오니 아마도 江湖至樂은 이 뿐인가 하노라.

(『南薰太平歌』)

시의 배경은 노을 진 어촌을 풍경으로, 강에는 갈대가 우거지고 따오기가 무수히 날고 있는 달 밝은 밤의 배경이다. 작은 배에다 그물 싣고 도화유수에서 살진 궐어를 낚아 술을 먹고 취한 후에 달 밝은 밤에 뱃노래를 부르면 강호지락을 맛보게 된다는 내용이다. 이 노래는 이런 평안한 배경에서 오는 한가로운 풍류의 정이 드러나고 있다.

위의 사설시조에서 양반들은 성현이 다스렸던 치적으로 돌아가고 싶은 심정에서 숭고미를 나타내었고, 풍류로는 이상적인 생활을 우아미로 구현하였다. 사람의 욕심은 한이 없으므로 욕구대로 살지 못한다. 양반들은 숭고미와 우아미로써 자기들의 이상적인 삶을 구현하였지만 성현이 다스렸던 세계에는 미치지 못함을 비장미로써 나타내었다.

태고시대 성군은 요순·우탕·문무·주공을 지칭하는데 이때 태어나지 못한 것을 한탄스럽게 읊고 있다.

太極이 肇判하야 萬物이 始分인제

人物之生이 林林總總하야 聖人이 首出하샤 伏義神農과 皇帝堯舜이 繼天立極하야 人事에

가즘이 大綱에 발가더니 그후에 禹湯文武와 周公召公과 孔子ㅣ 이어나샤 典章法度와

禮樂文物이 郁郁彬彬하미 이만적이 업또떠라.

이몸이 일즉 못날줄을 못내 스러하노리.

(崔南善本『青丘永言』)

위 사설시조의 작가는 미상이지만 전형적인 유학자라는 것이 드러난다. 이는 성군의 치적을 흠모한 것으로 알 수 있다. 양반들의 의식은 태고적에 성군의 치적을 동경하고 이상향에 돌아가는데 있다고 할 수 있다. 유교는 성군의 치적을 모범으로 하였기 때문에 복고주의적인 면이 강하다. 물론 유교에서는 복희·신농·황제·요순·우탕·문무·주공·소공 등이 백성을 이상적으로 다스렸다는 데에 다분히 그 때의 치적을 높이 찬양하고 있지만 현재를 과거로 복귀하자는 것은 아니다. 작가는 그와 같은 지상낙원의 세계가 돌아올 것을 그리워하고 있는 것이다.

원래 문학 작품은 작가에 대한 생애, 작가의 사회적인 환경, 그리고 문학이 창작되는 전체과정에 대한 관심을 정당화 해주는 것이기에[15] 세 가지 미의식 체제는 양반들의 생활의식을 구현했다고 본다.

양반들의 숭고미 구현은 훌륭한 성군들의 치적을 사설시조에서 나타낸 것이다. 우아미는 양반들의 담백하고 풍류적인 생활을 반영하고 있다. 곧 양반들의 생활은 바로 우아한 생활을 실현하는데 의도가 있지 않았는가 하는 느낌을 받게 해준다. 비장미는 양반들의 관념화된 생활상이다. 양반들의 사고 일체는 태고의 성군을 전범으로 한 것이었다고 할 때 그들은 성군들이 이룩한 치적에서 살고 싶어 하는 것이다.

이상의 세 가지 미의식은 양반 생활의 진수를 숨김없이 반영한 것이므로 문학은 그 시대 산물이라는 소박한 지식을 다시 실감하게 된다.

---

15) René Wellek & Austin Warren, *op. cit.*, Harcourt, Brace and Company, 1956, p.127. The natural and sensible starting point for work in literary scholarship is the interpretation and analysis of the works of literature themselves justify all ou interest in the life of an author, in his social environment and the whole process of literature.

Ⅳ. 사설시조의 서민성

1. 사설시조의 창과 그 형성

시조는 평시조, 중허리시조, 지름시조, 사설시조로 나누게 된다. 평시조는 평조로 부르고 중허리시조는 초장 중구의 첫 부분만 종장 첫구처럼 질러 부르고 기타 부분을 평조와 같이 부르는 것이다. 지름시조는 초장 전부만 질러 부르는 것이고 사설시조는 지름을 많이 쓰는 노래이다.[16)]

사설시조는 양반들에 대한 풍자가 많고 그 격조는 흥청거리는 것으로 나타난다. 양반들이 부르는 가곡 창은 부르는 격식이 있으나 서민들이 부르는 사설시조는 별로 까다로운 창법이 아닌 것이기에 흥청거린다고 한 것이다. 사설시조의 경우도 시의 경우와 같이 일종의 발화(utterance)이다. 그러니까 서민들이 부르는 흥청거리는 창은 사람들의 의사소통, 혹은 전달(communication)을 전제로 하는 언어행위(speech act)이자 말하는 방법이기도 하다.[17)] 사설시조에서의 창은 일상적 언어의 의미가 아니라 체험의 의미라고 할 때 사설시조의 의미는 더해진다.

『청구영언』에는 사설시조를 부르는 장형시조류(長型時調類)를 '만횡청가'(蔓橫淸歌)라고 하였고, 『가곡원류』에는 만횡(蔓橫)을 농조(弄調)라 한 것으로 볼 때 그 격조가 흥청거리는 창으로 일색이었음을 알 수 있다. 그런데 사설시조의 창은 서울 중심과 남도(南道)의 창법(唱法)으로 크게 나누어진다. 이에 대한 학설을 소개하면 다음과 같다.

---

16) 李秉岐, 「時調의 發生과 歌曲과의 區分」, 『時調文學硏究』, 정음사, 1980, 127쪽.
17) Cleanth Brooks & Robert Penn Warren, *Understanding Poetry*(4th ed.), Holt Rinehart and Winston, 1979, p.112.

> 서울지방의 시조는 비단 辭說 지름 時調뿐만 아니라, 중허리 時調, 지름 時調등 曲이 모두 그 형식에 있어서 歌曲과 비교되고 唱法에 있어서는 歌詞청과 雜歌청과도 교섭이 있되 음악적인 면에 많이 치중되어 발전해 온 듯하지마는, 南道의 辭說時調는 그 음악적인 효과보다도 오히려 내용에 있어서 辭意,抑揚,强柔등을 참작하여 가며 교묘히 표출하는 데에 그 생명이 있다고 본다.[18]

서울지방의 사설시조는 음악성을 중시하고 듣는 재미에 치중하고 있는 반면, 남도(南道)는 장단(長短)내에서 구김없이 그 내용의 묘미를 창출해 내는 데에 치중하고 있다고 할 수 있다.

사설시조의 창은 크게 두 가지 창법으로 나누지만 대개 여러 가지 창법으로 부르게 되므로 잡가라고 이르기도 하다. 사설시조로서 부르는 곡조에는 가곡 24곡 중에 9곡이 있다는 것으로 보아도 부르는 창이 단순하지 않다는 것을 알 수 있다. 사설시조의 창법이 다양하다는 것은 사설시조의 생성 연대가 그만큼 오래되었다는 것을 의미한다.

대개 사설시조의 생성은 고려시대, 조선 명종조, 선조조, 숙종조, 숙·영조, 영·정조조로 보는 등 학자들에 따라 다양하다.

고려시대에 사설시조가 발생했다는 것은[19] 신빙성이 희박하고 조선 명종조와 선조조로 보는 것은 앞서 소개한 고응척(高應陟) 등 5인의 작품이 전하고 있으므로 확실한 증거를 내세울 수가 있다. 최동원은 사설시조의 형성기에 대해서 선조조는 확실하고 명종대로 거슬러 잡을 수도 있다고 하였다.

---

18) 孫師勛, 「엇時調와 辭說時調의 形態論」, 『時調文學研究』, 정음사, 1980, 111쪽.
19) 張晋泰, 「時調와 時調에 表現된 朝鮮사람」, 『新民』 7月號.

그 生成期는 위의 작가들의 生存年代로 보아 宣祖期 무렵은 확실하고, 혹은 明宗代로 거슬러 잡을 수도 있지 않을까 한다.[20]

그는 숙종조에 앞에 있었던 장시조의 5인의 작가와 사설시조 14수를 보이면서 종래 주장을 시정할 수 밖에 없다는 학설을 펴기도 했다.

이와 같이 보면, 사설시조의 생성기를 고려시대라고 하는 것은 근거가 희박하나, 그 유래가 오래된 것으로 보여진다. 영조 4년(A.D. 1728)에 김천택(金天澤)에 의하여 편찬된 『청구영언』의 만횡청가서(蔓橫淸類序)에는 '만횡청류'(蔓橫淸類)는 말이 음란하고 뜻이 고상하지 못하고 … 그 유래는 오래 된다'라고 하며 가창을 통해서 전승된 것이 대부분이라고 한 것을 보더라도 알 수 있다. 김천택이 영조 4년에 편찬한 『청구영언』에서 사설시조의 유래가 오래되었다는 것으로 보아 김동준이 김동욱의 학설을 뒷받침하여 사설시조가 '숙종조의 唱曲歌나 기녀(妓女)들의 유락적(游樂的) 생활 속에서 형성되었다'[21]라고 한 것과 박을수(朴乙洙)가 사설시조의 형성기를 숙・영조라고 한 것[22]과 고정옥이 영・정조 이후 서민계급이 그들의 생활감정을 담아 양반계급이 써오던 시조(평시조)의 형을 개조한 것이다.[23]라고 한 학설이 병존하고 있다.

위에서와 같이 사설시조의 형성기는 명종조와 선조조로 거슬러 올라가는 학설과 함께 숙・영・정조 이후에 형성되었다는 학설이 현존하는 실정이다.

---

20) 崔東元, 앞의 책, 61쪽.
21) 金東俊, 『時調文學論』, 進明文化社, 1974, 106쪽.
22) 李乙洙, 『韓國時調文學全史』, 成文閣, 1978, 110쪽.
23) 高晶玉, 『國語文學要講』, 大學出版社, 1949, 395쪽.

2. 서민계층의 웃음과 미학

양반계층의 시조에는 그들의 관념이 주로 반영되어 있다. 18세기 중엽 영정조의 사설시조는 16~17세기 시조와는 판이한 양상을 띠게 된다. 서민계층의 시조는 양반계층의 시조와 창작 수법도 다르고 부르는 창 자체도 다르다고 할 수 있다.

일반 서민들은 사대부 양반들의 위선을 풍자하여 흥청거리는 창으로 비웃었던 것이다. 그리하여 18세기 중엽은 새로운 실학사상으로 인해 사설시조에서 양반들을 풍자하는 현상이 나타나게 된 것이다. 원래 풍자는 악한 인간의 정체를 폭로하고 고발하는데 그 목표를 두었으므로 공격적 태도를 취한다.[24] 18세기 중엽의 사설시조는 근대성에 역행하는 사회와 인간의 위선을 폭로하는데 의의를 지닌다. 앙리 베르그송은 '웃음은 사람의 생에 대한 기계적인 딱딱함에 대한 사회의 게재(制裁)이다.'[25]라고 하였던 것과 같이 사설시조에 나타난 사회성은 양반사회와 양반들의 경직된 생활에 윤활유 같은 구실을 했다. 사설시조에서 양반들의 부정을 풍자하고 웃음 띤 가의가 나타난 것은 시대의 사조에 역행하는 장애를 제거하여 건전한 발전을 도모하려는 것임을 알 수 있다. 유교에서 대명사처럼 내세우는 요순시대는 이상적 세계이다. 사설시조에서 요순시대를 태평시대라고 구가하고 있지만 그 세계는 관념에 불과한 것이다. 성인들의 치적이 아무리 이상적이었다고 하더라도 그것은 이미 지나간 과거에 있었던 일이다. 태고시대 성군들의 엄장하고 고상한 생활은 선망의 대상이었지만, 변천하는 현실 문제를 해결하는 데는 아무런 도움을 주지 못했

24) James Sully, *An Essay on Laughter*, London, 1902, p.380.

25) H.Bergson, *Le Rire, Essai sur La Signification du Comigu*, Press Universitaives de France Paris, 1969, p.30.

D,H. Monro, *Argument of laughter*, Melbourne and Cambridge, 1951, p.105.

다. 양반들의 이상적인 삶은 관념적인 것에 불과하여 양반들의 실제 생활을 윤택하게 해 주지는 못했다.

유교사상은 바로 요순을 조술하고 문무를 헌장하여 성현의 법도를 좇아서 살아가는 것이라고 할 수 있다. 조선조 양반들은 사회의 질서와 안정을 구현하기 위해서 성현의 생활 규범을 지켜나갈 것을 권장하여 왔다. 따라서 조선사회는 온통 유교경전에 나타난 성현의 법도대로 살아가는 경색된 양상을 띠게 된다. 이에 시대사조와 실학사상은 성리학적 관념을 치유시켜 경직된 생활을 부드럽게 만들어 주는 것이다.

평민들은 오랫동안 양반계층에 무조건적 순종만을 강요당해 오다가 새로운 사조의 생성으로 그들 나름대로의 소리를 내었다고 본다.

그 결과 평민들은 양반들의 생활을 거부하기에 이르러 풍류의 정을 노래하는 생활과는 다른 종래 양반들의 숭고하고 우아하며 비장감을 구현했던 시조와는 맞지 않게 새로운 희극미를 표현했던 것이다. 서민들의 희극미 창조는 양반들의 관념과는 상이한 변이된 양상으로 서민생활의 변화를 가져오는 계기가 되었다.

양반들의 사고가 성리학적 체제에서 실학사상으로 변화되기까지에는 많은 갈등이 있었다고 본다. 사설시조에서 그러한 양상이 눈에 띄게 보인다.

사설시조에서 양반들의 생활과는 전연 다른 희극미가 창조되었다는 것은 시대 생활이 변모되었음을 의미한다. 웃음이 양반들의 경화된 생활을 부드럽게 하는데 의도가 있었다면 희극미는 웃음에서 골계, 즉 골계미를 이루었다고 할 수 있다. 따라서 사설시조에 나타난 서민계층의 그 웃음과 미학은 18세기 중엽의 사회상을 드러내는데 중요한 역할을 하였다고 할 수 있다. 이는 하이데거가 '언어는 말한다(language speaks)'[26]라고

---

26) M. Heidegge, *Poetry Language*, Thought, trans. Albert Hofstadter, Harper & Row, Publishers, N.Y., 1971, p.207.

한 것과 같이 사설시조가 당대의 사회성을 잘 드러냈다는 의미를 지닌다.

3. 서민성과 희극미 창조

사설시조의 작가의 주된 계층은 양반과 서민으로 나뉜다. 그 중에서도 16~17세기 명종조와 선조조 때 지은 5인의 사설시조는 사대부 양반 계층의 작품이었고, 18세기 중엽 영정 때 지어 부른 것은 작가 미상의 작품이 많은 양을 차지한다. 이로 미루어 서민계층의 작품이 대부분이라고 볼 수 있다. 양반계층이 지은 작품은 주로 숭고미 · 우아미 · 비장미등이 나타내 있으나, 서민들이 창작하고 부른 창은 희극적인 요소가 강한 편이었다. 환언하면 18세기 중엽 서민들의 사설시조는 양반들의 삶을 비웃고, 거부하는 반항적인 요소가 깃들여져 있다고 할 수 있다. 사설시조에서 양반계층과 서민계층의 미의식의 표출을 도표화 시켜보면 다음과 같이 된다.

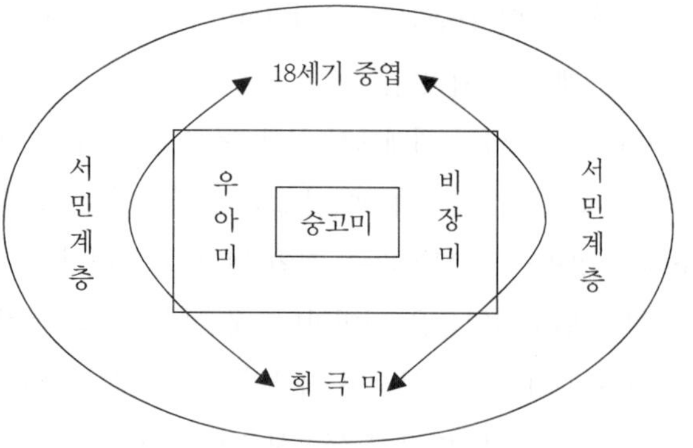

18세기 이전에 지어진 양반계층의 사설시조에는 성현이 펼쳤던 이상향 추구사상이 반영되어 초현실적이라고 할 수 있으므로 숭고미를 구현한 것이 많았고, 그러한 이상향에 살지 못함을 비장미로 노정시킨 사설시

조도 있었다. 또한 양반들은 풍류적인 생활을 좋아하여 강호에서 치사한 객이 되어 자연과 상부 상침하는 생활을 즐기는 현실 도피성을 띤 우아미를 구현했다. 거기에 비해 서민들은 양반 유가와 같은 미의식은 결여되어 있으나, 희극적으로 자기들의 감정을 노정시켜 흥청거리는 것으로 나타난다. 문학은 정서의 훈련이라는 주장[27]과 같이 서민들은 시적 화자인 그들의 정서를 그대로 표출했다고 생각한다.

18세기 중엽이후 사설시조는 사설적인 묘사와 풍자적인 표현 수법으로 많은 작품들이 서민성을 띠게 되었으므로, 폭로적이고 18세기 영정시대에 지어진 사설시조는 시대사조와 함께 서민들의 생활 단면을 솔직, 대담하게 보여주고 있다.

> 一身이 샤쟈한이 믈껏 계워 못 견딜쐬
> 皮ㅅ겨갓튼 갈랑니 보리알갓튼 슈통니 줄인니 갓까니 잔벼룩 굴근 벼룩 강벼룩 왜벼룩
> 긔는 놈 뛰는 놈 琵琶갓튼 빈대삭기 使슈갓튼 등에 아비갈따귀 샴의약이 셴 박회 눌은박회
> 바금이 거절이 불이 뾰족한 목의 달리기 다한 목의 야윈 목의 날진 목의 글엄애 뽀록이
> 晝夜로 뷘때 업시 물건이 쏘건이 빨건이 뜻건이 심한 당벌리 예셔 얼여왜라.
> 그듕에 참아 못견될손 六月伏더위에 쉬파린가 하노라.
>
> (奎章閣本『歌曲原流』)

18세기 후반 영정시대에 서민의식의 각성이 있었다고는 하나 양반들이 집권하던 때였으므로, 직접적으로 그 비정을 지탄하기가 어려웠을 것

---

27) R. G. Collingwood, *The Principles of Art,* Oxford Univ, Press, 1958, p.31.

이기에 우의적으로만 양반들의 잘못을 지적하고 있다.

위 시조는 아마도 18세기 영조때 판중추부사(判中樞府事)를 역임한 삼주(三洲) 이정보(李鼎輔, 1963~1766)의 작으로 알려지고 있다. 이 사설시조의 내용은 세상을 살아가고자 하니 수통니 잘고 굵은 벼룩・빈대 등에 각다귀 모기 등 물것들이 쏘아대고 물어뜯는 곳에 고통스럽게 살아간다는 것을 풍유하고 있다. 여기에 5・6월의 불더위에 쉬파리 등살은 참기가 어렵다는 것을 나타내었다. 이는 온갖 물것 등이 몸을 물어뜯어 피를 빨아먹는 것을 당시의 관리와 양반들이 백성들의 재물을 착취하고 수탈하는 것에 비유해서 노정시킨 것이다. 그런데 이 사설시조의 내용은 양반들과 관리들을 물것에 비유해서 백성들의 재산을 착취하고 수탈하는 것인데 과연 양반계층인 삼주(三洲)가 이 시조를 지었겠느냐는 것은 의문이다. 물론 18세기 연암 박지원이 『양반전』에서 당시 양반들의 허위와 부패상을 폭로하는 소설을 써서 그들의 위선을 여지없이 꾸짖고 있기는 하지만 판중추부사(判中樞府事)를 지낸 삼주(三洲)가 과연 평민들 편에 서서 양반계층과 관리들이 백성을 수탈하는 부정 상황을 물것에 기탁해서 지었겠는가 하는 의문이 생긴다. 사설시조의 내용이 재래의 어휘들이 넋두리식으로 많이 구사된 것으로 미루어 일반 서민들이 창작하고 애창한 것으로 볼 수 있다.

> 時調에 담겨 있는 內容으로 보아 兩班官吏들에 시달림을 當한 平民作家가 지었다고 보는 것이 穩當하리라 여겨진다. 이를 立證해 주는 것이 甁窩歌曲集, 海東歌謠(一石本과 周氏本)에서만이 李鼎輔의 作으로 되어 있고, 珍本 靑丘永言을 비롯한 모든 時調集에서는 作者未詳의 時調로 되어 있는데, 作者未詳이란 다름 아닌 하잘 것 없는 平民作家가 그 大部分을 차지하고 있다.[28]

18세기는 서민들의 각성과 실학사상으로 인해서 민족의식이 드높아지는 시기였으므로, 양반의 비리가 파헤쳐 짐에 따라 그 시대 관리들의 부정을 물것에 비유하여 희극미를 자아냈다. 이번에는 두꺼비를 소재로 하여 관리들의 음흉함을 비유한 것을 소개해 본다.

> 두거비 뎌 둑거비 한눌 몁고 다리져난 저 둑거비
> 한나래 업슨 파리를 물고 날랜체 하야 두엄싸흔 우흘 속꼬다가 발딱 나뒤쳐 지거고나
> 모쳐로 몸이 날랠세만졍 家人僉視에 남 우릴번 하거다.
>
> (崔南善本『靑丘永言』)

이 사설시조는 작가 미상으로 추악한 탐관오리의 음흉함을 조소하고 야유함으로써 풍자의식을 드러내고 있다. 본디 시가 정서의 언어화며 정서적 반응의 실체화라는 것을 감안하면,[29] 위의 사설시조는 서민들의 정서가 잘 반영되었다고 볼 수 있다. 서민들은 양반들의 위선적인 생활을 날카롭게 파헤쳐 서민들의 성향을 노골적으로 표출하였는데, 그런 경향의 시를 소개하겠다.

> 半여든에 첫계집을 하니 어렷두렷 우벅주벅
> 주글번 살번 하다가 와당탕 드리다라 이리져리 하니 老都令의 마음 흥글항글
> 眞實로 이 滋味 아돗던들 길졀보텨 할랏다.
>
> (『珍本靑丘永言』)

---

28) 徐元燮, 『時調文學硏究』, 螢雪出版社, 1982, 243쪽.

29) Alex preminger, ed., *Princeton Encyclopedia of poetry and poetics*, Princeton Univ. Press, 1965, Lyric.

이 시조의 주인공은 40세까지 결혼하지 못한 남자이다. 그가 여인과의 운우의 정을 처음으로 경험하는 장면인데, 감미로운 성적 충동에 사로잡힌 나머지 어릴 때부터 여색을 탐내지 못한 것을 후회하고 있다. 양반들 세계에서 노골적인 남녀의 정사를 그린다는 것은 상상도 못할 일이었으나, 시대는 이미 양반들의 시대가 아니었다. 서민들은 양반들과는 달리 지적 능력이 결여되어 있어 에로틱(erotich)한 장면을 노골적으로 나타내었다. 사설시조에서 서민들은 자신들의 생활을 거짓이 없이 솔직하게 노정시켰다.

> 靑개고리 腹疾하여 주근 날 밤의
> 金두텁 花郎이 즌호고 새남 갈싀 靑묍독 겨대난 杖鼓던더러쿵 하난듸
> 黑묍독 典樂이 져 힐니리 한다.
> 어듸셔 돌진 가재난 舞鼓를 둥둥치나니.
>
> (『珍本靑丘永言』)

이 사설시조는 청개고리, 금두텁, 청묍독, 흑묍독, 가재의 행동·유희를 통해 희극미를 구현한 작품이다.

이와 같이 사설시조의 창작에 서민들의 참여가 두드러짐을 알 수 있다. 이들 사설시조 중에서 작가 미상의 것을 서민들의 작품이라고 한다면, 18세기 중엽에 많은 서민작가들이 시작에 참여했음을 알 수 있다.

16세기에 지어진 사설시조는 양반들의 생활의식이 잘 반영되어 있으나, 18세기 중엽에 이르러서는 서민들의 욕구충족이 유감없이 발휘되고 있다. 서민들의 사설시조는 산문형식으로 지어졌으므로 서민의 정서가 자유로이 표현되어 희극미를 창조해 냈다. 그래서 서민들이 부른 사설시조의 음악성은 의미와 연관이 이루어졌다고[30] 할 수 있다. 사설시조는

결국 서민들의 정서를 진솔하게 표현해냈다는 데 의의를 지닌다.

V. 맺음말

이상에서 사설시조가 지니는 양면성을 양반계층과 서민계층으로 나누어 살펴보았다. 양반이 지은 사설시조는 옛날의 고전을 찬미하는 보수적인 경향이 짙은 반면에 서민들의 사설시조는 양반사회의 비리와 횡행을 비난하고 경직된 생활을 부드럽게 하기 위해 희극미가 드러나 있다.

서민들의 애정문제를 다룬 사설시조는 형식과 내용이 정제되지 못함으로써 예술로 승화되지는 못하고 erotic한 노래가 되었다. 그러나 사설시조는 서민들의 생활이 반영되어 경직된 유가체제나 양반들의 위선을 날카롭게 비판하였다는데 큰 의의를 지닌다. 양반들의 사설시조는 점잖음을 유지하고 그들의 풍류가 나타나는데 비해, 서민들의 사설시조는 그들의 생활이 반영되어 그 시대상을 숨김없이 반영해 준 것이다.

사설시조는 현재 500여수나 전하는데 이 중에서 작자 미상이 많은 양을 차지하고 있으므로 다수가 평민들의 작품이었음이 드러난다. 또한 사설시조의 생성은 산문 문학의 발달을 촉진시키는 결과가 되었다. 16~17세기는 양반의 사설시조가 숭고미 · 비장미 · 우아미 등으로 형성되었고, 18세기 중엽 이후는 서민들의 사설시조가 희극미 · 풍자미로 창조되었는데, 이것은 모두 자기 계층의 생활을 반영한 것이 특징이다. 이러한 사설시조들은 16~17세기와 18세기 중엽이후의 사회상을 조명해 볼 수 있다는 데 의의를 지닌다.

---

30) T.S.Eliot, *op. cit.*, p.53. But I would remind you, first, that the music of poetry is not something which exists apart from the maning.

『춘향전』 배경론과 오행사상의 관계 구조분석

-『춘향전』의 배경과 운명관을 중심으로-

Ⅰ. 머리말

『춘향전』은 오랜 전통이 내재한 소설이다. 오랜 전통하면 첫째 신화적일 수 있고 둘째 민간설화를 들 수 있다. 따라서 전통은 규범적이 아니고 창조력을 발휘하여 시대상황을 변혁시켜 세계관으로 전환하는 것이 선결되어야 한다. 18세기 당시 집권층의 양반유자들은 성리학만을 금과옥도로 여기고 안주하고 있었다. 실학파들은 역사의식과 현실인식을 갖춘 통찰력으로 시대흐름을 읽고 문제점을 진단하여, 사회 깊숙이 만연된 부조리를 고발하여 나라의 진로를 밝히는 창조역할을 하였다. 이에 따라 실학파들이 주장한 노작은 눈부시게 부각되어 18·19세기를 바꿔놓아 근대사회를 이뤘다.

『춘향전』은 19세기에 판소리로 불러진 것이 20세기 초에 소설로서 지어진 것이 『춘향전』이다. 『춘향전』은 그 시대 민간에 전승되는 오행사상과 실학사상에 의해 설화가 내재되어 구조가 형성되었다고 할 수 있다. 그러나 『춘향전』은 전통문화를 계승시켜 여러 문사들에 의해 재창작되어 고소설의 백미가 된 것이다. 특히 『춘향전』은 당대에 널리 민간신앙과 관계된 오행사상과 그 시대 배경인 실학사상과 무관할 수가 없게 된다. 따라서 『춘향전』은 문사들에 의해 신화의식과 당대의 생활의식인 오행사상과 실학사상이 주도화로 민간설화가 내재되었다고 할 수 있다.

본디 남원에서 춘향의 인물됨은 박색(薄色)으로 전해온다. 박색인 춘향은 천하에 미남자인 이몽룡을 사모하다가 병이 되자 월매의 계교로 하룻밤 인연을 맺었다. 이몽룡(이도령)은 얼마 후에 상경(上京)해 버리자 춘향은 자결하고 만다. 그 후 남원지방은 춘향의 원한이 사무쳐 그 여파로 인해 심한 가뭄 흉년이 겹쳐들었다.

남원부중(府中) 사람들은 그 원함을 풀어주는 일환으로 이몽룡이 가던 박색고개(임실 고개)에 장사를 지내주고 해원 굿을 행하였다. 그 후 남원 고을에는 시화연풍으로 사람들이 무사하게 지내고 태평연월을 맞아 풍족하게 지냈다. 사람들은 춘향을 미인으로 둔갑시키고 이몽룡(이도령)과 일생을 잘 살았다는 내용을 판소리 애호가들에 의해 춘향가의 창으로 전파시키고 후에 이야기 중심인 소설로 지어 만구(萬口)에 회자되었다.

1945년 8.15광복 이전만 하더라도 춘향이 미인이 아니라 박색이었다는 말이 경향각지의 사람들에게 널리 퍼져 있었다. 당시는 숭문주의 시대이라 한문을 배운 선비들이 동네마다 많았기에 춘향에 대한 박색터설화에 대해 잘 알고 있었다. 때론 신학문인 학교교육을 배운 이들도 더러 있었기에 차정언(車鼎言)의 『해동염사』(海東艶史)와 정노식(鄭魯湜)의 『조선창극사』(朝鮮唱劇史)의 설화를 알고 있는 이도 있었다. 당시는 사랑방 문화가 전성을 이뤘기에 일시에 퍼져나가 사람들이 알게 되었다. 그런데, 이 전설은 세월이 흐를수록 희미해져 오늘에 80대 이상 노인들에게 문의하면 그런 이야기가 널리 퍼져 있었다고들 한다.

본디부터 남원일대는 춘향과 이몽룡을 판소리 춘향가로 미화시켜 널리 퍼져 애창되었다. 그 후 춘향가에 대한 반응이 좋아 20세기 초반에 문사들에 의해 소설로 창작되어 판본으로 선보인 것이 완판 30장본『열녀춘향수절가』이다. 이 소설은 춘향과 이몽룡의 인물됨과 생활상이 당대 유행되던 오행(五行)사상과 밀접하게 기반을 형성하고 있다. 20세기 초반은 오행사상이 민간에 널리 퍼졌음이『동국세시기』(東國歲時記) 정월풍속에도 전한다.『열녀춘향수절가』는 인접제학(隣接諸學)의 연구가 필요하나 그 구성과 내용이 오행설의 이론과 실제가 부합되어 있다.

오행사상은 상대적으로 구성되어 있는 관계로 서로가 반대되는 것이지만 서로를 조화함으로써 만물을 생성하는 원리가 되므로 심히 과학적이다. 말하자면 양(陽)과 음(陰)은 상대적이지만 상반상성(相反相成)으로 우리사회의 대립되고 모순되는 온갖 양극화 현상도 서로를 완성시켜 주는 과제를 남긴다.

오행사상은 상보성의 창시자인 코펜하겐 학파인 닐스 보아(Niels Bohr, 1885~1963)가 주장하는 것처럼 "반대되는 것은 서로 보완적이다(Contraria Sunt Complementa)"라는 라틴어 말과 같이 음양의 심벌마크인 이율대대(二律待對)의 원리로 구성되어 파악할 수 있다.

19세기~20세기 당시는 상고시대『하도』(河圖)와『낙서』(洛書)에서 연원된 오행사상이 민간 깊숙이 자리 잡았던 관계로 민간신앙을 이뤘다. 본고는 오행사상이『춘향전』의 중심을 이뤘던 것으로 보고 여기에 신화와 민간설화의 중점을 두고 실학사상과 관련시켜『춘향전』의 구조를 분석하여 그 의의를 밝혀보고자 한다.

Ⅱ. 『춘향전』의 배경

1. 조선후기 실학과 『춘향전』의 근대성

『춘향전』은 18·19세기에 걸쳐 영정시대 문예부흥을 일으켰던 실학사조의 사회적 배경이 반영되어 있다. 실학사상이 없이는 『춘향전』은 오늘에도 근대문학의 백미라고 높이 평가받지 못한다. 조선조 후기 실학을 다룸에는 18세기 영정시대 이후를 대상으로 삼는다. 실학이 대두하기 전에는 봉건사회의 모순이 누적되고 지배층의 의식화된 성리학의 관념화로 인해 민생문제는 기존의 양반사회의 모순에 직면하여 피폐되어 있었다. 『춘향전』이 근원설화는 열녀설화·암행어사설화·신원(伸寃)설화·관탈민녀형설화 등인데 위정자의 비리가 실학사상에 의해 거쳐 나온 것으로 볼 수 있다. 실학사상은 실학파들이 학문만을 공부하는 "상아탑에 머물지 않고 이 시대의 역사적 상황을 알리는 시계탑이자, 사회적 부조리를 비판적으로 분석하는 감시탑이며, 더 나아가 나라와 겨레의 진로를 알리는 조명탑 구실까지 감당해야 한다."[1]라는 것과 같다고 할 수 있다. 즉 실학은 18·19세기 시대를 알리는 역사의식과 만나는 시계탑·감시탑·조명탑구실을 하였다고 본다. 이 중에서 조명탑 구실은 미래의 길을 밝혀주고 인류사회의 희망을 주는 빛의 학문이라 할 때 새로운 삶을 부여케 하여 준다.

실학은 민생문제를 해결하기 위해 공리공담(空理空談)적인 주자학(朱子學)의 관념적 세계에서 벗어나 현실의 민생문제를 해결하는 선결문제가 제기되어 왔다. 18세기 전반의 실학의 첫 번째 등장은 성호(星湖) 이익(李瀷, 1681~1763)을 대종(大宗)으로 하는 경세치용파(經世致用派)이다. 이 제도는 첫 번째 토지제도와 행정 등 제도상의 개혁에 치중하는 학파였으니

1) 임재해, 「무형문화재유산의 보존과 전승방향의 재인식」, 『무형문화유산의 보존과 전승』, 민속원, 2009, 15쪽.

양반유가의 부조리를 시정하려 하였다. 두 번째는 18세기 후반으로 연암(燕巖) 박지원(朴趾源, 1737~1805)을 중심으로 하는 이용후생파(利用厚生派)였으니, 상공업의 유통과 기술면을 지표로 하여 경제생활의 향상을 도모하게 되었다. 세 번째는 19세기의 전반으로 완당(阮堂) 김정희(金正喜, 1786~1856)의 『완당집』(阮堂集)에 의해 경서 및 금석・전고(典故)의 고증을 위주로 하는 실사구시파(實事求是派)이었다. 이 제도는 학문을 위한 학문으로서 과학적 연구 태도를 보여주는데 성과가 있게 하였다.[2] 실학사상의 사상사적 전개 면에서 볼 때는 18세기 전반에서 19세기 후반에 이르는 약 1세기 반 동안이다. 그 주도하는 학파들은 유형원(柳馨遠, 1622~1673)을 비조(鼻祖)로 먼저 하고 이후 이익(李瀷)을 거쳐 홍대용(洪大容, 1731~1783)이나 정약용(丁若鏞) 등 흔히 북학파(北學派) 사상가로 불리는 일단의 인물들을 모두 포괄하게 된다.

이들의 주장은 양반관료의 부정부패를 부조리한 생활관을 개혁하는데 있는데 정치적으로 위정자의 비리를 시정하는데 주안을 두었다. 실학의 비조로 통칭되는 반계(磻溪) 유형원(柳馨遠)은 『반계수록』(磻溪隧錄) 녹재(祿制)에서 고관(高官)에서부터 이예(吏隸)에 이르기까지 적절한 녹을 줌으로써 음성적인 부정을 방지하고 능률을 올리려 한다고 하였다. 이 제도 또한 부정부패를 막는데 주안을 둔 것이었다.

성호 이익은 관리들의 부패가 심하여 농민들의 파산으로 몰고 가는 큰 몫을 차지하는 돈(錢)의 사용을 반대한다고 『성호사설』(星湖僿說) 전초회자(錢鈔會子)에서 주장하였다. 왜냐하면 당시사회는 돈이 유통하게 되면서부터 관리가 탐학(貪虐)하기에도 고리대(高利貸)에도 편리하고, 돈(錢)이 유통되고 나서는 백성들이 더욱 곤궁하게 되었다고 하였기 때문이다.

---

2) 이우성, 「실학연구서설」, 『실학연구입문』, 일조각, 1976, 1~17쪽.

말하자면 돈이 유통하게 된 후에 관리들 수탈이 쉬어져 민생파탄을 몰고 왔기에 돈의 사용을 반대한 것이다. 돈의 시용을 반대한 것은 18・19세기에 부정이 극심하였다는 것을 증명하게 되는데 성호가 전초회자(錢鈔會子)에서 돈을 "어찌 유통할 필요가 있겠는가"(安用錢, 여기에 '安'은 '어찌'라고 해석)라고 하였다.

성호의 실학을 발전시킨 다산(茶山) 정약용(丁若鏞, 1762~1836)은 33세(1794) 때 암행어사 재직 시에 탐관오리를 발견하면 관직의 고하를 막론하고 색출 엄단하였다. 그는 실학사상을 집대성한 학자이자 문인으로서 18~19세기에 걸쳐 병든 나라를 "신아지구방"(新我之舊邦, 우리나라를 새롭게 한다)으로 만들고자 외쳤다. 우리는 베트남 독립의 아버지 호치민(胡志明, 1890~1969)이 다산의 목민관의 정신으로 머리와 가슴을 움직여 『목민심서』는 베트남 공무원들의 지침서로 채택되었다고 알려왔다. 다산학은 시대를 뛰어넘는 선진사상이므로 오늘에 위정자들이 본받아야 한다.[3]

다산은 「감사론」(監司論)에서 지방관은 공인된 도적(盜賊) 중에서 대도(大盜)라고 했다.[4] 이러한 그의 사상은 『여유당전서』(與猶堂全書)에서 펼쳤는데 민초들이 관리들의 당하는 고초상은 「기민시」(饑民詩),[5] 「애절양」(哀絶陽)[6]에서 볼 수 있는 바와 같이 위국연민(爲國憐憫)의 정으로 강하게 표출하였다.

연암(燕巖) 박지원(朴趾源, 1737~1805)은 『연암집』(燕巖集)에 수록되어 있는 「호질」(虎叱)・「양반전」(兩班傳) 등에서 양반관리들이 농민들의 재

---

3) 윤경수, 「다산의 사회시 연구」, 『한국사상과 문화』 62집, 한국사상문화학회, 2012, 35쪽.

4) 丁若鏞, 『與猶堂全書』 第1集 第12卷 張11, 「監司論」. "若是者 庸詎非大盜也與哉 大盜也已, 君子曰, 大盜不去, 民劉."

5) 丁若鏞, 上揭書, 第1集 第2卷 張13, 「饑民詩」, 27쪽.

6) 丁若鏞, 上揭書, 第1集 第4卷 張29, 「哀絶陽」.

물을 빼앗아 타락한 생활을 하고 있음을 도적으로 비유하여 풍자적으로 비판하였다.

실학자들의 주장은 기존의 양반 사회의 모순에 직면하여, 모두 행복한 생활을 하자는 데 그 뜻이 있으며 이것은 우리나라 실학의 특징인 동시에 이상이었다. 18세기는 발생한 『춘향전』의 사회적 배경은 실학들의 주장과 같이 관리들의 천국이었던 것으로 온갖 비리가 횡행했었다. 남원부사 변학도의 비리와 부패는 춘향을 데려다 수청을 강요하는 것도 양반관리들의 생활상을 반영한 것이나 다름없다. 이몽룡이 변학도의 생일 연에 지은 한시의 내용은 백성의 고혈을 빨아먹는 흡열귀와 다를 바 없음을 비유한 것이다. 변학도는 관리의 수칙과 위상을 지키지 않아 마침내 봉고 파직 당했는데 그의 파직은 실학파들의 주장과 같은 맥락으로 파악할 수 있기 때문이다.

실학의 발전은 고질적인 성리학자들이라 할 수 있는 위정자의 생활체계를 탈피하여 현재에서 미래를 설계하여 나가는데 긴요한 지침구실을 하여 18세기 영정조의 문예부흥을 일으키게 되었다. 실학자는 역사를 연구하여 미래의 전망을 밝혀 놓았으니, 순환사관의 문화 되들이 현상이라 할 수 있으니, 법고창신(法古創新, 옛것을 본받아(전통) 새로운 것을 만들어 낸다는 의미)의 구현이라 할 수 있다.[7] 사람들은 고도(古都) 남원을 가리켜 예향(禮鄕)이요 충효열(忠孝烈)의 고장과[8] 효열(孝烈)도 널리 알려진 여말(麗末) 칠십이(七十二) 현(賢) 중의 박문수(朴門壽)와 이중엽(李重燁)을 배출했다. 이뿐만 아니라 조선조에는 이부춘(李富春)을 비롯하여 많은 이들이 있어 유명하였고 많은 서원과 한학자들이 있어 일찍부터 유학이 발전한 고장이다.[9]

---

7) Edward. Shils, *tradition*, The University of Chicago Press, 1981, p.1.
8) 조성환, 「이조소설의 열사상 연구」, 『군산대논문집』 제6집, 1982, 17쪽.

[그림 1] 이도령 고개

[그림 2] 춘향이 고개

[그림 3] 춘향이 버선 밭

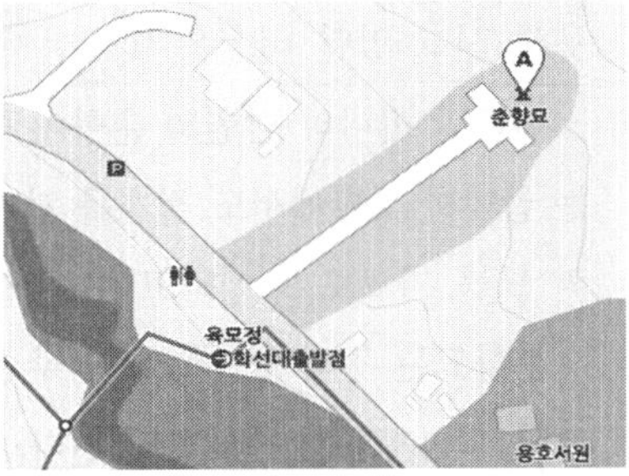

[그림 4] 춘향묘의 위치

[그림 5] 춘향묘

[그림 6] 춘향묘

9) 조성교, 『고도남원의 얼』, 남원군 문화공보실, 1982, 342~372쪽.

남원은 정유전쟁(丁酉戰爭) 강적왜구(强敵倭寇)와 항전하여 남원 성을 수호하다 5천여 생령을 모신 만인의총(萬人義塚)이라 칭하여오다가 충열사(忠烈祀)를 창건하여 오늘에도 기리고 있다. 춘향과 이몽룡의 충열관(忠烈觀)이 『춘향전』에서 등장한 것은 전통적인 역사의식과 함께 실학사상과도 밀접하게 관계된다. 남원은 충렬의 고장이기에 이몽룡과 춘향의 설화가 깃든 곳이면 후세인에게 본받게 전하기 위해 표석을 세웠다. 이도령고개와 춘향이고개가 바로 그것이다.

한편 춘향이 버선 밭은 춘향이 이몽룡과 이별한 후 그 슬픔을 이기지 못해 신고 있던 버선을 벗어던져버린 곳이라고 전한다.

이뿐만 아니라 남원의 춘향이 여성으로서 가야할 길을 생명과 맞바꾸는 급박한 상황에서도 절개를 지켜 춘향의 인간미질을 전하기 위해 춘향의 묘를 가묘로 조성하고 비문도 세웠다.

춘향묘는 전라북도 남원시 주천면에 소재하고 있는데 자세한 위치는 그림 4의 지도를 참고하면 된다. 춘향의 묘를 소개하면 그림 5와 같다.

춘향묘 옆으로 한자로 만고열녀춘향지묘(萬古烈女春香之墓)라 써진 비석과 망주석, 상석이 놓여있다. 춘향묘는 남원시가 조성한 성춘향의 무덤이나, 춘향은 실존인물이 아니므로 이 무덤은 시신이 있는 진짜 무덤은 아닌 가묘이다.

남원시가 조성한 성춘향의 가묘는 지리산국립공원 구과룡탐방지원센터 근처에 있다. 1962년 현 위치에서 '성옥녀지묘'라 새겨진 지석(誌石)이 발견되어 묘역을 단장하여 1995년 정비작업을 하여 현재의 규모가 되었다. 무덤 입구에 한자로 '춘향묘(春香墓)'라 쓰인 표지석이 있다. 그 표지석에 쓰인 '춘향묘(春香墓)'를 소개하면 그림 6과 같다.

춘향묘는 이 표지석을 지나야 갈수 있는데 3단으로 구성된 100여 개의 계단을 오르면 커다란 봉분을 갖춘 무덤이 그녀의 묘다. 춘향묘 앞으로는

[그림 7] 육모정

[그림 8] 지리산자락의 비경 구룡계곡

육모정(六茅亭)이라는 정자가 있고, 옆으로 올라가면 구룡계곡이 흐른다.

춘향묘와 육모정 구룡계곡을 알리는 위치를 알려면 그림 9를 참고하면 상세하게 알 수 있다.

『춘향전』이 탄생하게 된 것은 상기한 바와 같이 남원의 역사적인 충렬(忠烈)의 전통을 남원인들에게 본받게 하려고 표석과 가묘와 비석을 세운 것이다. 『춘향전』이 지어진 것은 남원의 역사적인 전통과 실학에 영향이 컸다. 실학은 근대의식의 산물이기 때문에 낡은 제도를 개혁하는 사상이 기조를 이루게 되어 『춘향전』은 민중의식이 쌓이고 쌓인 것을 풀기위해 나타난 문학이라고 할 수 있다.

본디 『춘향전』은 판소리 춘향가를 모태로 하여 발생하였기 때문에 장르상으로 서정·서사·희곡·음악 등의 특성으로 혼합하여 구성되었다.[10] 『춘향전』이 흥미롭고 생동감 있게 표현효과를 높여 다양한 독자층의 문학적 욕구를 충족시킨 의도에서[11] 지어진 것으로 인해 숱한 이본이 나오게 됐다. 『춘향전』은 판소리의 사설 구성과 장르 실현의 언어적 성격

10) 조윤형, 「춘향전 교육원리」, 『설화·고소설교육론』, 의재 최운식박사환갑기년논총, 간행위원회, 2002, 887쪽.

11) 최운식, 『한국고소설연구』, 집문당, 1997, 200쪽.

[그림 9] 춘향묘과 육모정 구룡계곡의 위치

이 그대로 묻어나 독자에게 읽혔다.[12] 『춘향전』은 해를 거듭할수록 독자의 수효가 많게 되고 18·19세기 영정시대 문예부흥을 일으킨 동기도 실학의 발생에서 이뤄진 것이다.

『춘향전』의 발생과 배경은 양반과 상민과의 대립된 시대상황을 치유하기 위해서 그 시대 상황을 잘 파악하여 실학사상으로 나타낸 관계로 근대문학의 정체성을 이뤘다는데 오늘의 의의를 지닌다.

2. 박색터설화와 『춘향전』 재탄생

『춘향전』의 내용은 여러 형의 근원설화가 남원지방에 유포되어 있는데, 특히 18·19세기 양반관료들이 부정비리가 심화되어 실학사상으로 바르게 잡게 하는 영향에서 퍼진 것이다. 『춘향전』의 발생설화는 춘향이 절세가인으로 알려져 있다. 그러나 춘향은 얼굴이 아주 못생긴 박색 이였다고 전한다. 관기 월매의 딸인 춘향은 얼굴이 워낙 못생긴 추녀인 관계

12) 최진형, 『판소리의 사설구성원리와 장르 실현』, 성균관대학교 박사학위논문, 2000.

로 서른 살이 지났는데도 혼사가 이루어지다가 깨지기 일쑤였다. 그런 춘향이 어느 날 냇가에서 빨래를 할 때 이목구비가 번듯하고 생기고 피부도 백옥처럼 흰 이도령을 보게 되었다. 그 뒤로 이도령에게 연정을 품어 오던 춘향은 오매 간에 이도령을 그리워하는 마음에 사로잡혀 상사병을 앓게 되었다. 이에 춘향의 어머니 월매는 딸의 병을 낫게 하기 위해 계책을 세우게 되는데 방자에게 이도령을 광한루에 오도록 하였다.

월매는 방자에게 이도령을 유인한 후 그 묘책의 하나로 얼굴색이 곱고 자태가 우아한 춘향의 몸종 향단을 치장하여 광한루로 보냈다. 광한루에 놀러 나온 이도령은 아름다운 향단에게 첫눈에 반했다. 월매는 이 기회를 놓칠 새라 술자리를 마련하여 향단에게 이도령에게 술을 권하여 취하게 하였다. 향단은 술에 취한 이도령을 월매의 지시대로 집으로 되려와 춘향과 동침하도록 하였다.

이도령은 다음날 아침에 잠에서 깨어났다. 취중에 천하의 박색인 춘향과 잠자리를 같이했다는 것을 뉘우치고 도망치려고 밖으로 나왔다. 그런데 월매는 이도령의 낌새를 알아차리고 이도령에게 따지는 것이다. "춘향과 첫날밤을 같이 운우의 정을 나눴으니 정표를 달라"고 다그치는 것이다. 이도령은 더 이상 더할 말을 잊고 소매 속에 넣어두었던 비단 수건을 정표로 주었다. 월매는 춘향에게 비단수건을 신표로 전해 받아 백년가약을 맺고 혼인식만 치르면 부부가 되는 것으로 믿고 지냈다. 그런데 그 후 이도령은 남원부사인 아버지가 영전하게 되어 따라 서울로 상경하였다.

춘향은 이도령을 사모하며 기다렸으나 아무런 소식이 없자 광한루에서 목을 매여 죽었다. 그리하여 남원부 사람들이 춘향을 불쌍히 여겨 이도령이 떠난 박석고개(일명 임실 고개)에다 장사지내고 박색터라 불렀고 오늘날의 이곳을 박석고개로 불리게 되었다.[13] 박색터설화는 춘향이 죽은 넋의 원혼 풀이를 위무해 주는 남원추녀설화이다. 이 설화는 춘향이 추녀의 한을 담은 설화이니, 춘향은 박색 중에도 추녀이었다.[14] 박색터 설화는 춘향이 한을 간직한 채 죽어 원혼을 풀어주는 설화로 전하여 오늘에도 춘향이 미인이 아니라 박색이었다고 경향각지에 널리 전한다.[15] 이 설화는 박석고개에 얽힌 이야기이지만 남원에 여러 유형의 설화가 있는 가운데 큰 비중을 차지한다.[16] 남원에는 『춘향전』의 내용이 되는 박색터 설화와 함께 많은 설화가 등장한다.[17] 춘향은 임이 가신 박석고개에 묻어달라는 유언을 남기고 자결하였다.

이도령은 남원부사로 부임하여 춘향의 이야기를 듣고 정성되게 제사를 지내 넋을 위로했다. 박석고개란 이도령이 춘향의 넋을 위로한 이후부터 생겨났다고 전한다.[18]

박석고개는 남원시에서 임실 방향으로 17번 국도를 따라 가면 춘향묘가 나타난다.[19] 다시 말해 박석고개(임실고개)는 남원에서 서울로 가는 길가에 위치한다. 박색인 춘향이 천하의 미남인 이몽룡에게 반하여 청을 통한 후 돌보지 않아 죽은 것은 한이 맺어 남원에는 가뭄이 들었다. 사람들은 그의 원한을 제의로 베풀어 주어 풍요롭게 살아갈 수 있게 되었다고 끝을 맺고 있다. 박색터설화가 의미하는 것은 위정자나 남녀사랑관계에서 남에게 억울하게 하거나 한을 품게 해서는 안 된다는 것을 나타내 주는 교훈적 이야기이다. 이에 사람들은 춘향의 원혼을 위로 하는 내용으로 이야기하고 판소리로 창하고 글을 지어 『춘향전』이 지어진 것으로 보게 되었다.[20]

---

13) cafe.daum.net/gecicun/SOd2/122
14) blog.naver.com/parkgun55/140045647887
15) www.reportworld.co.kr/report/data/view.html?no=370713
16) m.grandculture.net/list.aspx?ct=B&ctid=B00037&lc=GC006&use=
17) cafe.daum.net/zihunmountain/Hvac/162
18) cafe.daum.net/insungAcademy/G7G/56
19) blog.naver.com/skyung0512/90168588374 · cafe.daum.net/insungAcademy/G7G/56
20) 정노식(鄭魯湜), 『조선창극사』(朝鮮唱劇史), 조선일보 출판부, 1940, 14~15쪽.

[그림 10] '개벽'의 발행인 차상찬

일찍이 남원에는 『춘향전』이 지어지기 이전부터 여러 유형의 설화가 전하였지만 그 중에서 박색터설화가 가장 많이 유포되고 회자되었다.

이 박색터설화는 일제 강점기 『개벽』(開闢) 지(誌) 기자이자 시인・수필가였던 차상찬(車相瓚, 1887~1946)이 차정연(車鼎言)의 『해동염사』(海東艶史)를 1937년 한성도서(漢城圖書)에서 출간했으며, 1954년에는 같은 출판사에서 재간행하여 춘향이 짐승의 몸꼴을 지닌 추녀임을 나타냈다. 그는 자신의 저서 『조선사천년비사』(朝鮮四千年秘史), 『조선사외사』(朝鮮史外史), 『한국야담사화전집』(韓國野談史話全集)을 출간하였다. 1996년에는 『차상찬론』(車相瓚論)을 연구한 논문과[21] 이야기도 선보이기도 했다. 따라서 춘향이 천하의 절색이 아니라 박색이었다는 것은 『해동염사』(海東艶史)에서 밝힌 바와 같고 정노식(鄭魯湜)의 『조선창극사』(朝鮮唱劇史)에 의해 경향각지에 널리 회자되어 있었다.[22] 차상찬을 사진으로 소개하면 그림 10과 같다.

『춘향전』에서의 근원설화에 대한 이견은 학자들마다 제기되었으나 그 중 신원설화가 설화로서 가능하다고 밝히고[23] 주인공 춘향의 인물됨과 가깝다고 주장했다.[24] 신원설화는 춘향의 원혼을 풀어준 남원민속설화와 직결되기 때문에 『춘향전』의 형성 이전부터 존재해 있었다. 박

김동욱, 『춘향전연구』, 연세대출판부, 1966, 56쪽.

21) 박종수, 「차상찬론」, 『한국민속학』 제28권, 한국민속학회, 1996.

22) 정노식(鄭魯湜), 앞의 책, 16쪽.

23) 김광순, 「춘향전의 근원설화 연구사적 검토」, 『국어국문학』 103호, 국어국문학회, 1990, 7~27쪽.

24) 정하영, 『춘향전의 탐구』, 집문당, 2003, 61쪽.

색춘향은 충남 공주출신의 국악인 박동진(朴東鎭, 1916~20030)의 『춘향가』에 의해 널리 알려졌다. 박동진은 1962년 국립국악원국악사로 데뷔한 후 40여 년간 국악사로 창을 선보여 특히 그는 박색춘향가를 일반대중에게 알리는 역할을 하였다. 2009년 6월 3일~4일에는 고 박동진 판소리 명창 명고대회(鳴鼓大會, 북을 치는 놀이)가 공주문예회관에서 열었다. 그의 생전의 모습과 추모공연을 소개하면 그림 12, 13과 같다.

춘향제는 제83회 춘향제가 2013년 4월 20일~30일간에 열리었는데 춘향제는 남원인 들이 모여 춘향을 기리는 합동행사니 신원설화와 관계된다. 이 설화 중에는 여러 가지가 있으나 그 중 박색설화와 관계가 깊다. 여기에 근원 설화 중 춘향의 절개를 기리는 열녀설화와도 관계되어 기념축제를 벌이는 것으로 볼 수 있다.

김동욱 교수에 의해 완판본 『열녀춘향수절가』는 근원설화에서 판소리로, 다시 소설로 발전되었다고 했다.[25] 이 소설은 ①'완판 29장본'에서 → ②'완판 33장본' → ③'완판 84장본'이 출현했다면서 점진적인 확대로 파악하였다.[26] 유탁일 교수는 ①의 간행 시기는 1850전후~1890년, ②는 1906년, ③은 1906년 이후로 보고 있다.[27] 29장본에서 33장본으로 발전되어 1906년에 선보여 84장본 그 후 무수한 이본을 파생시키게 되었다. 이 작품은 박색터설화로서 모성 성을 간직하게 되었지만 세월이 흐를수록 존재유무가 희미해지고 춘향이 미인으로 등장하게 되었다. 제83회 춘향제에는 춘향 선발대회가 남원에서 개최되었는데 전국에서 295명이 참가해 아름다움과 재능이 넘치는 대회였다. 이 날에 선발된 춘향(미인)은 그림 16과 같다.

---

25) 감동욱, 『증보 춘향전연구』, 연세대 출판부, 1976, 8쪽.
26) 유탁일, 『완판방각소설의 문헌학적 연구』, 동아대학교박사학위논문, 1980.
27) 유탁일, 『완판방각소설의 문헌학적 연구』, 학문사, 1981.

[그림 11] 국악인 박동진

[그림 12] 춘향가를 발표하는 박동진

[그림 13] 추모공연 명고대회

[그림 14] 남원시 광한루전 일원에서 열린 축제

[그림 15] 춘향을 기리는 전통문화축제

[그림 16] 춘향으로 선발된 미인

[그림 17] 춘향제 폐막식 공연

[그림 18] 춘향제 차 없는 거리운영

춘향제는 남원에서 열리는 대축제이며 전국의 관람객들이 쇄도하는 가운데 매년 열리고 있고 또 남원시는 제83회 춘향제를 맞아 차 없는 거리 조성을 위해 광한루원주변의 요천로와 남문로를 지나는 차량을 통제한다는 뜻에서 거리축제를 열기도 했다. 이 두 축제에는 많은 사람들이 운집했는데 이 광경을 소개하면 그림 17, 18과 같다.

유탁일 교수는 완판본『열녀춘향수절가』의 '완판 29장본'에서 → '완판 33장본' → '완판 84장본'이 출현했다고 하면서 점진적인 확대로 파악하였다. 이 논지는 설성경에 방대한 이본들을 대상으로 박사논문에서 발표하였다.28) 춘향은『열녀춘향수절가』에서 천하의 미인으로 등장함에 따라 원래 춘향이 박색이었다는 설화도 겹들이여 퍼지게 되었다. 요즘은 인터넷으로 인해 신원설화와 박색터설화에 들면 춘향이 박색이었다는 것을 쉽게 알아보게 된다.

28) 설성경,『춘향전의 계통연구』, 연세대 박사학위논문, 1980.12.

3. 『춘향전』 영화로 화젯거리

[그림 19] 1955년 동명영화사 『춘향전』 제작

『춘향전』이 20세기 들어 영화로 제작된 이래 TV에서 춘향가와 함께 방영되어 만인의 칭송을 받은 문학이 되었다. 『춘향전』의 발생은 암행어사설화, 신원설화 염정설화 등의 삽입 플롯의 설화[29])로 본 것은 평민들과 양반층과의 갈등이 심화된데 원인이 있다. 이에 따라 『춘향전』에 나타난 의식은 19세기 실학사상에 의해 양반제도의 모순인 부조리 현상을 개선하기 위해 『춘향전』이 생겨난 것이라 할 수 있다. 『춘향전』의 발생은 18·19세기 양반제도의 모순된 상황을 새로운 실학사조에 의해 고발하여 개선케 하는 내용으로 하여 당시 사람들에게 영합되어 이본이 100여종에 이르렀다. 또한 『춘향전』은 사람들이 모이면 영화를 본 이야기꽃을 피웠다. 즉 1955년 제작된 『춘향전』의 영화는 다음 영화현판에서 보는 바와 같이 춘향은 남원부사 변학도가 수청을 강요하자 거절하여 큰 칼을 씌우고 옥살이를 시켰다. 많은 사람들은 춘향이 이몽룡과 백년가약을 맺어 일편단심의 굳은 절개를 칭송하여 그 열기의 흥취는 달아올랐는데, 그 장면의 현판을 소개하면 그림 19와 같다.

위의 영화는 6.25전쟁 후 모이면 관람객들에 의해 이야기꽃을 피웠다. 1955년은 1950년 전쟁이 끝난 지 얼마 안 됐을 때라 전흔이 채 가시지

29) 김동욱, 『춘향전연구』, 연세대학교 출판부, 1965, 34~35쪽.

않아 서울시내 여기저기 건물엔 탄환자국을 볼 수 있었다. 그럼에도 이 영화는 유명출신의 배우가 출연하여 서울장안에 화젯거리가 되었다. 이 영화는 이규환(李圭煥) 각본 감독의 흑백영화인데 당시 15만 명이 관람한 것으로 인기가 높았다. 당시 사람들은 모이면 영화를 본 이야기를 나눌 정도로 호감도가 높았다. 이 영화는 1950년 6.25 전쟁 후 피폐해진 영화산업을 부흥시킨 계기를 마련했다는데 의미를 부여하게 된다. 이 영화의 개봉은 1955년에 흑백영화작품으로 고전소설 『춘향전』을 동명영화사(東明映畫社)에서 제작하여, 같은 해 12월 국도극장(國都劇場)에서 일반에게 관람 했다.

이 영화의 제작계획은 당대에 유명한 이들이 동원되었다. 제작·기획 이철혁(李喆赫), 각본·감독·편집 이규환, 촬영 유장산(柳長山), 조명 고해진(高海振), 미술 강성범(姜聖範), 음악 성경린(成慶麟), 녹음 이경순(李敬淳) 등이다. 더구나 너무나 잘 알려진 춘향 역에 조미령(趙美鈴), 도령 역에 이민(李敏), 방자 역에 전택이(田澤二), 향단 역에 노경희(盧耕姬), 변사도 역에 이금룡(李錦龍), 춘향모 역에 석금성(石金星), 그 밖에 서월영(徐月影)·노강(盧剛) 등이 출연하여 오늘에도 그 이름이 생소하지 않다.

이 영화를 계기로 1961년 『성춘향』이 칼라 시네스코로 제작되어 서울에서만 36만이라는 관객이 동원되었다. 그 후 영화제작사는 영화의 중흥기를 맞이했다. 한국영화사에서 『춘향전』은 1923년부터 2000년까지 총 17가지가 영화화되었다. 더구나 춘향은 용모가 월태화용(月態花容)으로서 천하무쌍의 절색이라는데 장안에 남성들에게 호기심이 자극되어 많은 관광객들이 쇄도하였다.

남주인공 이몽룡 또한 만당(晩唐)시인 두목지(杜牧之)의 풍채를 닮아 화조풍월(花鳥風月)을 벗 삼고 왕희지(王羲之) 필치였다고 알려져 여성들도 호감을 가지게 되었다. 또 『춘향전』은 사람들에게 전부터 읽혀지고 알려

[그림 20] 남원향토박물과 춘향영정

[그림 21] 춘향과 이몽룡

진 친숙미로 어려웠던 시절에도 많은 사람들이 관람했다. 그 후 『춘향전』은 유명배우들이 춘향과 이몽룡 역으로 출연하는 영화를 제작하면 사람들에게 폭발적인 인기를 누리곤 하였다. 우스운 말로 당시 젊은 남성들은 여성들에게 『춘향전』을 보았습니까? 물으면 여성들도 "요조숙녀(窈窕淑女)는 군자호구(君子好逑)라고 난들 안볼 수가 있나요" 하고들 주고받을 정도로 호감도가 높았다. 세월은 흘러 이들 청춘남녀가 벌써 70대 후반이나 팔십을 전후한 나이가 되었으니 인생의 역정(歷程)이 빠르다는 것을 느끼게 된다. 하여튼 『춘향전』은 고전소설의 백미인 것이 틀림없다

우리는 『춘향전』의 영화에 그 인기보다 춘향이 변학도의 항거하여 절개를 지켰다는 것과 평민들의 각성의식을 높이 산 것에 의미를 두게 된다. 이 영화를 통해 우리사회에선 사회곳곳에 만연되어 있는 양극화 현상 또한 『춘향전』을 통해 오행(五行)사상과 관련하여 조명하면 해결의 실마리를 찾게 될 것이라 믿는데 실천문제가 따른다. 필자는 이 영화를 계기

로 19세기~20세기에 고질화된 양반층과 평민들의 양극화된 생활상을 시정하여 춘향과 이몽룡과 결혼하여 계급을 철폐하여 신분상승을 이뤘으니, 고질화된 양극화현상을 시장되어야 할 것이다. 이에 대해 다음 장에서 『춘향전』의 내재한 오행사상을 통한 구조분석으로 오행사상과 양극을 음양조하 관계로 연구하여 보기로 한다.

Ⅲ. 『춘향전』과 오행사상의 다양성

1. 오행의 유래와 『춘향전』 수용

『춘향전』은 사계절에 따라 내용을 이뤘으니 오행사상과 밀접하게 관련 되어 있다. 『하도』(河圖) · 『낙서』(洛書)에서의 기반을 둔 오행사상은 자연과학적인 천지의 조화로움과 같이 물질생산과 관계되니 현대적 의의도 이에서 찾아야 함을 우선 밝혀둔다. 이런 상황과 관련해 『춘향전』은 『하도』와 함께 『낙서』에서의 오행사상을 취하여 춘향의 운명이 나타냈다고 할 수 있다. 먼저 『하도』 · 『낙서』에 대해서 소개하기로 한다.

『하도』는 황하(黃河)에서 용마(龍馬)가 지고나왔다는 동서남북 중앙으로 음양의 55점을 복희(伏羲)가 전한 것인데, 『역경』 팔괘와 오행의 시초가 되었다. 또한 『하도』와 『낙서』는 『천부경』(天符經)이 모형이었다고 한다. 이 경전의 내력은 『환단고기』 태백일사(太白逸史) 소도(蘇塗)경전(經典) 본훈(本訓) 재3에 전하며, 고려 말 충신 농은(農隱) 민안부(閔安富) 선생의 유집에서 발견된 갑골문자로 적힌 것을 볼 수 있다. 복희(伏羲)는 환웅의 막내아들로서 어느 날 삼신이 꿈을 꾸어 만 가지 이치를 통철하고 삼신산으로 향하였다고 한다. 그는 삼신산에 가서 제천(祭天)하고 신룡(神

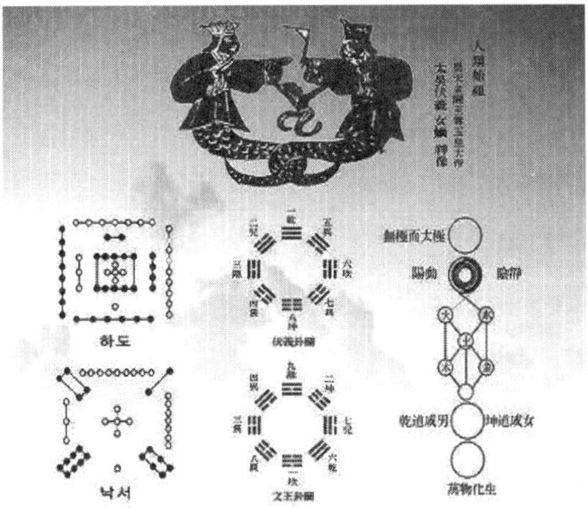

[그림 22] 한국정신문화선양회 소장

龍)의 변화를 보고 괘도(卦圖)를 그렸다고 하였다.[30]

『낙서』는 하(夏)나라 우(禹)왕 때 치수사업을 하는 중 낙수(洛水)에서 신귀(神龜) 등에서 음양도 45점이 발견된 것을 전하였는데 팔괘와 오행사상에 영향을 미치어 전개되었다.(cafe.daum.net/lbd102/FsSi/13) 『하도』와 함께 『낙서』에 대해서는 한국정신문화선양회(www.coreaspirit.com)에 소장되어 있는 도표를 소개하면 다음과 같다.

하(夏)나라의 우왕(禹王)은 요순(堯舜)과 함께 동이족이다. 일찍이 요(堯)임금은 순(舜)에게, 순(舜)은 우(禹)에게 왕위를 선양하여 이상적인 나라를 세웠으니, 배달국 환웅천황의 홍익인간사상이 영향을 끼쳤던 바가 된다. 상고시대는 동이족이 중원을 지배하고 다스렸으니, 『하도』와 『낙서』는 배달겨레에 의해서 꽃피워진 문화이다. 『하도』와 『낙서』는 상고시

30) 『환단고기』(桓檀古記) 태백일사(太白逸史) 신시본기(神市本紀) 제3. blog.daum.net/suninjahng/8730359

[그림 23] 이몽룡이 춘향과 이별(춘향관 그림)

대 이래 한민족의 정통사상이니 후세문화와 사상에도 많은 영향은 미쳤다. 그 중 오행사상은 『춘향전』에도 막대한 영향을 끼쳤음을 다음에서 밝혀보기로 한다.

『하도』와 『낙서』에서 발생한 음양오행은 『춘향전』에서 춘향과 이몽룡의 운명을 살펴볼 필요가 있다. 왜냐하면 춘향(春香)의 이름은 '봄날 향기'란 뜻이니, 춘절의 방향이 그윽하게 널리 퍼지는 현상과 부합한다. 따라서 춘향은 오행 중 목(木)과 상관되어 있다. 오행에서의 목(木)은 1년 중 봄과 관계되어 있지만 여름, 가을 겨울과 이어져 해마다 되풀이 되어 연년세세를 이루며 자란다. 오행과 일 년 사계절과 관계되는 것은 『춘향전』의 구성과 일치되기 때문이다. 『춘향전』의 플롯은 N. Frye의 분류 중 사계절의 순환이나. 하루 24시간(아침 · 점심 · 일몰 · 암흑(밤))의 주기와 꼭 맞게 되었으니[31] 오행과 관계되었음을 의미한다.

오행은 춘하추동과 상관되어 있는데 음양이 기조를 이루어 『춘향전』과도 이어진다. 춘향은 봄의 나무(木)에서 꽃피어 꽃향기가 발산하는 때니 대략 양력 4월 초순경을 가리키는 이름이다. 이때 남녘 남원 일원에서는 온갖 꽃이 만발한다. 5월 초순경 입하가 지나면 대지는 녹음방초가 우거지기 시작하여 장관을 이룬다. 그런 무성한 숲 또한 음력 팔월 초순경이 지나면 아침저녁으로 소슬한 바람이 일기 시작하여 10월 중추를 지나면 남원지방도 나무에 단풍이 들기 시작하여 11월 초 입동이 되면 낙엽이 지고 추워진다. 춘향은 가을에 이몽룡이 서울로 이사하여 헤어진 후

31) 윤용식, 「춘향전의 신화원형적비평 고찰」, 『국문학 자료논문집』 제5집 고전문학, 대제각, 1990, 532쪽.

[그림 24] 변학도의 부임행차

[그림 25] 변학도는 춘향에게 수청 강요

수심으로 나날을 지냈다.

변학도는 이몽룡이 상경한 후 남원부사로 부임하여 춘향에게 수청을 들라고 강요했다.

변학도는 남원부사로 화려하게 부임하여 관탈민녀형의 전형이라 할 주범으로 춘향에게 수청을 들라고 하였다. 춘향은 변학도의 수청을 일어지하에 유부녀겁탈이라고 거절했다. 춘향은 이로 인해 11월 쯤 되면 날씨가 추운 겨울이 돌아올 때 변학도는 춘향에게 명령 불복종 죄로써 덮어씌워 태형으로 다스렸다. 그래도 춘향은 수청을 거절하자 겨울 내내 춘 감방에서 옥살이를 시켰다. 춘향의 옥살이는 2월 입춘이 돌아 올 이후까지 옥살이는 계속되었다. 변학도는 춘향이 수청을 거질하게 되어 물리적으로 학대하였다. 그럼에도 춘향은 변학도에게 굴복하지 않은 것은 자유를 찾는 민중들의 구호[32], 인간성 해방을 성취하고자 하는 욕구로 대했다.[33] 춘향은 원형적인 면에서 웅녀가 신분 상승하려는 모티프의 수용관계로 양반의 아내가 되고자 목숨을 내놓으며 절개를 지켰다고 할 수 있다.

이몽룡은 4월 이후에 꽃이 만발할 때 암행어사가 되어 변학도를 파직

32) 김태준, 『조선소설사』, 학예사, 1931, 209쪽.

33) 조동일, 「갈등에서 본 춘향전의 주제」, 『계명논총』 6집, 계명대학교, 1970, 29쪽.

시키고 춘향과 혼인을 하고 서울로 상경하였다. 이몽룡은 임금으로부터 암행어사 직책을 잘 수행하여 좌우영상 겸임하는 정승 벼슬을 내렸다. 춘향 또한 철개를 지켜 여성 행실의 전범(典範)으로 인정받아 정렬부인을 하사했다. 이들 부부는 일생동안 부귀영화를 누리는 생활을 하였다. 춘향과 이몽룡의 생활을 『하도』·『낙서』에서 유래된 오행의 운명과 부합되어 있음을 밝히게 된다. 따라서 『춘향전』은 오행과 밀접하게 관계되어 있다는 것을 원형적으로 밝혀둔다.

2. 『하도』·『낙서』와 『춘향전』의 수용

춘향의 운명은 이몽룡과 백년해로를 했으니, 『하도』와 『낙서』의 구조인 음양의 수와 관련하여 분석해 보기로 한다. 『하도』의 발생은 『환단고기』라는 설도 있다. 『하도』에서의 용마(龍馬)의 출현은 5500년경이니, 이 시대는 만주나 한반도에서 유물유적이 발견되는 것으로 미루어 청동기에 해당한다. 복희는 수렵시대가 끝나는 청동기인 기원전 3000년 이전 인물이다.

단군조선이 2000년 가까이 존속했으니, 단군왕검 재위 기간(B.C.2333~2241), 요임금 재위 기간(B.C.2357~2258), 우임금 재위 기간(B.C.2205~2198)으로 보면 대략 4500년으로 보게 된다. 『춘항전』은 오랜 전통의 집단적 무의식 체계에 의한 영향으로 지어졌던 만큼 『하도』와 『낙서』에서 이뤄진 오행사상과도 밀접하게 연관되어 있다.

동이족은 요하(遼河)에서 청동기 병용인 홍산문화(紅山文化, B.C.E.4500~3000)시대에 훌륭한 문화를 이뤘으니, 황하문명(4000~6000)보다 1000년 앞서는 문명권[34]이다. 특히 요하지역은 1만 년 전에 농업이 발달하고 중

34) 郭大順, 「遼河文明的提出與對傳統史學的衝擊」, 『尋根』 第4期, 1995, 10~11쪽.

원지대보다 10세기 앞섰다는 논문이 중국학자와,[35] 한국 학자들에 의해 요하문명(遼河文明)의 실체를 본 보기로 예를 들어 황하문명보다 10세기 정도 앞선다는 논문을 발표됐다.[36]

『하도』는 환웅시대에 발생하고 『낙서』는 단군시대에 해당하니 상고시대이다. 이 시대는 환웅이 홍익인간의 이화세계(理化世界)로 다스려 동방예의지국(東方禮義之國)을 세웠을 때다. 단군은 환웅의 고을 사회를 부족연맹국가로 탄생시켰다. 단군이 훌륭한 나라를 세웠다는 것은 명(明)의 태조 주원장(朱元璋, 1328~1398)이 권근(權近, 1352~1409)에게 명하여 역사미(歷史美, das geschichtlich Schöne)로써 시를 지은 것에서,[37] 동봉(東峰) 김시습(金時習, 1435~1493) 또한 평양에 단군묘(壇君廟)를 참배하여 나라를 시조임을 숭고미(崇高美, das Erhabene Schöne, the Sublime beauty)로 기렸다.[38] 일찍이 권근은 단군에 대해 『동국사략』에서 이미 표방되었고, 『삼국사절요』·『고려사』에서 밝혔다.

『하도』와 『낙서』는 고조선인 상고시대 발생했으니, 환웅·단군시대에 해당한다. 단군에 대한 기록은 고문헌에서 헤일 수 없이 수록되었는데, 『단군고기』·『고기』·『삼국사기』 권17 동천왕조·『삼국유사』·『고려사』·『조선왕조실록』·『승정원일기』·『동국통감』·『증보문헌비고』·『동국사략』·『삼국사절요』 등에 수록되어 있다. 이 외에 권근의 『응제시』, 『용

---

35) 蘇秉九, 「論西遼河古文化：與赤峰史學工作者的談話」, 『北方民族文化』, 1993. ; 『華人·龍的傳人·中國』, 遼寧大學出版社, 瀋陽, 1994, 130~131쪽.

36) 박선희, 「유물자료로 본 고조선 이전 시기의복식문화수준」, 『단군학연구』 19호, 단군학회, 2008, 78~80쪽. ; 「고대발굴자료에 나타난 복식문화의 정체성 인식」, 『비교민속』 40호, 비교민속학회, 2009.12, 168쪽.
우실하, 『동북공정 너머 요하문명론』, 소나무, 2007, 5~6쪽. ; 「동북공정의 최종판 요하문명론」, 『단군학연구』 15호, 단군학회, 2006.12, 7쪽.

37) 權近, 『陽村文集』 卷1, 應製詩好古開闢東夷主.

38) 金時習, 『梅月堂文集』, 壇君廟.

비어천가龍飛御天歌』 권1 제9장, 서거정의 『필원잡기』, 이긍익의 『연려실기술』, 이덕무의 『청장관전서』, 이규경의 『오주연문장전산고』, 이유원의 『임하필기』, 김정호의 『대동지지』 등과 너무나 유명한 유형원(柳馨遠)의 『반계잡고』(磻溪雜藁) 동사괴설변(東史怪說辨), 홍만종(洪萬宗)의 『동국역대총목』(東國歷代總目) 단군조선(檀君朝鮮), 이익(李瀷)의 『성호사설』(星湖僿說) 권1 천지문(天地門), 정약용(丁若鏞)의 규장각본(奎章閣本) 『여유당집』 권1 술지(述志), 안정복(安鼎福)의 『동사강목』(東史綱目) 범례(凡例) 등에서 인용하고 있다.[39]

중원(中原)에서 단군조선을 일컬어 군자국(君子國)이라 했음이 『산해경』(山海經) 권18 해내경(海內經)과 『회남자』(淮南子) 수형훈(隧形訓), 『당서』(唐書) 신라전(新羅傳)에서, 단군 조선이 예의(禮義)의 나라임을 밝힌 것은 『논어』(論語) 권9 자한(子罕)을 위시해 『사기』(史記) 진본기(秦本紀), 『후한서』(後漢書) 권28 지리지(地理志), 『삼국지』 위지 권30 동이전에서 도덕(道德)을 귀히 여기는 나라임을 나타냈다.

『하도』·『낙서』의 출현은 환웅과 단군이 다스리는 태평한 시대에 용마와 거북 등에 음양도를 지고 나와 음양의 이치로 훌륭하게 다스려 홍익인간의 나라를 다스리게 된 것이다. 단군조선이 물산이 풍부한 나라임을 『시경』(詩經) 권3 대아(大雅) 한혁편(韓奕篇), 『회남자』(淮南子)·숙진훈(俶眞訓)에서는 '대인지조선'(大人之朝鮮), 『사기』(史記) 권2 하본기(夏本記)에는 동북이(東北夷)를 조이(鳥夷)라고 했는데 『삼국지』 위지(魏志) 권30 조환동이전(烏丸東夷傳)에도 동이(東夷)인을 대인(大人)이라 했다. 대인은 천지(天地)와 덕(德)을 합하고 일월(日月)과 광명(光明)을 같이 하는 사람이니, 내성외왕(內聖外王)인 철인정치가(哲人政治家)를 가리킨다. 맹자(孟子)

---

39) 윤경수, 「제2사(事) 경신(敬神)의 역사미(歷史美)」, 『단군예절교훈 366사(事)와 홍익인간 사상』 上, 민속원, 1997, 34쪽.

는 단군조선의 한 족명(族名)인 예족(濊族)이 요순(堯舜)의 정치보다 훨씬 잘 다스려 나라의 재정이 넉넉하여 세금을 요순(堯舜)때 보다 20분의 1로 감세했다고 『맹자』(孟子) 권6 고자하편(告子下篇)에서 밝히고 있다. 『관자』(管子) 권23 규도편(揆道篇)에는 단군조선을 일러 발조선(發朝鮮)이라 하여 밝은 나라라고 이두(吏讀)로 표현하였다.

우리에게 홍익인간이란 용어는 『삼국유사』 권1 「고조선조」(古朝鮮條)와 『제왕운기』(帝王韻紀)로 기록된 두 곳밖에 없다. 그런데 중원의 『산해경』(山海經) 권18 해내북경(海內北經)에는 조선인에 대해 '외인애지'(偎人愛之, 사람들과 가까이 지내고 사랑한다)라고 했다. 『금사』(金史) 명창(明昌) 4년(1193) 10월조에는 단군(檀君)이 홍익인간(弘益人間)의 나라를 세운 성군(聖君)으로서 책봉에 대해 기록했다.[40]

『하도』와 『낙서』는 상고시대 고조선시대 발생하여 유교경전과 『춘향전』에도 영향을 미친바가 되어 본고에서 이에 대해서 각각 소개하기로 한다.

『춘향전』에는 오행사상이 함축되어 있어 이를 밝히기에 앞서 이에 대한 역사적인 내력이 필요하다. 『춘향전』은 다양한 설화가 함유되었기 때문에 사계절과 오행사상이 무관할 수가 없게 된다. 『춘향전』은 100여종의 이본이 있다고 전하는데 민간설화, 판소리에서 소설로 전이되었으니, 이중 판소리가 서사무가 성주풀이가 판소리 『춘향가』에 기원을 밝히게 되어 있다고 했는데, 그 중에서 신분문제가 없다는 것으로 밝히기도 했다.[41]

『춘향전』의 근원설화의 발생은 주로 전라북도와 남원의 남녀관계설화는 말할 것도 없고 계서(溪西) 성이성(成以成, 1595~1664)의 만남과 함께 무당 광대사회의 판 놀이 등이 거치는 동안 자탄가적 내용으로 학대받는

40) 위의 책, 35~38쪽. 요약 정리.
41) 서대석, 「성주풀이와 춘향가의 비교연구」, 『판소리연구』 제1집, 1989, 25쪽.

애련(愛憐) 플롯으로 되었다.[42] 『춘향전』은 오행사상과 함께 남원지방의 설화가 실학사상의 수용으로 형성되었다고 할 수 있다.

『춘향전』의 내재한 오행사상을 근원적으로 연구하려면 동양의 음양서의 집결체라 할 수 있는 『역경』(易經) 계사상전(繫辭上傳)에 전하는 "황하에서 용마가 『하도』(河圖)를 지니고 나왔고, 낙수에서 거북 등에 낙서(洛書) 무늬가 나오니, 성인이 이를 법칙으로 삼았다"(河出圖 洛出書 聖人則之)라고 되어 있는 것을 참고할 필요가 있다. 왕필(王弼, A.D.226~249)의 『역경』(易經) 주석(註釋)에는 고려 식 풀이가 많다고 『삼국지』 종회전(鍾會傳) 왕필전(王弼傳)에 전하고 있는 것으로 미루어 『역경』은 동이족인 복희(伏羲, 伏犧)에 의해 전해진 것이다.

여기에서 성인은 복회와 우(禹)임금을 가리킨다. 『하도』(河圖)는 복희에 의해서 팔괘(八卦)가 전해져 음양 오행사상으로 발전했고, 『낙서』(洛書)는 우임금에 의해서 또한 오행과 팔괘(八卦)가 이뤄졌다. 『하도』·『낙서』에서 파생된 오행은 우리나라의 사상문화의 막대한 영향을 미쳤으니 『춘향전』에도 수용된 것이다.

『하도』와 『낙서』에 의하여 이뤄진 오행(五行)은 우주 만물의 변화양상을 5가지인 목(木), 화(火), 토(土), 금(金), 수(水)의 운행변전(運行變轉)을 말한다. 『낙서』에서의 5행(五行)은 『서경』(書經)의 '홍범구주'(洪範九疇)의 원본이 되었고, 팔괘(八卦)의 이치를 세웠다. '홍범'은 은(殷)나라의 유민(遺民)인 기자(箕子)가 주(周)나라의 무왕(武王)에게 전한 것이다. 은(殷)의 건국은 성탕(成湯)이 서정(西征)하여 하(夏)의 걸(桀)을 축출하고 상(商)의 도읍을 한 나라다. 상(商)이라고 하고 은(殷)이라고 한 것은 그 도읍지를 국명으로 사용하기 때문이다. 따라서 음양오행은 『하도』와 『낙서』의 그

42) 주길순, 「춘향전발생의 민속적기원」, 『한국언어문학』 제21, 집한국언어문학회, 1982, 164쪽.

림에서 영향을 받은 것이니, 중국과 한국의 사상 문화의 많은 양을 차지한다.

『춘향전』의 발생과 형성의 모체로서의 영향을 미쳤다는 것은 다원설로 분류되어 나타나 있다. 이에 대한 논문은 이혜신·이강엽에 의해 구체적으로 나타나 있다.[43] 『춘향전』은 그 중에서 열녀설화, 암행어서설화, 신원설화, 염정설화 등에 내용이 들어 있지만 직접적인 영향관계에 의해 지어졌다고 볼 수는 없다. 하기야 『춘향전』은 설화와 판소리로의 이행과정으로 지어진 것이니 이들의 영향을 받았다고 볼 수 있다. 김동욱의 설화발생설이나[44] 설성경의 경우나,[45] 중국문학의 영향을 받았다는 학자들의 학설,[46] 실존인물로 보는 학설[47] 등 다양하게 펼쳐져 있다. 하기는 『춘향전』이 창작된 것은 다양한 이야기가 전하여 오는 가운

43) 이혜신·이강엽, 「춘향전의 발생과 형성」, 『춘향전 연구의 과제와 전망』, 국학자료원, 2004, 89~127쪽.

44) 김동욱, 『춘향전연구』, 연세대학교 출판부, 1965, 67쪽.

45) 설성경, 『춘향전의 형성과 계통』, 정음사, 1986, 179쪽.

46) 민영규, 「독곡수필」, 『조광』 9권 12호, 조광사, 1943, 74~76쪽. ; 「재자가인극과 춘향전」, 『조광』 10권 1호, 조광사, 1944, 92~93쪽.
주왕산, 『춘향전의 출현한 고대 소설사』, 정음사, 1950, 264쪽.
정래동, 「춘향전의 영향을 미친 중국의 작품들」, -서상기 옥던춘 등, 『대동문화연구원』 1집, 성균관대학교 대동문화연구원, 1963, 189~207쪽.
이가원, 「春香歌가 明曲에서 받은 影響」, 『국어국문학』 34·35 합병호, 국어국문학회, 1967, 462~463쪽.
이재수, 『춘향전이본고』, 이상헌 화갑논문집, 1968. ; 『한국소설연구』, 선명문화사, 1969, 389~397쪽.
이병혁, 「춘향전에 끼친 중국설화의 영향」, 『부산공전논문집』 14, 1974, 9~21쪽.

47) 李家源, 「陶山別曲敷論」, 『현대문학』 6월호, 현대문학사, 1953, 193쪽.
박선근, 「춘향전고」, 『어문논집』 23집, 고려대학교 국어국문학연구회, 1982, 217~240쪽.
설성경, 『춘향예술의 역사적 연구』, 연세대학교 출판부, 2000, 229~251쪽. ; 『춘향전의 비밀』, 서울대학교 출판부, 2001, 164쪽.

[그림 26] 『하도』의 음양도

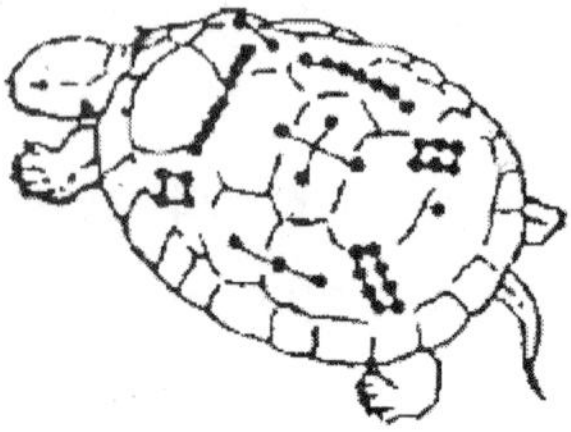
[그림 27] 『낙서』의 음양도

데서 적층되어 다원설로 창작되었다. 더구나 『춘향전』은 여러 사람의 합작품이고 실학사조로 개혁이 이뤄지는 때 작가의식이 종합적으로 이뤄졌다고 할 수 있다. 그 중에는 『춘향전』은 복희의 『하도』 구도(構圖)에서 오행의 상생 원리와 하(夏)나라의 우(禹)가 전한 『낙서』의 오행 상극에서 체를 이뤘다.

『춘향전』은 이들 설화의 영향을 받았다고 하기 이전에 『하도』와 『낙서』의 원리인 오행으로 체를 이뤘다고 일차적으로 다루고, 이치적으로 남원지방의 설화에서 『춘향전』이 이뤄졌다고 해야 할 것이다. 여기에 『춘향전』의 근원설화를 실학사조와 관련시켜 『춘향전』이 이뤄졌다고 해야 순서일 것이다. 실학은 개신유학이기 때문에 유학자들의 복고적인 사고방식과는 완연히 다른 생활 패턴이었다. 남원일대에서 『춘향전』의 근원설화가 널리 퍼져 있다. 학자들은 그 흔하고 흔한 설화를 수집하여 정리한 것은 큰 업적이나 오늘의 신진학자들의 분석적인 연구가 훨씬 바람직하게 된다.

많은 학자들의 『춘향전』의 연구는 기본 골격을 이룬 오행을 일체언급도 하지 안했다. 또 이들은 판소리에서 소설로의 이행과정에서 실학사상과도 관련시키지도 않았다. 『춘향전』은 민족 최대의 고전이라 평가하면서도 지금까지의 연구는 주제론과 발생론 내지 작가론을 중심으로 주장되어 왔다.[48] 그러나 『춘향전』의 연구자들은 근원설화를 나열해놓고 『춘향전』이 근대문학으로 나타난 것에 대한 시대적배경인 실학사상에 대해 전연 언급도 없다. 실학은 유학자의 낡은 제도를 새롭게 개혁하는 사상이다. 『춘향전』은 18·19세기에 실학의 영향으로 사회제도의 양상이 변해 갈 때 근대사상을 반영해 놓은 것이다.

『춘향전』은 춘하추동의 사계절로 체를 이뤘으니, 『하도』와 『낙서』의 오행으로서 체를 이뤘다고 할 수 있다.

『하도』와 『낙서』에는 음양도가 그려져 있는데, 『하도』는 용마에서 55점을 복희가 본 떠 전하였고, 『낙서』에는 45점이 신귀의 등에 나타난 것을 우임금이 전한 것이다. 그 각각의 음양도를 나타내면 그림 26, 27과 같다.

그림 27, 28에서 『하도』 55점의 음양도중 음이 30점, 양이 25점으로 나타나 있다. 『낙서』는 45점으로 되어 있는데 음이 20점이고 양이 25점으로 나타나 있다. 『하도』와 『낙서』에는 음양오행 수(數)가 표시되어 있는데, 오행의 수는 1에서부터 5에 이른다. 이 수는 오행생수(五行生數)라고 하는데, 각각 이 수에다 토수(土數) 5를 붙여진 것이 성수(成數)다. 즉 오행인 수(水), 화(火), 목(木), 금(金), 토(土)의 각각의 수는 1, 2, 3, 4, 5이다. 여기에 토수(土數)인 5수를 각각 더하면 6, 7, 8, 9, 10이 된다. 이를 도표로 나타내면 다음과 같다.

48) 설성경, 「춘향전 작가 찾기의 궤적」, 『고소설연구사』, 일위 우쾌제 박사 화갑기념논문집 간행 위원회, 2002, 716쪽.

水 火 木 金 土

水		火		木		金		土	
陽	陰	陽	陰	陽	陰	陽	陰	陽	陰
1	6	2	7	3	8	4	9	5	10

위의 도표를 정리하여 생수와 성수의 관계를 알기 쉽게 나타내면 다음과 같다.

생수	1	2	3	4	5
성수	6	7	8	9	10

『하도』와 『낙서』에서 오행이 발생한 것과 생수와 성수를 나타낸 그림은 그림 28과 같다.

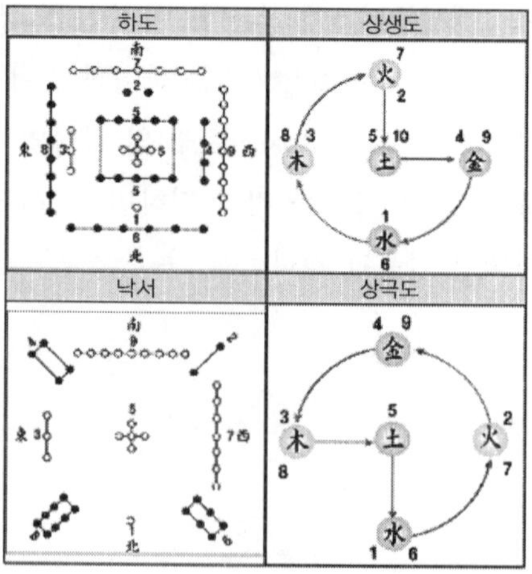

[그림 28] 『하도』와 『낙서』, 생수와 성수를 나타낸 그림

위와 같이 음양의 55수의 그림은 『역경』 팔괘와 배합되는데 복희가 『하도』를 본떠 『역경』의 팔괘를 만든 것으로 되어 있다. 그런데 『하도』의 원리는 오행이 시계방향으로 좌선(左旋)한다. 음수가 양수보다 5수가 많아 그 세가 강하기 때문이다. 『하도』의 좌선하는 방향을 자세하게 나타내면 그림 29와 같다.

[그림 30]

『하도』와 『낙서』의 운행은 『하도』의 경우 양(+)은 양(+)대로 중앙인 토(土)를 중심으로 좌선(左旋)하고 음(−)은 음(−)대로 또한 좌선하고 있다. 『낙서』에서 오행은 시계 반대방향인 우선(右旋)으로 나타나 있는데, 음수보다 양수가 5점이나 많아 그 세로 우선(右旋)하는 것이다. 『하도』는 시계방향으로 운행하되 양수는 양수끼리 9, 7, 3, 1점이 친구가 되어 토(土)로 돌아온다. 음수 또한 음수끼리 8, 6, 4, 2점이 동료가 되어 토(土)로 귀착한다.

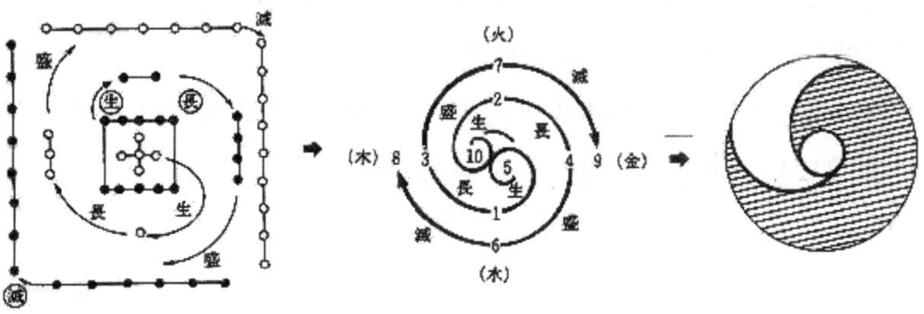

[그림 29] 『하도』의 좌선하는 방향

『낙서』에서의 오행은 양(+)은 양(+)대로 이어 운행하나, 중앙인 토(土)를 중심으로 위와 아래와 좌우로 또한 이어 운행한다. 즉 음수(陰數) 6, 2, 4, 8은 토(土)를 중심으로 음수끼리 친구가 되어 우선(右旋)한다. 『낙서』에서 양수(陽數)는 토(土)를 중심점으로 1, 9, 3, 7인 상하좌우의 십자(十字) 모양으로 운행한다. 이 운행은 음양의 균형을 이루게 하는 관계라고 할 수 있다.

『낙서』는 다음 장에서 소개하기로 하고 본 장에서는 『하도』에 대해 설명하기로 한다. 『하도』는 5500년에 복희씨에 의해서 전한 것이나 음양이치로 구성되었기에 『역경』의 팔괘(八卦)의 내용에도 영향을 미치었다. (blog.naver.com/csfocus/90051374008) 복희가 황하에서 용마 등에 음양도 55점을 지고나왔다는 그 『하도』의 구도는 그림 31과 같다.

복희가 용마 도를 전했다는 『하도』는 전설에 불과하지만 후세에 사상문화에 많은 영향을 끼치었다. 『하도』에서 오행이 발생했다는 것은 다음의 도표에서 보기로 한다.

위와 같이 『하도』는 용마(龍馬)가 55개의 점이 등에 그려진 것인데, 이 중에 짝수인 ●인 음(陰)이 30개, 홀수인 ○인 양(陽)이 25개로 나타났다. 이 음양의 55수는 오행구도의 수와 일치한다.

『하도』는 55개의 점 중에서 음의 수가 양의 수보다 많기 때문에 좌선(左旋)하는 것이다 지구는 태양을 향해 좌선하는 것으로 되어 있다. 그 좌선의 구도를 소개하면 다음과 같다.

『춘향전』은 『하도』를 본떠 만든 상생순환의 원리와 상관되어 있어 춘향의 운명을 밝히는 데 밀접하게 관계되어 있다.

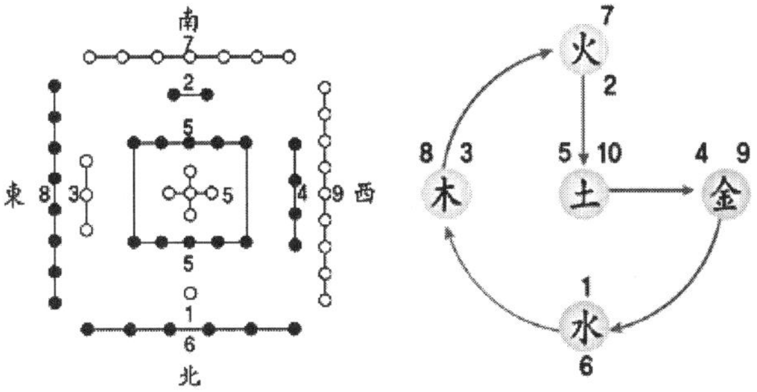

[그림 31] 하도(河圖)와 하도(河圖)의 상생순환

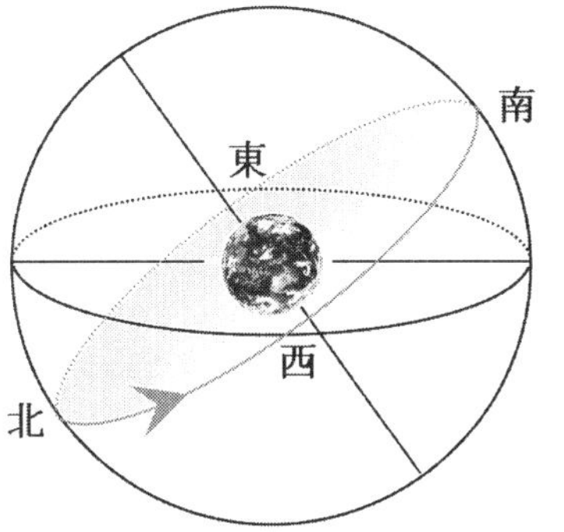

[그림 32] 지구의 좌선(左旋) 방향

[그림 33] 허물망원경 촬영한 천체 운행

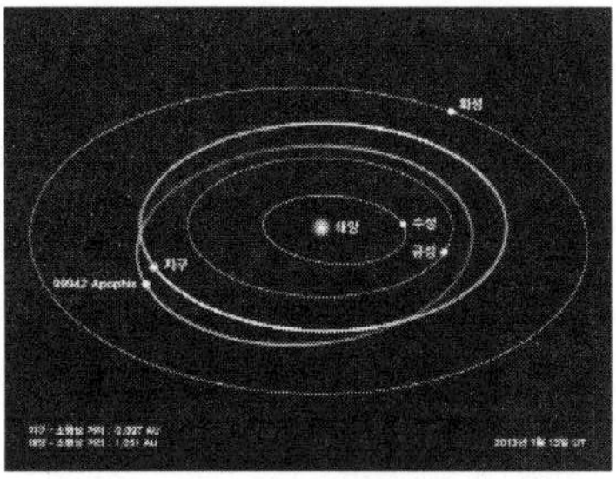

[그림 34] 지구의 좌선(左旋) 궤도

①『하도』와 오행상생과 춘향 관계

『하도』는 목(木), 화(火), 토(土), 금(金), 수(水)의 다섯 개의 개념이 상생하는 관계로 구성되어 있는데 좌선(左旋)의 방향으로 운행하고 팔괘와 오행은 음양이 통하는 것으로 배열되었다. 『하도』에서의 오행상생의 원리를 도표로 나타내면 다음과 같다.

오행 \ 의미	직역(直譯)	의역(意譯)	비고(備考)
①목생화(木生火)	목(木)은 화(火)을 생한다.	나무에서 불이 난다.	나무의 연소
②화생토(火生土)	화(火)는 토(土)를 생한다.	불은 재를 남겨 흙이 된다.	재는 흙이 됨
③토생금(土生金)	토(土)는 금(金)을 생한다.	흙에서 금을 캐어낸다.	흙 → 쇠 캐 냄
④금생수(金生水)	금(金)은 수(水)를 생한다.	쇠를 가열하면 쇳물이 된다.	쇠 가열 → 쇳물
⑤수생목(水生木)	수(水)는 목(木)을 생한다.	나무는 물을 먹어야 산다.	물 → 나무 살림

『하도』에서의 오행과 『춘향전』의 내용과 일치하는 것은 오행의 구성 중 ⑤수생목(水生木)은 물이 나무를 키우는 것이니, 산야에 숲을 이룬다. 숲은 인간에게 많은 혜택을 주고 생물들이 공조를 이루며 살아간다. 춘향과 이몽룡과의 관계 또한 상호간 도움을 주고 살았으니, 이 원리와 통하는 의식이다.

①목생화(木生火)는 나무가 불을 낼 수 있으므로 연소 작용으로 인간생활을 유익하게 한다. 춘향은 봄날의 나무에서 꽃이 피어 향기를 발산하는 이름이다. 여름이 되면 초목이 무성하고 가을이면 열매를 맺게 된다. 춘향은 여름날에 이몽룡과 정열적인 사랑을 한 것과 부합되는 원리다.

②화생토(火生土)는 불이 사그라지면 재만 남게 되어 비옥한 토질이 형성되니 서로 돕는 작용이 된다. 춘향은 남원에서 불같은 절개를 지켜 결

국 이몽룡의 암행어사가 되어 남원부사 변학도를 봉고파직 시키고 남원에서 이몽룡과 혼인하고 임금으로부터 정렬부인의 칭호를 하사받고 백년해로를 한 것으로 이해하면 될 것이다.

③ 토생금(土生金)은 흙속에서 금(金)이 나오므로 토(土)가 인간에게 돕는 역할을 한다. 이 원리는 이몽룡이 춘향을 아내로 맞아 부귀영화를 누리는 삶으로 볼 수 있다.

④ 금생수(金生水)는 금을 달구게 되면 금물(쇳물)이 생겨 여러 가지 물건을 만들 수 있게 되므로 문명의 혜택을 누리게 된다. 이몽룡은 춘향을 아내로 맞아 입신출세하게 되어 정승에 오르고 춘향 또는 정렬부인이 되었으니 빛나게 부귀영화로 산 것으로 볼 수 있다.

⑤ 수생목(水生木)는 나무가 물을 만나야 거목으로 자라 동량지재(棟梁之材)가 되듯이 이몽룡과 춘향은 물과 나무와의 관계로 가문을 빛내가면서 살아가게 된다.

오행 상생의 원리는 서로 돕고 지원하는 것으로 되어 있으니 음양조화의 원리로 이뤄져 춘향과 이몽룡과의 운명이 전개된 것이다. 앞에서 본 바와 같이 『하도』에서 음(陰)이 30점이고 양(陽)이 25점으로 용마의 등에 음양의 수가 나타났으니, 음이 양보다 더 농도가 짙게 나타났다. 이 음양 구조관계는 춘향과 이몽룡이 변학도의 비리를 물리치는데 춘향이 더 적극적인 양상으로 공헌한 바가 많은 것으로 보게 된다.

『하도』에서의 오행은 음양 상생과의 관계로 자연의 진리로 전개되는 것을 의미하니 우리인생이 지구상에서 살아가는 것과 상통한다. 오행은 『춘향전』에서 춘향이 춘하추동에 추이에 따라 살아온 과정과 같다. 춘향은 봄의 꽃샘추위나 겨울에 추위가 닥쳐오면 이에 맞춰서 견디어 지냈다. 여름이면 만물이 생동하는 추세에 따라 이몽룡과 로맨스적인 사랍을 하게 되고 가을이면 낙엽이 지므로 이몽룡과 헤어져 지냈다. 변학도는 겨울에

[그림 35] 광한루에서 춘향과 이몽룡

춘향이 수청거절로 춘향을 옥살이를 시켰다. 춘향은 이듬해 봄이 돌아왔을 때 헤어졌던 이몽룡과 만나 백년가약을 맺고 여생을 부귀영화를 누리며 지냈다.

『춘향전』은 남원 광한루를 배경으로 하여 지어진 만큼 남원과 밀접한 관계를 이룬다. 따라서 남원하면 춘향을 연상하게 되고 춘향하면 남원을 생각하게 되는 밀접한 관계를 맺는다. 춘향이 변학도의 권력을 물리친 것은 일차적으로 『하도』와 관계를 이룬다. 춘향과 이몽룡이 광한루에서 포즈(pose)를 취한 장면을 소개하면 그림 35와 같다.

춘향이 이몽룡과 낭만적인 사랑을 한 것은 직접적으로 남원의 민간신앙과 관계되고 간접적으론 『하도』에서의 오행사상과 탐관오리 변학도를 봉고파직 시킨 것은 실학사조의 수용으로 볼 수 있다. 훗날 춘향이 이몽룡과 상봉하여 혼인을 하고 부귀영화를 누리는 생활을 누리게 된 것은 『하도』의 오행상생으로 물질생성의 풍요로움과 관련되었기 때문이다.

『춘향전』의 화소는 남원고을에 무수히 떠돌아다니는 설화에서 그 원형을 찾아볼 수 있다.[49] 본디 춘향은 박색으로 전해왔다는 내력과 무속적인 제의에서 제문을 지어 노래를 불렀던 것으로 인해[50] 그 후 남원고을이 무사하게 되었다. 춘향은 『하도』의 오행상생으로 분석하면 부귀영화를 누리는 인간상으로 부상된다. 춘향은 고난을 극복하고 신분상승을 이뤘으니, 다음은 『낙서』 관계로 운명을 조명하여 보기로 한다.

---

49) 김태준, 『조선소설사』, 조선어문학회, 1933, 195쪽.
50) 『남원지』 및 『황성지』.

② 『낙서』의 오행상극과 춘향의 위기극복, 행운 도래

춘향(春香)은 꽃의 향기란 이름이니 봄날과 관계되어 풍상을 겪게 되어 있다. 꽃은 꽃샘추위를 겪은 후에 활짝 피게 되었으니 운명이 순탄치가 못하게 되어 있다. 계절적으로 초봄은 겨울을 이은 관계로 추운 겨울이라 할 수 있다. 어떻게 보면 초봄은 겨울이 마지막 기승을 부리게 되어 풍파가 심한 계절이다.[51]

『춘향전』에서 춘향의 모 월매는 춘향과 이몽룡(李夢龍)이 만나기 전날 밤에 꿈을 꾸었다. 그 꿈은 벽도지(碧桃池, 가장자리에 복숭아나무가 서있는 연못)에서 용이 들어 있는 것을 보았으니 청룡(靑龍)의 관계된 것이다. 춘향은 봄의 나무로 상징되고 이몽룡 또한 청룡(靑龍)과의 관계로 나타나니 봄날과 상관되어 천생연분의 만남이다. 봄날은 오행 상에서 청(靑)에 해당하고 팔괘(八卦) 중에서 진괘(震卦)·손괘(巽卦)로 나타난다. 진괘(震卦)는 춘절에서 우레를 상징하는 것으로 나타난다. 괘체(卦體)는 '☳'이라서 이음하(二陰下)에 일양(一陽)이 있는 괘체(卦體)이다. 이 괘상(卦象)은 정력이 이중으로 억압당하는 밑에서 한 개의 동력이 작용하는 것으로 되어 진동하는 것이다. 손괘(巽卦)는 괘체(卦體)가 '☴'이다. 위에 이양(二陽)은 태영의 열로 인하여 공기가 상승하는 것이고 아래 일음(一陰)은 열을 받지 못하여 냉중(冷重)하여서 하위에 있는 것이다. 이 두 괘는 봄날의 나무(木)에 해당해 위로 치솟아 자라는 것으로 되어 밝은 미래를 상징하는 것으로 볼 수 있다. 5행은 목(木)·화(火)·금(金)·수(水)·토(土)로 나누는데 용의 종류도 청룡(靑龍)·적룡(赤龍)·백룡(白龍)·흑룡(黑龍)·황룡(黃龍)이 있는데 청룡은 봄의 나무(木)라 관계되어 있으니, 춘향의 봄의 나무에서 핀 꽃

---

51) 윤경수, 「춘향의 인물상 재론」, 『도해 한국고소설의 동굴모티프 연구』, 태학사, 1999, 470쪽.

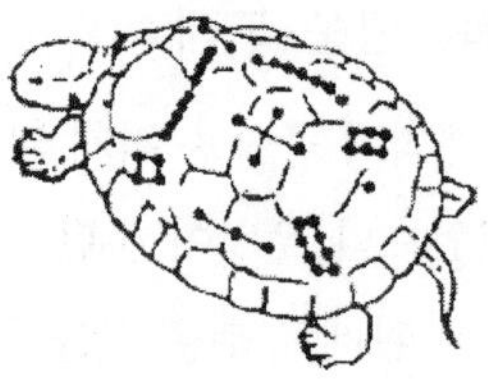

[그림 36] 신구(神龜) 등의 음양도

과 운명이 봄 날씨와 상관되어 있다.[52] 이몽룡도 춘향과 이별하는 고행을 통과의례(Rites of passag)적인 입사식(Initiaton)으로 겪었다고 할 수 있다.[53] 『낙서』는 신구(神龜)의 등에 음양도가 나와 전한 것인데 그 음양수(陰陽數)의 구도를 소개하면 그림 36과 같다.

위의 『낙서』는 거북이 등에 음양 45점이 그려졌다는 것인데 『춘향전』에서도 집단적 무의식적으로 수용된 것이다. 『낙서』의 45점 중 짝수인 음(陰)이 20개 홀수인 양(陽)이 25점이 그려 있는데, 그 상을 오행과의 관계로 나타내면 그림 37과 같다.

위와 같이 『낙서』(洛書)의 음양수는 홀수인 양이 음수보다 5점이 더 많아 우선(右旋)하는 것으로 되어 『하도』와는 반대방향으로 회전하는 것으로 되어 있다. 그 좌선(左旋)과 우선(右旋)의 방향을 『하도』와 『낙서』에서 보면 그림 38, 39와 40과 같다.

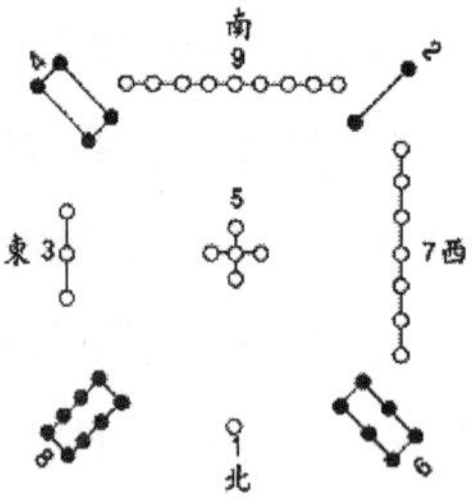

[그림 37] (가) 낙서(洛書)

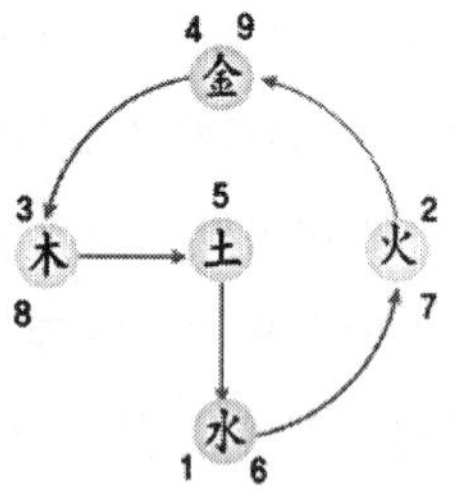

[그림 38] (나) 낙서(洛書)의 상극순환

52) 윤경수, 「춘향전의 창작동인과 신화원형비평 연구」, 『도해 한국신화와 고전문학의 원형상징성』, 태학사, 1997, 499쪽.

53) J.G. Frazer, *The Goldon Bough, abridge editon,* London, 1936, pp.312~313.

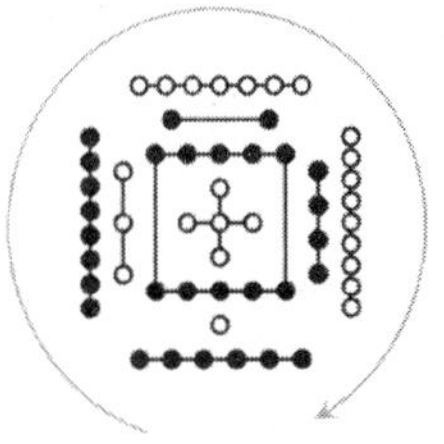

[그림 39] (다)

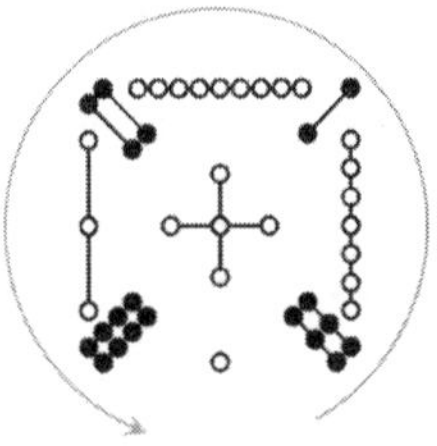

[그림 40] (라)

위의 도표 중 좌측의 (다)『하도』는 좌선(左旋)하는 것으로, 우측의 (라)『낙서』는 우선(右旋)하는 것으로 되어 있다. 상대적인 두 방향은 상생과 상극의 원리로 드러나 『하도』의 입장에서 춘향과 이몽룡을 보면 순리적이고, 『낙서』의 입장으로 보면 춘향이 비색한 운명에 처하게 된다. 그렇다 하더라도 오행의 입장에서 보면 상극은 음양조화의 원리로 대처하면 약자가 도리어 강자를 물리치게 되어 있다.

원래 『낙서』는 상극(相剋)의 현상으로 『하도』의 오행 상생(相生)의 원리와는 다르게 전개된다. 『낙서』의 운행은 상극적인 관계로 상호간 돕지 아니하고 비협조적으로 제약과 금제로 배척 적이고 적대적 관계에 있는 것처럼 부정적이기 때문에 상대적이다. 그러나 『낙서』는 『하도』와는 다르게 상극으로 운행하더라도 '역(逆)도 진(眞)이다'라는 말이 있듯이 『낙서』 또한 자연의 진리를 나타내는 원리로 이해하면 된다.

『낙서』는 상극적인 상반적 모순적 관계로 서로 화합하지 못하고 항상 충돌현상으로 나타날지라도 음양의 조화로움으로 운행하는 관계로 서로를 완성시켜주는 역할을 하고 있다. 이는 다름 아닌 물질을 생산하여 풍요로움으로 잇게 히는 역할을 하기 때문이다. 오행설에서 금(金)은 목(木)을, 목(木)은 토(土)를, 토(土)는 수(水)를, 수(水)는 화(火)를, 화(火)는 금(金)을 각각 이김을 나타낸다. 즉 이 원리는 서로 상극적이라 하더라도 감응함으로써 상호간 서로를 조화롭게 완성시켜주는데 의미가 있다. 『낙서』에서의 오행 상극의 원리를 도표로 나타내면 다음과 같다.

오행상극 \ 의미	직역(直譯)	의역(意譯)	비고(備考)
①목극토(木剋土)	목(木)이 토(土)를 이김	나무 흙에 뿌리 내림	목(木)→토(土) 이김
②토극수(土剋水)	토(土)가 수(水)를 이김	흙은 물을 가둔다.	토(土)→수(水) 이김
③수극화(水剋火)	수(水)는 화(火)를 이김	물은 불을 끈다.	수(水)→화(火) 이김
④화극금(火剋金)	화(火)는 금(金)을 이김	불은 쇠를 쇳물로 녹임	화(火)→금(金) 이김
⑤금극목(金剋木)	금(金)은 목(木)을 이김	쇠는 나무를 자른다.	금(金)→목(木) 이김

위의 도표에서와 같이 오행 상극에서 금(金)은 목(木)을 이기는 ⑤ 금극목(金剋木), 목(木)은 토(土)를 이기는 ① 목극토(木剋土), 토(土)는 수(水)를 이기는 ② 토극수(土剋水), 수(水)는 화(火)를 이기는 ③ 수극화(水剋火), 화(火)는 금(金)을 이기는 ④ 화극금(火剋金)의 상극으로 제어하여 사물의 평형을 유지하여 주는 역할을 한다. 만약에 오행에서 상극의 이치가 깨지면 음양의 조화가 부조화로 생물이 살아갈 수 없다. 왜냐하면 ① 목극토(木剋土)인 경우 나무는 흙을 이겨야 뿌리를 내리게 되어 재목도 생산할 수 있다. 그런데 씨앗이 흙에 뿌리를 내리지 못하면, 모든 초목과 곡식이 열매를 맺지 못한다. 오행 중에 오행상극은 균형이 깨지면 지구상에 생물은 존재할 수 없게 된다. 오행상극은 사물의 균형과 평형을 유지해 주는데 불가결의 요소라고 할 수 있다.

오행상극의 원리는 앞서 오행 상생의 원리를 참고하면 상극으로 운행하는 것을 쉽게 이해하게 된다. 오행상극은 일차적으로 토(土)를 중심으로 여하히 잘 이용하느냐에 있다. 상극성은 이기는 것으로 되었다. 특히 생존의 원리는 인류가 대지를 딛고 여하히 살아가는 데 달려 있는 것이다. 말하자면 쇠는 나무를 이기게 되어 있지만 음양의 원리를 잘 이용하면 약한 것이 강한 것을 이긴다. 상극의 원리는 인류가 살아가는데 큰 의의를 지니는 것이다. 오행상극의 원리는 선인들이 위기에 닥치고 되던 일이 막힐 때 소통구실을 하여왔다. 따라서 "전통은 규범이 아니고 창조력이므로 자기의 창조를 위해서 변형시켜야 한다."[54] 따라서 전통은 고정적인 것이 아닌 존재론(existentialism)[55]을 넘어서 세계관으로 전환하는 것이 선결되는 창조적인 것, 변혁적인 것이라야 하며[56] 공생의 시대를 설정하는 수준으로 나아가야 하는 것이다.[57]

춘향은 봄날의 꽃샘추위의 운명과 변학도의 수청강요에도 굴하지 않고 대처하였던 관계로 밝은 미래로 살아가게 된 것이다. 특히 춘향은 비색한 운명을 오행상극으로 변학도의 수청을 물리쳐 그 과정을 다음에서 소개하기로 한다.

춘향의 운명은 오행상극으로 조명하여 볼 필요가 있다. 오행상극에서 춘향은 봄날의 나무의 꽃이 피어 향기를 대지에 발산하는 운명으로 태어났으니, ① 목극토(木剋土)와 같이 나무가 대지를 이기는 것으로 되어 있다. 이 원리는 한번 돌려서 생각하면 춘향이 남원고을을 다스리는 부사(府使) 변학도를 이기게 되어 있다. 춘향은 나무로 상징되어 흙(土)를 이긴 것이다.

변학도는 막강한 권력인 생사 권을 쥐고 있다. 춘향은 기생의 딸이고

---

54) 조동일, 『언문학문의 사명』, 서울대학교 출판부, 1997, 98쪽.

55) 전경수, 「자멸위기의 문화유산과 토속의 재발견」, 『자멸위기의 문화유산』, 민속원 2009, 47쪽.

56) 임재해, 「한국사회변동과 문화적 전통의 변혁성 문학과 사회17 한국소설연구」, 『문학과 지성』 봄호, 1992, 316~345쪽.

57) 임재해, 「민족사회 인식과 시대구분의 모색」, 『한국민속사입문』, 지식산업사, 1996, 27~48쪽.

이몽룡 또한 부친이 승지로 영전하게 되어 남원을 떠나 힘을 기댈만한 사람이 없다. 춘향은 이몽룡과 이별로 인해 지내게 되니 괄시를 받았다. 춘향은 ② 토극수(土剋水)와 같이 흙이 물을 가두는 격으로 감옥에 갇히어 괴롭힘을 당했다. 그러나 춘향은 항거의식을 굽히지 않았다.

춘향은 ③ 수극화(水剋火)의 이치로 물이 강열한 불을 끄는 거와 같이 연약한 춘향이 권력이 막강한 변학도를 이기게 되었다. 춘향은 이몽룡이 암행어사로 출두하여 변학도는 춘향에게 수청을 강요하여 유부녀 겁탈 죄와 백성의 재물을 수탈한 죄로 봉고파직 당하였다. 춘향은 이몽룡과 재회하게 되어 정실로 맞아들였으니, 춘향이 변학도를 물리친 것이 되었다.

오행은 우리의 전통이라 할 수 있는데 춘향도 천통인 오행상극의 원리를 잘 이용하여 남원에서의 생사 권을 쥐고 있던 변학도를 연약하고 기댈 것이 없는 춘향이 이긴 것이다. 오늘에는 춘향의 절개를 칭송하고 영화로 그의 절개를 상연하면 많은 사람들이 관람한다. 한마디로 "전통문화는 현재진행형의 문화이고 현대문화보다 더 현대적인 것이자 미래적인 것이다."[58]라고 한 것이 떠올려진다.

춘향의 불같은 절개는 쇠와 같이 단단한 변학도의 권력을 꺾어 놓았으니, 이는 ④ 화극금(火剋金)과 같이 일편단심의 절개를 지켜 쇳물로 녹인 격이 되었다. 마침내 이몽룡은 정승이 되고 춘향도 정렬부인에 올랐다.

춘향은 변학도가 봉고파직으로 남원고을이 평안해져 백성들이 편히 살아가게 되어 절개를 높이 평가받았다. 춘향은 봄날의 상징인 오행 중의 목(木)의 운명이니, 춘절과 관계가 깊다. 오행 중 목(木)은 양다(陽多) 음소(陰少)의 음양비율을 나타낸다. 그러나 춘향은 변학도가 폭정을 일삼아 수청을 강요당하여 옥살이를 하였으니 ⑤ 금극목(金剋木)과 같은 격이다.

---

58) 임재해, 「세계화시대 한국민속학의 현실적과제와 자각적 전망」, 『비교민속학』 50집, 비교민속학회, 2013, 189쪽.

[그림 41] 변학도의 수청 강요에 놀라는 춘향

오행상극은 목(木)이 토(土)를, 토(土)가 수(水)를, 수(水)가 화(火)를 이긴다. 화(火)는 금(金)을 이기니, 춘향의 강력한 절개는 변학도를 상징적으로 나타낸 금(金)을 ④ 화극금(火克金)이 되어 춘향이 변학도를 이긴 것이 됐다. 자연의 이치는 강한 것이 반드시 약한 것을 이기는 것이 아니다. 약한 것이 강한 것을 이기게 하기 위해서는 오행상극의 방도를 취하는 것이 최선책이다. 그런데 사람들은 약한 것이 강한 것을 이기게 하는 목적으로 오행상극의 원리를 생각하지 않고 도전정신으로만 행하다가 부작용은 말할 것도 없고 목숨을 잃는 경우도 있다.

춘향은 변학도와 같은 상극적인 존재로 나타나 천하에서 무쌍한 원수일지라도 춘향을 정렬부인에 반열에 오르게 한 이는 따지고 보면 변학도이다. 『춘향전』에서 춘향과 이몽룡을 존재를 변학도가 반등시켜 놓았으니, 어느 면에서 그는 춘향에게 일등공신적인 역할을 한 인물이다.

이 오행 상극(相剋) 관계는 예를 들어 설명하면 상반상성(相反相成)의 논리로 상보성원리(相補性原理)이다. 오행상극의 구조는 ① 목극토(木剋土)에서 나무가 흙보다 강하게 나타나니, 이긴다는 뜻이다. 왜냐하면 나무는 흙에 뿌리를 내리기 때문이다. 이런 사유는 심히 과학적인 사고방식이 아닐 수 없다. 춘향은 남원고을을 통치하고 관할하는 변학도 보다 더 강한 것이 된다. 왜냐하면 춘향은 그 이름에서와 같이 봄날의 핀 꽃의 향기로 나타났기 때문이다. 변학도는 정치권력으로 춘향을 대했지만 춘향은 봄날의 나무가 흙에 뿌리를 내리고 무성하게 자라 대지를 덮기 때문에 이기는 대상으로 되어 있다.

봄날의 나무는 연약하다. 춘향은 16세 소녀이니 변학도와 대결에선 상대가 되지 못한다. 이에 대해 변학도는 남원고을의 사람들을 다스리는 남원부사니, 이 고을에서 그보다 권력이 있는 사람이 없다. 변학도는 남원부사니 왕정시대 기생의 딸 춘향이 정도는 생사권도 좌지우지할 수 있는 절대 권력자다.

그럼에도 오행상극에서는 도리어 춘향이 변학도를 적수공권(赤手空拳)으로 상대방을 ① 목극토(木剋土)과 같이 물리쳤으니 춘향이 더 강한 의지를 보인 것이다. ② 금극목(金剋木)에서는 쇠는 나무를 이긴다는 뜻인데 쇠는 나무를 자르기 때문이다. 쇠와 나무와 대결은 쇠가 단단하기 때문에 나무는 상대가 되지 못한다.

춘향과 변학도는 쇠와 나무와의 대결이라 할 수 있다. 현실적으론 나무는 강도가 쇠보다 약하여 상대할 수 없다. 변학도는 남원고을 다스리는 세도가 막강한 부사(府使)이나 나이어린 춘향을 당해내지 못한 결과가 되었다.

춘향은 현실적으로 체력으로나 권력 면에서 변학도와의 대결에선 상대가 되지 못하지만 이겨냈으니, ③ 화극금(火剋金)에선 180° 달라진다. 불은 쇠를 이긴다는 뜻이니. 곧 불이 쇠를 녹이기 때문이다. 춘향은 연약한 존재이지만 불같은 정열로써 변학도의 수청을 거절하여 결국 그의 요구를 물리쳤으니 불이 쇠를 이긴 격이 되었다.

④ 수극화(水剋火)의 구조 또한 물은 불을 이긴다. 그 이유는 물은 불을 끄기 때문이다. 춘향과 변학도와 대결에선 춘향이 물이라면 변학도는 불과 같은 존재다. 그러나 춘향은 물의 원리를 이용하여 변학도를 이겼다. 원래 강한 것은 부드러움과의 대결에서 지게 되어 있다.

춘향은 물과 같은 존재이기 때문이다. 『춘향전』은 자초지종이 물로 구성되어 있다. 이몽룡 또한 용의 운명을 이어받았으니 물(청룡)과 관계가 깊다. 몽룡이 춘향과의 사랑놀이와 글자풀이, 기생점고 장면에서도 물이 나온다. 더구나 춘향은 변학도의 수청을 강요할 때 거절하여 곤장을 맞으면서도 "한이 맺힌 눈물이 강물을 이루어 배를 만들어 타고 한양 가서 몽룡을 만난다."에서도 물과 상관되어 있다.

『춘향전』은 물과 시종일관 상관되어 그의 부드러움이 결국 변학도를 이기는 것으로 나타냈다. ② 토극수(土剋水)는 흙이 물을 이긴다는 뜻이니. 흙은 물을 막아놓기 때문이다. 춘향은 월매의 딸이다. 월매는 남원의 토박이 출신이니 물과 같이 흘러들어온 변학도와는 다른 것이다. 결국 춘향은 남원에서 태어나고 살아왔으니 그 고장에 출신이다.

『춘향전』에서의 춘향은 오행상의 상극으로 나타내기도 했지만 자연현상의 생성원리이기도 하다. 역대 정치가들은 오행의 상생과 상극의 원리를 금과옥조로 신봉하여 왔음을 감안할 때 상극의 원리 또한 우주자연의 이치이기 때문에 이에 맞추어 춘향의 운명과 합일시켜 본 것이다. 춘향의 운명은 변학도와 상극적인 상황에서도 오행사상을 적절히 이용하여 변학도를 물리쳐 이몽룡과 부귀영화를 누리는 생활을 했으니 물질생성의 풍요로움과 관계된다.

Ⅳ. 『춘향전』의 형성과 행운도래 분석

1. 『춘향전』의 형성과 춘향의 운명

춘향의 운명을 오행상생으로 밝히기에 앞서 『춘향전』의 발생을 먼저 소개할 필요가 있다 완판본 『열녀춘향수절가』는 『춘향전』의 효시를 이루는 정본이다. 『춘향전』은 본디부터 남원의 민간설화와 판소리의 영향으로 발생한 것으로 되어 있다. 『춘향전』의 발생은 앞장에서 소개한 바로

烈女春香守節歌

[그림 42] 한국학중앙연구원 소장

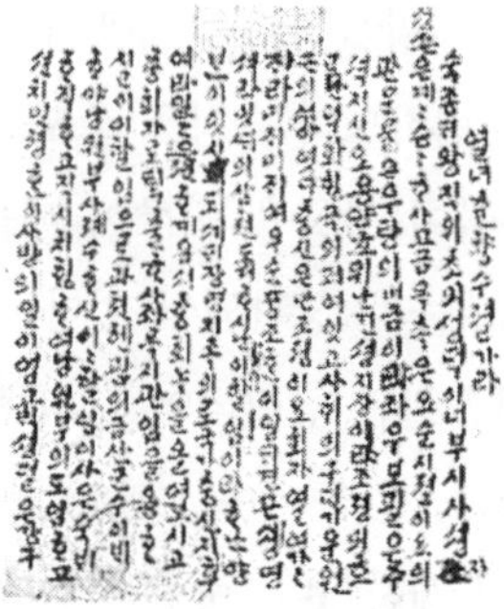

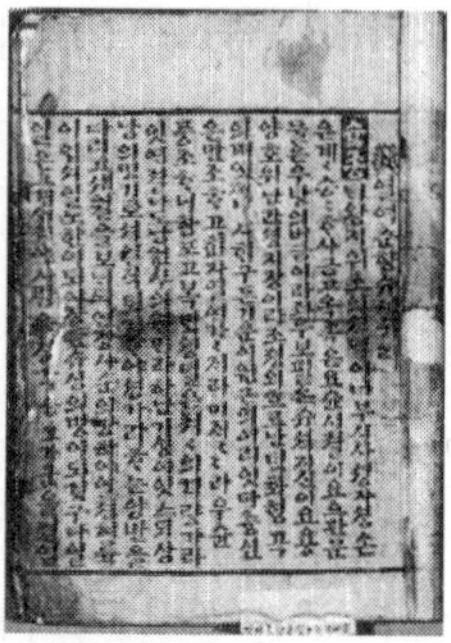

[그림 43]『춘향전』 공히 한국중앙박문관 소장

대신하고 그 정본을 소개하면 그림 42, 43과 같다.

『춘향전』의 내용은 오색이 찬란할 정도로 오행사상과 근원설화가 뒷받침되어 실학사상의 전개로 구성된 것이다. 그러나『춘향전』이 널리 회자되기까지에는 남원고울 일대의 설화와 생활풍속이 판소리에 의해 전해져 널리 애창되었다.59) 『춘향전』은 설화와 판소리의 과정을 거치는 과정에서 문사들에 의해 이뤄졌다. 판소리 박색춘향가는『열녀춘향수절가』형성에 영향을 미친바가 된다. 이에 따라 춘향의 운명은 사계절과 관련된 오행사상으로 운명이 전개되어 가을과 겨울사이에 입사식의 고난을 겪었다. 춘향은 변학도의 수청강요에도 절개를 지켜 이듬 해 봄에 헤어졌던 이몽룡과 재회하여 혼인도 하고 정열부인의 칭호를 하사받았다. 춘향은 정승인 이몽룡 사이에 아들 딸을 낳고 여한이 없을 정도로 부귀영화를 누리며 살았다. 따라서 춘향(春香)의 운명은 '봄의 향기'를 뜻하는 이름과 같이 한때 봄날의 꽃샘추위를 겪은 후 오행상의 청색으로 앞이 창창한 생활을 누리는 운명으로 해피엔딩을 누리며 살았다.

59) 사정구·전상욱,「춘향전 이본연구에 대한 반성적 고찰」,『춘향전 연구의 과제와 전망』, 국학자료원, 2004, 133쪽.

① 판소리 서편제

[그림 44] 광한루에서 남원 판소리회원들이 춘향가 부름

『춘향전』의 형성은 위의 내용과 함께 남원의 판소리가 큰 몫을 하였다. 남원은 판소리의 고장으로서 동편제(東便制)·서편제(西便制)·중고제(中高制) 따위의 갈래가 조선 숙종 말기부터 영조 초기에 걸쳐 충청도·전라도를 중심으로 발달해 왔다. 그 중 서편제는 김창환(金昌煥, 1855~1937)이 근대명창중의 한 사람으로 알려져 왔는데,[60] 금오공대 김석배 교수가 『김창환 춘향가 연구』를 발표하였다.[61]

김창환(金昌煥, 1855~1937)은 서편제 명창 정창업(丁昌業, 1847~1919)에게 기본을 배워 익혔다.[62], 그는 판소리의 스승이라 하는 신재효(申在孝, 1812~1884)의 문하에서 배운 이들로부터 판소리 이론과 실기지도를 50대인 1860년대 중반 후에 받아[63] 서편제 판소리의 대명창으로 일세를 진동하였다.[64] 그 중 발림(너름새)은 "많이 꾸미지 않아도 신명이 나며 익살스러우면서도 손 하나만 들어도 깊은 맛이 있다"[65]라고 제자들이 술회하고 있다.

60) 김석배, 「판소리명창의 생몰연대 검토」, 『선주논청』 5, 금오공과대학교교수 선주문화연구소, 2002, 49쪽.
61) 김석배, 「김창환 춘향가 연구」, 『춘향전 연구의 과제와 전망』, 국학자료원, 2004, 589~613쪽.
62) 박황, 『판소리소사』, 신구문화사, 1974, 66쪽.
63) 정병헌, 『신재효 판소리 사설의 연구』, 평민사, 1986, 32쪽.
64) 이보영, 「판소리 맥(脈)에 대한 연구」, 『한국음악학논문집』, 한국정신문화원, 1982, 75쪽. ; 「판소리 인간문화재 증언자료(정광수편)」, 『판소리연구』 2, 판소리 학회, 1991, 214쪽. ; 『판소리 유파』, 문화재관리국 문화재연구소, 1992, 73쪽.
65) 노재명, 「서편제 판소리김창환·김정렬」, 『LG미디어 음반해설서』, 1996, 16쪽.

일찍이 정노식은 그의 창에 대해 "미인이 일빈일소(一嚬一笑)가 사람의 정신을 황홀케 함과 흡사하여 창과 극이 마주 떨어지는 데는 감탄을 받지 아니할 수 없다"[66]라고 했다. 특히 김창한의 판소리의 일부는 오늘에도 유성기 음반에 남아 있고,[67] 판소리 전통의 열기는 남원 일대에서 식을 줄 모르게 오늘에도 여전하다.

남원일대는 판소리 『춘향가』의 고장이라 오랜 세월이 지냈는데 그 노래로 그 고장의 생활정서를 나타내 주고 있다. 판소리는 낭원일원에서 널리 애창되어 정성기를 맞게 되었다. 판소리는 박색춘향에 대해서 노래하고 있으니, 『춘향전』을 발생케 하는데 많은 도움이 되었다고 할 수 있다.

② 춘향의 운명

18・19세기 영정시대는 문예 부흥기를 맞아 문사들에 의해 소설문장으로 『춘향전』을 지어 전국적으로 읽혀졌다. 『춘향전』은 날로 달로 사람들에게 읽혀져 감동을 불러 일으켰던 바로 고대소설의 대표적 작품이 되었다. 춘향의 운명은 춘하추동과 관계되어 봄 다음에 여름, 가을 겨울에 이어주는 순서를 예전부터 전해오는 집단적 무의식에 의한 오행사상으로 나타냈는데, 그의 구도를 사계절과 연관해 나타내면 다음과 같다.

---

66) 정노식, 『조선창극사』, 조선일보출판부, 1940, 148쪽.
67) 김석배, 「조선창극사의 비판적 자료(3)」, 『어문학』 73, 한국어문학회, 2001, 273~278쪽.

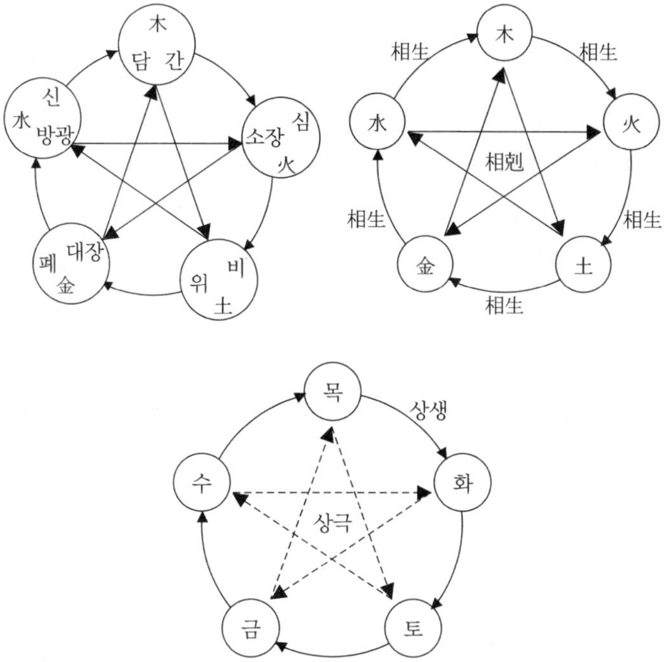

[그림 45] **오행 상생 상극도**

위의 오행의 구성은 상생(相生)과 상극(相剋)의 구조 원리로 일목요연(一目瞭然)하게 나타내 주고 있다. 오행 상생이란 서로 돕고, 지원해주며, 격려해주는 서로의 득이 되는 관계를 말한다. 오행상생은 순행하면서 전진적이고 순리적인 질서를 낳는 의미가 들어 있다.

춘향은 오행 상생과 어떤 관계가 되는가? 춘향(春香)은 이름에서와 같이 봄날과 밀접한 관계를 맺고 있으니, 초봄에는 꽃샘추위가 따르게 된다. 따듯한 봄날에는 의외로 매서운 추위가 몰아닥치는 것은 예상 밖의 모순된 부조화의 한 현상이다.

예로부터 우리 속담에는'봄추위가 장독을 깬다.'는 말이 있듯이 요즘에도 영하에 날씨가 계속되고 4월말까지 계속됐다. 기상청은 2013년 5월 2일 "지난 4월 한 달 전국평균기온은 평년(1981~2010년까지 30년 평균)보다 1.6도 낮은 섭씨10.3도를 기록했다"며 "2010년 4월(9.9도), 1996년 4월(10.2도)에 이어 가장 쌀쌀했던 4월 기온을 보인 것"이라고 했다. 이에 따라 매스컴에서는 기상을 관측하기 시작한 1973년 이래 셋째로 17년 만에 가장 추웠다고 밝혔다.[68] 요즘은 지구온난화로 이상기후 현상이 예전보다 심하여 예측하기가 어렵다. 2013년 6월 16일~8월 4일까지에 걸치는 여름 장마는 역대 최장기간인 49일이나 된다. 평년의 장마기간 32일보다 무려 보름 이상이나 긴 수치이다 오늘의 기후는 온난화현상으로 『춘향전』이 지어진 100여 년 전과 완연히 달라졌다.

춘향은 기생의 딸로 태어났으니 사람들로부터 냉대를 받게 된 것은 봄의 날씨와도 관계된다. 봄날의 꽃샘추위는 4월말까지 꽃이 온 누리에 만발하여 향기가 사방에 퍼질 때도 쌀쌀한 날씨가 계속된다. 그러나 여름 날씨는 더운 관계로 춘향이 여름에 이몽룡과 로맨스적인 사랑을 하였으니 계절과 관계라고 할 수 있다.

1980년대 초만 하더라도 봄날은 초춘 중춘 계춘으로 완연히 구분되어 있었다. 오늘에는 온난화 현상으로 초춘의 계절성만을 비치고 그대로 계춘으로 이어지는 듯이 하다가 초여름이 돌아온다. 사람들은 오늘의 이상기온을 일컬어 사계절이 실종되고 겨울과 여름만의 두 계절만 남게 바뀌었다고들 한다. 80년대 초만 하더라도 한겨울에는 삼한사온(三寒四溫)의 기온이 존속해 추은 겨울에도 3일간 추워도 4일간은 따듯해 질 것이라 위안이 되었다.

여름철에는 무덥기는 했어도 더위나 대홍수가 오늘날 같지는 안했다.

68) 『조선일보』 제 28720호 2013년 5월 3일 금요일 A12쪽 사회면, 「유난히 쌀쌀했던 4월, 17년 만에 가장 추웠다」.

2012년 여름에는 45년 만이라고 할 정도로 비가 자주 내려 사람들이 일찍이 격어보지 못한 일이 발생했다. 워낙 비는 많은 양이 자주 퍼부어 산란된 새끼모기가 떠내려가 여름동안 괴롭히던 모기를 볼 수 없었다. 또한 사람들은 2013년 겨울에 전에 없이 눈이 자주 내려 평생 처음 겪는 일이라고들 이구동성으로 일컬었다.

19세기는 음양오행사상이 민간신앙의 주류를 이를 정도로 만연했다. 따라서 춘향의 운명은 오행사상과 관련으로 조명하고 분석하여 볼 필요가 있다. 오행은 목(木), 화(火), 금(金), 수(水), 토(土)로 구성되었는데, 춘향의 운명을 오행사상과 접목시켜 보면 춘화추동과 관계되어 있다.

봄의 나무는 꽃이 피고 여름이 되면 날씨는 무더워 초목은 울창한 숲을 이른다. 가을이면 천고마비의 청천의 하늘이고 흰 구름이 높이 떠 있고 아침저녁엔 소술한 바람이 일고 늦가을 들녘엔 곡식이 황금물결을 이루고 좀 있다가 서리가 내린다. 나무 잎은 단풍이 든다. 겨울은 추운 계절이라 꽁꽁 열어 붙어 휴지상태라 오방색 중 흑색으로 나타나나는 것으로 비유된다. 다시 봄이 찾아들면 나무는 생명이 소생하는 초록으로 바뀐다. 춘향의 운명은 봄날의 꽃향기와 관계되니, 봄의 핀 꽃으로 비유되어 헤어졌던 이몽룡과 만나 백년해로의 행복한 생활을 누린다.

춘향은 녹음이 우거진 단오를 기해 그네를 탔다. 이때 단오는 음력으로 5월 5일이고 양력으론 6월 초가 되어 녹음이 욱어져 숲을 이는 가운데 추천을 했다. 춘향이 우거진 나무 가지 사이에 그네 띄는 것을 이몽룡이 보고 방자에게 그네 띄는 처녀가 누구냐고 묻는다.

방자는 이몽룡에게 이름은 성춘향이고 그의 내력에 대해 말하니 데려오라고 한다. 방자는 춘향에게 가서 이몽룡의 말을 전하니 춘향이 듣지 않는다. 방자는 이몽룡의 명으로 다시 가서 춘향에게 자세하게 말해주고 춘향을 데려왔다. 춘향은 양반자제 이몽룡과 만나 대화를 나눌 때 기생

[그림 46] 이몽룡이 추천(鞦韆)하는 여자에 대해 묻는 장면

월매의 딸이자 성참판의 서녀라는 의식 아래 제대로 대우를 받지 못하고 하대하는 말투를 들어야만 했다. 춘향이 사회인들과 이몽룡에게 연인으로 대우를 받지 못하는 것은 기생 월매의 딸로 태어났기 때문이다. 춘향이 기생의 딸로 태어나 대우를 받지 못하는 것은 전생 죄 업보 때문인데, 화제로 돌려 그 사연을 대충 소개하기로 한다.

본디 춘향의 전생은 천상에서 낙포의 딸로서 천상선녀였는데 옥황상제의 시녀였다. 천상에선 남녀의 율기가 엄격하여 사랑을 금기시 한다. 선녀였던 춘향은 선관 적송자와 만나 미진한 사랑을 나누다가 시간이 늦어 옥제의 눈에 거슬리게 되어 지상으로 적강되어 기생의 딸로 태어났다. 춘향의 전생은 천상에서 죄를 지어 신분이 낮은 서녀로 태어나 이몽룡으로부터 양반집 규수로 대우를 받지 못하였다.

춘향의 봄날의 향기와 같은 아름다운 모습은 선녀의 화신으로 태어난 것이지만 기생의 딸로서 태어나 봄날의 꽃샘추위를 겪는 업보로 사람들로부터 냉대를 받으며 살았다. 꽃샘추위는 한 동안 계속되다가 중춘이 지나고 계춘이면 매서웠던 추위가 물러나고 따듯한 여름을 맞게 된다.

춘향은 여름인 단오에 이몽룡과 사랑을 하게 되어 더운 날씨와 같이 사랑의 농도는 짙어가 두 남녀 간에 낭만작인 연애를 하게 되었다. 그런데 춘향은 좋은 일 뒤에 악재가 끼어든다, 시절은 바뀌어 여름이 지나고 가을로 접어들자 이몽룡의 부친이 도승지로 영전되어 서울로 이사를 가게 되어 이몽룡도 남원을 떠나게 되었다.

춘향은 가을날 독수공방에서 잠을 이루지 못하는 가운데 수심에 젖는 나날을 보낸다. 춘향은 날씨와 상관관계로 정해진 운명으로 살게 되었는데 아침저녁으로 소슬한 바람이 일게 되고 겨울이 돌아오게 되면 추워지게 되므로 운명이 급전직하로 수난을 겪는 운명이 기다리고 있게 됐다. 춘향이 눈이 내리는 겨울에 변학도의 수청거절로 인한 보복으로 큰칼을 씌운 채 옥살이를 한 것은 사계절인 오행과 관계된다. 춘향은 다음해 봄에 이몽룡이 암행어사가 되어 변학도의 비리를 파헤쳐 봉고파직 시키고 재회하게 된 것은 일 년 사시절과 밀접한 관계를 맺고 있으니 오행상생과 유관한 운명이라 할 수 있다.

2. 변학도의 등장과 춘향 절개

변학도는 호색한이라 남원부사 부임하기 전부터 춘향이 천하의 절색이라는 말을 듣고 있던 차에 부임 후 수청을 들게 하여 시중을 들게 하려했다. 이몽룡은 춘향과 백년가약을 맺은 후 부친 성부사가 서울로 영전하게 되어 남원을 떠나 지날 때 춘향이 짝을 잃은 외기러기같이 무료하게 지내게 되었다. 변학도는 춘향이 수청기생을 맞이하는데 절효의 기회를 맞았다.

변학도가 춘향에게 수청 강요는 일종의 관탈민녀형(官奪民女型)에 해당한다.[69] 이런 논지의 학설은 김종철도 관탈민녀형 설화가 근원설화일 가능성이 제일 높다고 하면서 『춘향전』이 형성되었다고 하였다.[70] 이런 형의 설화내용은 윤혜신 · 이강엽이 『춘향전』의 발생과 형성에서 자세하게 논지를 폈으니, 참고하면 될 것이다.[71] 이 설화는 춘향이 근원설화에서

69) 최내옥, 「관탈민녀형 설화의 연구」, 『한국고전산문연구』, 장덕순선생 화갑기념논문집, 간행위원회, 1981, 93쪽, 103쪽.

70) 김종철, 「춘향전의 근원설화 장덕순」, 『한국문학사의 쟁점』, 집문당, 1986, 518~519쪽.

71) 윤혜신 · 이강엽, 「춘향전의 발생과 형성」, 『춘향전 연구의 과제와 전망』, 국학자료

[그림 47] 기생점고 하러가는 변학도

[그림 48] 변학도로 등장한 한 장면

[그림 49] 기생점고

변학도가 남원부사로 부임하면서 춘향이 미인이라는 소문을 듣고 첩으로 맞이하려고 할 때 춘향이 변학도의 청을 거절한 것과 부합하기 때문이다. 예전에는 남원 부사로 부임하면 시중을 들게 하기 위해 기생점고를 하는 제도가 있었다. 변학도는 부임 후 수십 명의 기생 중 수청기생을 선발할 때 미색의 기생이 없자 모두 물리치고 춘향에게만 마음을 두고 나졸들에게 춘향을 데려오라고 명하여 춘향 이몽룡 변학도와의 삼각관계가 이루어지게 됐다.72)

원, 2004, 96~100쪽.

① 춘향이 변학도 수청거절

변학도는 춘향을 데려다 수청을 들게 하였으나 거절함에 따라 남원부사의 명을 거역하는 죄를 적용하여 곤장으로 다스렸다. 그럼에도 춘향은 변학도의 수청을 영영 듣지 않고 이몽룡과 백년가약을 맺었다는 이유로 '열녀불경이부절'을 부르짖고 유부녀 겁탈이라고 기염을 토하였다. 춘향이 곤장・태창을 맞는 가운데도 굴복하지 않았다. 말하자면 춘향은 변학도의 부귀영화를 누리는 소실이 되고자 하는 것이 아니라 이몽룡의 아내가 되고자 절개를 고수하게 된 것이니 단군신화에서의 동굴모티프의 수용이라 할 수 있다.

『춘향전』은 단군신화와 결부시킨 것은 정병욱・이어령의 공저에서 밝힌바와 같다.[73] 변학도는 춘향에게 수모를 당하게 되어 겨울에 옥살이를 시킨다. 춘향은 변학도로부터 입사식의 수난을 겪으면서도 굴하지 않는 것은 양반의 아내가 되고자 하는 욕망으로[74], 춘향은 변학도의 부당한 행위에 대해 절개를 지켜 이몽룡을 향한 사랑을 이으려 한 것이다.[75] 따지고 보면 춘향은 계절변화 중 추운 겨울이 다가올수록 설상가상으로 남원부사 변학도가 부임 후 수청을 강요해 괴롭힘을 당하는 것이다. 변학도는 남원부사로 부임하기 시작한 날부터 수청을 들게 하여 12폭 여인의 치마에 휩싸여 지내게 되는데 그 광경을 영화의 장면에서 보기로 한다.

조선조의 부사는 관례대로 부임하면 시중을 드는 여인이 필요했기에

---

72) 정하영, 「춘향전의 주제」, 『한국문학사의 쟁점』, 집문당, 1986, 523쪽.

73) 정병욱・이어령, 『고전의 바다』, 현암신서, 1977.

74) 윤경수, 「춘향과 변부사의 관계양상」, 『춘향전 연구의 과제와 전망』, 국학자료원, 2004, 746쪽.

75) 이상택, 「고전소설의 사회와 인간」, 『한국사상대계』, 대동문화 연구원, 1973, 358쪽. 성현경, 「남원고사본 춘향전의 구조와 의미」, 『고전소설연구의 방향』, 새문사, 1985, 331쪽.

[그림 50] 춘향이 곤장으로 맞는 장면

기생점고를 하게 되어 아래 그림에서와 같이 변학도가 기생점고를 하게 된 것이다.

변학도는 기생점고를 하였으나 마음에 드는 기생이 없었다. 변학도는 부임하기 전 남원에 춘향이란 천하의 일색이 있다는 말을 듣고 불러다가 수청을 들기를 청하였다. 춘향은 이몽룡과 약혼 중인 것을 들어 수청을 거절하였다.

변학도는 춘향에게 이몽룡은 양반자제로서 남원에 있을 때 한 때 놀아준 것이고 서울에 이사를 갔는데 기다릴 필요가 없고 수청을 들면 소원하는 바를 들어주겠다는 말로 달랬다. 춘향은 끝내 거절하였다. 변학도는 남원부사로서 기생의 딸인 춘향에게 거절당하자 체면이 손상되자 상관모역죄로 덮어씌워 괘씸죄로 취급하여 옥졸에게 엄히 곤장·태형으로 가할 것을 명하였다.

춘향을 옥졸들에게 포승으로 묶인 채 처벌을 받게 된다. 옥졸들은 변학도의 명으로 춘향을 얽어매고 곤장으로 때린다. 춘향은 한 대를 맞을 때는 이몽룡을 생각하고 일편단심을 부르짖는다. 두 대를 때를 때는 열녀불경이부를. 세대를 맞을 때는 삼종지의를, 네 대를 때를 때는 사랑가를, 다섯 대를 가할 때는 오륜가를 … 열대를 맞을 때는 십장가를 외쳐댔다.

[그림 51] 춘향의 곤장 세례

[그림 52] 춘향의 곤장 맞는 모의 장면

원래 곤장(棍杖)은 죄를 다스릴 때 볼기를 치던 형구의 하나인데, 버드나무로 넓적하고 길게 만든 몽둥이다. 위의 그림에서 아래편 우측은 춘향의 곤장 맞는 모의 장면이나 다른 그림에서는 간략하게 약식으로 다리를 때리는 것으로 된 것이 다르다. 변학도는 수청을 들게 하기 위해 곤장으로 다스려도 남원부사의 권력으로 춘향의 절개를 굽힐 수가 없어 포기하였다. 이에 따라 변학도는 춘향을 괘씸죄로 옥살이를 시킨 것이다.

② 춘향의 옥살이와 그 후 영광

다음 단계에서는 변학도가 춘향을 북풍한설이 몰아치는 동절을 맞아 춘향에게 큰 칼을 씌우고 족쇄(足鎖)가 채워진 채 옥에 가뒀다.

춘향에게 옥살이를 내린 신체적 학대는 죽음과 다름없는 생활이다. 춘향은 변학도의 명을 거역한 모역죄로 큰칼을 씌운 채 벼룩빈대가 득실거리는 감방에 가두어 옥살이를 시켰다. 춘향은 밤이 되면 벼룩과 빈대가 천장에서 내려와서 피부를 쏘아대는 바람에 잠을 이룰 수가 없다. 몸은 가려워도 긁을 수가 없다. 수백 마리가 춘향의 살갗을 흡혈구와 같이 피부를 빨게 되어 몸이 여위어 내 몸이 아닐 상태로 지쳐 있었다. 이에 따라 춘향은 「옥중시」를 짓게 되었는데, 육신의 소리로써 지은 시를 소개하면 다음과 같다.

지난해 어느 때에 임과 이별하였는가? 去歲何時君別妻
엊그제가 겨울이었는데 또 가을이네 昨已冬節又動秋
사나운 바람 한밤중에 눈비는 내리고 狂風半夜雨如雪
어찌하여 남원옥중에 죄인이 되었는고? 何爲南原獄中囚

위의 시에서는 계절이 가을이라고 했는데 늦가을이라 볼 수 있으니, 겨울의 날씨로 볼 수 있다. 춘향이 옥에 갇혀 고난을 당하는 것은 단군신화에서의 곰이 동굴에 들어가 죽은 몸과 다름없게 되었다가 웅녀로 환생한 것처럼 입사식의 고난을 치르는 과정과 비교 된다. 춘향은 아무런 죄 없이 변학도의 명으로 가혹한 옥살이를 하게 되는데 그럴수록 춘향의 항거의식은 날아갈수록 마음속에서 일편단심으로 불타오르고 이몽룡과의 약속을 잊지 못하는 것이다. 춘향의 임을 향한 일편단심의 절개는 만고정절의 정신으로 승화하여 후대 사람들에게 짙은 도덕적인 윤리관을 심어주어 우리민족의 전통적 정절의식의 연구 과제를 안겨주게 되었다.

『춘향전』에서의 춘향은 변학도의 추상같은 권력에도 굴하지 아니하고 부귀영화도 탐내지 아니한 순수지속의 정절의 여인상이었으니, 물질만능의 편승된 오늘의 사람들이 본받아야 할 대상이다. 춘향이 옥살이를 하면서도 일편단심의 절개를 잃지 않은 것으로 인해 이몽룡과 결혼하게 되고 임금으로부터 정렬부인의 칭호를 하사받게 된 것이니 하늘의 진리인 오행사상과의 연계로 인과응보에 의해 이뤄졌다고 할 수 있다.

3. 이몽룡 암행어사, 춘향상봉, 오행사상 분석

춘향이 감옥에서 옥살이를 할 때 이몽룡은 서울에서 과거시험에 장원

[그림 53] 옥중 춘향을 바라보는 이몽룡

급제를 하여 암행어사가 되어 남원에서 변학도의 비리를 조사하는 임무를 띠고 남원으로 가서 춘향의 옥살이 하는 감옥을 방문하였다. 또 이몽룡은 암행어사가 되어 변학도의 생일잔치에서 나타나서 차운(次韻)으로 '높을 고'(高)에 '기름 고'(膏) 두 자를 운(韻)으로 하여 탐관오리의 학정을 비판하는 한시를 지었다. 이몽룡은 청룡의 운명을 태어났던 관계로 계절에 있어서는 봄, 방위에 있어서는 동(東)·동남(東南), 오행에 있어서는 목(木)이니 그 성질이 위로 치솟는 것이 되어 변학도의 학정을 청룡의 기질로 고발한 것으로 볼 수 있다.[76] 이몽룡은 좌중에서 읽으라고 하여 청룡의 기질로 큰 소리로 다음과 같이 낭송하였다.

금 동이에 아름다운 술은 천 사람의 피요	金樽美酒千人血
옥소반의 아름다운 안주는 만백성의 기름이네	玉盤佳肴萬姓膏
초의 눈물이 떨어질 때 백성의 눈물 떨어지고	燭淚落時民淚落
노래 소리 높은 곳 원망하는 소리가 높이네	歌聲高處怨聲高

위의 시는 탐관오리들의 생활상을 잘 나타내 주었다. 2012년 4월 7일(금)~5월 2일(화) 제82회 춘향제에 변학도의 생일잔치가 벌어지는 장면에서도 반영된 바 있다. 이어사(李御使)가 한시를 읊자 생일잔치에 참석했던 벼슬아치들은 변학도의 학정이 드러나 올 때가 되었다고 슬금슬금

76) 윤경수, 「용상징이해와 한국문학적수용양상」, 『한국문학사상의 현대성연구』, 태학사, 1994, 296쪽.

자리를 피하는 이들이 늘어났다. 이런 상황에 사방에서 '암행어사 출도야!'라고 외치는 소리에 생일연이 풍비박산이 되는 가운데 변학도는 봉고파직 당하였다.

이몽룡은 이어사(李御使)로 등장하여 감옥에 있는 춘향을 불러내어 마음을 떠보기 위해 변학도의 명령 불복종 죄로 하옥된 것을 따져 묻게 되니, 이어사 앞에 꿇어 앉혔다. 이어사는 시침을 떼고 내 수청을 들라고 하였다. 춘향은 새로 부임하는 고관님들이 수청을 들라고 한다면서 수청을 거행할 수 없으니 죽어달라고 하고 거절하였다. 춘향은 새로 부임한 사또를 변학도와 같은 신관으로 본 것이다. 춘향은 변학도 보기를 목민관으로서 선정을 펴야 하는데 치한(癡漢)에다 탐관오리이었고 유부녀를 수청기생이나 첩으로 삼으려 했으니 천리를 거역한 죄인으로 간주한 것이다.[77] 이어사(李御使)인 이몽룡은 춘향을 여러 가지로 시험하고 절개를 갸륵하게 여기고 엎드려 고개를 들지 못하는 춘향에게 고개를 쳐들어 자기를 바라보라고 하니, 자나 깨나 잊지 못했던 이몽룡이 아닌가? 이때 춘향은 만면의 희소를 머금고 이어사와 극적인 상봉을 하게 되었다.

춘향과 이몽룡은 재회하게 되어 정식으로 결혼식도 올리고 사울로 상

[그림 54] 춘향과 이몽룡의 재회

[그림 55] 결혼식 올린 부용당

77) 윤경수, 『한국고대문학사상의 탐구』 중, 한국학술정보, 2011, 429쪽.

경하였다.

임금은 이몽룡이 암행어사 직책을 충실히 수행하여 탐관오리 변학도를 봉고파직하고 춘향을 구했음을 높이 치하하고 좌우영상의 벼슬을 하사했다. 춘향은 생명이 위협받는 상황에서도 변학도로부터 실절하지 않고 절개를 지켜 상으로부터 정렬부인으로

[그림 56] 춘향과 이몽룡의 극적인 상봉

봉해졌다. 이어사는 남아로서 충효로서 근본을 삼고 춘향은 정절로서 당시 유교윤리사상을 실천하였던 관계로 이들 부부에게 명예가 안겨준 것이다. 이어사와 춘향이 유교윤리의 정수를 실천하였다는 것은 모든 도덕을 일관하는 동양최고의 사상이었으니[78] 이들에게 임금과 왕비 다음가는 벼슬이 주어진 것이다. 춘향은 인과응보로 인해서 슬하에 3남2여를 두고 행복하게 살아 부귀영화를 누렸다.

춘향의 운명은 초기에는 봄날에 꽃샘추위와 같이 한때 고난을 겪었고, 춘 겨울에는 옥살이를 하였으나 훗날에는 부귀영화를 누리는 해피엔딩으로 끝마치었으니, 인과응보의 삶으로 맞이한 것이다. 『춘향전』이 사계절의 이치로 구성되었다는 것은 인간내부에서 일어나는 것에 대한 상징적 표현이다. 춘향이 신분상승을 이룬 것은 사계절의 변화에서 그 원리를 찾을 수 있으므로 신화적 구성 원리에 의해 비유하여 볼 수 있다. 단군신화에서와 춘향은 곰과 같이 겨울에 모습을 감추고 봄에는 되살아나는 식물과 같기 때문이다. 시베리아 지방에선 곰을 '숲속의 인간'이라 불러지고 있다고 한다.[79] 동물 중에서 곰은 직립할 수도 있기 때문이다.

78) 박성의, 『한국고전문학배경론』, 선일문화사, 1968, 105쪽.
79) 김열규, 『한국문학사』, 탐구당, 1983, 106쪽.

춘향의 삶은 오행의 상생의 운명으로 전개됐으니 생산적인 만남으로 풍요로움과 관계 된다. 원래 춘향의 이름은 '봄꽃의 향기'를 뜻함으로 생명부활의 의미[80]와 사계절에 있어 목기(木氣)에 해당하여 '치솟는 힘'[81] (rising force)과 생생력(生生力)을 상징한다. 따라서 봄은 양기가 음기를 제압하게 되어 활기찬 새봄을 맞이하게 되는 계절신화(the myth of season)[82]의 성격을 내포한 것이다.

흔히 『춘향전』 하면 작자 및 시대는 미상이라 하고 한국 고대 소설의 대표적 작품으로 이몽룡과 춘향의 연애 사건을 중심으로 한 당시 사회적 특권 계급의 횡포, 천민의 항거 의식, 춘향의 정절 등을 주로 묘사한 것이라 일컫는다. 그리고 100여종이 넘는 이본 중에는 『열녀춘향수절가』를 정본이라 하는 등에 범주로 보는 정도로 연구하여왔다. 그러나 『춘향전』에서의 춘향의 일생은 기존의 연구가 내용의 줄거리에 불과한 것이 불과하여 본고에서는 오행사상과 관계로 천지음양조화인 만물생성의 번성 번영을 누리는 풍요로움으로 시도하였다.

본고에서의 『춘향전』은 만물생성과 관계되는 오행사상의 연구이니 새로운 연구과제이기도 하다. 춘향과 이몽룡은 한 평생을 부귀와 영달을 누리는 생활을 하였으니, 100세를 살아간다는 오늘에 상황에서 고난을 극복하고 부정비리와 권력의 횡포를 물리친 생활을 본받아야 할 것이다. 춘향의 생활상은 그의 이름에서 풍기는 봄의 향기와 같이 여름을 지나 가을에 이르면 열매를 맺게 되어 풍성한 수확을 하게 된다. 춘향의 앞날은 풍요로운 생활과 관계되어 있으니, 그 중심내용은 다름 아닌 오행사상

80) 김용옥, 『새춘향전』, 통나무, 1991, 211쪽.

81) C. G jung, *freud and Psychoanalysis*, Roudedgd & kegan, pau, 1990, p.217.

82) M. Shirokgoroff, *Social Organification of the Northen,* Tungus, Shanghais, 1933, p.368.

이다. 오행사상은 음양의 대대(待對)관계니 이에 대한 연구가 바람직하다. 『춘향전』은 과학적인 분석으로 연구하면 더욱 가치가 드러나게 될 것이라 기대해 본다. 과학적인 분석은 오행사상으로 분석하고 당대의 실학과 관련으로 연구하면 새로운 『춘향전』의 연구가 이뤄진다고 믿는다.

Ⅴ. 춘향의 오행사상, 오방색 연관

1. 오향상생·상극과 춘향의 오방색의 삶

오행은 상생(相生)과 상극(相剋)은 음양조화를 이루게 되므로 풍요다산과 관계되어 있다. 오행하면 먼저 오방색인 황(黃), 청(靑), 백(白), 적(赤), 흑(黑)의 5가지 색이 떠오르고 방위가 따르는데 중앙과 사방(四方)을 기본으로 삼는다. 춘향은 목(木)의 운명으로 태어났지만 오행상생의 원리를 모두 갖추는 운명이 전개되어 있다. 즉 황(黃)은 중앙, 청(靑)은 동, 백(白)은 서, 적(赤)은 남, 흑(黑)은 북을 뜻한다. 오방색 중 황(黃)은 오행 가운데 토(土)에 해당하며 황색인 땅을 의미한다. 말하자면 춘향은 오방색의 운명을 두루 나타냈다. 토(土)는 우리가 사는 대지이니 인류가 사는 터전이다.

오행 중 대지(大地)는 우주와 오행의 중심이 된다. 민속에서 어의(御衣)는 황색으로 만들었다는 것으로 미루어 으뜸인 색을 의미한다. 춘향은 여성인 관계로 임금으로부터 정렬부인의 칭호를 받았으니 여성으로서는 으뜸이 되는 벼슬이다. 더구나 춘향의 부군인 이몽룡은 좌우영상을 역임하고 정승에 올랐으니 왕조시대에선 임금에 다음가는 관직이니 최고의 벼슬자리이다.

청(靑)은 춘향의 운명과 같이 오행 가운데 목(木)에 해당하며 봄이 되면 산야에는 초목이 초록으로 물들어 만물이 생성하는 봄의 색이라 할 수 있다. 춘향은 바로 청색의 운명을 띄고 태어난 것이다. 흔히 청색은 만물의 생기를 돋우게 하는 색으로 희망과 복을 나타내는 색이고 붉은 색과 같이 나쁜 잡귀를 물리치고 복을 비는 색으로도 전해왔다. 또 청색은 물질생성과 관계되는 풍요로움을 상징하는 색이다.

『삼국지』(三國志) 위지(魏志) 동이전(東夷傳)에는 삼한시대에 변한인과 진한인 들이 청색의복을 착용하였다는 기록이 전한다. 또 이 색은 제화초복(除禍招福)에 이용되어 주술적인 면으로 사용되어 왔다. 청색과 붉은 색이 벽사에서 사용되는 이유는 생명을 표시하는 신생, 번식, 무성함을 의미하는 원시 종교적 관념 때문에 춘향의 운명을 가장 잘 나타낸 색이다.

민속 상으로 청색은 정월이 되면 아이들이 색동저고리를 입는 것은 그 영향이다. 다섯 가지 색동저고리에는 청색이 들어 있다. 그리고 이 색은 정월이 되면 떡국에 오방색의 양념 중 음양조화의 색에 하나인 초록색(청색)인 파(爬)가 요리에 들어 있는 것도 정월명절 음식에 하나이다. 특히 진주오광대가면극 중 봄을 맞이하는 놀이마당인 청제장군(靑帝將軍)이 등장한다. 춘향의 운명은 청(靑)의 운명으로 전개되었다.

춘하추동에서 오방색인 적(赤)은 여름 날씨인 관계로 오행 가운데 화(火)에 해당하며 생성과 창조, 정열과 애정, 적극성을 뜻하여 가장 강한 벽사의 빛깔로 여름과 관계되는 색이다. 정월 보름에 팥죽을 쑤어 대문밖에 뿌리는 것은 나쁜 악귀를 물리치는 것으로 벽사의 색으로 행하여 왔음은 널리 알려져 있다.

가을 날씨인 금(金)은 춘향과 어떤 관계가 이뤄졌을까. 가을 날씨는 천고마비의 계절이라 하여 높은 하늘이 맑고 구름이 백색이다. 백(白)은 오행 가운데 오곡백과가 무르익는 황금계절인 가을과 관계되며 결백과 진실, 순결 등을 뜻하기 때문에 우리 민족은 예로부터 흰 옷을 즐겨 입고 지냈다. 춘향은 절개를 지키기 위해 변학도의 수청강요에도 불구하고 일부종사의 순결로서 변학도의 수청을 물리친 것이다.

겨울을 나타내는 오방색 중 흑(黑)은 암흑을 나타내는 색깔이라 죽음을 나타낸다. 오행 가운데 흑색은 수(水)에 해당하며 겨울의 상징으로 주로 민간에선 초상집에 문상을 갈 때 오늘엔 검정넥타이를 매고 조의를 표한다.

[그림 57] 오방색의 남녀 어린이

춘향은 겨울에 물이 꽁꽁 얼어붙는 거와 같이 감방에서 변학도의 수청 거절로 옥살이를 했으니 죽음과 다름없는 생활을 한 것이다. 한민족은 예로부터 오방색인 민속으로 살아왔고 춘향도 오방색의 운명으로 살았다. 춘향의 삶은 봄의 나무니 청으로 여름에는 붉은 색의 상징으로 이몽룡과 만나 정열적인 사람을 하고 가을은 흰 구름과 서리가 내리는 계절이라 변학도의 수청을 열녀불경이부의 순결한 마음으로 절개를 지켰다. 겨울은 죽음을 상징하는 거와 같이 암흑적인 감옥살이를 하고 다음해에 봄에는 봄의 꽃이 피우는 삶을 누리게 되어 그 후 오행으로 오복을 누리는 생활을 하게 된 것이다.

2. 고유의 오방색, 『춘향전』 내재

춘향의 내재된 운명은 오행과 오시(五時) 오방(五方) 오색과 관계되어 있는 전형적인 인물상으로 볼 수 있다. 예로부터 오행은 우리에게 많은 영향을 미치어 생활전반에 걸쳐 내재되어 있다. 심지어 동물로는 오행을 비롯한 오방과 오색과 관련된 사신도에서의 경우 남:주작, 북:현무, 동:

음양 / 오행	음양농도	음양표기	오시(五時)	오방(五方)	오색(五色)
수(水)	순음(純陰) 100%	●	동(冬)	북(北)	흑(黑)
화(火)	순양(純陽) 100%	○	하(夏)	남(南)	적(赤)
금(金)	음다(陰多) 양소(陽少)	음(陰)90% 양(陽)10%	추(秋)	서(西)	백(白)
목(木)	음소(陰少) 양다(陽多)	음(陰)10% 양(陽)90%	춘(春)	동(東)	청(靑)
토(土)	음(陰)50% 양(陽)50%	◑	토용(土用)	중앙(中央)	황(黃)

청룡, 서:백호, 중앙:황룡을 일컬어 왔던 관계로 오늘에도 이 명칭의 용어를 간간히 사용한다. 우리 생활은 오랜 옛날부터 음양오행사상에 기반을 두고 살아왔음을 위의 도표에서도 확인할 수 있다.

구식 전통혼례식에서는 신부의 음귀를 몰아내기 위해 신부의 볼과 이마에 연지곤지를 바르는 것 또한, 나쁜 기운을 막고 물리치는데 있으니 오방색과 관련돼 있다. 또 붉은색은 아이들 돌잔치의 무병장수를 기원하거나 명절에 어린아이에게 색동저고리를 입히는 것, 간장 항아리에 붉은 고추를 끼워 금줄을 두르는 것, 잔치 상의 국수에 올리는 오색 고명을 얹어 놓는 것도 오방색의 상징성이다.

우리민속에선 오행의 영향으로 오방색이 두루 나타나 있다. 붉은 빛이 나는 황토로 집을 짓거나 신년에 붉은 부적을 그려 붙이는 것, 궁궐·사찰 등의 단청은 오방색의 수용이라 할 수 있다. 이러한 예는 고구려의 고분벽화나 조각보 등의 공예품에서 나타나 있는 바와 같다. 오행의 상징성과 민간에서 사용하는 예는 우리생활 전반에 두루 나타냈으며 『춘향전』에도 알게 모르게 은연중 서려 있다. 이를 알기 쉽게 도표로 나타내면 위와 같다.

상징성 / 오행	오방색	용도	상징성	사신도	민간신앙
수(水)	흑(黑)	음적 요소	죽음	현무	검은 넥타이
화(火)	적(赤)	양적 요소	정열 애정	주작	금줄 고추
금(金)	백(白)	흰옷	순결	백호	색동저고리
목(木)	청(靑)	봄의 색	복의 기원	청룡	청홍실(결혼)
토(土)	황(黃)	어의(御衣)	고귀	황룡	황토 집

위의 도표에서 보는 바와 같이 오방색은 민속과 『춘향전』에도 많은 영향을 끼치었다. 앞으로 청소년과 소녀들은 춘향과 이몽룡과 같이 오방과 오방색을 본받아 미래적인 희망으로 살아가야 할 것이다. 젊은 세대들은 춘향(春香)의 이름인 봄 향기가 온 누리에 젊음을 발산하는 것과 같이 새 희망과 이상적인 삶으로 살아가야 한다. 이런 의미의 내용을 도표로 나타내면 위와 같다.

춘향이 이상적인 삶으로 산 것은 세속에 온갖 부조리한 양상을 말끔히 씻어내고 고난을 극복한 웅녀의 동굴모티프의 정신을 실천하는데 있다. 이 정신은 상고시대 배달민족이 이상적인 동방예의지국을 세웠다. 이에 대한 것은 만주인 요하(遼河) 일대에서 홍산문화(紅山文化)에서 발굴되는 유물유적에서도 나타난다. 1984년에는 만리장성 북쪽 요하 일대에서 신석기 유적이 무더기로 발굴되기 시작해 중국은 물론 세계고고학계를 놀라게 한 사건이 발생했다. 이 유물에서는 황하문명보다 천년이 앞서고 세계 4대문명보다 오래된 문명으로 되어 있다.[83] 특히 이곳에서는 5000년 전의 여신상(女神像)인 웅녀상이 있으니 우리에게 충격을 안겨주었다.[84]

---

83) blog.naver.com/manushya/130136711980

84) cafe.daum.net/antifreemason/iTm/728?

고소설의 주인공들은 웅녀의 생활상을 수용하였다.[85] 『춘향전』에서의 주인공 춘향도 마찬가지다.[86] 웅녀는 동굴에서 수난을 겪은 후 국모가 되어 그의 아들 단군이 상고시대 동북아에서 가장 훌륭한 나라를 세웠다. 춘향 또한 웅녀의 동국모티프의 수용으로 부귀영화를 누리며 살았다. 오행사상은 동이족인 환웅의 막내아들 복희(伏羲)가 전한 것이니, 천지조화와 같이 물질생산에 있다는 것으로 이해하면 된다. 그런 의미에서 소년소녀들을 비롯한 젊은이들은 사계절인 오행이 『춘향전』에 내재되어 있으니, 경제적으로 풍부한 나라를 세워야 하며, 앞길이 창창한 젊은이로 자라 21세기 동량지재가 되어야 할 것이다.

3. 오방색의 민속화, 세계화의 색, 『춘향전』 가치

춘향이 신록인 단오절을 맞아 추천을 하였다. 본디 단오놀이는 오방색의 민족 고유의 의상으로 차려입고 부녀자들이 모여 추천대회를 하는 것으로 되어 있다. 혜원(蕙園) 신윤복(申潤福, 1758~?)은 조선 후기의 화가로서 정확한 생존 시기가 알려지지 있지 않은 화가이나, 김홍도로부터 영향을 받아 김홍도에 비해 세밀하고 섬세한 느낌을 멋지게 자아낸 작품으로 평하고 있다. 그의 오색그림 중 단오풍정에는 오방색으로 되어 있는데 춘향이 추천하는 것을 감상하면 그의 그림에 대해 진가를 알게 될 것이다.

그림 58, 59, 60은 간송 전형필 미술관 2011 가을 전시회 풍속 인물화 대전에서 선보인 것이다. 『단오풍정』의 색체가 매우 다채롭다 파랑 빨강

---

85) 김복희, 「심청전의신화비평적 연구」, 『이화어문논집』 제3집, 1980, 88~92쪽.
C.G. Jung, *The Archetype and the Collective Unconscious*, 1959, p.5.
j. G. Frazer, *The Dying God,* trad fr re dieu quimeurt Paris, 1931, p.207.

86) 신향숙, 「춘향전의 신화 비평적 연구」, 『건국어문학』, 건국대 국어어문학연구회, 1995, 216쪽.
N. Frye. *The Archetype of Criticism*, Princeton UnIv. Press, 1957, pp.92~110.

[그림 58] 신윤복의 『단오풍정』

[그림 59] 신윤복의 『월하정인』

[그림 60] 신윤복의 『미인도』

노랑 하양 검정 우리나라 전통색인 오방색을 거침없이 썼다. 『월하정인』·『미인도』에서도 또한 오방색은 그려져 있다. 우리에겐 알게 모르게 오방색은 오행사상의 영향으로 모든 생활에 관류되어 있다고 해도 과언이 아니다. 『춘향전』 내용 중 춘향의 행차를 오방색을 연상하면 『춘향전』을 이해하는데 도움이 될 것이다. 오방색은 오늘에도 우리생활 전반에 관류되어 있음을 아래 그림에서 보기로 한다.

[그림 61]

[그림 62]

[그림 63]

[그림 64] 오색 종묘제례악

[그림 65] 오방색의 전통 복주머니

[그림 66] 오방색의 꽃송편

오방색은 색의 조화와 천지만물의 조화를 이루게 되므로 우리의 생활에서 오늘에도 다양하게 활용되고 있다. 이에 우리는 오생과 오방색을 『하도』와 『낙서』 원류로써 연구하면 『춘향전』을 현대적 의의를 밝히게 된다. 태극기도 오방색의 구조로 이뤄졌는데 이를 소개하면 그림 67과 같다.

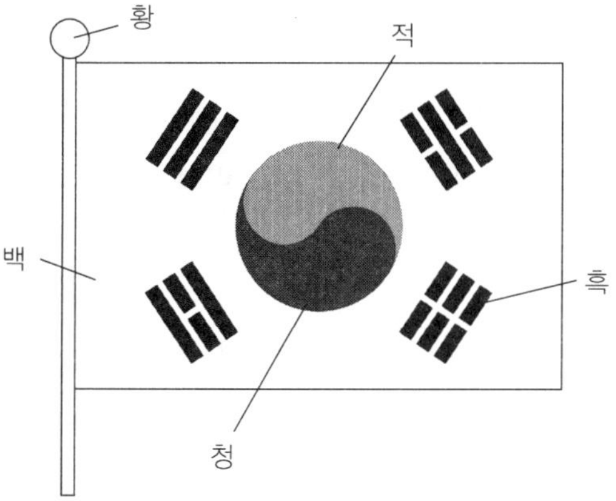

[그림 67] 태극기의 오방색

태극기는 흔히 사람들이 네 가지 색으로 알고 있는데 깃대의 봉이 황색이니 오방색인 것이다. 오방색은 오늘의 화가 작품에서도 오방색으로 그려진 것을 볼 수 있는데 용인대학 이회중 교수의 작품 『포도와 동자』에서 볼 수 있다. 오늘에는 백세시대를 맞아 육류대신 섬유질식품(fibrous food, food with a lot of (dietary) fibe)을 많이 섭취해야 한다고 서로들 권한다. 따라서 오늘의 식품은 컬러 푸드(color food)가 필수적임을 다음에서 소개한다.

우리나라 식품에는 기준치이상으로 소금을 많이 섭취한다고 하여 오

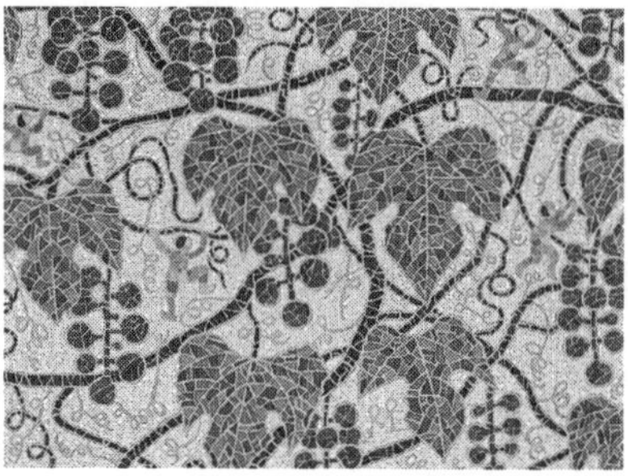

[그림 68] 이화중 교수의 『포도와 동자』

[그림 69] 컬러푸드

방색의 채소를 권장하고 있다. 오방색 가운데 둘 이상의 색을 섞어 낸 색. 중간색인 간색(間色)의 채소를 잘 가려서 식용하면 건강식품으로 문제될 것이 없다. 일찍이 임금님 수라상에는 오방색 수라상이 차려져 올리었다고 전한다.

우리겨레의 오방색문화는 북미와 남미까지 전파되었는데 그중 빙하시대를 계기로 알라스카 베링해협을 건너가 인디언이 우리한민족의 후예이라는 것을 우리는 잊어서는 안 된다. 오방색은 세계에 널리 전파된 색이다.

인디언의 댕기머리는 단군과 관계된 것이다. 단군과 관계있는 풍속은 반만년이 지난 오늘에도 수없는 역사의 부침 속에서도 사회 곳곳에 스며들었는데, 아직도 단군 문화가 남아있다. 예를 들면 저고리에 달았던 흰

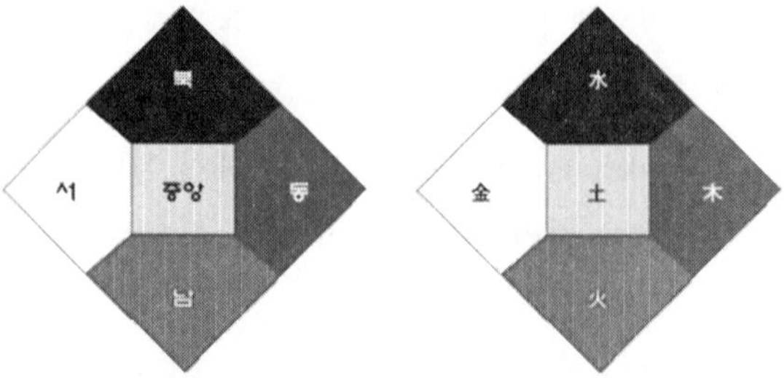

[그림 70] 오방색

[그림 71] 인디언 한겨레의 댕기머리

[그림 72] 오방색 잉카 황제입장 광경

동정은 '동방 사람의 옷깃'이라는 뜻의 동령(東領)이 '동정'으로 변화된 것이다. 원래 이 말은 단군을 사랑한다는 태백산의 표장인 동령(東領)이 동정으로 바뀐 것으로 전한다. 또 아이들 머리끝에 맸던 '댕기'는 단군을 추모하기 위하여 달았던 '단기(檀旗)'에서 유래된 것이다. 그 댕기가 미주 인디언에 전해진 것이다. '단골손님' 하던 '단골'도 역시 이러한 유습에서 나온 것이다. 이 모든 용어는 단군이 환웅이 백두산에 내려 신의 고을 열고, 단군이 환웅의 다스림을 계승하여 홍익인간의 이상적인 나라를 세운민족이라는 겨레의 긍지와 단군의 정신을 계승하려는 의지에서 전해진 것들이라 보면 될 것이다.

북미 인디언은 우리조상들이 빙하기인 1만 년 경에 베링해협을 통해 건너간 것으로 보는데[87] 남미까지 전해진 것이다.[88] 우리의 전통생활기구인 맷돌 베틀 윷판 윷가락이 지금 미국박물관에 소장되어 있다. 이 중 윷가락과 윷판은 현재 아리조나 대학 박물관에 보관되어 있다.

정월 새해에는 윷가락을 대추나무에 금(金)목(木)수(水)화(火)토(土)를

87) 윤경수, 「윷놀이문학의 의미성과 발생론적 역사인식」, 『청소년과 효문화』 제17집, 동양효문화 연구원, 2011, 183쪽.
88) 윤경수, 「환역(桓易)에서 나온 윷놀이 문화」, 『한국의 효사상과 정신문화』 3, 동양문화 연구원, 2012, 184쪽.

각각 새겨서 장기 알 같이 만들어 이것들을 윷판에 던져 뒤집어지고 엎어진 상태를 보고 점괘를 얻는 것에 대해서는 홍석모(洪錫謨, 1781~1857)의 『동국세시기』(東國歲時記)에 나타난 있는 바와 같다.89) 윷판(儒板)과 『하도』와 『낙서』와의 비교한 것은 비슷한 배열을 보이고 있다.90)

일찍이 우리고유의 윷판은 『정역』(正易)의 저자인 김일부(金一夫, 金恒 1826(순조26)~1898)는 조선 말기의 대학자였다. 그의 문하의 있던 계월(桂月) 하상역(河相易, 1859생)과 청탄(淸灘) 김영곤(金永坤, 1863생) 등에 의해91) 『정역』(正易)과 연결시켜서 후천시대의 원리를 설명하였다.92) 임병학 교수는 정역을 간지도수(干支度數)와 윷 관계에 대해 『하도』와 『낙서』의 오행의 원리로 나타냈다고 했다.93)

오행에 의한 오방색은 우리문화와 『춘향전』과 멀리는 잉카문명에도 영향을 미친바가 된다. 특히 남북미주 지역에서 윷과 윷판의 존재가 확인되고 있으며, 이에 대한 상세한 설명은 2006년 1월 27일 KBS 설날특집 다큐멘터리로 방영된 바 있다. 그리고 2006년 새해 2월 1일 멕시코 원주민들이 신수를 우리의 민속으로 점쳐보며 마을 사람들이 참가해 떠들썩하게 놀았던 놀이를 했다.94) 이에 따라 우리는 오늘의 입장에서 『춘향전』

---

89) 김만태, 『오행점(五行占) 윷점의 유래 정초(正初) 점복풍속에 관한 연구』, 윷 문화 한국민족종교협의회, 2013, 134~138쪽.

90) 임채우, 「윷의 기원문제와 말판의 철학적 의미」, 『윷 문화 자료집』, 한국민족종교협의회, 2013, 326~328쪽.

91) 이정호, 『정역연구』, 국제대학인문사회과학연구소, 1976, 220~221쪽.

92) 임채우, 「정역 윷판 이론의 한국역학사의 의의」, 『선도문화』 제13권, 한국뇌교육종합 대학원대학교 국제뇌교육종합대학원대학교 국학연구원, 2012, 325쪽.

93) 임병학, 「간지도수의연원에 관한 고찰」, 『인문학연구』 제33권 제2호, 충남대 인문과학 연구소, 2006, 388쪽. ; 『역학의 하도낙서에 관한 연구』, 충남대학교 박사학위논문, 2005. ; 「정역의 간지도수에 대한 고찰」, 『DLSA 인문학연구』 제40집, 조선대 인문학 연구원, 2010. ; 『윷과 正易』, 전통문화계승 학술대회 한국민족종교협의회, 2013, 84~89쪽.

을 오행과 오방색문화의 의의로써 밝힘과 동시에 연구를 할 가치가 있다. 『춘향전』은 춘하추동의 사계절의 원리로 이뤄진 만큼 오방색으로 예를 들어 설명하면 새로운 가치를 생각해 낼 것이다. 그 중 에는 춘향이 단오절에 추천을 할 때와 춘향이 이어사(李御使)와 백년가약을 맺을 때 혼인식에서의 광경을 오방색으로 연구하면 『춘향전』이 새롭게 이해되어 의의를 지니게 될 것이다.

Ⅵ. 맺음말

춘향은 박색설화에서와 같이 미인이 아니라 박색이었다고 널리 회자되었다. 이에 대해서는 이미 소개했으니 『춘향전』형성에 그를 참고하면 된다. 조선 후기에 이르면 『춘향전』은 남원일대에 유포된 설화와 판소리와 함께 음양오행과 밀접하게 관련돼 있다. 이 시기에는 화폐 경제 체제가 형성되어 발달하였고 성리학보다는 실학의 관심이 많았던 것으로 인해 이러한 시기에 『춘향전』은 민간에서 많은 독자층이 형성되어 읽혀진 것이다.

『춘향전』은 열녀성화, 암행어사설화, 신원설화, 관탈민녀형설화 등의 영향을 받았다고 할 수 있다. 그러나 『춘향전』은 상고시대 이래 전하는 『하도』와 『낙서』의 오행에서 체를 이루고 문사들에 의해 여러 설화를 참고하여 실학사조에 의해 재구성된 것에 불과하다. 따라서 『춘향전』에서의 근원설화는 부수적인 것에 불과하고 일차적으로 오행사상에 대해 관심을 기울여야 한다. 또 『춘향전』은 실학사상과 관련으로 연구를 해야 한다. 남원지방에서의 근원설화를 위주로 연구를 해고 오행과 사회적 배

---

94) 멕시코시티 mikylatina@hotmail.com

경인 실학사조에 대해 관심을 기울이지 않았다는 것은 외본내말적(外本內末的)인 성과에 불과하다. 본고에서 오행과 실학의 관심을 가지고 연구한 것은 이 때문이고, 『춘향전』 연구의 깊은 성찰이 있어야 하겠다.

특히 오행사상은 우리문화에 막대한 영향을 끼친바와 같이 『춘향전』에도 집단적 무의식으로 작용된 것이다. 우리에게 이 오행사상은 서양의 형식논리와는 다른 음양대대(待對)의 원리로 새로운 패러다임을 제시해 주는 과학적 구조 원리이가도 하다. 오행의 상생과 상극은 『춘향전』 뿐만 아니라 오늘에 우리사회에 만연되어 있는 양극화 된 갈등, 대립, 분쟁, 분리, 혼란 현상을 해결해 주게 되고 물질생산과도 관계되어 오늘의 의의도 있게 해 준다.

오행에서의 오방색은 청(靑), 적(赤), 백(白), 흑(黑), 황(黃)인데 동, 남, 서, 북, 중앙을 가리키는데 오행 중 첫째로 등장 되는 것이 봄날의 목(木)이다. 봄의 나무는 춘향을 생각하게 한다. 춘향이란 봄날에 활짝 피운 초목에서 이 꽃을 이른다. 봄은 만물이 생동하는 계절이므로 춘향의 운명 또한 그런 뜻이 담겨 있다. 한국의 기후조건은 온대지방에 속하고 봄에 꽃이 필 무렵을 전후해 꽃샘추위가 몰아닥쳐 찬바람이 옷소매를 파고들어와 쌀쌀한 한기가 영하 이하로 내려간다. 이 추위는 대지에 찬 기운이 따듯한 기운에 의해 밀려나게 되므로 마지막 기승을 부린다. 춘향이 이몽룡과의 만남에서 한 때 풍파를 만나 시련을 겪은 것은 춘향의 운명이 꽃샘추위로도 비유할 수 있다. 그 후에는 음양조화인 오행사상과 관련으로 춘향은 정렬부인의 칭호를 임금으로부터 하사 받게 되고 이몽룡은 정승이 되어 부귀영화를 누리는 생활을 하게 되었으니 생산적인 만남이 되었다.

춘향이 이몽룡이 만나게 된 것은 단오 때이다. 대개 단오라면 양의 기운이 음기를 몰아내고 양기가 왕성하게 발생하는 때이다. 『춘향전』에서는 춘절이라고 하고 초여름이라고 했다. 단오 때기 되면 움츠려 드렸던

음가가 물러나고 양기가 퍼져 녹음이 무성하게 짙어지기 시작한다. 이몽룡은 춘향이 그네 띄는 광경을 바라보고 방자를 시켜 만나게 되었다. 이날은 다름 아닌 단오절이라 오행 상으로는 여름이다. 이몽룡과 춘향의 로맨스적인사랑은 여름이므로 계절의 순응으로 정열적인 사랑을 하였다. 가을이 되면 조석 간에 소슬한 바람이 일기 시작하는 때 이몽룡이 춘향과 헤어졌다. 겨울에는 춘향이 변학도의 수청을 거절한 것으로 옥살이를 하게 되어 죽음과 다름없는 생활을 하였다. 춘향은 이듬해 봄이 돌아와 이몽룡과 만나 해피엔딩을 이루는 생활을 하게 되었다. 따지고 보면 그의 운명은 오행상생의 원리로 사시절과 관련되어 있다.

춘향과 이몽룡의 운명은 오행상생 뿐만 아니라 오행상극의 원리로도 연계되었다. 변학도는 남원부사이니 세력이 막강하여 오행상극에서의 쇠와 같다고 한다면 춘향의 절개는 불과 같이 정열적인 관계다. 그의 절개는 오행상극 중 화극금(火剋金)과 같은 기세이니 불은 쇠를 이기게 된다. 불은 쇠를 녹이는 것으로 보면 춘향이 변학도를 이기는 대상이다. 오행상극의 원리는 약하거나 적은 수가 강하고 많은 것을 이기는 것으로 되어 있다. 목극토(木剋土)의 경우도 그러한 대상이다. 나무는 흙을 이긴다는 뜻이니 이를 부연해서 설명하면, 나무가 흙에 뿌리를 내리는 대상으로 보기 때문이다. 원칙으로 대지는 흙이 워낙 많음에도 목이 흙을 이기는 것으로 되어 있다.

『춘향전』은 오행상생과 상극의 구조 원리로 조명하면 춘향의 운명을 보다 더 원만하게 이해하게 된다. 『춘향전』의 연구는 오행사상과 관련하여 분석하니 부합되는 면이 있다. 『하도』와 『낙사』에서 기원한 오행사상은 상고시대 동이족에 의해 선보인 것이다. 고전문학의 백미 『춘향전』에서도 춘향과 이몽룡의 운명을 오행사상의 구조 원리로 조명할 수 있다. 춘향의 기구한 운명을 되돌려놓은 것은 단군신화에서의 동굴모티프가 집단적 무의식으로 적용되었다는 것도 밝힌다. 오행사상은 춘향과 이몽룡과 같이 불의와 타협하지 않고 새로움을 개척해 물질이 풍요로움과 관계된다. 이몽룡과 춘향이 변학도를 봉고파직 시켰으니, 진짜 강자는 이몽룡이 금(金)이고 춘향은 목(木)에 해당하지만 춘향도 목 → 금으로 변한 것이 되었다.

춘향과 이몽룡과의 부부의 인연은 백년해로하게 되어 만인의 사표로 우러르게 되었다. 금(金)과 목(木)은 강자 앞에 약자이나, 약자는 다시 강자를 이기게 되니, 이 원리를 잘 이용하면 된다. 오행사상은 『춘향전』에서의 구조분석에서 보는 바와 같이 사회를 바르게 세워 경제적으로 부하게 하는데 의의가 있다는 것을 밝히면서 이에 따른 연구가 선행돼야 하겠다.

제3부

고전문학의 현대적 분석

『서동요』의 역사적 배경과 픽션화 고찰

-무왕·의자왕의 배경과 멸망 후 설화를 중심으로-

Ⅰ. 머리말

『서동요』와 그 설화는 학계에 논문도 30여 편에 이르고 고등학교 국어 교과서에서 『서동요』와 배경설화를 배우게 되고, 설화·만화로 널리 알려졌다. 더구나 『서동요』는 2005년 9월 5일~2006년 3월 27일 총 56부작 기획으로 SBS 대하드라마에 월·화요일 오후 9시55분 황금시간대에 화려하게 상연되었다. 시청자들은 백제왕국인 서동과 천하무쌍의 절색으로 이름난 신라 진평왕(579~632)의 셋째 선화공주와의 로맨스적인 사랑의 장면을 상연한 관계로 많은 사람들이 시청하였다. 더구나 이 드라마의 역을 맡은 이들은 미남 미녀들로서 서동 역의 조현재와 선화공주 역의 이보영으로 출연하여 시청자들로부터 절찬리에 인기를 끌어 모이면 화재거리로 인구에 회자되었다.

『서동요』는 현존 향가 중 4구체로 효시를 이루는 작품이고 가장 로맨틱한 노래로 사람들에게 관심의 대상이 되어왔다. 그럼에도 『서동요』의 배경설화에 대한 연구는 정신분석학적인 문학연구인 오이디푸스 콤플렉스(oedipus complex)와 엘렉트라 콤플렉스(electra complex)에 의한 사랑이 함유되어 있음에도 불구하고 한 편의 연구논문이 없다는 아쉬움을 느낀다. 뿐만 아니라 2009년 1월 20일 문화재청이 2002년 무려 1400년 된 익산 미륵사지석탑(彌勒寺址石塔)이 붕괴위험으로 해체작업 중 석탑 창건 내력을 담은 금판(金版)과 금제사리호(金製舍利壺)에서 나온 유물 505점을 발표하였다. 그 밖에 석탑 주변 일대에서 발굴된 유물이 6500여점에 이른다고 한다.

금판(金版)으로 된 『금제미륵사지봉안문』(金製彌勒寺址奉安文)에는 미륵사의 창건의 발원자가 무왕의 비인 백제 좌평(佐平) 사택(沙乇) 적덕(積德)의 딸 적덕녀(積德女)이라고 되어 있다. 백제 때 좌평은 십육품 관등(十六品官等)의 첫째 등급귀족이다. 이 석탑의 발원문에는 639년 무왕(武王, 600~641) 비의 발원에 의해 미륵사가 건립된 것이라 기록되었다.

『금제미륵사지봉안문』에는 『삼국유사』 권2 무왕 조에 미륵사의 발원자가 신라 진평왕의 셋째 선화공주로 되어 있는 것과는 전혀 다르게 나타났다. 앞으로는 교과서를 비롯하여 이미 발표된 논문도 수정 보완돼야 하고 그동안 인기를 누렸던 드라마도 하루아침에 물거품이 되었다. 향가를 연구하는 이들 또한 『서동요』와 배경담은 봉안문의 기록과는 다르다. 이에 따라 백제 제24대 동성왕(479~501)과 신라 제21대 소지왕(479~500)의 비(妃) 선혜(善兮)의 소생인 공주와의 혼인관계에 대한 논문도 참고자료에 불과하게 되었다.

백제 무왕 639년 미륵사 석탑이 준공할 당시 낙성식에는 여러 날 동안 기념잔치를 행했을 것이다. 여기에서 무왕의 비를 기리는 축하의 연희를 베풀었다고 보아진다. 그러나 그에 대한 유래가 전하지 않는다. 일연선사(1206~1289)는 구비로 전한 노래와 고본(古本)의 기록을 참고하여 『삼국유사』 무왕 조에 게재한 것이라 할 수 있다.

『미륵사지봉안문』에 나오는 미륵사지창건은 기해년(己亥年)이니, 무왕

40년인 639년에 해당한다. 일연선사가 『삼국유사』를 편찬할 당시는 말년 경이므로 640여년이 지난 후니, 오랜 세월이 경과되었다. 일연이 고본를 참고한 무왕조의 내용은 물론 약간의 편자의 의식이 함유되었다고 할 수 있다.

오늘에 전하는 『서동요』와 배경 담은 무왕과 왕비와는 전혀 다른 내용이지만 고본이나 구비로 전한 자료이므로 허구다. 이 자료는 백제멸망 후 백제가람에서 미륵불 신앙으로 백제와 신라인이 사이좋게 지내야 한다는 내용으로 지어 전래된 것으로 보아진다.

오늘에 전하는 『서동요』와 배경담은 역사적배경과는 관계없는 허구이기는 하나 백제인의 정서가 함유되어 있으므로, 먼저 역사적 내용을 익산 『미륵사사지봉안문』으로 밝히고, 오늘에 전하는 『서동요』와 그 배경을 픽션화로 고찰하기로 한다.

Ⅱ. 익산 미륵사지석탑(彌勒寺址石塔)에서 발견된 봉안문

1. 『금제미륵사지봉안문』(金製彌勒寺址奉安文) 발견 경위

익산 미륵사지석탑(彌勒寺址石塔)은 전라북도 익산시 금마면 기양리 미륵사지에 소재한 한국에 남아있는 석탑 중 가장 오래된 석탑이고, 넓이도 100,000평(33000m^2) 규모로 세워진 국보 제11호로 지정되어 있다. 혹자는 용화산 밑 5만평이라고 이르기도 하는 데 백제 무왕의 재위기간 중인 639년에 세었다.

삼국시대의 불교는 고구려는 소수림왕(372), 백제는 침류왕(384), 신라는 이보다 뒤늦은 법흥왕 때(627)에 전래되어 중앙집권국가가 확립될 무

▲ [그림 2] 『금제미륵사지봉안문』와 금제사리호

◀ [그림 1] 미륵사지 석탑 (국보 제11호)

렵에 전래되었다. 이런 시대적 배경에서 한문 불경이 도입되어 불교를 이해하는 데 도움이 되었다. 삼국은 중앙집권국가 체제에서 전쟁을 일삼게 되니, 백성들은 불교를 호국사상으로 왕즉불(王卽佛)이라는 신앙으로 믿었다. 백제 무왕 때 불교 또한 호국사상을 고취시키는 계기로 믿게 되었다.

특히 백제는 적덕(積德)의 따님이 무왕의 왕비가 되어 그의 발원으로 백제에서 최고(最古) 최대(最大)의 미륵사지석탑을 창건하였다. 그 탑의 위용은 그림 1과 같다.

원래 이 석탑은 9층이었는데 6층만 남아 국보11호로 지정되었다고 한다. 높이 14.2m 사방넓이 12.8m로 우리나라에서 가장 오래된 국보건물이다. 2009년 문화재청 국립문화재연구소가 2002년 1월 미륵사지석탑(국보11호)이 무너질 위험이 있어 해체작업 중 석탑1층에서 『금제미륵사지봉안문』과 금제사리호와 함께 유물이 505여점이 발견되었다고 밝혔다. 그 중 금제사리호(金製舍利壺)와 『금제미륵사지봉안문』(金製彌勒寺址奉安文)의 발견된 유물을 소개하면 그림 2와 같다.

이 작업 중 특히 『금제미륵사지봉안문』의 발굴은 그동안 『삼국사기』

에 기록되지 않았다는 이유로 학자에 따라 부정되어왔던 백제의 익산 천도설 논란에 종지부를 찍게 되었다고 한다. 또한 봉안문 발견으로 천년고도로서 확고하게 자리매김하게 되었다고 하지만 미루어 보건데, 익산은 백제의 임시수도였다고 할 수 있다. 뿐더러 현존하는『서동요』와 그 배경담이 허구이고, 신라 진평왕의 셋째 공주의 발원으로 미륵사를 건립했다는 것, 또한 허구임이 밝혀졌다.

이 봉안문 발견으로 광복 후 60여 년간 발표된『서동요』와 그 배경담의 논문도 다시 수정 보완하게 되어, 역사와 문학사 연구를 새로 쓰게 되는 전환기를 맞게 되었다.

2.『금제미륵사지봉안문』의 내용과 미륵신앙

미륵사지석탑은 639년 무왕의 왕비 적덕의 따님의 발원으로 세웠는데 1400여년 가까이 된 고찰이다. 이 석탑은 9층이었다고 추정하는 가운데 6층만 남아 있었던 것을 국보11호로 지정하였다. 그 해체작업 중 1층에서『금제미륵사지봉안문』이 발견되었다. 이 봉안문의 내용을 검토하면 무왕비 적덕녀(積德女)의 마음을 세 가지 심리학적으로 분석해 볼 필요가 있다. 적덕녀가 석탑을 세운 것은 전쟁으로 고초를 겪는 백성들을 위로하기 위해 우국휼민(憂國恤民)으로 백성을 사랑하는 마음에서 ① 애정의 욕구(need for affection)를, ② 소속의 욕구(need for belonging)는 국모로서 백성들에게 안정된 생활을 도모하기 위해, ③ 사회승인의 욕구(need for social approval)는 많은 사람들에게 칭찬과 존경을 받기 위한 욕구에 의해 건립한 것으로 볼 수 있다. 이 세 가지 학설은 심리학자인 G.T.Mouly의『효과교육의 심리학』(psychology for effective teaching)을 인용한 것이다. 그 봉안문의 내용을 소개하면 그림 3과 같다.

[그림 3] 『금제미륵사지봉안문』

위의 『금제미륵사지봉안문』은 전후 면으로 되어 있는데, 위의 것은 앞면이다. 이 앞면의 99자에는 부처의 공덕과 행적에 대해서, 또 무왕 비의 발원에 의해 석탑을 건립하게 된 경위가 서술되었다. 이 소개된 봉안문에는 부처의 행적에 대해서 소개되었는데 그를 인용하면 다음과 같다.

> 가만히 생각하건데, 법왕(부처님)은 세상에 나오셔서 (중생들의) 근본이 되는 기(機)에 따라 감응하시고(중생의) 물정에 따라 몸을 드러냄은 물속에 달이 비침과 같도다. 석가모니는 왕궁에 나시어 사라쌍수(沙羅雙樹) 아래에서 열반에 드시면서 여덟 곡(斛)의 사리를 남겨 수미산(須彌山)을 천 개 합친 삼천대천세계를 이익이 되게 하였도다.
>
> 마침내 오색으로 빛나는 사리를 일곱 번 요잡(繞匝, 부처를 중심으로 그 둘레를 오른쪽으로 돌면서 경의를 표하는 일)하면 그 신통력은 헤아릴 수 없도다. 우리 백제 왕후께서는 좌평 사택적덕의 따님으로 지극히 오랜 세월(광겁)에 선인(善因)을 심어 금생에 뛰어난 과보(승보)를 받아 만민을 어루만져 기르시고, 불교(삼보)의 동량이 되셨기에 능히 정재를 희사하여 가람을 세우시고, 기해(이하는 하권에 기재 됨)년 정월 29일에 사리를 받들어 맞이했도다.

竊以法王出世, 隨機赴感應, 物現身如水中月, 是以托生王宮. 示滅雙樹, 遺形八斛利益三千. 遂使光曜, 五色行遶七遍, 神通變化不可思議. 我百濟王后, 佐平沙乇 積德如種善因於曠劫, 受勝報於今生, 撫育萬民, 棟梁三寶故, 能謹捨淨財, 造立伽藍, 以己亥年正月卄九日, 奉迎舍利.(以己亥부터는 後面에 記載 됨)

이 미륵사지석탑은 부처의 행함을 본받아 백제 왕후가 재물을 희사하여 기해년(己亥年, 639)에 가람(伽藍)을 창건하고 사리를 봉안하였다고 기록되었다. 또, 여기에는 왕실의 안녕을 기원하는 내용과 왕비의 공덕과 무궁한 앞날을 기리고 중생들과 함께 불도를 이르게 해 달라는 기원을 내용으로 담고 있다. 후면에는 94자로 되어 있는데 그 내용을 소개하면 다음과 같다.

정월 29일에 사리를 받들어 맞이했도다.

원하노니 세세연연토록 공양하고 영원토록 다함이 없어 선근을 자량하시어 대왕의 수명은 산악과 같이 견고하게, 치세(보력)는 천지와 함께하고 위로는 정법을 넓히시고 아래로는 창생을 교화하소서.

또 원하노니 왕후의 믿음은 수경과 같이 맑으시어 법계를 비추어 금강같은 몸은 천지와 같이 나란히 불멸하시어 현세 미래의 구원까지도 함께 복리를 입게 하시고 모든 마음을 같이 하는 중생들과 함께 불도를 이르소서.

正月卄九日, 奉迎舍利. 願使世世供養, 劫劫無盡用此, 善根仰資, 大王陛下年壽, 與山岳齊固, 寶曆共天地固久 上弘正法, 下化蒼生. 又願王后卽身心, 同水鏡照法界, 而恒明身若金剛等, 虛空而不滅, 七世久遠, 並蒙福利, 凡是有心俱成佛道.

위의 인용문을 보더라도 미륵사지석탑을 창건한 것은 왕비 적덕의 딸(積德女)의 발원에 의해서 창건되었음을 알 수 있고, 그 봉안문의 내용은 미륵신앙과 연계되어 있다.

미륵불의 신앙은 우리에게 친절미와 친숙미까지 더해 주어 가까이 하게 된다. 일찍이 고구려 백제 신라는 불교가 수입되어 믿어왔다. 역사적으로 이들 삼국은 숙명적으로 국토가 경계선을 이루는 관계로 영토 확장으로 상쟁을 일삼아 왔다. 이중에서 고구려가 가장 강력했고 다음이 백제이고 신라가 이들 삼국 중 국력이 가장 약했다. 그럼에도 신라가 삼국을 통일했으니, 세상만사는 새옹지마는 말이 새삼 떠오르니, 아이러니하다고나 할까?

삼국 중 백제와 신라는 전쟁을 일삼았으니, 민중들의 고초는 말할 수 없었다. 오늘에도 백제의 도읍지에 가면 많은 토성과 산성을 보게 되어 산성의 나라는 것을 연상하게 된다. 당시 민중들은 고초가 많았다는 것을 떠올린다. 물론 이런 상황은 신라도 마찬가지이었지만 백제는 국력이 신라보다 강력해 신라를 공격하고 고구려의 침략을 방어해야 했으니, 민중들의 생활은 지칠 대로 지치었다.

백제와 신라의 전쟁은 격렬해 백제 동성왕은 신라 소지왕의 공주와 결혼해 양국은 우호국으로 지냈다. 그러나 그 후 이들 양국은 숙적인 관계에서 우호국관계에도 오래가지 못하고 다시 전쟁을 하였다.

특히 백제 무왕은 재위 42년 동안 신라와 13차례나 큰 전쟁을 치렀다. 무왕은 무적인 기질로 신라를 승세로 공격하였을 것이나 백성들은 전쟁을 혐오하게 되고 미륵신앙이 위안이 되었다.

이럴 때 무왕의 비 적덕녀(積德女)는 백성들의 생활 정서를 받아들여 미륵불을 세웠다. 백제의 불교는 무왕 이전 250여년부터 믿기 시작했다. 왕비 적덕녀(積德女)는 국모로서 왕즉불(王卽佛)이라는 일체감 조성을 고취시키기 위한 일환으로 익산 미륵사지석탑을 역사상 최대 규모로써 건립한 것이다.

백제인들은 2세기 반 이상을 불교를 신앙한 관계로 미륵보살(산스크리트어:मैत्रेय Maitreya, 팔리어: Metteyya)하면 미래의 희망인 극락왕생을 도래케 하는 미래불로서 믿었다. 왕비는 국모로서 미륵불을 하느님·부처님의 화신인 절대자로 생각하고 미륵사지석탑을 세운 것이다. 더구나 백제의 민중들은 불교를 호국불교로서 호국신앙으로 받아들어 미륵불을 믿었다. 당시 민중들은 미륵사지석탑에 안치한 미륵보살에게 공양하기 위해 많은 신도들이 참례하였다. 또한 민중들은 왕비를 미륵보살의 화신으로 생각하고 호국의식으로 국토를 수호하는 일에 앞장섰다.

[그림 4] 금동미륵보살 반가사유상, 국보 78호 국립중앙박물관

백제인들은 전쟁에 시달리는 생활을 겪게 되니, 고난 많은 인생고해에서 미륵신앙을 선호하게 되었다. 그들에겐 미륵불은 생로병사의 고통을 면하게 하고 불로불사(不老不死)하며, 부귀빈천의 차별이 없고, 항상 평화로우며 풍요다산을 이루는 가운데 아름답고 즐겁게 살아가게 하는 것으로 믿었다.

원래 미륵보살은 도솔천(兜率天)에 살며 56억 7천만 년 후에 성불(成佛)하여 이 세상에 내려와 제2의 석가로서 모든 중생을 제도(濟度)한다는 보살로서 세상을 구원한다는 것이다. 백제의 민중들은 익산에 미륵사지 석탑을 참배하여 자신들의 소원과 나라의 안녕을 빌었을 것이다. 백제 인이 믿었던 미륵보살상을 소개하면 그림 4와 같다.

위의 미륵보살상은 익산미륵사지석탑에서 발견된 것은 아니더라도 국모 적성녀(積德女)의 인자한 국모상을 떠올린다. 미륵불은 오른손 손바닥을 위로 향하게 오른 쪽 벌에다 대고 있다. 왼손은 결가부좌(結跏趺坐)한 다리 가운데에 얹어 놓았다. 우리는 이 미륵불을 한 눈으로 보아도 고요하고 인자한 모습을 떠올린다. 안면은 가늘게 뜬 눈, 온화한 눈썹, 미간에 서려있는 모습은 슬기로움으로 비추고, 말할 듯 보이는 입, 덕을 간직한 긴 코, 복스럽게 길게 늘어진 귀 등은 범인들과는 다른 상이다. 그 모든 형상은 내면에 깊은 숭고미(sublin beauty)와 우아미(elegant beauty)가 우러 나오는 마음을 간직하도록 조성되어 자애로움을 짓고 있어 소원을 빌면 응함이 있게 생긴 모습이다.

당시 민중들은 미래불인 미륵보살이 정토(淨土)인 도솔천에서 내려와 용화수(龍華樹) 아래에서 성불(成佛)하고, 삼회(三會) 설법으로 중생들을 제도하면, 이 세상은 더할 나위 없는 극락세상(極樂世上)으로 변하게 된다는 것을 믿었다. 따라서 민중들은 왕비의 발원으로 건립된 익산미륵사지 석탑을 참배하여 자신들의 소원과 호국사상과 관련해 국태민안을 빌었을 것이다.

백제는 미륵사석탑을 창건하여 미륵신앙을 호국사상으로 발전시켜 신라와의 전쟁에서도 이기는 계기가 되게 했다.

Ⅲ. 백제 멸망과 백제인의 숙원

1. 나당연합군의 침공과 백제 멸망의 경위

『서동요』는 백제멸망 후 백제가람에서 지어 유포시킨 것으로 본다. 아울러 『서동요』와 서동설화는 일파만파로 유포되어 인구에 회자된 경위가 『삼국유사』 권2 무왕 조에 기재되어 있다.

백제가람에서는 서동과 산화공주가 사춘기이므로 짝사랑하는 연인과 혼인하는 백일몽(day dreaming)으로 낭만적 연애(romantic love)를 하는 나이이다.

마침내 『서동요』는 신라궁중에까지 전파되어 백관들이 진평왕에게 셋째 선화공주가 서동과 밀애로 잠통한다는 소문이 서라벌에 자자하다고 상소하니, 왕은 왕통의 체면상 묵과할 수 없는 일이라고 궁중에서 내쫓아 냈다. 서동은 참요 『서동요』를 지어 궁중에서 축출된 공주와 만나 부부의 인연을 맺어 왕위에 등극하는 계기가 되고 미륵사를 창건하게 되어 호국사상을 고취시킨 것으로 백제는 신라의 영토를 공략하는 강국이 되었다.

『삼국유사』 권2 무왕 조는 백제 멸망 후 백제가람에서 지어 유포시킨 관계로 설화적인 내용으로 지어졌다. 이에 따라 먼저 백제가 강국이고 신라와의 관계, 멸망한 경위에 대해 서술하기로 한다.

백제는 30대 무왕 때 신라를 여러 차례 공격하고 그의 아들 의자왕 때는 40여성을 공략하였다. 무왕(600~641)과 의자왕(641~660) 초기에는 나라를 잘 다스렸으나 말년에는 사치와 유흥에 빠져 무왕의 경우 나라의 기강을 흐려놓았다.

의자왕은 재위 15년(655)때 고구려와 말갈(靺鞨)은 물론 신라 30여성을 공취할 정도로 강한 나라를 세웠다. 신라의 김춘추(무열왕)는 사신을 당(唐)으로 보내 이 사실을 알릴 정도로 신라는 백제가 두려운 나라였다. 그런데 의자왕 16년부터는 백제가 강국임으로 자만한 나머지 3월 들어 궁인(宮人)과 더불어 음란하고 탐락을 일삼기 시작했다.

충신 좌평(佐平) 성충(成忠, ?~636)은 의자왕의 방탕을 중지할 것을 극간하니 왕은 노하여 성충을 옥에 가두었다. 백제는 무왕이 주색에 빠져 궁녀들과 주야로 주지육림(酒池肉林)에 젖어 헤어나지 못하게 됐다. 이로 인하여 백제는 의자왕에게 간하는 이가 없게 되자 날이 갈수록 궁녀들과의 유흥은 더해만 갔다.

신라는 이런 상황을 감지하여 백제를 공략하기 위해 강수(强首, ?~692)와 같은 문장가에게 당나라와의 우호조약과 청병을 청원하는 글을 보내어 체결하게 되었다. 이로 인해 당나라 군대가 원병으로 파병되어 백제를 공략하게 되었다. 성충은 의자왕의 방탕생활로 나라의 전란이 일어날 것을 예지하고 옥고로 인해 임종하기 전 왕에게 다음과 같이 글을 올렸다.

> 충신은 죽더라도 임금을 잊지 않은 법입니다. 신이 한 말씀 올리고 죽으려 하나이다. 신이 항상 시세의 변화를 살펴보았는데 머지않아 전쟁이 일어날 것 같습니다. 병사를 쓸 때에 지리를 살펴 늘 상류에서 적을 맞아야 나라를 보전할 수 있을 것입니다. 만약 다른 나라가 쳐들어오면 육지에서는 탄현(炭峴)을 넘지 못하게 하고, 수군은 백강으로 들어오지 못하게 하소서. 험난한 곳에 의지하여 막아 치는 것이 나라를 지킬 수 있습니다.
>
> 『삼국사기』 권제28 백제본기 제6 30 의자왕

의자왕은 충신의 유언의 소리를 듣지 않거나 살피지 않고 유흥에 빠져 신라에게 유리하게 아까운 생활을 보냈다. 이때 당고종(唐高宗, 628~683)은 강수의 청병을 받아들여 조서를 내려 좌위대장군(左衛大將軍) 소정방(蘇定方, 592~667)을 신구도행군대총군(神丘道行軍大摠軍)으로 삼아 군사 13만 명을 거느리고 덕물도(德物島, 德積道)에 이르게 했다. 신라왕 김춘추(金春秋:武烈王, 602~661)는 김유신(金庾信, 593~683)을 파견하여 정병 5만 명을 거느리고 쳐들어 왔다. 사태가 다급해진 의자왕은 죄를 지어 고마이지현(古馬彌知縣):장흥(長興)으로 귀양을 가 있는 좌평(佐平) 흥수(興首, ?~?)에게 사람을 보내 물으니, 그 또한 성충과 같은 말을 하였다. 그러나 왕은 신하들의 말만을 듣고 그의 말을 실행하지 못했다. 이때 성충과 흥수의 말대로 소정방(蘇定方)이 이끄는 당군 13만 군이 백강(白江)에 상륙하고, 김유신이 이끄는 5만군은 숯재(炭峴, 지금의 대전광역시 식장산 부근)를 넘었다.

이런 상황에 백제의 계백(階伯, ?~660)장군은 결사대 5,000명을 이끌고 황산벌에서 신라군과 결전했으나 중과부족으로 패하고 말았다. 의자왕은 웅진으로 피난 갔다가 사비성이 함락되었다는 소식을 듣고 돌아와 항복하였다. 이로써 백제(B.C.18~A.D.660)는 660년 31대 678년에 끝마쳤다.

2. 백제인의 반감, 견훤(甄萱)의 후백제 건국

역사적으로 백제는 나당연합군에 의해 멸망당해, 피압박으로 살아갔다. 이로 인해 상호간에 감정대립으로 곳곳에서 싸움이 벌어져 백제인의 많은 희생이 따랐다. 백제가람에서 미륵신앙으로 평화롭게 살아가야 된다는 내용으로 『서동요』와 설화를 지어 유포시킨 것이다. 그러나 『서동요』와 배경설화는 서동과 선화공주와의 사랑의 관계를 미륵신앙으로 나타난 것이지만, 그 내포된 의미에선 신라를 지배한다는 의식이 함축되어 있다. 그 표현은 완곡법(婉曲法)에 의한 만큼 직설적인 풍자적 표현만으론 이해하지 못한다. 미륵불은 도솔천에서 때가되면 다시 사바세계로 내려와 극락왕생을 도래케 하는 신앙이니, 백제인은 압박을 받으면서도 미래적인 희망으로 살아갔다.

서동과 선화공주는 미륵사를 세웠으니, 신적생활을 최고의 가치로 성을 추구하는 종교인(religiöse mensch)이라고 할 수 있다. 백제인들은 미륵불신앙으로 왕이 곧 부처라고 믿게 되어 다시 백제가 신라를 지배한다는 믿음으로 살아갔다.

『서동요』는 백제가 신라에게 지배당한 당시 상황과 정치적 징후를 암시하는 참요(讖謠)-시대적 상황이나 정치적 징후를 암시하는 민요-라고 할 수 있다. 참요는 역사적으로 신라의 멸망과 고려의 건국을 암시한 『계림요』(鷄林謠)가 있어왔다. 조선의 건국 또한 『목자요』(木子謠)도 그 일종이다. 후백제의 내분을 예언했다는 『완산요』(完山謠), 조선숙종 때 미나리와 장다리로 인현 왕후와 장희빈을 관련지어 노래한 『미나리요』 따위가 여기에 속하니, 『서동요』도 일종의 예언을 암시하는 참요라고 할 수 있다. 백제인은 미래의 희망의 노래로 인지하고 민요·동요로 어린이 어른들이 위안거리로 삼아 불렀다.

백제는 나당연합군에 의해 억울하게 패망해, 의자왕을 비롯한 12,000여 명을 당(唐)으로 데려갔고, 백제 땅에 5도독부(5都督部)를 두었다. 이 제도는 백제를 멸망시킨 뒤 백제의 옛 땅을 다스리기 위해 둔 당唐나라 행정관청을 이른다.

백제는 나당연합군에 의해 멸망당하니, 백제인은 이들 나라에 그늘에서 지배를 받고 적개심이 불타는 심정으로 살아갔다. 신라와 당나라인들 또한 백제를 지배자의 입장으로 다스리니 차별적으로 백제 인을 대한다. 백제인은 나당연합군의 공격을 정당하지 못한 야합으로 보고 나라를 회복하려는 꿈을 항시 잃지 않았다.

이들의 적개심은 불구대천(不俱戴天)의 철천지원수인양 지내니 일촉즉발(一觸卽發)의 위기가 잠재되어 있는 상황이었다. 한발로써 이들 삼자의 대립은 견원지간(犬猿之間)이란 말과 빙탄불상용(氷炭不相容)이란 말이 있듯이 화합(和合)하기 어려운 상태로 지냈다.

더구나 이 삼자 중 당나라 군사는 예로부터 중원의식으로 자기들 나라만이 천하의 중심이 되는 나라 사람으로 간주하고 백제 인을 사람답게 대하지 않게 대하는 관계로 양자 간에는 알력과 쟁투가 곳곳에서 발생하였다.

백제인들은 당나라 군사보다 신라인을 더 원수로 여기게 되는데, 그 이유는 비겁하게도 외국의 군대를 끌어다가 전쟁을 해 나라를 망하게 했다는 격분 때문이다. 이로 인해 백제인들은 멸망 후에도 신라인과 사이가 좋지 않아 전쟁을 벌이게 되었다. 더구나 백제 인들은 백제가 신라보다 군사력이 더 강했던 것으로 인해 신라인에 대한 적개심이 더욱 치솟아 올랐다.

백제는 나당연합군을 결성하기 전 신라와의 전쟁에선 승리자였다. 그런데 반대로 신라인에게 지배를 받게 되니, 억울하게 생각하고 격분을 누를 길이 없었다. 백제인들은 항상 패전국의 설음을 뼈저리게 간직하고 기회가 오면 권태중래를 위해 싸울 각오로써 살았다, 이것은 역사적으로 양국 간에 전쟁을 하여온 전세로 보아도 가름할 수 있다. 『삼국사기』에 의하면 백제는 신라보다 강국이었다. 그럼에도 백제는 신라에게 통치 지배를 받아야 하니, 나라를 되찾기 위해 일전불사(一戰不辭)하지 않는 마음 가짐으로 살았다. 이 삼국간의 역사적인 배경의 알력과 쟁투에 대한 관계를 도표로 나타내면 다음과 같다.

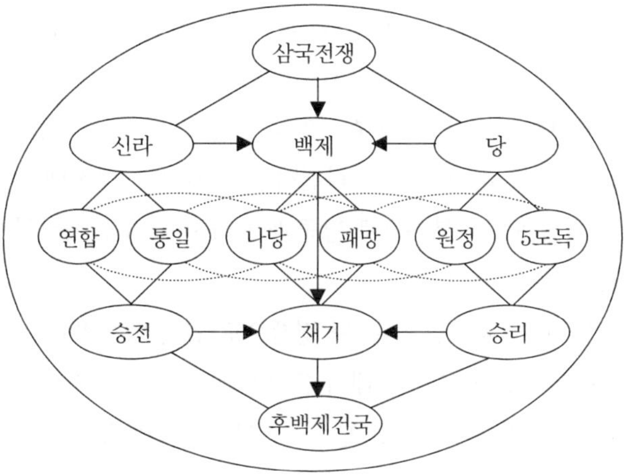

백제는 국토회복을 이루기 위해 무왕의 조카이자 의자왕의 사촌동생인 복신(福信, ?~663)을 중심으로 승려 도침(道琛, ?~661)과 함께 무리를 거느리고 백제부흥운동을 일으키고, 일본에 가있던 의자왕의 아들 부여풍(夫餘豊, ?~?)을 왕으로 맞아 나당군과 싸움을 벌이니, 신라군을 물러나게 했다는 기록이 661년 3월 기사에 나타난다. 복신은 백제인의 의기충천의 기개를 받들고 스스로 상잠장군(霜岑將軍)이라 칭하고 많은 무리를 모아 나당연합군과 결전을 벌이게 되었다. 그는 당나라 무장 유인궤(劉仁軌)에게 사자를 파견하여 글을 다음과 같이 전하였다.

> 듣건대 당은 신라와 서약하기를 백제 사람이면 남녀노소를 가리지 않고 모두 죽이고, 연후에 나라를 주겠다고 하니, 그렇게 죽음을 당하는 것이 어찌 싸워서 죽는 것만 같겠느냐? 그래서 우리는 더욱 단결하여 스스로 굳게 지킬 것이다.
>
> 『삼국사기』 권28 백제본기 제6 30 의자왕조

유인궤는 답서에서 글로 대항하면 화가오고 항복하면 복이 온다는 듯으로 설유하였다. 그는 백제군보다 수가 적으므로 당 고종에게 신라군의 지원을 청하였다. 신라왕 김춘추(무열왕)는 당 고종의 조지(詔旨)를 받고 장군 김흠(金欽, 생몰연대미상)을 파견하여 백제군과 대전했으나 패하였다. 그러나 백제는 중과부족으로 당군과 신라군에 의해 패하였으나 영토회복의 꿈은 잃지 않았다.

백제는 이들에게 패하였으니, 이 정쟁으로 인해 백제인에게 많은 혜택이 돌아왔다. 당고종이 조서를 내려 유화정책인 일환을 펴 다소나마 백제인들은 원한을 풀었으나 겉으론 당을 따르는 척하고 속으론 하찮게 여기며 지냈다.

신라는 백제 인이 볼 때 명분이 서지 않는 전쟁을 했다고 생각하고 원한을 가슴에 응어리가 될 정도로 품고 지냈다. 백제인들은 또 기회만 있으면 신라를 백제 땅에서 몰아내려고 기회를 엿보게 되었는데, 230여년이 지난 후 견훤(甄萱, 892~936)이 후백제를 세운 것도 백제인의 숙원을 이루기 위해서 신라의 반기를 들고 재기에 성공한 사례가 된다.

견원은 완산주(完山州, 全州)에서 기반을 닦고 있었을 때 신라 진성여왕의 실정을 틈타 군사를 일으켜 무진주(武珍州, 光州)에 쳐들어가 점령하였다. 그는 의자왕(641~660)의 숙원을 풀어보겠다고 선언하고 892년 후백제를 세웠다. 그 후 그는 927년(경애왕4)에 신라를 침입하여 경애왕을 죽이고 왕족 김부(金傅, 敬順王, 927~935)를 신라왕으로 세웠다. 이는 다름 아닌 백제 인이 신라에게 억울하게 짓밟힌 것을 응징하기 앙갚음이라고 할 수 있다.

신라는 백제를 지배하였지만 이들의 반감인 철천의 원한을 끝내 가라앉히지는 못했다. 견훤이 후백제를 다시 세우게 된 것은 백제인의 원한을 풀어 신라를 굴복시킨 것이다. 견원은 935년 음력 3월 후백제의 시조가 되어 백제인의 원한을 이용하여 성공한 사례가 된다.

원래 그는 상주(현재 문경 가은읍) 출신으로 아버지 아자개와 어머니 상원부인의 아들로 태어났다. 『삼국사기』에 따르면 견원의 본디 성은 이씨이고 견씨로 고쳐 완산 견씨의 시조가 되었다고 했다. 태어난 것은 상주이나 그의 조상 본래의 본은 전주이다. 견원은 백제인과 신라인으로 처세하여 많은 추종세력을 따르게 하여 신라를 굴복시키는데 힘이 되었다. 백제의 한은 견원이 푼 것으로 볼 수 있다.

이런 역사적 상황을 개관할 때 『서동요』는 백제인 들의 의식과 정서가 함유된 것이라 할 수 있다. 학자에 따라서는 백제 멸망 후 미륵사지석탑을 보존하기 위해서 『서동요』를 백제 측에서 지어 부른 것이라 했다.

신라는 이 석탑이 백제의 호국불교의 중심적 역할을 했다는 것도 알고 있었으나 불교국인 관계로 역사상 최고(最古) 최대(最大)의 석탑을 파괴시켜서는 부처의 가호를 입지 못하게 되리라는 믿음으로 파괴하지 않았다.

신라인이 이 석탑을 파괴하면 백제인의 감정을 더 불러일으키게 될 염려가 있는 관계로 여러 가지 상황을 고려해 그대로 둔 것이다. 일찍이 신라가 이 석탑을 파괴할 의도가 있었다면 백제 의자왕이 항복할 당시 때 곧 흔적도 없어 없앴을 것이다.

백제가람에서 『서동요』를 지어 그의 배경설화와 함께 유포시킨 것은 백제가 신라를 지배한다는 의식으로 보아야 한다. 백제인은 나라를 되찾기 위해 신라와 싸왔으나 뜻을 이루지 못했다. 백제인의 국토회복의 한은 견원이 신라를 멸망시켜 후백제를 세운 것으로 백제인의 한을 푼 것으로 볼 수 있다. 이런 것으로 미루어 『서동요』와 배경설화의 유포는 백제인의 한이 서려 있는 것이다.

Ⅳ. 『서동요』의 역사적 요소와 설화적 요소

1. 『서동요』의 유포 경위와 역사적 의의

『삼국유사』 권2 기이 제2 무왕 조에는 서동이 무왕이 머리를 깎고 서라벌에 간 것으로 돼 있다. 흔히'머리를 깎음'(outting the hair)이나 '무모無毛'(hairlessness)는 심리학이나 신화학에서'상징적 자기거세'(symbolic self-castration)라고 일컫게 되는데, 서동은 그와는 달리 새로운 각오로 행하는 것으로 볼 수 있다. 말하자면 승려들의 행색으로 삭발한 것이다. 서동은 삭발을 한 채 군동에게 마를 주면서 손수 지은 『서동요』를 부르게 한 것이다. 백제는 불교가 국교이고 군동 들 또한 신라의 불교신자들이라 서동과 동류의식으로 시키는 대로 『서동요』를 부르게 되어 마침내는 궁중에까지 소문이 퍼진 것으로 되었다. 이 연유로 인해서 서동은『서동요』가 천지귀신을 감동시키는 마력 때문으로 결국 선화공주를 아내로 맞이하게 된 것이고 왕에 오르고 미륵사를 세우게 된 것이다.

『서동요』는 다양한 분야로 연구되어 왔다. 그 중에서 특히『서동요』에서의 서동관계는 동성왕(東城王, 479~501), 무왕(武王, 600~641), 원효(元曉, 617~686)와의 관계도 연구되었다. 그런가하면『서동요』의 배경은 사찰연기담(寺刹緣起譚)으로 해석하여 미륵사창건전설(彌勒寺創建傳說)・왕흥사창사기(王興寺創寺記)로 귀결시키기도 했다. 이 뿐만 아니라 설화적으론 불교적인 설화, 야래자 설화 영웅담의 연구도 있다.

『서동요』와 배경설화는 다양한 형태로 보는 것은 네 가지 유형으로 형성되었기 때문이다. 첫째는 무왕을 훌륭한 왕으로 나타내기 위해, 둘째는 신라와의 우호를 다지는 목적에서 지었고, 셋째는 부처의 나라를 세우기 위한 장치로, 넷째는 참요의 내용으로 백제가 신라의 우위이고 지배한다는 완곡법(婉曲法)에 의해 나타냈다.

선학들은『서동요』에 대해서 여러 가지 형태로의 요소가 개입된 것으로 연구를 하였다. 분명한 것은 백제는 무왕이라는 인물을 내세워 신라와의 화평을 이루어 우호를 다지는 역할을 했다.『서동요』를 지어 부른 것은 미륵불의 나라를 세우기 위한 목적에서 전파시켰다고 할 수 있다. 선학들이 주로 연구한 기존의 학설은 다양하게 전개됐지만 편의상 그 중 세 가지 연구를 보다 더 알기 쉽게 이해하기 위해 도표로 나타내면 다음과 같다.

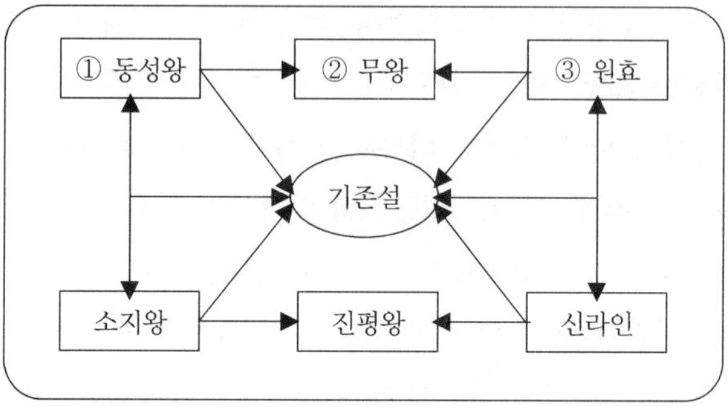

①의 학설은 역사학자의 원로인 이병도(李丙燾)가 『서동설화에 대한 신고찰』에서 백제 23대 동성왕(東城王)이 신라와 공주와 혼인한 단서로 서동이라고 추정하고 있다. 그 근거로는 동성왕의 휘(諱)를 모대(牟大, 三國史記・三國遺事・南齊書)가 어음상 서동(薯童, 마둥)이 말다(末多, 日本書紀) 등이 어음상 비슷하다고 하여 서동이 동성왕이 된다고 하였다. 이 학설을 동성왕이 신라의 공주와 혼인했다는 것과 휘(諱)가 비슷하다는 것으로의 단정은 견강부회 적이라고 할 수 있다.

②의 학설은 국문학자인 소창잔평(小倉進平) 양주동(梁柱東) 조윤제(趙潤濟) 김사엽(金思燁) 등과 고고학계에선 고유섭(高裕燮) 황수용(黃壽永) 들이 『삼국유사』 권2 무왕조의 내용 그대로 서동이 선화공주를 왕비로 받아들이고 있다. 그러나 역사적으로 무왕의 왕비가 적덕(積德)의 따님이라고 했으니, 설화적인 내용만으로 보아서는 안 된다. 설화적인 내용상으로 본다면 백제 측에서 어떠한 경위에서 『서동요』를 짓고 배경담을 유포시킨 경위를 밝혀내야 한다.

③원효가 서동이라는 학설은 김선기(金善琪)가 『쇼뚱노래』에서 원효의 어릴 적 이름이 서당(誓幢), 무왕이 어릴 적에 이름이 서동(薯童)과 비슷하다는 점 등 여덟 가지 사항을 들어 『서동요』의 작자를 원효라고 주장했

다. 이 학설 또한 비슷한 점을 들어 원효를 서동과 후에 무왕과 연계시키고 있는 점으로 고찰한 것은 견강부회 적이라 할 수 있다.

『서동요』와 배경을 백제가람에서 유포시킨 것은 무왕을 위대한 인물로 부각시키기 위해 서동을 지룡의 아들로 등장시켰다. 서동이 지룡의 아들로 태어났다는 것은 백제 왕족이라 하더라도 몰락한 왕가라고 할 수 있다. 서동은 몰락의 왕가의 신분으로 태어났으니, 고난을 겪게 된다. 서동은 초동(樵童)들과 어울려 산에 가서 마를 캐어 호구지책을 해결했으니, 어렵게 살았다.

서동은 사춘기시절에 신라에 들어가 진평왕의 셋째 딸이 천하의 미인 선화공주를 아내로 삼기위해 군동에게 마를 주면서 『서동요』를 지어 부르게 하였으니, 일차적인 목적을 달성했다. 서동은 『서동요』의 내용대로 궁중에서 선화공주가 남녀상열의 소문이 퍼지게 하여 궁중에서 쫓겨나게 하는 데 목적을 두었다.

신라의 궁중에서는 선화공주가 밤마다 서동이라는 외간남자와 음란행위를 한다는 소문이 노래로 퍼지게 되자 백관들이 진평왕에게 상소하였다. 진평왕은 공주가 외간남자와 밀통한 소문이 퍼짐에 따라 왕가의 체통으로 묵과할 수 없는 일이라고 선화공주를 궁중에서 쫓아냈다.

서동은 공주가 궁중에서 쫓겨나 정처 없이 떠나는 것을 미행해 만나게 됐으니, 이차적인 목적을 달성했다. 삼차적인 목적은 공주를 만나 가까이 지내는 일이다. 서동은 선하공주를 만나 자신이 서동이라 하자 공주 또한 『서동요』의 내용과 맞는 사람이라고 신기하게 여기고 가까이 지냈다. 이로 인해서 삼차적인 목적은 아무런 장애 없이 달성했다.

서동은 네 번째 목적을 달성하기 위해 선화공주와의 잠통으로 아내로 맞이하는 데 성공했다. 서동이 선화공주와 부부로서 살아가게 되었으니, 도전정신으로 목적을 성취한 것이다. 서동은 다섯 번째 목적을 달성하기 위해 진평왕에게 경제적으로 도움이 되는 황금을 지명법사의 도력으로 신라로 보내었다. 서동은 마를 캐던 흙더미가 황금으로 지천으로 많았으니, 백제가 경제대국으로 신라를 도운 것이다. 이로 인해 서동이 진평왕으로부터 인심을 얻어 왕위에 올랐으니, 평생 숙원이라 할 목적을 달성했다.

무일푼의 서동이 물질적으로 신라를 도와주고 왕위에 등극했다는 것은 개천에서 용이 난다는 격언이 전해오듯이 입지전에 인물이라 평가할 수 있다. 서동의 성공은 선화공주를 배필로 삼기 위해 남다른 기발한 아이디어와 도전장신을 발휘하여 목적을 달성했다.

서동은 무왕으로 등극하여 왕비와 함께 사자사(師子寺)에 가려고 용화산(龍華山) 밑 큰 못가에 이르렀을 때 미륵삼존이 못가에 나타났다. 왕은 수레를 멈추고 경의를 표하자 왕비가 이곳에 큰 절을 세우는 것이 소원이라고 하여 왕이 허락하여 미륵사를 세웠으니, 여섯 번째 목적을 이뤘다.

미륵사를 세웠다는 것은 미륵신앙을 선양하여 백제와 신라가 화평하게 살아가자는 의미이다. 백제왕과 신라왕의 공주와 혼인을 하면 골이 깊은 양국 간의 갈등과 쟁투가 없을 것이고, 평화롭게 살아가게 될 것이다. 신라와 백제는 불교를 믿는 나라로 미륵신앙으로 살아가면 미륵불의 나라를 세워 양국 간 우호국으로 살아가게 된다.

서동과 같은 입사식의 고난을 극복하고 왕위에 등극 후 불사를 짓고, 미륵신앙으로 살아가면 양국 간의 화평무드가 조성되어 사이좋게 지낸다. 그런 의도에서 『서동요』는 백제 멸망 후 백제가람에서 승려들이 동냥승이 되어 곳곳에 가가호호를 다니며 부르고, 그에 대한 설화를 펼치게 한 것이다. 양국인들 사이에는 『서동요』는 회자되어 고본에 전해져 600여년이 지난 후 일연이 『삼국유사』 무왕 조에 기재한 것이다.

그러나 백제인의 야심은 『서동요』와 배경 담에서 무왕의 기질로 신라인에 비해서 은근히 우위확보를 나타냈다. 백제는 무왕이 신라의 선화공주를 취처하는 것과 같이 신라를 차지하겠다는 의도가 『서동요』에는 내포되어 있다. 『서동요』는 무왕 이전에 전해진 것이 아니고, 물론 무왕 때와 의자왕 때에도 백제가람에서 지은 것도 아니다.

백제는 신라에게 멸망당했지만 미륵사석탑을 무왕 때 창건한 일로 백제가람에서 미륵불의 나라를 세우겠다는 열망으로 신라를 자극하지 않게 지어 유포시켰다. 그 유포는 백제가람에서 적극적으로 중들이 미륵불의 포교할 겸 공양미 마련을 위해 시주하러 다시며, 『서동요』와 그에 대한 서동에 대한 일화를 유포시킨 것이 고본으로 전해진 것이다.

일연이 고본을 참고하여 서동과 선화공주에 대한 민요를 『삼국유사』 무왕 조에 기재한 것은 위와 같은 상황에서라 할 수 있다. 고대에는 역사적 배경으로 설명하였더라도 설화적인 요소가 개입되어 있게 마련이다. 흔히 고대 사화는 거의 구전에 의존했기 때문으로 이해하면 문제될 것이 없다. 『서동요』는 화해를 조성시키는 노래이고, 그 내포에는 백제를 차지하겠다는 것이니, 중차대한 의의를 지니는 민요이자 참요라고 할 수 있다.

특히 백제인들은 서동에 대해 어려서 어렵게 자라 자수성가한 입지전의 인물이라고 선호한다. 그리고 서동은 앞을 잘 헤아려 인심을 얻는 일을 행했다. 그는 백제를 경제적으로 부하게 나라를 세운 후 신라를 도와주고 신라왕 진평왕으로부터 인심을 얻은 후 왕위에 등극했다. 이어 왕비의 발원으로 불교의 나라를 세우는 미륵사건립에 나섰다.

백제인들은 미륵신앙으로 살아가게 되어 이상적인 미륵불의 나라를 세운다는 내력을 알고 『서동요』를 남녀노소가 혼연일체가 되어 부른다. 백제인들은 서동의 행위를 본받는 행위를 『서동요』를 부르면 주력에 의해 좋은 일이 생길 것이란 믿고 부른 것이다.

오늘에 입장으로 보면 서동에 자라온 배경과 입지전의 인물됨을 소년들과 청장년들에게 알릴 필요가 있다. 그러면 이들 젊은이들은 서동과 같은 기질이 필요하다는 것을 깨닫고, 기발한 아이디어와 도전정신을 실현하기 위해 용기백배로 살아가는 데 힘쓸 것이다.

우리는 21세기 격동하는 시대에서 서동과 같이 도전자로서의 행위는 특히 현대를 살아가는 희망을 지니게 하는 데 의의를 지닌다. 실제로 50년대 정읍에서는 『서동요』를 모방하여 아이들에게 유인물을 배포케 하여 미모의 재원인 미당(未堂) 서정주(徐廷柱, 1915~2000)의 처제와 결혼한 시인이자 정치인 우현(又玄) 김관식(金冠植, 1924~1970)도 있었다는 것을 참고적으로 알린다.

백제는 서동과 같은 기질로 신라를 대해야 된다는 것을 『삼국유사』 무왕 조는 보여주고 있다. 『서동요』의 배경에는 서동이 선화공주를 취처하는데 성공했다는 내용이 들어 있지만 내면의식에선 백제가 신라보다 우위를 확보하겠다는 내용과 함께 지배하겠다는 내용이 내포되어 있다.

비록 백제는 신라에게 멸망당했으나 신라를 차지하겠다는 의식이 『서동요』와 배경담에는 서려 있다. 『서동요』는 겉으로는 배경담과 같이 백제와 신라 양국이 미륵신앙에 의해 우호적으로 살아야 한다는 내용으로 보게 된다. 8.15 광복 후 60여 년 동안 직유법으로만 보와 왔다. 그러나 내포 의식에선 완곡법에 의한 참요라는 것을 학자들이나 국민들이 까맣게 모르고 『서동요』를 대했다. 이 점은 일찍이 신라인들도 백제인의 야심을 모르고 신라를 지배하는 동안 모르고 같이 불러왔다고 할 수 있다. 서동은 신라공주를 궁중에서 축출케 하여 아내로 맞이했으니, 백제가 신라를 차지하여 지배한다는 의식이 은근히 내존 되어 있는 것이다. 백제인들은 그 내존 의식을 『서동요』에서 완곡법으로 주입시켰다. 이 사실은 현대인들도 모르고 『서동요』의 내포의 의미를 모르고 교재에서 가르치고 학자들 또한 연구하고 있는 것이다. 엄밀한 의미에서 『서동요』는 미륵사

석탑에서 봉안 문이 발견되었으니, 새로운 시각으로 연구해야 한다.

선화공주의 발원에 의해 미륵사를 세웠다는 것은 화합의 차원으로 살아가야 하는 의도이겠으나, 한 차원 넘어선 단계에선 신라인에게 호감을 베풀어, 백제가 신라를 지배한다는 의식이 들어 있다고 할 수 있다. 서동은 신라미인 선화공주를 취처에 성공하고 왕비로 맞이하고 미륵불을 창건하고 황금으로 신라를 도왔으니, 백제가 미륵불신앙으로 경제대국을 세웠다는 것을 의미한다. 『서동요』와 배경담에는 깊은 의미가 내포되어 있는 것이다.

독자들은 백제인이 신라인에게 지배당했던 실상을 역사적 배경과 관련하여 『서동요』와 배경 담을 이해하면 백제인의 의향이 어디에 있었는가를 알게 될 것이다. 따라서 백제가람에서 『서동요』와 배경담을 널리 유포시킨 것은 백제인의 기질이 승화의식으로 고양된 것으로 볼 수 있으니, 그 의의는 지대한 것이다. 그런 의의로 인해 백제인 견원이 전주에서 국토부흥에 나서 신라를 멸망시키고 후백제를 세운 것으로 미루어 보더라도 백제인의 의식이 너무나 분명하게 드러난다.

2. 『서동요』 배경담의 설화적 요소

『삼국유사』 권2 무왕 조에서는 백제의 서동과 신라의 선화공주의 로맨스적인 사랑은 일연 선사도 역사적으로 확신이 서지 못하는 가운데 무왕 조의 내용을 설화적인 내용으로 기술해 놓았다. 고본에는 무강왕 때에 일이라고 한 것에 대해 백제에는 무강왕이 없으니 아니라고 했다.

30대 무왕은 『삼국사기』에 법왕의 아들로 되어 있으나 일연은 『삼국유사』 무왕 조에 독녀지자(獨女之子)라고 하였으니, 역사와 설화는 다르게 나타나 있다.

일연선사가 백제의 서동과 신라의 진평왕과는 사위와 장인관계가 아닌 사실임에도 혼인한 것으로 무왕 조에 기재한 것은 역사적인 내용과는 전혀 맞지 않고 설화적인 기록에 불과하다. 일연은 『삼국유사』에서 백제 멸망 후 백제가람에서 『서동요』를 유포시킨 것에 대해 불교관계와 관련되어 있다고 인지했을 것이다.

일연은 서동과 선화공주의 사랑관계가 구전으로 전하여 확실히 알지 못하는 가운데, 무왕 때에 익산미륵사석탑을 창건한 것으로 무왕을 등장시킨 것이다. 그 기록은 고본의 기록과 다르지 않아 일연이 무왕 조에 기재한 것으로 볼 수 있다. 무왕의 재위연대는 600~641년이고, 진평왕은 579~632년대의 관계이다. 이때는 역사적으로 양국 간에 큰 전쟁이 여러 차례 발생할 때니, 사위와 장인 간에 전쟁을 한다는 것은 있을 수 없다.

일연은 백제의 왕과 신라의 공주와의 혼인을 동성왕 때 한 것을 알면서 구전으로 여러 설이 난무하게 되자 고본대로 무왕과 선화공주로 사랑관계를 무왕 조에 설정해 놓은 것이다.

백제왕과 신라의 공주와의 혼인은 동성왕 때에 있었다. 실제로 백제 제24대 동성왕(東城王, ?~501, 재위 479~501)은 신라 제21대 소지왕(炤知王, ?~500, 재위 479~500)의 공주와 혼인하였다. 이 소지왕은 비처왕(毗處王), 비처마립간(毗處麻立干)이라고도 한다. 성(姓)은 김씨(金氏)이고 이름은 소지(炤知)·비처(毗處)이다. 이런 역사적인 관계로 보아서도 동성왕 재위 시 신라왕은 진평왕이 아니고 소지왕이다. 『삼국사기』에는 동성왕이 이찬 비지(比智)의 딸과 혼인했다고 했는데, 왕의 이칭을 비처(毗處)라고 하였다. 음이 거의 비지와 같고 소지왕의 왕비 이름이 이벌찬의 딸 선혜(善兮)부인이라 하여 『서동요』에 등장하는 무왕의 비 선화(善花)와 비슷하다. 『삼국유사』 무왕 조의 선화는 선혜(善兮)에서 차용된 이름이다. 따라서 이찬 비지는 소지왕의 이칭 비처의 이름이니, 동선왕은 소지왕의 딸과 혼인한 것이다.

이들의 혼인동맹으로 양국 간에는 고구려의 침략을 막을 수 있었다. 481년 고구려와 말갈이 연합하여 북변을 침공하여 호명(狐鳴) 등 7성(城)을 탈취해갔다. 484년 고구려가 다시 침공해왔다. 신라는 백제와 연합하여 이를 모산성(母山城)에서 격파한 일도 있다. 이후 신라와 백제는 화평이 유지됐다. 동성왕이 청혼하여 이벌찬(伊伐飡) 비지(比智)가 딸을 백제왕에게 보냈으니, 혼인동맹으로 양국 간에는 우호적 협력 관계를 맺었다.

무왕과 진평왕 때는 평화가 지속되지 않았고 전쟁이 격화되었다. 그런 가운데 백제는 나당연합군에게 멸망당하여 양국의 백성들은 알력과 곳곳에서 쟁투를 일삼게 되었다. 백제가람에선 후유증이 심각해 서동과 선화공주와 같은 사랑을 등장시킨 것으로 볼 수 있다.

일연이 무왕과 진평왕의 역사적인 내용을 어찌 몰랐겠는가? 더구나 일연은 미륵사 석탑 창건의 경위를 알고 있었으나 여러 가지 이야기가 전하여 고본의 기록대로 『서동요』의 배경담을 신라의 선화공주와 연관시킨 내용대로 무왕조에 등재한 것으로 볼 수 있다.

원칙으로 『서동요』의 배경담에선 백제가람에서 양국 간에 화평하게 살자는 미륵신앙으로 편 것이니, 화해관계로 목적을 편 픽션화로 볼 수 있다. 미륵신앙은 백제인의 미래를 나타낸 것이니, 완곡법으로 대하면 그 지은 동기를 알 수 있게 이해하리라 믿는다.

V. 백제 멸망 후 가람(伽藍)에서 『서동요』 전파

1. 『서동요』의 유포는 화해(和解)관계

『삼국유사』 권2 무왕 조는 익산 미륵사지석탑에서 봉안문의 발견으로 『서동요』의 연구는 새로운 국면을 맞이하게 되었다. 이전의 연구는 새로

이 수정돼야 하고 많은 부분을 보완해야 하기 때문이다. 무왕 조에는 무강왕 때로 보기도 했다. 무강왕 전설은 백제멸망 후 오랜 세월을 거치는 동안 구전에 의해 기록된 것이다. 그러나 학자에 따라 실제로 백제는 무강왕이 없어 무령왕으로 보고 논제를 전개시킨 학설도 있다.

요즘은 익산미륵사지석탑봉안문이 발견되므로 인해『삼국유사』무왕 조의 내용을 따를 수도 없게 되었다. 이 봉안문의 내용은 역사적으로 무왕이 적덕의 따님과 혼인한 것으로 되어 있으니, 무왕과 진평왕의 공주와의 혼인관계는 허구임이 드러난다. 또 이때는 양국 간 전쟁을 하였다. 상식적으로 사위와 장인 간에 나라의 체면상 전쟁을 행할 수 없는 것이니,『서동요』에서 무왕과 선화공주에 대한 기록은 허구인 픽션화다.

『삼국사기』에는 진평왕의 소생으론 공주 덕만을 두어 후에 진성여왕에 올랐다고 했다. 다만『화랑세기』필사본에는 자녀 4명이 있다고 하였는데 후궁 출신들이고 이들 출신은 개가 또는 행실이 좋지 못하여 궁을 쫓겨 나 자녀로 여길 수 없다고 기술되었다.

익산 미륵사지석탑에서 무왕의 비(妃)가 적덕(積德)의 딸로 밝혀진 이상 무왕과 진평왕의 딸과 혼인이 이뤄질 리가 없다. 더구나, 무왕 때 미륵사 창건의 발원 자가 적덕의 딸로 되어 있으니, 선화공주의 혼인 관계는 있을 수 없는 일이고 설화일 수밖에 없다.

그러면 무왕과 진평왕의 공주 선화공주와 혼인이 이뤄졌다는 것은 무슨 이유일까? 그것은 앞서 소개한 바와 같이 백재와 신라는 구수(仇讐)관계이었기에 백제멸망 후에도 그 후유증은 가지지 않고 곳곳에서 알력과 쟁투가 발생해 백제가람에서 선도할 필요가 있어『서동요』를 지어 퍼트리게 한 것이다. 그 결과는 신라가 지배자이고 백제측이 피지배자 입장인 관계로 피해가 더 많이 발생했다.

백제가람에서는 미륵사상으로 백제인과 신라인 간에 원수지간으로 지내는 것을 무마하기 위해 미륵사상으로 살아가야 한다는 내용으로 선도할 필요가 있다. 『서동요』를 짓고 배경이야기를 퍼진 것은 그런 이유가 들어 있는 것이다. 그 관계를 도표로 나타내면 다음과 같다.

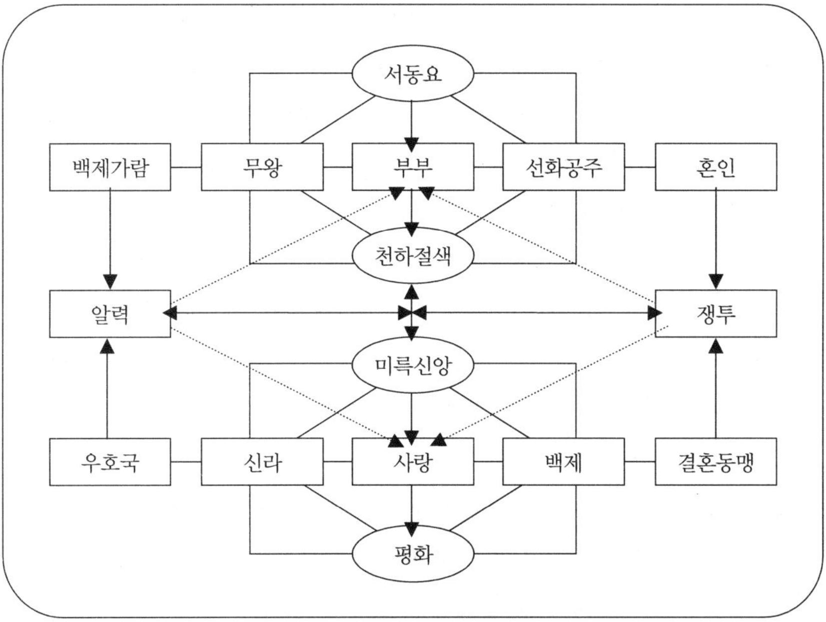

예전에는 법은 멀고 주먹이 가깝다는 말이 있어왔듯이 권력과 힘이 있으면 약자는 피해를 당하게 마련이다. 백제인은 신라인의 그늘에서 피압박으로 살아가게 되었으니, 나라 전체에서 매일같이 많은 살상자가 발생하여 백제가람에서 좌시할 문제가 아니었다.

백제가람에서 『서동요』를 지어 부르게 하고 배경설화를 전파하는 일에 착수하게 된다. 미륵사지석탑은 백제무왕 때 창건한 것을 근거로 하고 동성왕이 백제 소지왕의 왕후 선화의 공주와 혼인 한 것을 기반으로 선화공주를 등장시킨 것으로 생각해 볼 수 있다. 양국은 부부간으로 사이좋게 우호적으로 지낸다는 것으로 폈다. 『서동요』는 승려들이 절에 공양미를 가가호호에 시주하러 다니며 부르게 되어 백제는 물론 신라에까지 퍼지어 만구에 회자되었다고 할 수 있다.

『서동요』가 지어진 것은 무왕 때 미륵사지석탐의 새로운 발견으로 무왕 이전으론 볼 수 없다. 이 석탑의 발견으로 무왕이 선화공주와 혼인은 물론 없었던 일이다. 백제 멸망 후에 양국인 간에 사이가 좋지 않고 하루도 편할 날이 없이 곳곳에서 쟁투가 발생하여 백제가람에서 지어 유포시킨 것이라 할 수 있다. 무왕의 아들 의자왕 때 역시 모친이 적덕녀로 되어 있으니, 신라 진평왕의 공주 선화공주와 혼인이 이뤄질 리 없다.

『서동요』와 그 설화는 백제멸망 후 백제가람에서 신라가 백제를 통치할 때 우호적으로 살아가야 한다는 염원에서 퍼진 것이라 할 수 있다. 이 때문에 『서동요』에서 무왕과 선화공주의 사랑관계는 허구적인 인물로 등장시킨 것이다.

640여년 후 일연선사가 『삼국유사』 무왕 조를 편찬할 때는 『서동요』와 그 배경설화가 구전으로 전한 내용과 고본을 참고한 것이다. 원래 『삼국유사』는 역사작인 요소와 설화적인 요소가 개입되어 있는 내용으로 이해하면 된다.

『삼국유사』에는 단군신화와 삼국시대 건국신화가 기재되어 있다. 그와 같이 무왕 때 익산 미륵사지석탑이 건립된 것은 백제인 들에게 너무나 잘 알려져 왔다. 이 관계에서 『서동요』 배경담에는 백제인과 신라인 간에 우호적으로 지내야 한다는 것을 널리 알리기 위해 미륵사지석탑을 무왕 때 세운 것으로 무왕을 등장시킨 것으로 볼 수 있다. 이 때문에 『서동요』의 배경담은 설화적인 요소가 역사적 요소보다 더 많이 개입되었다.

신라는 당나라를 끌어들여 백제를 지배했다. 그 뿐만 아니라 백제가 멸망 당시 의자왕 이하 백성들 만여 명을 당나라로 데려가 이산가족으로 살게 한 것 등으로 신라와의 구수(仇讐)관계로 지냈다. 백제가람에서는 설화적 내용으로 『서동요』의 배경 담을 미륵신앙으로 나타냈다. 이 『서동요』와 설화는 백제인과 신라인간에 화합의 차원으로 우호조약과 같은 구실을 했다.

문화재청은 익산 미륵사지 석탑을 해체과정에서 사찰 및 석탑 창건 내력을 담은 금판(金版)과 사리장엄구 등 다수의 유물이 발견되었다고 발표했다. 이 유물은 무왕 때로 소개했다. 『서동요』는 화합의 차원에서 백제가람에서 역사상의 무왕과 허구적인 내용으로 선화공주를 등장시킨 것이다.

2. 『서동요』와 배경설화의 기존 학설과 허구성

『서동요』의 연구는 여러 가지 형태로 시도되어왔다. 그러나 오늘에는 『삼국유사』 권2 무왕 조가 허구적인 내용으로 밝혀져 새로운 시각으로 연구해야 할 것이다. 선학들은 첫째 미륵사 창건과 관련된 역사학적 관점으로 무왕과 선화공주를 대상으로 연구했다. 2002년 미륵사지 해체작업 중 금제사리호(金製舍利壺)와 그 중 특히 『금제미륵사지봉안문』(金製彌勒寺址奉安文)이 발견됨에 따라 무왕의 비는 선화공주가 아님이 밝혀졌다.

무왕 비는 『금제미륵사지봉안문』에 미륵사 창건의 발원자가 백제 좌평(佐平) 사택(沙宅) 적덕(積德)의 딸(我百濟王后佐平沙宅積德女)이라고 되어 있으니, 선화공주는 아닌 것으로 새롭게 밝혀졌다. 미륵사 건립연대는 기해년(639)에 준공되었으니, 무왕의 재위기간이 600~641년인 점으로 미루어 재위 말기 2년 전에 건립된 것이다. 그럼에도 선학들은 무왕 조를 인용해 미륵사를 세우게 한 이는 선화공주로 되어 있다. 동요와 그 배경 담은 허구적인 내용이라 하더라도 역사적인 내용과는 거리가 동떨어진 감이 있다.

역사적인 실제인물과는 맞지 않는다고 하더라도 선학들이 고심한 연구이니, 참고할 필요가 있다. 무왕시대 백제와 신라와의 전쟁은 격렬했다. 무왕은 재위 42년간 13차례나 큰 정쟁을 치렀다. 선학들은 역사학적으로 고증한 점은 후학들이 참고하면 많은 도움이 될 것이다.

백제와 신라와의 전쟁은 국경을 마주하게 되어 무왕 이전에도 격렬한 전쟁이 있어왔다. 제24대 동성왕은 신라 제21대 소지왕의 공주와 혼인하여 전쟁이 없었다. 나제혼인동맹으로 제26대 성왕(聖王, 523~554) 때에도 화친하고 고구려의 땅 한강 하류를 탈환하였다. 그러나 같이 북상하였던 신라의 배반으로 한강하류지역을 빼앗기고 말았다. 이에 분격한 성왕은 신라를 치다가 554년에 패사(敗死)하였다. 백제의 왕이 신라군에 의해 살해됨에 따라 다시 제30대 무왕 때는 격렬한 전쟁을 했다.

일연은 640여년이 지난 일이라 『서동요』가 무왕 때 생겨난 것으로 확신하지는 못한 것 같이 보인다. 고본(古本)을 인용해 무강(武康)을 백제의 무왕으로 추정해 놓은 것이 그 좋은 예이다. 그러면서도 무강왕은 백제에 없다고 하면서 아니라고 했다. 이에 대해서 백제는 무령왕과 관계를 강(康) 녕(寧)자는 듯이 같은 내용으로 무령왕으로 본 것은 참고할 만한 학설이다.

사찰연기담으로 미륵사사창건전설과 왕흥사창사기로 연대를 연구한 것은 참고할 가치가 있지만 오늘에는 미륵사창건연대가 636년으로 봉안기에 나타나 있으니, 새로이 수정 보완할 필요가 있다.

설화로 본 해석에선 서동이 군동을 감화시키는 힘과 호용관계를 본 것도 봉안기가 발견으로 허사가 되었지만 보완하면 된다. 서동 배경담 중에 마를 캐던 흙이 황금이라 한 것과 지명법사의 도력으로 신라 진평왕에게 보낸 것은 『선자득보횡재설화』(善者得寶橫財說話)·『도승신통설화』(道僧神通說話)와 연관시키면 『서동요』와 배경담을 연구하는데 도움을 준다. 서동을 Hero story에 구조로 본 것 또한 참고할 가치가 있는 학설이다.

이 세 가지 분야는 선학들이 주로 연구되어 온 성과물이나 새로이 『금제미륵사봉안문』이 발견됨으로 인해 역사적인 내용을 알 수 있게 되었다. 특히 서동과 선화공주와의 로맨스적인 사랑은 실제로는 있을 수 없는 허구가 되었다 하더라도 보완하면 훌륭한 백제인의 정서를 이해하게 될 것이다.

3. 백제인의 정서가 담긴 서동출생담

『삼국유사』 권2 무왕 조에 기재되어 있는 내용은 이물교혼담이니, 허구적인 내용이다. 무왕을 영웅화하기 위해 그의 출생담을 나타냈다. 서동의 출생은 홀로 사는 어머니가 이물(異物)인 지용(池龍)과 만남으로 태어났으니 이물교혼담(異物交婚譚)과 관계되는 내용이다. 지룡이 밤에 찾아와 과부와 정을 통하며 살았으니, 서구의 야래자(夜來者) 전설에 속하는 큐핏・싸이케(cupid and psyche) 형(型)이라고 할 수 있다.

동서양의 인물 중 여인이 이물(異物)과 교접하여 낳은 인물은 범상한 인물이 아닌 왕이나 훌륭한 인물로 부상하는 것으로 되어 있다. 흔히 이런 인물은 서사구조와 관계된 영웅담(Hero-tale)의 관계된 인물이다.

우리나라에선 서동이외에 후백제의 견훤(甄萱)이 지렁이(蚯蚓)의 아들로 태어난 것으로 나타나 있다. 이와 관련해 서동은 용(무왕 조는 지룡)의 아들로 태어났기 때문에 영웅담의 내용과 관계된 인물로 분류된다. 서동은 지룡의 아들로 태어나 것으로 보아도 제30대 무왕의 어릴 적 이름이니 역사적 인물이라 하더라도 설화의 관계로 윤색되어 있다. 엄밀하게 말하면 서동은 설화 상에 나타난 사생자이자 서자이다.

서동은 과수가 낳았으니 적자가 아니다. 외간 남자가 밤마다 찾아와 과수와 야합을 하는 것은 서동이 사회에서 대접받지 못한다. 마치 그의 탄생은 『홍길동전』에서의 홍판사가 꿈에 청룡을 꾼 것으로 부인에게 정을 청하였으나 허하지 않은 관계로 반드시 왕이 태어날 꿈이라고 생각하고 사랑방에 있었다. 마침 이 때 여비 유화가 차를 가져왔을 때 정을 나누어 길동을 낳게 된 것이다.

길동은 자랄 때 서자로 태어나 아버지를 아버지라 부르지 못하고 갖은 차별을 받고 자랐다. 그는 후에 율도국 왕이 되었다. 서동도 지룡의 아들로 태어났으니 자랄 때 천대를 받으며 살았다. 그의 출생 관계를 소개한다.

> 제30대 무왕의 이름은 장(璋)이고, 어머니가 홀로되어 집을 남쪽 못가에 짓고 살았는데, 밤마다 못에 사는 지용(池龍)과 통하여 아들을 낳았는데, 어릴 때 이름을 서동이라 하였다.

서동출생은 홀로 사는 한 과수가 낳은 아들인 서동을 영웅화로 미화시키기 위해선 설화적인 내용으로 등장시킨 것이다. 서동이 역사적인 인물이면서 설화적인 내용이 가미된 것은 영웅화하기 위한 장치라고 할 수 있다. 원래 백제와 신라는 육지와 붙어 있는 관계로 싸움을 자주해 왔다. 통상적으로 신라와 백제와의 전쟁은 『삼국사기』에 의하면 신라가 열세에 있었던 것으로 나타난다. 동성왕 이전에는 전쟁이 빈번하게 발생하여 양국 간에 왕과 공주와의 결혼동맹을 맺은 것은 잦은 전쟁을 하지 않기 위함이다. 『서동요』가 지어진 것은 양국 간에 화평을 이루기 위함에 있으나 신라를 지배하기 위한 내용이라는 것으로 이해하면 된다.

『삼국유사』 무왕 조는 무왕의 역사적인 내용과 관련된 것이지만 무왕을 영웅화하기 위해 설화적인 요소가 미화된 내용이다. 30여 편 서동관계 논문은 사실(史實)로 해석, 사찰연기담(寺刹緣起譚)설화와 영웅설화 등으로 해석한 연구이다, 본고에서 서동은 역사적인 인물로 부각시키기 보다는 설화적인 내용으로 본 점을 중시하게 된다.

무왕 조에 의한 서동은 역사성과 관련된 것이지만 여기에 사찰연기담이 설화적인 내용으로 윤색가미 되어 있다. 서동이 왕위에 오르고 미륵사를 창건하였다는 것은 역사와 설화가 적절히 배합된 것으로 무왕의 시대 상황을 적절히 나타난 내용이다.

이런 양면성의 내용은 서동이 용의 아들로 태어난 것에서 나타나지만 그의 소년시절을 소개하면 다음과 같다.

> (서동은) 도량이 한 없이 넓었다. 항상 마(산 감자)를 캐 팔아서 살았으므로 사람들이 이름을 서동이라 불렀다. 그는 사춘기 나이에 들면서 신라 진평왕의 제3공주 선화(善花)가 아름답기 짝이 없다는 말을 전해 듣고 머리를 깎고 경주로 가서 아이들에게 마를 주면서 먹이니, 아이들과 친해져 동요를 지어 아이들을 꾀어서 부르게 하였다. 그가 지은 노래의 가사는 다음과 같다.
>
> 선화공주님은 / 남몰래 정을 통하여 /
> 서동이란 사내를 / 밤마다 몰래 안고 다니네.

위의 『서동요』의 배경설화는 실제적인 현실내용으로 되어 있는 것 같지만 문학적 픽션의 내용이 다분히 함유되어 있다. 『서동요』는 배경설화와 함께 그 내용이 허구적인 내용이지만 사실과 합치하게 진솔하게 나타난 관계로 역사적인 내용으로 볼 수 있게 된다. 대개 고대문학은 역사적인 인물이라 하더라도 설화적인 내용이 더 많이 개입되어 있다.

백제의 서동과 신라 진평왕의 선화공주와의 혼인담은 백제가람에서 지어 전파시켰다는 것은 전언한 바와 같다. 『서동요』와 서동설화는 무왕이 신라공주를 왕비로 맞이한 내력이기 때문에 백제가 신라보다 더 우위에 있는 것으로 되어 있다. 신라는 백제를 무력으로 지배하고 백제 무왕

[그림 5] 미륵사지석탑 복원된 동탑

이 신라의 공주를 왕비로 삼았다는 내용이 미륵신앙으로 포장 되었다고 하더라도 신라를 지배하는 것으로 되어 있다.

『서동요』와 그 배경담은 백제멸망 후 탄생된 것으로 보게 되니, 미륵신앙으로 불교국인 신라인 사이에서 양국 간에 사이좋게 지내자는 것으로 백재인의 정서가 담겨 널리 동요로 불러왔다고 할 수 있다. 적대국이던 양국은 미륵신앙으로 평화롭게 살아가자는 내용이니, 신라인이 마다할 이유가 없다.

신라는 백제를 지배하였다고 하더라도 익산 미륵사지석탑이 2002년 1월까지 남아 있었던 것은 신라의 종교가 불교가 국시인 까닭에 백제의 호국불교 역할을 했던 미륵사지석탑을 훼손하지 안했다.

오늘날 미륵사를 다시 복원하는 것은 미륵사상을 후세에 전하기 위함에 있다고 보는데 일부 복원된 동탑은 그림 5와 같다.

미륵사지석탑은 수년 안에 원형대로 복원될 것이다. 백제 미륵사석탑이 지어진 규모 넓이는 33,000m^2에 이르고, 미륵사지 유물전시관소장전시관에 의한 미륵사복원개념 모형도는 중원과 동, 서원으로 이루어진 3원 병렬식의 대가람과 양쪽에는 사각형의 다층석탑이 서 있다. 가운데에는 웅장한 목탑이 있었을 것으로 추정하고 복원될 것이다.

이 석탑이 복원되면 『서동요』와 배경설화는 백제인의 정서가 담긴 내용으로 생각하며 더욱 국민들의 정서에 가까이하는 동요로 다시 비쳐지게 될 것이다. 『서동요』는 『삼국유사』 무왕 조에 기재되어 있지만 백제멸망 후 백제가람에서 지어 전파시킨 것으로 이해하면 백제인의 정서로써 동요와 설화로서의 가치가 더욱 빛날 것이다.

Ⅵ. 맺음말

서동은 과수댁으로서 용(지룡)과의 교합관계로 태어났다. 용은 음양상에서 양에 속하는 상상적인 동물이지만 하늘을 상징하게 하게 되어 무궁한 조화를 부리는 것으로 되어 있다. 서동이 도량이 커서 헤아리기 어렵다(器量難測)라고 한 것은 용의 유전자로 태어났기 때문이다.

신화적인 측면에서도 용은 '성기적 괴물'(性器的 怪物), '리비도 성장', '수태시키는 성기'(the fecun dating phallus)로 해석하는 것으로 본다. 서동은 용의 유전자로 태어나 한미한 가정에서 무일푼 초동(樵童)이 신라의 미인인 선화공주를 취처하게 되고 왕위에 등극하고 극락왕색으로 살아가는 미륵사를 건립하는 등 초인간적인 일을 수행했다. 서동의 어머니는 못가에 집을 짓고 살았으므로 물과 관계되어 용과 어울릴 수 있는 대모(大母)의 성적기능을 지닌 여인(phallic consorts of the Great Mother)이다. 이런 관계로 서동설화에서는 기량난측의 서동과 선화공주의 천하무쌍인 미인과 부부관계를 이루고, 왕에 등극 후 미륵사를 건립하고 화평한 나라를 세웠다.

무왕의 재위기간은 600~642년간이고 639년에 익산미륵사지석탑을 건립하였다. 해체작업이 2002년이니, 근 1400년 만에 봉안문이 발견되어 동양최대석탑건립의 경위와 실체를 알게 되었다.

『서동요』는 봉안문의 발견으로 무왕과 신라 진평왕의 공주를 왕후로 맞았다는 것이 픽션이 불과하게 되었다. 무왕의 왕후는 백제 좌평 벼슬에 있던 적덕(積德)의 따님으로 밝혀졌으니, 선학들의 기존학설의 경우 참고자료로 활용해 새로이 연구해야 되는 전화기를 맞게 되었다.

백제인들은 신라가 당나라군대를 끌어들여 백제를 멸망시켜 양국 간에는 철천지원수로 지내게 되어 미륵불신앙으로 사이좋게 지내자는 것으로 백제가람에서 『서동요』와 함께 배경설화를 직설법에 의해 유포시킨 것으로만 보게 된다. 그러나 그 풍자의 내포는 완곡법에 의한 미륵신앙으로 함축시켰기 때문에 백제인의 정서로 읽지 않으면 인지하지 못한다. 그 백제인의 정서는 백제가 신라를 지배한다는 내용으로 가의가 함유되어 있다. 광복 후 60여 년 동안 30여 편의 연구 논문에서도 이 사실을 밝혀내지 못했다. 백제인의 미륵불 신앙은 사바세계에서 극락왕생이 돌아오는 믿음이니, 양국 간에 갈등을 해소하고 백제가 언젠가 백제를 차지하여 지배한다는 뜻이다.

서동은 『삼국유사』 무왕 조와 같은 인물일까? 역사적인 내용에선 무왕의 이름과 전연 다른 인물로 전개되었다. 다만 무왕 조에 나타난 인물은 무왕을 훌륭한 임금으로 부각시키기 위해 선화공주를 취처하는 것으로 등장시킨 것이다.

서동설화가 영웅담의 서사구조를 지닌 것은 그 일환이다. 결국 이 설화는 욕구충족에 방해되는 요소를 극복해 나간 점을 높이 평가할 수 있다. 이 『서동요』의 배경은 미륵사창건으로 결말을 이룬 것으로 보면 백제도 고구려 신라와 같이 불교로써 나라를 호국불교로 중흥하는데 목적을 둔 것이다.

서동설화에 의하면 서동은 어려서 몰락한 왕족으로 태어나 소년시절에는 산에서 마를 캐며 생계를 유지하며 어렵게 살았다. 서동은 마를 캐어 신라 서울에 들어가서 아이들에게 마를 주고 『서동요』를 지어 부르게 하여, 그 노래가 마침내 신라궁중에까지 이르렀다.

선화공주는 밤마다 서동과 만나 음행을 한다는 말이 궁중에도 알려져 부왕의 명으로 선화공주를 궁중에서 추방하였다. 서동은 추방된 선화공주를 미행하여 부부의 인연을 맺게 되었다. 그 후 서동은 왕으로서 등극하고 미륵사를 세웠다.

이런 연후로 인해 서동설화의 서동은 첫째 고난과 역경을 극복한 인간상이었고, 둘째 서동은 선화공주의 심리를 정확이 감지하여 실천했다. 셋째 서동은 주어진 환경자원을 생산적이고 창조적으로 적응하여 정신건강을 통해 자아실현을 득인심으로 왕위에 올랐다. 넷째 서동과 선화공주는 상호간 사랑을 하여 정신분석학에서 이르는 바와 같이 이들은 각각 오이디푸스 콤플렉스·엘렉트라 콤플렉스의 사랑으로 화평무드를 조성시키는 미륵사를 창건하였다.

서동설화를 통해서 볼 때 서동은 무에서 유를 창조한 새 일꾼으로 받아들이게 된다. 우리는 21세기 물질만능주의에서 살아가고 있는 오늘에 상황에서 이 설화는 건전한 정신적 함양과 이상적인 이정표를 설정하는 목표를 제시해 주고 있다.

특히 서동의 건전한 도전정신은 21세기 세계시대에서 도전자(challenger)로서 살아가게 하는 교훈이 된다. 서동과 공주는 정신분석학에서 이르는 사랑은 부부화합으로 일을 해 나감에 있어 활력을 더해준다. 이에 따라 『서동요』의 배경설화는 백제인의 정서를 순박하게 나타낸 문학이라 할 수 있다.

정신분석학에서 사내아이는 무의식 적으로 아버지를 배척하고 어머니를 그리는 것으로 되어 있다. 반면에 여자아이는 아버지를 사모하는 것이라 할 때 선화공주는 어머니보다 아버지를 더 생각하는 것으로 내면의식에서 나타난다. 서동은 진평왕으로부터 인심을 얻어 왕위를 오르게 하였으니, 딸을 위해서 이보다 더 좋은 일이 있겠는가?

이 때문에 선화공주는 서동을 사모하게 되었다고 할 수 있다. 마찬가지로 서동 또한 선화공주를 무턱대고 좋아했다. 이들은 오늘에 정신분석학에서 이르는 무조건적인 사랑이라 할 수 있다. 이에 대한 연구는 별도에 지면을 마련하여 발표하기로 한다.

『서동요』의 표현은 외면상으론 직설법으로 표출되고 있다, 그러나 백제인의 잠재적 갈망(渴望)과 욕구를 백제인의 정서로 밝히면 진솔한 감정이 완곡법에 의해 나타난다. 즉 『서동요』를 역사적 배경으로 살피고 『삼국유사』 무왕 조를 픽션화로 고찰하면 백제가 재기한다는 내용으로 나타나게 된다.

이상의 관계를 간추려 요약하면 서동이 신라 선화공주를 왕비로 맞은 일과 신라의 진평왕이 서동으로부터 물질적으로 도움을 받아 사위로 인정하고 왕으로 등극케 했다는 것은 백제가 신라보다 우위에 나라이고, 백제가 신라를 지배한다는 내용이다. 남자가 여자를 지배하고 경제적으로 앞선다는 것은 결국 백제인 들이 다시 새나라를 지배한다는 뜻이다.

백제가람에서 『서동요』와 배경 담을 완곡법으로 유포시킨 것은 위의 두 가지 뜻이 함유되어 있는 것으로 본다. 견원이 신라치하에서 후백제를 세운 것은 백제인의 한을 푼 것이다. 한말로써 『서동요』는 완곡법에 의한 백제인의 정서를 함유시킨 동요·민요이면서 참요(讖謠)의 성격을 띈 노래로 볼 수 있다.

『사씨남정기』의 작가의식과 주인공의 운명관

Ⅰ. 머리말

『사씨남정기』는 서포 김만중(1637~1692)이 쓴 쟁총형 가정소설로서 소설의 성격은 궁중의 인현왕후 폐출사건을 풍자하고자한 목적소설이다. 그러나 이 소설을 두고 순수소설과 목적소설이라는 두 가지 견해가 따르게 되는데, 논지를 각각 전개할 때 주인공의 운명은 다른 양상을 띠게 되므로 소설의 유형을 어디에 두는냐가 중요하다.

이 소설을 목적소설이라는 견해로 본다면 주인공 사씨는 인현왕후 민비로, 교씨는 희빈 장씨로, 유한림은 숙종으로 규정지어 각각의 인물 사이에는 삼각관계가 성립된다고 볼 수 있다.

순수한 문학작품 행위로 이 작품을 본다면 사씨는 관음보살상의 인자하고 착한 주인공이고, 교씨는 수단과 방법을 가리지 않는 악한 인물에 불과하다. 유한림은 사려분별이 어두운 남성상으로 볼 수 있다.

본고에서는 이 소설을 서포가 숙종이 민비를 폐위한 것에 대해서 숙종의 마음을 깨우쳐 주고자 지은 목적소설이다. 서포가 궁중의 쟁총으로 야기되는 가정적인 비극을 풍자하기 위해 중국을 배경으로 쓴 것은 가문의 화를 피하기 위한 의도가 짙게 깔려 있다.

본 소설은 서포가 남해 유배지에서 지었고 또한 숙종, 민비, 장씨의 삼각관계를 그들의 행동반경으로 설정해 전개시킨 것이니 서포의 의도성이 개입된 것이라고 할 수 있다. 서포는 숙종에게 상소를 올리고 그것으로 인해 숙종의 노여움과 특히 서인과 남인간의 붕당간의 갈등이 작용해 위리안치라는 가혹한 유배생활을 한 것이다.

필자는 이 소설이 서포의 목적성에 의해 쓰인 것으로 파악하고 사씨와 교씨, 유한림의 운명관에 대해 살펴보고자 한다.

Ⅱ. 목적성 주장과 인물간의 갈등양상

1. 목적성 개입 근거

본 소설은 제작의도가 목적성과 관련되어 있는 것으로 이제까지 알려져 왔다. 그러나 요즘의 신진 학자들은 목적성에 대한 비판적 논문[1]을 발표하면서 본 소설이 서포의 잠재의식의 발로로 이루어진 순수한 문학작품이라는 견해를 내 놓음으로써 작품 자체의 치밀한 분석이 이루어져야 한다는 각성이 나타나고 있다. 즉 서포의 창의적 혜안이 씨와 날로 엮어져 만들어낸 작품[2]이라 하여 목적성과는 다른 순수한 문학작품으로 해석하는 것이 타당하다는 주장의 근거가 되고 있다.[3]

---

1) 김현룡, 「사씨남정기연구」, 『문호』 제5집, 건국대학교, 1969, 136~146쪽.
두창구, 「사씨남정기 배경연구」, 『관동대논문집』 12, 1985.
김귀석, 「사씨남정기의 등장인물을 통한 작가의식고찰」, 『인물과학연구』, 조선대, 1989.
우쾌제, 「사씨남정기」, 『고전소설연구』, 일지사, 1993, 605쪽.

2) 이원수, 「사씨남정기의 반성적 고찰」, 『문학과 언어』 제3집, 1982, 135~158쪽.

3) 우쾌제, 「사씨남정기 연구」, 『숭전어학문』 창간호, 1972, 49~68쪽.

그러나 조선후기의 실학자였던 오주(五洲) 이규경이 『오주연문장전산고』[4]에서 목적성이 밝힌 이래로 김태준이 『조선소설사』에서 작품의 성격을 숙종의 민비 폐출사건과 관련해서 발표한 이후[5] 많은 학자들이 숙종 때의 기사환국과 관련된 것이라 주장하는 작품이다.[6] 서포가 본 소설을 지은 동기를 살펴보면 다음과 같다.

1689년 숙종(15년)에 기사환국으로 인해 숙종이 장씨의 아들을 원자로 삼고 장씨를 희빈으로 책봉하려고 하자 송시열을 비롯한 서인들이 이에 반대 상소를 숙종에게 올렸는데, 서포도 그 중 한사람이었다. 그러나 이 반대 상소로 인해 남인들이 숙종을 부추겨 서인들을 몰아 세웠고 숙종은 남인들의 말을 듣고 서인들을 귀양 보내 서포도 그 중 한 사림이다.

서포가 귀양을 간 남해는 풍토병이 심해 외래 인들이 살기에는 전염병에 걸릴 위험이 많은 곳이니, 정치적인 보복행위가 짙은 유배생활이었다.

서포는 남해 귀양지에서 참을 수 없는 분노를 삭이면서 본 소설을 숙종과 민비, 장씨의 갈등을 풍자적으로 재구성한 것이다.

본 소설은 희빈과 숙종, 그리고 민비의 관계를 교씨가 사씨를 축출하여 왕비에 오르기까지를 그리면서 그 행동들은 숙종시대의 희빈과 민비를 풍자하고 있다. 즉 숙종이 민비를 폐출한 사건과 관련된 의도된 내용

---

4) 이규경, 『오주연문장전산고』 권7, 소설변증설.
5) 이태준, 『조선소설사』, 한예사, 1939, 123쪽.
6) 주왕산, 『한국현대소설사』, 정음사, 1950, 125쪽.
이가원, 『구운몽』, 덕기출판사, 1955, 5장, 22쪽.
박성의, 『한국고대소설사』, 일신사, 1958, 292~293쪽.
신기형, 『한국소설발달사』, 창문사, 1960, 145~146쪽.
정규복, 「남정기 논고」, 『국어국문학』 제26호, 1963, 291~307쪽. ; 「남정기의 저작동기에 대하여」, 『성대문학』 제15~16합집, 1970, 1~5쪽.
김기동, 『한국고대소설개론』, 태창문화사, 1956, 292~294쪽. ; 『이조시대 소설론』, 정면사, 1959, 476쪽.

[그림 1]
『사씨남정기』의 딱지본

[그림 2] 장옥정이 살아있다
배우 김태희와 유아인

이므로 목적적 소설인 동시에 풍자하기 위한 것이다.

장씨가 희빈에서 다시 왕비로 오른 과정은 교씨와의 행위와 일치되는 것은 아니다. 하지만 수단과 방법을 가리지 않고 사씨를 유한림 가문에서 축출시킨 것은 장씨가 민비를 궁정 밖으로 내 몬 것을 풍자성이 짙게 그려냄으로써 목적성이 개입된 것으로 보아진다. 이런 목적성으로 인해 장씨를 증오에 대상으로 밉살스럽게 여기고 민비를 어여삐 생각하게 되어 20세기 초엽에는 딱지본이 간행되어 『사씨남정기』에도 많은 독자층이 형성되었던 것이다. 이 딱지본은 1900년대 초 국문소설류를 신식활판 인쇄기로 찍어 발간한 소설이다.

활자본으로 간행하였을 때는 숙종도 읽었던 것으로 일반 독자도 읽었을 것이다. 1900년대 초에 900여종의 소설이 딱지본으로 인쇄되어 그 중에에 이 소설도 간행하였을 당시는 많은 독자층이 형성되었다. 2013년 SBS 밤 10시 월화 드라마 '장옥정, 살아있다'는 4월 1일~6월 25일까지 24회로 끝마쳤는데 장옥정은 독한 악녀로 민비는 현모양처 형으로 유순하게 독자에게 선보였다. 여기에 등장한 배우는 그림 2와 같다.

서포는 『사씨남정기』 장희빈(장옥정)을 교씨로 등장시켰으며 그의 수단과 방법을 가리지 않은 행위로 생을 마감하는 결과를 낳았다. 많은 시청자들은 조선조의 고질적인 당파 간에 알력으로 눈이 어두워 한치 앞을 보지 못한 희생물이라고 했다.

2. 유한림의 갈등과 그 해소

본 소설에서 동청과 유한림의 갈등관계는 숙종 때의 붕당정치의 일면을 나타내는 듯하다. 이것은 유한림이 사씨의 말에 귀 기울이지 않는 안이한 태도를 보이고 있는 데에서 잘 나타나 있다.

동청이 당시 실권자인 엄상승에게 유한림이 왕을 반대하는 음모를 꾸민다고 모함을 하고 결국은 형주로 귀양을 가게 하여 수난을 겪게 하는 내용은 권력다툼에서 서인(西人)이었던 서포와 남인(南人)들 간의 당쟁의 실상을 비유한 것이다.[7)]

본 소설에서는 사씨가 교씨를 첩으로 맞아들인 것이 잘못이지만 유한림도 역시 동청을 사서로 기용할 때 사씨의 조언을 거부하고 제대로 귀 기울이지 않았기에 가정의 풍파가 일어나게 되는 원인이 된다.

우선 유한림이 교씨와 동청이 가까이 지내는 것을 알지 못하자 교씨는 유한림을 이중적으로 대한다. 또 동청은 엄상승과 가까이 지내며 권력을 행사하게 된다. 여기서 엄상승이란 인물은 백성들의 재물을 빼앗기를 일삼는 권력층의 대표적 인물이고, 유한림은 불의를 보면 참지 못하는 성격에 반대되는 인물이다. 유한림이 엄상승을 탄핵하는 문서를 작성하여 놓았는데, 이 사실을 아는 동청은 그 문서를 훔쳐서 엄상승에게 그 문서를

7) 박태상, 『조선조 애정소설연구』, 「사씨남정기의 미적가치와 의미」, 태학사, 1996, 378~379쪽.

전해 유한림을 유배시키는 계획을 세운다.

엄상승이 유한림을 험난한 곳으로 유배시키자 동청은 교씨와 부부와 다름없는 생활을 하게 된다. 유한림은 유배지에서 힘든 생활을 하게 된다. 동청이 태수로 오르고 유한림은 유배지에서 고된 생활을 하다가 풀려나게 되는데, 동청은 유한림을 붙잡으려 한다. 유한림이 동청의 부하에게 붙잡히게 되는 상황이 이르게 되었을 때 유한림은 천우신조로 구원자가 나타나 위기를 모면하게 된다. 이것은 사씨가 유문에서 출거당한 후 초옥에 있을 때 시아버지가 꿈에 나타나 4월 15일 백빈주에 배를 대기시켜 급한 사람을 구하라고 한 것을 사씨가 상기시켜 묘혜에게 지시를 하게 된다.

유한림은 백빈주에서 동청의 부하들에게 쫓겨 강가에 다다랐는데, 강에 배가 띄워져 있는 것을 보고 도움을 청해 동청의 마수에서 벗어날 수 있었다. 유한림을 체포하는데 실패한 동청은 그 후 냉진이 부패한 관리라고 그를 임금에게 상소함에 따라 타살된다.

서포가 엄상승을 부패한 관리로 본 것은 숙종 때 사리사욕을 채우려고 한 권력층을 비유한 것이라 할 수 있다. 당시 숙종 시대에는 서인과 남인간의 갈등이 심각했던 만큼 서포는 서인이었으므로 본 소설은 이러한 현실상황에 서인의 입장을 대변한 것으로 추측할 수 있다.

유한림이 간신의 책략으로 유배를 가고 해배된 후에도 생명의 위험을 당하는 상황에서 구원자를 통해 사씨와 만나게 되는 것은 위기의식의 종결을 의미하고, 모든 갈등 요소가 해소되었다고 할 수 있다. 즉 유한림과 사씨의 상봉은 숙종이 폐비된 민씨를 다시 맞은 것을 의미한다. 서포는 민씨의 복귀를 보지 못하고 남해에서 죽었지만, 그는 미래를 내다보는 선견지명으로 이 소설을 썼으며,[8] 이 소설에서 가장 두드러진 점은 이들의 갈등관계를 무리 없이 전가시킨 점이라 할 수 있다.

Ⅲ. 교씨와 사씨의 인간성

1. 교씨의 음적 행위

사씨는 관음보살과[9] 같은 온후한 인간상을 지닌데 비해 교씨는 그렇지 못한 상대적 인물이었다. 사씨는 '도심(道心)'에 충심한 인물이고 교씨는 인심(人心)의 전형적인 인물이다.

이것은 사씨가 도덕적인 하늘의 성품으로 살았고 교씨는 도덕성이 없는 인간의 욕망과 연관된 삶을 살았다는 말이다.[10] 사씨는 시집 온 지 꽤 지나도 아들을 생산하지 못하자 유한림에게 첩을 둘 것을 권유하였으며, 이것은 사씨가 도덕성이 강한 여성임을 나타내주는 부분이라 할 수 있다. 그 후 유한림은 교씨를 첩으로 맞아 들였는데, 교씨는 행동이 경첩한 음적 인물이다.

교씨는 음융한 인물로 유한림의 환심을 사기 위해 노력했으며, 더욱이 사씨를 해칠 생각까지 하였다. 사씨를 거짓으로 공경하는 척하면서 유한림을 자기 쪽으로 끌어 들였다. 그러나 사씨는 그녀를 인간적으로 대해 주었다. 교씨는 날이 갈수록 성품이 경악스러울 만큼 사나워지고 자기의 목적을 달성하기 위해서 유한림에게 환심을 사는 일을 하기 위해 끝없이 계획한다. 우선 교씨는 유한림의 마음을 사로잡기 위해 십랑을 데려다가 가무 음율을 배우게 되고 이것을 안 사씨는 교씨에게 무례한 행동을 삼가기를 일러주고 그것을 중지시키려 하였다. 사씨는 교씨가 아들 장주를 낳자 그녀에게 따뜻한 사랑을 베풀어 주었다. 이렇게 되자 유한림의 교씨

---

8) 윤경수, 「사씨남정기의 신화원형적 연구」, 『도해 조선조 소설의 신화적 분석』, 태학사, 1999, 291쪽.

9) 김광순, 「사씨남정기의 몇가지 문제」, 『한국고소설론』, 새문사, 1990, 257쪽.

10) 김만중, 『서포만필』 상, 173~147쪽.

에 대한 사랑도 두터워만 갔다. 이 부분은 숙종이 희빈 장씨를 맞은 지 얼마 안되어 아들 균을 얻자 기뻐하며 장씨를 더욱 사랑한 것과 유사한 것이다.

장씨는 자기가 아들을 낳게 되자 기고만장해 지는데, 본 소설에서 교씨의 행위와 일치한다고 볼 수 있다. 교씨가 아들을 낳은 지 얼마 안 되어 사씨가 인아를 낳자 교씨는 사씨를 질투한다. 사씨는 교씨를 인간적으로 대했으나, 교씨는 사씨를 적대시하였다. 교씨는 음탕한 성격을 지닌 인물로 마음과 행동이 비정상적이었고 교활하였다.

교씨가 장주를 낳은 때는 꽃이 만발하는 봄날이었으므로 그녀의 기질은 봄날에 꽃이 피어오르는 것과 같이 음기가 충만하였다. 더구나 교씨는 동청을 간부로 맞이하여 함께 살았으며, 그녀의 행동은 음탕하였다.

즉, 그녀의 음적인 행동은 봄날과 같이 한 때 기승을 부리는 것과 같다고 할 수 있다. 교씨는 점쟁이를 불러와 요사스러운 물건을 만들어 사면에 묻었는데, 이것은 장씨가 민비를 죽게 하는 비방을 무녀와 짜고 한 행동과 유사한 것이다.

교씨는 이러한 간악하고 음탕한 인물이었다. 동청은 자기의 친구인 냉진이 혼자 살게 되자 사씨와 동거케 하기 위해 교씨와 모의를 한다. 결국 동청은 교씨에게 사씨의 보물을 얻어야 한다고 말한다. 그러자 교씨는, 사씨의 시비 설매는 자기의 시비 납매의 동생이라고 말하며, 이들에게 금은 패물을 주며, 사씨가 보관하고 있은 세존지물을 훔쳐낼 것을 요구한다. 동청이 교씨에게 그렇게 하도록 한 당부하에 사씨의 보물을 얻는데 성공한다.

그 보물은 유씨가문의 세존지물인 옥지환이었는데,[11] 설매가 훔쳐내

---

11) 장주근, 『단군신화의 민속학적 연구』, 집문당, 1995, 21~26쪽.

어 교씨에게 준 것을 다시 동청을 통해 냉진에게로 전해졌다. 그 후 유한림이 산동 어느 주막에서 우연히 냉진을 만났는데, 그 때 그는 냉진의 속옷고름에 옥지환이 매어져 있는 것을 발견한다. 유한림은 촉감으로 그것이 사씨의 옥지환과 같음을 느꼈지만 자기 집안의 세존지물이라고 단정적으로 말할 수 없어서 지나치게 된다.

유한림이 반년 만에 나라일을 마치고 집에 돌아와 사씨에게 먼저 옥지환이 있는지 여부를 물었다. 사씨는 아무런 의심없이 옥지환이 있던 상자를 열었지만 옥지환이 없자 당황해 한다. 이것은 교씨의 음적인 행위가 시작되었다는 걸 의미한다. 이로 인해 유한림은 사씨를 의심하지만 고모인 두부인의 만류로 그 일에 대해 다시는 말하지 않게 되었다. 이후 두부인이 아들을 따라 멀리 떠나자 사씨는 외로워진다.

이에 동청은 『사기』에 나오는 측천무후의 일을 모방하게 되는데, 이 사건은 당 고종이 무소위를 총애하자 측천무후는 당황후를 참소하고자 자기가 낳은 딸을 죽이고, 황후에게 죄를 뒤집어 씌워버린다. 이에 고종은 황후를 폐하고, 무소위를 황후로 삼은 사건이다. 동청의 계략에 교씨는 수긍은 했으나 차마 자기 아들을 죽일 수 없었다. 그러나 동청은 납매를 불러 결국 장주를 죽일 것을 명령하고 교살시킨다. 이렇게 되자 교씨는 알고도 모르는 척 내숭을 떨며 유한림에게 죄인을 잡아 줄 것을 요구하며 통곡한다.

유한림은 사씨의 시비 춘방과 설매를 문초하자 설매는 사씨가 교사해서 춘방이 죽였다는 거짓 증언을 하여 춘방은 억울함을 호소하며 스스로 목숨을 끊었다. 유한림은 순진한 마음에 설매가 한 말을 곧이듣고 사씨가 시비를 시켜 장주를 죽인 죄인이라 지목하였다. 이 사건에 의해 유씨가문의 죄인으로 낙인이 찍힌 사씨는 유씨가문에서 내쫓기고 유한림은 교씨를 정실로 맞이하게 되었다.

동청은 무소위가 당황후를 무고하여 폐출시킨 것을 모방하여 교씨에게 사씨를 유씨가문에서 출거케한 이 사건을 도표로 나타내면 다음과 같다.

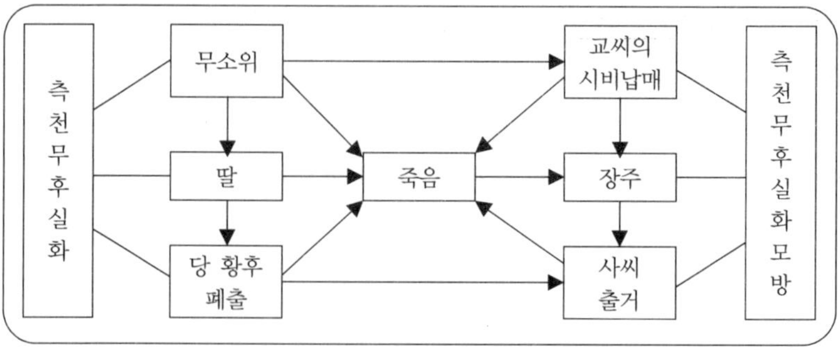

사씨는 유씨가문에서 쫓겨난 후 성도에 있는 시부모의 사당 근처의 수간초옥에서 침선방적하며 살게 되었는데, 이 곳에서 조차 사씨는 동청과 교씨의 계략으로 살 수 없게 된다. 동청은 두부인의 필적을 위조해서 두부인이 사씨를 부르는 내용의 편지를 써서 보내라 하였는데 이것이 동청의 두 번째 음모이다. 사씨는 그 편지의 필적이 두부인의 것이라 믿고 가겠다는 말을 전한다. 이러한 동청의 음모는 사씨를 납치해서 냉진의 처로 살게 하기 위한 계획이었던 것이다.[12)]

냉진은 사씨가 온다는 말을 듣고 기뻐하고 있을 때 사씨 또한 두부인에게로 가면 일이 잘 풀릴 것이라 믿고 좋아하였다. 그러나 조상의 혼령이 이 일에 무심할 수 없었던지 사씨가 밤에 깜박 잠이 들려는 순간 시아버지가 나타나 두부인의 편지는 거짓이며, 아직도 7년 재액이 남았으니, 남방으로 수로 5천리를 항해하라고 일러주었다. 만약 사씨가 동청의 계

12) 우쾌제, 「가정소설에 나타난 부부의 역할과 가족의식 고찰」, 『우리문학연구』 10집, 우리문학연구회, 1995, 343쪽.

교에 말려들었다면 사씨는 '현모양처'라는 말을 듣지 못했을 것이다. 사씨의 고난은 교씨와 동청에 의해 주도되며, 그녀의 운명은 교씨의 계략으로 인해 쫓기는 신세가 되었다.

2. 사씨의 구원자

사씨는 시부의 계시로 남방 수로 5천리로 향하지만 수난을 겪는다. 또한 두부인이 사는 장사로 갔지만, 이미 두부인은 아들과 함께 떠나고 없었다. 사씨는 살아갈 길이 막막하였다. 그래서 그녀는 자신이 너무 비참하여 굴원이 투신하였다는 회사정에 이르러 죽으려 한다. 시녀들이 사씨의 투신을 만류하는 중 기운이 쇠진하여 꿈을 꾸게 되는데, 한 여승이 나타나 두 낭랑이 부인을 뵙고 싶다고 말한다. 두 낭랑은 순임금의 두 왕비 아황과 여영이었다. 두 낭랑은 사씨에게 굴원의 죽음을 본받지 말라는 당부와 함께 부인을 모함한 자는 하늘이 당연히 벌을 내릴 것이라고 위로한다. 두 낭랑이 사씨를 위로해 준 것은 사씨가 처한 비극적 상황을 해소시키기 위해 환상적 장치를 마련한 것인데, 그것은 황릉묘 부임의 모티프이다.[13)]

사씨는 비몽사몽간에 대숲이 난 곳을 찾아 들어가서 두 왕비의 사당인 황릉묘에 이르러 두 왕비의 화상을 바라보게 되는데, 꿈 속에서 본 것과 같음을 발견하게 된다. 이 황릉묘에서 군산사에 있던 여승이 사씨에게 관음의 계시로 어진 한 분이 환란을 만나 곤혹을 치르고 있는 중이므로 빨리 가서 구원하라 하여 배를 타고 왔다고 말하였다.

그 여승은 16년 전에 사씨에게서 관음찬을 받아온 우화암의 묘혜였다.

---

13) 박일용, 「사씨남정기의 이념과 미학」, 『고소설연구』 제6집, 한국고소설학회, 1998, 239쪽.

사씨가 관음찬을 쓰게 된 동기는 한림이 급제한 후 구혼하는 이가 많자 그의 아버지 유현과 누이 두부인은 한림의 배필을 구하게 되었다. 유현은 두부인에게 현숙하다는 사씨의 덕행을 시험해 볼 수 있는 방법을 물었다.

그러자 두부인은 남녀의 덕행은 필체에 의해 나타나는 것이라고 하며, 사씨의 필적을 받아오면 그녀의 덕행을 알 수 있다고 알려 주었다. 그래서 두부인은 자기가 간직하고 있는 남해 관음화상으로써 시험하자고 하며, 우화암의 여승 묘혜를 불러 화상을 가지고 사씨댁을 방문하게 해서 사씨에게 관음찬을 청하여 오게 하였다.

사씨는 화상을 받아들고는 자기는 감히 관음찬을 쓰지 못한다며 몇 번 사양을 하다가 끝내 각오를 하고 나서 손을 씻고, 족자를 걸어 분향재배한 후 관음찬 수백자를 썼다. 묘혜는 그 관음찬을 가지고 유현과 두부인에게 전하였는데, 이들은 관음찬을 보고 크게 칭찬하며 한림과 사씨를 혼인시켰다.

유한림의 부친은 사씨에게 세존지물인 보경일좌와 옥지환 한 쌍을 선물로 준다. 사씨는 묘혜가 관음찬을 청하자, 그것을 써 준 것으로 유한림과 결혼하여 시부모와 두부인으로부터 귀여움을 받고 살고 있는 가운데, 아들을 낳지 못하자 첩으로 교씨를 맞아들이게 되고, 그래서 5천리나 되는 동정호까지 수난을 겪으며 오게 된 것이다. 그러나 사씨는 수월암에서 묘혜를 만나 위기에서 벗어날 수 있게 된다. 사씨가 시부모의 묘밑에 거처할 때 시아버지의 존형이 나타나 사씨에게 현봉하여 '4월 15일 배를 타고 백빈주에 대었다가 급한 사람을 구하라'라고 당부한 말을 묘혜에게 전하였던 것이다.

묘혜는 유현이 당부한 말을 지키기 위해 배 한 척을 준비하여 백빈주에 도착하게 된다. 이 때 유한림이 동청의 부하들에게 쫓겨 백빈주에 이르게 되었다. 묘혜는 유한림의 구해 달라는 소리를 듣고 배를 띄워 한림을 구했다. 유한림은 배 안에서 사씨와 만나게 되고 그 동안 겪었던 일들을 말하게 된다. 묘혜의 안내로 사씨의 시종들도 만나게 된다. 그리고 묘혜의 질녀 임소저가 양육하고 있던 인아도 만나게 되어 사씨의 고난은 끝이 나게 된다.

이에 계림태수에 오른 동청은 냉진이 상소로 죽게 되고 교씨는 여러 죄목에 의해 타살되고 사씨는 다시 행복을 맞이하게 된다.

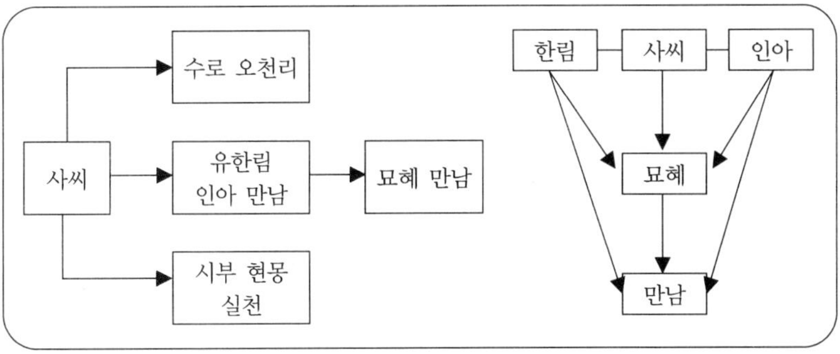

유한림은 좌승상에 오르고 사씨는 승상부인이 되어 80세까지 살다가 안향했다.

이상을 통해 본 사씨의 운명은 음양론적으로 전개되고 있음을 볼 수 있다. 즉 유한림은 4월 15일(양력 5월 중순경)에 묘혜에 의해 구출되었는데, 이 시기는 무더위가 시작되는 때다. 이에 교씨와 동청의 기세는 음기이므로 양기가 성하자 꺾이는 것이다. 유한림 부부가 인아를 만난 것은 양력 5월 중순경에서 6월 초순경이므로 양기가 성한 때가 되는 것이고, 이에 사씨의 문제도 풀려 밝아지게 됨을 볼 수 있다.

Ⅳ. 서포의 의식과 동굴모티프

1. 서포의 무의식의 세계

서포의 부 김집은 청나라 군사가 강화성을 함락하자 자결하였다. 윤씨는 청군의 화를 피하기 위해 어린 만기를 데리고 갯가에 나와 배를 타고 서울로 가던 중 배안에서 서포를 낳았다. 서포는 어릴 때 만기와 함께 윤씨의 가르침을 받으며 자랐고, 장성하여 각각 부원군과 대사성에 올랐다. 이렇게 서포를 키워내신 모친에 대해 서포는 깊은 정을 가지고 있었다.

서포는 모성에 대한 그리움이 깊어서 유배지에서도 윤씨행장과 『구운몽』을 지었다.

이것은 C.G.융의 동굴모티프에 대한 의식으로 고찰시킬 수 있다.[14) 융은 동굴을 자궁에 비유하고 자궁 안에서 어머니의 자양분을 먹으며 생명이 탄생한다고 하였다. 어두운 공간에서부터 태아가 바깥세상으로 탄생되기까지는 어려운 고난을 겪어야 한다. 서포는 모성 의식이 작용하였던 것이다. 사씨가 유씨 가문으로부터 출거 당하고 훗날 유한림과 만나 신분상승을 한 것은 통과제의와 관련됨으로 국조신화의 동굴모티프와 된다고 볼 수 있다.[15)]

서포는 숙종이 민비를 폐하고 장씨를 왕비로 맞이하고 또한 그녀의 아들 균을 세자로 책봉하려는 계획을 알고는 바르지 않다는 정론에 미치자 이것을 상소함으로써 남해에서 유배생활을 하게 되었는데, 그 관계 양상을 도표로 나타내면 다음과 같다.

---

14) C, G, Jung, *The archetype and the collecfiye Uncoascious*, Princeton, 1975, p.5.

15) 윤광봉, 「심청전의 동굴모티프」, 『국학자료눈문집』, 대제각, 1990, 510~511쪽.

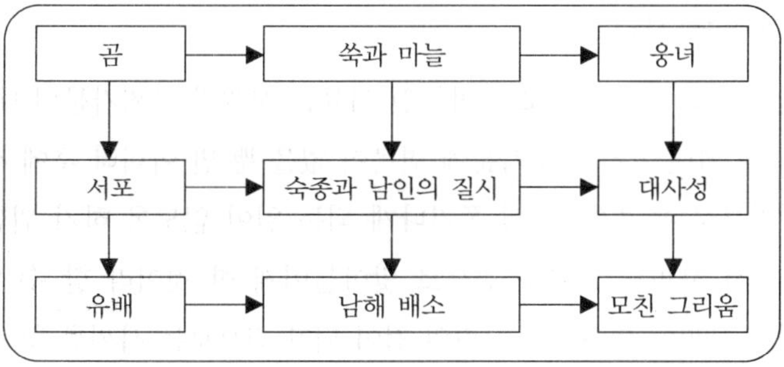

서포는 고난을 극복할 수 있는 정신적인 자세를 모친으로부터 배워 혹심한 유배지라는 극한 상황에서 3년 동안을 살 수 있었다. 이는 곰이 금기를 지켜가며 동굴에서 21일 동안의 고난을 극복한 것과 그 일맥을 같이 한다.

본 소설에서 사씨가 교씨에 의해 겪은 수난상은 동굴모티프의 과정에 비유할 수 있으므로, 서포의 이 소설은 국조신화의 의식이 민족의식이 수용되었다는 것을 알 수 있다.

입사식의 고난을 극복하는 자세는 세계 여러 민족의 신화에서도 나타나고 있으나, 서포는 국조신화의 의식뿐만 아니라 유불사상도 함께 나타내고 있는데, 사씨는 관음사상과 유한림은 유가와 관련이 있다.

그러나 서포와 윤씨는 모두 조선사람이고 윤씨는 고난을 극복한 의지의 여인상이므로 동굴모티프의 심상은 그의 작품 밑바탕에 깔려 있다고 볼 수 있다. 본 소설에서 사씨가 고난을 극복한 정신적인 원형은 유불사상과는 다른 국조신화가 밑바탕이 되었다는 것을 기초로 해서 다음 장을 살펴보기로 한다.

2. 사씨의 고난

유한림이 교씨를 첩으로 맞아들인 이유는 사씨가 유씨가문의 대를 잇지 못하게 되면서 자신도 가문에 면목이 없을 뿐 만 아니라 후에 사씨가 칠거지악으로 유씨가문에서 쫓겨나게 되는 일이 없도록 하기 위함이었다. 그래서 사씨도 교씨를 첩으로 맞아들이게 한 것이라 할 수 있다.

교씨는 사씨에 의해서 유한림의 첩이 되자 겉으로는 사씨를 윗 사람으로 공경하였으나 시간이 흐르자 교씨의 교만 방자한 인간성은 드러나기 시작하였다. 우선 점잖은 양반가문에서 가락음률을 배워 집안을 놀라게 한 것은 그녀의 경거망동한 행동이 은연중에 드러나기 시작하는 부분이라 할 수 있다. 교씨는 사씨의 주의를 받은 후에 중지하였다. 그러나 그녀가 음란하다는 것은 유한림이 동청을 서기로 채용하였을 때 그와 정을 나누고 밀애를 했다는 것에서 다시 드러난다. 이 사건은 사씨가 친정 모친인 사급사 부인의 병간호를 위해 친정에 가고 없을 때 유한림은 여가를 내서 처가댁에 다녀오려고 하였는데, 임금이 유한림에게 산동지방에 흉년이 들어 유민이 많이 발생하니 백성의 질고를 살피고 오라는 어명을 내린다. 그래서 유한림은 사씨를 만나지 못하고 떠나게 된다.

사씨와 유한림이 없는 집안에서 교씨와 동청은 집주인 행세를 하며, 부부같이 동거생활을 하게 된다. 그 때 동청이 사씨를 집 안에서 쫓아내려는 계략을 세우고 유씨가문의 세존지물인 보경일좌와 옥지환을 사씨의 시비인 설매와 교씨의 시비 납매에게 훔쳐내게 하고 이를 교씨에게 알리고 이는 다시 냉진에게로 전해진다.

옥지환은 냉진에게 전달되어 신성성을 잃게 된다. 훗날 사씨는 옥지환을 가지고 있지 않은 것으로 사건이 전개되지만 이본에 따라서는 사씨에게로 다시 돌아오는 것으로 되어 있는 것도 있음을 밝혀둔다. 사씨의 옥지환은 시아버지에게서 받은 유씨가문의 세존지물로써 국조신화에서는 천부인 세 개[16]-거울·방울(옥)·칼-중 옥에 해당되는 것이고, 주몽신화에서는 편검과 같은 신성한[17] 물건이다.

사씨가 옥지환을 분실했다는 것은 곧 큰 불행이 닥칠 것을 암시해 준다. 나중에 유한림이 비복들을 엄하게 문초하였지만 교씨의 치밀한 계획으로 인해 증거가 없어 미해결로 남게 된다. 사씨는 교씨의 흉계라는 심증을 가지고 있었지만 참을 수밖에 없었다. 옥지환 사건이 그렇게 마무리되자 동청은 옥지환 사건으로 실효를 거두지 못함을 깨닫고 다시 교씨와 모의하게 된다.

동청과 교씨는 『사기』의 측천무후의 고사를 모방해 교씨의 소생인 장주를 죽이고 이것을 사씨가 시비와 함께 모사한 것으로 하여 결국 사씨는 유씨가문에서 출거 당하고 교씨는 정실이 됨으로써 그들의 음모는 성공을 거두게 된다.

사씨는 아무 죄도 없이 동청과 교씨의 음모로 유씨 가문에서 쫓겨나게 되고 인아는 간악한 교씨의 손에서 양육되게 된다. 사씨는 갈 곳이 없어 시부모 사당 근처 초가집에서 살게 된다. 이를 동청이 알고 두 부인으로부터의 거짓 편지로 사씨를 속여 결국 사씨는 남방 5천리나 되는 장사로 향하게 된다. 사씨는 장사에 도착하여 두부인을 만나려고 하였으나 두부인과 아들은 이미 떠나고 없었다. 설상가상으로 노자마저 떨어져 유몽과 차전과도 헤어지게 되고 여러 곡절 끝에 동정호에 이르러 달빛이 밝은 악양루에 올라가 이곳이 전고에 유명한 곳임을 새삼 감탄하고 강물에 몸을 던지려고 하자 시종이 이를 만류한다. 이러한 가운데 기운이 빠져 잠

---

16) 이은창, 「대전 괴정동 청동기 문화의 연구」, 『아세아연국』 30호, 아세아문화연구소, 1978, 75~95쪽.

17) 윤경수, 『한국고소설의 동굴모티프연구』, 태학사, 1999, 115쪽.

이 들고 꿈을 꾸게 되었는데, 이는 자기 몸을 죽여 환상케 하는 것과 관련된다.[18)]

꿈 속에서 사씨는 순임금의 두 왕비인 아황과 여영을 만나 모든 일이 하늘의 뜻이므로 앞으로는 무궁한 복을 받을 것이라는 위로의 말을 듣고 꿈에서 깨어나게 된다. 사씨는 꿈속에서 대숲으로 갔던 것을 상기하여 유모와 시비를 데리고 숲으로 들어가 황릉묘를 발견하게 되고 뜻밖에 늙은 여승을 만나 수월암으로 들어간다. 그 여승은 두 부인이 사씨에게 관음찬을 받아오라고 보낸 묘혜였다.

사씨가 유씨가문에서 출거되어 묘혜를 만나기 전까지는 죽음과 다름없는 입사식의 과정을 치르고 있다고 볼 수 있다.[19)] 사씨는 시부의 현몽지시를 잊지 않고 4월 15일에 백빈주에 배를 대기시켜 동청의 무리들에게 쫓기는 유한림을 구출하고 얼마 후에는 꿈에 그리던 인아도 만나게 됨으로써 행복한 삶을 살게 된다. 뿐만 아니라 유한림의 벼슬이 높아지자 사씨도 함께 신분이 상승하게 되어 부귀영화를 누리는 생활을 하게 된다. 이것은 동굴모티프의 수용이라고 볼 수 있다.

사씨는 유한림에게 교씨를 첩으로 맞게 한 후 엄청난 고난을 겪게 되자 강물에 투신하려고 했지만 뜻을 이루지 못하고 꿈속에서 구원자를 만나 자신의 운명을 극복한 것이다.

꿈속에서 구원자를 만난 것은 사씨의 마음씨 착한 인간성을 하늘이 감동하여 사씨를 도운 것이다. 사씨가 강물에 투신하여 죽으려 했던 것은 심청이 인당수에 제물이 되려 했던 것과 같은 제의적 죽음의 의미가 있다고 하겠다. 또한 입사식의 고난으로도 비유될 수 있다.

---

18) 윤경수, 「단군신화의 문학적 수용의 현대적 고찰」, 『한국문학사상의 현대성연구』, 태학사, 1994, 50쪽.

19) R.S.Peter, *Ethics and Education*, London, George Allen & Unwin LTD, 1966.

사씨는 여러 고난을 겪은 후 승상부인으로 신분상승을 하게 되는데, 이것은 사씨가 운명에 좌절하지 않고 바른 삶을 살았기 때문에 하늘이 도운 것이다.

V. 『사씨남정기』에 나타난 운명관

1. 교씨와 장씨와의 관계

서포가 본 소설을 지은 것은 현실을 비판하기 위한 목적이 있었기 때문이다. 즉 교씨가 유한림의 첩이 되자 교활한 자신의 본성을 드러내며 사씨를 출거시키는 것은 숙종 때 희빈 장씨가 갖은 수단과 방법으로 민비를 폐출시킨 행위를 유사하게 비유시켜 놓은 것이라 할 수 있다.

본 소설을 통해 살펴볼 때 교씨는 정상적인 사람이 아니다. 교씨의 인간성은 매파가 사씨에게 한 말에서도 잘 나타난다. 교씨는 본래 사대부의 딸로 태어났지만 일찍 부모를 여의고 큰아버지 집에서 자랐다. 어릴 때부터 빼어난 미모에 여러 재주도 겸비하였다. 그러나 그녀는 경제적으로 궁핍한 가정에서 성장하였기 때문에 사대부의 정실이 되기보다는 첩이 되어 부귀영화를 누리려고 했던 인물이다.

사씨는 매파의 말을 듣고 사대부가의 딸이기 때문에 품행이 바를 것이라고 판단하여 유한림에게 교씨를 데려오도록 강권하였다. 이에 유한림은 교씨를 첩으로 맞이하게 된 것이다.

교씨는 청빈한 사대부가에 출가하면 힘든 고생이 따를 것이라고 생각하여 차라리 부귀영화를 누리는 명문가의 첩으로 들면 여생을 편안하게 살 수 있다는 생각에서 첩의 길을 택한 것이다. 이를 통해 교씨가 부귀영화를 누리고 자기의 욕구를 충족시키기 위해서는 잘못된 일이라도 능히

할 수 있는 인물임을 알 수 있다. 그래서 교씨는 자식까지도 죽이는 잔인성을 드러내고 있는 것이다.[20]

유한림과 사씨는 교씨를 맞아들일 때 기쁜 마음으로 맞아들인 반면 두부인은 냉담한 반응을 보였다. 두부인은 사씨에게 교씨의 인물됨에 대하여 절대가인이지만 성품이 불량하여 사씨나 유씨가문에 화를 미칠까 두렵다는 말을 함으로써 이것은 사씨의 앞일을 예상하게 하는 복선으로 작용하고 있음을 알 수 있다. 이에 사씨는 사람은 인물이 뛰어나더라도 어진 사람이 있다는 고사를 들면서 교씨를 감싸주지만 두부인은 '인물값'을 하게 될 것이라고, 그래서 교씨는 우환을 불러들일 것이라고 말한다.

교씨는 처음에는 한림과 사씨의 뜻을 따르며, 극진히 마음을 다하는 모습에 모두 칭찬을 하였다. 그런 중에 아들까지 낳자 사씨와 한림은 무척 즐거워한다. 그런데 교씨는 사씨가 아기를 가지자 그것을 시기하여 사씨가 낙태하도록 시도하지만 실패하자 간악한 수단을 쓰게 된다. 이렇듯 교씨는 자신의 욕망 충족만을 위해 사는 인물이다.

교씨는 사씨와는 근본적으로 대립되는 인간형으로 나타나는데, 그녀는 선에 대립하는 악의 인물인 것이다. 악의 화신이라고 할 수 있는 교씨는 유씨가문의 첩으로 들어오고 난 후 아들을 낳음으로써 유한림의 총애를 받게 된다. 그렇게 되자 그녀는 유씨가문에서 자기의 위치를 확고히 하기 위해 아예 사씨를 출거 시키고 자신이 정실이 되고자 한다.

이 소설에서 교씨의 간악한 행위는 서포가 숙종 때의 장씨와 민비와의 관계를 풍자하고 장씨의 악인 됨을 비판하기 위한 것이다. 이상의 관계를 도표로 나타내면 다음과 같다.

---

20) 김명순, 「사씨남정기의 성격구조와 그 의미」, 『이능우박사 칠순기념호』, 도서출판 한일, 1990, 20쪽.

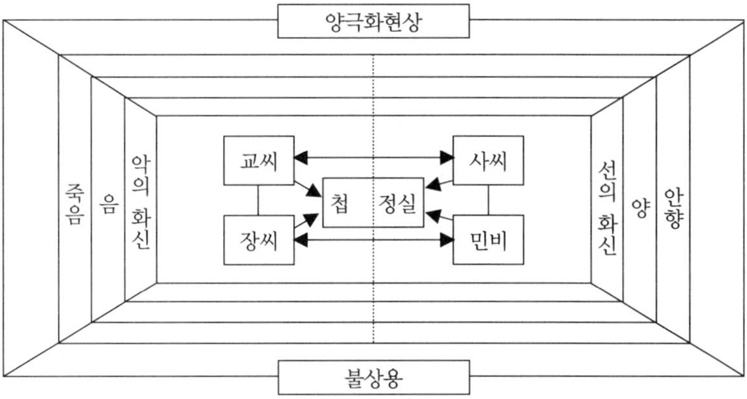

위 도표에서와 같이 사씨와 민씨는 교씨와 장씨가 절대적 선악의 상대적이고 불상용의 관계된 인물이다. 본 소설에서 교씨는 유한림의 서기인 동청과 음모를 꾸며 사씨를 출거케 하고 유한림을 해치려고 하며 또한 냉진과 야합함으로써 그녀의 악행은 극한 상황에 이르게 됐다. 사씨는 유씨가문에서 쫓겨난 뒤 시부모의 사당 근처에서 살며 시부모를 조석공양을 한 효부였다. 이런 상황에 교씨는 동청과 모의하여 사씨를 납치하여 냉진의 처가 되게 하려는 은밀한 계획을 세우게 된다. 그래서 사씨는 그곳에서 조차 살 수 없게 되어 남방으로 수로 5천리의 길을 항해하는 고생까지 하게 된다. 그 후 교씨는 자가당착적인 행위를 자행하다 그 벌로써 죽게 되는 운명을 맞는데, 이것은 국조신화의 범의 행위와 같은 것을 의미한다. 즉 범이 환웅과의 약속을 지키지 못하고 동굴을 벗어남으로써 짐승의 탈을 벗지 못한 행위와 같다는 것이다.

교씨는 잘못된 자신의 행위에 의해 처벌당하는 악인의 운명을 보여주고 있으며, 이것이 바로 서포가 살던 당시의 장씨의 행위와 일치하고 있는 점이다.

2. 유한림의 인물됨과 운명관

서포가 본 소설을 쓴 의도는 유한림과 사씨, 교씨의 삼각관계를 통해 숙종과 민비, 장씨의 관계를 풍자한 것으로 되어 있음은 널리 알려져 있는 사실이다. 유한림은 사씨의 권유로 교씨를 첩으로 맞이하는데, 교씨는 시기와 질투로 사씨를 모함한다.

유한림은 우유부단한 성격 때문에 이러한 일을 문제 삼지 않았다. 교씨의 행동은 곧 장씨로 비유될 수 있는데, 우선 교씨의 외모가 출중하였다는 점을 들 수 있으며, 교씨가 아들 장주를 낳음으로써 유한림의 사랑을 독차지한 것과 같이 숙종은 장씨가 아들 윤(昀)을 낳자 더욱 그녀를 사랑하였다. 숙종은 장씨가 자신의 소원인 아들을 낳아주자 그녀가 원하는 것은 무엇이든 들어 줄 정도로 총애하였다. 숙종이 균을 세자로 책봉하려고 했던 것도 장씨의 요구였다고 할 수 있다.

이에 김만중은 숙종이 윤을 세자로 책봉하려는 것이 부당하다고 상소를 올렸는데, 이것이 숙종의 노여움을 사서 남해로 귀양가게 된 것이라 할 수 있다 숙종의 노여움을 사서 남해로 귀양가게 된 것이라 할 수 있다.

서포가 남해에서 유배생활을 하게 된 것은 당파로 인해 남인들에게 서인들이 당한 정치적 보복이었다. 서포는 옳고 그름을 잘 판단해서 바른 상소를 올렸지만 숙종이 받아들이지 않고 숙종에게 노여움만 사게 되었고 결국 남인들의 의해 살아서는 돌아올 수 없는 남해에서의 유배생활을 하게 된 것이다.

유한림은 우둔한 성격으로 숙종이 기사환국 때 사리를 올바로 판단하지 못했던 것을 서포가 유한림을 숙종으로 비유시킨 것이라 할 수 있다. 이들 두 사람은 현실의 모순된 점을 과감하게 교정할 줄 모르는 우유부단한 인물이다. 이것을 통해서 살펴볼 때 본 소설은 당쟁의 소용돌이에서 중심을 잃고 현숙한 민비를 폐출한 숙종의 우매함을 풍자하면서 그의 마음을 돌이키기 위한 목적소설이라고 봄이 타당할 것이다.[21]

유한림이 뒤늦게 교씨의 간악함을 알게 되어 단호하게 교씨를 처단하는데, 이것은 숙종이 장씨를 사형시킨 것과 비슷한 양상을 보이고 있으며, 한림이 사씨를 정실로 복귀시킨 것은 숙종이 민씨를 왕비로 다시 맞이한 것과 유사한 것이라 할 수 있다.

본 소설에서 나타난 유한림의 인간됨은 어리석고 우유부단하다고 볼 수 있다. 그러나 유한림은 사씨의 꿈 속 계시에 의해 새로운 삶이 마련됨으로 인해 처음에는 평면적 인물이었다가 나중에는 전형적인 운명을 가진 인물로 전개되고 있다.

3. 동굴모티프와 사씨의 운명관

사씨는 유한림과 결혼한 후 행복한 삶을 살고 있었으나, 첩 교씨가 집에 들어와 교활한 모습을 드러내기 시작하면서부터 사씨의 운명은 점점 불행 쪽으로 기울어진다. 사씨는 교씨의 간악한 행동에 의해 유씨가문에서 출거 당하게 되고 그것을 통해 고난을 더 심하게 겪게 되는데, 그 고난은 국조신화에서 곰이 동굴에서 삼칠일 동안 쑥과 마늘만 먹는 입사식의 과정과 그 맥을 같이 한다.

사씨는 교씨의 음모로 고난을 겪게 되지만 교씨를 원망하는 빛을 내비치지 않았으니 그녀의 인간성이 바로 한국의 전형적인 현모양처의 여인상이었기 때문에 가능한 것이었다. 그녀의 인간성은 관음보살상과 웅녀상과 같이 자비로웠다.

---

21) 정규복, 「남정기의 저작 동기에 대하여」, 『성대문학』 제15, 16합집, 성균관대학교, 1970, 1~5쪽.

사씨가 교씨의 음모로 불행한 삶을 살기 시작해 다시 행복한 삶을 되찾기까지는 힘든 고난이 있었다. 한마디로 말해서 사씨의 인생은 '화목–파탄–회복'[22]의 과정을 거치는 것이다. 작품의 전체 구조는 사씨의 일생에 따라 '행복–몰락–반전–행복'의 변화를 보이고 있다.

단군신화	환웅	곰	쑥·마늘	동굴생활	어둠	가혹한 시련	인내	웅녀
사씨남정기	유연수	사씨	교씨의 모함	초옥·수로 5천리	어둠	매정한 세월	인내	승상부인

한림과 재결합하여 화락을 누리고 승상부인으로서의 신분상승을 이룬 것은 국조신화의 동굴모티프와 연관된다. 그 관계를 도표로 나타내면 다음과 같다.

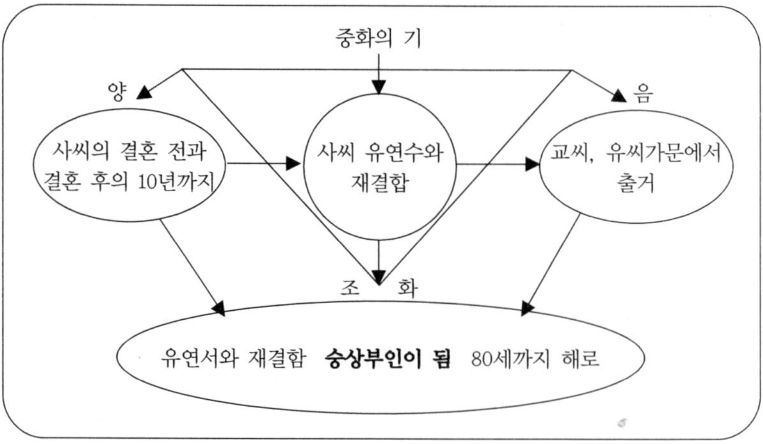

22) 박태상, 앞의 책, 381쪽.

사씨가 마침내 유한림과 인아를 만나고 교활했던 교씨가 죄로 인해 죽음으로써 그녀의 반동자는 없어졌다. 사씨와 교씨의 삶도 선과 악의 관계에서 생각해 볼 수 있다. 또한 본 소설은 음양조화의 구조를 통해서도 사씨와 유한림의 관계를 알 수 있다.

사씨가 양적인 생활을 한 것은 유한림과 결혼한 후 10여 년 동안이고, 음적인 생활을 한 것은 교씨를 유한림의 첩으로 맞은 후 그녀의 흉계로 유씨가문에서 출거된 후 다시 유한림을 만나기 전까지로 볼 수 있다. 그리고 음양의 조화에 대해 살펴보면 사씨가 유한림과 재결합하여 승상부인에 오르고 80세까지 부귀영화을 누리며 산 것에 해당된다.

사씨는 한국의 전통적 여인상인 현모양처였다. 그리고 본 소설에서 사씨가 경험한 역경과 고생은 바로 민비의 고난으로 파악할 수 있다. 민비는 장씨의 음모로 폐비가 되었고 그래서 그녀는 고통스런 삶을 살았다.

본 소설은 장씨와 민비, 숙종 사이의 관계를 서술한 목적소설이므로 결국 민비와 사씨, 숙종과 유한림은 등가에 있다. 그리고 사씨는 운명이 기박했으며, 그녀의 인간상은 관음보살과 웅녀상과 비슷한 것으로 볼 수 있다. 특히 사씨가 웅녀상과 유사한 것으로 볼 수 있는 이유는 그의 운명관이 우여곡절이 심했음이 본 소설에서 드러나고 있으므로 동굴 모티프가 은연중에 무의식적으로 수용된 것으로 볼 수 있기 때문이다. 그러므로 본 소설은 국조신화의 동굴모티프를 수용하였다고 볼 수 있다

사씨의 행복과 불행의 과정은 고난을 겪은 후에 행복한 삶을 누리게 된다는 국조신화의 동굴모티프와 연관관계가 깊다고 할 수 있다. 국조신화의 구성은 '발단-전개-전환-절정-결말'의 과정으로 되어 있다. 이 관계를 도표로 나타내면 다음과 같다.

발단	전개	전환	절정	결말
곰	짐승의 탈	동굴생활	웅녀	지모신
사씨	출거	초옥, 수로 5천리 항해	승상부인	백년해로

이와 같이 본 소설은 국조신화와 구성과 내용 모두가 비슷하다. 사씨가 유씨가문에서 쫓겨난 후 시부모의 묘소 근처의 초옥에서 생활한 것부터 유한림을 다시 만나기 전까지의 생활은 바로 국조신화에서 곰이 동굴생활을 한 것과 비교될 수 있다.

서포가 본 소설을 쓸 때 국조신화의 동굴모티프의 영향을 받아서 지은 것은 아니지만 그 원형의식은 민족의 정서에 집단적 무의식에[23] 의해 작용되고 있음을 의미한다. 사씨가 유씨가문에서 쫓겨나 남방으로 수로 5천리나 되는 긴 항해의 고난을 이겨낸 것은 원형적으로 곰이 웅녀로 변신할 때 고난을 극복한 동굴모티프와 연관된다. 결국 사씨는 죽은 시아버지의 꿈 속 계시로 힘을 얻어 희망을 가지게 되고 그래서 다시 유한림을 만나게 되며, 누명을 벗게 된다. 이것은 사씨가 착하게 살았기 때문에 하늘이 보상을 한 것이다.

사씨가 양적인 생활을 한 것은 유한림과 결혼한 후 10여 년 동안이고, 음적인 생활을 한 것은 교씨를 유한림의 첩으로 맞은 후 그녀의 흉계로 유씨가문에서 출거된 후 다시 유한림을 만나기 전까지로 볼 수 있다. 그리고 음양의 조화에 대해 살펴보면 사씨가 유한림과 재결합하여 승상부인에 오르고 80세까지 부귀영화을 누리며 산 것에 해당된다.

국조신화에서 음적인 생활은 곰이 동굴에 들어가 삼칠일 동안 어두운 동굴생활을 한 것이고, 양적인 생활은 곰이 웅녀로 변신하게 되고 환웅과

23) C, G, Jung, *Seelenprobleme der Gegenwart*, Eurich, 1931, p.144.

결혼하고 단군을 낳아 국모와 지모신적 존재가 된 것이 이에 해당한다.

사씨는 한국의 전통적 여인상인 현모양처였다. 그리고 본 소설에서 사씨가 경험한 역경과 고생은 바로 민비의 고난으로 파악할 수 있다. 민비는 장씨의 음모로 폐비가 되었고 그래서 그녀는 고통스런 삶을 살았다.

본 소설은 장씨와 민비, 숙종 사이의 관계를 서술한 목적소설이므로 결국 민비와 사씨, 숙종과 유한림은 등가에 있다. 그리고 사씨는 운명이 기박했으며, 그녀의 인간상은 관음보살과 웅녀상과 비슷한 것으로 볼 수 있다. 특히 사씨가 웅녀상과 유사한 것으로 볼 수 있는 이유는 그의 운명관이 우여곡절이 심했음이 본 소설에서 드러나고 있으므로 동굴 모티프가 은연중에 무의식적으로 수용된 것으로 볼 수 있기 때문이다. 그러므로 본 소설은 국조신화의 동굴모티프를 수용하였다고 볼 수 있다.

Ⅵ. 맺음말

본 소설은 장희빈이 인현왕후를 폐비시키고 아들을 세자로 삼으려는 것을 서포가 반대하는 상소를 올리고, 결국 숙종의 눈 밖에 나서 남해로 유배를 가게 되고, 거기서 숙종의 마음을 돌이키기 위한 의도에서 지어진 목적소설이라는 것이 통설로 되어왔다. 본 소설에 대해 경기 성남지구 광산(光山) 김씨문중(金氏門中) 회장을 역임한 김용석(金容錫, 65歲)은 선대로부터 숙종과 인현왕후와 장희빈 관계를 소설화한 것으로 보고 있음을 기정사실로 인정한다고 하였고, 김만중을 일생동안 연구한 정규복(丁奎福) 교수도 학술발표 때 원로로서 목적소설임을 밝히고 있다.

일부 학자들은 목적성이 아닌 순수 창작에 의해 본 소설이 지어진 것이라는 논의를 제기하기도 하였지만,[24] 본고에서는 목적소설임을 주장하며, 논거를 전개하였음을 밝힌다. 본 소설이 사씨와 교씨, 그리고 유한림 간의 삼각관계를 민비와 장씨, 그리고 숙종과의 관계로 대치시킨 것은 본 소설이 풍자성을 띠고 있기 때문이다. 결국 이 소설은 권선징악적인데, 그것은 사씨가 교씨에 의해 유씨가문에서 출거되는 슬픈 운명을 맞이하게 되지만, 결국 교씨의 죄가 드러남에 따라 교씨도 타살되고, 사씨도 유한림의 정실로 다시 원상복귀 하게 되는 것에서 알 수 있다.

본 소설은 정의가 승리한다는 운명관을 확고하게 드러낸 작품이다. 고소설의 대부분이 권선징악적인 내용을 소재로 한 것과 같이, 본 소설 또한 그러한 운명관을 주제로 한 내용이라 할 수 있다.

17세기 숙종 때 기사환국에 의해 서인인 서포는 남인에게 화를 입어 남해로 귀양을 간다. 본 소설이 목적성을 가진 작품이라는 것은 사씨, 교씨, 유한림과의 삼각관계가 민비, 장씨, 숙종의 관계로 부합되어 서포의 의도성이 잘 드러나기 때문이다. 본 소설이 숙종 때를 배경으로 한 것은 이 작품이 숙종과 민비와 장희빈과의 관계와 무관하지 않다는 것을 나타내 준다.

이 소설은 중국에서 간행된 것을 수입한 것으로 되어 있다. 전해오는 일설에는 궁녀가 이 작품을 숙종에게 낭독하자 숙종은 죄가 없는 사씨를 출거시킨 유한림을 가리켜 천하의 부도덕한 놈이라고 소리 질렀다고 하니, 자신의 명령에 대한 자책은 없었던 것 같다.

숙종이 이 소설을 읽고 자책을 받았는지 알 수 없으나 숙종 20년에 장희빈을 폐출하고 민비를 복귀시킨 사실을 볼 때 서포는 앞날을 예견한 작가임을 알 수 있게 한다.

---

24) 최근에 이 문제를 더욱 심화시켜 『열녀전』과 비교해 서포에 고뇌에서 나온 문학적 산물로 본 논문이 주목된다.(우쾌제, 「〈남정기〉를 통해 본 지식인에 고뇌와 문학적 대응 양상」, 『우리문학 연구』 제12집, 우리문학회, 1999.12, 27~50쪽.)

사씨의 운명은 기구할 정도로 숱한 고난을 겪었다. 그러므로 이 소설에서 내면에 깔려있는 사상은 우리의 국조신화의 동굴모티프의 의식이 잠재되어 있다고 볼 수 있다.

사씨가 겪은 고난들은 동굴모티프에서 웅녀가 경험한 입사식의 고통을 수용한 것이다. 이것은 사씨가 통과의례의 고난을 겪음으로써 헤어졌던 남편과 아들과도 다시 만나며, 이후 승상부인으로 신분상승을 해서 80세까지 부귀영화을 누리는 생활을 한 것을 통해 알 수 있다.

지금까지 살펴본 것과 같이 사씨의 운명은 죽음과 재생이라는 동굴모티프를 수용하여 전개되었다.

제4부

고조선 문화와 서사문학

고인돌에서 유래된 제례문화와 문학연구

-유네스코 문화재와 제물과 현대시를 중심으로-

Ⅰ. 머리말

우리나라의 제례문화(祭禮文化)는 빛나는 유구한 전통을 지닌 것으로 되어 있다. 이미 강화·고창·화순의 고인돌은 2,000년 12월 2일에 유네스코(UNESCO) 세계문화유산의 등재되었음을 알 수 있다. 우리의 고인돌 세 곳이 주체자인 망인의 무덤이라 알려지고 있다. 고인돌은 청동기 제례의식에서 생겨나 오늘에 전승되고 있으니, 오랜 역사성을 지니고 있다. 이미 우리 조상들의 유적인 고인돌이 세계문화유산에도 등재되었으니, 조상을 기리는 효의 발현인 제례문화 또한 세계문화유산에 등재되어야 마땅하다. 이 문제는 우리의 역사가 제례문화로 인해 효자·효녀와 충신열사가 배출되어 빛나는 나라를 세웠기 때문이다.

역사적으로 단군조선이 동북아에서 가장 강대한 나라를 세운 것은 고인돌에서 유래된 조상을 기리는 효 사상에서 그 기풍이 일었기 때문이다. 우리나라는 지리적 이치조건으로 강대국사이에 있음에도 불구하고 멸망하지 않고 반만년 전통의 나라를 세운 것은 효사상에서 비롯되었음은 부인할 수 없는 사실이다. 고인돌은 제례의식에서 생겨난 것인 만큼 고조선의 경우도 제례문화가 활발하게 전개되기 시작하면서 홍익인간의 이화세계(理化世界)도 이뤄진 것이라 할 수 있다.

사실상 한미족의 제례문화는 고인돌의. 덮개돌(蓋石, 뚜껑돌)이 제상(祭床) 역할을 한 것으로 증명되는 사항이기도 하다. 즉 단군의 조부(祖父)인 환인(桓因)과 부(父)인 환웅(桓雄)은 제례문화의 태동기라고 하면 단군시대는 발흥단계라고 할 수 있다. 왜냐하면 환인은 아들 환웅에게 자애(慈愛)를 베풀었다면 환웅은 환인에게 효로써 보답하여 홍익인간의 고을 사회를 훌륭하게 다스렸다. 단군 또한 환웅에 뒤를 이어 부자자효(父慈子孝)를 실행했기에 마침내 부족연맹의 국가를 탄생시켰기 때문이다. 단군이 홍익인간의 이상적인 나라를 세운 것은 효의 전통을 이어 내려온 것으로 볼 수 있다. 단군은 역사적으로 후세 부여를 비롯하여 고구려 백제 신라 고려 조선조 등 오늘에도 전통을 세웠기 때문이다.

효 문화의 전통은 이미 고인돌에서 비롯되어 세계문화유산에 등재되었으니 제례문화 또한 등재되어야 할 것이다. 그런데 아쉬운 점은 조상을 받드는 제례문화가 많은 사람들이 유교의식으로 인지하고 있는 경황이다. 우리의 제례문화는 유교 이전에 반만년 전통의 고인돌에서 조상의 제사를 봉행하여온 것이 오늘날에도 집단적 무의식에 의해 전승된 것이다. 우리의 제례문화는 단군 이전부터 실행했던 것이니, 한민족 오랜 전통을 지켜왔던 유산이라 할 수 있다.

고인돌의 덮개돌은 제상(祭床)의 역할을 한 것이니, 이 게석(蓋石)에는 여러 가지 제수용품이 진설되었다. 고인을 추모하는 제의(祭儀)가 끝나면 모임사람들은 제수용품으로 고넝을 위무하기 위해 식사를 하고 밤이 새도록 가무행사를 행한 것으로 되어 있다.

제수용품 중에 조율이시(棗栗梨柿)는 제상에 제수용품으로 오르는 이

유가 있음에도 오늘에도 사람들이 그에 대해서 아는 이가 없다.

본고에서는 과실제수가 제상에 차려져 제의를 행하는 이유와 우리의 제례문화가 세계문화 유산에 등재될 필요성을 밝히고자 한다. 이와 아울러 『동방문학』의 배려로 고인돌 유적지를 탐방하여 시 수필 기행문 논문도 『말하는 돌』에서 게재한 자료를 중심하여 특히 이 중 시(詩)에 대해서 논하기로 한다.

Ⅱ. 반만년전통의 고인돌

1. 단군강역과 강화·고창·화순의 고인돌과 군자국 칭호

단군시대는 한민족이 동북아일대에서 그 세력이 전성기를 이뤘다고 할 수 있다. 이미 한민족이 빙하기인 1만 년 전 전후에 동북아일대에서 가장 훌륭한 문화를 이루었다는 것은 우리풍속이 알라스카 캐나다 멕시코 등 남미에서도 나타나 있는 바와 같다. 이 중에서 북미의 인디언이 우리 한민족이었다는 것은 인류학자와 민속학자들의 학설에서 드러나 있다.[1] 우리한민족은 오늘에 이르러 요화문명(遼河文明)의 실체에서 드러나는 바와 같이 중국의 황하문명(黃河文明, 4,000~3,000)보다 1,000년 이상 앞섰다는 논문[2]과 중국학자들도 또한 발표하였다.[3] 이런 역사상의

1) 윤경수, 「윷놀이 기원 및 윷판과 세시풍속 연구」, 『윷문화 자료집 연구논문편』, 사단법인 한국민족종교협의회, 2013, 189~211쪽.

2) 박선희, 「유물자료로 본 고조선 이전 시기의 복식문화 수준」, 『단군학연구』 19호, 딴군학회, 2008, 78~80쪽.
우실하, 「오하문명권 연구의 어제와 오늘」, 『고대동북아 연구』, 백산자료원, 2009, 13~40쪽.

3) 蘇秉九, 『華人・龍的傳人・中國』, 遼寧大學出版社 瀋陽, 1994, 130~131쪽.

전통으로 반만년 경에 단군이 다스린 강역에는 고인돌이 분포되어 있다. 우리는 고인돌만으로도 반만년 이전부터 조상의 제사를 정성껏 받들어 왔다는 것을 익히 알 수 있는데 단군 이전부터 단군이 다스린 지역에는 사람들이 살아왔기 때문이다. 조상숭배는 고인돌이 축성되기 전부터 조상을 기리는 제사가 실행되어 왔던 것이다. 조상을 기리는 제의는 구석기시대 이후 고인돌이 조성되는 청동기에 전성기를 이뤄왔다. 특히 조상제례의 성행은 단군시대 거석문화기념물인 고인돌에서 볼 수 있는 바와 같다. 동북아에서 고인들은 학자에 따라 이견이 제기되지만 6,000~2,500년에 고인돌이 만들어지기 시작하거나 유행하던 시기로 보고 있다.[4] 고조선 건국(B.C.30~B.C.21)은 청동기 시작에 기반을 둔 청동기 제품을 그림과 도표로 나타낸 논문이 발표되었다.[5] 고인들은 한반도 전역과 서해를 중심으로 특히 산동을 건너 요동뿐만 아니라 중국 서해안을 따라 둥글게 호(弧)를 이루면서 다음과 같이 분포하고 있다.

4) 우장문, 「황해남도 지역의 고인돌 분포도」, 『고조선단군학』 제25호, 고조선단군학회, 1201, 348쪽.

5) 신용하, 「고조선국가의 형성과 고조선 금속문화」, 『단군학연구』 21호, 단군학회, 2009, 272쪽.

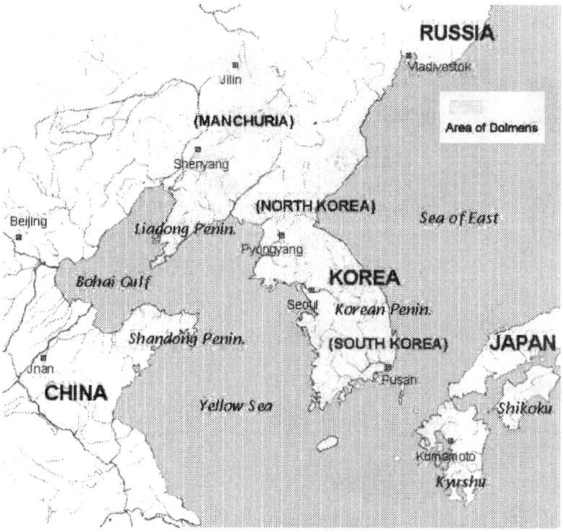

[그림 3] 동북아의 고인돌 분포지도

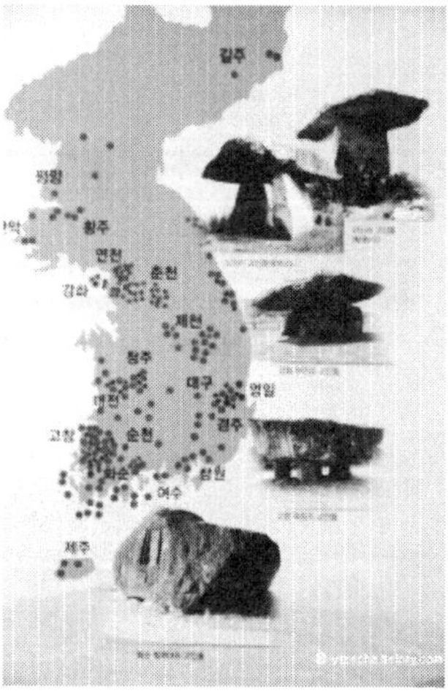

[그림 4] 한국의 고인돌 분포지도

[그림 5] 고인돌과 비파형동검 분포도

[그림 6] 세계문화유산 강화고인돌

[그림 7] 고창 매산마을 고인돌군

[그림 8] 화순 대신리 감태바위 고인돌군

오늘날 남북한 고인돌의 합한 수는 전 세계의 70% 이상을 차지할 정도로 '고인돌 왕국'이라고 할 수 있다. 한반도에는 42,260여기의 고인돌이 분포하는 것으로 추정된다고 하며 그중 전라남도는 19,058기를 차지한다고 되어 있다.[6] 전 세계의 고인돌의 분포는 유럽·중동서남아시아·동남아시아를 거쳐 중국의 복건성·절강성에서도 축조되고 있으며, 동북아시아에서는 한반도·요동지방·일본 북 구주까지 널리 분포한다.[7] 한반도에서는 고창·화순·강화고인돌은 유네스코 세계문화유산으로 함께 등재되었는데 이곳의 고인돌을 소개하면 그림 6~8과 같다.

---

6) 위의 책, 337쪽.

7) 유태용, 『분헌자료에 나타난 고대인의고인돌 인식』, 고조선단군학 제29호, 고조선단군학회, 2013.12.30, 334쪽.

위의 고인돌 덮게 돌은 오늘에 제수용품의 제상(祭床)의 모형(母型)이자 모태(母胎)라 할 수 있다. 조상 제례의 풍속은 단군시대 고인돌에서 조상의 제사를 받들어 봉행하였던 것으로 오늘날까지 반만년 전후를 이어온 것이다. 따라서 고인돌은 고대 한민족의 조상들의 제사를 드릴 때 그 덮개돌에다 제수를 차려놓고 제사를 드렸으므로, 그 덮개돌은 오늘날의 상석(床石)과 같은 것이다.[8)]

삼개지역의 고인돌의 덮개돌의 상석은 거석(巨石)이므로 여기에 제수용품을 차려놓고 조상의 제의를 마치면 그 제수용품으로 식사를 하고 날이 밝을 무렵까지 가무행사를 펼쳤다. 고인돌에다 망인의 무덤을 조성하는 것은 상고시대 벼슬을 했거나 부유층이 아니고서는 어려운 일이다. 위의 삼개지역에서 보는 고인돌은 근처가 아니면 먼 곳에서 운반하여 온 것이니 막대한 비용이 들게 되어 일반백성들은 대부분 흙무덤으로 매장하였을 것이다. 상류계층의 사람들만이 고인돌에다가 망인의 무덤을 조성하였던 것으로 볼 수 있다, 왜냐하면 고인돌 무덤은 거기에 쓰인 석재의 채취, 운반, 가공, 조립 공정을 거쳐야 완성되기 때문에 무덤주인의 권력과 재부의 크기에 따라 무덤에 크기와 그 비용도 비례하였을 것이다. 고인돌은 3천년 가까이 망인을 고인돌에도 장례를 봉행하는 풍속이 존속되었다고 볼 쑤 있다. 즉 무덤의 주인공 피장자의 계층은 "국왕과 중앙정부 대신급 대관료들이었거나 지방 군주들이었을 수 있다. … 국읍에서 천신제를 주관하는 천군(天君)들 및 일부 호반일수 있다."[9)]라고 하여 상류계층과 부유층의 망인만이 고인돌 무덤으로 축조되었다. 고인돌은 전국적으로 분포

8) 윤경수, 「단군시대의 고인돌과 단군과 역사적 실제」, 『말하는 돌』, 세계거석문화편 도서출판 신세림, 2002.3, 262쪽.
9) 허종호, 「고조선사회의 성격」, 『단군과 고조선 연구』, 단군학회편, 지식산업사, 2005, 226쪽.

되었으니, 오랜 세월을 거치는 동안 없어진 것도 많았음에도 단군이 다스린 지역에서는 고인돌 군을 이루는 것이 중국의 산동이나 요동에서 분포되어 있다. 한국 또한 각지에 분포되고 있었겠으나 오랜 세월을 거치는 동안 없어진 것이 많았다, 그럼에도 현제 남아 있는 고인돌이 세계에서 가장 많고 알려지지 않은 것까지 합치면 5만기가 넘는다고 한다.

예로부터 중국인들은 우리나라를 일컬어 동방예의지국(東方禮儀之國)이니 군자국(君子國)이라 일컬은 것도 고인돌에서 온 조상숭배관념으로 훌륭한 효자·효녀와 충신 열녀들이 많이 배출되었기 때문이다. 효자·효녀의 출현은 충신 열녀를 배출해 나라를 세우는데 공헌이 컸던 만큼 홍익인간의 이화세계와 예의지국을 세우는데 기여가 되었다. 이러한 연유로 인해 고조선은 홍익인간의 나라를 세우는 전통으로 외침을 막아내고 물리쳐 동북아 일대를 석권하여 강대국을 세웠던 것이다. 따라서 강화·고창·화순의 고인돌은 효 문화의 구심처가 되어 후대인에게 나라를 수호하는 상징적 역할을 하여 왔다고 할 수 있다. 이 때문에 중원에 대륙에서 동이족이 중원을 지배하여 온 것은 고인돌 왕국에서 비롯된 제의문화가 활성화되어 조국수호의 간성들이 많이 배출되었기에 가능해진 것이다. 우리 한민족이 반만년의 전통을 이어온 것은 고인돌의 유풍인 효 의식에서 유래된 만큼 제례문화 또한 당연히 유네스코 문화유산에 등재되어야 마땅하다고 본다.

2. 중국고문헌과 한국고문헌의 한국고인돌 기록

고인돌에 대한 기록은 기원전 일이고 그 고인돌 매장이 중지된 지 오랜 세월이 흘러갔던 까닭으로 인해 기록으로 전하는 것이 우리의 경우 거의 없는 실정이다. 다행히 고인돌에 대한 기록은 고려시데에 처음으로 전하는 정도다. 기원전에 전하는 것은 중국 한서(漢書)에서 찾아볼 수 있고,

『삼국지』(三國志)와 그외 한두 곳에 불과하다. 고인돌에 대한 가장 오래된 기록은 팔고(班固)의 『한서』(漢書) 권(卷) 二十七 오행지(五行志) 七에서 전한(前漢) 소제(昭帝) 원봉(元鳳) 3년(B.C.78) 1월조에 '三石爲足'으로 대석(大石)으로 된 탁자식인 것을 소개하고 있다.[10] 또한 3세기경에 서진(西晉, 265~316)의 진수(陳壽, 233~297)가 편찬한 『삼국지』(三國志) 위서(魏書)에는 '下有三小石爲之足'(아래에는 세 개의 작은 돌을 다리로 삼는다.)이라고, 또한 탁자식의 고인돌임을 밝혔다.[11] 탁자식의 고인돌을 워낙 규모가 크고 잘 다듬어진 신석기말 경이나 청동기와 철기시데 제품이므로 사람들이 관심을 가졌던 것이다. 당(唐)의 장작(張鷟, 658~730)은 『조야첨재』(朝野僉載)의 '三石品立'(세개의 돌이 品자 모양 세워져 있다)이라고 했으니 탁자식 고인돌이다.[12] 또 고인돌의 기록은 금(金)의 왕적(王寂, 1128~1194)이 『압강행부지』(鴨江行部志)에서 석붕(石棚)이라 하였다.[13]

한편 중국과는 달리 고려의 이규보(李奎報, 1168~1241)는 『동국이상국집』(東國李相國集)에서 지석(支石)이란 용어로 사용하여 무덤을 기능을 보완한 지석묘(支石墓)라는 단어가 통용되고 있다.[14] 지석묘(支石墓)의 순우리말로는 고인돌이란 용어인데 '돌을 고인 무덤'이란 단어이다. 고인돌을

---

10) 『漢書』 卷二十七, 五行志七. "孝昭 元鳳 三年 正月 泰山蕪山南, 匈匈有數千人聲 民視之 有大石自立 高丈五尺 大四十八圍 入地深八尺 三石爲足 石立處 有白鳥數千集其旁"

11) 『三國志』 魏書 八, 公孫度條. "公孫度 字升濟 本遼東襄平人也.… 東伐高句麗, 西擊烏丸 威行海外初平元年 度知中國優擾 語所親吏柳毅陽儀等日 漢祚將絕 當與諸卿圖王耳 時襄平延里社 生大石 長丈餘 下有三小石爲之足 或謂度日 此漢宣帝冠石之祥 面里名與先君同 社主土地 明堂有土地 而三公爲 輔也 度益喜"

12) 『朝野僉載』. "夸父山在辰州東 三石品立 古老傳日 鄧夸父與 日競走至炊飲 三石者夸父支鼎之石也"

13) 『鴨江行部志』. "己酉 游西山 石室上石縱橫可三丈 厚三尺許 端平螢滑 狀如其局 其河壁立三石 高廣丈餘 深赤如之 了無暇隙 亦無斧業痕 非神功鬼巧 不能爲也 土人謂地 石棚."

14) 李奎報, 『東國李相國集』 卷二十三 南行月日記. "明日 將向 金馬郡 求所謂支石者觀之 支石者 俗傳古聖人所支 果有奇迹者異常者."

[그림 9] ①중국 개주 석붕산 고인돌

[그림 10] ②요르단의 고인돌

영어로는 Dolmen, 중국어로는 석붕(石棚), 한국어로는 지석묘, 일본에서도 지석묘(支石墓)로 불리고 있다.

고인돌 유래의 고문헌 기록은 우리나라의 경우 한 곳에 불과하고 중국에서도 몇 곳에 불과하니, 이에 대한 구체적 연구는 자료부족이라는 한계점에 봉작하게 된다. 워낙 상고시데 오래전에 유물이라 전하는 문헌이 희소한 자료이기에 여기에 근거할 수밖에 없다. 요즘에는 고고학회에서 고인돌에 대한 연구논문이 발표되어 도움을 주고 있다. 그러나 고고학회에서도 고인돌은 청동기나 철기시대 유물로 보고 있으나 단군시대라고 일체 언급하지 않고 있다. 단군시대라고 하면 이해하거나 알아보기도 쉬운데 기피하고 있다. 본고에서는 이들과 달리 단군시대라는 어구(語句)를 사용하여 논하기로 한다.

Ⅲ. 유네스코 세계문화유산의 등제된 고인돌

1. 강화·고창·화순고인돌과 세계유명 고인돌

문인들은 『동방문학』의 주최로 1차로 2001년 12월 17일~18일 사이에

[그림 11] 영국의 스톤헨지

[그림 12] 프랑스의 고인돌

[그림 13] 아일랜드 고인돌

고창 고인돌군집 지역을, 2차로 강화고인돌은 2002년 2월 2일에 다녀왔다. 화순 고인돌 탐방은 문인들 각자가 가거나 2001년 11월에 제1회 화순 고인돌 축제에 참가하여 시를 지은 것으로 볼 수 있다. 지구상에 세워진 거석 기념물은 기원전 4000년경부터 세워지기 시작하여 수천 년 동안 수많은 거석 기념물이 세워진 것으로 알려졌다. 그 분포지역은 광범위하게 전개되었는데, 크기와 형태가 다르다. 이에 대한 범위는 영국을 중심으로 한 서유럽, 중동지역, 북아프리카지역, 인도, 오스트레일리아, 중국, 한국. 일본 등 동아시아권 여러 지역의 거석 기념물이 조성되어 있다.

①은 요동지역 최대의 탁자식 고인돌(B.C.3500~2000년으로 추정)로 재질은 화강암이며 손질을 많이 해 매끈하다. 최근까지도 향을 피우고 소원

을 비는 장소로 이용됐다. ②는 초기 청동기시대(약 B.C.3600), 요르단 밸리 지역에 있던 고인돌을 복원해 요르단 박물관에 전시하고 있는데, 매우 이색적인 고인돌이다. 서양에서는 스톤헨지가 있는 영국을 비롯하여 북유럽, 프랑스, 에스파냐 등에 많이 분포되어 있다. 그중 영국의 거석기념물 스톤헨지와 서구의 고인돌을 소개하면 그림 11~13과 같다.

우리나라의 고인돌은 청동기 시대인 기원전 2,000~1,000년부터 기원 전후까지 1,000~1,200여 년에 걸쳐 만들어진 것으로 추정하고 있다. 고인돌 발굴 과정에서 함께 발견된 청동 검, 청동 활촉과 민무늬 토기 등이 모두 청동기 시대의 유물이기 때문이다. 바록 우리나라 고인돌이 만들어진 시기는 유럽에 비해 늦지만 전 세계에서 거석 기념물이 가장 많이 분포되어 있는 곳으로 되어 있다. 현재까지 확인된 결과 약 5만기 가까운 고인돌이 우리나라 전역에 고르게 분포되어 있다 한다.

우리나라의 고인돌은 매우 다양하게 숫자만큼이나 크기, 형식, 모양이 다채롭게 나타나 있다. 고인돌의 종류에는 세 가지 유형으로 되어 있는데, 첫 번째는 탁자식(卓子式) 고인돌이라 하여 몇 개의 굄돌 위에 넓은 덮개돌을 올려놓았다. 두 번째는 기반식(碁盤式)이라 하여 바둑판식 고인돌이라고 하여 땅속에 무덤방을 만들고 작은 받침돌을 놓은 뒤 거대한 덮개돌을 올려 놓았다. 세 번째는 개석식(蓋石式) 고인돌이라 하여 땅속 무덤방에 받침돌 없이 덮개돌을 올린 것을 이르는 등에 크기도 매우 다양하게 전개되어 있다.

우리나라 3개 지역의 고인돌이 유네스코 세계문화유산에 등재되어 널리 알려지게 되었는데 그 형태와 분포상황을 도표로 나타내면 다음과 같다.

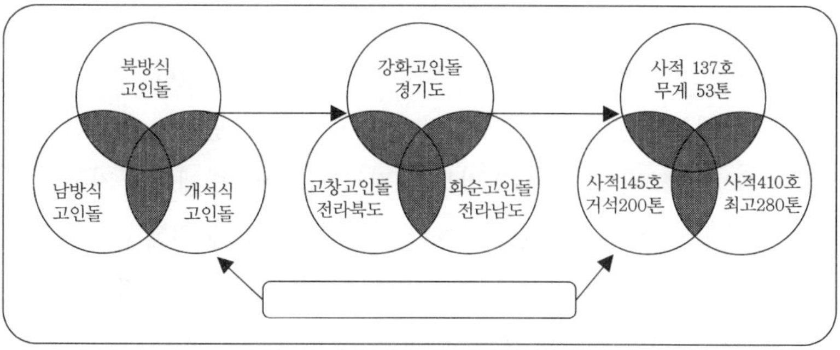

유네스코 문화유산 고인돌

우리나라의 고인돌은 각양각색으로 오랜 세월에 걸쳐 여러 지역에서 만들어졌다는 사실을 알 수 있다. 학자들의 설에 의하면 단군조선 후에도 축성되었다고 한다.

2. 강화 고인돌 137호 탁자식의 덮개돌(蓋石)

우리나라 고인돌 유적 중 특히 강화 고인돌은 탁자식과 바둑판식이 섞여 있고, 고려산 자락을 중심으로 한 고지대에 분포하고 있다는 점에서 연구 가치가 높다고 한다. 강화군 하점면 부근리(富近里) 사적 제 137호인 고인돌의 덮개돌은 길이 6.4m, 폭 5.2m, 두께 1.1m에 무게 53톤이나 된다. 받침돌이 30도 기울어져 있는데도 그 오랜 세월을 잘 버티고 있는 것을 보니 워낙 튼튼하게 만든 것도 있지만, 균형도 잘 맞춰서 만든 탁자식 고인돌이다. 축조 시기는 기원전 7세기~8세기로 추정하고 있다. 이 고인돌은 길이와 폭이 길고 넓은 편평한 바위 돌 위에 과실제수를 비롯한 제수용품이 진설되어 제의를 거행한 후 망자를 넋을 위로하기 위해 가무와 음주로 보냈다고 할 수 있다. 한국의 고인돌은 탁자식인 북방식과 바둑판 모양의 기반식(碁盤式)인 남방식과 개석식(蓋石式)이 존재한다. 이 개석식은 지하에 만든 석실(石室) 위에 뚜껑으로 덮개돌이 놓인 형식으로 한국 요동반도 일본 구주(九州)지역에 널리 분포하고 있다.

특히 이 개석식은 한반도에서 가장 많이 발견된다. 단군이 다스린 청동기시대 요녕(遼寧)과 요동(遼東) 반도의 지역에는 매장주체부가 지하인 점을 들어 1980~1981년 허명강(許明綱)·허옥림(許玉林)에 의해 대석개묘(大石蓋墓)가 확정되었다.[15] 1985년에는 이들 양인에 의해 요동 지역에서 새로이 발견된 탁자식 지석묘 등을 소개하면서 처음으로 대석개묘(大石蓋墓)를 소개하였다.[16] 그러나 2,000년 들어 이 용어는 중국에서 언급되지 않고 있지만 이러한 학설이 지역적 성격을 연구하는데 도움이 된다. 하여튼 고인돌에는 덮개돌이 상석(上石)으로 자리 잡고 있어 제상(祭床)의 구실을 한다. 따라서 한국의 고인돌이 유네스코(UNESCO) 세계문화유산에 등재되어 있으니, 반만년의 전통을 이은 제례문화(祭禮文化)도 또한 세계문화유산에 등재되어야 고인돌의 면모를 새로이 인식하게 되리라 믿는다.

강화고인돌 중 제137호 고인돌은 탁자식으로 되어 덮개돌의 기리가 무려 길이 6.4m, 폭 5.2m가 되어 제상구실을 하게 되어 여기에 많은 제수용품이 진설되어 제의를 행한 후 망자의 넋을 기리기 위해 밤새도록 제수를 먹고 마시며 가무행사를 하였던 것으로 볼 수 있다.

고대인들이 망자의 무덤 중 덮개돌을 거석으로 동서양을 막론하고 사용한 것은 거석에 정령이 들어있다고 믿어 망자의 넋을 기리기 위한 것으로 볼 수 있다. 강화고인돌의 길이가 7m 가까이 이루고 50여 톤이나 이른 것은 육체를 떠난 죽은 사람의 정령(精靈, 魂靈)이 거석에 가뜩 들어있다는 원시인의 관념으로 축조의 재료로 사용한 것이다. 다시 말하면

15) 許明綱·許玉林, 「新金雙房石棚和石蓋石棺墓」, 『遼寧文物』 1期, 1980.
許玉林·許明綱, 「遼東半島石棚綜述」, 『遼寧大學學報』, 1981.1, 1981, 10쪽.
16) 遼寧省博物館, 「遼東半島石棚的新發現」, 『考古』, 1985.2, 1985, 105~112쪽.

사인(死人)를 위로하기 위한 조상에 대한 효심의 발현에서 거석의 덮개돌을 사용한 것이라 할 수 있다.

3. 고창·화순 고인돌

강화 고인돌에 대해선 앞에서 소개한 바와 같고, 전북 고창은 인근 화순과 경기도 강화와 함께 이름난 고인돌 분포지역이다. 우리나라에서 이름난 것뿐만 아니라 전 세계적으로 유명한 고인돌 산지로 이곳은 유네스코가 지정한(2000.12.2) 세계문화유산지대이기도 하다. 고창의 고인돌 축조연대는기원전 4,000년 이후 약 4천 년 간으로 추정된다. 옛날 청동기시대로 시간여행을 떠나 보자. 고인돌은 청동기시대 지배자의 무덤으로 알려져 있다. 청동기 인들은 정교한 도구를 사용하여 집단 내 권력관계가 유기적으로 형성되기 시작하는데 그 산물이 바로 고인돌이라는 것이다. 고창의 고인돌은 매산리 산기슭에서부터 약 1.5km 이어져 있고 그 개수는 447기에 이른다. 이곳 고인돌의 모양은 남부 지방에서 많이 발견되는 형태로 굄돌이 땅속에 들어가 있는, 즉 지하에 돌방이 만들어진 바둑판식 또는 개석식의 형태가 많다. 하지만 도산리에는 북부지방의 대표적인 형태인 탁자형 고인돌도 볼 수 있다.

고창 지역 고인돌군은 전 세계에서 가장 밀집지역으로 고인돌군집을 이루고 있다고 한다. 규모면에서는 10톤 미만에서 300톤에 이르는 다양한 크기의 고인돌이 산재해 있고 축조형식에 있어서도 탁자식이라는 북방식(2기) 기반식(基盤式)인 남방식(133기), 개석식(蓋石式, 220기), 기타(92기)가 함께 공존하고 있다. 사람들은 고창의 고인돌군집을 이르러 고인돌의 박물관이라고 여길 만큼 큰 가치로 평가한다. 300톤에 이르는 고인돌을 운반하기 위해서는 실험을 한 체험에서 3000명의 필요하다는 발표도 있다.

화순고인돌 유적지는 기원전 1500년경부터 조성된 우리나라 고유의 문묘형식으로 국가 사적 제 410호로 등록돼 있다. 화순 고인돌 유적은 남방식 계통으로 바둑판, 탁자식, 개석식의 형태를 보여준다. 1996년 최초 발견 후 발견조사에서 가락바퀴, 돌도끼, 돌화살촉, 경질토기편, 쇠칼, 개베, 목단지. 옥과 같은 많은 유물들이 발견되었다. 더구나 매산리 산 중턱의 고인돌은 길이 7.3m, 폭 5m, 무게 283여 톤에 이르는 거대한 덮개돌이 있는데 이것은 우리나라뿐만 아니라 세계에서도 찾아볼 수 없는 거대한 국보이다.

화순 고인돌 끌기 대동한마당을 2012년 11월 24일에 화순고인돌유적지 선사 체험장에서 지역주민과 행사참가자들이 함께 힘을 모아 고인돌 끌기를 개최하였다.

이날 고인돌 끌기 행사는 선사시대 무거운 돌을 끌었던 방법을 그대로 재현하였는데 이집트의 벽화와 일본의 고분에 사용했던 나무끌개(修羅), 정조때 수원화성 축조시 사용한 구판(駒板)과 현재도 인도네시아에서 사용하고 있는 고인돌 운반 방법 등 국내외 자료를 통해 복원한 것이라 한다.

복원된 고인돌은 대(3톤), 중(1톤), 소(0.5톤) 등 3가지이며 덮개돌을 끄는 방법은 직경 10cm 내외의 통나무를 깔고 떼어낸 덮개돌을 올려놓은 다음 끈으로 묶어 끄는 방식을 적용하였다. 이러한 고인돌 운반행사에는 적게는 50여 명에서 많게는 200~300명의 인원이 동원되었다. 그런데 화순에 300톤 가까운 고인돌을 선사인들이 운반할 때는 100배의 인원이 동원되었을 것이라 추정해 보니 놀라울 뿐이다. 그 현장을 소개하면 다음과 같다.

[그림 14] 화순 고인돌 끌기 운반 행사

[그림 15] 고인돌 끌기 행사 이웃주민 참여

이번 재현행사에서는 고인돌유적 지역의 주민들뿐 아니라 이웃 광주나 화순, 경남 밀양의 지역민까지도 모두 함께 모여 고인돌 끌기 행사에 참여함으로서 지역민의 공동체의식을 고취시키고자 하였다고 한다.[17]

고인돌 끌기 대동한마당은 선사시대 사람들의 생활을 직접 체험하고, 지역주민들과 함께 선사문화를 공유하면서 우리고장에서 이루어진 선사시대의 문화와 세계문화유산을 이해하는 계기가 되었다.

이상과 같이 강화 고창 화순 고인돌은 청동기시대 유적으로 오늘에도 전하여 유네스코 세계문화유산에 등제되고 그 규모와 상태에 대해 알기 쉽게 설명하였다 특히 고인돌의 덮개돌(뚜껑돌)은 오늘의 제상(祭床) 구실을 하게 되므로 과실제수를 비롯한 제물을 차려놓게 제사를 지냈음을 알 수 있다[18]. 이 세 곳에 고인돌은 이제 영국의 스톤헨지(Stonehenge in Britain), 프랑스의 쁘리다니(Brittany France), 이스티섬 석상(Easter Island stone statues), 스코들랜드 선돌(Standing stone in Scotland), 요령성 백점

17) Copyrights ⓒ네티즌과 함께하는 중앙통신뉴스, 무단전재 및 재배포 금지-〈광주, 전남, 부산, 서울 실시간 뉴스 및 동영상제공〉

18) [전남/화순] 고인돌의 세계로 빠지다~세계 문화유산 화순 고인돌 유적지, 작성자, blog.naver.com/jvj24601/206809044, 생에 대한 진한 애착, cafe.daum.net/The Bloggers/hcpP/88 The Bloggers

자 고인돌(中國, 遼寧省支石墓) 등과 함께 남게 되어 감개무량함을 느낀다. 따라서 우리의 제례문화 또한 세계문화 유사에 등재되어야 뜻 깊은 일이라 생각한다.

Ⅳ. 제례(祭禮)의 고인돌과 유감주술

1. 명절 제사봉행의 효

우리나라는 오래전부터 정월명절과 추석명절이 돌아오면 도시에 사는 많은 사람들이 민족대이동을 할 정도로 고향으로 내려가 조상님 묘소에 제사를 지낸다. 그런데 요즘엔 많은 분들이 과실제수로서 차례를 올리는 이유를 올바로 아는 이가 없는 가운데 뿌리정신으로 밝히는 것은 좋은 일이다. 과실제수는 한말로써 조상님께 자손된 도리로 효(孝)를 발현하는 것이지만 유교 권에 사는 우리에겐 필수적이었다. 그러나 명절 때 제의(祭儀)를 행하는 것은 유교의 효 의식으로만 보아서는 안 된다. 왜냐하면 우리의 제례문화는 반만년의 전통을 이어온 것이니, 유교의식 이전인 단군시대 조상들이 숭배해 왔던 효 문화에 사회 구조의 체계로 이뤄졌기 때문이다.

우리나라는 환인 환웅 단군에 의한 삼대에서 효 문화가 이뤄졌다고 할 수 있다. 환인은 아들 환웅이 지상에 내려가 다스려보려고 하였을 때 승낙하여 환웅이 많은 무리를 대동하고 태백산 신단수에 내려와 고을 사회를 이뤘다. 환웅의 아들 단군은 고을사회를 부족연맹국가로 탄생시켜 홍익인간의 이화세계를 이뤘다. 삼성(三聖)의 삼대에 걸친 행함은 부자자효(父慈子孝)를 행한 것이다. 환인은 환웅에게 사랑을 단군은 환웅에게 효 의식을 발휘해 홍익인간의 이상적인 나라를 세운 것이다. 단군신화는 제의 후에 설화로 전한 것이니 역사적인 의미가 내재되어 있는 관계로 역사이면서 설화로 인식하면 된다. 따라서 단군신화는 그 설화를 따라 올라가면 역사가 보이게 되어 있는 것이니, 제의의 구술적(口述的) 상관물(相關物, oral correlative)이라고 하여[19] 대체로 제의학파로 통칭되는 학자들이 공인하는 공통적인 학설이다. 제의는 오늘의 연극의 형태로 연상해 볼 수 있으니, 신화는 일종의 제의에 의해 발생한 것이다. 반만년 전통에 조상들의 제례문화는 고인돌이 세계문화유산에도 등재되었으니 우리의 얼이 살아 숨 쉬고 있다.

고인돌의 덮게 돌은 오늘의 제상의 역할을 한 것이라 할 수 있다. 명절이나 조상의 기일이 돌아오면 여기에 많은 제물이 진설되었다고 할 수 있으니, 반만 년에 그 효 문화 전통이 오늘에 이어오고 가정마다 행하고 있으니 유구한 전통의 빛나는 뜻 깊은 문화라 할 수 있다.

2. 제상(祭床)의 과실제수, 유감주술의 입신출세 기원

고인돌의 덮개돌에는 제상구실을 하는 것이므로 오늘의 제상에도 과실제수와 함께 제수용품이 진열되는데 이는 고인돌의 덮개돌이 전하는 풍속을 이은 것이라 할 수 있다. 오늘의 전하는 제상에 차려진 제수를 소개하면 다음과 같다.

---

19) J. Ellen Harrison, *Prolegomena to the study of Grek Religion and Themis*, New York, 1965, p.32.
S. E. Hyman, *The Arimed Vision,* New York,1948, p.141. ; "The Ritual View of Myth and The Mythic" in, T.A.Sebeok(ed), *Myth: A Symposium,* 1985, p.93.

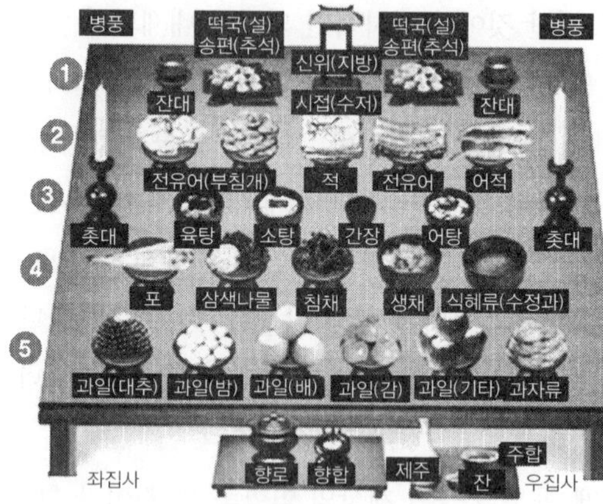

[그림 16] **제상과 제수**

명절에 조상께 햇과실 대추·밤·배·감으로 차례를 올리는 것은 과실의 씨 수대로 자손이 입신양명하라는 기원이 함유되어 있다. 오늘에는 사과가 제상에 오르는데 예전에는 없었던 일이다. 사과는 20세기 초에 선교사에 의해 전래된 것이니, 오늘에는 돌아간 분이 평소에 기호품이었으면 올리는 것으로 되어 있다. 간혹 파나마의 경우도 볼 수 있는 것은 이런 관계로 이해하면 된다.

예로부터 제상에 과실을 올리는 것은 다분히 유감주술(類感呪術, Homeopathic Magic)[20]과 관련되어 있다. 이 주술은 닮은 것은 닮은 것을 낳는다는 유사(類似)의 법칙(Law of Similarity)이라고 하는데 알기 쉽게 말하면 모방주술(模倣呪術, Imitative Magic)이고, 유사(類似)에 의한 관념연상이라고 이해하면 된다. 또 이 주술은 원시적인 유감주술적인 유습이나 지구촌 사람들이 행하여 왔으니, 문명발달의 활력의 도움이 되었다. 그

20) J. Frazer, Golden Bough, abridged edition. in one Volume, London, 1959, pp.12~37.

런 반면에 유감주술은 일제(日帝)와 같이 명산의 기를 받아 인재가 태어난다는 것을 그릇 이해하고 인재를 나지 못하게 전국곳곳에 명산 정상에 쇠말뚝을 박아놓았다.

이보다 먼저 장희빈은 왕비의 화상을 그려 벽에 붙이고 활로 쏘아 죽으라는 나쁜 행위를 해서는 안 되는 일이지만 훌륭한 이를 닮으려고 노력하는 것은 본받아야 한다. 말하자면 조율이시(棗栗梨柹)와 같은 뜻이 있는 유감주술은 입신출세의 자손을 기원하면 조상님이 돌볼 것이라 믿고 조상제례를 행하는 것이다.

Ⅴ. 조율이시(棗栗梨柹)의 씨의 상징적 의미

1. 대추씨와 입신출세 관계

과실제수 중 대추씨는 국가동량지재를 배출하는 기원이 함유되어 있다. 현재 한국의 많은 노인들이 씨의 관계로 제례를 행하는 것에 대해 아는 이가 없고 전하는 문헌도 찾을 수 없다. 다만 필자가 최초에 발표로 인해 아는 이도 있으나 거의 없는 실정이다. 조상제례는 오랜 옛날 고조선시대에도 네 가지 과실로 행하여 왔다고 볼 수 있다. 우리조상의 제의는 네 가지 과실의 씨가 인류의식인 유감주술과 연계되어 있으니, 네 가지 씨의 의미를 먼저, ①대추의 경우로 들어본다.

대추는 제수용 과실 중 가장 으뜸일 뿐만 아니라 씨가 한 개인 관계로 나라에서 가장 으뜸되는 자손이 태어나기를 조상님께 제의로써 올리는 것이다. 흔히 많은 사람들은 다산관계로 제상에 대추를 올리는 것으로 알고 있다. 물론 부귀다남은 옛날에 많은 이들이 원하는 바로 되어 있었지만 그것은 부차적인 문제다. 일차적인 소원은 대추씨와 같은 나라의 으뜸 인물의 배출을 바라는 것이다. 대추는 사람이 살아가는데 깊은 뜻이 담겨 있기 때문에 과실 중에 가장 으뜸으로 제상에 올린 것인데 그를 소개하면 다음과 같다.

[그림 17] 대추

대추는 나라의 제일가는 인물의 탄생을 의미하니 임금이 되라는 뜻에서 제상에 첫 번째로 올린 것이다. 그런데 왕정시대 임금이 되라면 대역 죄인으로 취급당한다. 그래서 조선조의 경우는 영상의 자리라고 생각하면 되니, 오늘날의 국무총리에 해당한다. 대추 꽃은 열매가 열릴 때까지 피어있다. 그와 같이 대추나무는 꽃 하나를 피면 대추를 맺게 하는 관계로 정성을 다하는 것으로 받아들일 수 있다. 대추 꽃은 폭풍이 몰아쳐도 꽃으로만 지는 법이 없이 열매를 맺기 때문에 강인한 정신력으로 온갖 고난을 이겨내는 교훈이 된다. 사람은 일생을 살아갈 때 온갖 시련을 겪게 되는데 대추나무와 같이 꽃이 피면 반드시 자손을 많이 낳되 입신출세하는 자손을 낳으라는 뜻으로 이해하면 될 것이다.

우리의 조상인 고조선은 농경생활을 하여왔는데 홍익인간으로 이화세계를 이루어 훌륭한 나라를 세워 그것도 요하문명(遼河文明)을 이루어 황하문명보다 1000년이나 앞서는 풍요를 누리는 나라를 세웠으니 훌륭한 인물이 많이 배출된 것에 원인이 있다. 따라서 대추를 제상에 올려 제의를 행하는 것은 가문의 번창과 함께 훌륭한 인물을 낳게 해달라는 소원이 들어 있다. 사람들은 '동의보감'에 예를 들며 대추는 5장을 보하고 경맥을 도와주고 진액(津液)을 불리고 구규(九竅)인 눈·코·귀의 여섯 구멍과

입 · 항문 · 요도의 세 구멍을 합한 아홉 개의 구멍을 통하게 한다고 했으니 건강하게 살라는 의미가 있는 것이라고 했다. 이 또한 과실 중 으뜸되는 과실임을 나타낸 것이다.

2. 밤의 제수, 정승(政丞) 벼슬 기원

다음은 두 번째 제상에 올리는 것이 밤인데 먼저 밤나무에 열린 밤송이를 소개해 본다.

[그림 18] 밤

②밤은 밤송이 안에 보통 밤 세 톨이 들어 있다. 삼정승인, 영의정 좌의정 우의정이 되라는 의미니, 오늘에 총리직과 부총리 2인에 해당하는 직이다. 밤나무는 고목이 되어도 씨 밤이 뿌리에 달려있어 뿌리를 생각하게 하는 과수이다.

이러한 것은 조상과 자손 간에 영원한 영적인 연결을 맺어주는 대상으로 생각하면 된다. 이러한 유대관계는 조상의 위패(位牌)나 신주(神主)는 반드시 밤나무로 깎아 만든다. 이 의미는 조상과의 영혼관계이기 때문이다. '동의보감'에 의하면 밤의 경우 기를 도아주고 장과 위를 튼튼하게 하는 보양의 효과가 있다고 했으니 우리 몸을 건강케 하는 과실이다. 단군시대에도 3사(師)의 벼슬인 풍백(風伯) 운사(雲師) 우사(雨師)도 있었으니 조선시대 삼정승으로 비유하면 된다.

3. 감과 그 벼슬 육조판서와 관계

[그림 19] 고욤

[그림 20] 감

세 번째 제수용 과실은 감인데 사람에게 새로운 모습으로 변하는 것을 알려준다. 감나무는 감 씨를 심으면 고욤나무로 자란다. 이 나무는 심은 대로 그냥 자라게 하면 열매가 조그마한 고욤이 열린다. 이 열매의 맛은 떫어 사람들이 먹지 않는다.

처음 감 씨를 심어 일 년 정도 자란 줄기에 감나무 줄기를 봄과 여름에 접을 붙여 결합하면 감나무로 자라 탐스런 감이 열린다.

고염나무에서 감나무로 접을 붙어 감나무로 자라게 하는 것은 변하는 것 중에 하나인데 우매한 사람도 교육으로 접을 붙이면 훌륭한 사람이 된다는 뜻에 비유된다. 우리나라 사람들의 교육열이 높은 것은 고염나무에서 감나무로 변하는 현상에서 얻은 교훈이라 할 수도 있다.

고염나무에 감나무 순 접을 붙일 때는 감나무 껍질로 싸서 실로 감아준다. 그리고 그 순이 바람과 햇볕에 시들지 않게 종이로 덮고 공기가 통하게 구멍을 내고 물도 주고 거름과 비료를 주면 초록의 감나무 줄기로 자란다. 그럴 때 매어 준 실을 풀어주면 감나무로 자라 싱싱한 감이 열린다. 이것은 부모가 어린 자녀를 키우는 비유로 볼 수 있으니 사람의 성공여부는 부모의 가르침에 달려있다는 일깨움을 알려주는 것으로 받아들일 수 있다. 감은 씨가 여섯 개이니, 육조판서가 되라는 의미이다. 오늘의 장관직에 해당한다. 감나무는 고욤나무에다 감나무 접을 붙여야 감이 열린다. 장관직에 오르기 위해서는 어릴 때부터 부모가 어린이를 잘 교육시켜야 된다는 뜻으로 이해하게 된다. 감은 단군시대도 있었을 것이니, 오늘에 장관직에 해당한다.

단군시대는 삼백오사(三伯五事)가 있었으니, 삼백(三伯)은 삼정승에 해당하고 오사(五事)는 다섯 부(部)의 장관을 가리키는데 ①주곡(主穀) ②주명(主命) ③주형(主刑) ④주병(主病) ⑤주선악(主善惡)을 이른다. 그런데 고조선의 신시(神市)의 5사(5事)은 고조선 단군시대에 와서 국토확장과 국토수호 관계로 ⑥주병(主兵)이 더해져 3백6사(3伯6事) 조직이 되었다. 발해의 3성6부(3省5部) 조직, 고려의 3성6부(3省5部) 조직, 조선의 3정승 6조(曹)도 단군시대 삼백오사(三伯五事)에서 변화된 것으로 볼 수 있다.

현행 박근혜 정부조직이 17부 3처 17청-17부 3처 15청 조직도 따지고 보면 삼백오사(三伯五事)에서 발전된 것으로 볼 수 있다. 감의 씨가 여섯 개는 3백6사(3伯6事) 조직의 관련으로 보면 될 것이다.

고조선시대 5사(事)에 주병(主兵)의 관직이 새로 생겨 6사(事)가 있었다는 것은 고조선에는 전문적으로 군사에 관항 일을 총괄한 벼슬이 있었다는 것에 유념할 필요가 있다.[21] 6사의 벼슬도 시대상황에 따라 7사(事)~9사(事)가 생겼다고 할 수 있다. 오늘에 박근혜 정부는 17부로 늘어났고 앞으로는 더 생길 수 있다. 원래는 감의 씨가 여섯 개이니 조상님께 제상에 대추·밤·감·배 중 감을 올리어 제례를 행하는 것은 육조판서가 되는 즉 오늘의 장관 배출을 조상님께 기원하는 것이다.

4. 배의 상징적 벼슬, 팔도감사

다음 네 번째 배를 제상에 올리는 것은 씨와 관계되는데 배나무에서

---

21) 최영실, 「고조선의 군사력에 대하여」, 『단군과 고조선연구』, 지식산업사, 2005, 321쪽.

[그림 21] 배

배가 열린 것을 소개해본다.

④배는 씨가 보통 여덟 개가 들어 있다. 이 씨의 함유된 뜻은 팔도방백이 되라는 바람이니, 오늘에 도지사가 되라는 의미다. 배는 꽃을 하얗게 핀다. 달 밝은 밤에 배꽃과 어울려진 모습은 청신한 이미지를 떠오르게 되어 청렴결백한 관리가 되라는 것으로 받아들일 수 있다.

네 가지 조율이시의 과실을 제수로 올리는 것은 조상을 받드는 의미만이 아니라 효의식의 발현을 일깨워 훌륭한 자손을 배출하는 뜻이 들어 있다. 단군시대는 3백(伯)6사(事)와 삼상(三相) 오부(五部)의 관직이 있었으니, 팔도방백에 준하는 벼슬이 있었다고 볼 수 있다.

명절 때 네 가지 햇과실로써 조상님께 제례를 행한 것은 오늘의 입장으로 조명하여 보면 대통령 국무총리 장관 도지사가 태어나게 기원하는 것으로 이해하면 될 것이다. 자손들은 명절을 기해 조상님께 햇과실 네 가지 과실로써 일가권속이 모여 제수를 올리면 조상님이 청허해주실 것이라 믿어왔다. 또 그렇게 믿고 살아온 가문에선 모방주술에 의해 원하는 바를 이룬다는 확신으로 성공한 사람도 많았다. 이 주술은 과실의 씨를 의미하는 자손을 낳아 부귀공명을 누리라는 바람으로 조상제례 때 과실을 제수로 올린 것이니, 한민족의 오랜 옛날부터 행하여 내려온 것이다. 우리는 고인돌만으로도 반만년 이전부터 조상의 제사를 정성껏 받들어 왔다는 것을 익히 알 수 있다.

특히 조상제례의 성행은 단군시대 거석문화기념물인 고인돌에서 볼 수 있는 바와 같다. 오늘날 남북한 고인돌의 합한 수는 전 세계의 70%이상을 차지할 정도로 남아있다. 이로 인해서 고창 화순 강화고인돌은 유네스코 세계문화유산으로 등재되었다. 고인들은 한반도 전역과 서해바다를 중심으로 특히 고인돌의 분포도를 보면 요동을 건너 요서지방뿐만 아니라 중국 서해안을 따라 둥글게 호를 이루면서 분포하고 있다.

조상숭배의식은 천신일체관념의 연관으로 행해졌는데 예(濊)의 무천(舞天·儛天), 부여의 영고(迎鼓), 고구려의 동맹(東盟), 삼한시대(마한·진한·변한) 농경(農耕) 시필기(始畢期)에 하늘의 제의를 행한 축제 또한 조상제례와 관련되어 있는 것이다. 이들의 풍속은 하늘과 조상을 기리고 집단으로 노래하고 춤추는 것이니, 오늘날까지 전하는 강강수월래는 고조선시대 집단가무를 수용한 것이다.

위의 네 가지 조율이시(棗栗梨柿)를 조상들이 제수로 올리는 이유를 도표로 나타내면 다음과 같다.

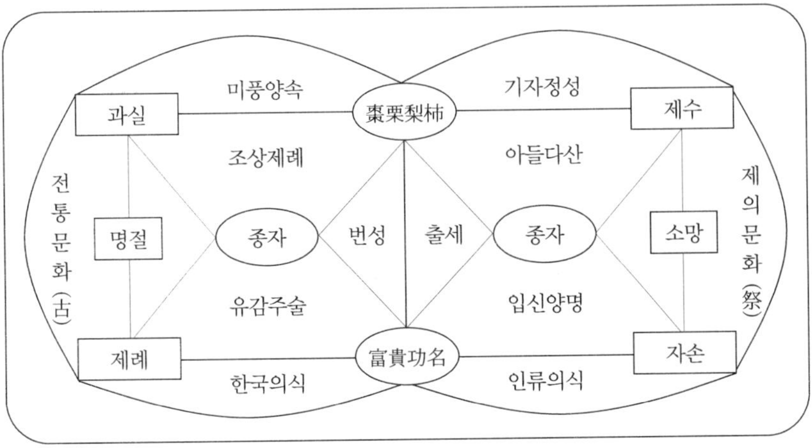

오늘에 명절에는 도시화로 인해 도시에서 살던 자손들이 고향으로 돌아온다. 젊은이 중에는 어릴 때부터 과실 씨의 담긴 뜻을 몰랐다고 해도 효 의식으로 정성껏 제의를 행하여 입신출세로 금의환향하는 이들도 있

을 것이다. 조상의 효 의식 발휘는 공부를 잘하는 원동력으로 작용하기 때문이다. 부모를 받드는 효자라면 효는 백가지 원천이 되기 때문에 학업 성취도 열심히 하여 높은 경향이다.

사람들은 조상제례 때 과실제수를 올리는 이유에 대해 갖가지 일반적인 내용으로 말하나 조율이시의 씨의 상징의미로 참고할 필요가 있다.

Ⅵ. 고인돌 세계문화유산 등재의 문학작품

1. 강화 고인돌 소재(素材)의 현대시

한반도의 고인돌은 세계최초로 2000년 12월 2일 세계문화유산으로 등재되어 『동방문학』 주최로 2002년 2월 2일 문인들이 유서 깊은 강화고인돌을 탐방하게 되어 시와 수필 논문을 남겼는데 그 중 평론가이자 시인인 이시환이 지은 시를 소개하면 다음과 같다.

「사적 137호 고인돌에게」
천하의 씨를 뿌리는
사내다운 사내의 그것처럼
꼿꼿함이랄까
빳빳함이랄까
그런 솟구치는 힘으로
그런 심지를 세워 왔나니
수 천 년 인류사의 소용돌이 속에서
이 땅에 주인이 바뀌질 않고
배달민족의 역사를 이어 왔나니

내 오늘 이를 선언함으로써
기울어 가는 너를 다시 세우노라. (『말하는 돌』 2002, 2, 3 198쪽)[22)]

작자는 강화고인돌을 소재로 6수를 남겼다. 강화고인돌은 탁자식인 만큼 사나이다운 남근처럼 그 솟구치는 힘으로 심지를 세워 온 누리를 밝게 비쳐 배달겨레의 역사를 이어 왔으니 30° 쯤 기울어진 고인돌을 다시 세우겠다는 의지가 담겨진 시이다. 반만년의 세월동안 온갖 풍상을 겪어오는 동안 양다리가 휘어질 정도로 쉴 사이가 없었으니, 이제는 한숨을 돌려 다시 받들어 휘어진 다리를 바로 세워 새 나라를 세워야겠다는 뜻이 함유되어 있는 내용이라 할 수 있다. 다음은 여류시인 서정란이 지은 시를 소개하여 본다.

「강화고인돌」
참 오래도록 이구나
아직도 강화섬 어느 족장의
충직한 신하가 되어
무덤을 지키는 돌이여
새 밀레니엄을 넘고, 넘고 넘도록
차마 전설이 될 수 없어 환생하는
유구한 청동기 지석묘지기
한 때는 부드러운 살결이었을, 단단한 육질
안으로, 안으로 다져
우주 안에 중심을 잡고
비바람 뇌성벽력에도

22) 이시환, 「사적 137호 고인돌에게」, 『말하는 돌』, 세계거석문화 편 도서출판 신세림, 2002.3, 198쪽.

살점 하나 흩어내지 않은
신의 의지였을 법한 충직한
돌이여 신하여
그대는 족장보다 더
드높은 이름을 얻었으니
그 이름 세계문화유산!
만다라 꽃을 피워내는
고인돌이여! (『말하는 돌』 153쪽.)

위의 시는 족장을 무덤을 덮개돌로 표시한 고인들을 의인화여 충직한 신하가 되어 천년이 넘게 넘도록 지키는 청동기시대 지석묘지기라고 하였다. 그러면서도 그 돌 묘지기는 오랜 세월동안 비바람 뇌성벽력에도 신의 의지를 간직한 신하라고 하였다. 그리고 끝 연(聯)에서는 돌인 그대를 족장보다 드높은 이름을 얻은 세계문화유산에 등재되었다고 나타냈다. 시적화자는 만다라(曼陀羅) 꽃을 피워내는 우주 법계(法界)의 온갖 덕을 망라한 마치 부처가 증험(證驗)한 것을 그린 불화(佛畫)로 형상화 한 고인돌이라고 감탄 적으로 표출하였다. 세 번째 시는 김재황이 지은 시를 소개하기로 한다.

「큰 고인돌 앞에서」
–강화 지석묘–
왜 하필 이 큰 돌을 가슴 위에 얹었을까.
긴 세월 먼 어둠도 견디기 어려울 텐데
높은 산 굳은 근심을 안고 잠이 들었을까
그리 어려웠던 꿈도 이곳에 묻혀 있을까
저 북쪽 한 바람이 다시 업고 떠날까 봐

산의 뼈 무거운 돌로 힘껏 눌러 놓았을까 (『말하는 돌』 128쪽.)

제1연에서 시인은 시적화자를 통하여 고인돌 덮개돌에 대하여 가슴 위에 얹어놓은 이유에 대해 말하고 있다. 그 육중한 돌을 얹고 긴 세월 동안 칠흑 같은 어둠도 견디기 어려웠을 것이고 높은 산 굳은 근심을 안고 제대로 마음을 놓고 잠들지 못했음을 나타냈다. 제2연에서는 이어 고인돌이 수천 년을 족장의 무덤을 지키며 보낼 때 국난을 겪었던 일도 한두 번이 아니었다.

고인돌은 그 어려웠던 때에도 그 태산같이 쌓이고 쌓였던 근심이 묻어 있을까 하고 반문하지만 그대로 간직하고 있음을 표출했다. 화자는 오히려 그 덮개돌이 그 지난날의 역사를 간직하기 위해 덮개돌로 힘껏 눌러놓았다고 독자에 알리고 있다.

따라서 시인은 고인돌이 민족의 파수이자 수호신이기에 고조선 이래 우리민족의 수난사의 옛 모습을 고스란히 간직하고 있는 것이라 시적화자를 통해서 나타낸 것이다.

2. 고창고인돌의 시

문인들은 『동방문학』의 주최로 2001년 12월 17일·18일 양일간 2000년 12월 2일 세계문화유산으로 등재된 고인돌을 탐방하였다. 문인들은 이러한 선사시대 세계문화유산을 탐방하여 수십 수의 시를 남겼는데 그 중 여류시인 신순애 시를 소개한다.

「고인돌」
-고창읍 도산리 거석-
육중한 단조로움

세월도 비껴간 듯
흑태로 새긴 문신
허허로운 가슴 안고
거듭 쉰 목울음
나그네 팔목 휘잡네.
돌끼리 피가 돌아
조율하는 용광로여
불변의 함성으로
뭉쳐진 돌의 향연
거듭난 문패를 달고
나그네 손목 흔드네. (『말하는 돌』 162쪽.)

위의 시 제1연은 고인돌이 오랜 세월을 비켜간 듯 그대로 남아있어 사람들이 어루만지게 한다는 시적화자의 소리를 담고 있다. 제2연은 고연돌이 수천 년을 지났음에도 용광로의 쇳물처럼 혈기가 돌아 세계문화유산으로 등재되어 돌끼리의 함성으로 향연을 베풀고 있는 강화고인돌을 소개했다. 시적화자는 그 고인돌이 문패를 달아 탐방객들이 문화재라고 손을 들고 간다는 것이니, 훌륭한 문화재이고 보물임을 나타냈다.

다음은 고창의 죽림리 연가를 작사하기도 하여 사람들이 애창한 시인 양성우의 시이자 노래 가사를 소개한다.

「죽림리 연가」
사십 리 넓고 큰 바위
다 닳은 뒤에도
나 여기 누우리라
나 여기 누우리라.

천 사람이 쉬지 않고
소리치며 발 구른들
니가 어찌 눈을 뜰까?
꿈도 나를 못 깨우리.
아 눈 덮힌산 비탈이
바다가 된 뒤에도
산채로 죽은 듯이
안 오는 님을 기다리라.

위의 시는 노래 가사도 겸한 것을 옮겨놓은 것이다 노래는 2절로 되어 있고 밑줄 친 부분이 후렴이다. 제1절은 영겁에 세월이 흐르면 고인돌도 산화되어 다 닳아 무너질 것이지만 고인돌 자신은 그대로 터전에 남겠다는 것이다. 후렴에서는 눕게 된 고인돌은 천 사람이 소리치며 발을 구르며 누워 잠자는 나(고인돌)를 깨워 눈을 뜨게 할 수 없을뿐더러 꿈마저도 깨우지 못한다고 했다. 제2절에는 아! 눈 덮인 산야가 상전벽해가 되더라도 산체로 죽은 듯이 안 오는 님을 기다린다고 했으니, 세계문화유산에 등재되어 꿈에도 잊지 못한 다는 내용이니, 영원히 청사에 그 이름이 남게 됨을 화자를 통해서 전한 노래이다. 다음은 윤철환의 시를 소개한다.

「죽림리 고인돌 군락지에서」
우람한 받침돌에
수 만근의 바위 뚜껑
그 속에 유택에는 어떤 사람 묻혔을까
삼천년 세월의 무게가
나 더욱 궁금케 하오.
받침돌 묻어 놓고

흙 돋우어 고른 후에
장식을 떼어 내어 원목 굴려 옮길 적에
어영차 함께 부르는 소리
귓속에 쟁쟁하오.
눈 덮인 황토 흙에
부드러운 촉감이어
일렁이며 차오름은 어디서 오는 걸까
이제야 알 것만 같네.
조상의 숨결을.
밟고 있는 흙속에는
조상의 몸 스쳤나니
먹고 마시는 음식물에 조상의 넋 없을 손가
그 촉감 그 뿌듯함이여
후손임을 느낍니다.
여기 묻힌 주인공도
볍씨 갖고 온 분일까
뿌리 찾아 올라가면 백인 피도 섞였을 듯
동 서양 가릴 것 없네
모두가 하나인 것을.

위의 시의 작자는 『시우』(市友) 지(誌) '명소순례' 특집을 꾸미기 위해 2000년 8월 21일 변산반도 하서면 구암리 지석묘 군을 둘러 탐방했다. 두 번째는 2001년 8월에 또한 특집을 꾸미기 위해 전라남북도의 일부지방을 여행하면서 고창군 문화체육부의 호의로 죽림리 고인돌 군을 견학현서 위의 시를 짓게 됐다. 세 번째는 2002년 2월 2일 『동방문학』이 마련한 강화 고인돌을 탐방하게 된 것이다.

고인돌에 남다른 관심을 기울였던 것으로 위의 시는 고인돌이 세워지기까지의 유래에 대해서 알기 쉽게 일목요연하게 지었다. 그는 서울에 돌아와서는 고인돌에 대해 글을 쓸 때 한 고고학자를 만나 자문을 얻기도 했고 고인돌과 볍씨가 우리나라에서 자생한 문화현상이 아니고 외국에서 전래된 것이라고 끝 연에서 그 유래로 지었다. 그가 지은 우리나라의 도작문화(稻作文化) 전래과정이 서유럽인 들이 인도나 동남아 또는 중국을 거쳐 직접 또는 간접으로 우리에게 전래되었고 자문을 받았다는 등 위의 시 특히 끝 연을 지은 것으로 볼 수 있다. 이러한 내용은 그의 고인돌 역사기행에서 생생하게 밝히고 있다.[23]

3. 전남 화순과 스톤헨지·까르락 고인돌의 시

화순에 대한 탐방은『동방문학』사(社)에서 문인들과 함께 다녀오지 않고 개별적으로 또는 2001년 11월에 화순 고인돌 축제를 개최하여 많은 관광객을 끌어 모으는 과정에서 문인들도 직접 참여한 것으로 볼 수 있다. 그러나 화순을 탐방하여 지은 시는 보이지 않는다. 여기에 거석문화협회 이사 겸 '밀알을 심는 회장' 이유진이 강화·고창·화순의 고인돌을 탐방하여 그를 소재로 지은 시가 전한다. 그는 영국의 스톤헨지와 프랑스의 까르락의 고인돌을 소재로 시를 지어 우리의 화순의 고인돌과 함께 소개하기로 하다. 먼저 그의 화순지방의 고인돌에 대해 지은 시를 소개한다.

「돌에게 生命을·3」
-전념 화순 고인돌 채석장에서-.
작살*1 박아도
비명 지르지 않았습니다.

---

23) 윤철환,「고인돌 역사기행 말하는 돌」,『말하는 돌』, 세계거석문화편 도서출판 신세림, 2002.3.29., 266~270쪽.

생살 떼어내도
피 흘리지 않았습니다.
숨 막히는 고통
겹겹이 사려 안고
검푸른 이끼 피워
산새들 쉬어가게 하고 있습니다.
삼천년 세월 흐르도록
낭자하게 얻어맞은 긴 허리
옹이처럼 박힌 아픔의 흔적
모두
삶과 죽음의 치명적 진실 앞에
소멸을 거부한 채 남겨졌습니다.
누가 어머니 뼈*2를
이토록 잔인하게 쪼개냈던 말입니까?
억만 겁 삭혀도
저미는 전통 달래지 못해
이렇게
낭떠러지 되어 버티고 있습니다. (『말하는 돌』 204~205쪽.)

*1 : 300년 전 고인돌 채쉬장 채석방법. 채석할 부분에 구멍을 뚫고 대추나누 바싹 말린 것을 토막내어 일직선으로 박아두면 눈 비 맞으며 나무못이 부풀어 암반을 쪼개는 방법으로 채석한 것으로 추정. *2 : 최초의 반문명 선언문.

인디오 추장 '스모호라'가 나무 갈피에 써둔 내용
대지=어머니, 바위=어머니 뼈, 숲과 풀= 어마니 머리털.
들판=어머니 심장(리오데자네이로 민속박물관 소장)

화순의 고인돌을 세울 때 작살을 막고 돌을 쪼개고 생살을 떼어내도 참고 피를 흘리며 참고 마침내 고인돌이 세워진 것이다. 고인돌은 숨 막히는 고통을 감내하면서 검푸른 이끼 피워 산세들 쉬어가게 했다.

고인돌은 우리역사 삼천동안 1천회라는 외난에 시달리어 얻어맞은 몸이 만신창이가 되어 옹이처럼 박힌 상처 죽음 앞에 소멸을 거부하고 남겨졌으니 고인돌은 한민족의 파수(把守)이자 수호신이다. 끝 연에서는 누가 우리의 조국을 수호신인 고인돌을 잔인하게 쪼개놨던 것인가? 그래도 그 수호신인 고인돌은 오늘에도 전남 화순에서 조국강산을 낭떠러지에서 지키고 있다는 것이니 고인돌을 본받아야 됨을 작자는 시적화자를 통해 노래하고 있다.

화순의 지석묘는 구릉지 안에 있는 고개를 중심으로 양쪽 골짜기 일대에 위치한 관계로 낭떠러지에서. 조국강산을 지키고 있다고 한 것이다. 흔히 구릉지(丘陵地)리 하면 높이 300m 미만의 완만한 경사면과 골짜기가 있는 지역을 가리키는데, 실제는 낭떠러지이고 주위에는 울창한 솔숲으로 뒤덮여져 있고, 그 골짜기에는 소규모의 논이 경작되고 있음을 시적화자를 통해 미화시켜 나타냈다.

다음은 영국 스톤헨지의 고인돌은 오늘의 천문학의 수준에 이를 정도의 과학적인 이치에 맞추어 조성하였다. 이 고인돌이 완성된 것은 기원전 1560년경으로 추정되고 있다. 스톤헨지는 원형(圓形)의 유적으로 각각의 거석들은 모두 한 중심점을 향해 원형으로 배열되어 구조를 나타낸 것을 소개하면 다음과 같다.

[그림 22] **원형의 스톤헨지 고인돌**

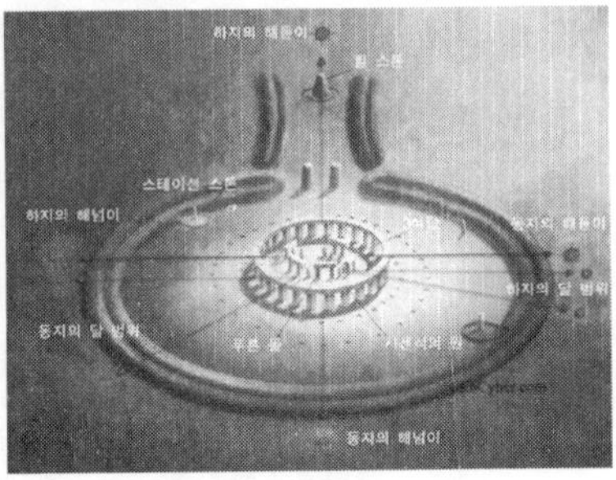

[그림 23] **스톤헨지 구조도**

[그림 24] **정면 스톤헨지 모습**

위의 영국 잉글랜드의 소르베리 평야에 있는 스톤헨지를 촬영한 사진을 참고하면 이유진의 시를 이해하는데 도움이 될 것이다.

「돌에게 生命을 · 5」
–Stonehenge에서–
오천년 등에 지고
해와 달. 바람의 수레에 실려 온
아득한 선사의 갈매 빛
오늘도

Salisbury 평원 위에 맴돌다가
해 오름에 눈부신 물결 타고 비상한다.
태양신 섬기던 사람들이
불멸의 갈망 태우며
찬란한 세월 한 허리에 휘감고
Woodhenge를 만들었다가 Small Stonehenge를 보고
맨 나중에 축성했다는 장엄하고 웅대한
Stonehenge!
무한 천공으로 웅비하려는 비장한 탄원
저 신앙적 탐욕이 서럽다.

해와 지구의 거리가
일억사천구백육십만 키로 미터라는 데
어둠 부수고 솟아오르는 하지(夏至) 날 아침 햇살이
제단 한 가운데 화살처럼 꽂히도록
태양의 각도를 맞춘 기하학적 구조물
정확한 계절을 측정한 그 지혜는
진주 빛보다 더 영롱한 그 지혜는
어느 문명의 인재(人材)와 석재(石材)를 정수로 건져낸 것일까?
일찬 이백 리가 넘는 실리 마운틴 채석장에서
하나의 태산 같은 돌을 옮길 때
육백명의 젊은이들이
삼백육십오일 흘린
억만 줄기 피 땀과 억만 줄기 눈물
잔인한 전설로 따돌고 있다.
멀고도 긴 문명의 뒤안길에서
근엄한 해탈의 모습으로
사라져간 순혈의 젊은 넋을 조상(弔喪)하고 있을까?

신비한 문명의 날개 달고
영원을 잇대어 서 있는
Stonehenge!

위의 시 제1연은 작가 이유진이 스톤헨지 돌무덤 축조 연대를 5,000년 전으로 추정하여 쓴 것이지만 고고학자들의 과학 적에 따르면 B.C.3,850~200년까지 3,600여년에 걸쳐 축조된 유적이라 주장한다. 스톤헨지기 반만년의 오랜 역사를 경과 했고, 스톤헨지에 사용된 석재는 셰일(shale, 퇴적암)과 휘록암(bluestones, 輝綠岩)과 유문암(流紋岩)이니 짙은 청록색을 띠고 암록색, 흑록색, 회록색을 보여 주는 암맥이다.

이 두 종류 암석으로 이루어진 스톤헨지는 바깥쪽 원을 셰일 서클, 안쪽 원을 블루스톤 서클이라고 부른다. 그 돌의 색깔도 원래 청록색을 띠는 암석을 석재로 축조했으니 갈매나무의 열매처럼 짙은 초록색을 띤다고 작자는 그대로 본대로 표출한 것이다. 선사인들은 거의 태양숭배 관념으로 살아왔던 관계로 오늘도 영국 잉글랜드의 솔즈베리 중앙에 위치한 평원에 그 광명의 햇빛은 맴돌다가 눈부신 물결을 타고 비상한다고 나타냈다.

제2연은 선사인 들이 태양을 숭배하였던 관계로 솔즈베리인들은 찬란한 세월의 갈망을 한 허리에 휘감고 처음에 무덤을 나무로 축조했다가 중간에 작은 돌무덤 제단을 맨 나중엔 현재의 스톤헨지를 축성한 것으로 본 것이다. 스톤헨지(Stonehenge)는 영국 남부에 있는 환상 열석(環狀列石) 유적이다. 높이 8미터, 무게 50톤인 거대 석상 80여 개가 세워져 장엄하고 웅대하다고 한 것이다.

선사인들은 태양을 숭배하는 의식으로 무한 공간으로 웅비하려는 비장한 탄원을 신앙적인 탐욕으로 시적화자를 통해 서럽다고 한 것이다.

왜냐하면 축성과정에서 많은 사람들이 희생되었으니 안타깝게 여겼기 때문이다.

제3연에서는 스톤헨지가 태양신앙과 결부되었다는 방향표시석 힐스톤이 동쪽을 가리키고 있는데 특히 6월 23일 하지(夏至) 날을 중심으로 태양신 숭배집단이 스톤헨지를 축성했다. 작자는 시에서 기하학적 구조물에 대해 천문학적지식도 겸비하고 있음을 나타냈다. 작자는 이 유적에 대해 선사인 들의 하지(夏至)날 햇살이 제단 한 가운데 화살처럼 꽂히도록 태양의 각도를 맞춘 지식에 대해 진주 빛보다 더 영통한 지혜라고 하고 어느 문명의 인재(人材)와 석재(石材)를 정수로 건져낸 것이라 하였다. 사람들은 이 현상을 관광하기 위해 2020년까지 예약이 끝난 상황이라고 작자는 시 아래 주에서 밝혀 놓았다.

오늘날 세계각지에서 스톤헨지 열석군(列石群)을 관광하기 위해 매년 1천만 가까이 탐방하고 50만 이상이 그 주위를 둘러보고 갈 정도로 많은 인파가 모여 든다는 것이다.

작자는 스톤헨지를 축성하기 위해 1200리가 넘는 셜리 마운틴 채석장에서 50톤이 넘는 돌을 운반할 때 600명이 넘는 젊은이들이 억만 줄기 피땀과 억만 줄기 눈물을 흘렸던 후유증으로 35세 이상 살지 못했다는 것은 지나친 노역의 원인 때문이라 하였다.

스톤헨지에 사용된 석재는 셰일과 블루스톤(휘록암과 유문암)이다. 스톤헨지는 바깥쪽 원을 셰일 서클, 안쪽 원을 블루스톤 서클이라고 부른다. 두 종류의 돌을 운반한 장면을 상상적으로 소개한 장면을 소개해 본다.

[그림 25] 스톤헨지 축성, 거석 끌기 운반 상상도

작자는 노역에 시달린 젊은이들에 대해 "멀고 먼 문명의 뒤안길에서 순혈의 절은 넋을 조상(弔喪)하고 있을까?"라고 나타냈다.

끝 연에서는 스톤헨지는 신비한 날개를 달고 영원을 잇대어 서 있다고 끝을 맺었다. 이 청동기 유적은 중국의 만리장성과 이탈리아의 피사의 사탑 등과 함께 7대 불가사의에 꼽히고 있다. 스톤헨지도 조상의 묘소니, 효심의 발로에서 축조된 것이다. 우리나라는 고인돌 왕궁으로 빛냈으니 우리는 예로부터 군자국(君子國)이니 동방예의지국(東方禮儀之國)이라는 예찬은 고인돌에서 찾아야 한다고 본다. 영국을 일러 신사의 나라라고 하는 것도 같은 맥락인 고인돌에서 찾아야 한다고 본다.

다음은 프랑스의 까르낙은 세계 3대 고인돌의 하나로 꼽힌다. 세계 3대 고인돌은 영국의 5500~6188년 전 축조됐다는 스톤헨지, 프랑스의 4500년 전 축조됐다는 까르낙, 아일랜드의 5000년 전 축조됐다는 뉴그렌지로 꼽는다. 프랑스의 까르낙은 선돌(입석) 조성되었는데 소개하면 다음과 같다.

까르낙은 프랑스 북서부 브르타뉴 주(레지옹, Region) 모르비앙 데파르트망(Department)에 위치하고 있는 인구는 5,000여 명이 되는 소도시로서 여기에 열석은 각각 50~1,000의 선돌로 된 3군으로 나뉘어 줄을 이루

[그림 26] 프랑스의 까르낙 열석(列石)

어 있다. 그 길이가 4km 이상이 되며 전체 2,934개의 입석으로 조성되어 있다.

키브롱만(灣) 북쪽 해안에 위치하며, 주변 일대는 유사(有史) 이전의 거석기념물(巨石記念物)로 알려져 있는데 '까르낙 열석(列石)'은 4km에 걸쳐서 선돌이 여러 줄로 나란히 서 있어 장관을 이룬다고 한다. 이 밖에 높이 12m의 무덤, 깨지기는 했지만 20m 이상이나 되는 선돌이 있다. 이중 생-미셸릐 무덤은 길이가 218m, 너비가 59m가 되는데 연간 100만 명의 관광객이 선사유적을 탐방하여 인구의 100배가 넘는 관광객이 붐빈다고 한다.[24)]

이유진은 한국문학세계화추진위원회 사무총장 및 세계거석문화협회 이사로서 프랑스 까륵낙의 유적에 대해 전문가적 지식과 함께 대학도 국어국문학에서 수학하여 문학에 대한 조예가 깊어 프랑스의 까르낙에 대해서 훌륭한 시를 다음과 같이 지었다.

「돌에게 生命을 · 6」
-Carnc에서-
돌은 하나의 별이 되어,
영원까지 흐를 푸른 전설이 되어,
生命 심는 물빛 제전이 되어,
날개 접은 백조가 수직의 군무를 추듯,

24) 임효재, 「고인돌의 보존과 활용방안」, 『말하는 돌』, 세계거석문화협회편 도서출판 신세림, 2002, 67쪽.

소복한 여인들이 창백한 아미 숙이고 서 있듯,
太古의 늙은 바람에도
갈꽃 같이 스산한
옛 그리움 하나 닮아 버린
은빛 침묵의 옷자락이 정갈하네.
헤아릴 수 없는 세세연년
先史의 지층이 물고 있던
아름다운 옥구슬 목걸이 하나
어느 여인을 위한
어느 남정네의
황홀한 사랑의 유물일까?
단 한 순간도 멈출 수 없는
삶의 강변에
죽음의 마지노선은 보이지 않아도
일탈이 아닌 해체가 아닌
돌에게 生命으로 합일되는
영원한 문화를 열망했을까?
먼 옛날에
목숨하나
돌 하나

위의 제1연은 까르낙 선돌무덤은 약 4,500년 전 700년에 걸쳐서 축조되었다고 주(註)를 달고 지었다. 선돌은 선사 시대에, 자연석이나 약간 다듬은 돌을 기둥 모양으로 하나 또는 여러 개를 세운 거석(巨石) 기념물 입석(立石)으로 멘히르(menhir)로 알려져 있다. 까르낙의 선돌모습은 넓은 벌판에 푸르스름하여 작자는 하나의 별이 되어 영원까지 흐를 푸른 전설이 되었다고 했다. 그리고 작자는 시적화자를 통하여 가까운 거리에서 보면 마치 백조가 무리를 지어 수직의 군무를 추듯 보인다고 하고 또 소복한 여인들이 창백한 아미 숙이고 서 있듯 하다고 지어 선돌의 소재를 유효적절하게 시상을 형상화시켰다.

제2연은 4,000년 동안 오랜 세월을 거쳤으니, 마치 갈대꽃이 늦가을에 바람 부는 대로 물결을 이루며 스산한 가을풍경을 자아내는 것이 장관이듯 옛 추억에 그리움을 닮아 은빛 침묵의 옷자락도 정갈하게 가을풍경과 같이 보인다고 했다.

제3연은 49만 년~45만 년 전에 까르낙 선사의 지층에서 아름다운 옥구슬이 출토된 것을 서정적인 정서로 어느 남정네가 어느 한 여인을 위한 황홀한 사랑의 선물로 표출하였다. 작자는 이 선돌 유적과 함께 까르낙의 선사박물관도 견학하여 1만 년 전에서 4천만 년 전까지의 선사인 들의 유물들을 전시한 것을 보고 시를 지었던 것으로 감상적인 저어로 지은 것으로 본 것과는 완연히 다르게 느껴진다.

제4연은 작자가 1936년 제2차 세계대전 때 독일과의 국경에 만들어진 프랑스의 요새선으로 비유하여 죽음에 마지노선(Maginot線)이 보이지 않아도 한 순간도 더는 물러설 수 없다고 한 것을 절박한 경황으로 전제하고서 삶의 '약간 · 조금'을 일말이 아닌 해체가 아니라고 나타냈다.

제5연은 돌에게 합일되는 영원한 문화를 열망하여 먼 옛날의 목숨하나 돌 하나로써 돌의 생명을 시의 제목대로 「돌에게 生命을」이라고 나타냈다. 프랑스의 까르락의 선돌은 고인돌의 덮개돌도 없이 세운 자연석을 다듬은 입석 임에도 불구하고 세계 여러 나라에서 관광객이 쇄도하는 것을 보게 된다. 우리나라의 고인돌은 이보다 규모로도 크게 자리 잡고 세계문화유산으로 등재되고 고인돌 왕국으로 일컬어도 고인돌 단지의 조경도 미흡한 상태로 방치되고 있는 실정이다. 우리는 고인돌 유적지의 조경을 개선하여야 할 과제를 남기면서 이만 줄인다.

위와 같이 우리의 고인돌에 대해 시인들이 탐방하여 세 곳에 고인돌에 대해 50여 분이 100수 가까이 시를 지었는데 지면관계로 7인의 시만 선보였다. 그리고 영국의 스톤헨지의 고인돌과 프랑스의 까르락의 고인돌은 우리보다 훨씬 앞서 축성한 유적을 소재로 이유진이 훌륭한 현대시를 남겼다. 특히 고인돌을 소재로 지은 글이 없는데 7인의 탐방으로 처음으로 시를 소개했다는데 우리문학사의 의의를 지닌다고 할 수 있다.

Ⅶ. 맺음말

고인돌에서 유래된 효 사상의 발로인 제례문화는 앞으로 유네스코 문화유산에 등재되는 일이다. 이 문제를 달성하기 위해서는 우리의 역사를 듣고 올바로 실천할 때 목적을 이루리라 본다. 2014년 갑오년 정월 명절과 앞으로 연년세세 돌아오는 명절과 조상들의 기제사에는 어른들이 조상제례 때 자손들이 모인 자리에서 네 가지 과실 제수를 유감주술과 관련된 의미로 들려주면 힘써 살아갈 것이다. 특히 한국인의 교육열이 높은 것은 따지고 보면 조상제의 때 네 가지 햇과실인 조율이시(棗栗梨柿) 씨의 의미로 살아온 것에 원인이 있다. 옛날의 조상님들은 네 가지 과실의 뜻으로 자손을 낳아 가르친 것으로 가문을 빛내왔다.

조상들은 네 가지 과수제수에 대해서 제상에 올리어 제사를 지낸 이유를 알았는데 세월이 흐름에 따라 오늘엔 아는 사람이 없게 되어 잊어진 것이라 할 수 있다. 가문의 명예는 훌륭한 자손을 키우는데 있으니, 제례는 조상님 들이 나를 낳고 키워 준 은공의 보답이고, 산 사람들을 위한 의식이다.

본고에서는 조상제례를 봉향한 고인돌에 대해 지은 문학이 전무한 가운데 여러 문인들이 『동방문학』의 배려로 탐방하고 시 수필 기행문 논문을 『말하는 돌』에서 게재하여 문학사적 의의를 지니게 됨을 우선 밝힌다. 그리고 반만년 전통의 제례문화도 세계문화유산에 등재되길 바란다.

네 가지 과실의 제수는 엄밀하게 말하면 조상을 추념하는 효의 의미가 있고, 산 사람들의 음식이니, 살아있는 사람들에 잘되기 위한 것이다. 그런데 오늘날은 조상들이 마련한 과실의 씨 의미를 담긴 유래가 오랜 세월을 거치는 동안 전하지 않아 아는 이가 없어 조상제의 때 남들이 하는 것으로 네 가지 과실로 제사의식을 따라 행하고 있는 것이 현실의 실정이다.

정월 명절이나 조상의 기일이 돌아오면 네 가지 조율이시를 제수로써 조상님에게 올린다. 오늘날 한국의 제례문화는 세계에서도 유례를 찾아볼 수 없을 정도로 각 가정의 집안과 문중에서 행해지고 있다. 이런 전통의식은 조선조 유교의식 이전에 집단적 무의식에 의해 단군시대 조상들의 제례가 지속적으로 전하여 오늘에 이르러 미풍양속으로 자리 잡고 있다. 이런 연유로 우리의 제례문화는 세계문화 유산에 등재되어야 한다.

금년은 을미년이다. 이해는 양을 상징하는 해라고 하여 모든 사람들이 양과 같이 유순하게살라가는 한 해가 되기를 바란다. 사람들은 을미년 새해에 조상님께 네 가지 과실로써 차례에 정성을 올리고 살아가면 조상님이 무심하지 않고 음우하리라 믿고 살아가면 효사상이 되살아나 미풍양속의 풍조가 일파만파로 전해질 것이다. 그러나 조상제례는 을미년(2015)뿐만 아니라 연년세세에 돌아오는 조상의 기제사(忌祭祀)와 명절에 조상 제례를 정성껏 받들면 효의 정신으로 가정이 화평해지며 자손들도 학업성취도가 일취월장으로 향상되어 가문을 빛내게 될 것이다. 그렇게 되면 우리나라는 반만년전의 고조선의 부자자효(父慈子孝)의 전통이 확산되어 세계사상 유례가 없는 빛내는 나라로 부상하여 21세기형의 홍익인간의 이화세계가 이뤄질 것이다.

[그림 27] 폐백

[그림 28] 대추와 밤을 치마폭에다 던져주는 의식

우리의 조상제례는 특히 과실제수는 입신양명하는 훌륭한 자손을 두어 부귀영화를 누리라는 상징적의미의 함유이니 나라를 풍요롭게 하고 화평케 살게 하는데 힘써야 한다. 선조들은 중원의 사서와 경전에서와 같이 우리나라를 일컬어 동방예의지국(東方禮儀之國)과 군자국(君子國)을 세웠다고 했으니, 그 위신을 되찾아 행하면 복지국가를 이룰 것이라 기대한다. 갑오년에 여러분들은 과실제수의 상징의미로 차례를 지내어 자손을 일취월장으로 동량지재(棟梁之材)로 키우고 한해를 풍요롭게 건강하고 화평을 누리시라. 이런 가운데 반만년의 전통으로 내려온 제례문화가 세계문화 유산에 등재면 효를 실천하게 되어 21세기형의 홍익인간과 동방예의지국과 군자국을 세우게 될 것이라 기대된다고 믿어 의심치 않는다.

참고적으로 폐백(幣帛)을 드릴 때 시부모가 자부에게 대추와 밤을 치마폭에다 던져주는 의식 또한 사람들이 그 이유를 아무도 모르고 다산관계로 알고 실행하고 있는 실정이다. 조율(棗栗)중 대추 씨가 하나임과 밤송이에는 보통 밤 세 톨이 들어 있어 나라에 제일가는 자손과 삼정승을 낳아 입신출세 하는 훌륭한 자손을 두어 가문을 빛내라는 뜻이 함유되어 있는 것임을 밝혀둔다.

위에서와 같이 활옷(豁衣, 새색시가 혼인식을 할 때 입는 예복 차림)은 붉은

색의 겉길(엎)에 청색의 안을 넣어 만드는데 이는 남녀와 우주의 음양을 상징한다. 남녀인 이들 부부가 평생을 살아갈 때는 부부합일로써 천일합일의 경지에 이르러 부귀다남하고 입신양명의 자손을 두어 영생토록 부부가 해로하게 된다. 또, 겉길에는 연화·모란·봉황·원앙·나비와 장수를 기원하는 십장생의 문양 등을 수놓아서 대단히 화려하고 좋은 의미를 가진다. 무양수(紋樣繡) 이외에 흰 보에는 이성지합(二姓之合)·백복지원(百福之源)·수여산(壽如山)·부여해(富如海) 등의 문자를 수놓아 인간의 소망을 표현한다. 폐백의식 또한 제상에 과실 제수를 올려놓고 조상님께 대추 씨와 밤 세 톨의 씨의 상징으로 나라의 제일가는 자손과 삼정승의 벼슬을 하는 자손을 조상님께 기원하는 소망이 들어 있다

폐백의식에서 시부모가 자부에게 활옷 위에 걸치는 긴 보자기에 대추와 밤을 던져주는 것은 조상님께 그런 훌륭한 자손을 낳게 해 달라는 소망을 기원하는 것이라 할 수 있다. 이 의식도 반만년전통의 고인돌 제례(祭禮) 문화에서 수용된 것이다.

단군신화의 '밝'의식과 백의(白衣) 전통양상

– 태양의 광명의식과 백의(白衣)의 수용을 중심으로 –

Ⅰ. 머리말

백의민족의 정체성을 연구한다는 것은 배달겨레의 원형을 밝히는 문제가 되므로 상고시대로 소급되는 문제가 된다. 한국에서 상고시대라 하면 고조선시대를 가리키게 된다. 고조선 시대는 유구한 전통의 환인, 환웅 단군인 삼성(三聖)의 시대를 일컫게 되니 신석기시대(新石器時代, Neolithic Period)라고 할 수 있다. 신석기는 주로 돌을 갈아 만든 일상생활용 도구나 무기를 만들어 사용했고 흙으로 빚은 토기를 만들어 사용하였던 시대이다. 한반도에서는 B.C.8000년 경부터 신석기 시대가 시작되었으니 고조선시대는 신석기와 청동기시대에 해당한다고 할 수 있다. 이 시데부터 과연 한민족은 흰옷을 착용하였을까 하고 의문을 가지게 될 것이다.

청동기시대(Bronze Age, 青銅器時代)는 기원전 24세기부터 보기도 한고 기원전 2000년경~기원전 1500년경이라 하는 데, 이때는 비파형 동검이 청동기라고 생각하면 된다. 대체로 청동기는 중국의 경우 B.C. 1800년 경부터 시작되었다고 하나. 한반도에서의 청동기 문화의 시작에 대해서는 B.C.2000~600년에 걸쳐서 보는 여러 견해가 있다. 청동기의 분포지역은 대체로 비파형동검이 많이 나오는 랴오닝(遼寧) 지역까지를 포함하여 예맥문화권(濊貊文化圈)으로 설정하고, 이 지역을 고조선 영역으로 보고 한국의 청동기문화에 넣고 있다. 청동기시대에 생업은 대체로 농경생활을 주로 하였는데 단군사화(檀君史話) 또는 단군신화는 농경생활을 한 환인, 환웅, 환검(단군)이 다스렸던 시대라 할 수 있다. 환인(桓因)은 단군(檀君)의 조부, 환웅(桓雄)은 단군의 부, 단군을 환검(桓儉)이라고도 한다. 이 삼대의 성은 '환이다'에서 온 것이니 태양의 밝음과 관계된다.

단군은 밝게 빛을 선호하게 되어 그 광명의식으로 생활상을 이루어 홍익인간의 이화세계를 세우게 된 것이다. 고조선인 들이 백의를 입고 살았다는 문헌이 전하지 않아 상고할 길은 없으나 부여 이전인 고조선인 들이 흰옷을 입고 살았다는 것으로 그 전통이 집단적 무의식에 의해 이어져 내려온 것이다. 즉 부여 이전인 지금으로부터 1만 년을 전후하여 한민족이 북미로 도미한 것에서부터 인디언들의 생활도구 맷돌 윷가락 베틀이 미국 박물관에 소장되어 있다는 증거로써 논하기로 한다.

Ⅱ. 고조선 삼성(三聖)과 백의(白衣)

1. 천부인(天符印) 세 개, 홍익인간, 백의(白衣) 유래

아득한 옛날부터 인류는 태양을 숭배하여 왔다. 그러나 태양을 전통적으로 숭배한 민족은 백의를 입고 지냈다. 태양은 만물을 주관하고 밝은 빛으로 만물을 생육케 하는 관계로 태양숭배관념으로 백의를 입었다. 고조선사람들은 가죽과 모피, 마직물, 모직물 등으로 만든 옷을 입었음을 무덤의 유물로 나타냈으니[1] 흰옷을 입었음을 알 수 있다. 특히 고조선인들의 모자에는 주로 둥근 태양 모형의 양식을 사용하였다.[2] 이 모형은

[그림 1] 솔거의 단군그림 정부공인 제1호

[그림 2] 국립부여박물관 소장

고조선 이후 고구려와 백제, 신라, 가야의 금관과 금동관[3] 등에도 니타나는 것으로 보아 태양신을 숭배한 겻으로 볼 수 있다.

한민족이 태양숭배를 하여온 증거는 고조선을 다스린 삼성(三聖)의 성(姓)에서도 나타난다. 삼성의 성은 환인(桓因), 환웅(桓雄) 환검(桓儉)이니 성(姓)이 '환하다'에서 온 말로 태앙과 관계되어 있다.[4] 태양은 대지를 밝게 비춰주고 있다. 단군은 조부 환인과 부(父) 환웅의 뜻을 받들어 나라를 훌륭하게 나라를 다스렸다. 단군의 영정을 소개하면 그림 1, 2와 같다.

한국은 상고시대 이래 백의를 숭상하여 온 고조선을 세운 삼성(三聖)의 영향을 받은데 있다. 환인(桓因)에서 '환'은 밝음의 상징이고 인(因)은 원인을 이루는 근본, 유래, 연유, 까닭을 나타냈다. 단군은 조부(祖父)인 환

1) 劉素霞, 「夏家店上層文化考古資料反映的有關民族習俗」, 『中國考古集成』, 東北卷 靑銅時代(一) 北京出版社, 1997, 416~417쪽.
2) 박선희, 『고조선 복식문화의 발견』, 지식산업사, 2011, 319~414쪽.
3) 박선희, 「고조선 관모양식을 이은 고구려 금관의 출현과 발전 재검토」, 『고조선단군학』, 고조선단군학회, 지식산업사, 2011, 141~216쪽.
4) 윤경수, 「흥부전에 나타난 홍익인간사상 탐구」, 『한국사상과 문화』 38집, 2011, 48쪽.

인(桓因)과 부(父)인 환웅의 아들로 태어나 고조선을 밝음에 상징으로 훌륭하게 다스렸다. 그 유래는 『삼국유사』 권1 고조선조에 실려 있는 바와 같이 이해하면 익히 알게 될 것이다. 환인(桓因)은 천제(天帝),[5] 그의 아들 환웅(桓雄)은 천신(天神), 손자 환검(桓儉)인 단군은 천인(天人) 관계로 나타냈다. 환인은 하느님 격으로 천상에서 살고 무리아들 중 환웅이 지상의 뜻을 두므로 아들의 뜻을 알아보기 위해 삼위 태백산 아래를 살펴보니, 홍익인간으로 다스려 볼만하다고 하여 허락하였다.

홍익인간(弘益人間)이란 인간세(人間世)를 널리(높게) 유익하게 한다는 말이다. 삼성은 태양을 상징하는 성군이므로 환인의 아들 환웅과 손자 단군이 홍익인간의 이상적인 나라를 세우게 된 것이다. 태양은 햇빛으로 만물을 생육하여 대지를 풍요롭게 하여 만인이 살아간다. 단군은 환웅이 홍익인간으로 다스린 고을사회를 발전시켜 고조선을. 훌륭하게 다스려 부족연맹국가를 탄생시켜 홍익인간의 이상적인 나라를 세웠다.[6]

삼성의 행적은 태양의 광명 의식과 관계되어 환인이 아들 환웅에게 홍익인간의 뜻을 실현하기 위하여 천부인 세게, 풍백(風伯) 우사(雨師) 운사(雲師), 무리삼천을 하사하였다. 환웅은 천상에서 이들을 대동하고 태백산 신단수 아래로 내려와 신시를 열고 홍익인간의 나라를 세웠다. 환웅의 뒤를 이은 단군은 환웅의 뜻을 받들어 나라를 훌륭하게 다스렸다.

단군의 통치는 환웅이 환인에게서 물려받은 밝음의 의식으로 발전시켜 다스린 것으로 인해 홍익인간의 이화세계(理化世界)를 이룬 것이다. 태양의 광명은 흰빛인 밝음으로 대지의 식물을 생육되게 하므로 생물들이 살아간다. 인간은 만물의 영장이므로 그 중에 단군은 고조선을 하늘의

---

5) 임재해, 「환웅시대 태양시조 사상의 홍익인간과 재세이화 전통」, 『고조선단군학』 제29호, 고조선단군학회, 2013, 501쪽.

6) 윤경수, 『단군예절교훈 355사(事)와 홍익인간사상』 하권, 민속원, 2007, 660쪽.

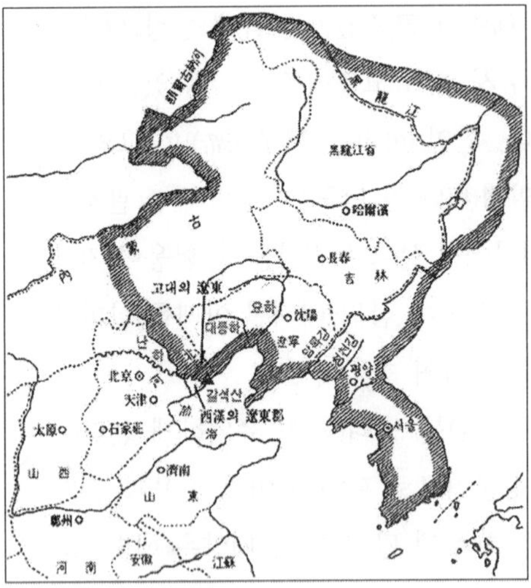

[그림 3] **고조선 후기의 강역도 고대문헌 속의 요동, 요서는 난하를 기준한 동서쪽이고, 현행국사교과서 상의 요동, 요서는 요하를 기준한 동서쪽이다.(윤내현 교수의 연구)**

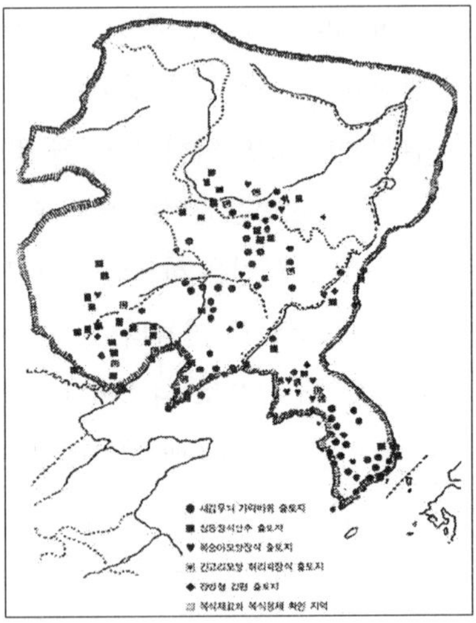

[그림 4] **동일 복식문화 지역으로 본 고조선 강역(박선희 교수의 연구)**

광명수 있다.

고조선의 단군의 강역은 방대하다. 이 지역에서 고조선 고분에서 의상과 여기에 딸린 부장의식으로 훌륭하게 다스렸다. 고조선들은 태양을 숭배하여 백의를 입고 지냈다고 할 품도 발굴되어 고조선 의상을 연구하는 자료가 되어 그 지도를 다음에서 소개한다.

고조산인이 백의를 착용했다는 문헌이 전하지 않지만 단군조선의 전통을 이은 부여가 흰옷을 입었다는 사서(史書)가 중국 『삼국지』 위지 동이전에서 전하는 것으로 입증하고 있다. 단군이 동북아에서 가장 훌륭한 나라를 세운 것은 태양숭배의 관념인 밝음으로 나라를 세웠기 때문이다. 백의는 순수한 하얀 색이니 청정과 청결을 나타낸다. 삼성이 다스리는 관리들은 태양의 광명으로 청정하게 나라를 다스려 동북아에서 가장 훌륭한 나라를 세우고 건국일에는 흰옷을 입고 삼성인의 업적을 기렸다고 할 수 있다.

환인은 환웅에게 지상을 잘 다스리게 하기 위해 천부인(天符印) 세 개를 주었는데 그 3개는 거울, 칼, 방울이었다.[7] 이 세계는 환웅이 고조선의 고을사회를 홍익인간으로 다스리게 하는데 큰 역할을 하였다.

홍익인간(弘益人間)이란 고려 때 일연이 지은 『삼국유사』의 단군신화에 나오는 말로 널리 인간세상을 이롭게 한다는 단군의 건국이념이다. 환웅은 천부인 세 개인 거울, 칼, 방울로써 고을 사회를 다스렸다고 할 수 있다. 첫 번째 거울은 태양, 곧 둥근 해를 가리킨다. 한 나라의 태양을 상징하는 왕은 항상 이 거울과 같이 밝게 비취는 나라를 세우고자 힘썼을 것이다. 태양의 광명의식은 조상대대로 내려오는 환 씨족의 가훈이기도 했으니, 단군에게도 나라를 다스리는 데 많은 도움이 되게 했다. 따라서 태양의 밝음을 상징하는 거울은 일일삼성(一日三省)과 같은 구실을 하게 되므로 스스로 반성하는 매체가 되었다. 따라서 그 시대 임금, 관리는 말할 것도 없이 백성들의 길잡이 역할을 하였다고 볼 수 있다. 명경(明鏡)은 하늘의 광명과 같이 밝게 다스리라는 것으로 보면 될 것이다. 이에 대한 관계는 칼에서도 나타난다. 주몽신화에서 하느님 아들 해모수는 하늘에서 내려올 때 머리에 오우관(烏羽冠)을 쓰고 허리에 광채가 휘황한 용광검(龍光劍)을 찼다고 했으니, 칼은 임금의 위세를 나타난 것이라 할 수 있다. 오늘날 단군시대 의식이 생활 전반에 걸쳐 광명의식으로 형성되어 있는 것은 역사적인 관계와 이어진다. 천부인 중 두 번째 칼은 통치자의 힘의 권위와 아울러 통치자가 칼과 같이 베일 것은 베이고 자를 것은 자르는 것과 같이 투명하게 다스리는 뜻이 들어 있다. 단군신화에서 칼은 환웅이 하느님의 아들이라는 위엄과 권위를 상징하는 것으로 볼 수 있다.

---

7) 윤경수, 『한국고대문학사상의 탐구』 상권, 한국학술정보(주), 2011, 276쪽.

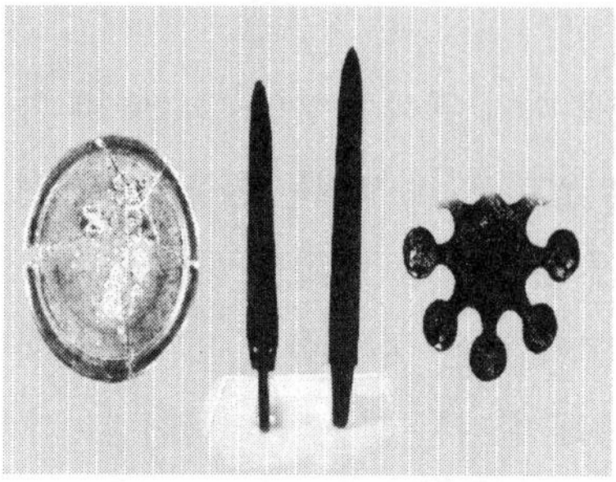

[그림 5] 청동거울·청동 칼·청동방울

세 번째 천부인 세 개 중 방울은 북 곡옥을 나타내기도 하는데 북소리와 같이 진퇴를 명확히 하는 조화된 리듬으로 다스리는 뜻이 함유되어 있다. 방울소리는 왕의 말이 온 천하에 울리는 소리로 비유적으로 볼 수 있지만 통치자가 나라를 다스림에 방울소리나 북소리와 같이 조화된 맑고 아름다운 성률(聲律)이 나라 안을 가득 채울 정도로 나라를 다스리라는 것으로 보면 된다. 조화된 소리는 음양의 조화를 의미하니, 음(陰)의 속성을 용납 못하게 물리치고 복을 불러들일 수 있는 소리가 된다. 천부인 세 개를 소개하면 그림 5와 같다.

단군시대 청동제품이 생산되었다는 것은 신석기시대를 지나 청동기시대에 이르렀음을 의미한다. 단군시대는 청동기시대이므로 농업생산의 필요한 농구를 만들어 사용하여 풍성함을 이루어 홍익인간의 이상적인 나라를 세웠다.

단군은 고조선을 천부인 세 개로 홍익인간의 밝은 나라를 세우고 나라 사람들은 그 일환으로 흰옷을 입고 청렴결백하게 살았다. 백의는 고조선 때 면화를 심어 옷감을 만들어 옷을 입어 흰옷의 상징으로 빛나는 나라를 세운 것이 홍익인간의 이화세계이다. 특히 고조선 상고시대 빙하기인 1만 년 전후하여 한민족의 조상들 미주인디언들이 베틀 맷돌과 윷가락, 윷판이 시카코 인근에 있는 미첼박물관에 소장되어 있는 것으로 미루어 고조선인 들이 빙하기인 1만 년을 전후로 미주로 이주했다는 것을 의미한다.[8)]

8) 윤경수, 「환역(桓易)에서 나온 윷놀이 문화」, 『한국의 효사상과 정신문화』 3, 동양효문화연구원, 2012, 130~131쪽.

미주 인디언이 우리의 조상이라는 것은 일류학자들이 주장하고 있다. 특히 현재 미국박물관에 베틀이 소장되어 있다는 것은 우리선조들이 흰옷을 입고 살았다는 증거가 확보된다. 흰옷을 입고 살았다는 것은 태양숭배관념에서 유래된 것이다.

단군조선 이후 부여가 흰옷을 입었다는 것은 태양의 광명의 수용으로 보고 다음에서 부여국 동명설화와 고구려 주몽설화에 대해 살펴보기로 한다.

Ⅲ. 부여건국설화와 고구려 건국설화, 백의(白衣)

1. 『논형』(論衡)의 부여건국설화의 백의 연계성

부여(夫餘)는 고조선의 광명의식을 계승한 최초의 국가로 평가되고 있으며, 또한 고구려 · 옥저 · 예 등의 종족들이 분파되어 나간 모체이기도 하다.[9] 이에 따라 부여는 단군조선의 전통을 이은 나라라고 할 수 있다. 부여의 동명왕[10], 고구려의 추모왕[11], 신라의 박혁거세[12], 가야의 수로왕[13]도 마찬가지 상황이라 본다.

한민족에 있어 단군신화는 우리의 역사관이나 철학 사상 윤리 등 기타 한민족의 정신문화에의 지주는 이 신화로부터 유래[14]되고 있기 때문이다. 이들은 알에서 태어난 것으로 기록되어 있는데, 이는 다름아닌 자신

9) 신천식, 『한국고대민족사의 탐구』, 2003, 서경문화사, 117쪽.
10) 『후한서』 권85, 「동이열전」, 부여전.
11) 『위서』 권100, 「열전」, 고구려전.
12) 『삼국사기』 권1, 「신라본기」, 시조 혁거세거세간조.
13) 『삼국유사』 권2, 기이 제2 「가락국」 조.
14) 윤경수, 『도해 하국신화와 고전문학의 원형상징성』, 태학사, 1997.3, 11쪽.

들의 시조를 신성화하기 위해 하느님의 아들 후손이거나 알에서 태어난 것으로 신비화 한 것이다.15)

부여의 시조 동명왕은 탁리국(槖離國) 임금을 모시던 시비(侍婢)가 천기의 원기인 태양 빛에 영묘(靈妙)한 감응으로 알을 낳아 그 알에서 태어났다. 부여인들은 그 영향으로 태양숭배 관념으로 백의를 입은 것으로 볼 수 있다. 부여는 역사적으로 개관할 때 B.C.1세기경부터 300년 간 퉁구스계의 부여족이 세웠던 부족국가이다. 그 영토는 요하상류와 송화강 유역에 자리 잡아 국가의 형태를 갖추고 남쪽으로는 고구려, 동쪽으로는 읍루, 서쪽으로는 선비족과 국경을 접했다. 인구는 약 8만 호였으며 토지가 비옥하여 농사가 잘되는 지역이었다.

부여는 B.C.4~3세기경 국가의 형태를 갖춘 것으로 보인다. 부여는 단군이 B.C.2333~47대 고열가(古列加) 재위 55년 / 즉위년 B.C.295년대를 지나고, 위만조선이 멸망 후 세워진 나라이다. 부여라는 이름의 유래는 사슴을 뜻하는 만주어 'puhu'와 몽골말 'pobgo'에서 부여라는 이름이 평원, 강 이름, 산 이름 등에서 비롯한다는 견해도 있다. 또한 부여란 이름은 평야를 의미하는 벌(伐, 弗, 火, 夫里) 예(濊) : 부여의 합친 소리가 가장 유력하다. 부여는 B.C.1세기의 중국 문헌에 이미 명칭이 나타나는 것으로 늦어도 B.C.2세기 무렵에 성립했음을 알 수 있다.

『삼국지』 위지 동이전에는 부여 인들이 스스로 오랜 옛날 다른 곳에서 옮겨온 사람들의 후예라 했고, 위(魏)나라 어환(魚豢)의 『위략』(魏略)에는 부여가 북쪽에서 이주해온 시조 동명(東明)에 의해 세워졌다고 하고, 『수신기』(搜神記), 『신론』(新論), 『후한서』(後漢書), 636년 경에 편찬된 『양서』(梁書), 『수서』(隋書), 『북사』(北史), 『태평어람』(太平御覽), 『법원주림』(法

15) 윤내현, 「현행국사교과서의 문제점과 개편방향」, 『단군학연구』 제3호, 단군학회, 2000.10, 64쪽.

苑珠林) 등에 기록되어 있다. 서기 60년 후한의 왕충(王充)이 쓴 『논형』(論衡)은 85편으로 구성되어 있다. 부여의 건국 신화는 고구려 주몽 설화와 내용이 거의 일치하는 내용으로 기록되어 있는데 단군조선 이후 그 강역에서 나라를 세웠기 때문에 비슷한 것으로 되어 있다.

예로부터 사람은 태어나고 자란 곳인 부근의 산과 물의 영향을 받았다. 따라서 명당에서 인물이 난다는 소위 인걸지령(人傑地靈)설은 인물지리학인 지인상관(地人相關)과도 관계되는 사고방식이다. 이런 과계는 곧 풍수의 지인상관의 연계라 할 수 있다, 이 상관설이 부여와 고구려의 신화에도 영향을 미친 것으로 이 두 설화의 맥이 유사적인 내용으로 이어져 부여인 들이 고조선인 들과 같이 백의를 숭상한 것이다. 부여와 고구려가 나라를 세운 곳은 단군조선의 강역이니, 부여인들 또한 태양의 햇빛과 관계되어 백의를 숭상하였다는 것을 밝히게 되어 부여의 동명왕신화를 소개한다.

북이(北夷) 탁리국(櫜離國) 임금은	北夷櫜離國王
모시던 시비가 임신했다	侍婢有娠
임금이 시비를 죽이려고 하니	王欲殺之
시비가 사뢰되	婢對曰
크기가 달걀만한 기운이	有氣大如雞子
하늘에서 내려오더니	從天而下
"제가 아이를 뱄습니다"라고 하였다	我故有娠
그 후에 아이를 낳았다	後産子
(아이를 임금의 명으로) 돼지우리 안에 넣으니	捐於豬溷中
돼지들이 입김으로 불어 아이가 죽지 않게 했다	豬以口氣噓之不死
다시 마구간(馬欄)으로 자리를 옮겨	復徙置馬欄中
말이 (임금) 대신 아이를 죽이게 했다	欲使馬借殺之

말도 입김을 연일 불어 (아이를) 죽지 않게 하니	馬複以口氣嘘之不死
임금이 하늘의 아들이 아닐까 의심했다	王疑以爲天子
그 어미에게 거두어 노비처럼 키우게 명하고	令其母收取奴畜之
이름은 동명이라 지었다	名東明
소와 말을 돌보게 하고	令牧牛馬
동명은 활을 잘 쐈다	東明善射
임금은 (동명에게) 나라를 빼앗길까 두려워하고	王恐奪其國也
동명을 죽이려고 했다	欲殺之
동명이 (알고) 달아나니	東明走
남쪽 엄수(掩水)에 이르렀다	南至掩水
활로써 물을 치니	以弓擊水
물고기와 자라가 떠올라 다리를 만들었다	魚鱉浮爲橋
동명이 (엄수를)건너니	東明得渡
물고기와 자라가 (여러 곳으로) 헤어졌다	魚鱉解散
추격병들은 건너지 못하고	追兵不得渡
이로 인해 부여에 도읍을 정하고 임금에 오르고	因都王夫餘
이런 연유로 북이에 부여가 생겼다	故北夷有夫余國焉
동명의 어미가 처음 임신 중	東明之母初妊時
기운이 하늘에서 내려오는 것이 보였다	見氣從天下
동명을 낳자 (깨뜨려) 내버리려하니	及生棄之
돼지와 말이 입김을 불어 동명을 살려냈다	豬馬以氣籲之而生之
(동명) 장신이므로	長大
임금이 (동명을) 죽이려고 했다	王欲殺之
활로써 물을 치니	以弓擊水
물고기와 자라가 다리를 놓았다	魚鱉爲橋
하늘의 운명이 죽을 때가 아니므로	天命不當死
이로 인해 돼지와 말이 (동명을) 구해주었다	故有豬馬之救

부여에 도읍을 정하고 임금에 오를 운명이므로 命當都王夫餘
이 연고로 물고기와 자라가 다리를 놓아 도와주었다 故有魚鱉爲橋之助也[16]

부여의 시조 동명왕은 천지의 원기로 태어났음에 대해 주시할 필요가 있다. 이 동명왕의 신화는 단군의 강역에서 삼성(三聖)의 설화를 수용하였다고 볼 수 있으니, 집단적 무의식에 의한 수용으로 생겨난 것이다. 그런 관계로 택리국의 왕은 무수리(侍婢)가 알을 낳자 왕의 명으로 왕의 권력을 동원해 파기하려고 했으나 뜻을 이루지 못하고 시비에게 돌려주어 결국 그 알에서 동명이 태어난 것이다.

동명왕의 탄생은 천기에 의해 태어난 관계로 갖은 시련을 겪었음에도 부여국을 세웠다. 고구려를 세운 주몽 또한 동명과 같은 내용으로 태어나 시련을 격은 후 고구려를 세웠으니, 단군신화의 수용으로 볼 수 있다. 단군신화 중 웅녀의 동굴모티프는 입사식의 고난을 극복하는 내용으로 되어, 후세의 신화에도 영향을 미치어 주몽신화에 대하여 소개하면 거의 부여의 동명신화와 유사성을 발견할 수 있다.

2. 고구려건국신화의 백의(白衣)

고구려는 고조선이 백의를 숭상하였음이 고구려 주몽신화에서 햇빛으로 태어나 밝음과 관계로 고구려인들 또한 부여국에 이어 백의를 착용했다고 볼 수 있다. 왜냐하면 주몽신화는 단군신화와 북부여신화의 영향을 받았기 때문이다. 국내문헌은 고구려신화에 대해 『광개토대왕릉비문』(廣開土大王陵碑文), 『모두루묘지』(牟頭婁墓誌), 『동명왕편』(東明王篇) 『삼국사기』(三國史記), 『삼국유사』(三國遺事)에서 기록되었다. 중국의 기록에는 554

16) 『論衡』 卷2, 「吉驗篇」.

년에 위수(魏收)가 쓴 『위서』(魏書), 당나라 영호덕분(令狐德棻, 583~666)이 편찬한 『주서』(周書), 『수서』(隋書) 동아열전(東夷列傳) 고려전(高麗傳)과 『북사』(北史), 『통전』(通典) 변방문(邊防門) 동이(東夷) 부여조(夫餘條)에서 고구려국의 신화에서 볼 수 있다. 이 중 『광개토대왕릉비문』(廣開土大王陵碑文), 『모두루묘지』(牟頭婁墓誌)는 고구려의 시조 추모(鄒牟)를 천제의 아들 혹은 일월(日月)의 아들로 표현하여 하늘로 연계해 고조선의 삼성(三聖)인 환인–환웅–단군과 부여건국신화와 이어져 백의를 숭상하였다고 볼 수 있다. 고조선은 백의(白衣)는 부여로 이어지고[17] 동옥저 고구려[18] 백제[19] 신라[20]에도 이어졌는데 이 사실을 중국사서에서는 인정하고 있다.

특히 주몽의 난생설화는 북동아시아 신화와 설화와 유사한데, 『몽고원류』(蒙古源流)의 포덕공가한(布德恭嘉汗)[21], 『원조비사』(元朝秘史)의 알란고아[22]에는 일광을 받아 알을 낳았다고 수록되어 있다. 일광은 햇빛과 관계되어 고구려인들이 백의를 숭상한 것이다. 주몽시화와 비슷한 예는 선비, 만주, 청조의 시조에서도 나타나 있는데 주몽신화가 동북아에선 난생(卵生)으론 가장 유명했던 관계가 되므로 그 수용이라 할 수 있다.

일본 측에선 『고사기』(古事記)[23], 『일본서기』(日本書紀)의 수인천황(垂仁天皇)[24], 대마도(對馬島)의 『천동보살연기』(天童菩薩緣起)의 천동(天童)[25]

---

17) 『三國志』 卷30, 「烏丸鮮卑東夷傳 夫餘傳」, 在國衣尙白, 白袍大袂, 袍・袴.

18) 『三國志』 卷30, 「烏丸鮮卑東夷傳 東沃沮傳」, 食飮居處, 衣服禮節, 有似句麗.

19) 『南史』 卷79, 「列傳, 百濟傳」, 言語服章略與高麗同. 『後漢書』 卷85, 「東夷列傳 東沃沮傳」. 言語, 飮食, 居處, 「衣服有似句麗. 傳」. 言語服章略與高麗同. 『梁書』 卷54, 「列傳, 「百濟傳」, 今言語.服章略與高麗同.

20) 『北史』 卷94, 「列傳, 新羅傳」. 風俗・刑政・衣服略與高麗・百濟同. 『隋書』 卷81 「列傳, 新羅傳」. 風俗・刑政・衣服略與高麗・百濟同. 舊唐書 권199상, 東夷, 新羅條, 新唐書 卷220, 列傳 145, 東夷, 新羅.

21) 江實, 『蒙古源流』, 東京, 1940, 漢文卷1, 5쪽.

22) 白鳥庫吉, 『音譯漢文元朝秘史』, 卷1, 東京, 1942, 12쪽.

23) 『古事記, 應身天皇 新修增補 國史大系』, 東京, 1936, 107~108쪽.

에서는 난생과 관계되어 있다. 일본학자들은 일본의 난생설화[26]에 대해 고구려에서 영향을 받은 것으로 인정하고 있다.[27] 주몽의 난생 설화는 일본 측 학자들에 의해 연구가 진행되었다.[28] 그러나 이들이 고구려의 주몽신화의 열향을 받았다고 해도 그들 나름의 의상을 착용하고 흰옷을 숭상했다고 보지는 않는다.

한국에는 사학자[29]·국문학자들에 의해 연구되었다.[30] 주몽의 난생 관계는 『삼국유사』에서 서술되고 있다. 주몽신화의 최초의 기록은 『광개토대왕능비문』, 『모두루묘지문인』 금석문이다. 이 금석문에서는 고구려의 시조 추모(鄒牟)를 전자의 경우 천제지자(天帝之子)로, 후자의 경우 일월지자(日月之子)로 나타냈다. 두 기록은 하늘과 연계시켜 환인-환웅-단

---

24) 『日本書紀 巻6 垂仁天皇二年條 一云記事』, 125~127쪽.

25) 三品彰英, 『日本神話傳說の 硏究』, 大版, 1943, 158쪽.

26) 次田眞幸譯, 『古事記(中), 應身天皇,講談社學術文庫』, 東京, 1987, 242쪽.

27) 市古眞次編, 『日本文學全史』, 1(上代), 東京, 學燈社, 1986, 82쪽.
太陽光線に 照らされ女が 赤玉を生む 日本矛の 傳承は, 朝鮮の 朱蒙說話 關連の 深い 日光感情卵 生型の 傳承ごあるが, わが國の 傳承で 卵生型傳承に 固有な卵が 赤玉に 變化せしめられていること が 指摘よれている.

28) 今西龍, 「朱蒙傳說 及 老獺稚傳說」, 『藝文』, 6 編 11號 京都帝大, 1915,11. 白鳥庫吉, 「夫餘國の始祖東明王の傳說に 就いて」, 『腹部博士紀念論叢』, 1937. 三田村奉助, 『朱蒙說話とシソート文化の 性格』, 立命館大學, 1949. 三上次男, 「魚の橋の說と 北Asiaの 人口」, -夫餘, 高句麗國說話の一側面- 『日本歷史』 27, 1950.

29) 이기백, 「삼국유사의 사학사적 의의」, 『진단학보』 36, 1936, 162~165쪽.
김태영, 「삼국유사에 보이는 일연의 역사의식에 다하여」, 『경희사학학』 5, 1974, 77~96쪽.

30) 장덕순, 『한국설화문학연구』, 서울대출판부, 1981, 137쪽. ; 『삼국유사의 설화문학적 가치』, 새문화, 1981, 34~52쪽.
소재영, 『삼국유사와 일연의 설화의식 한국설화문학연구』, 숭전대출판부, 1984, 199~218쪽.
조동일, 『삼국유사설화연구와 그 문제점 한국설화와 민중의식』, 정음사, 1985, 10~49쪽.
김학성, 「삼국유사 소재설화의 형성 및 변이과정고」, 『관악어문연구』 2, 1977, 202쪽.

군과 이어지는 것으로 되어 천신[31]과 태양신[32]과 구별없이 사용되는 것은 단군신화의 수용이었다고 볼수 있다. 이러한 경향은『삼국유사』권1 기이1 고구려 조에서 나타나는 바와 같다. 단군신화의 전통은 부여의 동명신화와 고구려주몽신화의 내용이 복합적으로 수용되었다는 것을 의미한다[33] 부여와 고구려가 고조선 강역에서 각각 나라랄 세울 때 단군신화의 맥이 흐르는 가운데 고조선계의 토착민들이 정착하고 있어 그 영향은 전승관계로 이어졌으니,[34] 지인상관(地人相關)과 관계된다.

고구려와 부여는 단군조선의 세운 영역이기에 풍속 등이 그대로 수용되어 백의를 숭상하였다. 고구려의 건국신화는 부역건국신화와 유사성을 지니고 되어 단군조선의 전통이 그대로 이어졌다고 할 수 있다. 더구나 환인 환웅 단군의 삼대기는 나라 굿·하늘 굿의 연희에서 생겨난 것으로 신화화된 것이다.[35] 단군시대인들은 단군이 천손족의 신성성과 위엄을 널리 선포하기 위하여 나라굿으로 행한 것이 단군신화라고 할 수 있다.[36] 부여에서는 10월이면 영고, 고구려의 동맹, 삼한에서 농공시필기에 백의를 입고 제의를 행한 것은 단군신화의 맥을 이은 것이다. 원래

31) 崔南善,「檀君古記箋釋」,『思想界』, 二月號, 思想界社, 1954.
서영대,『한국고대 신관념에 대한 사회적 의미』, 서울대박사학위논문, 1981.
김성환,「단군신화의 기원과 고구려의 전승」,『단군학 연구』제3호, 단군학회, 2000, 120쪽.

32) 이필영,「단군신화의 기본구조」,『백산학보』26, 1981.
김성환,「단군신화의 기원과 고구려의 전승」,『단군학 연구』제3호 단군학회, 2000, 126쪽.

33) 서영대,「단군신화와 고조선의 천신숭배」,『한국사』2, 한길사, 1994, 297~299쪽.

34) 노태돈,「5세기금석문에 보이는 고구려인의 천하관」,『한국사론』19, 서울대국사학과, 1988, 57쪽.

35) 윤경수,「임진록의 작가의식과 민족의식」,『한국사상과 문화』63집, 한국사상문화학회, 2012, 55쪽.

36) 윤경수,「단군신화가 일본신도 수험도에 미친 영향에 관한 연구」,『일어일문학연구』제28집, 일어일문학회, 1996, 70쪽.

신화는 제의에서 유래된 것이고[37] 제의과정에서 발생한 것으로[38] 이해하면 역사이면서 신화적인 내용을 알 수 있다. 따라서 단군신화는 후세 부족국가에서 연중행사로 지내는 풍속이 그대로 전해진 것이고.[39] 그 맥은 반만년 동안 살아있는 신화로 이어져 내려와[40] 오늘에까지 제의 때는 백의를 착용하고 행하는 것이다. 부여를 멸망시킨 고구려의 주몽신화가 부여건국신화와 비슷한 것을 다음에서 소개하기로 한다.

> 북부여의 왕 해부루는 동부여로 옮겼다. 그 뒤 부루왕이 죽고 태자로 있던 금와가 임금이 되었다. 금와가 왕위에 오른 뒤, 어느 날 그는 태백산 남쪽에 있는 우발수 강가를 지나다 물의 신 하백의 딸 유화를 만났다. 금와황은 유화가 이곳에 온 내력을 듣고, 이상한 느낌이 들어 유화를 데리고 가서 궁중 으슥한 방 속에 지내게 했다. 그랬더니 신기하게도 그 으슥한 방 속으로 햇빛이 들어와 유화의 몸을 비추기 시작했다. 그러더니 마침내 닷 되들이 크기만 한 알 하나를 낳았다. 금와왕은 사람이 알을 낳은 것을 불상의 징조라 하여 그 알을 내다 버리기로 했다. 처음 개, 돼지들에게 그 알을 던져 주었더니 그들은 통 알을 먹으려 들지 않았다. 마소들이 다니는 길바닥에다 내다 버려 보아도 그 알을 밟지 않고 곁으로 피해갔다. 다시 들판에 다 갖다 버렸더니 새와 또 짐승들이 알을 날개랑 몸으로 덮어 주자 왕은 하는 수 없이 그 알을 가져와 깨뜨려 버리려 했다. 그러나 알은 또 깨뜨려지지도 않자. 그 알을 어미 유화에게 되돌려 주었다. 유화는 알을 포근히 감싸서 따뜻한 곳에다 보호했다. 그 알에서 껍데기를 깨고 한

---

37) S. E. Hyman, Myth: *A Symposium,* Indiana Univ. Press, 1995. p.93.

38) J. Ellen Harrison, *Prolegomena to the Study of Greek Religion and Tnemis,* New York, 1966. p.322.

39) 이능화, 「고조선 단군」, 『동광』 12호, 1927.3, 『민족문화논총』 제1권, 민족문화사, 1981.6.10, 132쪽.

40) 윤경수, 「단군신화의 전승적 성격」, 『도해 한국신화와 고전문학의 원형 상징성』, 태학사, 1997. 69쪽.

아기가 골격이며, 외모부터가 귀골 티가 나 영명해 보였다.

나이 겨우 일곱 살 때 활이랑 화살을 만들어 곧잘 쏘아댔는데 그것이 또 백발백중이었다. 그때 동부여국에선 활 잘 쏘는 사람을 가리켜 〈주몽〉이라 하여 이름을 〈주몽〉이라 지었다. 금와왕은 일곱 왕자가 있었는데 그 누구도 주몽의 재주를 당해낼 수가 없었다. 주몽을 시기해 오던 태자 대소는 왕에게 아뢰기를 "인간의 정기로 태어난 놈이 아니니, 만약 일찍 그를 없애 버리지 않으면 후환이 있을까 합니다." 금와왕은 태자 대소의 말을 따르지 않고 주몽을 말먹이 꾼으로 있게 했다.

주몽은 예감으로 앞으로 일어날 일에 대비하여 말 중에 품종이 썩 뛰어난 놈을 골라 먹이를 적게 주어 여위게 키웠다. 왕은 여윈 놈은 주몽에게 주었다. 주몽은 야윈 말을 준마로 키웠다. 금왕의 왕자와 여러 신하들은 장차 주몽을 해치기로 모의했다. 주몽의 어머니 유화 부인은 그 낌새를 알아채고 주몽에게 말했다.

"이 나라 왕궁의 사람들이 장차 너를 해치려고 하는 것 같으니 이곳을 벗어나 화를 면하도록 해라."

주몽은 나름대로 방비책을 마련해 두었던 관계로 믿음직스러운 벗 오이등 세 사람과 함께 동부여의 땅을 탈출해 나왔다.

여러 왕자들과 금와왕의 여러 신하들은 주몽의 탈출을 알아채고 추격해 왔다. 주몽 일행은 엄수에 다다랐다. 앞을 가로막은 강물을 건널 길이 묘연했다. 주몽은 추격자들이 거리를 좁혀 오고 있을 때 주몽은 강물을 향해 호소하기를 "나는 천제의 아들이자 하백(물의 신)의 외손이다. 오늘 화를 피해 도망해 오 는길, 쫓는 자들은 바로 뒤에 닥쳐오고 있는데 어쩌면 좋으랴?"

주몽의 호소가 있자 물결 위로 무수한 자라거북이와 들이 떠올라 스스로의 몸들을 이어 순식간에 다리를 이룩했다. 주몽 일행은 자라와 거북이들의 다리 위를 달려 강을 건넜다. 주몽 일행이 맞은편 강 언덕에 닿자 자라와 거북이 재빠르게 사라져 건널수가 없었다. 추격하던 무리들은 그 물을 건너지 못하고 되돌아가 버렸다.

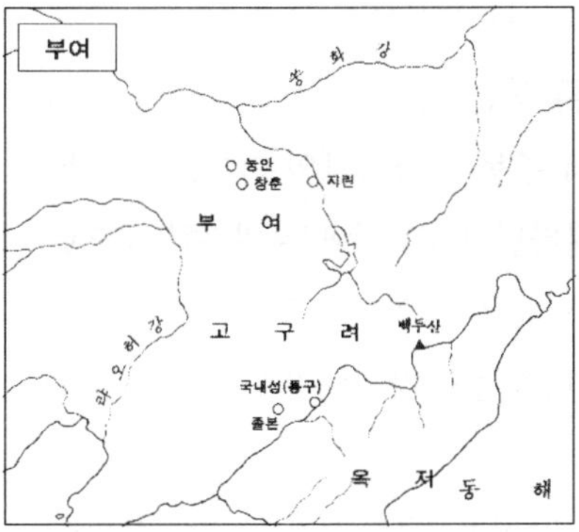

[그림 6] 부여의 위치

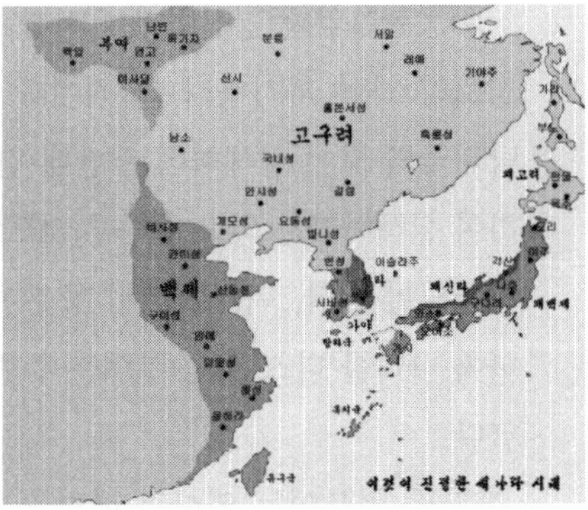

[그림 7] 고구려 병합할 때 부여

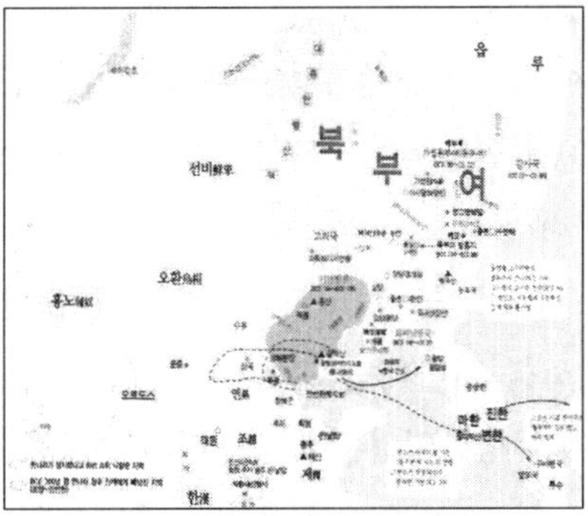

[그림 8] 북부여의 위치

주몽일행은 졸본주에 이르러 그것을 도읍으로 정했다. 미처 궁실을 지을 겨를이 없어 일단 비류수 언저리에 초막을 짓고 머물러 국호를 고구려라 하고, 이에 따라 주몽은 그의 성을 〈고〉씨로 했고 이때의 주몽의 나이는 열두 살, 그가 즉위하여 왕이라 일컫은 것은 중국 한나라의 효원제 12년의 일이었다. 고구려가 전성하던 때의 가호의 수는 21만5백8호나 되었다.[41]

41) 『삼국유사』 권1 기이1 고구려 조.

주몽신화와 동명신화가 유사한 관계는 시비가 알을 낳자 왕이 불상의 징조라 하여 파기하려 한 점이다. 다른 점은 동명은 알에서 태어난 후 탁리국의 왕이 살해하려는 한데 반해서 주몽은 금와왕의 맏아들이 주동하여 살해하려는 의도가 다른 것으로 나타난다. 그 밖에는 비슷한 것으로 전개되어 있다. 북부여에서 동부여는 단군의 강역에서 600년간을 계승하여 나라를 다스렸다. 부여는 주변의 나라들이 강성해지자 침략을 당하였다.

그 중 북부여는 역사적 배경을 들면 285년(고구려 서천왕 16년) 선비족 모용외(慕容廆)에게 공격을 받아 북옥저로 도망하였다가 후에 다시 본국을 회복하기는 하였으나, 이때 북옥저 지역에 일부가 남아 동부여를 형성했던 것으로 미루어 B.C.4~3세기경 국가의 형태를 갖춘 것으로 보인다. 그러나 부여는 346년 연왕(燕王) 모용황(慕容皝)에게 공격을 받아 쇠약해졌으며, 이후 고구려의 보호를 받다가 494년 고구려에 병합되었으니 600년 이상을 지속한 나라로 볼 수 있다. 부여의 위치도와 고구려에게 병합까지의 과정의 판도를 나타내면 그림 6, 7과 같다.

부여는 고구려에게 병합되었는데 고구려의 건국설화는 앞에서 소개한 부여의 건국설화로 볼 때 비슷한 점을 발견 할 수 있다. 이를 두 나라는 단군의 강역에서 나라를 세웠기 때문인데 두 나라의 위치를 소개하면 그림 6, 8과 같다.

부여는 위만이 멸망한 후에 세워진 나라이고 그 세워진 위치는 단군조선의 강역 안에서 세웠으니, 단군조선의 전통을 이은 나라라고 할 수 있다. 더구나 부여는 고구려에게 병합되었으므로, 단군신화와 정통성으로 연계로 세우진 나라이니 생활풍습도 영향을 받아 신화도 비슷하게 전개된 것이다.

흔히 주몽신화와 동명왕설화의 이칭 별칭으로 사용하고 있어 헷갈리

[그림 9] 국보 306-2호 삼국유사(규장각 소장)

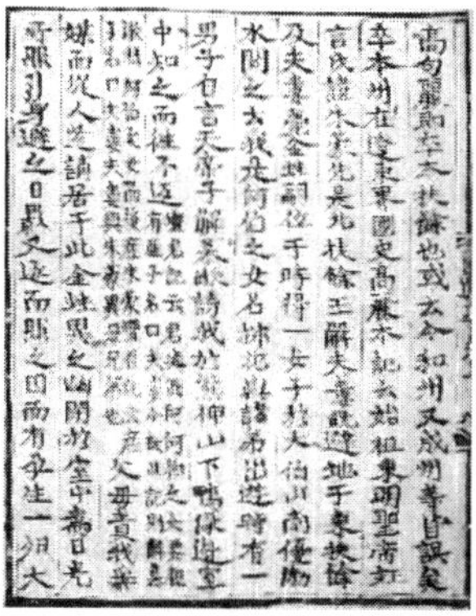

[그림 10] 규장각 소장의 삼국유사 동명왕

고 있다. 이를 구별하기 위해서는 먼저 부여의 동명왕 설화, 고구려의 주몽설화라고 나라의 명칭을 붙이면 알아볼 수 있다. 고서에서는 주몽을 동명왕이라고 했기 때문에 혼동을 가져오게 되는데 『삼국유사』 1권에 실린 고구려의 시조 왕을 동명왕이라고 건국신화를 서술하여 다음에서 그 예를 보기로 한다.

부여와 고구려의 시조가 하늘의 원기로 태어난 것으로 되어 있으니 생활문화가 밝음과 관련된 단군의 관경(管境)에서 나라를 세웠기 때문에 영향을 받았다고 할 수 있다. 부여의 동명왕과 고구려의 주몽신화의 시조가 알로 탄생되어 수난을 겪었음에도 알에서 태어나 죽음에 직면한 고난을 겪으면서도 살아나 결국 입사식의 고난을 딛고 훌륭한 나라를 세웠다.

부여나 고구려의 시조가 알에서 태어났다는 것은 고조선 삼성(三聖)의 성이 '환(桓)씨'인데서 태양과 관련된 이름이다. 태양은 일명 이칭으로 삼족오(三足烏)로도 일컫는다. 삼족오는 세발달린 까마귀라고 하는데 태양 안에 흑점이 세발 까마귀와 같이 생긴데서 생긴 것이다. 태양의 흑점은 태양의 광구(光球)에 나타나는 검은 반점이라 하는데. 흑점에서 가장 어두운 부분은 본영(本影, umbra)이라 하고, 그 둘레에 본영보다 밝은 방사선 상의 줄기 구조로 이룬 부분을 반영(半影, penumbra)이라고 한다. 흑점의 밝기는 크기는 둘레의 광구에 비하여 40% 정도로 다소 어둡고, 온도는 4,000~5,000℃로 광구의 6,000℃보다 낮다고 한다. 태양흑점의 온도가 주위에 비하여 낮은 까닭은 강한 자기장 때문에 대류(對流)에 의한 에너지(열) 전달이 방해되는 데 있다고 한다. 발생하는 태양흑점의 수는 평균 11.2년을 주기로 증감한다고 한다. 안청이 밝은 사람은 태양 안에 흑점을 볼 수 있다고 하는데, 예로부터 흑점과 관련된 삼족오는 태양의 별칭으로 사용하여 왔다.

한민족은 고조선 이래 태양숭배 관념으로 흰옷을 즐겨 입었다고 할 수 있다. 대개 학계에선 단군시대보다 훨씬 이전인 1만 년 이전에 환국(桓國)시대에 흰옷을 입었다는 증거를 고고학회나 사학계나 민속학회 문학계에서 밝히지 못하고 있다. 환국에 존재해 있었다는 것은 규장각 소장의 『삼국유사』 고조선 조에 실려 있다. 단군시대가 1500년 계속된 거와 같이 환인시대와 환웅시대가 있었다고 보면 1만 년 이전 빙하기 전후에 인류가 살았다고 봐야 한다. 빙하기에 우리 조상들이 베링 해역을 얼음을 타고 알라스카 가나다 미주나 남미에 정착한 증거가 있고, 그 중에 미국인디언이 우리 한민족이고 현재 미국 박물관에 우리의 생활도구인 베틀 등이 소장되어 있는 것으로 단군 이전에 흰옷을 입었다는 증거가 된다. 이미 인류 학자 들의 학설에도 인디언이 한민족으로 밝혀졌으니, 우리는 오랜 옛날에 흰옷을 입었다는 것을 알 수 있다.

중국사서 여러 곳에서 부여와 고구려에서 흰옷을 입었다는 증거로 제시되어 있으니, 이에 대해서 밝혀보기로 한다.

Ⅳ. 중국 사서의 백의민족(白衣民族)

1. 고조선 백의 선녀 웅녀상

웅녀는 지모신적(地母神的) 존재이자 한만족의 국모이다. 환웅은 천신이므로 이부체제(Dual Organization)[42]에 의해 천지의 결합으로[43] 신성혼(神聖婚)을 상징한다.[44] 이것은 단군신화에서 환웅과 웅녀의 신성혼과 고구려의 주몽신와에서 해모수와 유화의 결합과 같은 것이다. 단군은 천신 환웅과 지모신 웅녀의 아들로 태어나 고조선을 건국하여 빛나는 나라를 세웠다.[45]

단군과 주몽의 탄생경위는 천신과 지모신 관계니 아래와 같은 도표로 니타난다.

웅녀는 한민족의 국모인데도 불구하고 백의 신녀란 이름으로 세워진 웅녀상(熊女像)이 중국 길림성 (吉林省) 연길(延吉)에서 왕청(汪清)쪽으로 백초구(百草溝) 부근에 천성호(天星湖)가 있는 용구도(龍龜島)이 세워졌

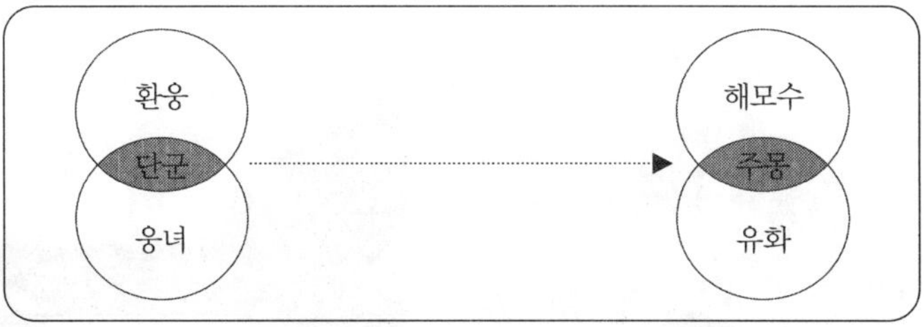

42) 김철준, 「신라상대사회의 Dual Organization」 상, 『역사학보』 1집, 역사학회, 1952, 16~17쪽.

43) M. Shirokgoroff, *Social Organization of the Northern Tungus*, Shangha, 1933, p.368.

44) M. Eliade, *Cosmosand History, The Myth df the Eternal Return*, trans from the Franch by Willard R. trask, New York, 1959, p.23.

45) 윤경수, 『도해한국고소설의 동굴모티프 연구』, 태학사, 1999, 424~425쪽.

다. 여기는 만천성(滿天星) 선녀봉(仙女峰)이 있는데 경구(景區, 풍경이 빼어난 곳에 만든 구역)라 한다. 이 웅녀상이 『삼국유사』 고조선 조에 있는 웅녀상이 중국인에 세워졌다는 것은 무엇일까? 물론 이곳은 풍경이 빼어나 관광객을 유치할 목적으로 세웠다고 하는데 그보다는 이 지역은 단군이 다스린 관역이므로 여러 가지 단군조선의 전설이 서려 세운 것으로 보아야 할 것이다. 중국인들이 유독 흰색석상에 백의신녀(白衣神女)라는 이름으로 세우고 왼손에 쑥, 오른손에 마늘을 들고 있는 석상을 단군신화를 수용하여 세웠다 그 석상은 그림 11, 12와 같다.

그림 13에서 보는 바와 같이 웅녀상 오르는 만천성 선녀봉 경구의 입구와 문 위에 웅녀와 곰, 호랑이의 석상이 있고, 아래의 사진은 웅녀상으로 오르는 길에 곰 모형과 단군신화의 동굴을 연상케하는 터널이 입구에 곰 모형과 앞에 마늘이 있다.

안내판은 "백의신녀는 조선민족 고대신화에 나오는 시조모"라며 곰이

[그림 11] 웅녀상

[그림 12] 문 위에 웅곰과 호랑이

[그림 13] 동굴 앞 곰 모형과 마늘

사람으로 변해 환웅과 결혼하기까지의 과정을 서술한 뒤 "이들의 자손이 고대 조선민족"이라고 설명하고, 이어 "그녀는 중국 조선민족 부녀(婦女)의 근로, 용감, 선량, 미려(美麗)를 표현하고 있다."고 써 놓았다. 그러나 백의신녀의 의상은 흰옷으로 되어 있는 것은 단군신화의 내용을 잘 활용하여 석상을 세웠다고 할 수 있다. 비록 중국인들에 의해 석상이 세어져 중국옷에 가까웠고, 안내판에는 "웅녀"나 "단군"이라는 이름은 보이지 않지만 중국인들이 『삼국유사』 고조선 조와 길림성 일대에 구전설화를 참고하여 세운 것으로 볼 수 있다. 따라서 백의 산녀상은 단군 신화에 나오는 웅녀(熊女)임이 틀림없다.

웅녀가 천신 환웅에게 아들을 낳게 해달라고 신단수 아래에서 제상에 제물을 진설하고 빌 때는 백의를 입고 제의를 행하였을 것이다. 이에 환웅이 웅녀의 뜻을 가상하게 여겨 신성혼으로 단군을 낳아 고조선을 홍익인간으로 이화세계를 세우게 된 것이다.

고조선은 태양의 광명인 밝음으로 나라를 다스리게 되어 사람들의 의상도 영향을 받은 것으로 볼 수 있다. 더구나. 우리 민족의 모든 제도가 단군신화와 연계되어 있는 것을 감안하면 흰옷을 입고 사는 백의민족이라는 칭호도 삼성(三聖)에서의 '환하다'와 연계되어 수용된 것으로 볼 수 있다. 이에 따라 삼성은 태양의 광명과 관계되어 있고 웅녀의 의상 또한 백희였다고 할 수 있다. 특히 웅녀의 기자정성은 『춘향전』에서의 춘향모 월매와 『심청전』의 심청모의 영향을 끼쳤다고 할 수 있다. 물론 이들도 백의를 입고 명산에 가서 아들 낳기를 빌었는데 이들은 웅녀와 달리 딸을 낳은 것이 다르다. 특히 기자정성은 천신에게 온갖 정성을 베풀게 되니, 순수한 마음가짐인 백의를 입고 제의를 행했던 것이다.

2. 부여족, 고구려, 신라, 고려, 조선시대 백의 숭상

부여는 단군조선의 강역에서 세운 나라이기에 『위략』(魏略)에는 부여가 북쪽에서 이주해온 시조 동명(東明)에 의해 세워졌다고 전한다. 부여는 단군조선의 강역에서 나라를 세웠기에 단군신화의 맥이 수용된 것이다. 중국의 사서인 『삼국지』 부여전에 다음과 같이 실려 있다.

> "나라 안에 있을 때는 옷은 백의를 숭상하고 백포로 만든 큰 소매 달린 도포와 바지를 입고 가죽신을 신었다. 나라 밖으로 나갈 때는 비단옷을 입었으며, 대인들은 여기에 여우나 짐승의 모피 혹은 희거나 검은담비 모피가 붙은 장의를 입었고, 머리엔 금은으로 장식한 모자를 썼다."[46)]

위의 기록은 우리 겨레가 밝고 환한 것을 좋아하는 단군계 천손민족이라는 것을 알려주는 사실이기도 하다. 부여는 단군의 영향을 받은 민족임임은 『삼국지』 위지 동이전 고구려조(三國志魏志 東夷傳高句麗條)에 "기인결청(其人潔淸)"이라고 했고, 동서(同書), 변신조(弁辰條)에는 "기인형개대의복결청"(其人形皆大衣服潔淸)이라고 했던 것으로 한민족은 흰색을 숭상하는 결정성(潔淨性)이 나타난 백의를 숭상하는 민족임을 알 수 있다.

고구려는 부여를 멸망시키고 세운 나라이므로 그 넓은 강역을 차지하여 강대한 나라를 세웠다. 고구려 또한 단군신화를 수용한 나라로 단군이

---

46) 在国衣尚白, 白布大袂, 袍、裤, 履革。出国则尚缯绣锦, 大人加狐狸、住黑貂之裘, 以金银饰帽。译人传辞, 皆跪, 手据地窃语. 『三國志』 卷30, 魏志 30 東夷傳 30 夫餘傳

환웅의 고을 사회를 부족연맹국가로 발전시켜 나라를 건국했던 관계로 입사식의 고난을 겪음으로써 나라를 세웠다. 신화적으로 환웅이 천상에서 태백산 신단수에 내렸을 때는 당시 사회는 무질서 했다고 볼 수 있다. 환웅은 지상계는 인륜도덕이 없이 살아가는 것을 천리에 의해 바르게 살아가게 가르쳐 홍익인간의 이화세계를 새웠다는 것은 어려움을 극복하는데 있었다. 웅녀도 곰이 사람이 되기 위해 마늘과 쑥을 동굴 안에서 21일간 먹으면서 웅녀로 환생했으니 동굴모티프의 수용으로 볼 수 있다. 고구려의 주몽신화가 고난을 겪은 후에 나라를 세우고 광활한 영토를 차지하고 동북아에서 가장 강대한 나라를 세우게 된 것이다.

『북사』(北史)의 고구려 열전에는 주몽이 도망하여 보술수에 이른(금와왕의 맏아들 대소의 시기로) 세 사람을 보니 한사람 삼베옷을 한사람 또한 무명옷을 나머지 한사람은 부들로 짠 옷을 입고 있었다.[47]

이 세 가지 옷은 흰색이거나 흰옷에 가까운 소색이고 할 수 있으니, 고구려를 세운 이들의 의상은 백의였다고 할 수 있다. 고구려는 주몽과 이들 세 사람과 함께 졸본에서 고구려가 건국한 것이다. 『구당서』 고구려조에도 의상과 복식에서 왕만이 오채로 된 옷을 입을 수 있고 흰 비단으로 만든 관과 흰 가죽으로 만든 소대를 쓴다고 했으니, 주로 백의를 입었다고 할 수 있다. 신라조에서는 풍속 형법 의복이 고구려 백제와 대략 같으나 조복은 흰빛을 숭상한다[48]라고 했다.

『수서』(隋書) · 신라전(新羅傳)에 의하면, "신라인들은 흰빛을 숭상하고, 부인들은 변발하여 머리위로 감아 올려 갖가지의 비단과 구슬로 장식

---

47) 朱 蒙 遂 至 普 述 水, 遇 見 三 人, 一 著 麻 衣, 一 著衲 衣, 一 著 水 藻 衣. 『北史』, 高句麗 列傳.

48) 自此朝貢不絕。其風俗、刑法、衣服, 與高麗、百濟略同, 而朝服尙白 『舊唐書』 卷199 上, 列傳149 上 東夷 新羅.

을 한다"라고 했다. 1123년 고려를 방문한 서긍(徐兢, 1091~1153)은 『고려도경』(高麗圖經)에서 "고려왕은 평상시 쉴 때에 검은 모자에 흰 모시(白紵) 도포를 입으므로 백성과 다를 바 없다 한다."라 했고, 고려의 남녀 모두가 백저의(白紵衣, 흰모시 옷)를 입었다고 기록하고 있어, 고려시대에도 임금부터 백성들까지 모두 흰옷을 선호했음을 알 수 있다. 명(明)나라의 문인 동월(董越)은 성종 19년(1488) 음력 2월 조선에 사신으로 왔다가 3월 말에 압록강을 건너 돌아간 뒤 『조선부』(朝鮮賦)를 펴냈다. 이 『조선부』(朝鮮賦)에도 "옷은 모두 흰옷을 입는다"라고 하였다.

백의민족의 전통을 단군시대 이래 조선조까지 이어 온 것으로 되어 있다. 더구나 고려조나 조선조에 이르기까지 백의금지령이 십여 차례 내렸음에도 백의는 계속 이어져 내려왔다. 대개 귀족 측에서는 오색으로 입었던 경향이 짙고 일반민에선 백의 금지령에도 아랑곳하지 않고 20세기 중반가지 이어져 내려왔으니 단군시대의 백의를 숭상하던 의식이 집단 무의식에 의해 백의를 숭상하여 백의민족이라 이르게 된 것이다.

V. 일제 지배 항거로 백의 숭상

1. 고종황제와 순종황제 국장과 항일운동

일제는 갑오경장으로 백의금지령을 내리고 그래도 듣지 않자 일제는 검은 물감을 민중들 옷에 뿌리기도 하였다. 대한제국의 고종황제(高宗, 1852(철종3).9.8(음력 7.25)~1919.1.21)는 임금 재위 1863~1897년이다. 고종의 인산일에는 백의를 숭상했음이 그림 16과 같이 나타난다.

고종의 인산일에 행렬은 백의로 이어졌는데 보신각 앞에서 만세를 외치며 시위를 행하여 많은 시민들이 합세하였음을 그림 17에서 볼 수 있다.

[그림 14] 고종 장례식 덕수궁 대한문

[그림 15] 함녕전에 설치된 고종 빈소

[그림 16] 고종의 인산일 (서울)

[그림 17] 보신각 앞에서 만세를 외치는 민중

3.1운동은 서울을 비롯하여 전국적으로 시위로 사망자가 7,509명, 구속된 자가 4만 7천여 명이었다. 고종황제의 장례는 승하한지 45일 만에 국장으로 행하였다. 이날의 시위는 민중 봉기였는데 지도와 덕수궁에서 만세시위 장면은 그림 18, 19와 같다.

3월 1일 시위는 고종의 독살설로 인해 고종황제의 인산일 1919년 3월 3일이었는데 민중들이 분노하여 일제의 항거로 3월 1일이 일어나는 중요

[그림 18] 3월 1일 민중봉기

한 계기가 되었다. 순종황제의 장례는 승하한 지 45일 만에 국장으로 행하였다.

고종의 아들 순종황제순종(純宗, 1874(고종 11).음력 2.8(양력 3.25)~1926.양력 4.25)은 대한제국의 제2대 황제이다. 순종은 53세 나이로 비운의 생을 마감하였다. 순종 황제와 국장 행차도를 소개하면 다음과 같다.

순종황제의 장려행렬은 서울시민들이 가두에서 지켜보는 가운데 장지 유능으로 향할 때 인산인해를 이루었다.

장례일(6월 10일) 장례행렬이 지나간 후에 학생들이 독립 만세 시위를 벌이자 시민들이 합세하여 일제의 항거로 6.10만세 운동이 일어났다. 봉기의 원인은 순종황제의 한을 풀어주기 위한 시위였다. 그 시위 현장을 소개하면 다음과 같다.

순종황제는 일제의 책동으로 한일합방을 한 것으로 억울한 한을 풀지 못하고 승하하자 국민들이 일제의 적개심으로 인산일에 학생들이 주동하여 시위를 한 것이다. 그러면 순종 황제 때 한일 합병하게 된 역사적 상황을 설명하고자 한다.

먼저 순종황제 때 역사적 배경으로는 먼저 1907년에 있었던 헤이그 밀사 사건 이후, 일본과 친일파의 모략으로 고종이 강제로 제위에서 물러나자 그 뒤를 이어 제위에 올랐으며(고종 양위 사건) 연호를 융희라 하였다. 순종은 자식이 없던 관계로 이복동생인 영친왕을 황태자로 봉하였다.

일제는 1910년 일제는 순종에게 한일 병합 조약에 공식적으로 서명할 것을 강요하였으나, 순종은 조약에 끝까지 조약에 동의하지 않았다. 일

[그림 19] 덕수궁 앞의 만세시위 장면

[그림 20] 순종황제와 장례 행렬도

[그림 21] 순종황제의 장례행렬 (종로거리)

[그림 22] 순종황제의 장례행열

[그림 23] 순종황제의 국장을 기해 일어난 6.10만세사건

제는 조약을 성시시키기 위해 당시 총리대신인 이완용을 앞잡이로 내세워 이에 대신 서명하였다. 순종황제는 대한제국의 임금으로 외세와 친일파에 의해 나라를 송두리째 넘겨주게 되었으니, 그 억울함은 말할 수 없었고 오백 년의 왕조는 끝을 맺게 되었으니 한이 서렸다. 이후 순종 황제는 왕으로 강등되어 창덕궁에 거처하면서 좌불안석으로 지나다가 1926년 53세를 일기로 승하하게 되었다. 한이 서린 순종황제는 을사늑약에

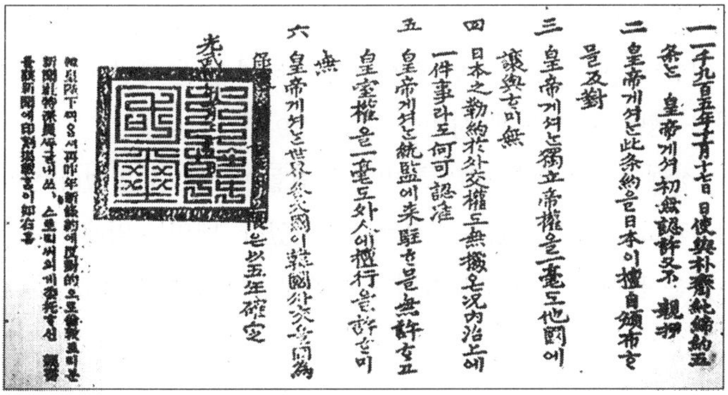
一 一千九百五年十一月十七日 日使與朴齊純締約五條는 皇帝게셔 初無認許又不親押
二 皇帝게셔는 此條約을 日本이 擅自頒布함을 믈及對
三 皇帝게셔는 獨立帝權을 一毫도 他國에 讓與함이 無
四 日本之勒約於外交權도 無據온 況內治上에 一件事라도 何可認准
五 皇帝게셔는 統監에 來駐함을 無許하고 皇室權을 一毫도 外人에 擅行을 許함이 無
六 皇帝게셔는 世界各大國이 韓國外交를 同爲保護함을 限은 以五年確定

[그림 24] 을사늑약에 대한 무효선언서

대한 고종황제의 무효선언서와 순종 황제는 무효선언을 그림 24와 같이 발표하였다.

대한제국 마지막 황제인 순종이 임종 직후 한일합병 조약은 자신의 의사와 무관하게 이뤄진 것이므로 폐기돼야 한다고 밝힌 유조(遺詔, 1926.4.26, 궁내대신 조정구(趙鼎九)에게 구술)인데 그 구체적인 내용을 소개하면 다음과 같다.

> "지난날(1910년)의 병합 인준은 강린(일본)이 역신의 무리(이완용 등을 지칭)와 더불어 제멋대로 만들어 제멋대로 선포한 것이다. 구차하게 살며 죽지 않은지가 지금에 17년이라, 종사의 죄인이 되고 2천만 생민의 죄인이 되었으니, 한 목숨이 꺼지지 않는 한 잠시도 이를 잊을 수 없는지라. 지금 병이 침중하니 일언을 하지 않고 죽으면 짐이 죽어서도 눈을 감지 못하리라"
>
> "내가 가장 존경하고 가장 사랑하는 백성들로 하여금 내가 한 것이 아닌 것을 분명히 알게 하면 이전의 이른바 병합 인준과 나라를 양도하는 조칙은 저절로 파기에 돌아가고 말 것이리라 … 부디 노력하여 광복하라 …"49)

순종황제 인산일에 참석했던 시민들이 순종황제가 일제와 친일파에 의한 비합리적이고 불법적인 강제로 협박하여 나랄 빼앗은 것으로 순종의 한을 풀어 주기 위해 시위를 벌인 것이다.

국장장례에 참석하여 시위를 벌인 사람들이 흰옷을 입었다는 것은 항일 의식과도 관계되어 있는 것으로 볼 수 있다. 백의는 일체 세속에 오염되지 않은 관계로 인산일에 참석한 시위대들이 순결한 마음으로 나라를 되찾겠다는 충정의 마음으로 일제에게 항거한 것으로 볼 수 있다.

2. 순백색 백의민족의 전통

한민족이 아득한 환국시대라고 해야 할 일 만년 이전부터 명주·무명·삼베 등의 피륙을 짠 베틀이 인디언들의 유물에서 전하니 선인들이 흰옷을 입었다는 것이 증명된다. 한민족은 예로부터 태양숭배 관념으로 살아왔던 관계로 흰옷을 숭상하여 입었던 것으로 전해온다. 그러나 우리는 상복은 물론이고 일상복도 흰옷을 널리 입었다. 그리하여 한민족은 고대로부터 근세에 이르기까지 백의(白衣)를 숭상하고 즐겨 착용해 왔던 "백의민족"이다.

조선 고종 3년(1866)과 5년(1868)에 내한한 독일 상인 오페르트(Ernest Oppert)에 의하면 "조선 사람의 옷 색깔은 남자나 여자나 다 희다. … 일반적으로 가장 흔히 쓰이는 것은 성글하게 짠 일종의 삼베다"라고 관측 기록을 남겼다.[50)]

영국 왕립지리학회의 최초 여성회원인 "이사벨라 비숍" 여사가 우리나라를 1894년 겨울과 1897년 봄 사이에 네 차례를 방문하였는데 흰옷에

49) 대한제국 황실-순종황제 2|작성자ohyh45

50) Ernest Oppert, *Reisen Nach Korea*, 韓沽劤 譯, 「조선기행」, 일조각, 1974, pp.90~92.

[그림 25] 1920년대 울산의 장날

[그림 26] 조선 말기 부산 동래시장

대해 세상에 어떤 빨래도 그토록 희게 할 수 없다고 인상기를 남겼다.[51)]

> 우리의 예술에 관해 관심을 표명했던 일본인 미술평론가 야나기 무네요시(柳宗悅, 1889~1961)는 우리의 백의풍속에 관해 "늙은이나 젊은이나 남자나 여자나 다 같은 흰색의 옷을 입는다, 이처럼 기이한 현상은 어느 곳에서도 찾아볼 수 없다."[52)]

야나기 무네요시는 1920년대 백의 풍속을 있는 그대로의 실상을 나타냈는데 실제로 그 시대는 흰옷이라도 잿물로 빨면 백옷과 같이 눈부실 정도로 희게 보였다, 우리가 자랄 때 1930년대와 1950대 초반만 하더라도 흰옷을 입고 다니는 사람들은 양잿물로 옷을 빨아 깨끗하게 입고 다닌 것을 볼 수 있었다. 백의민족은 흰옷을 입고 흰색을 숭상한 오랜 전통에서 유래한 우리 민족의 별칭인데, 1920년데 백의를 입고 지낸 것을 소개

---

51) 이사벨 버드 비숍 지음, 『한국과 그 이웃 나라들』(Korea and Her Neighbours), 이인화 옮김, 도서출판 살림, 1994, 393쪽.

52) 야나기 무네요시(柳宗悅), 「朝鮮の美術)」, 『新潮』, 1922.1, 39쪽.

[그림 27] 'THE QUEEN OF KOREA', 1894. 11

[그림 28] 『조선상식문답』

하면 그림 25, 26과 같다.

백의민족은 고조선 이래 근세까지 불리어 왔는데 도시에서나 시골장날에 사람들의 의상이 눈부실 정도로 아름다웠다. 외국인들이 백의를 보고 신기하게 여겼던 것이다. 외국인으로 사진작가 Frank G. Carpenter (1855~1924)는 서울 중심가 남대문로 거리를 1894년에 촬영한 사진에 흰옷을 입은 사람들을 그림 27과 같이 소개했다.[53)]

일찍이 육당 최남선은 『조선상식문답』에서 한목이 백의를 숭상하는 것은 태양숭배 관념에서 생겨난 것으로 발표했으니, 고조선과 관련됨을 알 수 있다. 고조선은 환인(桓因) 환웅(桓雄) 환검(桓儉, 檀君)의 삼성(三聖)이 밝은 태양의 광명으로 흰빛을 신성하게 여기고 흰옷을 자랑삼아 입다가 나중에는 온 민족의 풍습이 되었다. 태양숭배 관념은 조선뿐만 아니라 태양을 숭배하는 민족은 모두 흰빛을 신성하게 알고 또 흰옷을 입기 좋아하니 이를테면 이집트나 바빌론의 풍습이 그 예라고 할 수 있다. 육당이 『조선상식문답』을 발표한 것은 1937년 1월 30일부터 9월 22일까지 160

53) Frank G. Carpenter, '*THE QUEEN OF KOREA*', 1894.11.

회에 걸쳐서 『매일신보』(每日新報)에 연재한 강토편(疆土篇)·세시편(歲時篇)·풍속편(風俗篇) 등 16편 456항목의 '조선상식'을 발표한 것을 광복 후에 동명사(東明社)에서 1946년 출판하였는데 그 표지를 소개하면 그림 28과 같다.

우리민족은 원칙으로 신석기 이전인 1만 년 이전부터 백색을 선호하여 흰옷을 입었다. 아직 학계에서 『삼국지』 위지 덩이전만을 참고로 부여시대부터 흰옷을 입은 것으로 발표하지만 삼성이 다스리던 고조선시대부터 흰옷을 입었다는 것은 필자 만에 주장이지만 육당은 단군 이전으로 증거를 발표하지 못했다. 육당은 일제강점기인 1928년에 불함문화론(不咸文化論)을 문화주의 사관의 입장에서 단군시대를 배경으로 『조선급조선민족』(朝鮮及朝鮮民族) 제1호에 언어학·민속학·신화학 등을 이용하여 발표한 것이 '불함문화론'이다. 여기에서 최남선의 불함문화론 ; 불함은 백두산의 옛말이라 하는데 불함; '불(火)'을 담고 있는 = 천신(태양신) 숭배 문화론 또한 인도의 원주민 드라비다족의 힌두교의 최고의 신 ; 태양신 이름 = 브라하마의 어의서 한 말로 보았다.

아시아 전역의 시원 문명을 아우르는 태양문화권의 중심종족(동이족)을 육당은 신·하늘·해를 동방문학의 원류라고 그것을 백(白)이라고 하고 동이족에 많이 나오는 백산(白山)은 태양신에 제사를 지내는 장소를 지칭하며, 태백산은 그 중심이라 하였다. 따라서 조선은 백(불함)이 조선의 중심이 된다는 것이 그의 주장이며 그 증거로 태백산 소백산 등 한반도 각지에 백(白)자가 들어간 산이 유달리 많은 점을 들고 있다. 그중 태백산은 단군신화에서와 같이 가장 중심된 곳이고 단군을 "천(天)을 대표하는 호칭"으로 보았다. 우리의 영산인 백두산(白頭山)은 흰색 부석(浮石)이 얹혀 있는 게 마치 흰머리 같다고 '백두'라는 이름을 얻었다고도 하고, 제사 때 하얀색 소의 머리를 제물로 바쳤다고 백두산이라고 했다고도 전

「빛나든亞細亞燈燭 켜지는날엔東方의빛」

◇東亞日報紙上을通하야◇

타翁이朝鮮에付託

朝鮮에付託

일즉이亞細亞의 黃金時期에
빛나든燈燭의 하나인朝鮮
그燈불한번다시 켜지는날에
너는東方의밝은 비치되리라

一九二九, 三, 二八 라빈드라낫, 타꼬아

[그림 29] 『동아일보』 1929년 4월 2일

한다. 또 남쪽에서 높은 산 한라산의 백록담(白鹿潭)도 옛날에 신선이 흰 사슴을 타고 내려와 물을 마셨다는 전설에서 유래한 명칭이라고 하는 등의 예는 흰색을 숭상하는 관념과 관계되는 여러 가지 정황으로 우리민족이 흰옷을 입는 계기가 되었다.

한민족은 삼성(三聖)의 태영숭배관념으로 백의를 숭상하였는데 고려이래 조선조에서 흰옷을 금지시켰던 때도 여러 차례 있었다. 더구나 일제는 흰옷은 쉽게 더렵혀져 자주 빨아야 하므로 경제성이 떨어지니 흰옷 대신 검은 옷을 입도록 장려했지만 아랑곳하지 않고 백의를 숭상하고 착용하였다. 단군이 홍익인간의 이화세계를 이룬 것은 햇빛의 밝음을 결정체(潔淨體)로 승화시켜 나라를 다스린데 있는 것으로 볼 수 있다. 즉 흰색은 순색(純色)이라고 하여 청정・순결 또는 광명과 도의의 표상이 되어 신성한 빛을 뜻하기도 했다. 백의는 1945년 광복으로 인해 양복을 입는 이가 늘어감에 따라 오늘에 있어 백의는 장례 때만 입는 것으로 되었다.

우리나라는 단군 이래 흰옷을 입어왔던 것으로 외국에까지도 널리 알려져 인도의 타고르 라빈드라나드(Tagore, Rabindranath)도 우리나라를 예찬하며 1928년에 동방의 등불 이라는 시에서 "일찍이 아시아의 황금시기에 / 빛나던 등불의 하나인 코리아 / 그 등불 다시 한 번 켜지는 날에 / 너는 동방의 밝은 빛이 되리라…"라고 기렸다.

'동방의 등불'은 타고르가 1929년 일본을 방문했을 때 당시 『동아일보』 도쿄지국장이던 이태로(李太魯)에 의해 한국 방문을 요청하자 그에 응하지 못함을 안타깝게 생각하며 한국인에게 보낸 격려의 송시를 지은 것이다.

백의는 고조선 이래 반만년을 이어온 우리의 생활 복이었다. 그러나 백의를 숭상하여 백의민족이라고 일컬었던 별호도 서구화로 인해 1945년부터 양복을 착용으로 대체되어 오늘에는 상례복으로 남게 되었다.

Ⅵ. 제의(祭儀)의 상복

1. 일본 교토 이비총(耳鼻塚)의 진혼굿

2012년 11월 24일 정오, 일본 교토 소재 이비총에서 임진·정유왜란 때 희생된 조선인들의 원혼을 달래는 지노귀굿이 열렸다. 교토 한인회 초청으로 이뤄진 이날 위령제에는 중요무형문화재 제104호 새남굿 이수자인 강영임 이사장이 이끄는 한양굿예술연구보존회 회원 10여 명이 참석했다.

흰옷을 입고 흰색을 숭상한 오랜 전통은 오늘의 제의(祭儀) 행사에 예전대로 흰옷을 입고 준행되고 있다. 일본교토에는 임진 전쟁 시 우리 선인들의 코와 귀를 전리품으로 가져다가 이비총을 만들었는데 12만인이라고 하는데 학자에 따라 왜구가 코와 귀를 베어간 그 수는 214,752개라고 한다. 처음에 왜구가 경상도에 상륙했을 때는 귀를 베어갔다고 한다. 원래는 귀

하나를 보내게 되었는데 두 귀를 잘라 보내 전공을 세우게 되자, 호남에 진주해서는 코로 대체하였다고 한다. 한양굿보존회에서는 교토 한인회 초청으로 진혼굿을 그 무덤에서 행했는데 그를 소개하면 그림 30과 같다.

정유전쟁 때 왜구는 조상들의 귀와 코를 베어다 무덤을 만들어 400여 년이 지난 오늘날에도 일본 교토(京都)에 보존 되어 있다. 한양굿예술연구보존회와 교포가 그 무덤에 참석하여 위령제를 지냈는데 그 장면을 소개하면 그림 31과 같다.

조상들이 왜구에 의해 죽은 것도 억울한데 귀와 코를 잘리고 또 산사람도 베이고 살다가 고인이 되었으니, 한이 많은 조상의 넋을 위로하기 위하여 교포가 주관하여 위령제를 지내고 진혼굿을 행하였다. '임진전쟁' 후기에 정유전쟁 때는 왜구는 백성들도 만나면 살해하고 그렇지 않으면 귀와 코를 베어다 전리품으로 가져다가 무덤을 만들었으니, 풍신수길은 전쟁도 야만적으로 행한 것이다.

이날 위령제에는 살풀이춤을 시작으로 오색의 신복을 입은 만신이 북과 징소리에 맞춰 춤을 추며 벌이는 공수(무당이 신들린 상태에서 신의 말)에 교토시 히가시야마구(東山區) 아마토오지(大和大路) 하늘에 울려 퍼졌다고 한다.

[그림 30] 교토(京都)시
나야(菜屋)에있는 귀·코 무덤

[그림 31] 한양굿예술연구보존회,
진혼굿 장면

[그림 32] 위령제 장면

[그림 33] 한국인 및 교포 제의 참석

[그림 34] 진혼굿

[그림 35] 강영임의 공수 장면

[그림 36] 한국의 샤머니즘의 포스터

[그림 37] 한양굿 진혼굿

[그림 38] 이비총 앞 씻김굿 재석거리중 紙錢춤

일본 교토 '이비총위령제' 봉행, 역사 유적지 방문

위령무, 지전춤 공연 등 이비총 영령 위로

[그림 39] 겨레얼 11호 (2013, 11월) 1쪽

강 이사장의 공수에 구슬픈 소리는 400여 년 동안 타국 땅에 묻힌 이 혼령들을 위한 소리다. 김연진 기자는 이 날에 대해 기록해 놓았다. 그를 소개하면 관중들은 가락과 어우러진 애달픈 공수가 울려 퍼지자 일순간 숙연해졌고 사람들은 눈가를 훔쳤다고 한다. 또 위령제가 열리는 교토의 날씨는 옷깃을 여미게 할 정도로 쌀쌀했지만 2시간 동안 굿판은 냉기를 온기로 바꿔놓았다고 소개했다. 이 광경을 보기위해 일본인과 제일교포. 때마침 단체관광을 온 한국여행객 등 100여 명의 관중은 숨죽인 채 만신에게 시선을 집중했다고 한다. 특히 일본의 유력지인 마이니치신문 기자도 현장을 생생하게 취재 했다고 소개했다. 이비총(耳鼻塚)이 있는 교토(京都)시 나야(菜屋)는 도요토미 히데요시 휘하의 무장들이 조선을 침공한 후 베어간 후 그의 명으로 조선군사와 백성들의 귀와 코를 매장하였다. 우리 민족이 왜구에게 '임진전쟁' 때 겪은 수난의 역사를 보여주는 현장이다.

한편 겨레얼살리기국민운동본부는 2013년 10월 15일부터 17일까지 2박3일간 일본토와 오사카를 방문해 이비총위령제를 올리고 역사유적지를 방문했다. 이비총위령제는 16일 오전 10시에 이비총현지에서 헌작, 지전춤 헌화 등의 순서로 진행되었다.[54] 16일에 일본교토에서 이비총위

룡제(耳鼻塚慰靈祭)를 올릴 때 전통예법에 따라 진행되었는데 그 현장의 모습을 소개하면 그림 38과 같다.

아래 오른쪽 사진은 10월 16일 행사가 지난 후 나라현 법륭사 등 역사 유적지를 방문하였다. 주지하는 바 이비총은 임진전쟁 때 왜군이 조선인 12만여 인의 귀와 코를 베어 가져다가 묻은 무덤인데, 1969년 일본은 국가사적으로 지정됐다. 겨레얼 살리기 국민운동본부는 2007년부터 매년 일본교토에서 희생자의 넋을 기리기 위해 위령제를 봉행하고 있다. 제의에는 백의를 착용하고 봉행하고 있다.

2. 강화도 마니산 천제

단군시대 백의민족의 전통은 강화도 마니산 천제를 지내는 것에서 이어지고 있음을 그림 40에서 볼 수 있다.

위의 성무는 2008년 10월에 제89회 전국체전이 전라남도에서 열리는 전국체육대회기간 동안 밝혀 줄 성화다. 지난 19일 인천 강화군 마니산 참성단에서는 강화여고 학생들로 구성된 7선녀가 성화를 채화하고 있는 장면이다. 또한 마니산 참성단에선 2013년 제94회 전국체육대회 성화 봉송이 시작된 10월 16일 오전 흰옷을 착용한 칠선녀가 성화를 채화하는 장면을 소개하면 그림 41과 같다.

그림 42는 '4345주년 개천절'(2012.10.3)을 맞아 강화 마니산 참성단에서 개천대제가 봉행하는 장면이다. 백의민족이라 환한 흰옷을 선호하였다. 흰색은 모든 색깔 가운데 가장 밝은 색이라. 하느님의 '광명'을 표시하는 '밝고 환한' 흰옷을 입었던 것이다. 고대 한국인은 이 밝고 환한 흰옷을 입고서 항상 하늘의 하느님께 천제를 드렸다.

54) 『겨레얼』 제11호, 겨레얼살리기국민운동본부, 2013.11.

[그림 40] 강화 마니산 개천대제 7선녀 성무

[그림 41] 〈전국체전 D-2〉 전국체전 성화 채화하는 칠선녀

이날 행사는 하늘에 제를 올리는 천제를 시작으로 이어 칠선녀 성무, 성화채화, 성화로 점화, 칠선녀 재 등단의 순으로 진행됐다. 개천대제는 단군시대이래 이어 내려 왔으며 『고려사』 지리지 등 문헌기록에 의하면 참성단에서는 역사적으로 천제, 초제, 마니산제의 제사가 행해왔는데 고려 원종은 국왕이 직접 주재한 경우도 있으며 일반적으로 국왕을 대신하여 2품 이상의 관리가 국가로부터 향과 축문을 받아 제사를 지냈다.

우리 민족은 백의민족이라 불러온 것은 단군시대 훨씬 이전부터 백색(白色) 옷, 즉 흰옷을 즐겨 입었던 데서 비롯되어 부여·삼국·고려·조선 시대에 이르기까지 상당히 오래동안 착용했다. 따라서 백의민족이란

[그림 42] 개천대제(開天大祭)의 장면

태양숭배사상에 의해 광명을 나타내는 뜻으로 흰색을 신성시하고 백의를 즐겨 입었을 것으로 볼 수 있다.

Ⅶ. 맺는말

한민족은 아득한 예로부터 백의를 숭상하고 흰옷을 입은 것으로 볼 수 있다. 그 증거는 일만 년을 전후서 빙하기에 선조들이 알라스카를 통하여 가나다를 경유하여 미주로 이주한 인디언의 생활유품인 베틀이 멕시코 박물과에 소장되어 있다. 인디언들의 생활 유품 중 베틀이 있었다는 것은 면화 삼을 심어 가꾸어 흰옷을 입었다는 것을 의미한다.

인디언이 한민족의 후손들이라는 것은 인류학자들이 주장하고 있는 바와 같고 언어를 비롯하여 우리와 비슷한 것이 많기 때문이다. 특히 인디언의 생활 풍속 중 흰옷을 입고 상투를 튼 것은 고구려인들이 상투를 틀어 올리 것에서 알 수 있다. 그 전통은 1940년 때도 노인들이 상투를 틀고 지낸 것을 흔하게 볼 수 있었고, 여자들이 흰옷에 댕기머리를 길게 땋고 다닌 것을 볼 수 있었다. '댕기'머리에서 '단기(댕기)'는

[그림 43] 한국전통 댕기머리 인디언

[그림 44] 한겨레의 댕기머리

[그림 45] 1946년 서울댕기머리 풍경

우리나라를 처음 여신 초대 단군왕검을 추앙하는'단기(檀祈)에서 생겨난 것이라고 한다. 인디언들도 댕기머리를 틀고 있는 것이 우리와 비슷하다.

댕기머리는 '단군의 머리 모양'이라는 뜻으로 고조선 이후 이어오다가 갑오개혁이후 주춤하다가 민간에서는 실행해 그 전통은 오늘에도 이어왔는데, 가정에 따라 아래와 같이 어린 딸에게 명절을 기해 금사 양단 댕기를 하는 모습도 간혹 볼 수 있다.

이러한 연관으로 한민족은 단군신화에서와 같이 환인, 환웅, 환검(단군)의 삼성(三聖)이 태양과 관계된 '환하다'에서 온 환(桓)이 태양숭배 관념과 관계되었다고 할 수 있다, 한민족은 태양숭배관념으로 흰옷을 입었다고 할 수 있다.

한민족이 흰옷을 입기 시작한 것은 부여 때부터라고 중국 사서인 『삼국지』 위지 동이전의 기록에 전한다. 이 외에 중국 측 사서에 보이고 있으니 안타까운 일이다. 부여는 고구려에 의해 멸망했으나 그대로 백의는 이어졌다고 할 수 있다. 고구려는 중국 고구려 벽화에는 여러 가지 빛깔에 의복을 입는 것이 보인다.

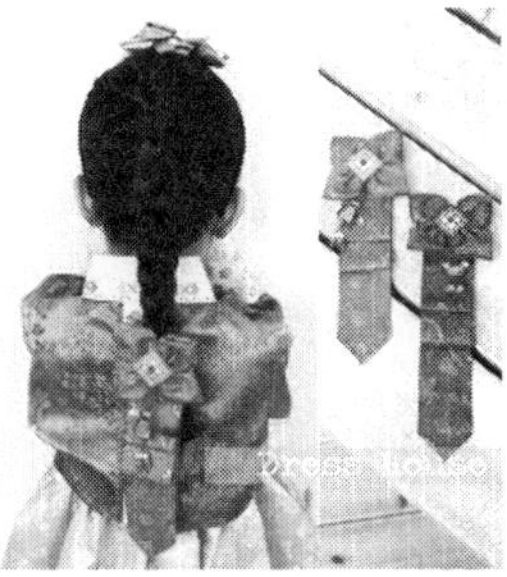

[그림 46] 오늘의 금사 양단 댕기

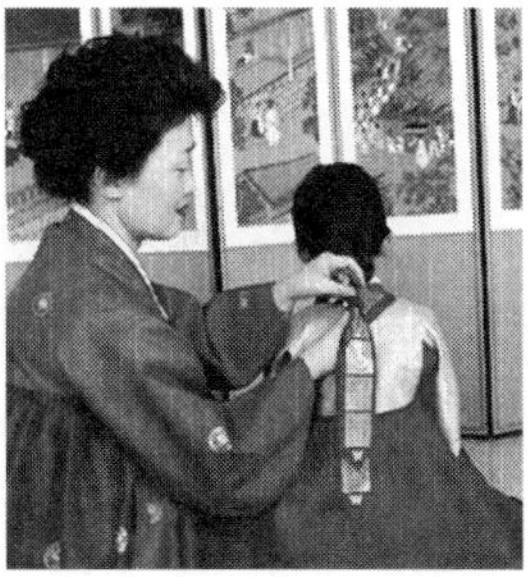

[그림 47] 댕기를 딸에게 땋아주는 어머니

흰옷은 오랜 역사적 전통을 지닌 의상이고 오방색의 의상은 귀족측이 주로 착용한 것으로 되어 있다. 흰옷을 금지한 것을 고려조와 조선왕조 때 십여 차례 보이고, 조선말 일제에 의하여 강력하게 통제하였음에도 실행하지 않자 사람들이 많은 곳에 검은 물감을 옷에다 뿌릴 정도로 금지하였다. 그럼에도 백의를 그대로 입었고 1945년 이후 서구화로 인해 백의는 차츰 양복을 입고 다니게 되어 오늘에는 제의 때 착용하고 있다.

한민족은 유구한 역사와 전통을 지닌 민족이므로 백의를 숭상하여 왔다. 오늘에는 백의는 입지 않는다고 하더라도 순결의 정신으로 살아가면 단군시대와 같이 문화인이 될 것은 물론 문명인의 생활도 누리리라 믿는다. 무명옷은 양잿물로 세탁하면 백옥같이 빛난다. 외국인도 이런 의상을 보고 세계에서 볼 수 없는 백의를 숭상하는 민족이라고 했다. 우리는 앞으로 상하 일체가 백의와 같이 순결한 마음으로 살아가면 홍익인간의 빛나는 나라를 세울 것이다.

『정경부인해평윤씨행장』에 나타난 효의식 고찰

-전통적 효문화의 수용을 중심으로-

Ⅰ. 머리말

서포 김만중(1637~1692)은 해평 윤씨와 광산 김씨 김익겸의 사이에 유복자로 태어나 남해에서 노도(櫓島)에서 유배생활을 할 때 어머니가 세상을 떠났다는 소식을 들은 다음 해(1690)에 생전의 행장을 적어 추모하여 쓴 것이 『정경부인해평윤씨행장』(이하 『행장』이라 함)이다.

서포는 『행장』 이외에도 『구운몽』과 『사씨남정기』 등의 작가로서 국문학사에서 거대한 봉우리를 형성하고 있는 주요한 인물이다. 또한 그는 을사년(1665) 정시문과에 장원한 후 벼슬이 대제학, 병조판서에 이를 만큼 학식이 높았다.

서포는 유복자로 태어나 부친의 모습을 모르는 것을 평생의 한으로 여겼다고 한다. 그런 만큼 서포는 모친이 어려운 역경을 이겨내고 홀로 형 만기와 자신을 키워 입신출세케 한 것을 생각하고 배소에서 효성이 남달리 극진하여 모든 사람이 칭송하였다. 이러한 가운데 그는 당쟁이라는 거센 풍파에 휘말려 기사년(1689)에 남해 절도에 유배되어, 어머니의 상

[그림 1] 중국 길림성 웅녀상

[그림 2] 윤두수 초상화

[그림 3] 김장생 초상화

[그림 4] 김만중 초상화

사에 참여치 못하여 북천을 우러러 통곡만 하였다. 서포는 대부인(大夫人, 서포의 어머니)의 애통함이 극에 달하여 드디어는 병이되어 남해에서 그도 죽고 만다.

서포는 효성이 남달리 지극하여 유배지에서 『구운몽』을 지어 대부인을 위로했던 것처럼, 대부인이 별세했다는 소식을 접하고 서포는 『행장』을 통하여 추모하고 일가권속들에게 효의 덕행을 본받게 하고자 지었다.

서포가 『행장』을 쓴 동기는 대부인에게 효의 발현으로 볼 수 있으니, 모태 회귀적 사상을 중심으로 보면 원형적으로 한민족의 신화의식인 웅녀상(熊女像)과도 관련을 맺게 된다.

웅녀상은 한민족에게 있어 국모인 관계로 심리적 정신적으로 집단무의식(the collective unconscious)의 수용적 관계로 인해, 서포로 하여금 정서의 표출이 자연스럽게 『행장』에 투영되어 있게 마련되어 있는 것이다.

서포는 외가와 시가의 가통은 물론 신화의식으로 『행장』이 지어졌다고 볼 수 있다. 해평 윤씨의 가통인 윤씨의 고조부 윤두수, 시가의 증조부 김장생의 행적과 그들의 자손도 소개함과 아울러 웅녀의 동굴모티프가 윤씨에게 집단적 무의식으로 수용되었음으로 인해 『행장』에 나타난 바로 윤씨를 조명하기로 한다.

Ⅱ. 전통적 효 의식과 행장의 내용

1. 서포가문의 효

서포가 어머니 윤씨에게 남다른 효심을 나타나게 된 것은 가정적 배경에서 원인된 것이다. 서포는 윤씨의 둘째 아들이므로 윤씨를 맏아들 만기가 모시고 살았다지만 떨어져 살았으면서도 혼정신성(昏定晨省)을 하루도 결하는 일이 없을 만큼 효자였다고 광산김씨 문중에 전하여 온다. 윤씨는 1631년 14세 때에 광산김씨 가문에 김익겸을 남편으로 맞이하였다. 서포의 부 여남(汝南) 김익겸(金益兼, 1615(광해군7)~1637(인조15))은 예학의 대가 김장생의 손자이고 참판공(參判公) 김반(金槃)의 아들이며. 어머니는 연안(延安) 서씨(徐氏)이다.

조선시대 양반들은 효를 백행의 근본으로 하여 살아왔기 때문에 부모와 조상을 섬겨왔다. 김익겸은 대대로 가문이 예학의 대가인 가문이니 예의 어긋나는 일을 행위를 하는 자를 보면 참고 넘기지 않았다. 김익겸은 조부의 가훈과 부친이 교훈을 받고 자라온 관계로 성품이 강직하여 지조가 있는 문신으로 일컫게 되었다.

일찍이 여남은 청과의 친교를 강력히 반대하였다. 왜냐하면 청(淸)이 참월하게 명나라 제17대 황제(재위 1628~1644)의 이름인 숭정 황제(崇禎皇帝) 9년인 병자년(丙子年, 1636(인조14))에 후금(後金)이 국호를 청(淸)으로 바꾸고 12월부터 이듬해 1월에 청나라가 조선에 다시 침입해 왔다. 이것이 병자전쟁이다.

더구나 여남은 청의 태종이 용골대(龍骨大)를 사신으로 파견하였을 때 주살하라고 한 주전론이자 척화신이다. 청(淸)은 조선의 조정에서 친교를 반대하자 이해 겨울 오랑캐들이 침략해 왔다. 여남의 부형들은 남한산성으로 어가를 호종(扈從)하였고, 여남 혼자서 여러 아우들과 함께 어머니 서씨(徐氏) 부인을 모시고 강도(江都)로 들어갔다. 다음 해 정축년(丁丑年, 1637(인조15)) 정월(正月)에 관군(官軍)과 협조하여 성을 사수(死守)한다는 계획을 세웠다. 그런데 여남은 청군이 침략해 오자 일이 다급해짐을 알고 정월 22일에 성의 남쪽 초루(譙樓, 성문위에 세운 망루)에서 스스로 분신(焚身)하였다. 다음날 서씨 부인도 또한 우사(寓舍)에서 자결하였다. 더구나 여남(汝南)은 적장 용골대(龍骨大)를 주살하라고 한 주전론자이자 척화신의 부인이었던 관계로 강화에서 머물 수가 없었다.

윤씨 부인은 부군이 남문루에서 자결하니 21세 때 만삭의 몸으로 5세 된 맏아들 만기를 데리고 갯가로 나와 배를 타고 서울친정집으로 향할 때 배안에서 만기를 낳아 서포 김만중은 김선생(金船生)이란 말을 듣게 되었다.

친정에 돌아온 윤씨는 아들 형제를 키울 때 한문을 가르치고 책을 빌려다가 베끼고 책을 구입할 돈이 없어 베를 짜서 팔아 구입하여 가르쳐 만기와 만중이 대제학에 올랐다. 그런데 만중은 숙종이 장씨의 미색에 빠져 희빈으로 맞아들이고 그의 소생을 세자로 책봉하려 할 때 인현왕후 민씨가 나이가 젊으니 기다려 그 소생으로 세자를 삼아야 한다고 상소를 올린 것이 화근이 되었다.

결국 서포는 숙종의 괘씸죄로 남해 노도로 유배되어 그곳에서 모친의 효를 행하지 못함을 오매 간에 잊지 못하여 효심에 발로에서 『구운몽』을 지은 것으로 널리 아려지고 있다. 『사씨남정기』 또한 숙종을 뉘우치기 위해 지은 것이지만 사씨 부인을 관음보살로 형상화 하여 모친 윤씨로 나타낸 것이다. 모친 사후에는 『행장』을 지어 대부인에 대한 훌륭한 삶의 귀감을 자손들에게 보이기 위함이었으니. 이 또한 효심에 발로에서 지은 것이다. 서포의 효는 유배지에서의 떠날 수 없는 관계였다. 훗날에 서포의 시효를 문효(文孝)라고 한 것은 서포의 효가 대부인에게 대해 워낙 지극정성으로 대했기 때문이다.

2. 모태의식의 효의식

『행장』의 원본은 서포가 쓴 한문본인데, 윤씨가 서적을 즐겨 늙도록 놓지 아니했다[1] 하고, 또 역대치란과 명신언행을 좋아하였다[2]는 기록이 있다. 서포가 유배 중에 과부로 사는 어머니의 외로움을 위로하고자『구운몽』을 지은 것이다. 『사씨남정기』 또한 숙종의 개심을 도모하기 위해 지은 것이지만 사씨 부인을 모친의 어진 덕으로 비유되어 있는 것으로

1) 先妣貞敬夫人行狀 : 以夫人好書, 聚古異書 以至稗官雜記日夜談話 左右以資一笑.
2) 『西浦集』, 序文.

보면 될 것이다. 즉 유한림은 숙종으로 장희빈을 교씨로, 주인공 사씨 부인을 민비 인현왕후로, 흔히 삼각관계인 쟁총형 작품으로 알려지고 있다. 그러나 서포는 윤씨인 대부인의 훌륭한 인물로 부각시키기 위한 일환으로 순(舜)임금의 두 여인 아황(蛾黃)과 여영(女英)의 열녀인 이비(二妃)의 어진 덕을 등장시킨 것으로 이해하면 된다.

우리나라에서 『심청가』와 『춘향가』에 모두 등장하는 이비(二妃) 아황(娥皇)과 여영(女英)은 『삼강행실도』「열녀도」에 맨 처음 소개되는 인물이다. 열녀는 윤씨 부인과 같이 자손을 훌륭히 키우기 위해 신념・신의를 굳건한 마음이나 태도를 굽히지 않는 여인상을 가리킨다. 서포는 대부인이 책을 즐겨 읽는 관계로 무료함을 달래기 위해 유배지 남해 노도에서 소설을 지어 올린 것이니 효의식과 관련되어 있다.

대부인은 두 아들에게서 낳은 손자 다섯 손녀 넷을 두었으니 증손까지 그 후대에 이른 것을 합하면 그 수는 기하급수적으로 늘어나 마치 거대한 강물이 흐르는 물줄기와 같이 번성한 것이 된다.

> '어머니'는 이미 선재하는 모든 여성들의 복합적 심상으로서 모든 생명 근원의 원초적 형태다. 이 어머니는 생산의 근원인 대지와 이를 둘러싸고 있는 생장의 식물, 그리고 이를 키워주는 햇볕과 냇물 등과 함께 연상된다.[3)]

서포는 어머니의 심상을 모태회귀인 단군신화에서의 곰에서 웅녀로 환생하여 지모(Erd Mutter)・곡모(Getreide Mutter)적 존재와 같이 아들 형제를 훌륭하게 키우고 후손들 또한 나라의 공신이 되게 했다. 따라서 서포는 대부인을 웅녀와의 관계를 생생력 환대(Fruchtharkeits-Kreise)[4)]를

3) 김병국, 「구운몽」, 『한국고전소설작품론』, 집문당, 1990, 678쪽.
4) '水-女-月'은 우주적생성력환대(宇宙的生成力環帶): *anthopokosmischerfruch-*

이루는 생산적인 번성을 누린 '여(女)-수(水)-월(月)'의 것을 연계하였다고 볼 수 있다.

서포는 대부인을 국모인 웅녀상과 같이 '거듭 태어남의 모티프'(the motive of twofold birth)로 이해할 수 있다. 모친은 21세에 홀로되어 아들 형제를 훌륭하게 키우기 위해 온 정성을 기울였다. 그 결과는 다름 아닌 인과응보의 공으로 대성공을 이뤄 광산김씨 문중 가계를 빛나고 있다.

서포에 대한 연구는 선학 동학들에 의해서 서포문학의 사상적 배경을 유불도로 연구하여 많은 공헌을 한 바 있다.[5] 필자는 이들의 견해와는 달리 단군신화와의 관련으로 그의 소설과 『행장』에 대한 논문을 발표한 바도 있다.[6] 웅녀와 윤씨 부인이 겪은 수난을 같은 대상으로 보고 이를 도표화하면 다음과 같다.

---

thtbarkeitskreis) (M.ElReligionen und des Heilige, Köke Salzburg,1954, S. 218)를 이루어 만물을 풍성하게 생산하는 모성적 의미를 지닐 뿐만 아니라 풍요다산을 이룬다.

5) 정규복, 『구운몽연구』, 고려대출판부, 1974. ; 『구운몽원천의 연구』, 일지사, 1977.
박성의, 『구운몽의 사상 배경 연구』, 동아출판사, 1970.
김열규·신동욱 편, 『김만중연구』, 새문사, 1983.
김무조, 「서포소설연구」, 동아대 박사논문, 1974.
사재동, 「불교계 국문소설의 형성과정」, 충남대 박사논문, 1977.
류병환, 「고전소설 구운몽 연구」, 동국대 박사논문, 1986.

6) 윤경수, 「한국고소설의 동굴모티프연구」, 태학사, 1999, 247~372쪽. ; 『사씨남정기의 작가의식 연구』, 한국청소년효문화학회, 2011, 39~76쪽. ; 『한국신화와 고전문학의 원형상징성』, 태학사, 1997, 567~588쪽.

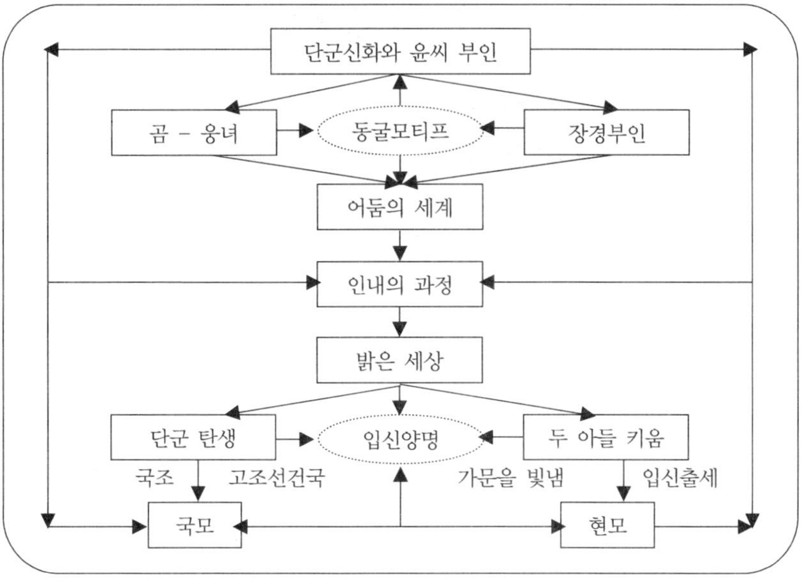

웅녀는 홀로 단군을 키우고 가르쳐 훌륭한 나라를 다스려 국모가 되었다. 단군신화에 의하면, 환웅은 웅녀와 신성혼(神聖婚)으로 단군을 낳았다. 단군은 웅녀가 키워 동북아 일대에서 가장 훌륭한 홍익인간의 나라를 세웠다. 윤씨 부인 또한 남편이 강화성에서 순절하여 두 아들을 홀로 키워 입신출세케 하여 그의 후손들이 대대로 광산김씨 문중을 빛내는 가계를 이루었다.

서포의 효심은 모친의 모성애에서 비롯된 것이라 하겠다. 서포의 효심은 뿌리를 생각하는 근원이 되어 단군신화와도 집단적 무의식으로 연계되어 있는 것이다. 단군이 훌륭한 나라를 세운 것은 웅녀에 대한 효심의 정신으로 나라를 다스리는데 온 정신을 쏟았기 때문에 방대한 나라를 세운 것이라 할 수 있다. 웅녀나 윤씨 부인의 모성애는 집단적 무의식 관계로 단군과 서포에게도 수용으로 볼 수가 있는 것이다.

[그림 5] 서포의 유허비

서포의 효는 유교 의식 이전의 고조선의 웅녀의 모성애가 면면히 흘러 사포에게도 모태의식의 모자자효(母慈子孝)의 의식이 오랜 세월동안 그대로 전승된 것이라 할 수 있다. 경남 남해 노도(櫓島)에 이르면 1988년 9월에 남해청년회의소에서 김만중의 문학정신과 효행을 기리기 위해 세운 유허비(遺墟碑)가 있다. 그 비는 그림 5와 같다.

유허비는 서포의 옛 자치를 밝혀 후세에 알리고자 세운 것인데 뒷면에 그의 행적에 대해 기재되어 있는데 서포의 효를 현대인들에게 이해하는데 도움이 되는 비라고 할 수 있다. 서포는 남해 노도에서 모태회귀적인 발상으로 작품을 썼던 관계로 집단적 무의식인 관계로 웅녀상과도 관계를 이루게 되어 고찰할 필요가 있다.

3. 『행장』 내용에서의 윤씨 위상

한문본 『행장』에는 19장(페이지)으로 되어 있는데 그 중 제1장에는 해평 윤씨의 가계가 나타나 있다. 고조부에서 부에 이르는 4대에 걸치는 내용이다. 즉 윤씨의 고조부는 두수(斗壽, 1533~1601)이다. 영의정 해원부원군

[그림 6] 윤두수의 초상화

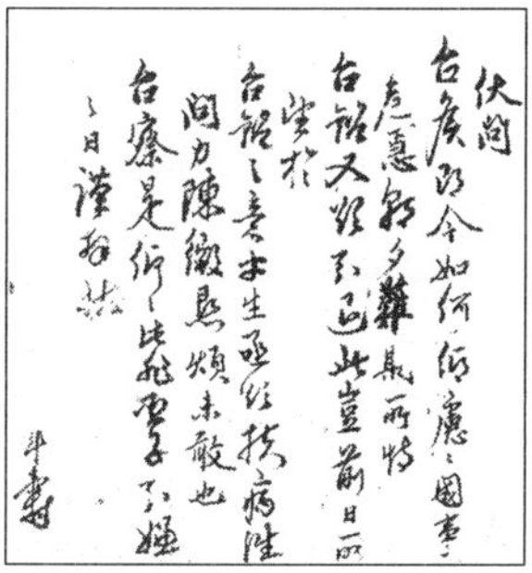

[그림 7] 윤두수의 친필 서신

尹斗壽 碑銘　崔岦
我 上之二十六年駕次開城比至于義州明年還
都其相曰尹公後十年公以故相卒蓋幽壙之誌公
弟府院公以老匠當之叙次事甚備而諸孫謂岦受
知於公特深屬以隧碑之刻岦讓不敢當既三年且
千里書會至則敢大槩而復焉謹按尹爲姓出善
山府之海平縣在麗朝有曰君正守司空尚書左僕
射曰萬庇副知密直司事曰碩都僉議右政丞摠英
毅公皆蓋代元勳匠曰之彪門下評理忠簡公曰球
重門下贊成事藝文大提學文平公入我朝曰彰歷
司憲府執義至通政楊州都護府使曰達成陽城縣
監贈慶昌府尹而公之高祖考諱延齡進武副尉曾
祖考諱繼丁孝苑祖考諱希琳忠武副司勇比世益
不振暨考諱忭文科歷典州府至軍資監正則有李
有德宜達而塞識者以卜其後之必大也厥有再室
後夫人星州玄氏副司直光明之女寔生公兄弟竝
勳位極人臣得贈考領議政府院君祖考左贊成曾
祖考吏曹判書夫人皆視貴公之生以嘉靖癸巳九
月初吉于時有流星入文昌之異云公諱斗壽字子

[그림 8] 국조인물고 윤두수

(海原府院君)이고 시호는 문정(文靖)이다. 먼저 고조부의 영정・친필 (1600년경)과 『국조인물고』에 실린 그의 「비명」(碑銘)을 소개하면 다음과 같다.

증조부의 휘는 영의정 방(昉)이니, 벼슬이 정승으로 계승되었다. 조부의 휘는 신지(新之)이며 선조의 따님 정혜옹주를 취처하여 해숭위(海崇尉)로 봉해졌다. 부(父)의 휘는 지(遲)니 벼슬이 이조참판에 이르렀다. 윤씨는 명문가에서 태어나 가정교육도 잘 받았으니, 그 관계를 『행장』에서

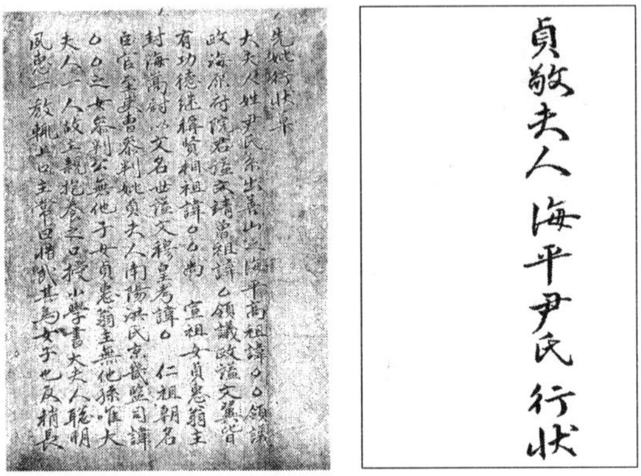

[그림 9] 『행장』 원본 서두

소개하면 다음과 같다.

위의 원본을 해석하면 다음과 같다.

> 대부인의 성은 윤씨이고, 본은 선산 해평이다. 고조는 영의정까지 지낸 문정공이요, 증조는 영의정까지 한 문익공이요, 조(祖)는 선조대왕 부마 되어 글 잘 하기로 세상에 유명한 문목공이요, 부는 인조조 명신이라 벼슬이 이조참판에 이르고, 비정부인 남양 송씨는 경기감사 명원의 딸이다. 참판공이 다른 자제 없고 조모 정혜옹주 다른 손자 없고 오직 대부인 하나뿐인 고로 옹주 친히 기르고 입으로 외와 『소학』을 가르치니 대부인이 총명하고 숙성하야 한번 가르치면 입에 올리니 옹주 매양 그 여자인 것을 한하더라.(『윤씨행장』 서두)

윤씨는 총명하고 영특하여 배우는 것마다 모두 알 정도였으니, 좋은 가문에서 태어난데 원인이 있다. 그녀는 영의정 해숭위 이조참판의 집안에서 자라고 문장으로 이름난 조상의 후손으로 태어나 가정교육을 극히 잘 받았다. 윤씨는 어릴 때부터 기질이 총명하고 숙성하여 여자로 태어난 것을 주위에서 한탄할 정도였다. 할머니 정혜옹주가 가르쳐주면 문득 깨달으니, 항상 말하기를 "아깝다! 그 여자 됨이여!"라고 할 정도로 영특했다.

다음은 윤씨가 자랄 때 검소하게 지내어 조모가 칭찬내력과 열네 살 때 서포의 선친께 출가하여 시댁은 대대로 내려오는 명문가니 부도의 어긋남이 없도록 하라는 당부의 말로 타일러주었다는 내용도 전한다.

> 정혜옹주는 다른 손자가 없고 오직 태부인 한 사람뿐이다. 때문에 옹주가 친히 안아 기르시고 입으로 외워 소학을 가르쳤다. 태부인은 총명하여 한번 가르쳐주면 문득 깨달으니 옹주는 항상 말하기를 '아깝다. 그 여자됨이여!' 했다.
>
> 자람에 미처 의복과 음식을 풍족하고 사치하지 못하게 하면서 말씀하시기를 '후일에 빈한한 선비의 아내가 된다면 어찌 능히 이와 같이 할 수 있겠는가.' 했다.
>
> 우리 아버지에게 출가하자 경계하여 이르기를 '너의 시댁은 예법의 가문이니 부도에 어긋나서 나에게 수치스런 일을 끼침이 없게 하라' 했다. 그의 훈계함이 이와 같으므로 대부인이 출가할 때 나이 열네 살인데도 시댁 가족에게 칭찬을 얻었다.
>
> 정축노변(丁丑虜變, 1637)란에 선부군이 강도(江都, 강화도)에서 순절하였는데, 이때 대부인은 바야흐로 잉태하여 달이 찼는지라, 홍부인의 우소(寓所)인 포구에서 배를 얻어 화를 면하니 이 때 선형(先兄)은 겨우 다섯 살이요, 불초는 태에서 떠나지도 않았었다. 난리가 안정되자 두 외로운 아이를 이끌고 본가의 부모슬하에 의탁하여 안으로 홍부인을 도와 가사를 보살피고, 밖으로 참판공을 봉양하는데 능히 뜻을 기르기를 옛 효자와 같이하고 한가하면 문득 서사를 펴보아 스스로 즐기니 날로 조예가 깊어졌다.(『윤씨행장』)

옹주는 손녀 윤씨가 자라면서 의복이나 음식을 풍족하고 사치하지 못하게 하면서 말하기를 “후일에 빈한한 선비의 아내가 된다면 어찌 능히 이와 같이 할 수 있겠는가.”라고 했다.

열 넷이 되던 해 서포의 선친께 출가하자 “너의 시댁은 예법의 가문이니 부도에 어긋나서 나에게 수치스런 일을 끼침이 없도록 하라”라고 타일러 주었다.

윤씨는 조모인 옹주의 가르침과 훈계를 항상 명심하고 시가식구들에게 행하고 대하니 시댁가족에게 칭찬을 들으며 시집살이를 살았다. 어린 새 색시가 예의에 어긋나지 않도록 항시 조심하여 부지런하고 할 일이나 하고 지내니 조금이라도 잘못이 없었다는 것이다.

그런데 윤씨는 얄궂은 운명으로 기박해져 정축년(1637) 때 부군이 강화도에서 순절하여 과부가 되었다. 윤씨의 나이는 21세였고 맞아들 만기의 나이는 다섯 살이고 서포는 아직도 대부인의 모태 속에 만삭이었을 때 과부가 되었으니, 살아갈 일이 걱정이었을 것이다. 여기에 설상가상으로 시모인 서씨가 아들의 순절한 다음날 자결하니 강화도에선 의지할 사람이 없으니 앞으로 살아 일이 막막하기만 하였다.

윤씨는 앞으로 살아갈 일보다 더 시급해진 것은 부군 김익겸이 주전파에다 척화신이고 여기에 청의 사신 용골대를 주살하라고 했으니, 청군들이 그 가족을 해칠 위험성도 배제할 수 없게 되었다. 윤씨는 강화도에선 살아갈 수 없고 생명의 위협을 받게 되니 될 수 있으면 빨리 이곳을 빠져나가야만 했다. 윤씨 부인은 해산일도 급박해졌으나 갈 곳은 서울에 친정밖에 없다. 강화에서 서울을 가는 배안에서 만중을 낳았으니, 그때 상황이 얼마나 다급했으면 마삭의 몸으로 배를 타고 서울친정으로 가게 됐을까.

어린 만기와 만중을 배안에서 낳아 데리고 해산조례도 제대로 하지 못하고 돌아왔으나 무사히 돌아온 것만 천만다행으로 여겼을 것이다. 윤씨는 친정가사를 돌보면서 아들 형제를 키울 때 서책을 읽으며 스스로 마음을 위로하며 지내니 글에 대한 조예가 깊어졌다.

윤씨는 친정에서 가사를 돌보고 조부 윤신지(尹新之, 1582~1657)를 봉양하게 되었다. 유씨는 조부에게 효도를 다하고 맡겨진 일을 하나도 예의에 어긋남이 없이 살림을 돌보게 되니, 문목공 윤신지는 아들이 없음을 잊을 정도로 지냈다.

문목공은 손녀를 보고 한탄하여 말하기를 '매양 내 손녀로 더불어 말하면 마음이 문득 시원하니 만일 사내면 어찌 우리 집안 대제학이 아니리요'라고 말했던 것으로 똑똑하고 총명하여 모든 일을 헤아려서 해냈던 것을 알 수 있다. 항상 집안의 대소사를 손녀에게 물어서 처리할 정도로 영특하였는데 그 내용을 소개하면 다음과 같다.

이리하여 참판공은 거의 아들이 없는 슬픔을 잊었고 문목공은 탄식하면서 말하기를 '우리 손녀와 더불어 말하면 가슴이 활짝 열리는 것 같으니 네가 만일 남자라면 어찌 우리 가문에 하나의 대제학이 아니리오.' 했다.

> 우리 할아버지의 장지를 회덕 정민리(현 대전 유성구 전민동)에 복장하고 선부군은 그 뒤에 부장하게 되었는데, 어느 지사가 말하기를 '그 장소가 후손에게 불리하다' 했다. 참판공은 의심하여 부인에게 말하기를 '나의 힘이 능히 개장할 만하니, 마음속으로 생각하기를 서울 국내로 이장하여 고아와 과부인 네가 절일(節日)때 성묘를 편리하게 하고자 하노니 너는 어떻게 생각하느냐.' 했다. 부인이 대답하기를 '풍수의 말이 본래 망매하여 믿기 어렵고 선영 국내에 장사 지내면 신도가 편안할 줄로 생각되며, 또한 호중(湖中, 충청도)에는 시댁 가족들이 많이 거주하는 만큼 아이가 장성하기 전에는 그들에게 수호를 위로할 것이니 이장을 원치 않습니다.' 했다.
>
> 참판공이 세상을 버리자 홍부인은 애통과 신병으로 일을 보살피지 못하고 또한 자제들의 가사를 간검하는 이도 없었다.(『윤씨행장』)

이 후로 친정 어른들이 세상을 떠나니 대부인이 홀로 수명의 여종을 거느리고 제전(祭奠)을 정결(淨潔)히 하고 예절에 맞지 않는 것이 없게 하여 사람들이 특이하게 여겼다고 한다. 이후부터 친정의 가사는 기울어 몸소 길쌈하여 이어가게 되었다. 그럴 때 대부인은 항상 태연하여 근심과 번뇌하는 용모가 없었고 불초형제 형제로 하여금 알지 못하게 하였다고 한다.

이와 같이 한 것은 공부에 방해될까 염려 때문이다. 대부인은 가세는 어려워 아들형제에게 스승에게 배우지 못하였다. 대부인은 직접 『소학』(小學) 『사략』(史略) 『당시』(唐詩) 등을 가르치었는데 공부의 과정은 엄격하였다고 한다. 항상 말씀하시길 사람들은 행실이 없는 자에 대하여 과부의 자식이라 하나니 이 말을 각골해라 훈계하였다. 대부인은 아들이 허물이 있을 시에는 손수 매를 잡고 울면서 학문을 아니 하고 살려면 빨리 죽는 이만 못하다 하였다고 한다.

대부인이 홀로 수 명의 여종과 더불어 상수(喪需)를 장만하되 의금(衣衾)과 제전을 정결하고 풍결하게 하여 예절에 맞지 않은 것이 없으니 보는 사람들이 특이하게 여겼고 그 후 어머니 상에도 또한 그와 같이 했다.

> 이후부터 가사가 더욱 곤란하여 심지어는 몸소 길삼하여 조석을 이어가는 지경에 이르되 항상 태연하여 근심과 번뇌하는 용모가 없었다. 또한 불초 형제로 하여금 알지 못하게 하였다. 대개 이와 같이 하신 것은 어릴 때부터 집안 일에 골몰하여 서책 공부에 방해될까 염려한 것이다.
>
> 불초 형제가 어려서 배울 때 밖의 스승이 없었고 소학, 사략, 당시(唐詩) 등은 대부인이 가르치시니 자애는 특이 했으나 공부의 과정은 지극히 엄격했다. 항상 말씀하시를 '너희들은 다른 사람과는 같지 않으니 남보다 한층 더해야 겨우 남의 유(類)에 들리라' 하시고 '사람들은 행실이 없는 자를 꾸짖으며 말하기를 반드시 과부의 자식이라 하나니 이 말을 너희들은 마땅히 각골하라' 했다. 불초 형제가 허물이 있으면 반드시 손수 매를

> 잡고 울면서 말씀하시를 '너희 아버지가 너의 형제로서 나에게 부탁하고 세상을 버렸으니, 네가 만약 이와 같이 한다면 내가 무슨 면목으로 너의 아버지를 지하에서 보겠는가, 학문을 아니 하고 살려면 빨리 죽는 이만 같지 못하다' 하셨다.(『윤씨행장』)

만기와 서포 형제는 대부인의 말에 자극을 받아 힘써 공부했다. 그런데 난리가 지난 지 얼마 되지 않았기 때문에 서적을 구하기가 어려워 『맹자·『중용』 같은 책은 곡식으로 구입하였다. 『좌씨전』은 권수가 많아서 값을 감히 묻지 못했을 때 대부인은 곧 베틀 가운데 명주를 끊어서 값을 치르니 옷을 만들 천이 남지 않았다는 것이다. 이런 예를 보더라도 대부인은 자식에 대한 교육열이 높았음을 알 수 있다.

대부인은 가난한 살림을 알뜰하게 꾸려 나가며 없는 가산을 팔아서라도 두 아들의 서책을 마련하여 교육에 정성을 쏟았다. 그러면서도 대부인은 스스로도 공부하는 것을 즐기고 늙도록 책을 읽거나 글을 짓는 등 검소하고 조신한 생활로 일관하였다.

계사년(1653)에는 맏아들 만기가 급제하고, 을사년(1665)에는 둘째 아들 만중이 형의 뒤를 이어 과거에 급제하였다. 대부인은 이두가지 급제로 기쁨이 되었는데, 정미년(1667)에 선형이 이품직(二品職)을 받게 되고 갑인 년(1674)에 그의 딸이 숙종의 정비인 인경왕후가 되자 선형은 부원군에 봉해지고 대부인도 정경부인에 봉해졌다.

대부인은 이 세 가지 홀로 형제를 키워 영화를 누리게 되었다. 더구나 만기의 딸 인경왕후는 어릴 대 대부인의 품에서 자랐던 관계로 나이 11세에 세자빈에 간택에 응할 때 주선에 응답하기를 성인과 같이 하여 궁중인들 모두가 기뻐하고 감탄하였다고 한다.

가문의 영화는 대부인이 키우고 가르친 것으로 이뤄진 것이니 선형도

가문에 성만함을 이루게 된 것은 '모친의 힘이다'라고 하였다. 서포 또한 그러하다고 시인하지 않을 수 없어 선형이 말한 것으로 대부인의 공을 나타낸 것이다.

대부인은 정경부인이 된 후에도 왕비를 보게 되면 어진 왕비의 일을 일컫고 일호도 사적인 혜택에는 언급하지 않았다고 했으니 공사의 일을 분명히 가려서 행하였다. 대부인은 인선(효정왕비 장씨), 명성(현종의 비 김씨) 두 국모는 공경하고 존중히 여겼다고 한다. 그 후 대부인은 공사를 분명히 가려서 행하고 검소한 인품을 잃지 않고 사리에 맞게 일을 처리하는 관계로 명성왕후도 여군자의 행실이라 칭찬을 아끼지 않았다고 한다.

그런데 세상사는 대부인에게 그 영화롭던 일도 액운이 겹치게 되었다. 한 몸에 영화를 누리며 살았던 맏아들 만기가 정묘년(1688)에 세상을 떠나니, 그 애써 키우던 보람을 가늘길 없 없어 나라에 없는 풍속과는 상관하지 않고 독자적으로 행하였다. 예법을 중시하는 가문에 예전부터 내려오는 상례를 돌보지 않고 파격적으로 대부인 스스로 행한 것이다. 즉 대부인은 아들의 상에도 친히 상복을 입어 예를 갖추고 아침저녁으로 곡을 하니 만중이 보기에 병이 들까 염려될 정도였다고 한다. 이런 상례는 이전에도 없었고 이후에도 오늘에 이르기까지 행하지 않았던 윤씨만의 행위다. 이런 행위는 그만큼 슬픔을 나타내기 위한 일환의 상례인 것이다.

이 해 가을에는 둘째 아들 만중이 귀양을 가게 되자 지병이던 담천병(痰喘病)이 깊어졌다. 그런 중에도 윤씨는 아들을 찾아 위로하기에 여념이 없었고, 죽기 직전까지도 자신의 손자들을 모두 불러 모으고, 가정의 환란이 닥쳐오고 가난을 핑계로 학업을 중단하는 일이 없도록 엄히 당부한 후 향년 73세로 일생을 마쳤다.

『행장』 내용에는 서포 자신이 한 자도 꾸미지 않고 육신의 소리로 슨 것이라는데 의미가 있다. 서포가 『행장』을 쓴 말미에 피눈물을 흘리면서 삼가 기록한 내용으로 끝을 맺은 것으로 보아 온 정성을 기울여 쓴 것으로 볼 수 있다.

대부인은 훌륭한 해평 윤씨 가문 출신에 태어나서, 조부모를 비롯한 부모님 슬하에서 훌륭한 가르침과 지식을 쌓으면서 성장하였다. 서포 또한 대부인의 훌륭한 가르침으로 입신출세하였다. 서포는 유복자로 태어나 온갖 고난을 겪으면서 자신을 길러준 대부인의 은혜를 잊지 않고 『행장』을 지어 효 문화의 전형이 되게 지었다.

앞으로의 『행장』의 내용에서 윤씨의 위상은 웅녀상과 밀접한 관계를 이루는 것으로 간주하고 그 해결 방안을 도표로써 나타내면 다음과 같다.

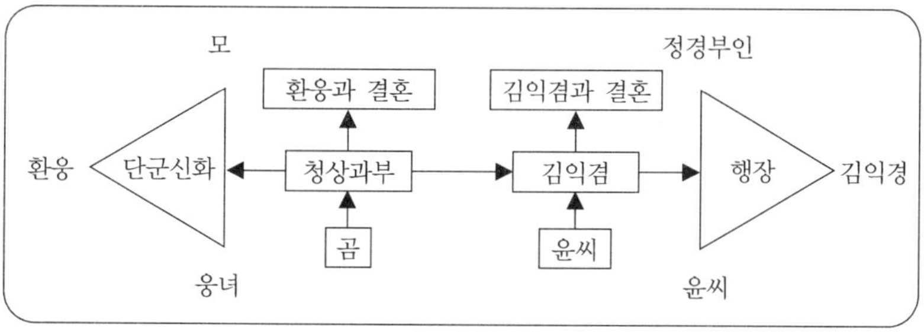

대부인은 훌륭한 해평 윤씨 가문에 태어나서, 조부모를 비롯한 부모님 슬하에서 훌륭한 가르침과 지식을 쌓으면서 성장하였다. 서포 또한 대부인의 훌륭한 가르침으로 입신출세하였다. 서포는 유복자로 태어나 온갖 고난을 겪으면서 자신을 길러준 대부인의 은혜를 잊지 않고 『행장』을 지어 효 문화의 전형이 되게 지었다. 앞으로의 『행장』의 생활상의 논의는 효의식의 관계를 이루므로 이와 상관해서 논지를 전개하기로 한다.

『행장』에서의 서포의 의식은 대부인에 대해 효심의 발로에서 지은 것인데 그 내포된 의미를 웅녀상의 존재로 조명하여 볼 수 있다. 『행장』에 나타난 대부인의 생애는 모태회귀적인 모티프로 웅녀상과 관련이 있다고 보게 되는데, 서포에게 민족의식이 저류가 집단적 무의식으로 흐르고 있는 것이다.

대부인은 웅녀상과 같은 동굴모티프인 고난의 생활을 하였으나 좌절하지 아니하고 극복해냈다. 대부인은 강화에서 살아갈 수 없어 서울에 친정으로 돌아와 살았지만 난리가 끝난 후 어렵게 살아가면서 두 아들을 키우며 가르쳤다. 그런 관계로 윤씨는 정경부인이 되었다. 윤씨의 생활상은 고난을 극복한 여인상으로 광산김씨 문중뿐만 아니라 후세인의 귀감이 되게 했다. 그런 관계로 그의 생활상을 도표로 나타내면 다음과 같다.

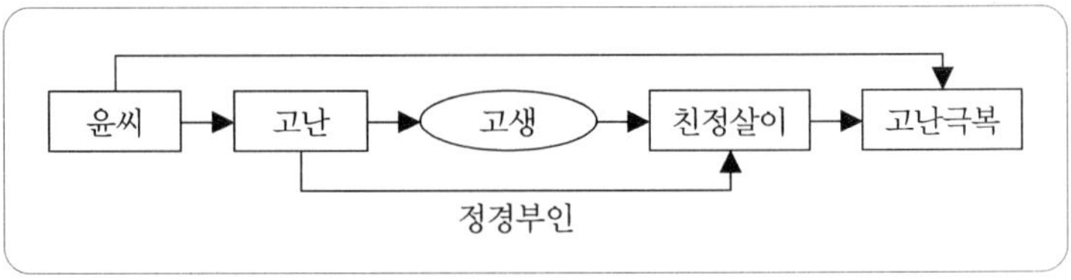

윤씨는 김익겸이 순절하여 홀로 입사식의 고난을 겪으면서 아들 형제를 훌륭히 키워 나라의 동량지재로 키워 가문을 빛냈으니, 집단무의식적인 웅녀상과도 관계를 이룬다고 할 수 있다.

Ⅲ. 『행장』의 구성요건과 신화적 수용 양상

1. 음양의 관계 구성

『행장』은 음양조화의 구성으로 분석해 볼 수 있다. 음양조화는 만물을 생성하는 원리이다. 우리나라는 예로부터 춘하추동의 사시절의 자연적

조건으로 살아오는 관계로 사람들의 의식 또한 그 영향을 입게 되었다. 이에 따라 우리 한민족은 인간의 흥망성쇠를 사시절인 춘하추동과 관련하여 거론하며 살아왔다.

윤씨의 유년생활은 따뜻한 봄날에 만물이 생동하는 것과 같이 선대로부터 물려받은 덕으로 온화한 기후와 같이 명문가문에서 무난하게 지내왔다. 성장기에는 광산김씨 가문으로 출가 후를 일컫게 되는데 여름날과 같은 기세로 부군 김익겸의 벼슬도 일취월장으로 가세가 융성했다. 그러나 윤씨는 여름엔 모진 풍파가 있게 마련인 것과 같이 비구름을 동반한 폭풍이 불어 닥치게 되었다. 윤씨는 병자전쟁으로 부군이 강화에서 순결하여 윤씨는 과부가 되었다. 윤씨는 자랄 때는 어려움을 모르면서 온실의 화초모양 살아왔지만 부군을 잃은 후론 고난을 극복하는 굳건한 자세로 힘써 살아왔다. 윤씨는 여름날 하늘이 왕성하게 만물을 자라게 하는 것과 같이 아들 형제를 키웠다.

그 결과는 추수기의 가을의 곡식을 거두는 일과 같이 힘써 살아온 것으로 영화를 누리는 가정을 이루었다. 윤씨는 아들형제가 과거에 급제하여 대제학에 이르렀으니 봄여름에 힘써 행하여 추수기인 가을을 맞이하여 풍족한 생활을 누리게 되었다.

그런데 윤씨는 춘하추동의 겨울철을 만난 것과 같이 윤씨에게 맏아들 만기가 세상을 떠나고 둘째아들 서포가 유배를 남해 노도에 가게 되니, 가정이 찬바람을 맞게 되었다. 윤씨는 73세까지 살다가 세상을 떠났다. 그러나 윤씨는 형제가 낳은 자녀들이 여럿이다보니 훗날에 다시 이들 자손들이 가문을 융성케 했으니, 사계절의 음양조화와 관계로 설명할 수 있다.

서포의 가계를 일별하면 1636년 난리가 일어나기 전에는 음양 관계에서 양적인 영화를 누리는 생활을 하였는데, 난리이후로 음의 대상으로 액운을 만나게 되었다. 그러나 윤씨는 아들 형제를 혼자서 키우며 가난과 시련을 겪었지만 더욱 굳세게 살았다. 윤씨는 생존의 수단으로 삯바느질과 베를 짜 조석을 마련하며 아들 형제를 키웠다. 이 과정은 음의 대상인 생활을 양적인 생활로 전환시킨 것이다.

윤씨는 난리 후에 두 아들을 키우며 공부시키기 위해 몸소 나희(띠) 짜고 수놓아 조석을 잇되, 언제나 태연하여 일찍이 근심하는 빛이 없었다고 서포가 『행장』에서 술회하고 있다. 도리어 대부인은 아들 형제들이 어렵게 살아가는 것을 알게 하지 아니하려고, 가사에 골몰하여 서적 공부에 방해로 울까 의연하게 매사를 대처하였다고 한다. 그리고 대부인은 직접 공부를 가르쳐 큰아들 만기와 둘째 만중이 모두 과거에 급제하게 보살폈다. 그리고 큰 아들 만기의 딸이 숙종비에 오른다. 이것은 또 다시 양의 과정으로 볼 수 있다.

> 선형이 계사년(1653)에 이품직을 하니 대부인이 정부인을 봉하고 갑인년(1674) 인경왕후의 위를 정하시니 선형이 부원군을 봉하시니 대부인이 또한 정경부인에 오르다.(『행장』)

윤씨는 부군 김익겸이 강화성 남문루에서 순절로 청상이 되어 다섯 살 된 아들을 데리고 배를 타고 한양 올 때 배안에서 만중를 낳고 조리도 못하고 걸어서 친정집으로 돌아와 두 형제를 훌륭히 키워 벼슬이 대제학까지 이르렀다. 특히 맏아들 만기는 계사년(1653)에 이품직에 봉하고, 뒤이어 손녀가 숙정비가 되어, 부원군으로 봉하니 윤씨가 정경부인이 올랐으니, 아들형제 손자 손녀가 부귀영화를 누리는 자리에 이르게 되니 여한이 없게 되었다. 이런 가문의 영광은 윤씨에게는 양의 과정에 해당한다.

> 대부인이 아들 둘을 기르시니 맞은 곧 선형 만기니 영돈녕부사 광성부원군을 봉하고 일찍 병조판서를 지내고 대제학을 겸하니 선형이 높고 현달한 벼슬을 하되 대부인이 일찍 기꺼하는 빛이 없더니 및 문형을 알매 이에 탄하야 가로되, 내 한 부인으로 너희 형제를 가르쳐 매양 고루 하야 아는 일이 없이 선인의 수욕이 될까 하도니 이제 거의 면하리라 하시더라. 그 아우는 즉 불초 만중이요.(『행장』)

『행장』은 윤씨의 생활상이 담겨진 관계로 명암이 따르게 되어 양적생활에서 음적인 생활환경으로 바꿔지게 된다. 즉 윤씨는 음양이치가 교체되는 가운데 다시 음의 과정이 나타나게 되는데, 이것은 큰아들 만기의 죽음과 그전의 만기의 딸 인경왕후의 죽음이다. 둘째 만중과 손자들의 귀양은 음의 작용이 극도에 이르렀음을 의미한다. 윤씨의 운세는 급전직하로 내려앉아 세상만사는 새옹지마라고나 할까?

> 경신년(1680)에 인경왕후가 승하하시니 … 정묘년(1688) 봄에 선형이 영원히 대부인 슬하를 떠나니 대부인이 나이 70이 남은지라 … 만중이 서새에 귀양 가니 … 기사년(1689)에 화가 나니 다시 옥에 나아갔더니 이윽고 사형에서 감면되어 남해로 위리안치 되고 손자 세 사람이 이어 절도에 귀양을 가니, 대부인이 본래 담천병이 계시더니,(『행장』)

윤씨는 큰 아들과 손녀를 먼저 보내야만 했으니 큰 불상사이며 혼자서 큰 시련을 헤쳐 나가기에는 한계가 있었다. 뿐만 아니라 둘째아들 만중은 숙종의 폐비·세자문제에 반대하다가 귀양 가게 되는 설상가상으로 액운이 겹치었다.

그러나 윤씨는 아들 형제를 훌륭하게 키운 결과로 나라의 중책을 맡아 벼슬을 한 결과로 손자들이 젊고 어리지만 벼슬에 나아간 이도 있어 가문이 융성하게 되었다.

> 선형은 군수 한두양의 딸을 취하야 4남 3녀를 낳으니 만이 진구요 다음은 진규, 이들은 모두 문과 급제하고 다음은 진부니 미관(未官)하고 인경왕후 자매 항렬에 맞이되시고 다음은 정형보에게 출가하고 다음은 이주신에게 출가했다. 만중은 판서 이은상의 딸을 취처하야 1남1녀를 낳으니 아들인 진화는 진사하고 딸은 문과 급제한 이이명에게 출가했다. 진구 아들은 문택, 보택, 운택이오, 나머지는 다 어리다 진화의 아들은 다 어리고 정형진 이이명의 소생은 다 어리다.(『행장』)

윤씨는 한 많은 이승을 떠났지만 살아생전에 힘써 살아오고 고난을 극복한 자세로 살아온 관계로 손자 대에 이르러 번성함을 이루어 회복단계에 들어서게 되어 광산김씨 문중을 융성케 했다. 그의 가문은 예학으로 뿌리를 내리는 가문으로 하늘과 땅을 꿰뚫은 원리이므로 천지의 이치대로 살아오는 관계로 음양조화의 이치로 다시 회복국면을 맞이하게 된 것이다. 따라서 윤씨의 자손들은 선대의 삶으로 이어 내려오는 관계로 천지음양조화를 통해 펼치는 신의 구성(divine plan in history)[7]으로 가계를 연구하여 볼 수가 있는 것이다. 따라서 윤씨의 소생에서 손자에 이르러서는 선대의 유훈이 살아 숨 쉬게 되어 재생단계로 돌아오게 된 것이다. 따라서 윤씨의 두 아들의 죽음은 결코 최종적인 것이 아니고 '생명–죽음–재생'이라는 순환 구조로 생각할 수 있다. 이 구조는 새로운 탄생을 의미하는 것이다. 후대에 내려올수록 가정을 번성하게 되어 오늘에 이르러 그의 자손들이 각계각층에서 눈부신 활약상을 보여주고 있는 것이다. 이러한 것은 한 때의 당파로 인해 화를 입었지만 천지의 원리와 질서인 진

---

7) Robert R. Ergang, *The Dynamics of Nationalism*, Louis L. Snyder, ed, N.Y. Van Nostrang Company, 1964, p.137.

리로 예학으로 살아온 관계니 조상의 유훈이 대를 이어온 관계로 볼 수가 있다. 따지고 보면 서포의 가정의 운세는 죽음 재생이란 순환현상을 보여 주게 되어 마치 M.엘리아데가 '하나의 상태는 소멸되지 않고는 변경되지 않는다.'라고 한 말이 들어맞는다고 할 수 있겠다.

윤씨의 생애는 양의 과정과 음의 과정을 합치시켜서 음양조화가 연속되어 이것을 도표로 나타내면 다음과 같다.

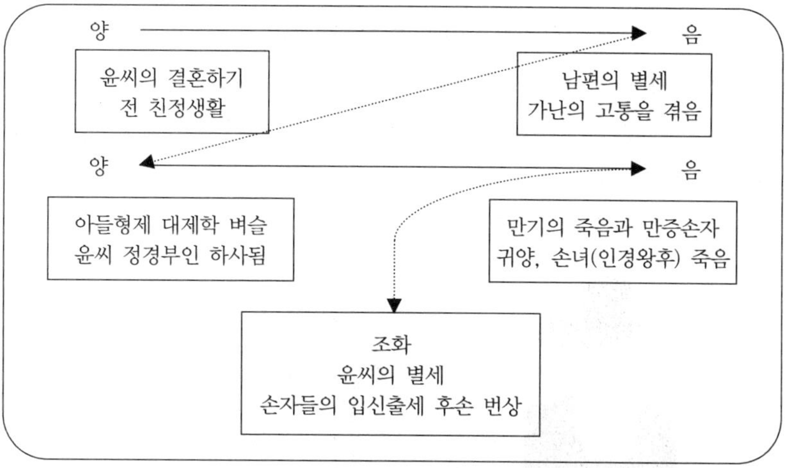

결국 윤씨는 양과 음의 과정을 거쳐서 조화의 귀결에 이르게 된 것이다. 그리고 서포는 윤씨의 일생이 하나로 귀결되는 조화의 단계로 관련시켜 놓았다. 이에 윤씨는 탄생과 성장과 죽음은 음양조화의 과정을 거쳐 손자들의 번성과 입신출세의 연관으로 나타냈다. 앞으로 유씨의 후손들은 서포의 행장을 모태회귀적인 동굴모티프로의 내용을 본으로 하여 조상을 받들 것이다. 본고에서는 조상숭배 사상과 나아가서는 우리민족의 정체성인 단군 사상을 깨닫게 하는데 도움을 주게 될 것이다.

2. 서포의 가계와 『행장』 내용 분석

서포는 경님 남해 노도에서 유배생활을 하였다. 서포가 절해고도인 노도에서 유배생활을 하게 된 것은 강직한 성품과 청렴결백한 지조 때문이었다. 그는 사계(沙溪) 김장생(金長生)의 증손자이다. 서포는 예가라 일컬어지는 집안의 후손이었기에 임금이라 할지라도 인간의 도리에 어긋나는 일에는 지나쳐버릴 수가 없어 감히 숙종에게 부당함을 시정하여 성심(聖心)으로 돌아와 줄 것을 상소한 것이다.

서포는 중책에 있으면서도 불의를 보면 참지 못했다고 할 수 있다. 서포의 행적에서 상소는 여러 차례 한 것으로 나타냈다. 서포의 행위는 조상으로부터 물려받은 것이라 할 수 있다. 그런 의미에서 증조부 사계 김장생의 초상화와 필적과 저서를 소개해 본다.

[그림 10] 문원공 사계 김장생

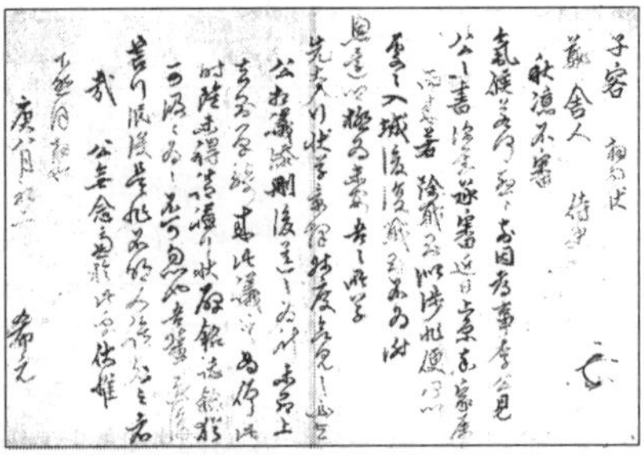

[그림 11] 김장생의 간찰(회원은 자(字))

사계(沙溪)의 인물상은 만인들이 우러러볼 덕스러운 보습이고 필적은 유유히 흐르는 물결과 같이 막힘이 없어 보인다. 그의 저서로는 『상례비요』(喪禮備要) · 『가례집람』(家禮輯覽) · 『의례문해』(儀禮問解) · 『전례문답』(典禮問答) · 『근사록석의』(近思錄釋疑) · 『경서변의』(經書辨疑) · 『사계선생전서』(沙溪先生全書, 木板本51卷24冊) 등이 전하니, 조선조 500년 간에 유학의 종장(宗匠)이요 예학(禮學)의 태두이다.

부(父) 김익겸은 나라의 충성을 다하다가 강화성이 함락되자 울분을 삭일 수 없어 자분하였다. 그는 적이 강화성에 이르자 남문루에서 김상용을 따랐다. 그의 어머니가 장차 자결하려고 불러다 서로 이별하자 익겸이 울면서 "내가 어찌 차마 어머니가 죽는 것을 보겠는가!" 하고 떠나지 않고 타죽었다. 그 후 김익겸은 영의정으로 추증되고 광원부원군(光源府院君)에 추봉되었다. 시호는 충정(忠正)이며, 강화충렬사에 김상용 등 28위의 신위를 충렬사에 봉안하고 제향 되었다. 충렬사를 소개하면 그림 12, 13과 같다.

서포는 광산 김씨의 혈통을 받았고 외가의 가통을 물려받아 나라를 다스리는 임금에게도 바르게 살게 하려고 숙종에게 상소를 하여 그 보복으로 살아서 돌아올 수 없는 열악한 남해 노도로 유배를 보낸 것이다. 그는 바른 말을 숙종에게 직간하여 그 노여움으로 인해 살아 돌아올 수 없는 남해 노도로 정배된 것이다. 그의 강직한 성품은 예가의 자손이기에 그 품성을 물려받은 것이다. 서포는 가계의 유훈 및 조부의 영향력으로 대의명분에게 입각하여 숙종에게 상소를 올려 마침내 유배생활을 하게 되어

[그림 12] 강화 충렬사

[그림 13] 충열사 사당

곳에서 생을 마감하게 된 것이다.

그의 유배된 경위는 195년 만에 종묘에 배향되었는데, 『고종실록』 23권, 23년(1886, 丙戌) 11月 16日(乙巳) 기사에서 광산 김씨이며 이조판서·봉조하(奉朝賀) 김상현(金尙鉉, 1811~1890)이 상소를 올려 서포 김만중을 종묘에 배향하게 되었다. 그 기록은 다음과 같다.

> 고예조판서(故禮曹判書) 문효공(文孝公) 김만중(金萬重)은 대현(大賢)의 시(詩)와 예(禮)를 계승하여 사림(士林)들의 영수가 되었습니다. 임금 앞에서 바른 말과 이치에 맞는 의론을 하여 흉악한 무리들의 꺼림을 거듭 받다가, 기사년 변란 때 남해에서 천극(荐棘)의 형벌을 받았는데 갑술년에 다시 바뀌는 것을 보지 못하고 귀양지에서 죽었습니다.
>
> 신의 생각에는 이 두 신하들을 다 같이 숙종 대왕(肅宗大王)의 묘정에 추향해야 한다고 봅니다.[8)]

이와 같이 서포 김만중은 김상현이 1886년에 상소하여 조선조(朝鮮朝) 종묘(宗廟) 배향(配享) 공신록(功臣錄)에 배향된 것으로 되어 있다. 그는 사필귀정으로 종묘에 배행되어 신원이 복귀되었다. 서포가 1692년에 세상을 떠나 1886년 상소로 인해 종묘에 배향된 것이다. 서인인 서포는 남인

---

8) 『高宗實錄』 卷23 23年(1886 丙戌 / 청 광서(光緖) 12年) 11月 16日(乙巳) 條 … 奉朝賀金尙鉉疏略: 故禮判完南府院君金萬重, 承大賢詩禮, 爲士林領袖。 其在上前, 直言讜論, 積被群凶之惎忌, 己巳之變, 南海荐棘, 未及見甲戌更化, 而卒於謫。 臣謂: '此兩臣, 竝宜追享于肅宗大王廟庭也。' 司勳詔之大烝, 功宗記之元祀, 夫然後禮典正而義理明。於是乎旅楹椀楲, 陟降有臨, 玉豆雕簋, 上下序秩, 想當日風雲際會之盛, 一唱三嘆, 當有愀然如復見之思矣。此非臣一人之言, 卽擧世大同之論, 亦百年未遑之事也。伏願博詢在廷, 亟擧縟典。

批曰: "以若宿德、茂功, 危忠、卓節, 尙闕從享之典, 實未遑也。宜其老成之有是論, 疏辭, 時原任大臣、館閣堂上, 命招會議。"

[그림 14] 서포 초상화

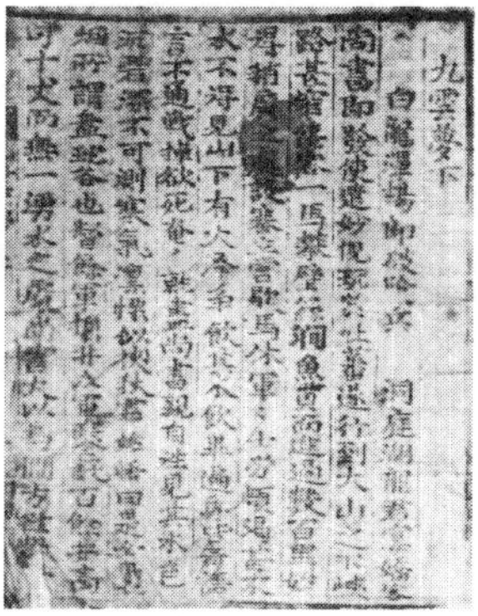

[그림 15] 『구운몽』 한문본

과 서인의 알력으로 바른 말로 상소한 것이 화근이 되어 남해 노도로 유배되어 세상을 떠났지만 김상현의 상소로 억울함을 풀게 되었다.

서포는 절해고도(絕海孤島)인 열악한 노도에서 위리안치(圍籬安置)로 지내어 살아 돌아갈 수 없는 곳을 예견하고 유배생활을 했을 것이다, 생사를 함께하는 기로에서 놓인 서포는 어머니 윤씨가 유복자로 키울 때 길쌈방직으로 어렵게 살면서 가르치고 뒷바라지 하여 출세시킨 것을 생각하고 효심의 발로에서 『구운몽』을 지었다. 또 그는 숙종을 깨우치게 하기 위해 『사씨남정기』를 지어 사씨 부인을 인현왕후 민씨로, 장희빈을 교씨로, 숙종을 유한림으로 등장시켜 지었는데 앞을 예견하고 쓴 소설로 평가받는다.

서포는 윤씨가 기세(棄世)한 후 『행장』을 지어 광산김씨 뿐만 아니라 후세인에게 효도의 귀감이 되게 했다. 서포의 인물됨과 그의 작품을 소개하면 그림 14, 15와 같다.

17세기 당시 노도는 풍토병이 심한 관계로 사람들이 살지 안했거나 살더라도 몇 집에 불과하였다고 볼 수 있다. 노도는 삿갓모양과 같이 생겼

[그림 16]『사씨남정기』딱지본

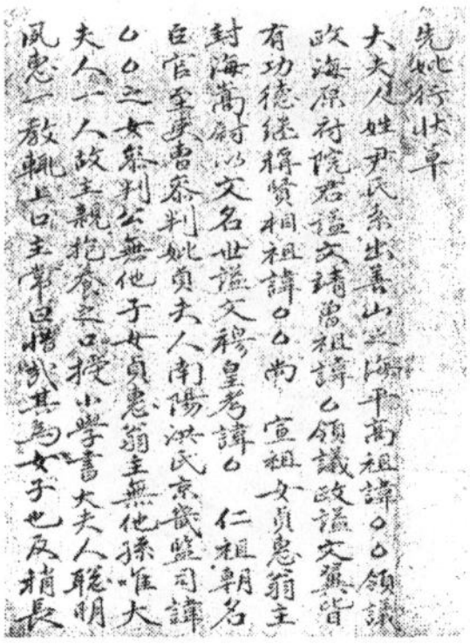

[그림 17] 정경부인해평윤씨행장

[그림 18] 경남 남해군 상주면 양아리 노도(서포의 유배지)

다하여 노도라고 불린 것이다. 노도는 예로부터 배 젓는 노(櫓)를 만드는 데 쓰이던 목재를 많이 생산해서 노도(櫓島)라고 전해졌다고 하며 노도를 모습을 소개하면 그림 18과 같다.

서포가 살던 곳은 노도에서 30분 정도 걸어야 하는 사람들이 전연 살지 아니했고 지금은 그 터에 복원한 초가가 그 주변에 허묘가 있다.

서포는 절해(絕海)의 노도에서 어머니 윤씨가 기세(棄世)하였다는 소식을 듣고 생전에 일이 주마등 같이 스치게 되었다. 서포는 어머니가 부친

[그림 19] 서포가 살았던 초옥 터

[그림 20] 서포 김만중 선생의 유배 초

이 강화에서 순절한 후 만삭의 몸으로 배를 타고 서울에 오다가 배안에서 자신을 낳았던 일, 산모가 몸 조리도 제대로 하지 못하고 호군의 치하에서 척화신 김익겸의 아내로 탄로가 나면 잡혀서 보복을 당할까 걱정을 하고 한강에서 내려 걸어서 외가에 왔던 일을 생각 했을 것이다. 또 외가에서 유복자로 자신을 키우고 가르쳤던 장면 등을 위시해 남해로 유배길에 나설 때 몸 건강하기를 바란다는 당부 등을 생각하면서 피눈물을 흘렸을 것이니, 필자도 공감하여 슬퍼지게 된다. 더구나 서포는 어머니의 장례에도 참석하지 못하는 한이 맺혀 뼈 속 깊이 스민 슬픔을 머금으면서 한탄을 했을 것이다.

서포는 어머니의 가르침으로 벼슬생활을 하면서도 불의를 보면 참지 못하는 인간성이 형성되었다. 그런데 숙종이 중전 인현왕후 민씨를 폐위하고 그 대신 숙종이 궁녀인 장희빈을 왕비로 맞아들인 불의한 행위에 대해 참지 못하였다. 여기에 숙종은 장희빈이 낳은 아들을 세자로 책봉하려고 할 때 인현왕후 민비가 나이도 젊으니 기다렸다가 아들을 낳으면 세자를 책봉하는 것이 옳다고 상소하였다.

숙종은 장희빈을 총애한 너머지 서인(西人)들의 잇단 상소를 증오하여 그 영수 송시열을 사사하고 다른 신하들은 유배를 보냈다. 그 당시는 서인(西人)과 남인(南人) 간의 알력이 심할 때 서인들이 장희빈이 낳은 세자 책봉에 반대 하였다. 이 때문에 서인에 중신이었던 서포는 숙종이 괘씸죄로 다스려 남해 노도로 유배로 보냈다.

서포는 대부인의 장례에도 참례하지 못하는 한이 맺혀 효심에 발로에 의해 『행장』을 지은 것인데, 서포의식이 집단적 무의식이 잠재되어 있는 것이다. 서포에게 효 문화의 집단적 무의식은 『삼국유사』에 전하는 단군신화 고조선 조에 의식이 함유되어 있다. 단군은 환웅과 웅녀와의 신혼(神婚)으로 태어났으니 환인의 손자이고 환웅의 아들이다.

웅녀는 곰이었는데 동굴에서 3.7일 동안 고난을 겪고 환생(幻生, 還生)하여 국모(國母)가 되었다. 윤씨도 마찬가지로 입사식을 겪은 후에 정경부인에 오른 것은 같은 맥락이라 할 수 있다. 고조선에서의 효 문화는 환웅 단군에 이어져 내려왔는데 환인이 그의 아들 환웅에게 사랑을 베풀어 환웅이 효로써 대하여 홍익인간의 나라를 세웠다. 단군 또한 선대에서 해온 것처럼 부자자효(父慈子孝)로 행하였다. 이런 실상은 고조선시대 고인돌에서도 효 문화의 유래를 찾아올 수 있어, 오늘에 단군의 강역에서 많은 유물이 발견되는 것은 이런 유래 때문이라 할 수 있다. 단군은 웅녀에게 효심을 발휘하여 효 문화의 종주국이 되게 하여 후세에 영향을 미치게 되었다. 따라서 서포가 대부인에게 효심의 진가를 작품에서 나타낸 것은 유구한 전통의 수용에서 유래된 것이라 할 수 있다.

이러한 단군신화에서의 입사식은 후세 문학에 많은 영향을 끼쳤는데, 서포의 정경부인 『행장』에 나타난 윤씨의 일생에서도 어둠에서 밝음을 찾으려는 광명사상을 찾을 수 있다.

단군신화에서의 효 문화는 모태회귀 모티프이다. 동굴은 곰이 인간으로 환생하기 위해서 필수적으로 거쳐야만 하는 공간적 배경이다. 동굴 속에서 죽었다가 환생하는 시련을 거쳐야만 인간이 될 수 있기 때문이다. 서포와 대부인과의 관계를 동굴모티프인 모태의식으로 나타내면 다음과 같다.

> 프로이드에 의하면, 동굴은 여자의 정기, 나아가서는 자궁을 상징한다. 자궁은 인간의 영원한 고향이다. 우리 인간은 바로 이 어두운 자궁에서 새 날을 꿈꾸며, 어머니의 자양을 받으며 고통을 이겨낸다. …
>
> 이러한 경우, 동굴은 모태를 상징한다. 동굴 속에 머문 곰은 결국 지모신이요, 생산신임을 의미한다. 사람으로 탈바꿈하기 위해 하느님에게 간청을 하는 곰, 결국 그는 허락을 얻고 동굴에 들어가 새 날을 기다리며 끈내 지루하게도 견디기 힘든 고통을 이겨내고 말았다. 이것은 곧 곰이 상징적인 죽음의 세계에 들어가 웅녀로 변신하는 일종의 재생 모티프라 할 수 있다.[9)]

결국, 동굴은 고통과 시련의 장소이면서, 어머니의 자궁과 같은 모태회귀의 공간인 것이다. 동굴을 거쳐야만 된다는 필연성이 존재하고, 이 공간을 벗어나면 하나의 완전한 인간이 탄생되는 것이다. 한 생명이 어머니 뱃속에서 나온 뒤에는 세상의 빛을 볼 수 있는 것과 서로 밀접한 관련성이 있다.

단군신화에서의 동굴은 어두움을 상징하는 동시에 그 공간을 벗어나면 밝음을 상징하니 곧 광명상징이다. 모태 또한 동굴과 마찬가지로 '어두움'이라는 공통성을 가지고 있으며, 이 공간을 벗어나게 되면 '밝음'이 있게 된다. 동굴에서의 탈피는 새로운 빛의 세계이며, 광명의 세계이다. 곰이 인간이 되기 위해 동굴로 들어갔다. 곰이 동궁에서 입사식을 치른 후 웅녀로 변신했다.

웅녀는 환웅과 신혼(神婚)으로 단군을 낳아 홀로 키웠고 가르쳤다. 주

9) 윤광봉, 「심청전의 동굴 모티프론」, 『국문자료논문집』, 대제각, 1990, 510~511쪽.

몽의 경우에 있어서도 해모수는 유화와 신혼으로 주몽을 낳아 키웠다. 해모수는 유화에게 나타나지 안했다. 대부인 또한 부군이 강화도에서 순절하였으니 유복자인 서포를 홀로 벌어서 키우고 가르쳤다. 이는 다름 아닌 동굴모티프와 같은 입사식의 고난을 극복한 양상을 의미한다.

윤씨는 예법을 중시 여기는 관산김씨 문중에 시부모를 도리에 어긋남이 없도록 받들어 모시는 일은 쉬운 일이 아니었을 것이다. 게다가 난리를 만나 남편을 잃고 젊은 나이에 과부로서 두 아들을 키우고 가르쳐야만 했으니 많은 고생이 따랐지만 그 고난을 극복하였다.

윤씨는 남다른 두 아들을 가르침으로 인하여 만기가 21세에 문과에 급제하고 서포가 16세에 진사시에 합격하였는데 그의 교육하는 방법을 소개하면 다음과 같다.

> 노래는 길게 읊어 뜻과 어울리어 희비가 엇갈리고 나무 숲 까마귀 반포의 소리는 심금을 애절하게 움직이었다. 큰 애는 시경과 예기를 낭랑하게 읊조리고(大兒琅琅誦詩禮) 작은 애는 글을 배우는 어린 아이였을 때(小兒學書未離乳) 어머니께서 왼쪽으로 먹을 것을 두고 오른쪽에는 위초리 놓고(左持粥右夏楚) 가르침으로 사랑 삼음에 어미 마음 아파라.(以敎爲慈母心苦) 라고 지은 시를 생각하니 우리 형제를 가르치던 고심을 생각하니 눈물이 비 오듯 하다.[10]

윤씨는 서포의 부 김익겸에게 14세에 시집와서 17세에 만기를 낳고, 21세에 서포를 태중에 두고 과부가 되었다. 그러므로 서포로서는 대부인을 생각할 때 남다른 감회로 모성애를 느꼈을 것이다.

---

10) 『西浦集』 卷二, '是何男子行贈 安大靜塾'.

> 사람의 행실 없는 자를 꾸지라며 반드시 가로되 과부의 자식이로다. 하는지라, 이 말을 너희 마땅히 뼈에 사기라 하고, 불초형제 허물이 있으매 반드시 몸소 달초하여 울며 가로시되, 네 부친이 네 형제로서 나에게 의탁하고 죽었으니 네 이제 이렇듯 한지라 내 무슨 면목으로 지하에게 네 부친을 보리오. 글 못하고 살므로 난 차라리 죽느니만 못한지라 하니, 그 말의 통절함이 이러 하듯이 하도다.(『행장』)

위의 인용문에서 알 수 있듯이 윤씨는 자애와 엄한 훈계로써, 예가의 전통을 잇는 두 형제로 키웠다. 더구나 윤씨는 대부인은 효녀요 열부였으니[11] 두 아들의 교육 또한 그와 상응했다.

서포는 배소에서 대부인의 사망 비보를 듣고 땅이 꺼지는 슬픔에 젖었을 것이며 어렸을 때 자애로운 모습이 주마등 같이 스쳤을 것이다. 더구나, 배소에서 장례식에도 참례 못하는 자신의 신세와 슬픔을 애곡단장하가 병을 얻어 세상을 떠나기 전에 자손들에게 감계(鑑戒)를 삼고자 『행장』을 지은 것이다.

서포가 행장에서 주장한 핵심은 효의식의 발로이다. 그는 어려서 자랄대나 벼슬길에 있으면서도 혼정신성(昏定晨省)을 실천하였음이 『서포집』(西浦集)이나 광산김씨 문중에 전해오며 유배생활을 하면서 언제나 대부인의 효심을 생각하고 그 일환으로 작품도 남겼으니 몸소 실천궁행을 했다는데 의의를 지닌다. 그 실례는 그가 배소에서 56세 나이로 세상을 떠났지만 대부인의 효심을 잊지 않고 실천했던 관계로 시호를 문효(文孝)로 내린 것에서 알 수 있다.

윤씨는 두 아들을 출세시키기까지 많은 역경을 겪으면서 극복해냈다. 마치 이는 웅녀상과 같은 양상이라 할 수 있다.

---

11) 김무조, 『서포소설 연구』, 형설출판사, 1982, 34쪽.

우리는 어려움을 극복하는 과정으로 웅녀 동굴모티프의 입사식을 생각하게 된다. 윤씨 부인 힘겨운 삶은 또한 곰이 웅녀로 환생과 비견할 수 있다. 그 양상을 도표로 나타내면 다음과 같다.

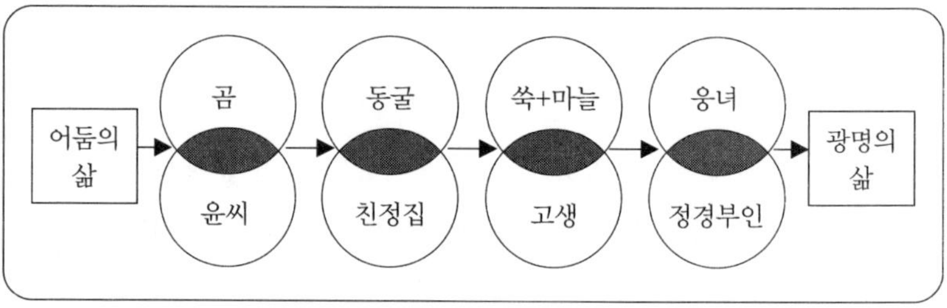

윤씨는 남편을 잃고 홀로 두 아들을 키우는 과정은 어둠의 과정이었으니 단군신화에서의 동굴 모티프와 같은 모습이다. 곰이 웅녀로 변신하여 아들을 낳으려는 희망은 대부인이 두 아들을 훌륭하게 키워내려는 희망과 비슷한 것이다. 이것은 마치 곡식이 밀알이 땅 속에서 썩어 싹을 틔우는 신비스러움과 같은 대상이다. 이것은 입사식(incitation)을 겪은 후 다시 태어나는 것과 같다.

단군신화의 동굴모티프는 『행장』 뿐만 아니라 왕조를 초월해서 오늘에 살아있다는 말을 수긍하게 되는데, 고구려 동명왕의 수혈・기린굴, 고려 왕건 신화에 나타난 동굴, 지하국 대적 퇴치 설화에서 변신・재생 모티프가 된 것이라든지, 『춘향전』을 위시한 고전소설과 현대문학에도 수용되었던 것이다. 더구나 서포가문에는 『행장』 이외에 종손 김춘택이 쓴 『이씨행록』과 김만기의 부인 한씨의 『서원부부인』(西原府夫人行狀)이 전하는 것은 『행장』의 수용이라 할 수 있다.

단군신화의 동굴모티프는 오늘에 이르기까지 살아 숨 쉬고 있으므로

[그림 21] 길림에 있는 곰상
(쑥과 마늘이 보인다)

『행장』에서 단군신화의 수용은 절대적 정신적 유산으로 흐른 것으로 볼 수 있다. 따라서 동글 모티프는 곰이 변신하여 웅녀로 환생한 것이니 입사식에서의 인고를 극복한 것과 관련으로 파악된다. 마침내 웅녀는 한웅과의 신혼으로 단군을 낳아 고조선을 광명천지로 다스려 홍익인간의 나라를 세웠다.

윤씨는 과부로서 두 아들을 훌륭하게 키운 정신적 유산은 직접적으로 조모 정혜옹주의 교육에서 비롯된 것이지만 간접적으로는 오랜 한민족전통을 이어 내려온 단군신화의 동굴모티프에서 수용된 것이다. 단군신화에서의 동굴모티프는 서포에게 집단적 무의식의 유산이 된 것이다.

이는 곧 서포가 대부인의 품안에 들어가고 싶어 하는 인간의 본질적인 욕구라 볼 수도 있을 것이다. 서포가 행장에서 대부인의 일생을 어둠의 과정에서 좌절하지 않고 광명을 맞이하는 것으로 나타낸 것은 단군신화에서의 동굴모티프인 집단적 무의식의 수용에서 근원되었다고 할 수 있다. 곧 『행장』의 윤씨의 인고는 단군신화에서 곰이 겪는 인내의 과정과 상통함을 발견할 수 있다. 그런 의미에서 한민족의 국모를 소개하여 본다.

우리의 국모 웅녀상에 대한 내력은 중국 길림성 선녀봉 경구에서 『삼국유사』 권1 고조선 조에 있는 내용으로, 그것도 중국인들에 의해서 산전체가 웅녀상으로 공원을 조성해 놓았다. 즉 길림성(吉林省)에 있는 만천성(滿天省) 선녀봉(仙女峰) 경구(景區)의 출입문 루(樓)에는 웅녀상을 세운 것을 다음과 같이 볼 수 있다.

이 뿐만 아니라 곰이 동굴에 들어가 환웅이 준 쑥 한 다발과 마늘 20개

[그림 22] 웅녀와 곰·호랑이의 석상 오른손엔 마늘, 왼손엔 쑥을 들고 있음

를 먹으면서 삼칠일 동안 금기로 살이 웅녀로 환생한 것을 보여주기 위해 동굴 앞에다 곰과 마늘·쑥도 설치해 놓았다.

『삼국유사』 권1 고조선 조에 곰이 웅녀로 환생한 내력을 중국인에 의해 조성물을 세웠다는 것은 우리나라에선 상상할 수도 없는 일이다.

『행장』에 나타난 바와 같은 윤씨의 인내심은 높이 살만하다. 보통의 젊은 여인이라면 남편이 죽고 홀로 된 후에는 자포자기로 살아간다. 게다가 윤씨는 난리 후 가난한 살림살이에 좌우되지 않고 두 아들을 훌륭하게 키워냈으니 높이 평가할만하고 최악의 상황에서 초인적 능력을 발휘했다. 남편과 자식의 상을 치르는 일이나 어려운 살림을 꾸려나가는 일에서도 그랬지만 무엇보다 자식들을 훌륭하게 키우기 위해 가르치는 일에서 뛰어난 능력을 보였다.

윤씨는 살림이 아무리 궁색해도 내색을 하지 않았다. 타고난 선비가문의 후예로서의 성품이기도 하겠으나 그보다는 두 아들의 공부에 방해가 될까 두려웠기 때문이다. 윤씨는 혼자서 묵묵히 고난을 이겨 나가는 모습은 어쩐지 곰의 무던한 성격과 닮아있는 듯하다.

윤씨의 고난은 아들들이 장성하여 모두 훌륭한 나라의 공신이 된 후

손자 대에도 끊이지 않았다. 맏아들 만기가 윤씨보다 먼저 세상을 떠났으나 이때에도 상복을 차려입고 흐트러짐 없이 예를 다하였다. 그 후에 또 둘째 아들 서포가 귀양을 가게 되었을 때도 자신의 아픈 몸을 아랑곳하지 않고 그저 후일을 기약하여 아들을 격려하였다.

윤씨는 많은 시련에도 굴하지 않고 인내하는 과정이 있었기에 부인의 두 아들과 그 후손에 이르기까지 대대로 훌륭한 혈통을 이어갈 수 있었던 것이다. 어둠과 인내의 과정을 적절히 잘 조율함으로써 여인군자답게 극복해내였다.

『행장』과 단군신화는 상통하는 면이 있다. 단군신화는 3의 원리가 지배하는 신화인데 웅녀의 변신 과정의 곰, 동굴 속의 생활, 환인(還人)이라는 3개 모티프로 되어있다. 『행장』에는 윤씨의 일생에 있어서도 3개 모티프가 나타났는데, 그것이 바로 고난·어둠의 과정, 인내의 과정, 밝음의 과정이다. 마지막 밝음의 과정은 소원을 성취하는 단계를 동굴모티프와 연관시켜 이름 붙여 본 것이다. 단군신화로 보면 이 밝음의 과정은 인간으로 변하는 순간일 것이고 또한 환웅과 결혼하여 단군을 낳아 홍익인간으로 다스린 것이다. 『행장』에서 소원성취의 단계는 부인의 두 아들이 나라의 큰 공신이 되고 자신은 정경부인의 칭호를 받게 되는 부분이다.

이 밝음의 과정에서 웅녀는 지모신적 존재로, 윤씨는 현모양처 상으로 승화되었음을 알 수 있다. 웅녀는 인간이 된 후 단군을 낳는데, 단군은 우리나라의 시조로서 만인에게 광명사상을 통해 올바른 정치를 베푼 임금이 되었다. 그리고 천신과 결합하여 단군을 낳았으므로 당연히 지모신적 존재이다. 단군이 단군신화에서 신적 존재로 부각되었다면 『행장』에서의 윤씨는 비신적 존재로 나타난 점이다. 그 수용양상을 도표로 나타내면 다음과 같다.

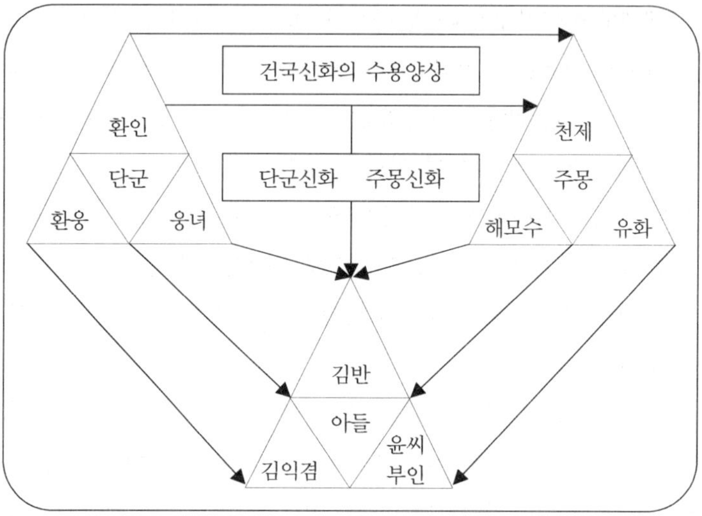

윤씨의 경우는 천신과의 결합이나 성군 잉태의 예는 찾을 수 없으나 두 아들을 훌륭한 국가의 공신으로 키워냈다. 그 후손들은 또한 윤씨의 뜻을 받들어 학업에 힘써 입신양명하였으므로, 윤씨 또한 씨를 뿌려 좋은 곡식을 거둬들인 것과 상통되는 지모신적 존재라 할 만하다.

서포는 대부인이 별세하였다는 소식을 접하고 통곡하고 모태회귀적인 모티프로 지은 것이 『행장』이다. 윤씨의 일생은 부군이 별세한 21세 후에는 단군신화에서의 동굴모티프와 비견되어 어둠에서 광명세계를 수용한 내용으로 조명한 것이다.

Ⅳ. 맺음말

이상으로 서포가 지은 『행장』은 단군신화에서의 모태회귀 의식과 『행장』에서 윤씨의 일생을 살펴보았다. 일찍이 서포는 조선 후기 정치가·문신·효자로서 『구운몽』·『사씨남정기』를 한글로 지어 한글애호가로 알려졌고, 한시를 지어 한 시대를 풍미한 학자이자 문인으로서 대문호이다. 그의 유배지 경남 남해 노도는 유배문학의 산실역할을 했다. 서포는 대부인이 홀로 키우고 가르침으로 대제학까지 이르고 형 만기도 광성부원군이 되고 대부인이 정경부인에 올라 사모의 정으로 효심을 발휘하여 『행장』을 쓴 것이다.

웅녀는 국모이자 지모신이라면 윤씨는 현모양처로서 고난을 인내로써 견뎌낸 후 밝은 세상, 꿈의 실현을 성취한 광명사상을 보여준다. 또한 서포가 대부인을 그리워하며 그 분의 일생을 돌이켜 글로 적은 것은 모태회귀 사상과도 연관되어 있다. 『행장』은 서포가 대부인을 효심에서 쓴 것이니 효 문화와 관계대상으로 살펴 본 것이다.

『행장』의 내용은 음양의 연속된 과정이었고, 마침내는 그 조화에 이르게 된다. 이 음양조화의 구조는 단절된 구조가 아니라, 연속성을 지닌 이중 구조로 풍요사상인 다산성과도 연계되어 있다. 그 실에로는 윤씨의 소생 만기와 만중이 낳은 아들이 오늘에 이르러서는 기하급수적으로 증가하여 각 분야에서 눈부시게 활약하고 있어 좋은 본이 되고 있다.

후세 문학의 단군신화 수용양상은 넓고도 다양함을 알 수 있는데, 꼭 허구적인 소설 작품에서만이 아니라 사람의 일생을 통해서까지 광명사상의 수용이 보이기 때문이다. 우리의 단군신화는 우리 민족의 정신적 유산이 되어 왔다. 서포가 행장에서 대부인과 같이 고난을 이겨내면 행복한 결실이 있으리라는 교훈 역시 단군신화에서 연원된 것이다. 서포는 행장에서 대부인이 단군신화에서의 부자자효(父慈子孝)를 본받았고 웅녀의 동굴모티프인 모태회귀에 이르기까지 전통적 사유체계로 나타냈다.

『행장』에 의하면 윤씨는 정혜옹주가 맡아 교육한 것으로 되어있다. 서포의 학문은 윤씨와 외조부 참판공이라고 하며, 또 숙부 김익희[12] · 만기에게서 배웠음을 알 수 있다.[13] 서포의 감수기는 춘궁기와 같이 어려웠으나 대부인에 대한 사모의 정이 강하게 발동되어 모태회귀 모티프도 『행장』을 쓴 것이다. 더구나 윤씨는 정혜옹주에게 글과 예절을 배워 감화를 받았고, 서포는 윤씨의 감화가 있었기에 모성과의 결합이 『행장』에서 반영된 것이라 할 수 있다.

『행장』은 서포가 죽은 대부인의 행적을 기록한 글이지만 입사식과 같이 한번 죽고 다시 태어나는 과정으로 지었기 때문에 미래성이 제시되었다. 다만 『행장』과 단군신화와의 차이점은 전자가 역사적 기록인 '현실의 진실'인 기술문학이라면, 후자는 신화적인 신성성의 장르적인 차이점이 있다.

윤씨의 죽음은 '돌아감'을 의미하는 것으로 시간의 단절이 아닌 영원히 죽음마저도 '돌아감'을 원형으로 삼는 것은 단군신화에서 그 뿌리를 찾을 수 있는 것이다. 곰이 빛없는 동굴 속으로 들어갔다는 것은 모태회귀 의식이라 할 수 있다. 이 모태회귀는 재생을 위한 것으로 성인입사식과도 같은 고행의 의미도 포함되고 있다. 윤씨는 두 아들을 키우는 어둠의 시간을 모태회귀로 분석하면 '영원성'으로 나아가는 근원적 태내복귀라고 할 수 있다.

『행장』을 단군신화에서 '영원성'으로 이어지는 모태회귀성으로 볼 수 있으니, 윤씨는 지모신적 흐름의 미래지향적 역동성이 작용되어 있다. 어느 의미에서 서포는 대부인을 지모신인 웅녀와 같은 존재로 의식하여 쓴 것으로도 볼 수 있다. 우리나라는 환인 → 환웅 → 단군의 조부손의 삼대기의 지속적 역동성인 삶으로 오늘의 단군을 국조로 섬기고 있다.

---

12) 『瑞石集』 卷13, 金益熙 行狀.

13) 『西浦集』 卷9, 先伯氏瑞石先生跋.

이와 아울러 윤씨는 두 형제가 손자 여럿을 두어 번성하고 번영을 이루어 오늘에 광산김씨 문중을 빛내고 있다. 서포가 생을 마감한 지 300여년이 지난 지금 노도에는 그가 직접 팠다는 샘터와 초옥 터, 그리고 허묘가 남아 그의 자취를 더듬어 볼 수가 있다.

서포는 열악한 환경에서 좌절하지 않고 작품을 남겼다는데 가치와 의의를 지닌다. 특히 그의 시호를 문효(文孝)라 한 것은 『구운몽』과 『행장』의 내용이 크게 작용했던 것이다. 그의 후손들은 행장을 효 의식과 모태의식의 수용으로 번성・번영하고 각 분야에서 명성을 드날리어 문중을 빛낸 관계로 연구하여 본 것이다.

주몽(朱蒙)신화와 이규보 『동명왕편』 연구

- 주몽의 난생설화, 서사시를 중심으로 -

Ⅰ. 머리말

주몽신화는 『삼국사기』와 『삼국유사』에서 공히 역사적인 내용과 함께 신화적인 내용이 함유되어 있다. 원래 신화는 유사 이전의 민족사 따위의 신성한 이야기가 구전으로 전승된 관계로 이에 상응하는 옛이야기가 나타나게 된다. 신화는 본질적으로 그 나라 민족문화의 근원인 동시에 그 시대 그 민족의 공동체적 얼이 상징적으로 나타나 그를 믿고 살아가라는 교훈이 담겨 있다. 주몽이 난생으로 태어났다는 것은 고구려의 시조를 위대한 인물로 부각시키기 위해 하늘의 자손임을 미화시킨 내용이라 할 수 있다. 주몽신화는 주몽이 나라를 세운 것을 고구려인게 일치단결케 하기 위해 건국일이나 나라의 경사스런 일에 오늘과 같은 축제 행사 때 연극을 제작하여 제의에 연희(演戲)를 한 것이 설화로 전하여 삼국사기와 삼국유사에 수록된 것이니, 주몽신화는 역사이면서 설화적인 내용인 것이다.

주몽신화에서 주몽의 아버지는 해모수(解慕漱)이며 천제(天帝)이다.(해모수는 천제라고 기록되어 있으나 천신(天神)에 가까워 이하 천신이라 함) 천신 해모수는 부여에서는 해부루의 아버지이며, 고구려 신화에서는 주몽의 아버지로 되어 있다. 주몽의 어머니는 유화(柳花)이고 외조모는 수신(水神) 하백(河伯)이다. 화백의 딸 유화는 해모수와 만나 중매 없이 사랑한 것으로 인하여 집에서 쫓겨났다. 금와왕이 태백산 우발수에서 유화를 만나 자초지종을 묻고 궁중에 데려다 살게 했다. 그런데 유화기 빙안에서 있을 때 햇빛이 몸에 비친 바로 인해 태기가 있어 알을 낳았다. 주몽은 알에서 태어난 난생설화의 주인공이 되었다.

햇빛은 태양이 발산하는 것이니 햇빛이 유화의 음문으로 비췄다는 것은 해모수의 사정행위를 의미한다. 해모수는 하느님의 아들이니 태양인 삼족오(三足烏)와 관계가 이뤄진다. 삼족오는 태양을 상장하기 때문에 해모수가 유화와 상관하여 알을 낳은 것으로 볼 수 있다.

주몽의 아버지는 해모수다. 해모수는 천제의 아들이니 하느님의 아들이다. 사람들은 흔히 하느님을 통상적으로 태양이라 한다. 원칙으로 태양은 하느님이 창조한 피조물이지만 하느님을 해님이라 우러러 기리어 말하다. 고구려인들은 만주 집안 벽화에서 보듯이 삼족오(三足烏)의 자손임을 상징하는 인물로 나타냈으니, 주몽이 난생인 점을 들어 하느님의 자손으로 보게 된다. 주몽은 말을 잘 타고 날아다니는 파리를 활로 떨어뜨릴 정도로 선사자(善射者)였다고 전한다.

특히 주몽의 딸 알란고아(Alan-Go'a)는 몽고의 시조를 낳았다는 것이 『몽고비사』(蒙古祕史=元朝祕史)와 『금사』(金史) 『고려사』(高麗史)에도 수록되었다. 따라서 알란고하는 몽고의 성녀이자 시조를 낳은 성모이고 칭기즈칸(Chingiz Khan, 1162~1227.8.25, 한자로는 成吉思汗이라 함)의 12대 조모(祖母)임이 밝혀진다. 따리서 몽고(蒙古)라는 국명은 활을 잘 다룬다는 주몽(朱蒙)란 말에서 유래된 것으로 볼 수 있다.

주몽은 유화가 햇빛을 받아 알에서 태어나 대고구려를 세웠으니 난생의 주인공으로 살펴볼 필요가 있다. 주몽의 난생설화는 중국·일본·한국신화와 문학의 영향을 끼쳤으니, 그 중 서사시를 지은 백운거사(白雲居士) 이규보(李奎報, 1168~1241)의 『동명왕편』을 중심으로 조명하여 보기로 한다. 따라서 주몽신화는 제의를 거행할 때 실연(實演)으로 보면 제대로 이해하게 될 것이다.

Ⅱ. 주몽신화의 상징적 의미

1. 난생(卵生)의 주몽

천신 해모수(解慕漱)와 수신 하백(河伯)은 신화적으로 전승되는 인물이다. 해모수는 하늘에서 내려온 천신이고 유화는 수신 하백(河伯)의 딸이다. 해모수는 부여 및 고구려의 건국신화에 의하면 천제(天帝)의 아들로 등장하고 있다. 부여의 신화에 따르면 해모수는 해부루의 아버지로, 고구려의 신화에서는 주몽의 아버지로 되어 있다. 이들 신화에서는 주몽이 해모수와 유화사이에서 낳은 난생(卵生)의 아들이라고 하였다. 이 난생의 의미는 고구려의 시조주몽이 위대한 나라를 세우는 것을 상징적으로 나타내기 위한 데 있는 것이다. 주몽신화는 고구려 당시 주몽에 대해 연극 내용으로 제작하여 건국일이나 명절 때 고구려인에게 관람케 한 것이 후대에 문자로 기록되어 오늘에 전해진 것이다.

해모수는 태양과 관계된 이름이니 양(陽)을, 수신 하백은 물을 다스리는 신이니 음(陰)과 관계된다. 이들의 관계는 오행에서 불인 화(火)와 물인 수(水)와의 관계다. 물과 불과의 관계는 상생과 상극적인 관계로 나타나지만 조화관계를 이룬다. 그러나 이 양자는 서로 반대되는 것들이 감응함으로써 서로를 이루어 준다는 상반상성(相反相成)의 사고라고 할 수 있다.[1] 이 교역사상은 음양대대(陰陽待對) 관계다. 대대(待對)란 서로 상대하여 기다린다는 뜻이다. 이 관계는 서로 반대되는 측면인 모순된 관계가 아니라 서로 끌어당기는 것이니 조화관계를 이룬다.[2]

유화(柳花)는 물과의 관계된 수신 하백의 딸이니 번영을 누리는 대상이다. 해모수는 천제의 아들이라고 일컬어지고 있으니, 이들의 관계는 천지조화와 상관된다. 고구려의 시조 주몽은 해모수와 유화와의 사이에서 난생으로 태어났으니, 천지의 조화와 관계로 번영하는 나라를 세우는 뜻이 들어 있다.

주몽이 난생으로 태어났다는 것은 천지의 결합을 재현한 것으로[3] 하늘의 자손임을 의미한다. 고대에는 나라의 시조가 알에서 태어나고 영웅도 신이하게 태어나면 하늘이 파송자 역할을 함에 따라 훌륭한 나라를 세우는 것으로 운명 지워진다.[4] 그중 난생설화의 인물 유형은 신화의 성격을 살리는데 가장 잘 제시되는 전형적 인물(typical Character)로 나타난다.[5] 주몽신화에서 천의에 응하는 신성성을 높여 놓은 것은 왕실조상의 초인간적인 기적을 나타나기 위한 데 있다.[6] 그 의도한 바는 일차적으로 고씨(高氏) 씨족의 우월성과 이에 따른 지배자의 존엄성을 확고하기 위한 수단이었다. 주몽은 역사적으로 선사자(善射者)자로 알려져. 고구려는 동

---

1) 이상익, 『역사철학과 역학사상』, 성대출판부, 1996, 126~129쪽.

2) 김곡치(金谷治), 『주역의 세계』, 한울, 1999, 173쪽.

3) Mircea Eliade, *Cosmos and History*, the myth of the Eternal Return trans from the French by Willard R. Trask, New York, 1969, p.23.

4) Northop Frye: *Anatomy of Criticism,* Princeton Univ.,Press 1957.; 임철규 역, 『비평의 해부』, 한길사, 1983, 279쪽.

5) R. F. Dietrch & R. M. Sund, *The Art of fiction*, London, 1967, p.84.

6) 김상기, 「국사상에 나타난 개국전설의 연변(演變)에 대하여」, 『백낙준박사 환력기념 국학논총』, 1955, 300쪽.

[그림 1] MBC 드라마 주몽의 한 장면

북아시아에서 훌륭한 나라를 세우게 된 것이다. 송일국이 2006~2007년 MBC 드라마 주몽 역으로 출연한 한 장면을 소개하면 그림 1과 같다.

고구려를 개국한 동명성제에 대한 이야기는 한국, 중국, 일본의 여러 사서에 수록되어 있다. 주몽에 대한 기록은 5세기 초엽에 작성된 『광개토왕능비문』을 비롯하여, 1145년에 김부식의 의해 『삼국사기』가 편찬되었고, 13세게 일연이 쓴 『삼국유사』에서, 또 1287년 이승휴가 쓴 『제왕운기』에서, 1453년 완성된 『세종실록』 지리지에 수록되었다.

『삼국사기』는 정사(正史)로서 『구삼국사』(舊三國史)를 매체로 전하게 되어 구전설화가 개입된 것이다. 현실적으론 주몽이 해모수와 유화와의 사이에서 태어난 것이 아니고 신화적인 내용일 뿐이다. 그럼에도 주몽은 역사성에 의해 기술된 『삼국사기』에서도 구비설화로 전한 『구삼국사』의 기록을 근거로 하여 난생으로 태어났다고 했다. 주몽이 태어난 과정은 현존하는 문헌 중 『삼국사기』를 근거로 밝힐 수밖에 없지만 주몽이 난생으로 태어난 관계로 신화적인 내용으로 볼 수밖에 없다. 주몽이 알에서 태어났다는 것은 일연(一然)의 『삼국유사』로써 밝혀야 본디의 뜻을 밝히게 된다.

특히 『삼국유사』에서의 일연이 주장한 신화관은 신화적인 내용이라 하더라도 역사적인 내용이 함유되어 있으므로 신화다운 신화라고 역사학자들이 주장하고 있다.[7] 중국 측 기록에서의 주몽은 1세기 후한(後漢)의

---

7) 이기백, 「삼국유사의 사학사적 의의」, 『진단학보』 36, 1936, 162~165쪽.
김태영, 「삼국유사에 보이는 일연의 역사의식에 다하여」, 『경희사학학』 5, 1974,

사상가 왕충(王充, 27~100)의 저작 『논형』(論衡) 권2 길험편(吉驗篇)에 나타나는데 여기에 실린 난생관계는 주몽의 난생과 너무나 닮아 있는데 이에 대한 이견이 있으나 본고에서는 주몽신화로 보기로 한다. 물론 오늘의 사학계에선 두 부류로 나눠져 각기 다른 주장을 하고 있다. 한 부류에선 동명 설화의 경우 주몽설화를 표절한 것이라고 주장한다. 또 다른 한 부류는 별개의 부류라고 표현한다. 그러나 현재 교과서에는 동명성왕 = 주몽이라는 설이 존재하고 있다. 주몽의 난생은 신화성과 함께 역사성을 공유한 인물로 받아들어지니, 제의에서 연희된 것으로 봐야 한다.

2. 주몽의 중국·일본·한국 사서(史書) 수록, 고구려건국

동명왕 형 신화는 중국 측 사서와 문헌애서 한결같게 주장하고 있는데,[8] 때론 동명왕 대신 주몽이 고구려 건국 사서는 『수서』(隋書) 동아열전(東夷列傳) 고려전(高麗傳)과 『통전』(通典) 변방문(邊防門) 동이(東夷) 부여조(夫餘條)에서 고려국의 신화라고 했다. 동명왕의 신화라고 하는 사서와 문헌으론 554년에 위수(魏收)가 쓴 『위서』(魏書), 당나라 영호덕분(令狐德棻, 583~666)이 편찬한 『주서』(周書), 636년경에 편찬된 『양서』(梁書), 이밖에 위(魏)나라 어환(魚豢)의 『위략』(魏略), 『후한서』(後漢書), 『북사』(北史), 『태평어람』(太平御覽), 『법원주림』(法苑珠林), 『수신기』(搜神記) 등에 기록되어 있다.

특히 주몽의 난생설화는 북동아시아 신화와 설화와 유사한데, 『몽고원류』(蒙古源流)의 포덕공가한(布德恭嘉汗)[9], 『원조비사』(元朝秘史)의 알란

77~96쪽.

8) 김두진, 「고구려 건국신화의영웅전승적성격」, 『한국고대의 건국신화와 제의』, 일조각, 1999, 128쪽.

9) 江實, 『蒙古源流』, 東京, 1940, 漢文卷1, 5쪽.

고아[10]에는 일광을 받아 알을 낳았다고 수록되어 있다. 이와 비슷한 예는 선비, 만주, 청조의 시조에서도 나타나 있는데 주몽신화가 동북아에선 난생으론 가장 유명했던 관계가 되므로 그 수용이라 할 수 있다.

일본 측에선 『고사기』(古事記)[11], 『일본서기』(日本書紀) 수인천황(垂仁天皇)[12], 대마도(對馬島)의 『천동보살연기』(天童菩薩緣起)의 천동(天童)[13]에서는 난생과 관계되어 있다. 일본학자들은 일본의 난생설화[14]에 대해 고구려에서 영향을 받은 것으로 인정하고 있다.[15] 주몽의 난생설화는 일본 측 학자들에 의해 연구가 진행되었다.[16]

한국에는 사학자[17]・국문학자들에 의해 연구되었다.[18] 주몽의 난

---

10) 白鳥庫吉, 『音譯漢文元朝秘史』 권1, 東京, 1942, 12쪽.

11) 『古事記, 應身天皇 新修增補 國史大系』, 東京, 1936, 107~108쪽.

12) 『日本書紀卷6 垂仁天皇二年條 一云記事』, 125~127쪽.

13) 三品彰英, 『日本神話傳說の 硏究』, 大版, 1943, 158쪽.

14) 次田眞幸譯, 『古事記(中), 應身天皇,講談社學術文庫』, 東京, 1987, 242쪽.

15) 市古眞次編, 『日本文學全史』 1(上代), 東京, 學燈社, 1986, 82쪽.
太陽光線に 照らされ女が 赤玉を生む 日本矛の 傳承は, 朝鮮の 朱蒙說話 關連の 深い 日光感情卵生型の 傳承ごあるが, わが國の 傳承で 卵生型傳承に 固有な卵が 赤玉に 變化せしめられていることが 指摘よれている.

16) 今西龍, 「朱蒙傳說 及 老獺夲稚稚傳說」, 『藝文』 6 編 11號 京都帝大, 1915.11.
白鳥庫吉, 「夫餘國の始祖東明王の傳說に 就いて」, 『腹部博士紀念論叢』, 1937.
三田村奉助, 『朱蒙說話とシソート文化の 性格』, 立命館大學, 1949.
三上次男, 「魚の橋の說と 北Asiaの 人口」, -夫餘, 高句麗國說話の一側面- 『日本歷史』 27, 1950.

17) 주 7과 같음.(이기백, 김태영.)

18) 장덕순, 『한국설화문학연구』, 서울대 출판부, 1981,137쪽. ; 『삼국유사의 설화문학적 가치』, 새문화, 1981, Ⅲ 34~52쪽.
소재영, 『삼국유사와 일연의 설화의식한국설화문학연구』, 숭전대 출판부, 1984, 199~218쪽.
조동일, 『삼국유사설화연구와 그 문제점 한국설화와 민중의식』, 정음사, 1985, 10~49쪽.
김학성, 「삼국유사 소재설화의 형성 및 변이과정고」, 『관악어문연구』 2, 1977, 202쪽.

생관계는『삼국유사』에서 나타나 있으니 다음에서 인용하여 보기로 한다.

> 시조 동명성제의 성은 고 씨요 이름은 주몽이다. 이에 앞서 북부여왕 해부루가 동부여로 피하고 부루가 죽은 후 금와가 태백산 남족의 우발수에서 한 여자를 만나 물으니 "나는 본시 하백의 딸로 이름은 유화인데, 여러 아우들과 나와 놀고 있을 때 한 남자가 자기가 천제의 아들 해모수라고 하고 나를 웅심산 밑 압록강가의 집 속으로 꾀어 들아 정을 통하고 가서 동아오지 않는다. 그러므로 부모는 내가 중매 없이 혼인한 것을 꾸짖어 이곳으로 귀양 보낸 것이다." 하였다. 금와왕이 이상히 여겨 그를 방속에 가두었더니 햇빛이 비치어 왔다. 그를 피하니 그리로 쫓아가 비추는지라 이로 인하여 태기가 있더니 알 하나를 낳았다. 그 크기가 닷 되들임만 하였다.[19]

위의 기록은 주몽이 전형적으로 신화화된 인물임을 상기시켜 준다. 그는 신화적인 인물로 태어났지만 천강일자(天降日子)라는데 한민족의 전통성을 지닌 신화적인 인물이다.

> 원시사고에서 햇빛은 사정을 상징한다. 태양 숭배나라에서 태양은 남성을 상징하는 토템이다. 태양이 어머니인 땅으로 떨어졌다는 것은 성교를 의미한다.[20]

따라서 햇빛이 유화에게 비쳤다는 것은 해모수가 한 행위기 된다. 해모수는 천제의 아들이고 유화는 수신 하백의 딸이다. 주몽은 해님과 수

19)『삼국유사』권1 기이1 고구려 조.
20) 김광일,『한국전통문화의 정신분석』, 교문사, 1991, 125쪽.

신의 딸 소생으로 밝혀진다. 해모수가 천제의 아들이라면 해모수는 천신의 존재이고 유화는 고구려의 시조 주몽을 낳았고 또 키웠으니 성모(聖母)이다. 주몽이 고구려를 훌륭한 나라로 세운 것은 유화의 공덕이다. 해모수는 주몽의 성장과정에서 한 번도 나타나지 않았다. 원시사회에서의 영웅담에선 아버지 되는 분이 아들을 낳고 그 후에 나타나지 않는 것이 특징인데 주몽과도 일치된다. 국조 단군은 환웅이 웅녀와의 신혼(神婚)으로 낳은 후 나타나지 않았고 웅녀가 단군을 양육한 것으로 되어 있다.

주몽은 금와왕의 양자로 자라게 됨에 따라 왕자들의 시기와 모함을 받아 생명의 위협이 뒤따랐다. 이에 앞서 주몽은 일로 태어났을 때부터 불상의 징조로 태어났다고 하여 온갖 고난을 겪었다. 즉 금와왕은 유화가 알을 낳게 되어 궁중의 상서롭지 못하다고 하여 일을 깨어 없애려고 마구간에 버려도 밟지 않고 산과 들에 버려도 산새들과 짐승들이 보호해 주었다. 이런 관계는 마치 영웅들이나 왕자의 주인공으로서 시련이 시작되는 것과 같은데 비극의 주인공 외디프스(Oedipus), 세계최초의 서사시의 주인공 길가메슈(Gilgamessh)[21]도 기아 영아로 버려졌다. 구약의 모세, 희랍의 페르세우스, 로마의 로불루스[22] 우리나라의 주몽, 바리공주, 탈해왕 주(周)나라의 후직(后稷) 등도 어릴 때부터 고아가 되는 신화모티프로서 형성하였는데 이는 분리의례에 해당한다. 금와왕은 유화가 낳은 알을 파기하려고 했으나 파기하지 못하고 마침내 유화에게 돌려주었다. 유화는 알을 천으로 덮어주어 그 알에서 주몽이 탄생한 것이다.

우리는 주몽신화에서 알은 어미 새가 품어주거나 따뜻하게 해주어

---

21) 김열규, 『한국의 신화』, 일조각, 1976~1989, 89~90쪽.
22) 이복규, 「주몽신화의 문헌기록 검토」, 『국제어문』, 1979, 32~35쪽.

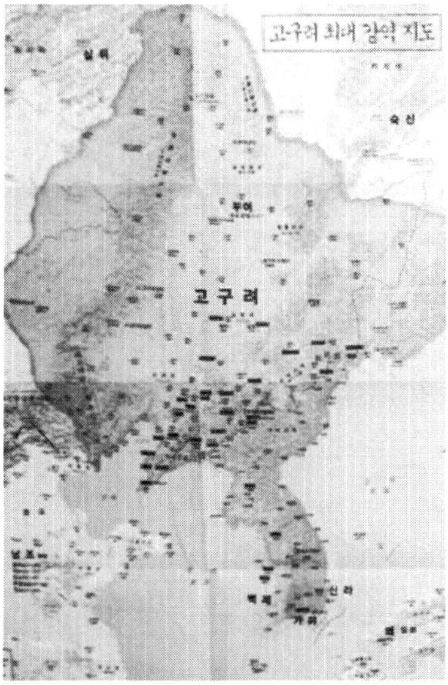

[그림 2] 고구려의 강역

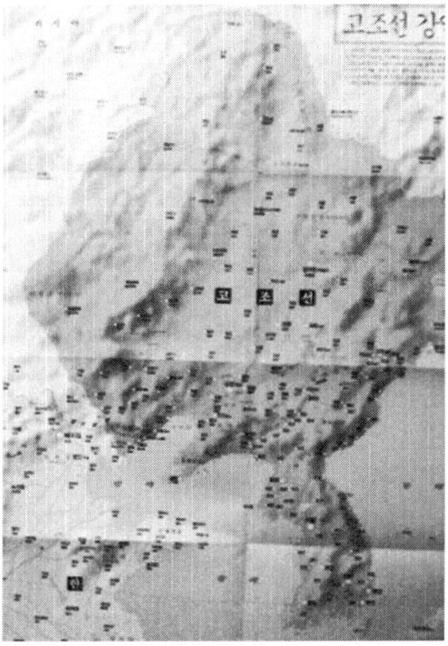

[그림 3] 고조선의 강역

야 알을 깨고 태어난다는 것을 알아낼 수 있다, 우리는 자초지종의 사실이 애매하여 종잡을 수 없을 때 흔히 알이 먼저냐 새가 먼저냐고 대화를 나누는 것을 보게 된다. 우리는 이 해답을 주몽신화에서 풀게 된다. 알은 어미 새가 품어주어야 새를 낳는다는 것을 알면 새가 먼저인 것을 알 수 있다. 해모수는 유화가 낳은 알이 위험에 처인 상황에서도 도운 파송자 구실을 한 것이다. 주몽이 난생인 것은 하늘의 자손이라 할 수 있으니 범상한 인물이 아니다. 주몽은 하느님의 손자와 수신 하백의 외손자로 태어났으니 하늘과 수신이 돕는 고구려를 세우게 된 것이다. 주몽이 건국한 고구려는 고조선의 전통을 이어 광대한 나라를 세웠다.

그림 2는 고구려의 전성기 때인 제20대 장수왕(A.D.475)~제21대 문자

[그림 4] 고구려 전성기 지도

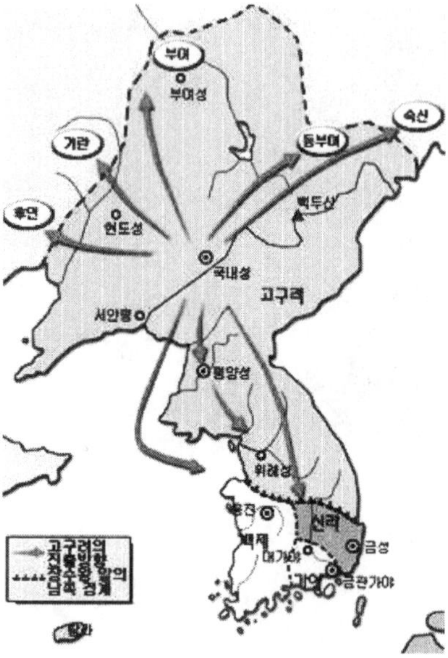

[그림 5] 장수왕 때 고구려 강역

명왕(A.D.500) 때이다.

고구려는 단군의 전통을 이은 나라답게 동북아 일대에서 가장 강력한 나라를 세워 900년 동안 이어 왔다. 『삼국사기』에 의하면 고구려(高句麗, B.C.37~668)는 백제, 신라와 함께 삼국 시대의 고대국가 중 하나이고, 지역적으로는 현재의 만주와 한반도 북부를 약 700여 년 동안 지배했던 국가라고 한다. 그러나 고구려의 건국은 기원전 277년이라 주장하는 학설로 있으니, 900년이나 존속한 나라이다.[23)]

23) 『동아일보』, 2215호, 1993년 4월 25일 20쪽 북한소식란에서 북한은 고구려에 대해 심도 있는 연구를 진행한 경과 기원전 277년 임을 밝혀냈다고 주장하고 있다. 『단제(丹齋)신채호잔집』(申采浩全集), 형설출판사, 1982, 120쪽.
"주몽이 기원전 200년경 동북부여가 분립하던 때가 출생할 때일 것이며 위만과 동시일 것이라고 주장했다."

고대국가 중 천년 가까운 나라는 역사적으로 흔하지 않았으나 이런 역사적 인식은 고구려인들이 자국에 대해 천제와 수신이 음우한 나라라고 신화를 믿고 살아온데 있다. 고구려가 기원전 227년에 건국했다는 근거는 여러 가지 증거가 있지만 그중 주몽이 금와왕의 맏아들 대소(帶素)의 위협을 피해 망명한 졸본부여는 일명 '구려국'(句麗國)이라고 하는 곳이었다. 구려국은 흔히 '고리'·'구리' 등의 이름으로도 불러 왔으며, 부여 이전에 있었고 고조선 말기에 형성된 국가로 볼 수 있다.

『삼국유사』 왕력 편에는 고구려 동명왕이 "이름이 주몽 또는 추몽이고 단군의 아들(名朱蒙 一作鄒蒙 壇君之子)"이라고 언급하고 있어 동명왕이 단군의 아들의 관계가 된다. 고구려 28대 보장왕(寶藏王) 27년 2월 기사에는 "고 씨는 한나라 때부터 나라를 세운 지 이제 900년이 되었다."(高氏自漢有國, 今九百年)는 기록도 있다. 이 같은 두 기록에 따라 '고구려 900년설'이 대두하여 개국연대를 서기전 277년 또는 217년으로 보는 견해가 생겼다.[24]

고구려는 단군조선의 단군신화를 이어받아 나라를 세웠다. 고구려의 위정자와 백성들은 단군의 전통을 이어받아 주몽신화를 다함께 믿고 실천하여 중원의 대국, 남쪽에선 신라와 백제와 대치하며 방대한 나라를 세웠다. 한말로써 주몽신화가 풍기는 상징성은 고구려의 상하민이 일치단결로써 결집시키는 데 중대한 의미를 지니게 했다. 주몽의 난생은 그런 상징성의 나라를 세우는데 의미가 있는 것이다.

3. 주몽의 탄생 경위, 천손족(天孫族) 3대의 후예

고구려에서의 천강일자(天降日子)는 하늘에서 내려온 태양의 아들이란

---

24) 『삼국사기』 권22 고구려본기 제10 28보장왕 하편 조.

뜻이니, 하느님을 천제(天帝)라고 하면 해모수는 천신이고, 주몽은 천인(天人)존재가 된다. 원칙으로 해모수는 하느님의 아들이고, 주몽은 하느님의 손자니 천강일자이다. 유화는 고구려의 시조를 낳았으니 성모이니, 신화 상에선 지모신적 존재이다. 주몽은 유화가 햇빛을 받아 알에서 태어났으니 천강일자(天降日子)로서 고구려와 같은 훌륭한 나라를 세우는 시조가 되어 난생설화에서 고찰할 필요가 있다.

주몽은 해모수와 유화와의 사이에서 난생(卵生)으로 태어났으니 신혼(神婚)임을 의미한다. 신혼은 이부체제(二部體制, 쌍부체제, Dual Organization)의 두 반족(Two Moieties)으로 결합되는 것을 의미한다. 두 반족이라 함은 천신(天神)과 지모신(地母神)과의 관계니 단군신화의 환웅과 웅녀를 쌍분체제(雙分體制, dual organization)로 간주하여 동양의 음양사상과 관련으로 설명할 수 있는데 거시적으로는 천지 관계가 된다.[25] 바로 주몽은 해모수와 유화의 관계인 두 반족 사이에 신혼(神婚)으로 태어난 것이다.[26] 더구나 주몽은 천신과 지모신 사이에 태어난 관계로 반신반인(半神半人) 즉 신인(神人)·천인(天人)의 경지에 이른 인물로서 인간관계를 넘어선 신에 가까운 인물이다.

원칙으로 유화(柳花)의 어머니 수신(水神) 하백(河伯)은 용왕의 딸이다.[27] 유화(柳花)는 버들 꽃을 가리키는 버들아기 또는 버들아씨로 붉은 버드나무신앙에서 유래된 것이다. 버드나무는 시베리아·몽골·만주의 접경지대에 자생하고, 훌룬보이르호수 일대에는 붉은 버드나무가 군락을 이룰 정도로 자라 온갖 신화와 전설이 서려 있는 곳이다. 버들 꽃은 이 일대에

25) 김철준, 「신라상대사회의 dual organization」 상, 『역사학보』 1집, 역사학회, 1952, 16~17쪽.

26) 윤경수, 「주몽신화와 문학적 수용의 현대적고찰」, 『한국문학사상의 현대성연구』, 태학사, 1994, 58쪽.

27) 손진태, 『조선민족문화연구』, 을유문화사, 1948.

서 버드나무가 붉은 잎이 이 일대에서 장관을 이룬데서 버들아씨가 붉은 꽃과 같다고 하여 불리게 된 것이다. 물론 오늘에는 예전과 다르지만 이 곳에서 압록강까지 도시에 가로수가 버드나무로 뒤덮여 있었다고 한다. 버들아기 버들아씨 유화는 해모수와의 신혼으로 주몽을 낳아 고구려시조 주몽을 낳았으니 국모(國母)이고, 수신(水神)과 인간의 중간적인 인물로 볼 수 있다.

천인(天人)은 신 같은 사람이니 금와왕의 왕자에게 시기를 받으며 지내면서도 견디어 낸 것은 범인으로서는 감당하기 어려운 고난이다. 그는 여러 왕자들 사이에 시기모함을 받으면서도 좌절하지 않고 지낸 것이다. 주몽이 난생 상태에서의 수난은 말할 수도 없이 심한 박해를 받았다. 주몽은 알에서 태어나고 성장기에 금와왕 아들 사이에 시기질투를 당하고 생명의 위협까지 받게 되었을 때 신인의 한계, 불가항력의 표백이라는 점에 동의하게 된다.[28] 이에 따라 지모신 유화는 주몽의 운명을 바꿔놓았는데 주몽의 신인의 경지는 단군신화에서의 단군의 관계로 다음과 같다.

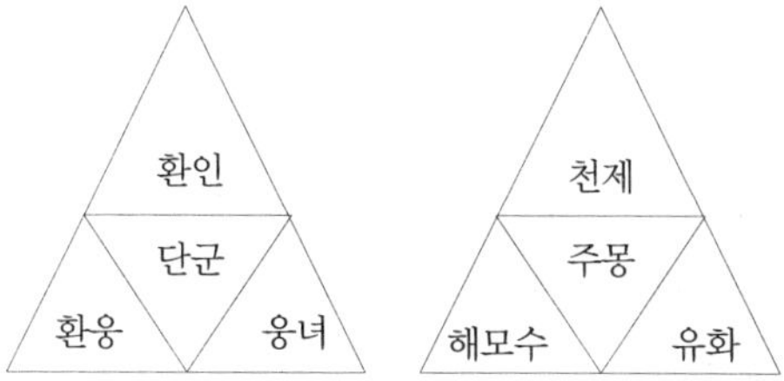

위의 도표는 고구려가 고조선의 영향을 받은 만큼 천제(天帝)의 아들 해모수와 유화와의 사이에 태어난 주몽을 고조선의 삼성(三聖)인 환인, 환웅 중 환검(단군왕검)의 관계로 나타내 본 것이다. 단군은 환웅과 웅녀

28) P. Wheeler, *The design of Poetry,* New York, 1966, pp.94~96.

사이에 난생으로 태어났다는 기록은 전하지 않지만 삼성인의 성이 '환'으로 되어 있으니 '환하다'와 관계되어 태양의 광명과 연계된다. 환인, 환웅, 환검(단군)은 알게 모르게 삼족오(三足烏)와 유사성을 지닌다. 천상에서 환인은 태양의 광명과 관계된 이름이니 기본적으로 하느님 자체의 성체시현(聖體示現, hierophany)인 관계로 태양의 이미지가 많이 가미된 신격으로 보게 된다.[29] 환인은 태양신과 관계된 지고신(至高神, supreme being)이니 창조주이며 전지전능한 존재이다. 따라서 환웅도 삼족오와 관계된 새라고 할 수 있다.[30] 이 새는 하늘을 오르내리며 천제와 천신들의 사자들이 타고 다닐 수 있으니 신령(神靈) 또는 조령(祖靈)으로 신앙된다.[31] 환인은 아들 환웅이 지상인 인간세계로 내려가 다스려 보려고 할 때 허락하였다. 환웅은 3천여 명을 이끌고 태백산 신단수 아래에서 고을사회를 홍익인간으로 훌륭하게 다스렸다. 또 단군은 환웅의 고을 사회를 부족연맹국가로 탄생시켜 홍익인간의 이화세계를 세웠다. 환인·환웅·단군은 삼족오의 가계를 형성하여 천제·천신·천인 관계로 태양신의 성격이 첨가되어 있어 한민족이 하늘인 태양숭배관념으로 전승되어온 것이다.

환인·환웅과 해모수라는 이름은 해님과 관계된 것이다. 주몽신화에서의 주몽 탄생은 고조선의 단군과 관계된다. 단군과 주몽은 천제의 혈통을 지니고 태어났으니 범상한 사람이 아닌 것이다. 주몽은 천제의 아들 해모수인 천신이자 지모신 유화의 아들로 태어났으니, 그 관계를 도표로 나타내면 다음과 같다.

---

29) A. M. hocart, *kingship*, Oxford university press, 1927, p.55.

30) 鄭璟喜, 「檀君神話와 靑銅器文化」, 『韓國學報』 23, 일지사, 1981. ; 『韓國古代社會文化研究』, 일지사, 1990, pp.23~25.

31) 김오영, 「한국고대의 새관념과 제의」, 『역사와 현실』 32, 한국역사연구회, 1999, pp.93~21.

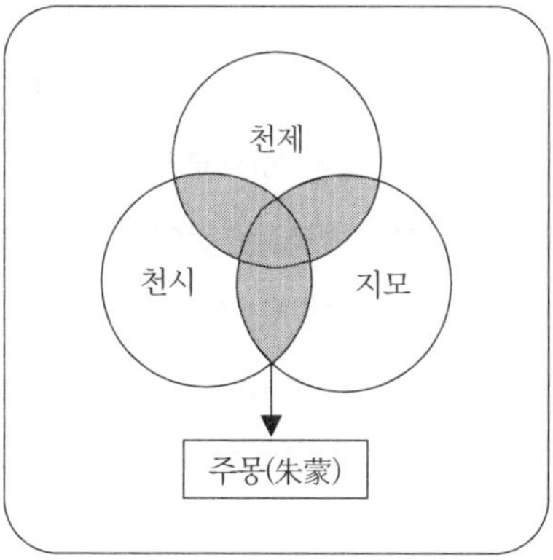

주몽은 천신인 해모수의 아들로서 태어나 비상한 인물이기에 금와왕의 왕자들로부터 심한 박해를 받고 또 그들이 주몽을 해코자 하여 남하하게 되었다. 주몽은 난생이었을 때부터 천신 해모수가 도왔고 엄수를 도강하는 급박한 상황에서 외조부 수신 하백에게 빌어 무사히 졸본에 도착하여 고구려를 세웠다. 주몽은 천신과 수신의 도움으로 고구려를 세웠으니 고구려인들이 하늘이 돕는 나라라고 믿고 살아왔다. 주몽이 세운 고구려의 강역은 서북쪽으론 거대한 중국, 남쪽으론 백제와 신라와 대치한 상황임에도 강대한 나라를 세웠다. 주몽은 삼족오가 낳은 난생과 관계되는 천강일자(天降日子)이니 천손족의 후손답게 강대한 나라를 세운 것이다.

4. 상무정신(尙武精神)을 고취시킨 주몽

주몽은 활을 잘 쏜다는 이름이다. 고구려는 주몽이 활을 잘 쏜 것으로 고구려인에게 상무의 정신을 고취시켜 강대하고 방대(尨大)한 나라랄 세우게 되었다. 주몽이 선사자(善射者)였다는 것은 입간(立竿)신앙과도 관계되므로 그 유래를 설명하기로 한다.

주몽(朱蒙, Somo, シコモウ)은 신간(神竿)의 명칭인데 중국명칭인 삭마간(索摩竿, Somo)을 인격화된 명칭으로 받아들인 것이다.[32] 만주・몽고 지방에서는 신간을 Somo라고 하는 것으로 미루어 나무막대와 장대와 통하게 된다. 활과 화살은 나무로 만드는 것이니, 주몽이 선사자(善射者)라는 것도 고구려인의 기질을 나타내 준 것과 상관된다. 『광개토왕비』에는 주몽을 추모(鄒牟)로도 되었으니 그 음가를 Somo에서 찾을 수 있는바와 같다. 주몽은 선사자로서 고구려인에게 상무(尙武)의 정신을 고취시키는 계기가 되었다.

고구려는 중국과 대치하며 전쟁도 치러야 했고 백제와 신라와도 전쟁을 하며 근 1000년 동안 나라를 세웠으니 동북아 일대에서 가장 강력한 나라였다. 고구려 수도인 지린성 집안에는 고구려인의 삼무의 정신을 나타낸 수렵도가 있어 고구려인이 강대한 나라를 세운 것이다. 주몽은 금와왕의 맏아들 대소(帶素)가 거느리는 추격 병이 쫒아와 붙잡히는 상황에 엄사수(압록강 동북)가 가로놓여 건널 수 없을 때 천제의 손자임과 수신의 외손자임을 고하고 도강해 달라고 빌었다. 그 결과 주몽은 어별(魚鼈)들이 다리를 놓아 무사히 건넜다.

이와 같이 주몽은 하늘과 수신이 도와 졸본에서 고구려를 세울 때 그곳의 나라를 세운 송양과도 활쏘기로 승부를 겨루게 되어 이겼다. 주몽은 졸본에서 나라를 세운 후에도 주변국들과 전쟁을 하면서도 물리쳐 대고구려를 세웠다. 주몽은 입사식의 고난을 겼으면서도 천지를 관장하는 신의 도움과 자신의 강력한 힘의 의지로써 난관을 물리치고 고난을 극복하여 위대한 나랄 세우게 된 것이다.[33]

춘원 이광수는 『사랑의 동명왕』에서 주몽을 '河伯之外孫 日月之子'라

32) 三品彰英, 『古代祭政と穀靈信仰』, 東京 平凡社, 1959, 194~200쪽.
33) 윤경수, 「주몽신화와 문학적 수용의 현대적고찰」, 『훈겨레문학』 3호, 1964, 21・22쪽.

고 하였는데[34] 고구려 광개토대왕 때 북부여 지방의 수사(守事)였던 모두루(牟頭婁)의 묘에서 발견된 지석(誌石)을 인용한 것이다.[35] 주몽은 즉위 19년 만에 승천하였다는 것은 한민족의 사후의 귀향 처를 천상에 두었음을 의미하게 되니, 때론 지하(地下) 양극으로 관념하고 있는 것은 세계질서를 쌍분적인(이부체제)원리에서 파악하고 있는 것으로 볼 수 있다.[36]

그럼에도 오늘에는 중국인들을 고구려는 중국의 지방 국가 또는 중원의 속국이라고 폄하한다. 중국인들은 2002년부터 동북공정을 시작해 2007년 마무리 했고. 2008년에는 민간에게 넓히기 시작해 대대적으로 고구려가 중원의 속국임을 선전하고 있는 상태다. 심지어 이들은 고주몽의 고씨(高氏)의 성도 황제의 손자 고양씨(高陽氏)의 후예이라고 하고, 고조선 고구려 발해의 역사와 민족까지도 중국역사와 중화민족에 속한다고 주장하고 있다.[37]

우리 선인들이 이룬 요하문명(遼河文明)은 중국인들도 황하문명(4000~6000)보다 앞선 문명권[38]이라 한다. 특히 이 지역은 1만 년 전에 농업이 발달하고 중원지대보다 1000년이 앞섰다는 논문이 발표되고 있다.[39] 요즘 한국인 학자 간에도 요하문명(遼河文明)의 실체에서 나타나는 바와 같이 황하문명보다 앞선 논문이 발표됐다.[40]

---

34) 이광수전집 전 20권 중 제 12권,『사랑의 동명왕』, 삼중당, 1962. 전11권 중 제7권 又新社, 1979.

35) 고구려:『모두루묘지명』(牟頭婁墓誌銘).

36) 황패강,『한국서사무학연구』, 단국대학교 출판부, 1990, 123쪽.

37) 우실하,『동북공정 너머 요하문명론』, 소나무, 2007, 5~6쪽. ;「동북공정의 최종판 요하문명론」,『단군학연구』15호, 단군학회, 2006.12, 7쪽.

38) 郭大順,「遼河文明的提出與對傳統史學的衝擊」,『尋根』, 1995, 第4期, 10~11쪽.

39) 蘇秉九,「論西遼河古文化：與赤峰史學工作者的談話」,『北方民族文化』, 1993. ;『華人・龍的傳人…中國』, 遼寧大學出版社, 瀋陽, 1994, 130~131쪽.

40) 박선희,「유물자료로 본 고조선 이전 시기의복식문화수준」,『단군학연구』19호, 단군학회, 2008, 78~80쪽. ;「고대발굴자료에 나타난 복식문화의 정체성 인식」,『비

고구려인들은 주몽신화를 금과옥조로 신봉하고 고구려는 하늘이 돕는 나라라 믿고 만주에서 나라를 세워 동북아에서 가장 강력한 나를 세웠다. 고구려의 역사와 신화의 내력을 기술한 『삼국사기』와 『삼국유사』에 나타난 주몽에 대한 내력은 고구려인들이 주몽의 상무의 정신을 본받아 고구려를 위대한 나라로 부상케 한 원천이 되었다. 고구려인들은 시조 주몽이 하늘의 자손이라는 자부심으로써 살아왔던 관계로 방대한 나라를 세우고 오랜 전통에 고구려를 존속시킨 바가 되었다. 주몽신화는 다분히 제의적 내용이 공연된 것으로 보면 위의 내용을 보다 더 용이하게 이해하게 된다.

Ⅲ. 『삼국사기』, 서사시와 드라마 수용

1. 주몽사화(史話)와 상징성의 고구려

역사적으로 몽고(몽골)와 만주는 우리나라와 밀접한 관계를 이룬다. 그 중 몽골은 유목민족으로서 말을 잘 타고 활을 잘 쏘는 것으로 되어 있다. 그 중 우리가 몽골과 떼일 수 없는 관계는 기마 유목민족의 후예로서 하늘의 상징인 푸른 반점을 지니고 태어난다는 것이다. 특히 몽골 최고(最古)의 역사서인 『몽골비사』에 전해지는 성녀이자 몽골신화의 성모로 추앙받는 주몽의 딸 알랑고아(Alan-Go'a)는 셋째 아들을 빛의 정령을 받아 출산하였는데 고구려의 주몽·유화부인 얘기와 흡사하다. 그녀의 아들 보돈차도르는 몽골의 시조이다.

알랑고아는 코릴라르타이 메르겐(Khorilartai-Mergen)의 딸인데, 코릴

교민속』 40호, 비교민속학회, 2009.12, 168쪽.

라르타이 메르겐은 고주몽이다. 몽골족의 왕손은 고주몽의 외손자 들인 것이니, 고구려는 몽골의 어머니 나라가 된다.[41] 알랑 고아는 징기스칸의 12대 조모로 되어 있다.

만주족은 어떠한가? 16세기 말부터 17세기 초까지 누르하치가 일으킨 만주족 또한 혈통으로나, 법통으로나, 12세기 여진족 금나라의 후예로 전해온다. 금의 시조황제는 『금사』(金史)와 『고려사』(高麗史)에 나오는 신라계 고려인 김함보(金函普)라고 전해온다. 고려는 고구려를 이은 나라이기에 주몽은 몽골과 만주족과도 친연관계가 이뤄진다.

이런 역사적인 관계로 보면 주몽은 몽골의 기마민족과 만주족에서의 원시조가 되는 구실을 하게 된다. 주몽의 존재는 역사적으로 고증이 필요하게 되어 있는 관계로 여러 문헌 중 먼저 『삼국사기』에서 다음과 같이 소개한다.

> 시조 동명성왕(東明聖王)의 성은 고씨(高氏)이고 이름은 주몽(朱蒙)이다. … 동해 바닷가에 가섭원(迦葉原)이라 하는 곳에 땅이 비옥하여 도읍을 옮기고 동부여(東夫餘)라고 하였다. 어느 한 사람이 자칭 천제의 아들 해모수(解慕漱)라 하여 곧 도읍하였다. 동부여왕 해부루왕이 돌아가자 금와(金蛙)가 왕위를 이었다. 금와왕은 태백산 남쪽 우발수(優渤水)에서 한 여자를 만나 사정을 물었다. 그 여자가 말하기를 "나는 하백(河伯)의 딸로서 이름을 유화(柳花)라고 한다. 여러 아우들과 나가서 노는데 천제(天帝)의 아들 해모수라고 하면서 나를 웅심산(熊心山) 아래 압록강가에 있는 집으로 유인하여 가서 정을 통하고는 가서 돌아오지 안했다. 우리부모는 중매도 없이 남자에게 몸을 바쳤다고 책망하고 내어 쫓아내어 우발수에 와서 살게 되었다. 금와왕은 나를 이상히 여겨 데려다가 깊숙한 방에 가두었다. 햇빛

41) sky_drum.blog.me/80134857581,cafe.naver.com/nagwangfal/6381
blog.naver.com/neomgl/10161237157

[그림 6] 각저층에 그린 4호묘 삼족오

이 몸에 비춰 몸을 피했으나 따라 다녀 드디어 임신이 되어 알 하나를 낳았다"[42]

『삼국사기』는 역사적인 기술이라도 신화적인 내용이 나타나 있다. 그것은 역사적인 기록이라 하는 『구삼국사』를 참고하였기 때문이다. 주지하는바 예전에는 역사적인 내용이라도 신성시하기 위해 신화적인 내용으로 나타냈다. 주몽은 햇빛이 유화의 몸에 비친 바로 태어났으니 태영의 아들이라 할 수 있다.

주몽이 태양의 햇빛으로 태어났다는 것은 실생활과 거리가 먼 이야기지만 훌륭한 인물로 태어나 하늘이 돕는 역할을 하여 훌륭한 나라를 세우는 공적을 이루게 운명이 지워진다. 주몽이 난생으로 태어났다고 한 것은 신화적 유형의 성격을 원형적으로 살리는데 가장 잘 제시되는 전형적 인물(typical character)이다.[43] 주몽은 해모수의 아들로서 태양의 정기인 삼족오의 난생으로 태어나 훌륭한 나라를 세우게 된 것이다.

2. 삼족오 난생인 주몽

흔히 고대설화에서는 태양을 삼족오(三足烏)라 하였다. 따지고 보면 주몽은 알로 태어났으니 삼족오가 낳았다고 할 수 있다. 주몽은 태양의 정기인 알로 태어났으니 하늘의 자손인 천강일자로 태어난 것이다.

원래 고구려 씨름무덤(각저총) 벽화에는 삼족오가 있는 바와 같이 고구려와 밀접한 관련을 맺고 있다. 주몽은 천신의 아들이라 난생의 주인공이 된

42) 『삼국사기』 권 제13 고구려본기 제1, 시조 동명성왕 조.
43) R. F. Dietrch & R. M. Sundell, *The Art oF Fiction*, London, 1961, 1967, p.84.

것이다. 그 삼족오는 해 안에 사는 것으로 되어 있는데 그를 소개하면 그림 7과 같다.

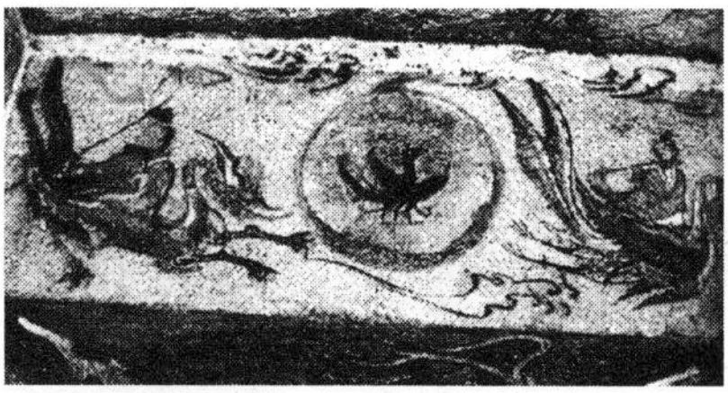
[그림 7] 만주 집안 오회분 4호묘 삼족오

본디 삼족오는 중국의 문헌에 나타나지만 우리고유의 신화에서 발생된 것으로 볼 수 있다. 본래 중국의 문화는 동이족의 것이나 후에 중국문화에 흡수된 것이다. 우리의 신화는 하늘로부터 연원되어 있다. 단군신화는 환인 환웅 환검(단군)이 등장한다. 환인은 천제(天帝), 환웅(桓雄)은 천신(天神), 단군(檀君)은 신인(神人)이라고 보면 될 것이다.

환웅은 환인의 명을 받들어 태백산 신단수에 내려 홍익인간의 고을사회를 이루었다. 환웅은 많은 제자와 함께 신단수에 내렸으니 삼족오와 관계된다. 환인(桓因)에서 '환'은 '환하다'와 관계된 말이니 태양의 광명과 관계된다. 태양은 삼족오로 상징되었으니, 주몽이 난생으로 태어났다는 것은 삼족오가 낳은 것으로 보게 된다.

고구려는 상징적인 삼족오로서 상징의 나라로 나타냈으니, 태양과 관계된 나라임을 알 수 있다. 이 싱징은 다름 아닌 고구려가 훌륭한 나라임을 의미하는 뜻이 함유되어 있으므로 태양이 만물을 주재하는 것과 같이 가장 으뜸인 존재다. 고구려 벽화에는 삼족오가 보이는데, 태양과 같이 빛나는 나라를 세우기 위한 징표라고 할 수 있다.

삼족오는 고구려를 상징하는 표상이니 태영과 관계된다. 이로 인하여 고구려의 시조인 주몽의 성이 고(高), 해(解)라고 한 것으로 본다. 후세에는 여러 모양의 삼족오의 문양이 그려져 있는데, 만주 집안 무용총의 수렵도는 고구려인의 무인 기질을 나타낸 것이다. 고려 공민왕의 『천산대렵도』(天山大獵圖)는 고구려의 집안의 수렵도를 본떠 그려 고구려인의 활

[그림 8] 각저총 삼족오 문양

[그림 9] 금동장식품 삼족오

[그림 10] 『천산대렵도』(天山大獵圖) 중앙박물관 소장

달한 기상을 나타냈다. 무사가 짐승을 사냥할 때 말을 달리면서 몸을 뒤로 돌려 활을 뒤쪽 짐승을 향해 쏘는 자세를 취하고 있다.

고려 말 이제현의 『기마도강도』(騎馬渡江圖)와 조선후기의 『호렵도』(胡獵圖)는 호인(胡人)들이 사냥하는 장면을 그린 것으로 고구려의 사냥도와는 아무런 관련이 없음을 참고적으로 밝힌다. 고구려의 무사는 무예를 익혀 전쟁에 종사하던 병정들이니, 말을 타고 몸을 앞뒤로 움직여 사냥을 하였음을 나타낸 것이다. 이런 무인의 용맹은 외적을 물리치는데 많은 공을 남겨 그 무인의 생활상을 그대로 반영해 놓은 것이다. 역사적으로 고구려는 수나라와 당나라와의 전쟁에서 승리하여 만주 요동 반도를 석권하는 계기가 되었다.

고구려인의 용맹스런 무사도는 고조선의 전통을 물려받은 것이라 할 수 있다. 고조선의 단군은 환웅의 홍익인간의 정신을 이어받아 만주 요하(遼河) 일대에서 홍산문화(紅山文化)를 이뤄 동북아에서 가장 훌륭한 나라를 세웠다. 고구려는 북방문화를 그대로 물려받았다. 주몽은 고조선인 단군조선의 강역이 방대한 나라를 세운 삼성(三聖)인 환인·환웅·환검의 정신을 계승한 것이다. 고조선에서 호피(虎皮)를 중원에 수출한 것은

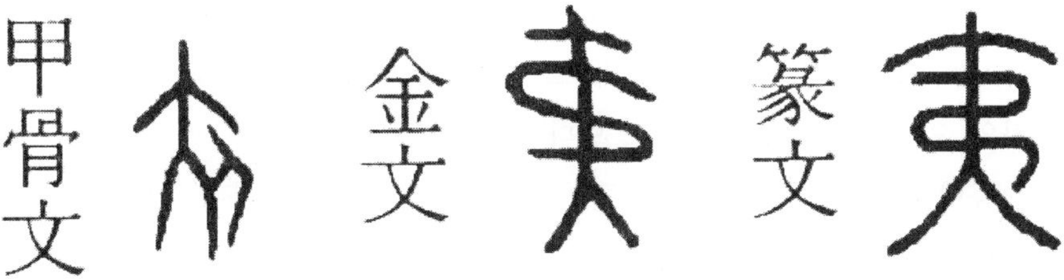

[그림 11] 이(夷)자는 갑골문 금문(金文) 전문(篆文)에 활과 관련 되어 있다.

사냥솜씨가 뛰어나 많은 호랑이를 포획하였음을 의미한다. 특히 주몽이란 이름은 활을 잘 쏜다는 말에서 유래되었다고 한다.

더구나 한민족은 고조선을 비롯한 후대 여러 나라들이 활을 잘 쏜다고 하여 중원에서도 동이족(東夷族)이라고 했다. '夷'는 활과 관련된 문자에서 유래되었다. 중국 고대의 대표적 무기는 창이고, 일본은 검이고 우리는 활이라고 일컬어 왔다. 활의 한자는 '弓'이다. '夷'자에는 '弓'자가 들아 있음을 다음에서 보기로 한다.

고구려의 시조, '주몽'은 활을 잘 쏜 명궁이란 몽골어 추메르겐(Chuu mergen)에서 어원에서 온 말이라고 밝히고 있는데 바로 선사자(善射者, sharp shoote)란 뜻이라고 한다. 주몽(B.C.58~B.C.19 음력 9월)은 고구려의 개국시조로서 재위기간(재위: B.C.37~B.C.19) 중 훌륭한 나라를 세워 시호를 "동명성왕"(東明聖王)이라고 하였다.

주몽의 휘는 여러 가지 문자로 쓰였다. 주몽인 추모왕(鄒牟王)은 고구려의 개국시조이자 초대 군주(재위: B.C.37~B.C.19)이다. 그러나 앞에서 소개한 바 있는 고구려의 개국연대는 기원전 277년으로도 되어 있으니 근 1000년 전통의 나라가 된다. 주몽의 성은 고(高)씨이며, 원래 성은 해(解)이다. 휘는 주몽(朱蒙)으로, 추모(鄒牟), 중모(中牟), 중해(衆解), 상해

(象解), 도모(都牟), 도모(都慕)라고 한다. 시호는 "동명성왕"은 성스런 덕(聖)을 이은 왕(王)이라는 의미라고도 한다. 상해(象解)의 상(象)은 중(衆)자의 오기로부터 유래일 수도 있다.

동명왕신화는 『논형』(論衡) 권2 길험편(吉驗篇)을 위시하여 『위략』(魏略)에서 시조인 동명(東明)이 북쪽 탁리국(槖離國)에서부터 이주해 건국하였다 하며, 『삼국지』(三國志) 동이전에 기록되어 있다. 그러나 한국의 사학계에서는 동명왕신화와 주몽신화가 양립한 가운데 의견이 분분하나 대체로 유동설화(類同說話)라고 취급하고 있다.

주몽신화 이전에는 은(殷)나라의 시조 설(契) 설화와 『시경』(詩經) 상송(商頌) 현조(玄鳥) 편에서의 난생설화가 일치되는 설화가 전한다. 여기에 주몽설화는 알타이산맥을 중심으로 중앙아시아에서 북동아시아에 걸쳐 있는. 길이 2,000km에 걸치는 알타이계 천강일자(天降日子) 설화까지 그 수용관계를 검토하면 범아시아 권에 연구가 된다.[44] 이뿐만 아니라 주몽신화는 범세계적인 신화의 수용이라 할 수 있다. 주몽은 난생(卵生)으로 태어났으니 삼족오가 낳은 태생으로 볼 수 있다. 주몽은 천제(天帝)해모수의 아들이라 했으니 하느님의 아들이다. 삼족오는 태양의 이칭(異稱)이므로 삼족오설화를 태양설화라고 할 수 있으니 음양에서의 양(陽)과 관계가 된다.[45] 주몽은 천제인 하느님의 손자가 된다. 주몽이란 할을 잘 쏜다는 말에서 유래되었으니 북방계통의 전통을 이은 이름으로 볼 수 있다. 아시아 동북지방은 범의 서식지가 되고 농경 이전에는 수렵생활을 하였던 관계로 궁술이 매우 발달했다. 고구려가 중국대륙에서 수나라 당나라

---

44) 朴時仁, 『알타이系 天降日子 說話硏究』, 文化批評 제1권 3호, 亞韓學會, 1969, 446~486쪽. ; 『알타이 人文硏究』, 서울대학교 출판부, 1986, 1~167쪽.

45) 윤경수, 「삼족오설화와 문학연구」, 『한국문학사상의 현대성연구』, 태학사, 1994, 37~318쪽.

[그림 12] 고구려 무사 갓에 삼족오 그림

[그림 13] 만주 집안 수렵도

를 물리치고 고구려를 존속했다는 것은 궁술의 발달로 싸움을 잘했던 것으로 볼 수 있다.

고구려의 전통은 활을 잘 쏘는 것으로 일컬어지고 있는데 만주집안의 수렵도는 고구려인의 수렵활동을 나타낸 것이다. 고구려 벽화에는 삼족오가 그려져 있는 무사를 볼 수 있는데 삼족오 깃털로 갓을 쓴 것을 그림 12에서 볼 수 있다.

주몽은 선사자라는 이름으로 지어진 것이다. 만주 집안의 수렵도는 고구려인들이 선사자인 모습을 잘 나타내 주고 있다. 고구려는 요동반도를 석권하고 서북 방향인 중국과 남으론 신라와 백제와 대치하면서 나라를 다스렸다. 이것은 무력인 활 문화가 발달하였기 때문이라 할 수 있다.

주몽이 천제의 아들 해모수와 유화와의 사이에 난생으로 태어났다는 것은 하느님의 자손이라는 것을 상징하게 되니, 위대한 나라를 세운 건국의 시조라는 것을 잘 나타내 준 것이다. 주몽이 동북아 일대에서 가장 강력한 나라를 세운 것은 고조선의 전통을 이은 것인데, 고조선이 만주 요하 일대에서 황하문명 4천년~6천년보다 10세기나 앞선 나라를 세웠다.[46] 이는 하늘이 고구려를 돕는다는 의식과 함께 무술이 뒷받침이 된

46) 윤경수, 『환역(桓易)에서 나온 윷놀이 문화 한국의 효사상과 정신문화』 3, 사단법인

활 문화가 크게 작용했던 것으로 본다.

고구려의 주몽이 강대한 나라를 세우는 바탕이 되게 제도를 마련해 놓은 것은 천제가 돕는 나라임과 함께 상하민이 일치단결하고 궁술이 다른 나라보다 발달한데 있다. 일언으로써 하면 고구려가 광대한 나라를 세운 것은 주몽이 태양을 상징하는 삼족오가 낳은 난생으로 그 정기로 나라를 다스려 동북아 일대에서 가장 훌륭한 나라를 세웠다.

3. 『동명왕편』의 구성과 내용

이규보(李奎報, 1168~1241)는 주몽신화를 모델로 『동명왕편』을 지었는데 작가의 상상력을 발휘하여 독자로 하여금 상상력을 발휘해 놓았다. 『동명왕편』은 282구 1410자로 된 5원시로 되어 있고 이해를 돕기 위해 여기에 따른 주가 2200여자로 부가되어 있다.

이 장편 서사시는 동명왕인 주몽에 대하여 역사상의 사실과 신화와 전설을 객관적 방법을 적용하여 읊은 시로 동명왕을 이해하는데 많은 도움을 준다. 또한 이 시의 형식은 ① 서사, ② 해모수의 하강과 승천, ③ 주몽의 탄생과 성장, ④ 고구려의 건국과 승천, ⑤ 유리의 상봉과 왕의 계승, ⑥ 종시 등 여섯 부문으로 나누어졌다. 본고는 이중에서 ③④항만을 대상으로 서술하기로 한다.

『동명왕편』을 서사시로 규정하는 것은 주몽의 시호(諡號)인 동명성왕의 일대기를 역사성과 부합되게 강대한 나라를 세운 것을 사실적으로 나타냈기 때문이다. 서사시 『동명왕편』은 주몽이 천제(天帝)의 친손자임과 수신 하백의 외손자로서 고구려를 반석 위에 세워놓기까지 내용이 『삼국사기』와 『삼국유사』에 나타난 역사와 신화와의 관계가 사실적으로 나타나 있

동양효문화연구원, 2012, 181쪽.

[그림 14] 이규보의 초상화

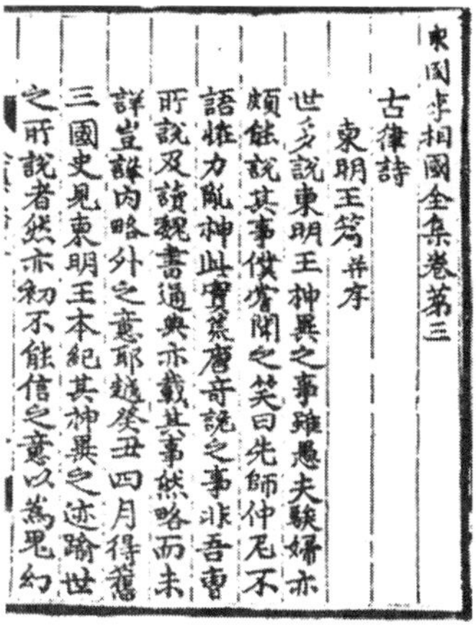

東國李相國全集卷第三
古律詩
東明王篇 幷序
世多說東明王神異之事雖愚夫騃婦亦
頗能說其事僕嘗聞之笑曰先師仲尼不
語怪力亂神此實荒唐奇詭之事非吾曹
所說及讀魏書通典亦載其事然略而未
詳豈詳內略外之意耶越癸丑四月得舊
三國史見東明王本紀其神異之迹踰世
之所說者然亦初不能信之意以爲鬼幻

[그림 15] 동명왕편

다. 먼저 주몽이 탄생하기 전 그의 모 유화가 해모수와 정을 통한 관계로 화백이 홧김에 딸 유화의 입술을 길게 잡아당기고 강가로 내쫓았다.

금와왕이 강가를 순행하다가 유화를 발견하고 해모수의 왕비인 것을 알고 궁중에 방 하나를 정해두어 살게 하였다. 『동명왕편』에서는 주몽 신화의 내용을 기저로 이질적인 경험을 드러내는 시로[47] 내용을 전개시켜 서로 대립 갈등 긴장을 유발하여 현대시론으로 조명할 수 있게 형상화하였다. 이규보는 『동명왕편』에서 하백이 딸 유화가 해모수와 만나 통정한 것으로 인해 화풀이를 하고 내쫓을 때 장면을 다음과 같이 시로 지었다.

47) I. A. richards, *Principle of Literary Criticism,* London, 1963, 1970, p.289.

하백이 그 딸을 나무라며, 입술을 잡아당겨 석자나 늘여놓았다.
우발수 가운데로 내쫓아 노복 두 사람만 두었다.
어부가 물결 속을 들여다보니 이상한 짐승이 돌아다녔다.
금와왕에게 고하여 쇠 그물을 깊이깊이 던졌다.
돌에 앉은 여자를 끌어당겨 얻었는데 얼굴모양 심히 무서웠다.
입술이 길어 말을 못하므로, 세 번 자른 뒤에 입을 열었다.
왕이 해모수의 비인 것을 알고 따로 방을 정하여 두었다.

위의 시는 이규보가 유화가 부모 모르게 하모수와 정을 통한 것을 알고 가문의 명예를 망신시켰다는 화불이로 유화의 입술을 석자나 늘이고 추방시켰다고 쓴 것이다. 유화는 수신 화백의 딸이므로 물속으로 들어가 유영하는 것을 어부가 발견하고 금와왕에게 알려 건져내어 궁중에 데려다 방을 정하여 살게 하였다는 것도 주몽신화에는 나타나지 않는다. 작자가 실상과는 다른 문학적으로 재창조로 형상화의 내용이다.

작자 이규보가 위의 내용을 지은 것은 의도적인 오류로써 쓴 것이다. 왜냐하면 작자는 유화가 대고구려를 건국한 국모로서 해모수와 사통을 한 것은 인륜도덕에 어긋나므로 그 죄 값을 치르는 내용으로 쓴 것이다. 영웅담이나 지모신의 경우는 대개 통과의례적인 입사식 고난을 치르는 것으로 되어 있다.

유화는 외간남자인 해모수와 통정한 관계로 부모로부터 입술을 석자나 늘이게 하고 물속으로 추방시키고 고난을 겪게 한 것이다. 하백은 유화에게 통과의례적인 입사식 고난을 치르게 하여 입술을 석자나 늘이고 물속에서 허우적거리게 한 것이다. 유화는 금와왕의 도움으로 강물에서 구조한 것도 허구적인 내용이다. 유화는 금와왕이 데려다 별궁에서 지낼 때 햇빛이 몸에 비취는 바로 알을 낳았다. 유화가 낳은 알은 금와왕이 불상의 징조라 하여 파기하려고 하였는데 그 수난의 과정을 이규보는 시로써 다음과 같이 나타냈다.

금와왕이 유화 해모수 비임을 알고	王知慕漱妃
그로 인해 별궁에 있게 하였다	仍以別宮置
햇빛을 품어 주몽을 낳았으니	懷日生朱蒙
이 해가 계해년이	是歲歲在癸
골상이 참으로 기이하고	骨表諒最奇
우는 소리 또한 심히 컸다	啼聲亦甚偉
처음 닷 되들이 같은 알을 낳았는데	初生卵如升
보는 사람이 모두 놀랐다네	觀者皆驚悸
왕이 말하기를 상서롭지 못하다	王以爲不祥
이것이 어찌 사람의 종류인가	此豈人之類
마구간에 두니	置之馬牧中
여러 말이 모두 밟지 않네	群馬皆不履
깊은 산 속에 버리니	棄之深山中
온갖 짐승이 모두 보호하였네	百獸皆擁衛

위의 시는 하백이 딸 유화가 부모 몰래 해모수와 정을 통한 것으로 분하게 여겨 화풀이이로 입술을 잡아당기어 세자나 늘이고 우발수로 추방시킨 것이다. 하백은 고이 키운 딸이 해모수에게 몸이 유린당하여 원통하게 생각하고 딸에게 공격적인 화풀이를 한 것이다.

유화는 금와왕 궁전에서 지낼 때 햇빛이 비추게 되어 알을 낳았다. 금와왕은 유화가 낳은 알을 없애버리려고 마구간에 버려도 여러 말들이 밟지 않고, 깊은 산중에 짐승의 먹이사슬로 버렸으나 도리어 보호하게 되어 왕은 알을 유화에게 돌려주었다. 알은 어미 새가 품어주어야 부화하게 되어 있는 거와 같이 유화가 천으로 알을 덮어주어 주몽이 알에서 태어났다. 주몽의 탄생은 영웅의 탄생과 같이 일치되게 수난을 겪었다. 주몽은 해의 정기를 타고 태어났으니, 인간의 지능과는 월등하게 다르게 발달했다. 여기에 물것들은 주몽을 분발케 하기 위해 잠을 자지 못하게 괴롭히니, 힘써 행학 된다.

특히 주몽은 활을 잘 쏘게 되어 유화는 활과 화살을 만들어 주어 선사자(善射者)가 되게 했다. 주몽은 선사자인 고구려의 왕으로 군림하여 고구려인들에게 상무의 정신을 심어주어 강대한 나라를 세우게 되었다. 다음의 시는 작자가 주몽의 앞날을 예견한 시라고 할 수 있으니, 소개하면 다음과 같다.

> 어미가 잠시 들여서 길으니 한 달이 지나 말을 시작하였다.
> 스스로 말하기를 파리가 눈을 빨아서, 누워도 편안히 잘 수 없다 하였다.
> 어미가 활과 화살을 만들어 주니, 그 활이 헛되이 되지 않았다.

주몽은 해님의 기질로 태어나 미물인 파리 떼가 주몽을 분발케 하기 위해 잠을 자지 못하게 괴롭혔으니 지능발달과 함께 그의 특기인 활을 잘 쏘게 된 것이다. 주몽이 파리를 활로 쏘아 잡았다는 말은 이 시의 유래에서 온 것이라 할 수 있다. 고구려는 위아래의 여러 나라와 상대해야 하는 상황에 처했으나 당시 활은 나라를 지키는 주 무기가 되었다. 고구려인에게 활은 나라를 지키고 국토를 수호하고 넓히는데 아주 긴요한 무기였다.

작자 이규보는 주몽이 선사자로서 되기까지의 과정은 순탄하지 않고 모순되고 대립되는 조건에서도 잘 처리하여 시를 지었다.[48] 주몽은 재주

---

48) A, Tate, *Tension in Poetry, The Man Of Letterers in Modern World,* New York. 1958, p.64.

가 비상함에 따라 성장과정에서 금와왕의 7왕자로부터 시기 질투를 받아 생명의 위협을 받게 되었다. 작자는 주몽신화의 내용을 근거로 다음과 같이 지었다.

> 나이 점점 성장하니, 재능이 점점 갖추어졌네.
> 부여왕의 태자, 그 마음의 투기가 생겼네.
> 말하기를 주몽이란 것은, 반드시 범상한 사람이 아니라하네.
> 만일 일찍 도모하지 않으면 그 근심이 끝날 날이 없을 것이라 하네.
> 왕의 명령으로 가서 말을 기르게 하였으니, 그 뜻을 시험하려 함이었네.
> 스스로 생각건대 천자의 손자로서 말을 기르는 것을 참으로, 부끄러운 일이네.
> 가슴을 어루만지며 항상 스스로 말하기를 내 삶이 죽는 것만 같지 못하네.
> 생각은 장차 남쪽 땅에 가서 나라도 세우고 성시도 세우고 싶네.
> 사랑하는 어머니가 계시기에 이별이 참으로 쉽지 않구나.

주몽은 천강일자로 태어난 관계로 재능과 활동방향이 금와왕의 왕자들과는 엄연히 달랐다. 왕자들은 인간의 속성으로 태어났고, 주몽은 하늘의 아들로 태어났으니 그 사람의 틀이 천양의 차가 나게 된다. 주몽은 신인(神人)으로 태어난 관계로 왕자들에게 시기를 당하게 된 것이다. 왕자 중 맏아들 대소(帶素)가 주몽의 지혜와 재능에 미치지 못하자 시기질투를 넘어 살해하려 했다. 금와왕은 아들의 말만 듣고 주몽을 경계하게 되어 말을 키우게 했다. 주몽은 말을 키우게 되어 신세한탄을 하게 된다. 그러나 주몽은 천한 일 을 할 때 장래의 큰 인물이 될 것을 꿈꾸었다.

주몽은 천업에 임하게 되더라도 좌절하지 아니하고 정성을 다하여 말을 키웠다. 주몽은 대소의 살해를 모면하기 위해 남쪽으로 가서 나라를 세우는 꿈을 가지게 된다. 주몽은 나라를 세우는 불꽃같은 마음이 일어

말을 키우는 일에 힘썼다. 주몽은 남쪽으로 가서 나라를 세우고자 하나 모친 때문에 떠날 수 없음을 안타깝게 생각하였다. 작자는 이런 상황을 잘 처리해 다음과 같이 나타냈다.

> 그 어머니가 그 말을 듣고 눈물을 닦으며 말한다.
> 너는 내 생각하지 말라 나도 항상 마음이 아프다.
> 장사가 먼 길을 가려면. 반드시 준마가 필요하니라.
> 아들을 데리고 마구간에 가서 긴 채찍으로 말을 때렸다.
> 어린 말이 전부 달아나는데 붉은 빛이 번쩍이는 한 말이 있었네.
> 두 길 되는 난간을 뛰어 넘으니 비로소 준마인 것을 알아냈네.
> 가만히 바늘을 혀에 꽂으니 아파서 먹이를 받지 못한다.
> 며칠이 못 되어 심히 야위어 가장 용렬한 말과 같았네.
> 그 뒤에 왕이 돌아보고 말을 준 것이 이 말이었네.
> 얻고 나서 비로소 바늘을 뽑고 밤낮으로 자주 먹었네.

주몽은 신인적 존재로 태어났다고 하더라도 나이가 어린관계로 금와왕 치하에서 살게 되어 앞날에 대한 새로운 일에 대해서 잘 처리해 낼 요량이 부족했다. 여기에 파송자인 유화가 나타난 것이다. 주몽에게 유화는 고구려를 세우는 활력소적인 원동력역할을 한 것이다. 주몽은 말을 키우게 되어 유화로 하여금 준마를 얻게 되어 꿈을 이루게 되었다. 유화는 주몽에게 준마를 얻게 하는 일환으로 말을 채찍으로 때려 두 길이나 되는 뛰어 넘는 준마를 가려냈다. 유화는 그 말을 야위게 하기 위해 그 말 혀에다 바늘을 꽂혀 먹이를 먹지 못해 말 중에 가장 약해보였다.

금와왕은 주몽이 말을 잘 키우는 가를 보러왔다. 다른 말보다 그중 힘이 업어 보이는 용렬한 말을 주몽에게 말을 주었다. 주몽은 이 말을 준마로 키웠다. 이규보는 작자 나름의 상상력을 발휘하여 준마를 얻는데 성공하는 내용으로 시적인 형상화로 나타냈다. 주몽은 밀을 키우는 일에 종사하다보니 자신의 한계와 금와왕자 들에게는 불가항력작인 약자임을 인지하게 되었을 때 유화가 주몽의 운명을 열어 놓은 것이다.

[그림 16] 주몽이 탄 드라마 장면의 준마

작자 이규보는 유화로 하여금 주몽이 생명의 위협을 받게 되었을 때 부정적인 상황을 긍정으로 대립과 갈등을 교차시켜 변증법적 수법으로 바꿔놓게 했다. 유화는 주몽이 준마를 키우게 되어 부여를 떠나는데 경정적인 계기기가 되게 했다. 작자는 이 시에서처럼 역설을 잘 이용해 시에서 쓰는 반어적인 역설을 타당성 있게 나타내 시인은 확실히 역설을 통해서 가능해짐을 깨닫게 해 준 것이다.[49] 주몽이 준마를 탄 위용을 2006년~2007년 MBC 81부작의 드라마 『주몽』에서 소개하면 그림 16과 같다.

주몽은 금와왕의 맏아들 대소가 살해하려고 할 때 생명을 보존하게 되었는데 그 기회를 유화가 마련해 주었다고 할 수 있다. 작가는 이런 상황을 『동명왕편』에서 주몽이 역경에 처한 상황을 모순인식으로써 아이러니의 상황을 창조적으로 창출함으로써 시적가치를 표출해냈다. 주몽의 운명의 아이러니는 유화가 앞길을 열어주어 준마를 타고 남쪽으로 가게 되었는데, 주몽의 고난이 최절정에 이른 장면을 소개하면 다음과 같다.

---

49) Cleanth Brooks, *The well wrought Urn~studies in the Structure of Poetry* A harvest,H. B. J B, Book, New york, 1975, p.3.
"apparently the truth which the poet utters can be approached only in terms of paradox."

세 사람이 어진 벗을 맺으니 그 사람들이 모두 지혜가 많았네.
남으로 향하여 암체수에 이르러 건너려고 하니 배가 없었네.
채찍을 잡고 저 하늘을 가리키며 개연히 긴 탄식을 하네.
천제의 손자 하백이 외손이 난을 피해 여기에 이르렀네.
고사를 불쌍히 여기는 마음으로 황천후토가 참아 버리겠습니까.
활을 잡아 하수를 치니 고기와 자라 머리와 꼬리를 나란히 하였네.
높게 다리를 이루니 비로소 건널 수 있었네.
얼마 후에 쫓는 군사들 이르러 다리에 오르니 다리가 무너졌네.

주몽을 구한 것은 천제와 수신 하백이나 직접으로 도운 것은 수신의 도움이 컸다. 뒤에서는 대소의 부하가 쫓아오고 앞은 암체수(엄수)가로막아 진퇴양난에 처하였을 때 천제와 수신에게 소원을 빌어 무사히 도강하게 되었다. 작자는 주몽신화를 소재로 하여 지은 것이지만 열린 언어(open language)로써 생명력이 분출하는 언어를 구사하여 모순되고 역설적인 갈등의 긴장감을 시로 지은 것이다.[50] 주몽은 탄생 이전부터 통과의례적인 입사식의 고난을 겪었는데 수신 하백의 도움으로 극복함으로써 무사히 도강하게 되었다. 그 후 주몽은 고구려를 건국하였다

4. 유화의 사자 비둘기 보리씨 전달

주몽은 대소의 무리가 쫓아오는 군사들의 무리를 따돌리고 강을 건너 나무 아래에서 쉬고 있을 때 비둘기가 날아와 주몽에게 보리씨를 전하였다. 그 비둘기는 다름 아닌 어머니 유화가 보낸 사자로서 신조(神鳥)였다. 주몽이 쉬고 있었던 나무는 신목(神木)·신수(神樹)라고 할 수 있다. 유화

50) philip wheelwright, *Metaphor and Reality,* Indiana University Press, 1968, pp.37~38.

는 곡모(Getreide mutter) 지모(End mutter)도 겸하게 되어 '水-女-地'의 생생력환대(生生力環帶, Anthropkosmischer fruchtbarkeits Kreisi)를 이루는 힘의 작용을 물이 하게 되어[51] 곡물생산의 풍요로움과 관계가 깊다.

주몽은 22세 때 땅이 기름진 졸본 촌(현토의 지경)에 도읍하고 국호를 기원전 37년에 고구려를 세웠다(또는 기원전 277년). 그리고 넓은 평원에 보리를 심어 가꾸어 나라 사람들이 안심하고 살아갈 수 있게 하였다. 보리는 추운 겨울에 눈이 많이 오면 이불로 삼고 잘 자라는 것으로 악조건하에서 굳세게 살라는 뜻이 들어 있는 곡물이니 고구려의 기질을 닮은 곡식이라 할 수 있다. 고구려는 천제의 아들이 나라를 다스리고 먹을 식량이 풍족하여 사방에서 이를 전해 듣고 내부(來附)하는 사람이 많았다고 한다.

"백성은 번성하며 오곡이 풍족하였다"라고 하였다. 고구려는 나라를 세운 후 말갈족을 쳐 물리쳤다, 그런데 비류국(沸流國) 송양(松讓)은 주몽에게 부용 할 것을 전하자 드디어 양자 간에는 활쏘기로 겨루게 되었다. 승부는 주몽이 송양을 항복케 하여 주몽에게 부용국이 된 경위에 대해 지은 내용을 소개하면 다음과 같다.

> 한 쌍의 비둘기 보리를 물고 날아 신모의 사자가 되어왔네.
> 형승의 땅에 왕도를 여니 산천이 울창하고 우뚝하였네.
> 자연의 띠 자리 위에 대강 군신의 위를 정하였네.
> 딱하다 비류왕이 어째서 스스로 헤아리지 못하였던고.
> 굳이 선인의 후예인 것만 자긍하고 천제자손의 존귀함을 알지 못하였네.
> 한갓 부용국으로만 남으려 하여 말하는 것 조심하고 겁내는 태도 없었네.
> 그의 사슴의 배꼽 맞추지 못하고 우리 옥지환 깨치는데 놀랐네.

51) M. Eliade, *Die Keligionen und Dos Heilige,* Kock Salzburg, 1954. p.218.

고각이 변모한 것을 와서 보고 감히 내 그릇이라고 말하지 못하였네.
집 기둥이 오래된 것을 와서 보고 혀를 깨물고 도리어 무안하였네.

시인 이규보는『삼국사기』의 내용을 근거로 하여 상상력을 발휘하여 지었던 관계로 독자는 미적 거리(aesthetic distance)를 유지하여 감상하게 된다. 원래 주몽은 파송자의 도움으로 고구려를 세우게 되었고 주몽이 선사자니 활소기는 송양이 당할 수 없게 되어 있다. 특히 미적거리는 주몽존재의 내면성을 새로운 심미안으로 깨닫게 해주는 역할을 하는 관계로 심리적 거리(psychic distance)라고 할 수 있으니,[52] 허심탄회한 마음의 상태로 조명하면 주몽의 존재를 깨닫게 될 것이다. 주몽은 활을 잘 쏘는 기질로 태어났으니, 선사자라는 것을 알고 위의 시를 미적거리에서 감상하면 작가의 정서적 표현이 일종의 카다르시스를 느끼게 감상될 것이다.[53] 그럼에도 송양은 주몽의 신적인 존재의 선사자라는 것을 깨닫지 모하고 반심반의하게 되었을 때 마침내 그를 믿게 하는 내용을 소개하면 다음과 같다.

동명왕이 서쪽을 순수할 때 문득 하얀 눈빛 백록을 얻었네.
저주하여 이르기를 하늘이 비를 내리게 하라.
그 도성과 변지를 표몰시키지 않으면 내가 너를 놓아주지 않겠네.
너는 내 분함을 들어다오. 사슴의 우는 소리 심히 슬프네.
위로 천제의 귀에 사무쳤다. 장마가 칠일 간 퍼부었다네.
장대비가 내려 그 강물 기울일 것 같네.
비류국 송양이 심히 조심하고 두려워하여 흐르는 물 따라 부질없이 갈

52) Allex Preminger, *Princeton Encyclopedia and Poetics,* Princeton University Press, 1955, p.5.
53) Susanne K. Langer, *feeling and Form*, Charles Seribner's Son, 1953, p.256.

대밧줄을 가로 뻗치었네.

백성들이 다투어 와서 밧줄을 잡아당겨 담을 흘리며 서로 쳐다보았네.

동명왕이 곧 채찍을 들어, 물을 그으니 물이 멈추었네.

송양이 나라를 들어 항복하고 그 후에는 다시 헐뜯지 못하였네.

작가 이규보는 주몽이 비류국 송양을 홍수로서 굴복시켜 항복을 받아낸 것을 시적승화로 나타내었는데 그 수법이 작가가 지니고 있는 낭만적 아이러니 수법으로 그려냈다고 할 수 있다. 주몽은 송양을 굴복케 하였는데 그 땅을 다물도(多勿都)라 하여 송양을 봉하여 다물도주로 삼았다. 주몽은 송양을 승복케 하고 고구려를 세우고 왕위에 등극하였는데 앞서 소개한 바와 같이 2006년~2007년 MBC 81부작의 드라마 『주몽』에서 왕위 즉위식 장면을 다음과 같이 시청자에게 선보였다.

주몽은 졸본 촌에서 나라를 세운 후 소서노(召西奴, B.C.66~B.C.6)를 정비(正妃)로서 맞았다. 소서노는 고구려와 백제 건국의 핵심적인 역할을 하였는데, 김부식의 『삼국사기』 권23 「백제본기」 온조왕 조에 기록되어 있다. 주몽 3년(B.C.35) 3월에는 『삼국사기』의 내용에는 다음과 같이 되어 있다.

[그림 17] 주몽의 왕위 소서노 왕비 즉위식

> 황용이 골령(鶻嶺)의 남쪽에 나타내고 그 빛이 푸르고 붉었다고. 했고, 다음 해 4월에는 운무가 사방에서 일어났는데 7일 동안 햇빛을 볼 수 없었다. 7월에 성곽을 쌓고 궁성을 지었다.

주몽은 고구려를 세워 궁궐을 짓고, 왕위는 예씨(禮氏)와의 낳은 유리(類利)에게 물려주었다. 주몽이 승천하였다는 그 기록을 이규보는 『동명왕편』에서 다음과 같이 지었다.

> 검은 구름이 골령을 넘어 난이 연하여 뻗친 것이 보이지 않았네.
> 수천 명 사람의 소리가 들려 나무 베는 소리를 방불케 하였네.
> 왕이 말하기를 하늘이 나를 위하여 그 터에 성을 쌓은 것이라 하네.
> 돌연히 운무가 흩어지니 궁궐이 높이 우뚝 솟았네.
> 왕위에 있은 지 19년 만에 하늘에 오르고 내려오지 않았네.[54)]

주몽이 고구려를 세운지 19년 만에 승천하였다는 것은 해모수가 있는 나라에 간 것이니 하늘나라에 간 것을 의미한다. 주몽은 승천 후 지상에 오지 않았다고 해도 고구려를 음우하고 있으니, 인간계를 벗어난 것이 아니라 천상계의 이미지로서 우주적 의미에서의 신과 인간 체내의 존재임을 알 수 있다. 주몽은 신적인 관계로 겸손(humility)의 미덕을 지녔지만 송양은 그렇지 못했다. 송양은 신선의 후예라는 것을 믿고 자만하여 활쏘기에서 패배한 것이다.

주몽은 해모수의 아들로서 천신의 후예였음에도 겸손으로써 송양을 물리친 것이다. 마치 이는 아리스토텔레스가 고대 희극을 두 가지 타입의 인물을 분류한 것과 같다고 할 수 있는데 에이런(Eiron)과 알라존(Alazon)

---

54) 『동국이상국집』 권3 동명왕편.

으로 본 것과 비교된다. 전자는 겸손하고 현명한 반면에 후자는 자만하고 우둔한 것으로 보면 된다. 주몽은 현명하고 겸손하였기 때문에 직접 승부를 겨루지 않고 물로서 그를 굴복시킨 것이다. 주몽의 진정한 아이러니는 그 어원에서와 같이 에이로네이아(Eiorneia)에서 유래한 것으로 자기를 낮추는 것으로 이해하면 될 것이다. 이런 것으로 미루어 진정한 아이러니는 주몽이 송양의 대결에서도 선사자이면서도 자만하지 않고 겸손의 미덕으로 승부를 겨루어 겸손의 속사정을 나타냈다.[55]

우리는 수천 년 동안 내려오는 동이족이 창안한 『하도』(河圖)와 『낙서』(洛書)에서 유래한 오행 상생과 상극에서 볼 수 있는 바와 같다. 송양을 불같은 존재라면 주몽은 물의 존재로 볼 수 있다. 상생 론에서는 목생수(木生水)에서와 같이 나무가 불을 낳은 것으로 된다. 상극에서 수극화(水剋火)는 물이 불을 이긴다.

주몽은 해모수와 유화 사이에 태어났으니 음양의 조화로 태어난 것으로 비유할 수 있다. 주몽이 세운 고구려는 융성하고 강대한 나라를 세웠다. 음양은 상반상성(相反相成)으로 만물을 생성하게 되니 주몽이 주변의 나라를 제압하고 위대한 나라를 세우게 되었다.

> 어원적 의미로 보면 아이러니는 변장의 기술이다. 남을 기만하는 변장의 기술이라는 듯은 아리스토텔레스의 윤리학에 이미 나타난 있다. 그는 여기서 세 가지 타입의 인간성을 제시하고 있다. 허풍선이처럼 자기를 실제 이상의 존재인 것처럼 가장하는 인간과 이와 반대로 자신을 실제보다 낮춰 말하는 인간, 곧 동양의 미덕으로 겸선한 인간, 그리고 이양자 사이에 존재하는 중용의 인간, 곧 자기를 있는 그대로 말하는 진실한 인간이

55) Kenneth burke, *A Grammar of Motives*, New York, 1945, p.514.
"True Irony, however, Irony that rearly des justify the attribute of humility is not superior to the enemy."

> 그것이다. 이런 분류에 나타난 그의 윤리적 가치기준은 진실성에 있으므로 앞의 두 인물로 처리할 수밖에 없다. 자신과 사물을 과장하거나 과소하게 말하는 것은 모두 변장의 부도덕한 행위가 된다. 그러나 문학에서 중요시 되고 문제가 되는 것은 이 두 기반적인 인물이다.[56]

이승휴(李承休, 1224~1300)에 의해 주몽사화를 근거로 『제왕운기』(帝王韻紀)에는 역사적인 내용으로 지어 사료적 가치가 있자만 문학론으론 『동명왕편』과 같이 살필 수 없음을 밝혀둔다. 주몽사화를 근거로 18세기 영조 때 시인 석북(石北) 신광수(申光洙, 1712~1775)는 주몽이 기린말을 타고 승천하였음에 대해 문학적인 형상화로 다음과 같이 지었다.

> 기린 말은 길게 울어 하늘로 향하였네.
> 지금은 으레 흰 구름 밟으며 다니리라.
> 푸른 단. 옛글이 삼천세나 되어,
> 어느 날 천손은 패성으로 돌아오리.[57]

주몽은 기린 말을 타고 조천석(朝天石)을 딛고 승천하였다는 것이다. 주몽의 승천은 우주적 의미로서의 신과 인간의 체내의 합일 존재를 상징적으로 나타낸 것이라 할 수 있다.

> 조천석 옛 사적은 네가 으레 알리라.
> 상전벽해로 변하였더라도 물건은 그대로 있네.
> 성 아래 강물 위에가득 오는 밝은 달에,
> 어찌하여 기린 말은 오가는 때가없는고.[58]

---

56) 金埈五, 『詩論』, 三知院, 1993, 216쪽.
57) 申光洙, 『石北文集』 卷10 關西樂府 其57.

석북은 주몽이 조천석을 딛고 기린 말을 타고 승천한 그 말에 자국 흔적이 지금도 석상에 남아 있다는 기록에서,[59] 이에 대해서 지은 것이다. 주몽 신화에 대한 한국문학의 수용은 한문학의 경우 문집에서 더러 찾아볼 수 있는 정도이고 현대 역사소설에서 나타난 있는 것을 춘원 이광수의『사랑의 동명왕』에서 보게 된다. 난생설화는 박혁거세 신화 수로신화 등에서 광명사상으로 나타나 있다.

[그림 18] 앞 열 좌(左)가 해모수 우(右)는 유화

주몽의 난생설설화는 일연에 의해 주몽은『삼국유사』에서 신성성과 진실성이 인정되어 신성사로 역사전달이 되게 하여 신화로써 신화창조자가 되게 했다. 여기에 이규보가『동명왕편』에서 형성화시켜 서사시로서 역사전달을 친연관계로 나타내 독자에게 재구축하고 재창조의 함축된 작가로서 입지를 굳혔다. 독자는 이 서사시를 읽고 시공을 초월한 비사실을 사실이게끔 작가의 의도를 독자의 참여가 합치되게 하였다.『동명왕편』은 주몽을 신화를 신화답게 일품으로 되게 했을 뿐만 아니라 세계화 시대에서 고전문학이 지향해야 될 방향과 앞으로 배워야 할 과제라 할 수 있다.

5. MBC 드라마『주몽』방영

예전에는 신화에서 옛이야기와 문학이 생기게 되었다. 고구려의 시조는

58) 위의 책, 其65.
59)『동국여지승람』권51 평양부 고적편 기린굴 조.

[그림 19] 해모수 역 허준호

[그림 20] 유화 역 오연수

[그림 21] 소서노 역 한혜진

[그림 22] 주몽 역 송일국

난생으로 『삼국사기』와 『삼국유사』에 나타난 것으로 인해 이규보의 『동명왕편』 서사시가 탄생하게 된 것이다. 오늘에는 신화를 배경으로 방송극, 영화, 드라마로 제작되어 보고 듣게 되어 많은 사람들에게 호응도를 높여주는 역할을 하고 있다. 일연은 『삼국유사』에서 허구적 유형의 주몽의 난생설화를 신화로써 승화시켜 신화창조자(Myth Marker)가 되게 했다.[60)]

일연은 신화성을 살려 독자에게 재구축하고 재창조가 되는 함축된 작가(Impled author)가 되었고, 독자는 환상을 느끼는 함축된 독자(Impled

60) Rebert Scholes & Robert kellogg, *The Nature of Narrative*, London, Oxford Univ.Press, 1966, p.12.

reader)가 되게 하여61) 널리 알려지게 되었다. 이에 따라 2006년 MBC 81부작의 드라마 『주몽』을 상연하게 되어 호응도가 높았는데 주요 등장인물을 소개하면 그림 18과 같다.

위의 배역으론 탤런트, 영화배우 출신들이 각기 역을 맡았는데 해모수역에 허준호, 유화 역에 오연수, 주몽 역에 송일구(후렬 우편), 그의 부인 소서노역(중간)에 한혜진, 부여왕 금와 역의 전장렬(좌편) 등이 출연하였는데 이들의 인물을 소개하면 그림 19~22와 같다.

등장인물은 유명한 배우출신들이고 고구려의 역사를 밝히는 내용이라 호응도가 높았다. 드라마는 영화와 마찬가지로 음악 등 종합예술이므로 사람들의 선호한다. 주몽신화가 중국과 일본에까지 영향을 미치게 된 것은 신화창조자의 역할을 하였기 때문이다. 여기에 주몽신화는 영화나 드라마의 신화창조가 되어 사람들의 관심이 많았는데 등장인물들이 인기도가 높은 탤런트 출신들이라 선망에 대상자들이라 시청률이 높았다. 일찍이 고구려는 남다르게 강대하면서도 훌륭한 나라를 세웠기 때문에 인구에 회자되었다.

주몽이 다스린 고구려는 단군조선을 계승한 나라로서 드넓은 만주벌판을 석권하였기에 외세에 짓눌려 살아온 사람들에게 주인공과 동일시형상이 일어나 사건의 현장에 있는 듯 환상(illusion)을 느끼게 하였다. 사람들이 모이면 주몽드라마를 이야기 할 정도로 관심거리가 되었다.

드라마는 『주몽』 편성 MBC 월, 화 21시 55분 요약 국내드라마 총 81부작이 2006.05.15~2007.03.06까지 인기 있는 드라마로써 종영(終映)되었다. 이 드라마는 고주몽이 만주벌판까지 강역을 넓히는 계기를 마련했던 관계로 고구려건국에 대해 "거대함은 이제부터 시작이다" '오늘보다 거대

61) Bronislaw Malinowski, *Magic Science and Religion, and Octer Essays,* Anchor Books parperback, New York, 1954, p.107.

[그림 23] 2010년에 간행한 주몽 우표

한 고구려를 만나다' '우리민족이 가장 아름다웠던 시간' … 등으로 홍보하여 많은 사람들이 시청하게 되었다.62)

고구려 시조 주몽은 해모수와 유화 사이에 태어나 훌륭한 나라를 세웠다. 21세게 오늘의 사람들은 고구려에 대해 동북아에서 만주 벌판을 차지할 정도로 강대한 나라를 세웠다는 것을 알고 있다. 드라마 『주몽』이 방영된 지 6년의 세월이 흘렀지만 당시 유명 탤런트 배우들 출연으로 그 추억을 떠올리어 그 선조들 위업이 훌륭했다는 것을 잊지 못하게 추억거리로 조성해 주었다. 사람들은 그 드라마를 추억으로 떠올리고 자위하고 난생인 주몽을 그리고 있다. 간혹 우표에서는 주몽으로 여러 번 나타났는데 그 중 2010년에 간행한 것을 소개하면 그림 23과 같다.

주몽의 홍보는 우표에서도 볼 수 있으니, 앞으로 주몽에 대해 좋은 작품을 간행하는 일이 과제로 남는다.

Ⅳ. 맺음말

주몽신화는 고구려의 신화라고 하더라도 오랜 역사의 전통을 함유시켰다는데 의미가 있다. 여기에는 단군신화·알타이계 신화을 수용하여 환상적 구술전통의 이야기 구성으로 형성되어 역사가 갖는 친연성으로 전해졌고 나아가서는 범세계적인 신화를 수용하였다.

62) http://www.imbc.com/broad/tv/drama/jumong/index.html

흔히 『삼국사기』는 역사적 내용이고 『삼국유사』는 신화적인 내용이라 알려져 있다. 주몽신화는 이 양 문헌에서 전해진 것이지만 『구삼국사』를 근거로 하여 편술되었기 때문에 고구려가 건국할 당시는 제의(祭儀) 때 연희(演戲)로 구전설화가 널리 유포되었던 관계로 신화가 개입된 것이다. 더구나 『구삼국사』는 고구려의 역사니 구비전설이 만연되어 있을 당시라 신화적인 요소가 개입된 것이다. 그렇지만 일연과 김부식은 각기 역사성과 신화적인 내용으로 편찬하였다. 이들은 두 가지를 합일시켜 새로이 서술했던 관계로 역사성과 신화를 새로이 구축한 창조자라고 할 수 있다. 물론 고대 건국신화는 위대한 나라를 세우기 위한 방편으로 편술하게 되니 자연적으로 신화적인내용이 개입하게 됐다.

주몽은 입사식의 고난을 겪으면서도 거대한 중원과 백제와 신라와 대치상태이면서도 오랜 동안에 걸치는 가장 강대하고 강력한 고구려를 세은 것은 주몽신화가 큰 역할을 하였다고 본다. 주몽은 난생이니 삼족오(三足烏)와 관계가 깊어 태양숭배 신앙이 하느님 숭배관념으로 이어져 내려온 것이다. 고구려는 농경국가였으니, 새의 알이 곡식의 낱알로 비유되어 풍요롭고 물질이 풍성한 나라를 세우는 일환으로 시조를 알에서 태어났다고 한 것이다.

주몽신화는 고려의 백운거사 이규보의 『동명왕편』에서 신화로서 재탄생시켰다. 이 서사시는 장편 시로 『삼국사기』를 근거로 주몽의 일대기를 새로이 오언시로 재구축하여 재창조의 함축된 작가가 되었다. 또 서사 안에서의 전제된 독자는 환상적인 신화를 신화로서의 전형을 이룬 정서에 의해 함축된 독자가 되게 했다.

18세기 영조 때 문명(文名)으로 온 나라를 움직이었으며, 중국에서도 한시 창으로 회자되게 한[63] 석북 신광수는 『관서악부』(關西樂府)에서 주몽에 대해서 지었다. 20세기 춘원 이광수 또한 『사랑의 동명왕』을 지어 주몽이 고구려를 세운 내력에 대해서 지었다. 2006년에는 TV드라마 주몽을 방영하여 강대한 고구려를 건국하여 동북아에서 가장 훌륭한 나라를 세웠다고 일반대중에게 널리 홍보하였다.

고구려가 동북아시아에서 막강한 나라를 세울 수 있었던 것은 주몽신화에 담긴 천신신앙인광명사상으로 공명 공감케 되어 고구려인들이 체질화된 생활을 하였기 때문이다. 서사시 『동명왕편』은 주몽신화를 십분 발휘하여 신화다운 신화로 일품이 되게 했다. 이점은 우리문학이 세계화 시대에 지향해야 할 과제라고 생각한다.

동북아시아 설화에서 난생(卵生)의 효시는 고구려 주몽설화보다 훨씬 앞선 동이족이 세운 은(殷)의 시조 사화(史話) 설(契)이 전한다. 은나라는 서기전 17세기경 수립되었다가 서기전 11세기경 주(周)나라 무왕(武王)에게 멸망한 은(殷)나라의 시조 설(契)은 은설(殷契)로도 불린다. 사마천(司馬遷) 『사기』(史記) 은(殷) 본기에는 이 사화(史話)가 전한다. 은나라 시조 설의 어머니 간적(簡狄)은 유융씨(有女戎氏)의 딸로서 제곡(帝嚳)의 두 번째 비(妃)였다. "세 사람이 목욕하러 갔을 때 검은 새(玄鳥)가 알을 떨어뜨리는 것을 보고 간적이 삼켰더니 임신하여 설을 낳았다"는 것이다.

은나라는 고구려보다 무려 1500년 먼저 세운 나라이지만 고구려와 같이 후세에 난생설화로서 전형이 될 만큼 은나라 사람들이 신화로서 전하는데 그쳤기 때문에 후세에 영향을 끼치지 못했다. 『시경』(詩經) 상송(商頌) 현조(玄鳥) 편에서의 난생설화 또한 은의 상황과 일치되는 경향이다. 그런데 비해 고구려인들은 주몽신화를 실천하여 근 1000년 동안 동북아시아에서 고구려인의 역사성을 반영하여 강대한 나라를 세우는 전통을 세우고 다른 나라에 영향을 미쳤다는데 의의를 지닌다. 주몽신화는 고구

63) 『高靈申氏世譜』 卷1 石北公 大田 回想社, 1979, 79쪽. "文章鳴震一世, 關山戎馬關西樂府之作登於管絃歌曲, 中國觀繕亭, 亦以公詩懸楣, 華人稱之, 東國詩體宗匠".

려시대 주몽을 위대한 인물로서 부각시키기 위해 제의로 실현 한 것이 역사성과 신화성이 인정되어 훌륭한 나라를 세우는데 기여가 되었으며, 훌륭한 신화로 전하게 된 것이니 큰 의의를 지니게 된다. 따라서 이규보의 『동명왕편』도 주몽을 서사시로 나타나는데 큰 역할을 하였음을 첨언해 둔다.

한국전통의 신선문화와 고소설 고찰

－고조선의 신선신앙과 『춘향전』과 『심청전』 중심으로－

Ⅰ. 머리말

한국은 신선문화의 종주국이다. 일찍이 신선문화는 김부식이 『삼국사기』 권17 고구려본기 동천왕 조에서 평양은 선인(仙人) 단군왕검의 도읍지라고 역사적으로 증명했다. 그 밖에 『동국통감』 단군조선에서 서술되었고, 『삼국유사』 권1 고조선 조에 신선문화가 자세하게 거론되어 있다. 고조선시대 신선문화는 역사나 설화와 후세문학에서 수용되었으니. 이 자료를 활용하여 심리학자의 집단무의식(the collective unconscious)의 학설로 분석고자 한다.

우리의 신선문화는 단군조선에서 연원된 것임에도 도교(道敎)에서 온 것으로 보는 경향이 짙다. 도교에서의 신선문화는 우리의 상고시대 신선문화가 전해진 것이란 것을 잊어서는 안 될 것이다.

우리의 상고시대는 환인·환웅·단군시대를 일컫는다. 이 3대에는 신선문화가 생겨나 후세의 사상문학에 전수되어 원초적 이미지(primordial image)의 저장소인 역사의 장이기도 하여 S.프로이트나 C.G.Jung의 심리학으로 고찰하면 원만하게 해결되리라 믿는다.

선계를 뒷받침하는 사상으론 『천부경』(天符經) · 『삼일신고』(三一神誥) · 『참전계경』(參佺戒經)을 들 수 있다. 이 세 경전에 대해서는 물론 구전으로 전승된 것이지만 연구다운 연구도 없이 위서라고 매도하고 있는 것이 오늘에 실정이다.

신선나라는 완전무결한 상태인 관계로 지극히 청한(淸閑)하여 사람들이 동경하여 왔다. 문학작품 중에 신선문화가 나타낸 것은 『춘향전』과 『심청전』을 예로 들 수 있다. 그러나 이 양 작품은 신분상승 후 부귀영화를 누리고 사후에 환상(環狀) 모티브인 천상관념이 나타나지 않는다. 이는 18세기~19세기 후 실학의 실증적인 고증으로 살아가는 시대인 관계로 생략된 것이다.

본고에서의 『춘향전』 · 『심청전』은 단군신화에 나타난 신선문화와 동굴모티브의 수용으로 고찰하고자 한다.

Ⅱ. 신선문화의 탐구

1. 고조선 3대에 걸친 환상(環狀)모티프

원칙으로 고조선시대는 환인 환웅 환검(단군)시대를 지칭한다. 환인과 환웅은 부자간으로서 천제(天帝)와 천신(天神)이고 딘군은 지상에서 환웅과 웅녀와의 사이에서 태어난 천인(天人)이다. 『삼국유사』 권1 고조선 조에 의하면 환웅은 교화로써 고을사회를 훌륭하게 다스려 홍익인간의 이화세계(理化世界, 理想世界)를 세웠다. 단군은 치화(治化)로써 발전시켜 부족연맹국가를 탄생시켰다.

단군은 1500년 동안 고조선을 다스리고 1908세까지 살다가 아사달의 산신이 되었다. 아사달은 하늘과 땅을 하나로 묶는 접촉점[1]으로 신선들이 천상을 오르내릴 수 있는 중간지대이다.

우리 조상들은 선계(仙界)의 신선이 살고 있다고 신실히 믿게 된 것은 『삼국사기』(三國史記) 권17 고구려본기 동천왕 조에서 평양은 원래 선인(仙人) 왕검(王儉)의 살던 곳이라고 한 것으로 밝혀진다. 이 기록은 신화적이라고 하지만 고조선부터 신선을 동경한 것이라 할 수 있다.

후대에 이르러 우리의 신선문화는 중국으로 유입된 것이 역수입되어[2] 민간신앙과 습합 된 것인데, 도교사상과 신선사상은 엄연히 다르다. 신선문화는 우리고유의 단군으로부터 기원한 민간신앙이다. 도교사상은 도가사상과 신선사상들을 혼용하여 만들어진 종교 사상이므로 이 또한 다르다.[3] 우리의 신선문화는 고난 많은 사바세계에서 장생불사하는 신선들이 살고 있는 선계를 그지없이 동경하게 된 것이라고 선학들에 의해 이미 발표된 바 있다.[4] 그런데 도교사상은 우리고유의 단군시대 신선문화의 비중보다 더 비중 있게 학설을 위주로 편 것이 아쉽다는 생각이 든다.[5]

위의 내용을 알기 쉽게 도표로써 나타내면 앞으로 삼대의 치적을 이해하는데 도움을 줄 것이라 믿는다.

---

1) Foster R Mecurley, *Ancient Myth and Biblical Faith*, Philadelphia : Fortress press, 1983. p.130.

2) 조지훈, 「累石壇神樹堂집 신앙연구」, 『文理論集』 7집, 高大, 1966.
이능화, 『즙술』, 이종은 역주보성문화사, 1990, 24쪽.

3) 송항룡, 「한국도교・도가사상의 특질」, 『한한국사상의 심층연구』, 도서출판 우석(宇石), 1988, 411~412쪽.

4) 김석하, 『한국무학의 낙원사상연구』, 일신사, 1973.
최창록, 『한국신선소설연구』, 형설출판사, 1984.

5) 김용범, 『도교사상과 영웅소설』, 문학아카데미, 1991.
이연재, 『고려시와 신선사상의 이해』, 아세아문화사, 1989.

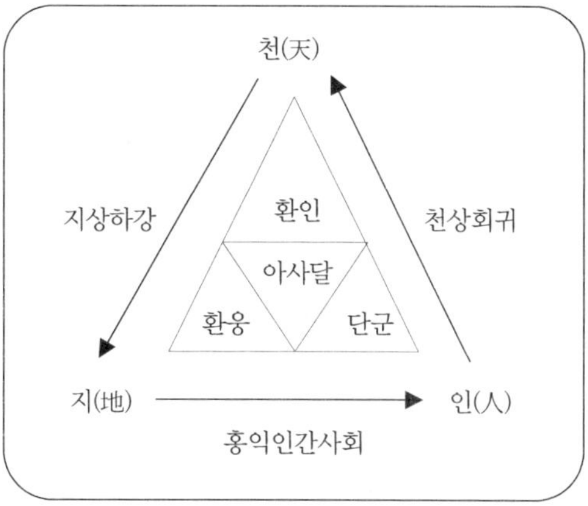

인류역사에서 고산숭배사상의 수용은 마야와 아스텍 문명이 남긴 피라미드와 메소포타미아의 지그라드에서도 보인다.[6] 우리나라의 경우 태백산정상의 있었다는 신단수는 천상의 신선들이 오르내리던 '우주의 나무'(Cosmic tree)[7]와 비슷하다. 또한 이 신단수는 『회남자』(淮南子)의 부상(扶桑), 불교의 보리수(菩提樹), 기독교의 선악의 나무(the tree of knowing good and evil)로도 볼 수 있다.[8]

신선문화를 보다 자세하게 알기 위해서는 일연이 편집한 『삼국유사』 권1 고조선에 환인이 천상의 나라를 관활한 것으로 거슬러 올라가게 된다. 환인은 여러 아들 중 환웅이 자주 천하의 뜻을 두고 인간세상 구하기를 탐낸 것을 알게 되었다. 환인이 아들 환웅의 말을 듣고 천상에서 지상인 태백산 있는 쪽을 바라보고 홍익인간으로 다스려 볼만하다고 일러 주

6) David Adanson, *The Ruins of Time*, New York, Praeger Publishers, 1975. p.115
7) M. Eliade, Patterns in Comparative Religion. trans. by Rosemary Sheed Cleverland and New York. 1967. p.273.
8) 윤경수, 『향가여요의 현대성연구』, 집문당, 1993, 48~49쪽. ; 『한국신화와 고전문학의 원형상징성』, 태학사, 1997, 28쪽.

고 나라를 세울 것을 허락하였다. 환웅은 환인으로부터 무리 3천을 물려 받아 이들을 거느리고 태백산 마루턱의 신단수(神檀樹)로 내려와 여기에서 신시(神市)를 열어 이 분을 환웅천왕이라 하였다.

환웅은 삼상(三相)인 풍백(風伯)·우사(雨師)·운사(雲師)와 오부(五部)의 장관격인 주곡(主穀)·주명(主命)·주병(主病)·주선악(主善惡) 등에게 인간 360여 가지의 일들을 주관하여 백성들을 교화하도록 명했다. 여기에서 360여사(餘事)는 366가지일 즉 366사(事)를 가리킨다.

366가지 일인 366사(事)는 1년 366일에서 온 것이다. 1년은 365일 5시간 46분이라는데 편의상 $366\frac{1}{4}$일이라 한다. 원칙으로 1년은 $366\frac{1}{4}$일이므로 하루에 한 가지씩 실천하는 덕목으로 오늘에는 『366사』(事)라고 하거나 『팔리훈』(八理訓) 또는 『참전계경』(參佺戒經)이라 한다. 오늘에 전하는 『참전계경』(參佺戒經)이 과연 고조선 3대에 있었겠냐는 의문을 누구나 가지게 된다.

환인·환웅·환검(단군)의 3대는 홍익인간의 이화세계를 이뤘다고 했다. 후에 단군이 고조선의 강역(疆域)을 8천리나 하니 강대한 나라를 세워 동이족이 중원천하를 지배하기도 했다.

환웅이나 단군 당시는 청동기였으므로 농경을 시작하는 단계이었다. 환웅이 천상에서 지상을 내려다 봤을 때는 사람들이 무질서하게 사는 것이 목격되었다고 할 수 있다. 환웅은 부친인 환인의 허락을 받고 태백산에 신단수에서 신의 고을을 이뤄 홍인인간의 이화세계를 세워 사람과 짐승이 공생하는 고을사회를 세웠다.

환웅은 짐승과 함께 공생하는 고을사회를 세웠던 관계로 곰과 호랑이 환웅을 찾아와 환웅과 같은 사람이 되고자 사람이 되는 비결을 물었다. 환웅은 1차적으로 이들이 짐승으로 태어난 것으로 인해 분리(Separation)의 단계로 쑥 한 다발과 마늘 20개를 주면서 동굴에 들어가서 100일 동안 먹으면서 도를 닦으라고 했다. 다음으론 2차단계인 전이(Transition) 과정을 거치게 했다.

이들 두 짐승은 쑥과 마늘을 먹으며 지내면서 지성껏 빌면 사람이 될 수 있다고 환웅이 명한 바를 실천하게 된다. 이 의식은 고대인들이 통과의례적인 입사식의 과정과 상통하는[9] 옮기는 단계라고 할 수 있다. 두 짐승은 사람이 된다는 희망 아래 좋아하고 한 굴 안에서 동굴생활을 하게 되었다.

범은 동굴생활을 시작한지 며칠이 안 되어 도저히 쑥과 마늘을 먹고 살 수가 없으므로 동굴을 나와 전과같이 산짐승으로 살게 되었다. 곰은 참고 견디어 동굴 안에서 3.7일(21일)간에 걸쳐 동굴생활을 하며 지성껏 천신에게 빌어 곰의 몸꼴이 사람의 형상으로 바뀌는 단계에 이르렀다.

제3단계는 통합(Incornporation)이니, 곰에서 웅녀로의 변신단계라고 할 수 있다. 원래 곰과 범은 쑥과 마늘을 먹으면 생리적으로 먹게 되어 있지 않다. 신화적으로 이들 두 짐승은 선관 선녀로 있을 때 천상에서 큰 죄를 지은 관계로 짐승으로 태어난 것으로 볼 수 있다. 곰은 짐승에서 사람으로 몸꼴을 환골탈태해야 하는 고난을 겪어야 한다. 곰은 짐승의 몸꼴을 씻어내기 위해서 곡식의 낱알과 같이 땅속에 들어가 그 씨가 썩어야 싹을 트일 수 있는 것과 같이 곰의 몸꼴이 없어져야 사람으로 환생할 수 있다. 마침내 곰은 입사식의 고난을 겪고 난 후에 웅녀로 환생했다.

웅녀는 신단수 아래에서 제물을 차려놓고 아들을 낳게 해달라고 지성껏 빌었다. 환웅은 웅녀의 지극한 정성에 감동되어 환웅이 잠시 사람으로 변신하여 신혼(神婚)을 이뤄 단군을 낳았다.

단군은 고조선을 1500년을 훌륭하게 다스린 후 1908세를 살다가 아사

9) Arnold Van Gennep, *The Rites of passage*, trans. by M.B Vizedom and GL Caffee. The Univ. of Chicago prees, 1966. pp.11~12.

달의 산신이 되었다. 이 산은 천상을 오르는 산이라 죽은 후에 산신이 되어 고조선을 음우한 것으로 볼 수 있다.

단군의 ①천상-②지상-③천상의 3개의 환상(環狀) 모티브 중 ③ 천상으로의 회귀는 신선나라의 모델이라 할 수 있으니 지극히 청한(淸閑)한 곳이다. 이런 관계로 한국은 신선국의 종주국이 되었다.

2. ①『천부경』 ②『삼일신고』 ③『참전계경』의 신선사상

세 경전은 신선의 경지(신선경, 神仙境, a fairyland; an enchanted place)를 이해하는 고대사회에서 선인(先人)들이 애장(愛藏)해온 경전이다. 세 경전은 우리에게 사상문학에 이르기까지 많은 영향을 미쳐 왔던 관계로 심리학적인 집단적 무의식으로 수용되어 왔다.

①『천부경』(天符經)은 환인시대부터 전해진 것으로 되어 있다. 『환단고기』(桓檀古記) 「태백일사」(太白逸史) 소도경전본훈(蘇塗經典本訓)에서는 "天符經天帝桓國口傳之書也"(천부경은 환인(桓因)이 다스린 환국(배달국) 구전의 책이다) 그 전해진 경로는 여러 가지 설이 있으나 비서(秘書)로 전해진 것으로 이해하면 될 것이다.[10]

개인 소장으로는 신라시대 고운(孤雲) 최치원(崔致遠)의 사적본(事蹟本)일 것이고, 고려시대 두문동 72인 중 민안부(閔安富)의 『농은유집본』(農隱遺集本), 조선말 『노사전비문본』(蘆沙傳碑文本), 운초(雲樵) 계연수(桂延壽)의 『천부경』을 들 수 있다. 『천부경』의 원본은 현재 대종교본당에 액자로 게시되어 있다. 고려시대 민안부(閔安富)의 『농은유집본』(農隱遺集本)이 2000년 발견된 원본을 소개하면 다음과 같다.

위의 『천부경』의 원본은 오른쪽에서 왼쪽으로 읽는 것인데 현대는 왼

10) 윤경수, 『단군예절교훈 366사(事)와 홍익인간사상』 하, 민속원, 2007, 670~677쪽.

쪽에서 오른쪽으로 읽게 되는데 그 예는 그림 1과 같다.

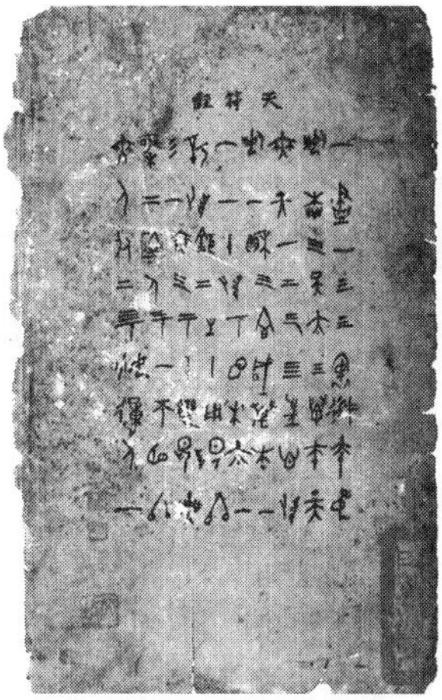

[그림 1] 『천부경』

먼저 부언해 둘 것은 『환단고기』는 위서가 아님이 숙명여대도서관에 소장되어 있는 원본을 공개하여 밝혀진 것을 밝힌다. 외국에서 『천부경』은 신비로운 경전이라고 하고 그 깊은 뜻에 외국인도 놀라고 있는데, 우리만이 위서라고 평하고 있다. 기존세대들이 단군을 신화적인 인물로 폄훼하고 있는 관계다. 『천부경』의 원본은 갑골문자가 들어있다.

위의 『천부경』의 원본은 오른쪽에서 왼쪽으로 읽는 것인데 현대적으로 왼쪽에서 오른쪽으로 나타내면 다음과 같은 81자(9×9=81)가 된다. 중심글자는 육(六)이다.

一	始	無	始	一	析	三	極	無
盡	本	天	一	一	地	一	二	人
一	三	一	積	十	鉅	無	櫃	化
三	天	二	三	地	二	三	人	
三	大	三	合	六	生	七	군신화	
運	三	四	成	環	五	七	一	妙
衍	萬	往	萬	來	用	變	不	動
本	本	心	本	太	陽	昻	明	人
中	天	地	一	一	終	無	終	一

『천부경』은 81자로 되어 있는데 신선문화가 함유되었으며, 1976년에 대종교의 경전으로 채택했다. 『천부경』 81자 중 "일적십거"(一積十鉅)(하나를 쌓아 십이 된다)에서와 같이 십(十)은 완성수가 된다. 십(十)은 꽉 찬 수이기 때문에 십진법에 의해 십(十)이 넘치면 십일(十一)이 된다. 1~十에 이르면 『천부경』의 내용과 같이 무시무종(無始無終)으로 무한히 계속된다. 따라서 십수(十數)는 완성수이자 완성미(das Ausarbitung Schöne)의 경지를 나타내는 수인 관계로 보면 십수(十數)의 경지는 10차원 공간세계에 이른다.

한국에는 『천부경』만 전하는데 중국의 『신선통감』(神仙通鑑)에는 『천부경』을 위시해 『지부경』(地符經)과 『인부경』(人符經)도 들어 있다. 『지부경』·『인부경』 중에는 지상낙원과 신선국이라 하는 삼십육궁(三十六宮)이란 말이 들어 있다. 이 궁전은 천궁(天宮)이라 하며 천지인의 음양조화의 경지를 나타낸 수이다.[11)]

천지인에게는 각각 음양이 들어 있다. 하늘에는 해와 달이, 땅에는 불과 물이, 사람에게는 남녀가 있으니(3×2=6) 6수는 음양조화의 수이다. 6수는 『천부경』의 91자 중 중심을 이루는 중간수이다. 천상·지상·인간계에서 음양조화가 이상적으로 이뤄진 것을 지상에선 지상낙원이요, 천상에선 천궁으로 신선세계라 할 수 있다. 6수에 6수를 곱하게 되면 36수(數)가 된다. 마치 이는 팔괘(八卦)인 '① 건(乾☰) ② 태(兌☱) ③ 이(離☲) ④ 진(震☳) ⑤ 손(巽☴) ⑥ 감(坎☵) ⑦ 간(艮☶) ⑧ 곤(坤☷)' 중에 음효(陰爻--)가 12개이고 양효(陽爻—)가 24개이니, 12+24=36이다. 음효(陰爻--)보다 양효(陽爻—)인 양기陽氣)가 배나 되니 남성이 여성보다 힘이 더 센 것이다. 따지고 보면 음양 중 양기가 음기보다 2배로 조화를 이루면 만물도 이상적으로 조화를

11) 윤경수, 『한국고대문학사상의 탐구』 하, 한국학술정보(주), 2011, 605~648쪽.

이뤄야 풍성해 질 수 있다. 지상낙원이란 물질의 경우 부족함이 없이 풍족한 세계를 이룬다. 홍익인간이란 물질이 풍부한 세계이다.

신선세계는 십(十)수의 경지를 나타내는데, 『역경』 팔괘(八卦) 중에 양효(陽爻 ⚊)와 음효(陰爻 ⚋)가 합쳐진 글자로 이해하면 된다. '十'은 음과 양이 합일을 이룬 수이다. 땅은 단독으로 만물은 생육하지 못하고, 하늘과 조화를 이루는 가운데 이뤄진다.

십(十)은 음양조화를 나타내는 수이므로 『설문해자』(說文解字)의'十'중 '一'은 동서 (東西)를,'1'은 남북(南北)을 가리켜 사통팔달(四通八達)의 의미를 지니고 있는 완성수로 되었다. 따라서 십(十)수는 인내천(人乃天)과 같이 물심을 포변증(包辨證)한 것이라 볼 수 있다. 그렇기 때문에 『무궁한 나』(興比歌) 또는 『한울님을 자신 속에 모셨다』 『천심즉인심』(天心卽人心)(論學文)라고 말하고 있는 것과 같은 경지가 삼십육궁(三十六宮)이다.

『역경』 문언전(文言傳)에 있는 대인(大人)의 행함을 떠올리게 한다. 즉 "천지의 덕이 합하고 일월과 더불어 밝음을 같이하고 사계절과 함께 그 질서를 같이 하고"와 같이 천지와 합일하는 사람이니, 36수는 천인합일에 이른 경지인 신선세계를 이른다.

②『삼일신고』(三一神誥)는 단군이 신하인 원보(元輔)와 팽우(彭虞)에게 366자(字)로 알린 내용이다. 제3장 천궁(天宮)에서는 하늘나라임을 설명하고 있는데 인간이 하늘나라에 갈수 있는 방법을 설명하고 있다.

> 하늘은 창조주 하느님의 나라이니라. 하늘의 중심에는 하느님의 대궐로 이르는 계단은 만선(萬善)으로써 이루어졌고, 그 문은 만덕을 쌓아야 그 문을 들어갈 수 있다. … 공덕을 완전하게 닦은 사람이라야 하느님 대궐에 나아가 영원한 복락을 누리게 되리라.
>
> 『삼일신고』(三一神誥) 제3장 천궁훈(天宮訓)

위의 천궁(天宮)은 하늘의 궁전이니 한얼 집으로 하느님이 계시는 곳으로 온갖 착함과 덕이 충만함을 은유적으로 나타낸 것이다. 천궁(天宮)인 천상은 하늘의 십차원(十次元) 공간에만 존재하는 것이 아니라 지상의 인간세계에서도 세워질 수 있다.

③『참전계경』은 『팔리훈』(八理訓)이라고 하는 경전이다. 『팔리훈』은 366사(事)는 춘하추동의 원리이니, 한 계절을 2절기로 나눠 일 년을 8절기로 나눈 명칭이다. 즉 봄은 초춘(初春)과 중춘(仲春)으로, 중춘(仲春)과 계춘(季春)으로 나뉘면 4계절이 8절기인 ① 성(誠) ② 신(信) ③ 애(愛) ④ 제(濟) ⑤ 화(禍) ⑥ 복(福) ⑦ 보(報) ⑧ 응(應)으로 나뉜다.

봄은 초춘~중춘이니, ① 성(誠)으로, 중춘~계춘은 ② 신(信)으로 보게 된다. 여름도 가을 겨울도 각각 두 계절로 나눈 것이 『팔리훈』이다. 즉 초하(初夏)~중하(仲夏)니, ③ 애(愛)로, 중하(仲夏)~계하(季夏)는 ④ 제(濟)로, 가을은 초추(初秋)~중추(仲秋)니, ⑤ 화(禍)로, 중추(仲秋)~계추(季秋)는 ⑥ 복(福)으로, 겨울은 초동(初冬)~중동(仲冬)이니, ⑦ 보(報)로, 중동(仲冬)~계동(季冬)이니, ⑧ 응(應)과 연계된다.

『참전계경』(參佺戒經)의 내용은 농경을 배경으로 한 것이니, 환웅이나 단군이 성공적으로 이끈 인과응보의 제도라 할 수 있다. 『팔리훈』(八理訓)은 『역경』의 팔괘(八卦)와 너무나 잘 부합한다.[12] 이와 관련으로 그 구조를 도표로 나타내면 다음과 같다.

12) 윤경수, 『단군예절교훈 366사(事)와 홍익인간사상』 상, 민속원, 2007, 27~28쪽.

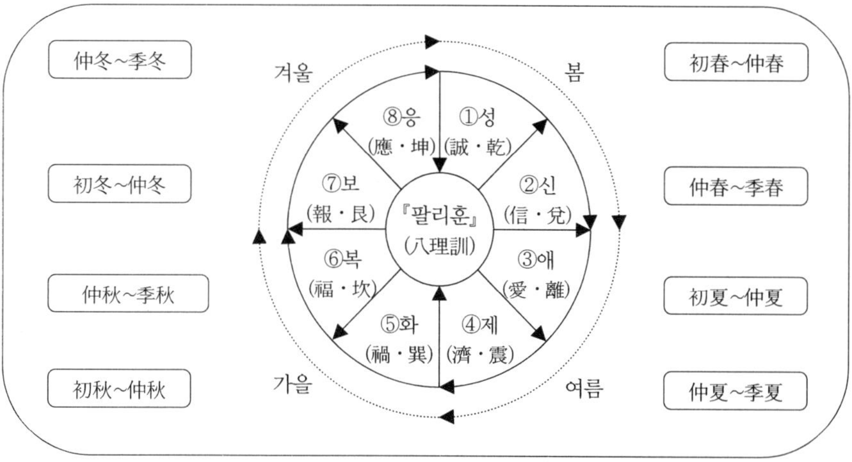

이 구조는 춘하추동의 계절과 『역경』(易經)의 팔괘(八卦)의 이치로써 밝히면 보다 명료하게 이해되리라 믿고 위의 도표를 인간생활의 인과응보를 시계방향으로 나타낸 것이다. 사람의 불행·행의 양극성(polarities)을 지니는 운명의 아이러니[13]는 고대인들은 신이 만물을 주관하는 것으로 믿어 천리에 순응하며 살아가는 것이 『팔리훈』(八理訓)이다.

문학에서의 『팔리훈』의 수용은 『흥부전』에서 볼 수 있으니 권선징악과 함께 인과응보의 내용으로 구성되어 홍익인간사상으로 나타나 있다.[14] 따라서 앞서의 세 경전은 심리학설에서와 같이 집단적 무의식으로 후세 사상문학에서 수용되어 왔다고 할 수 있다.

---

13) M.H. Abrams, *A Glossary of Literary Termes,* New York. 3rd ed, 1971, p.38.

14) 김익수 편, 「흥부전에 나타난 홍익인간사상 탐구」, 『한국사상과문화』 58집, 한국사상문화연구원, 2011, 7~66쪽.

Ⅲ. 고소설에서의 신선문화

1. 『춘향전』의 태몽과 춘향의 삶

태몽은 잉태의 예고이다. S. 프로이드(Freud)는 꿈 평가에 대해 "꿈은 그 민족이 믿고 있는 초인간적 본질의 세계와 관계하고 있으며 신들이나 귀신들의 계시다"[15]라고 했다. 그의 태몽에 대한 것은 한민족이 오랜 동안에 걸쳐 면면히 내려오던 원초의식을 잘 반영해 놓은 학설이라 할 수 있으니, 『춘향전』에서 춘향의 태몽을 이해하는 가장 좋은 자료이다.

춘향은 월매의 기자(祈子)정성으로 인해 태몽의 계시로 태어났으니 신의 의지가 구체적으로 현현한 것이라 할 수 있다. 한민족의 기자정성의 원초적 유래는 『삼국유사』 권1 고조선 조에서 곰이 웅녀로의 환생 후 태백산 신단수 아래에서 기자정성을 올린 후가 효시가 된다. 그러나 웅녀는 성령의 태몽을 꾼 후 단군을 낳았을 것이나 그 꿈에 대한 기록이 생략된 것이라 할 수 있다.

춘향의 기자정성은 웅녀 상에서 수용된 것이다. 단군은 고조선을 이상적으로 다스렸으니, 웅녀에게 틀림이 없이 성봉(聖夢)의 태봉이 있었을 것이나 전하지 않는다. 우리에게 태몽은 특히 태어날 당자의 운명을 신이 예고한 것으로 믿는 경향이 짙다. C.G.Jung은 이런 현상을 일러 원형(原型, an archetype) 또는 근원적(根源的) 심상(心像, primordia image)이라 하는데, 세인들에게는 C.G.Jung 학설(주의, Jungianism)을 집단적 무의식적이란 용어로서 받아들여 사용하고 있다.

『춘향전』에서의 월매는 나이 40이 다가오도록 일점혈육이 없어 부군성 참판에게 무자의 한을 말하고 명산승지에 빌어서 한 번 기자정성을

---

15) S. 프로이트, 『꿈의 解釋』(Interpretation of Dreams, 1900), 張秉吉 譯, 서울 乙酉文化史, 1975, p.9.

올리는 것이 어떠냐하고 말하였다. 부군은 명산에 빌에서 자식을 둔다면 무자할 사람이 어디 있겠느냐고 반문한다. 여기에서 기자정성은 『삼국유사』 권1 고조선 조에 나타난 신단수 아래에서 빌은 그 정성의 수용이다. 환웅은 웅녀와의 신혼(神婚)으로 단군을 낳은 것의 수용이니, 5천년의 역사를 지니고 있는 집단적 무의식이다. 월매는 역사적으로 명산에 빌어서 낳은 공자(孔子)를 비롯하여 예로부터 전하는 이들에 대해 설명한다. 성참판은 한번 시도해보는 것도 헛된 일이 아니라고 했다. 월매는 목욕재계하고 지리산 반야봉에서 단을 쌓아 제물을 차려 신령님에게 빌었다. 마침 이때는 5월 5일 단오절에 월매는 꿈을 꾸게 되었다. 그 꿈에는 선녀가 천상에서 내려오는 정경이 펼쳐지는데 그 광경을 소개하면 S. 프로이드나 CG.Jung학설이 무관하지 않다. 월매의 꿈을 소개하면 다음과 같다.

> 서기반공(瑞氣盤空)하고 오채영롱(五彩玲瓏)하나니 일위선녀 청학을 타고 오는데 머리에 화관이요, 몸에는 채의로다. 월패(月佩) 소리 쟁쟁하고 손에는 계화(桂花) 한 가지를 들고 당에 오르며 거수장읍하고 공손히 여쭈오되, 낙포(洛浦)의 딸이러니 반도(蟠桃) 진상(進上) 옥경(玉京) 갔다 광한전(廣寒殿)에서 적송자(赤松子) 만나 미진정회(未盡情懷)하올 차에 시만(時晩)함이 죄가 되어 상제대노하사 진토에 내치시며 갈 바를 몰랐더니 두류산(頭流山) 신령께서 부인 댁으로 지시하기로 왔사오니 어여삐 여기소서.
>
> 하고 월매의 품으로 달려들 때 학의 소리에 놀라 깨니 꿈이었다. 원래 태몽은 신의 계시에 의해 초인간적인 힘으로 꾸어지는 것이라고 믿는 만큼 이미 월매에게는 삼신할머니가 아이를 점지해 놓았으니, 그리 알라는 것이다. 월매는 가군에게 태몽임을 알리고 남자를 낳을까 기대하였지만 10삭 만에 낳은 여아를 춘향이라 이름 지었다.

[그림 2] 몽룡과 춘향

춘향은 천상의 죄를 지어 태어난 만큼 인간계에서 고난을 겪게 되어 있다. 그러나 춘향은 그 죄를 씻으면 신선생활과 다름없는 부귀영화를 누리게 되어 있다. 춘향의 출생은 선녀의 화신으로 태어났으니 외모는 미인의 용모로 태어났다. 또 그녀는 7~8세 때 공부를 하여 효행의 칭송이 자자하게 소문이 났다.

춘향은 이팔청춘의 나이에 이르러 5월 5일 단오일에 향단을 앞세우고 광한루 건너편에 추천을 하였다. 이도령은 춘향의 아름다운 태도에 반하여 마침내 춘향과 약혼하게 되었다.

춘향은 기생출신의 딸로서 감히 옥골선풍의 양반자제 이도령(이몽룡)을 만나 선녀들 부럽지 않게 세월이 가는 줄 모르게 로맨스로 지내게 되었다. 그런데 춘향은 호사다마 격이라 할까 이도령의 부친이 한양으로 영전하게 되어 한양으로 상경하게 되니, 춘향은 독수공방에서 지내게 되었다. 춘향은 이때부터 천상의 죄를 씻는 과정의 일환으로 수난을 겪게 되었다.

춘향이 이도령과 헤어져 있을 때 남원고을에 변 부사가 부임하였다. 변 부사는 남원고을에 미색으로 이름난 춘향이 있다는 말을 듣고 불러다 수청 들기를 강요한다. 춘향은 이도령과 백년가약을 맺은 관계로 거절했다. 변 부사는 춘향이 수청을 거절하자 옥살이를 시킨다.

이도령은 한양에 올라가 과거급제를 하여 남원고을에 암행어사로 활동하게 되었다. 춘향이 변 부사의 수청을 거절하여 가혹한 옥살이를 한다는 말을 들고 또 그가 가혹하게 백성들을 재물을 탈취한다는 말을 듣고 그의 비리를 일일이 조사하였다.

이에 앞서 춘향이 변 부사의 수청을 거절하였다. 변 부사는 나졸들에게 춘향을 곤장으로 치라고 명한다. 춘향은 나졸들이 곤장으로 한 대를 때릴 때 일편단심을, 두 대를 내릴 때 열녀불경이부(烈女不更二夫)를, 세 대를 맞을 때는 삼종지의(三從之義)를, 네 대를 맞을 대는 사랑가를, 다섯 대를 맞을 때는 오륜(五倫)의 윤기(倫氣)를, … 열대를 맞을 때는 십장가를 부르짖었다.

변 부사는 춘향이 수청을 끝내 거절하자 옥살이를 시키는데 추운 겨울에 큰 칼을 씌워 벼룩 빈대가 들끓어 춘향의 살을 쏘아 잠을 잘 수도 없다.

이몽룡은 암행어사가 되어 남루한 옷차림으로 변 부사의 생일 연의 말석에 참석하여 진수성찬으로 차린 음식을 보고 관리가 시를 지으라고 하여 지었다. 그 시 내용은 술을 1만 백성의 피, 안주는 1만 백성의 기름, 촛불눈물을 백성의 눈물, 노래 소리를 백성의 원망소리라고 지어 읊으니 좌우에 사람들이 슬금슬금 자리를 피해나갔다. 이때 변 부사는 주광이 나서 "춘향을 잡아 올려라"라고 할 때 이몽룡은 달 같은 마패를 햇빛같이 번듯 들어 "암행어서 출두야"라고 외치는 소리에 놀라 든 관리들은 혼비백산으로 헤어지고 변 부사는 봉고파직 당하였다.

춘향은 이몽룡과 만나 즐기니 사람들이 춘향의 높은 절개를 높이 칭송하게 된다. 이몽룡인 어사또는 민정을 고루 살핀 후에 춘향과 그의 모와 향단을 데리고 서울로 떠나게 되었다. 어사또는 어전에 숙배하니 상이 어사또를 크게 칭찬하고 이조참의(吏曹參議) 대사성(大司成)을 봉하고 춘향으로 정렬부인(貞烈夫人)으로 봉하였다. 마치 이는 단군신화에서의 곰이 동굴생활 중 곰의 몸꼴이 죽어 웅녀로의 변신과정의 동굴모티브의 수용이라 할 수 있다.[16]

이들 부부는 백년동락으로 부귀영화를 누리며 살았다. 춘향은 지상에서 부귀열화를 누린 것으로 끝나지만 천상복귀가 빠져있다. 본에 따라 천상관념으로 이뤄진 본도 있으나 18세기~19세기 영정시대 문예 부흥기는 실학의 사조로 천상관념을 삽입시키지 않은 것으로 볼 수 있다. 그러니 지상천국은 천상의 생활로 선인들이 생각해 왔으니 천상관념이 생략된 것으로 보면 될 것이다. 지상에서의 부귀영화는 천상의 신선생활의 모델이니 그에 대해 소개를 하지 않아도 사람들이 알게 되어 있다.

선인들의 의식은 지상에서의 부귀영화는 곧 치상천국이라 결말부분에서 생략한 것이라 할 수 있다. 그에 대한 견해는 시대상과도 관계되어 단순하게 말할 성질의 것이 아님을 알린다.

2. 『심청전』에서의 심청의 삶

태몽은 인간이 만물의 영장인바 신이 장차 태어날 이의 운명을 예시물을 통해 대신하는 가장 신비로운 일로써 구체적으로 예고해 놓은 것이라 할 수 있다. 그래서 꿈의 시작은 인간의 삶의 시작과 동시[17]라고 할 수 있는 것이다. 『심청전』은 『삼국유사』 권1 고조선 조의 웅녀의 기자정성(祈子精誠)에서와 같이 곽씨 부인이 명산대천에 가서 빌은 후 선녀 적강에 꿈을 꾼 후 잉태하여 심청을 낳았다.

이는 S. 프로이드의 주장과 같이 아들을 생산하기 위한 소망충족(所望充足, The Fulfillment of a Wish)[18]에서 발원한 것이라 할 수 있다. 그리고 한민족의 국모인 웅녀의 신단수 아래에서의 기자정성은 『심청전』에도 이

---

16) 윤경수, 「춘향의 인물살재론」, 『한국고소설의 동굴모티브연구』, 태학사, 1999, 462~489쪽.

17) G. 바슐라르, 『몽상의 시학』, 김연 역, 홍성사, 1973, p.173.

18) S. 포로이드, IbId, p.91.

어져 내려온 것이니, C.G.Jung의 집단무의식의 수용이라 할 수 있다. 따라서 한민족의 태몽의 수용은 반만년의 전통을 이어온 것이니 오랜 역사성을 지닌다.

심청의 일생은 천상-적강-재상적인 3개의 모티브로 구성되었는데, 재생모티브 대신에 환원적 모티프인 천상적 관념이 대체돼야 하는데 빠져 있다. 이것은 무슨 이유일까. 『춘향전』과 『심청전』은 18세기~19세기에 지어진 것이다.

이 양 작품은 영정시대 문예 부흥기에 판소리로 불러오다가 고소설로 정착되는 과정이고, 또 여러 사람의 공동의식인 합작으로 지어진 것이기에 천상적 모티프가 빠져 있다. 다시 말해 실증적인 실학의 시대를 맞이했기에 가공적인 천상관념이 시대의식에서 밀려난 것이다.

이 때문에 『심청전』은 단군신화에서 ①천상-②적강-③천상복귀의 3개의 모티브 중 ③의 천상적 환원모티프가 빠져 있는 것이다. 따지고 보면 『심청전』의 태몽은 곽씨 부인 일개인이 꾼 것이지만 한민족이 반만년의 전통을 이어온 C.G융의 분석심리, 특히 원형무의식(archetypal unconscious)[19]인 민족의 꿈으로 볼 수 있는 것이다.

이 집단적 무의식의 재현은 심청만이 아닌 사회의식으로 자리집고 있는 것이니, 단군신화의 수용이라 할 수 있다.[20] 이 또한 동굴이라는 원형상징성과 관련된다.[21] 『심청전』은 집단적 무의식에 의해 단군신화를 수용했는데 이를 도표로써 나타내면 다음과 같다.

---

19) C.G.jung, *Psychological. Reflection, A. New Anthology of writing*, New York. Princeton. Univ. press. 1978. p.27.

20) 윤경수, 『조선조소설의 신화적분석』, 태학사, 1999, 39쪽.

21) 윤광봉, 「심청전의 동굴모티브」, 『김원경박사 화갑기념논문집』, 1988, 137쪽.

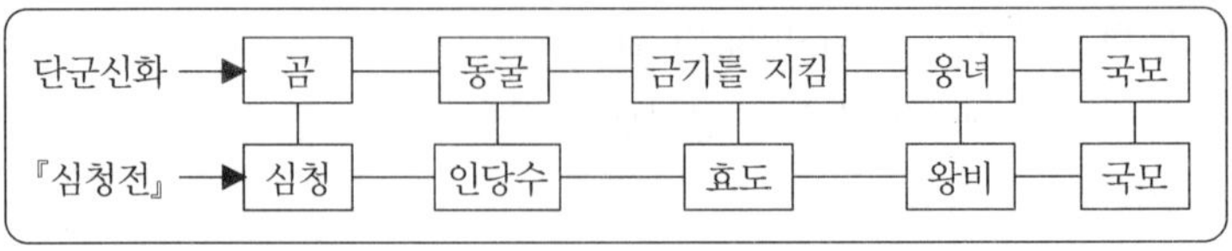

이런 한민족 공통체적인 무의식은 인간의 원초적인 이미지[22]의 저장소를 말한다. 이'태고 적부터의 인간의 기록되지 않는 역사의 장'이라고 말하고 있는 고조선 환웅 이전의 역사로 올라가는'근원적인 보이지 않는 의식의 뿌리'[23]라고 할 수 있다.

심청이 태어나는 과정도 춘향이 태어난 과정과 비슷한 양상을 띠고 있다. 곽씨 부인은 품을 팔아 제수를 정성껏 장만하여 심 봉사와 의론하여 명산대천이면 찾아가 기자정성을 드렸다. 그녀는 4월 초 8일에 한 꿈을 꾸었는데 태몽이었다.

> 천지명랑하고 서기반공(瑞氣蟠空)하며 오색채운(五色彩雲) 두르더니 선인(고仙人) 옥녀(玉女) 학을 타고 하늘에서 내려온다. 머리 위에 화관이요, 몸에는 하의(霞衣)로다. … "소녀는 다른 사람 아니오라 서왕모의 딸이러니, 반도(蟠桃) 진상(進上)가는 길에 옥진비자(玉眞妃子) 잠간만나 수작하옵다가 때가 조금 늦었기로 상제(上帝)께 득죄하고 인간으로 정배하여 갈 바를 모르더니 … 석가님이 댁으로 지시하여 지근 찾아왔사오니 어여삐 여기소서." 하고 선녀가 몸에 와 안겨 곽씨 부인은 놀라 잠을 갰다. 곽씨 부인은 가군인 심 봉사에게 꿈 꾼 이야기를 말한니 태몽임을 짐작하고 10삭이 되어 낳은 것이 심청이다. 그러나 심청은 천상에서의 죄 값을 치루기 위해 일차적으로 심청이 태어난 지 7일 만에 산후별증으로 모친을

---

22) Calvin S. Hall& Vemon J Nordby. *A Primer of Jungian Psychology*, New york, A Mentor Book, 1973, p.39.

23) C. G. jung, *Die Struktur der Seele,* in Gesammelte Werke BD.8 S. 181.

여의고 앞 못 보는 아버지 손에 자란다. 심청은 10여세가 되어 미모와 효심이 드러나게 된다.

심청은 이차적인 죄 값을 치르기 위해 사시사철을 동냥 침선 여공으로 부친을 봉양하여 효녀 심창이라 칭찬을 받으며 살아간다. 그럴 때 무릉촌 장승상 부인이 심청의 소문을 듣고 시비를 보내어 심청을 청하여 심 봉사 아버지에게 다녀오겠다고 시비와 함께 나섰다. 심청은 승상부인으로부터 칭찬과 대접을 받고 수양딸로서 맞이하겠다고 하고 비단과 패물과 양식을 주며 시비를 따려 보내며 모녀간으로 지내자고 당부하였다.

심 봉사는 날이 저물도록 심청이 돌아오지 않자 마중을 나갔다. 개천에 웅덩이에 빠졌다. 앞을 못 보는 심 봉사는 사람 살리라고 소리치나 아무도 없다. 마침 그때 몽은사 화주승이 절을 크게 지으려고 권선문(勸善文)을 들려 메고 시주 집에 내려왔다가 절을 찾아 올라갈 적에 사람 살리라는 소리를 듣고 그곳을 찾아갔다. 그는 어떤 사람이 개천 물에 빠져 거의 죽께 되었을 때 놀라 물에 들어가 구했다. 중은 건져내어 보니 구면인 심 봉사라 이야기 중에 개안하는 방법을 알려준다.

우리 절 부처님이 영험이 많으셔서 빌어 아니 되는 일 없고 구하면 응하시나니, 부처님 전 고양미 300석을 시주로 올리옵고 지성으로 비르시면 생전에 눈을 떠서 천지만물 좋은 구경 완인 되리다.

라고 하여 심 봉사는 가세는 생각지 아니하고 눈뜬단 말만 반가 와서 권선문에 올리라고 하여 심학규 미(米) 300석 이라 대서특필로 적게 했다. 심청이 돌아와 아버지의 모양을 보고 놀리니, 심 봉사가 자초지종의 말을 하여 준다. 심청은 고양미 300석으로 걱정하지 말라고 아버지를 도리어

상좌 [그림 3] 심청 임당수 제물
상우 [그림 4] 연꽃으로의 변신 장면
하좌 [그림 5] 연꽃송의 화신으로 환생

위로한다. 그런 가운데 심창은 후원을 깨끗이 하여 제단을 쌓고 정화수(井華水)를 소반 위에 받쳐 놓고 칠성님에게 분향재배하고 정성을 다하여 빌었다.

그러던 어느 날 심청은 뱃사공들이 값은 고하간 15세 처녀를 사겠다고 다닌다는 말을 듣고 사공들과 마주 앉아 그 내력을 듣게 된다. 뱃사공들의 말은 배 갈 길이 임당수(경판본은 인당수)라 변화불측하여 15세 된 처녀를 제수로 차려놓고 제사를 지내면 수로만리를 무사히 왕래하고 장사도 잘되어 값을 관계치 않고 주겠다고 하였다. 심청은 뱃사공들에게 부친의 내력을 말하니 고양미 300석을 몽은주로 보냈다. 행선 날은 15일이라고 전해 받았다.

심청은 부친을 안심시키기 위해 임당수 제물로 팔려가는 날에 알린다. 심청은 임당수에 이르러 선원들이 고시레를 하고 난 후에 하느님 전에 빌고 눈을 감고 치마폭을 무릅쓰고 뱃머리에 와락 구덩이에 풍덩 빠졌다.

심청은 천상의 죄 값으로 임당수의 제물이 되었다가 효성으로 인해 환생하여 황후가 되어 지상낙원의 신선생활을 하게 된 것이다. 원래 원시시대의 입사식은 통과의례로 고난을 겪게 되었다.[24] 단군신화에서 곰은 웅녀로서 환생했으니 물에 빠져죽은 심청이 생의 마무리를 짓지 않고 환생의 계기를 마련하게 된다. 심청은 천상에서의 죄 값을 치른 후에는 지상계에서 모든 고난의 종지부를 찍게 되었으니 앞으로 육체이탈[25]을 나타낸 생활을 하게 된다.

> 심청의 환생은 인가응보에 의해서 환생하게 된다. 곰이 웅녀로의 환생은 『심청전』을 짓는 작자가 그런 사실을 전연 모르였다고 하더라도 민족마다의 집합적 무의식이라는 것이 전하여 오게 되므로 C.G.Jung의 "보이지 않는 의식의 뿌리"가 작용했다고 할 수 있다.[26]

옥황상제는 사해용왕에게 분부하기를 명일 오시(午時) 초각에 임당수 바다 중에 출천대효 심청이가 물에 떨어질 터이니 그대들은 수정궁에 영접하고 명하였다. 사해용왕은 옥제의 명대로 임당수에서 기다렸다. 과연 오시(午時)그 시각이 되니 백옥 같은 한 소저가 해상에 떨어졌다. 사해용왕들이 심청을 구해내니, 여러 선녀 옹위하여 심 소저를 고이 뫼서 교자

---

24) H.Marcus, "*What isan initiation story*":S.K.Kuma(ed) Criticol Approach to Fiction. Marshall Univ. press, 1968, p.202.

25) E. Cassirer, *An Essay an Man, An introduction to a Philosophy of human culture*, Yale Univ. Press, 1944.

26) 이부영, 『분석심리학. C.G.Jung의 인간심성론』, 일조각, 1979, 90쪽.

에 앉히고 수정궁에 들어갈 때 광경은 황홀하였다. 수정궁은 천상의 신선 세계를 그대로 본뜬 것이라 신선들이 모여들었다. 수정궁은 자궁으로 연상하면 『심청전』을 이해하는데 도움이 된다.

> 천관선녀들이 심소저를 보려고 좌우로 벌려 섰을 때 북극성신(北極星神)인 태을진군(太乙眞君)이 학을 타고, 진(秦)나라 신선의 술법을 닦는 안기생(安期生)은 난조(鸞鳥)를 타고, 선인(仙人) 적송자(赤松子)는 구름을 타고, … 마고선녀(麻姑仙女) 낙포선녀(落浦仙女) 팔선녀(八仙女)가 모여들었다. 신선들이 모인 자리라 고운 물색(物色) 좋은 패물(佩物)향기가 진진(津津)하고 풍악이 낭자하다.

『심청전』의 초두에 자연적 배경을 백화만발을 표현한 이면에는 성관계로 나타낸 것이다. 수정궁은 안온한 곳이니 심청의 영혼이 모테인 어머니나라(motherland)인 자궁에 들어간 것을 의미한다.

> 호박(琥珀)기둥 · 백옥(白玉) 주초(柱礎) · 대모(玳瑁)난간 · 산호(珊瑚)주렴 광채가 찬란하고 전개된다. 주궁패궐(珠宮貝闕)은 응천지삼광(應天地三光)이고, 비인간지오복(非人間之五福)이라 인간세상에서는 볼 수 없는 신선세계이다. 심소저는 황홀난측으로 동서남북을과 전후를 바라본다. 동쪽은 300백 척 부상(扶桑) 가지 일륜홍(日輪紅)이 피어 있고, … 심소저는 하두 진풍경이 전개되어 상하를 바라볼 때도 신선경이 펼쳐진다.

심 소저는 물속이 어머니나라인 자궁 안에서 진귀한 풍경이 전개되어 자궁 밖의 동서남북을 바라보니 틀림없는 여성기에는 목단화와 같이 피어있고 그 나뭇가지 숲에는 온갖 새들이 모여들어 노래를 하는 것은 심소저 자신이 자궁 안에서 태아가 자라나는 것으로 볼 수 있는 것이다.

심 소저는 수정궁에 어머니의 자양분을 받으며 자라는 과정을 파리상(玻璃床) 화리반(華梨盤) 산호잔(珊瑚盞) 호박대(湖泊臺) 자하주(紫霞酒) 연엽주(蓮葉酒)으로 나타냈다. 좌우선녀들이 심 소저를 위로 하고… 3일에 소연(小宴)하고 5일에 대연(大宴)으로 극진히 위로한다고 되어 있다.

하루는 수정궁에서 심 소저를 낳고 출산 후유증으로 7일 만에 별세한 모친 하늘의 옥진부인(玉眞夫人)을 만나게 된다. 그 장면은 심 소저가 자궁 안에서 어머니를 닮은 형상으로 삼신할머니가 점지해 놓은 것으로 보면 된다.

> 심 소저는 일어나서 바라볼 때 오색채운이 벽공(碧空)에 어렸는데, 요량(寥亮)한 풍악이 궁중에 낭자하게 풍기는 가운데 우편에는 계수나무 꽃으로 장식되고 … 이런 가운데 옥진부인 들어오며. 심 소저에게 "너의 모내 왔다"고 하자 심청을 반가이 맞는다. 수정궁은 모녀가 오래 머물 수가 없어 헤어진다.

심 소저는 임당수에서 빠져 있는 것을 수정궁으로 나타냈는데 그것은 다름 아닌 자궁이다. 성교 후 심청이 자궁 안에서 자라는 과정으로 어머니모습을 닮은 인물로 태어나는 것을 나타낸 것이다. 심 소저는 죽었다가 수정궁에서 환생하게 되어 다시 임당수 물 위에 연꽃으로 환생하여 떠올리게 된다.

옥황상제는 사해용왕에게 하교하기를 대효 심 낭자를 옥정연화(玉井蓮花) 꽃봉오리 속에 고이 모셔 임당수에 도로 내보내라고 하여 사해용왕이 그대로 실행하여 옥정연(玉井蓮)을 임당수로 환송(還送)하였다. 연꽃 속에 심 낭자는 정처 없이 바닷물에 떠다니다가 임당수에 이르러 뱃사공들에 의해 발견되었다. 사공들은 천상 꽃도 아니고 지상 꽃도 아닌 꽃이 해상에 있을 때는 심 낭자의 혼이 들어 있는 것으로 생각하였다. 사공들은 청의선관(青衣仙官)의 지시대로 천자 전에 진상하였다. 천자는 황후가 붕(崩)한 관계로 옥정화를 옥 소반에 놓고 있었다. 그런 가운데 그 소반의 꽃송이는 없고 한 낭자가 앉아 있어 백관들과 의론하야 황후로 맞아들였다.

황후는 다름 아닌 심청이 환생한 것이다. 심 황후는 맹인잔치를 황성에서 열기로 하고 널리 홍보하였다. 심 봉사는 맹인잔치를 황성에서 연다는 소식을 듣고 후처인 뺑덕 어미를 앞세우고 가는 동중 노자를 챙겨 도망가 오도 가도 못하게 되었을 때 구원자를 만나 황성 잔치 연에 참석하게 되었다.

한편 심 황후는 날마다 오는 소경의 이름을 접하지만 부친인 심 봉사의 이름이 없던 차 말석에 앉은 심 봉사는 시녀를 따라 탑전(榻前)으로. 들어가서 여직까지 지내온 사연을 낱낱이 아뢴다. 이때 심 황후는 애고 아버지 눈을 떠서 나를 보옵소서! 하고 말하자 심 봉사는 놀라 두 눈을 뜨게 되었다. 심 봉사는 고진감래 흥진비래에 대해 자기를 두고 한 말이라고 이런 경사가 없다고 자위하며 춤을 추며 노래를 부른다.

황제는 심 봉사에게 부원군을 봉하고 저택과 전탑과 노비도 내리고 심 황후에게 은혜를 베푼 이에게 보은케 하고 부인을 맞아 70세에 생남하고 심청의 효심을 본받아 백성들은 효자열녀가 되었다고 한다.

이 소설은 판소리로 부르다가 18세기~19세기 문예 부흥기에 흐름 가운데 소설로 지어진 작품이다. 심청을 통하여 효는 만복의 근원이라는 것을 일개우기 위해 써진 작품이다. 이 소설은 천산-적강-재생적 삶의 형태로 형성되었으니 환상회귀모티프가 결여된 소설이다. 본에 따라 천궁으로 회귀된 작품도 있기는 하나 대체로 그 관념이 빠져 있다.

심청이 푸른 임당수에 빠져 수정궁에서 수중고혼이 되어 다시 환생하였다는 것은 성의식과 밀접한 관련이 있는데 이에 대해서는 앞으로 심층적인 분석으로 고찰할 필요가 있다.

Ⅳ. 맺는말

서상에서와 같이 천상으로의 신선문화는 단군신화와 그 시대 한민족 고유의 경전에서 나타나 심리학인 집단 무의식으로 전해져 고소설인 『춘향전』과 『심청전』에서 수용되었다. 춘향과 심청의 출생은 S. 프로이트나 C.G.Jung의 심리학으로 분석하였다. 일찍이 단군이 선인(仙人)이었다는 것은 『삼국사기(三國史記)를 비롯하여 후대 역사적인 고문헌에서 두루 나타나는 바와 같다. 문학에서는 『제왕운기』(帝王韻紀) 권하 전조선기 조를 비롯하여 1325년 (충숙왕 12년)에 이숙기(李叔琪)가 쓴 『묘지명』(墓誌銘)에서 나타난 바와 같다.

우리가 너무나 잘 아는 『춘향전』의 춘향과 『심청전』의 심청은 천상에서 죄를 지어 그 죄 값으로 지상에 적강되어 죽었다가 환생하게 된 것이다. 이들 두 주인공은 통과의례인 고난을 겪은 후 부귀영화를 누렸다.

홍익인간의 이화세계는 지상에서의 이상세계이니, 곧 지상낙원이 신선세계이다. 천상으로의 복귀는 『숙향전』, 『숙영낭자전』 등에서 볼 수 있으나 선행의 과보(果報)로 이뤄졌다.

인간이 신선의 나라를 가려면 좋은 일을 행해야 하고 바르게 살아야 한다. 춘향은 변 부사의 수청을 거부하고 절개를 지켰기에 부귀영화를 누리고 정열부인에 오르고 여생을 신선과 다름없는 생활을 누렸다.

『심청전』의 심청은 천상에서 죄를 지어 심 봉사의 딸로 태어나 부친의 안맹을 개안하기 위해 공양미 삼백석의 제물이 되어 임단수 깊은 물에 빠져 죽었다. 심청은 옥황상제의 도움으로 연꽃으로 환생해 왕비에 올라 맹인잔치를 열어 부친의 안맹을 개안하여 효녀로서 이름이 온 천하에 널리 알려졌다. 심청 또한 황후가 되어 지상에서 부귀영화를 누렸으니, 천상에서의 신선사상과 다름없는 생활을 누렸다. 지상천국이 곧 신선세계인 때문이다.

원래 이 양 소설은 다른 소설과 함께 희극적 요소와 비극적 요소가 공존하여 행·불행의 이원적 대립이 교차적으로 대립의 세계가 인과로 구성된 고전소설 중 많은 사람 사이에 널리 회자된 작품이다.[27] 『춘향전』의 춘향은 양반의 아내가 되기 위해 강권자인 변 부사의 수청을 거절했다. 『심청전』에서의 심청은 부친의 안맹을 개안하기 위해 임당수의 제물이 되어 결국 상제의 도움으로 연꽃으로 환생해 황후가 되었으니 효와 관련된 주제로 구성된 소설이다.[28] 원칙으론 인신공양설화·효행설화 용궁설화[29]와 이니시에이션(Initiation) 연구[30]와 재생구조 등이 선행되어져야 했다.

본고에서는 심청의 탄생을 심청의 모 곽씨 부인의 태몽으로 선계를 원초의식인 단군신화에 나타난 바로 초점을 맞추어 집단무의식에 의한 심리학설로 분석하였다.

『춘향전』과 『심청전』의 주인공인 춘향과 심청은 인간미질인 소유자인 관계로 살았기에 지상에서 가장 여성들이 부러워하는 정렬부인의 칭호와 함께 정승의 아내가 되고, 왕후에 오른 것이다. 이들 양인의 출생과 신선문화는 단군신화와 함께 고조선의 『천부경』을 위시한 경전 등에서 집단무의식으로 수용되어 심리학설과 관계된 것을 밝히면서 끝을 맺는다.

---

27) 정병욱 외, 『한국고전문학전집』 10, 서영출판사, 1988.
28) 이복희, 「심청전주제고」, 『국어국문학』 21집, 1959.
29) 장덕순, 「심청전연구」, 『국문학통론』, 신구문화사, 1970.
30) 박선희, 『이니시에이션 구조를 통해 본 한국서사문학』, 이화여자대학교 석사논문, 1981.

제5부
노장사상과 한국문학

노자(老子)의 자연관과 문학연구

–노자사상과 문학을 중심으로–

Ⅰ. 머리말

노자(老子, B.C.570~B.C.479)는 춘추시대에 『도덕경』의 저자로서 무위자연을 주장하였는데 천도(天道)에 의해서 살아가라는 교훈을 오천언(五千言)으로 전하였다. 21세기 과학문명은 자연을 훼손하여 인류생활에 갖가지 피해를 끼쳐왔는데 노자의 언(言)은 이를 치유하는데 도움을 주고 있다. 노자가 주장하는 무위(無爲)라 함은 스스로 변화하여 작위 함이 없이 자연의 도에 따라 행함을 말하는 것이니, 곧 천도(天道)를 이르는 것으로 이해하면 될 것이다.

천도는 자연현상을 일컫는 것이니, 인간의 준칙도 자연의 이치에 따라 행하면 아무런 결함이 발생하지 않는 것이다. 자연의 현상은 천도를 모법한 것이기에 노자의 『도덕경』이나 유교의 경전을 위시하여 천도교(天道教)의 경전 『동경대전』(東經大全)의 「논학문」(論學文), 『춘향전』, 현대시 등에서도 찾아볼 수 있다. 그러나 노자의 무위자연은 자연성을 중시하는 것으로, 인위(人爲) 또는 작위(作爲)와는 상대되는 개념이니, 유자(儒者)들이나 일반인들이 일컫는 유위자연(有爲自然)과 다르다. 노자는 『도덕경』

81장 중 비록 다섯 장에서 자연이란 말이 등장하지만『도덕경』전부분에 함유되어 있다고 할 수 있다.

노자의 무위자연과 관련한 문학은 어떻게 나타나 있는 것인가, 흔히 무위자연의 문학은 현실과 동떨어진 세상을 등지고 은둔자가 강호에서 자연을 대상으로 삼은 경향이 짙다. 그러나 자연(nature)하면 자연성을 대상으로 스스로 그러하다(naturally-so)는 겻을 기술(記述 (a) description, an account)한 것이라야 한다.

일찍이 노자는 춘추시대 주(周)나라 수장실사(守藏室史)로 있었으니 오늘날에 국립도서관장에 해당하는 직함이다. 그런데 당시 춘추시대는 제후국간에 전쟁이 쉴 새 없이 발생하여 개인이나 약자는 발붙일 곳이 없고 강자만이 살아갈 정도로 약육강식의 세상이었다. 노자는 주공이 다스리던 주나라와 같지 않고 각 제후국간의 상쟁만을 일삼는 약육강식 상을 못마땅하게 여기고 주나라를 떠나려고 했다. 그럴 때 함곡관(函谷關)의 관령(關令) 윤회(尹喜)가 자기를 위해 책을 지어달라고 하여 전한 것이『도덕경』이다. 여기 내용은 오천 언(五千言)으로 지었는데 노자가 주장했던 강자만이 아닌 약자도 함께 살아갈 수 있는 노자의 사상이 들어 있다.

노자가 지은『도덕경』에는 우주자연의 이치로 강자나 약자가 호혜평등을 이루며 살아가는 내용이니 오늘날에도 노자사상으로 살아가면 좋은 본이 되리라 믿는다. 노자는 훌륭한 사상을 주장했음에도 유학자들이 이단시하는 경향으로 강호에서 숨어사는 것으로 진실을 오도하여 왔다.

노자는 고질적인 위정자들의 병폐를 시정하기 위해『도덕경』을 저술한 것이니, 오늘에 입장에서 무위자연에 대해서 재로이 연구하고 조명하여 볼 필요가 있다. 따라서 노장사상이나 무위자연의 문학은 2천여 년 동안 유가들로 인해 제대로 발휘할 수 없었고 발굴해 내지도 못했다. 따라서 앞으로 학자들은 노자와 도가사상의 무위자연관을 연구하여 발굴해

내고 문인들 또한 무위자연을 대상으로 작품을 생산해내야 오늘의 문제를 정당하게 해결할 수 있으리라 믿는다.

노자는 자연의 애호가라고 할 수 있으니, 무위자연의 노자사상은 오늘의 물질만능주의와 과학화로 인해 정신문화가 황폐되어가는 삶을 되살리는 인류구원의 사상이라 할 수 있다.

21세기는 물질만능주의로 인해 도덕이 실종되고 과학화로 인해 지구촌은 오염되어 이상기온의 현상이 지구촌 곳곳에서 발생하고 있다. 이로 인한 문명생활의 후유증의 치유의 방법으론 노자의 무위자연관인 안분지족(安分知足)의 정신적인 자세가 필요하다. 노자가 주장한 무위자연관은 우리에게도 영향을 미치어 정신적인 뿌리를 내려 일시적이나마 자양분의 역할을 한 적도 있다. 앞으로는 도가라고 해서 이단으로 보는 시대가 아니니, 그 자양분을 활용해 더 무성하게 가꾸고 보존하여 과거와 현재와 미래가 공존하는 노자사상이 돼야 할 과제를 남긴다. 본고에서는 도가사상이나 문학이 사장되어 있는 현실상에서 현대적 의의로 중점을 두고 밝히고자 한다.

Ⅱ. 노자의 자연관

1. 『도덕경』의 다섯 장 자연(自然)과 판본 소개

노자의 자연관에 대해서 학자들이 복잡하게 서술하여 그를 이해하는데 혼동을 가져온다. 노자의 도는 『도덕경』에서 자연을 다섯 가지 내용으로 나타내 이를 소개하면 다음과 같다.

1) 우주가운데 사대(四大)가 있으니 사람이 그것 중에 하나다. 사람은 땅을 본받고, 땅은 하늘을 본받고, 하늘은 도(道)를 본받고, 도는 스스로

그러함을(자연)을 본받는다.

人亦大, 城中有四大, 而人居其一焉. 人法地, 地法天, 天法道, 道法自然(老子25章)

2) 백성들이 완수되면 사람들이 모두 나는 나 스스로 그러하다고 말한다.

功成事遂, 百姓皆謂我自然(老子17章)

3) 수식이 없는 말은 자연스럽다.

希言自然(老子 23章)

4) 도를 존중하고 덕을 귀중히 함은 사물의 작위를 하지 않고서도 언제나 저절로 그러하게 한다.

道之尊, 德之貴, 夫莫之爲而常自然 而不敢爲(老子51章)

5) 만물이 자연성을 도울 뿐이지 감히 작위하지 않는다.

以輔萬物之自然, 而不敢爲.(老子64章)

위의 노자의 도(道)는 다섯 가지 형태로 분류했는데 이를 알기 쉽게 이해하기 위해 도표로 나타내면 다음과 같다.

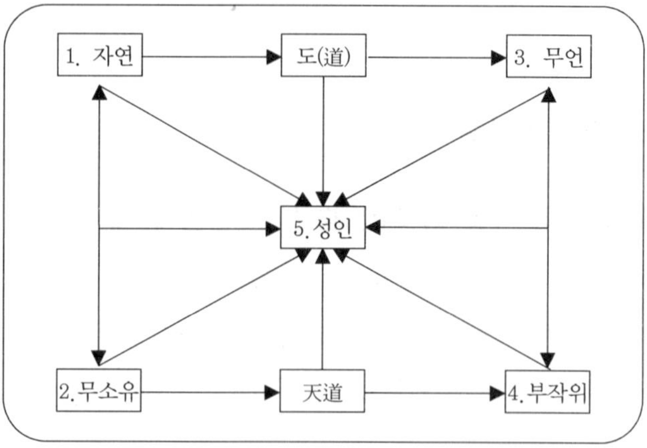

1)의 예에서 도(道)는 만물의 어머니 역할을 하고 생산된 물건은 육성

시키는 것으로 인해 만물의 모체라고 말하는 도(道)도 자연을 본받는다고 했다. 이는 사람의 이상적인 삶의 형태인 천일합일의 경계에 도달하기 위해서 자연법칙을 잘 선용해야 이루어진다는 것으로 이해하면 된다.

2)의 예에서 도가의 정치는 무위자연으로 나라를 다스리는 내성외왕(內聖外王)의 철인정치가(哲人政治家)인 관계로 정치적·경제적·명예적 소유욕이 없으므로 백성들이 임금이 있는지도 모르며 살아간다. 이런 것으로 노자는 현군(賢君)이 무위자연으로 다스리는 도치주의자(道治主義者)요 유교에서의 덕치주의라고 말할 수 있고 오늘에 법치주의와는 다른 고차원적임을 나타냈다.

3)의 예에서 희언(希言)은 무언(無言)의 말이다. 희언은 자연만이 간직한 때문에 말이 없다. 사람은 말이 있고 자연은 사람과 다르게 유사 이래로 행함으로 보여준다. 노자는 무위로 일을 하고 무언으로 가르침을 삼는 것을 희언이라 한 것이다.

4)의 예에서는 노자의 무위자연의 행함은 만물을 생성하고서도 주재하지 않는 관계로 그를 본받으라고 한 것이다.

5)의 예에서 자연은 성인(聖人)의 행함으로 비유했다. 성인은 자연의 이치대로 행하기 때문에 인위적으로 행함을 하지 아니하고 무심으로 살아가기 때문에 사유의 욕이 없이 살아가므로 무위자연의 삶이 범인에게 본이 된다.

일찍이 노자는 성(姓)이 이(李), 이름은 이(耳), 자는 백양(伯陽), 또는 담(聃), 노군(老君) 또는 태상노군(太上老君)으로 신성화되었고, 『도덕경』(道德經)의 저자로 알려져 있다. 노자는 성인 또는 신으로, 당(唐, 618~907)에서는 황실의 조상으로 숭배되기도 했다. 노자의 초상화와 기우도(騎牛圖)를 소개하면 그림 1~3과 같다.

[그림 1] 노자의 초상화

[그림 2] 김홍도의 노자기우도

[그림 3] 노자의 기우도(騎牛圖)

[그림 4] 1. 福建省 孔子問禮像

[그림 5] 2. 겸재 정선 '기우출관도'

[그림 6] 3. 작자 미상, '문례노담'

노자는 주(周)나라가 전과 같지 아니하고 혼탁하여 세상에 나타나지 않으려고 소를 타고 서쪽으로 가던 중 함곡관에 이르렀을 때 그곳 관령(關令)인 윤희(尹喜)가 도를 물어오자 5천자를 적어준 것이 오늘에 전하는 『도덕경』(道德經)이다.

1도(圖)는 중국 복건성(福建省) 천주시(泉州市) 청원산(淸源山)의 '공자문례상'(孔子問禮像)이고, 2도는 조선후기의 진경산수화의 거장 겸재(謙齋) 정선(鄭歚, 1676~1759)의 '기우출관도'(騎牛出關圖)이며 견본(絹本) 담채(淡彩), 23.5 x 29.5 cm 독일 베네딕도회 오틸리엔 수도원에 소장되어 있다. 3도는 작자 미상의 '문례노담'(問禮老聃)이며 1742년, 종이에 연한 색으로 33×54cm이고 성균관대학교박물관에 소장되어 있다. 이 그림은 비교적 다른 '문례노자'(問禮老子)보다 자세하게 나타나 있다. 공자는 34세 때 제자인 남국경숙(南宮敬叔)과 종자 네 명과 함께 노자를 찾아가 예(禮)를 물었다. 이때 노자는 주나라 주하사(柱下史, 장서실 관리)였다. 원래 주(周)나라는 '영어허사십년'(囹圄虛四十年, 감옥이 40년간 비어 있음)일 정도가 문물제도가 빛나는 이상적인 나라였다. 그래서 공자는 주나라의 섭정을 잘한 주공을 자주 꿈에 보게 된다는 이야기가 『논어』(論語卷7述而篇5)에도 나온다. 이때 노자는 고금의 서적의 지식과 천문 지식도 겸비한 노자를 찾아가 주나라의 예절과 법도를 묻게 된 것은 당연한 일이다. 이 사실은 『사기열전』, 『사기제가』, 『공자가어』 등에도 어김없이 언급되어 있고, 『공자성적도』(孔子聖蹟圖)에서의 문례노담(問禮老聃)에도 등장되고[1] 동한(東漢) 가상(嘉祥) 출토된 화상석(畵像石)에서 공자견노자(孔子見老子)가 보이고 있다. 더구나 주자(朱子)의 『논어집주』 서설(論語集註序說)에는 "適周하사 問禮於老子하시고 旣反而弟子益進이러라"(주(周)나라에 가서 노자(老子)

---

1) 『孔子聖蹟圖譜』, 孔子聖蹟圖譜編修委員會, 禹甸文化事業有限公司, 中華民國六十九年, 241쪽.

[그림 7] 윤희(尹喜)에게 전함

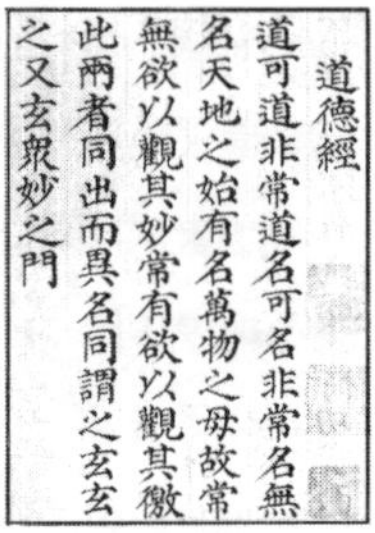

道德經
道可道非常道名可名非常名無
名天地之始有名萬物之母故常
無欲以觀其妙常有欲以觀其徼
此兩者同出而異名同謂之玄玄
之又玄衆妙之門

[그림 8] 규장각소장

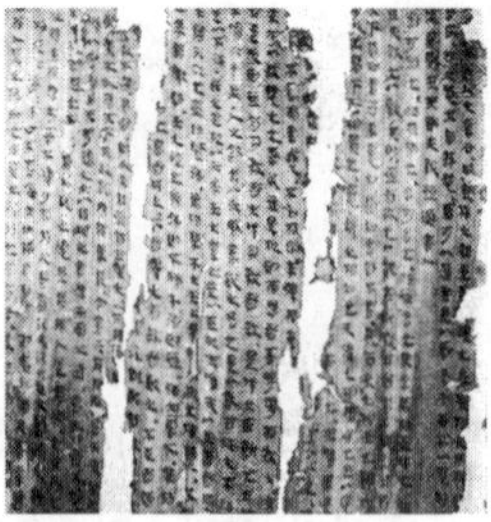

[그림 9] 백서본(帛書本)

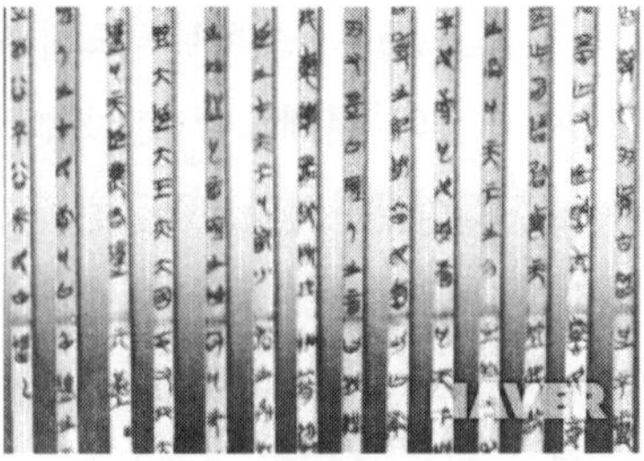

[그림 10] 죽간본(竹簡本)

에게 예(禮)를 물으시고 돌아오자, 제자(弟子)들이 더욱 많이 찾아왔다)라고 나타나는 등으로 보아 춘추시대 초나라의 실존인물이었음을 알 수 있다.

노자가 지은 『도덕경』에 대해서도 1973년 중국 호남성 마왕퇴(馬王堆)의 분묘에서 백서(帛書) 『도덕경』 2종이 출토되었다. 이 분묘의 연대가 B.C 168년이라고 하니 여기에 묻힌 백서본(帛書本)은 최소한 B.C.3세기나 그 이전에 존재했던 문헌임이 분명하다. 백서본은 내용 분량에 있어서도 왕필본(王弼本)과 80% 이상 일치한다. 또한 1993년에 학계를 크게 뒤흔든 또 하나의 고고학적 발굴이 이루어졌다. 호북성 형문시 곽점촌(郭店村)의 분묘에서 죽간(竹簡)으로 된 『도덕경』 3편이 나온 것이다. 이 곽점 죽간본은 갑(甲)・을(乙)・병(丙) 3조로 되어 있으며, 그 분량은 왕필본의

40% 정도나 일치한다. 이 분묘가 만들어진 시기가 B.C.300년경으로 추정되므로 죽간본 『도덕경』은 늦어도 B.C.4세기 이전으로 올라간다고 볼 수 있으니, 백서본보다 두 세기는 앞선 문헌이다 이와 함께 노자가 윤희에게 『도덕경』을 전한 화보와 규장각소장의 『도덕경』과 함께 그 백서본과 죽간본 『도덕경』을 소개하면 그림 9, 10과 같다.

『도덕경』은 81장으로 되어 있는데 5장에 걸쳐 자연에 대해서 나타나 있어 소개하여 본 것이다.

1973년에 마왕퇴(馬王堆)라는 언덕에서 백서본이 발굴되고 1993년에 죽간본(竹簡本)으로 된 『도덕경』이 발굴 되었으니 노자의 생존 연대에 대해서 춘추시대인물이라는 심증이 굳어지고 전국말의 인물이라 한 것은 종래의 학설에 대해 재검토해볼 필요가 있다. 따라서 본고에서는 노자에 대해 사마천(司馬遷)의 『사기』(史記)와 호적(胡適, 1891~1962)이 주장한 대로 공자보다 20세가 많은 이라 소개한 것과 노자서(老子書) 또한 춘추시대 노자가 지은 책이라 하겠다.[2] 오강(吳康)도 호적의 설을 지지하였다.[3] 그럼에도 노자와 『도덕경』은 유가들의 이단시로 인해 공자보다 뒤, 전국때 사람, 가공의 인물, 『도덕경』은 『논어』 뒤에 나왔다고 하고 있다.[4] 이 설들은 노자가 지은 『도덕경』의 문구를 달리 보는 경향에서 노자의 작이 아니라고 주장한 것에 불과하다. 그러나 위의 공자문례(孔子問禮)의 판본에서 보는 바나 백서본(帛書本)과 죽간본(竹簡本)의 발굴로 보아서, 사마천(司馬遷)과 주자(朱子), 호적(胡適)이 주장하는 학설로 인해 노자는

2) 胡適, 『中國哲學史大綱』 卷上 上海 商務印書館, 1919, 47~50쪽.

3) 吳康, 老莊哲學, 臺淸: 商務印書諾, 民國58, 88쪽.

4) 武內義雄, 『老子原始 附諸子攷略』, 京都: 弘文堂書房, 1926, 92쪽.
馮友蘭, 『中國哲學史』 上册, 北京, 中華書局, 1961, 213쪽(初出: 1930).
津田左右吉, 『道家の思想と其の展開』, 東京: 岩波書店, 31쪽.
錢穆, 『中國思想史』, 臺灣學生書局, 1982, 51쪽.

춘추시대 실존인물로 볼 수 있는 개연성보다는 필연적이라 할 수 있다.

2. 노자의 무위자연관

사람들은 노자하면 무위자연설을 연상하고 있다. 이는 일찍이 노자가 무위자연설을 주장했기 때문이다. 위대유(危大有)도 『도덕진경집의』(道德眞經集義) 자서(自序)에서 "무위자연(無爲自然)으로 체(體)를 삼았다"고 했다. 양구산(楊龜山)도 『구산집』(龜山集)에서 "노씨(老氏)는 자연으로 종(宗)이 된다"라고 했음에서 노자는 무위자연으로 체를 이뤄 종(宗)이 되었다. 여기에서 무위(無爲)는 도가의 중심 사상으로서 비인위적인 자연성을 중시하는 것으로, 인위(人爲) 또는 작위(作爲)에 상대되는 개념으로서 무위자연(無爲自然)을 주장한다. 이 문제에 대해서 노자는 무위(無爲)에 대해 "하는 것이 없으면서 하지 않는 것이 없다"라고 하여 다음과 같이 소개했다.

> 도는 언제나 함이 없으면서 하지 않는 것이 없다. 제후가 만일 이것을 지킬 수 있다면 만물은 장차 저절로 화할 것이다. … 무욕함으로써 안정하면 천하는 장차 저절로 공정하게 될 것이다.
>
> 道常無爲而無不爲. 侯王若能守之, 萬物將自化. …無慾以靜, 天下將自正.(老子 37章)

도(道)는 어떤 의지를 가진 존재가 아니기 때문에 자연의 힘으로 만물을 생성발전하게 되므로 함이 없다고 한 것이다. 노자의 도(道)는 무위자연과 관계되므로 춘추시대 제후들 간에 강자위주로 약자가 살아갈 수 없는 약육강식상이라 노자가 무위자연설을 주장하게 되었다. 노자가 주장한 무위자연은 소극적인 것아 아닌 적극성을 띠고 살아가라는 뜻이다. 노자는 무지무욕(無知無慾)하여 반진귀복(返眞歸樸)으로 살아가라고 주장했기 때문이다. 왜냐하면 '無爲而無不爲'(하는 것이 없으면서 하지 않음이 없다)라는 구절을 보아서도 알 수 있는 대상이다. '무'(無)와 '불'(不)은 이중부정으로 구성되어 있기에 하는 일에 적극성을 띠게 된다. 노자는 무위자연으로 돌아간다고 해서 소극성이 아닌 적극적인 태도로 살아가라고 주장한 것이라 할 수 있다.

노자의 무위자여관은 함이 없는 자연관으로 되어 이해하기가 간단하지 않지만 우주자연관으로 보면 되기 때문이다. 만물의 시원(始原)이 되는 도(道) 또한 자연으로 본을 삼는다고 했으니, 형이상학적(形而上學的)인 우주관으로 조명하여 볼 필요가 있다. 따라서 우주관은 우리기 살아가는 삼차원적인 형이하학(形而下學)의 소우주적인 관념을 넘어서는 단계라 할 수 있다. 노자의 무위자연관은 우주관적인 시야로 돌려서 밝히는 가운데 올바르게 이해되리라 본다.

본고는 형이하학적인 자연관을 초월해서 대우주관인 무위자연으로 규명하면 그 본체를 파악하게 되리라 본다. 그 본체는 무위자연의 천도(天道)로 보게 되는데 유가의 경우 천(天)의 자연을 유의적으로 받아들이는 것과는 상반적이라 할 수 있다.

노자는 인간의 행동도 무위자연이어야 할 것을 역설했다. 그렇다고 하여 노자는 하늘과 같이 인간의 지식을 갖지 말고 무욕으로 살아갈 것을 주장하면서도 초월적인 무위자연만을 본받으라고 하지 않았다. 유의적인 진리도 받아들어야 한다고 했다. 노자가 추구하는 인간관은 '하늘의 뜻대로 사는 사람'으로, 인위적인 것을 하지 않는 것으로 되어 있다. 그러나 노자는 무위무욕(無爲無欲)의 자연관과 인위적인 유위유욕(有爲有欲)에 대해서 『도덕경』 첫 장에서 주장했다.

그러한 까닭으로 언제나 무위무욕(無爲無欲)함으로써 그 미묘함을 살펴보고, 언제나 유위유욕(有爲有欲)함으로써 도가 순환하는 현상을 살펴본다.

故常無欲, 以觀其妙, 常有欲, 以觀其徼.(老子1章)

원래 무위무욕은 노자가 주장하는 것이다. 그러나 유의(有意)를 주장하는 유교에서도 무위의 학설을 주장하고 있으니, 천도를 나타내는 것이라면 무위와 상관된다. 유교는 요순(堯舜)의 도를 조술한 것으로 되어 있지만, 공자(孔子)도 요순의 무위는 천도에서 생긴 것이라고 설명하였다.

공자가 말하기를 크도다! 요의 임금 됨이여! 숭고하도다. 오직 하늘만이 광대하거늘 유독 요임금이 본받았으니 넓고 넓도다! 백성은 그 위대함을 형형하여 이르지도 못했으니 숭고하도다. 다만 사업의 이룩한 공업이여 빛나도다. 그가 가졌던 문물제도여!(『論語』 卷8 泰伯篇)

공자가 말하기를 함이 없이 다스린 자는(無爲而治者) 그 순(舜)이 신저 무슨 일을 하시리오. 몸가짐을 공손 하게 하고 남쪽을 향하여 자리에 앉아 있을 뿐이다.(『論語』 卷15 衛靈公篇)

중국은 천도관념으로 신앙을 이루었기 때문에 요순의 정사에서도 무위설이 개입된 것이다. 그러나 유가와 도가의 천도관념을 보는 방법의 개념이 상대적일 뿐이다. 유교에서 궁극의 세계인 태극(太極)도 대우주적 천도(天道)관념으로 볼 수 있다. 노장(老莊)의 도(道) 또한 우주의 본원이지만 천도의 원리로 보면 그 실체를 파악할 수 있다. 호철부(胡哲敷)는 노자의 천도관념을 다음과 같이 3개 조항으로 제시해 놓았다.

一. 天是法自然, 故自然現象, 就是天道.
二. 自然現象, 是無意志的, 行所無事, 故天道亦是, 無意志的, 行所無事.
三. 行所無事, 是天道之常, 人物違背了這天道之常, 便要召禍.[5)]
一. 하늘은 자연을 본받는 것이다. 그러므로 자연현상은 곧 하늘의 도이다.
二. 자연현상은 무의지 적이며, 무사지사로 행한다. 그러므로 천도 또한 그러한 것이다. 무의지적은 무사지사로 행한다.
三. 일을 하지 않는 바로 행하는 것은 곧 천도의 상(常)이며, 인과 물도 이를 위배하였을 때는 천도의 상(常)도 화를 가져온다.

위에서와 같이 천도(天道)는 도가에서만 주장하는 것이 아닌 관계로 유가에서도 하늘의 이치를 무위지사(無爲之事)라 거론하고 있는 것이다. 그래서 중국인들의 사유는 순리를 따르는 것으로 되어 천리를 거역하면 화를 입는 것으로 되어 있다. 물론 사람들이 천리를 거역하면 인간생활의 자체가 혼란을 초래하게 되어 사회는 걷잡을 없는 지경으로 내달아 혼란상을 초래하게 될 것이다. 그래서 오늘에 있어 온난화 현상으로 초래된 지구촌 곳곳에서는 그 후유증으로 인해 홍수와 가뭄이 그칠 사이 없이 발생하고 있는 것 또한 천도에 어긋나게 살아가기 때문이다. 자연은 인류의 삶의 터전이자 보금자리라고 할 수 있는데 대기 중에 공기도 오염되고 있어 지구촌의 생물이 몰살을 앓고 있는 것이 오늘의 현실상이다. 하늘의 이치를 위배하고 살아가니 인간에게도 그 해가 돌아오고 있는 것이다. 공자(孔子)도 『논어』(論語) 권3 팔일편(八佾篇)에서 "하늘에 죄를 지으면 빌 바가 없다"(獲罪於天, 無所禱也)라고 하였다. 이 말은 공자가 위나라에 가서 영공을 만나자 실권자이던 왕손자가 속담(俗談)을 들어 자기에게 잘 보이

5) 胡哲敷, 「第四章 宇宙觀」, 『老子哲學』 臺北, 中華書局, 1962.5, 61쪽.

는 것이 어떠냐고 비꼬았다. 이 말은 공자가 군주를 하늘에 비유하여 따끔하게 일침을 가한 데서 한 말이다. 장자(莊子)는 우주자연에 대해 "천지는 위대한 미덕을 지니고 있으면서도 사람과는 달리 불언(不言)하고 사시(四時)는 명확한 명칭을 지니고 있으면서 논의하는 일이 없고, 만물은 생성하는 이법에 의해 지배를 받으면서도 이야기함이 없다. 성인은 의지적으로 일하는 일이 없는 것이다. 그것은 무위자연을 본받기 때문이다"[6]라고 했다. 그러면서도 " 성인은 하늘에 비하여 너무도 적다고 하였는데 이는 사람에 속하기 때문이다. (그러나) 성인은 얼마나 큰가. 홀로 그 자연의 덕을 이룩한 것을."(眇乎小哉, 所以屬於人也. 警乎大哉. 獨成其天)[7]라고 하여 성인도 대우주 앞에서 소우주임을 나타냈다. 일찍이 성인들은 소우주인 인간이 하늘의 이치를 본으로 삼아 살아야 함을 사람들에게 교훈하여 왔기 때문이다. 맹자도 "하늘을 우러러 부끄러움이 없을 때 즐거움이 그 중에 있다"라고 한 것은 하늘의 이치가 워낙 크기 때문에 본이 되었기 때문이다. 노자는 천도의 말없음을 본받아야 한다고 다음과 같이 말하였다.

> 성인은 무위자연의 일에 처하여 말없는 교훈을 행한다. 만물이 작위하여도 사절하지 않고 생성하여도 소유하지 않고 자기 힘으로 된 것이라 믿지도 않고 공이 이루어져도 자처하지 않는다. 대저 오직 자처하지 않기 때문에 공이 물러가지 않는다.[8]

노자는 성인이 무위자연의 공을 자기의 것으로 자처하지 않고 살아가기 때문에 상인답게 살아간다고 할 수 있다. 그렇기 때문에 우리는 천도

---

6) 『莊子』 卷22. 知北遊篇 天地有大美而不言, 四時有明法而不議, 萬物有成理而不說. … 大聖不作. 觀於天地之謂也.
7) 『莊子』 卷5. 德充符篇.
8) 老子, 『道德經』 第1章.

의 함이 없는 행위, 즉 무위자연의 이치를 본받아야 되는 것이다. 말없음의 천도의 행함은 세상만물을 낳은 일에 적극 참여하는 관계로 현대인에게도 긴요히 요구되는 사상이기도 하다.

공자와 노자는 무슨 일에나 천도로써 실천궁행으로 실효성 있게 실행해 나가는 것을 교훈하였기에 무위자연의 행함을 본으로 본받아야 할 필요가 있는 것이다. 무성의, 태만, 과욕, 시기, 질투, 모략, 중상은 천도의 무위(無爲)의 행함에선 발돋움을 할 수 없게 된다. 이 천도의 무위(無爲)는 인간을 건전한 생활로써 믿음과 의리로 이끌어줌과 동시에 정의사회를 구현하여 지상의 낙원도 이룰 수가 있게 된다고 할 수 있다. 노자의 무위무욕의 정치이상은 성인이 다스리는 철인 정치가이어야 한다. 왜냐하면 그의 정치는 백성들의 소유욕과 지배욕과 명예욕 같은 욕망을 없애기 때문이다. 이러기 위해서는 정치가 스스로 어떻게 해야 하는가?

자신이 지니고 있는 마음가짐을 무위자연 상태로 돌리고 겸허하게 해야 한다. 이러기 위해서는 우선 일차적으로 백성이 먹고 사는 데는 굶주리지 않게 배를 든든하게 채워주어야 하고 야심과 야망을 품는 의지력을 약하게 해야 성과를 거둘 수가 있다. 그렇기 때문에 노자는 '하는 것이 없으면서 하지 않는 것이 없다.' 하고 또 무위로 정치를 하면 다스려지지 않는 것이 없다고 했으니, 천도의 이치로 다스리면 이상적인 나라를 세울 수 있다고 주장했다. 노자의 도를 발전시킨 장자(莊子)는 「응제왕」(應帝王) 편(篇)에서 군왕이 무위·자연으로 천하를 통치를 하는 사람이라고 하고 제왕이 무위지사를 따르면 세상은 저절로 다스려진다고 하였다. 뿐더러 제왕이나 백성은 그 상호관계에서 상(上)은 하(下)를 잊고 하(下)는 상을 잊어 만민 또한 제왕의 공덕을 잊어 위대하다는 것을 조금도 인식하지 못한다는 것이다. 그러면 「응제왕」 편에서 천하를 이상적으로 다스리는 그 예를 다음에서 소개하여 보기로 한다.

천근(天根)이 은양(殷陽)에 놀았을 때 요수(蓼水)에 이르러 마침 무명인을 만나게 되자 물었다.

「천하를 다스리는 방법을 묻고 싶습니다.」

무명인이 대답하였다.

「물러가라. 넌 못난 인간아 얼마나 불쾌한 물음이냐! 난 지금 조물주와 벗이 되어 무위의 세계에서 노니는 사람이다. 이 세상이 싫증이 나면 다시 아득히 저 아득히 높이 나는 새를 타고 이 세상 밖으로 날아가서 아무 것도 없는 끝없이 넓은 들판에서 살려한다. 그런데 넌 무슨 속셈이 천하를 다스리는 일로 내 마음을 움직이게 하느냐?」 그러자 천근이 또 묻자 무명인은 대답했다.

「넌 마음을 담담한 경지에 두고 무엇에도 매이지 않는 고요한 세계와 일치하게 하여 사물의 자연함을 따르고 사심을 개입시키지 마라. 그렇게 되면 천하는 저절로 다스려질 것이다.」[9)]

이 「응제왕」(應帝王) 편(篇)의 내용은 군왕이 천하를 다스리는 방법에 있어서는 첫째로 무위자연의 도로써 자연의 이치를 따르고 두 번째로 무욕무지로 마음을 돌리고 세 번째로 인위적인 사심을 개입시켜서는 안 된다는 것을 말하고 있는 것이라 하겠다.

이런 관계로 일찍이 노자는 무위·자연을 주장하게 된 것인데 이 상황을 『도덕경』 57장에서 잘 드러나고 있다. 이 장은 한말로써 하면 위정자는 욕심이 없어야 함을 일컬은 말이다. 노자는 성인의 말을 인용하여 이렇게 전했다.

내가 무위하면 백성은 절로 감화되고 내가 정(靜)을 좋아하면 백성이 절로 바르고 내가 무사하면 백성이 절로 넉넉하며, 내가 무욕하면 백성이 절로 순박해진다고 하느니라.[10)]

---

9) 『莊子』 卷7 應帝王 篇3.

위의 노자의 말은 춘추시대 인들에게 각성해주기 위한 일환으로 나타낸 것은 사실이다. 그러므로 황제(黃帝)와 요순(堯舜)의 말이라고 하여도 무리는 아니다. 이 두 성인은 춘추시대 이전 철인 정치가였기 때문이다. 이들의 정치는 솔선수범으로 이상국을 세운데 있다. 이들은 옷깃을 한번 바로 잡기만 해도 백성이 저절로 다스려졌으니, 천도의 원리인 무위정사로 다스린데 있는 것이다. 현대는 황제나 요순과 같은 천지참여로 다스려지는 무위지사(無爲之事) 아닌 법치주의로 다스리기에 일을 해 놓고도 선전과 자랑이 앞세워 널리 알린다. 여기에는 의례 공로자에게 상이 주어진다. 물론 상은 사람을 분발시키는 데 있어 자극이 되어 좋은 면도 없는 것은 아니다. 그러나 상을 받은 사람은 교만해지고 그 다음부터는 게을러지기 십상이다. 또 사람들은 상을 받으려고 기사(機事)와 기심(機心)으로 행하게 되어 남발은 삼가야 하는데 현대 우리사회에선 상이 과잉 상태로 넘쳐나 남발되고 있다. 상을 탄 자 중에는 국민의 종복이 되어야 함에도 불구하고 천하의 잡놈일 때는 곤란한 것이다. 황제나 요순시절에는 이런 상을 수여하는 제도가 없었음에도 백성들이 스스로 일하고 지상의 낙원이 이뤄졌다고 고문헌에는 전하고 있다.

그런데 불행하게도 이런 제도가 탕(蕩)임금시절부터 고개를 들기 시작하여 세상이 점점 순수성을 잃게 되었다고 장자(莊子)는 말하고 있다. 물론 황제나 요순은 워낙 시대가 먼 관계로 그 신임여부는 차치하더라도 참고할 가치가 있다. 후에 황제와 요순의 무위자연관으로 유가(儒家)와

---

10) 『道德經』 57章.

So long as l do nothing the people will work out their own reformation. So long as l love calm, the people will right themselves. If only l keep from meddling, the people will grow rich, If only lam free of clesire, the people will come naturally back to s Simplicity.

Lionel Giles, *Saying of Tao tzu* (Wisdom of the east Series) London, 1905.

도가(道家)의 사상체계의 중핵이 이뤄졌다는 것은 놀라운 일이다. 중국의 고유사상치고 천도의 근거를 두지 않는 것은 일찍이 없었으니 천도 관념으로 우리사상문화의 끼친 영향을 고증하여 보볼 필요가 있는 것이다. 실상 황제와 요순은 우리 한민족이라는 것을 참고적으로 알리는데, 이에 대한 설명을 밝히기 위해서는 장문의 증거가 필요하여 본고에서는 이만 해두기로 한다. 분명한 것은 상고시대에는 우리 동이족이 중국을 지배했다는 것이 학자들이 주장하고 있다. 노자의 무위자연설과 공자의 천도관도 황제와 요순에서 근원되어진 것이다. 공자의 조상도 동이족으로 밝혀지는데, 노자의 조상도 동이족으로 밝혀보면 무관하지는 않으리라 본다.

원래 중국의 한족(漢族)은 주(周)나라 이후부터 등장하게 되었는데 그 이전은 동이족의 독무대였다. 이들 한족이 중원을 다스리게 되어 동이족은 이들에게 흡수당하여 오랜 세월이 흐르는 동안 현재 뿌리를 잊고 살아오고 있다. 중국의 유교 도가의 학설도 우리 동이족이 미련한 것이라 할 때 노자의 무위자연관도 순수하게 밝힐 필요가 있다.

Ⅲ. 순수자연(純粹自然)의 천도관(天道觀)

1. 천도교(天道敎)의 「논학문」(論學文)

순수한 천도는 유도(儒道二家)를 의식하지 않아도 된다. 왜냐하면 유도이가의 천도 또한 그들 나름대로의 학설을 세웠기 때문이다. 특히 우리나라는 예로부터 사시의 변화로 농경으로 살아왔던 관계로 유도이가(儒道二家)에서 이르는 천노관보다 더 실용적이다. 선인들이 주장하는 천도는 유가도 아니고 도가도 아니고 더구나 종교인들이 주장하는 관계도 아니다.

선인들이 주장하는 관념은 순수자연의 천도관이기 때문이다.

설혹 종교인이라 하더라도 종교를 의식하지 않고 천도를 말하면 순수한 천도관이라 할 수 있는데, 동학인 천도교에서 하늘의 무위조화의 주체적파악도 가능하다고 본 것은 그 예라 할 수 있다, 그 예는 천도교의 「논학문」(論學文)에서 찾아보기로 한다.

> 우리 도는 저절로 되는 것이니 그 마음을 지키고 그 기운을 바르게 하고 그 성품을 거느리고 가르침을 받으면, (변화하는 새로움이) 자연한 가운데 나오는 것이다.
>
> 吾道無爲而化矣, 守其心正其氣, 率其性受其教, 化出於自然之中也.[11]

이 내용의 요지는 결국 인간은 천도인 무위자연의 이치를 깨닫는데 있다고 할 수 있다. 여기에서 무위는 천도교의 교리를 담은 내용이라고 할 수도 있지만 자연의 이치를 가르치는 것으로 보면 될 것이다. 흔히 무위하면 통상적으로 도가를 지칭하지만 순수한 천도의 관념으로 보면 되는 것이다 자연의 이치는 종교의식과 아무런 관련이 없는 『역경』(易經)의 '천지가 물(物)을 생하고자 하는 마음'이 될 수 있는 경지라고 할 수 있다.

이렇게 보면 천도관념은 종교인들의 주장으로 극한해서 말할 필요가 없다고 본다. 무종교인들이 말하는 하늘이 원형이라 할 수 있다. 유도와 도가에서 말하는 천도의 무위자연은 자신들의 입장에서 말했을 뿐이니, 일종의 자신들의 목적을 달성하기 위한 설에 불과한 것이다. 따라서 어느 의미에선 천도교는 우리나라의 종교이니, 『동경대전』 중 「논학문」에서 이르는 천도관이 순수한 우리의 자연의식이라 할 수 있다.

---

11) 崔濟愚, 『東經大全』, 「論學文」 前篇, 1880(高宗17).6.14, 崔時亨 刊行, 奎章閣圖書.

2. 순수 무위자연의 시

① 시인 도종환의 『강』(江)

무위자연하면 노장을 떠올리게 되는데, 순수하게 무위자연의 내용으로 글을 지은 것을 보면 노장의 무위자연과는 상관없는 것으로 나타난다, 이런 내용은 현대인의 작품이나 고전문학에서 수없이 산견된다. 이런 작품을 노자의 자연관으로 분석하면 좋은데 아무런 관련이 없어 여기에 귀속시킬 필요가 없다. 작자가 도가나 유가에서 주장하는 것과는 아무런 관련성이 없게 지은 것을 있는 것으로 보면 안 된다. 이런 예는 현대의 시인 도종환의 『강』에서 순수자연의 관념으로 지은 시를 다음에서 소개하기로 한다.

가장 낮은 곳을 택하여
우리는 간다.
너희는 우리를 천하다 하겠느냐
우리가 지나가는 어느 기슭에
몰래 손을 씻는 사람들아
언제나 당신들 본다.
낮은 곳을 택하여 우리는 흐른다.

위의 시는 지하철 3호선 약수역(藥水驛)의 유리벽에 씌어 있는 시인 도종환(1954~)의 시이다. 이 시인은 강의 내용을 노자의 무위자연과는 아무런 관련이 없게 지었다. 그러나 노자 『도덕경』은 물의 내용으로 되어 있고 물은 하류(下流)라고 하여 모든 골짜기에 물이 모여든다고 하였다. 물은 아래에 처하면 대양(大洋)의 구실을 한다고 겸손하게 살아가야 된다는 내용이다. 노자는 『도덕경』 8장에서 착한 것 가운데 가장 좋은 것은 물과

같다고 하였다. 또 물은 언제나 높고 깨끗한 곳에 있으려고 다른 물건들과 다투지 않고, 사람들이 비천하고 더럽다고 싫어하는 곳에 스며들어 도의 비슷한 성질이라 하고 성인의 삶과 같다고 하였다.

위 시는 노자의 물이 하류에 처하는 것으로 내용이 너무나 상통하게 지었지만 노자가 주장하는 물과 관계없이 지었다. 오직 시인은 강물이 아래로 흐르는 곳을 그 나름대로 상상력으로 지었을 뿐이다. 도종환의 『강』에 나오는 귀절 중에는 "낮은 곳을 택하여 / 우리는 흐른다."를 노자가 주장하는 물의 속성인 하류(下流)와 관련시켜 시를 대하면 시의 품위도 좋아질 것이다. 그러나 이 시는 노장에서의 이르는 자연과 아무런 관련이 없는 것이다. 이런 작품의 예는 선인들의 의식이 반영된 고전문학에서도 종종 순수자연대로 나타난 것을 볼 수 있다.

② 『춘향전』의 춘향이 변학도를 이긴 사례

노자(老子)의 『도덕경』은 물의 원리로 이뤄졌다. 이 경우는 고전소설의 백미인『춘향전』에서도 물과 시종일관 상관되게 나타나 있다. 『춘향전』의 주인공 춘향은 물로 비유했다면 부주인공 몽룡(夢龍) 또한 용으로 비유된 인물이니 또한 물과 상관성을 이룬다. 『춘향전』에서 몽룡이 춘향과 사랑놀이 장면에서도 "너 죽아 돌 것 있다. / 너는 죽어 물이 되되 / …음양수란 물이 되고 나는 죽어 새가 되되 / …녹수에 원앙 격으로 / 어화 둥둥 떠 놀거든 / 나인 줄을 알려무나." 글자풀이 놀이 장면에서도 물이 나온다. "용궁 속에 수정궁 월궁 속에 광한궁 / 너와 나 합궁하니 한평생 무궁이라." 호장이 기생점고를 할 때 명월이를 소개하는 장면에서도 "우후(雨後) 동산(東山) 명월이"라고 하여 물과 상관되어 있다. 춘향은 변학도의 수청강요 때 수청거절로 곤장을 맞으면서도 "한이 맺힌 눈물이 강물을 이루어 배를

[그림 11] 이몽룡과 성춘향의 부드러운 용모

[그림 12] 『방자전』의 변학도

만들어 타고 한양에 가서 몽룡을 만난다."라고 말하는 장면에서도 물과 관계되어 있다. 『춘향전』은 시종일관 물과 상관되어 있는 것이다.[12)]

연약한 춘향이 막강한 권력을 지닌 남원부사 변학도의 수청을 거부하고 이겨낸 것은 물의 유약함을 지닌데 있는 것이다. 이들은 유약함으로 살아 춘향은 정렬부인에 오르고 이몽룡은 좌우영상을 역임하고 백년동락하게 된 것이다.

유약이 강강(剛强)을 이기는 것은 『도덕경』과 관련시킬 필요가 없고 자연현상이나 생활현실에서도 헤일 수 없이 나타나있다. 이런 인간상은 춘향과 몽룡의 외유내강의 용모에서도 볼 수 있는 바와 같다.

이들 양인의 사랑은 경직된 모습은 볼 수 없고 천지자연의 음양조화를 떠올리는 모습 같이 부드러운 인상을 풍긴다. 이들과 상대적 변학도의 인상은 2010년 6월 2일 개봉된 김대우 감독의 드라마 『방자전』에서 변학도로 등장한 송새벽의 눈이 공포 분위기를 휩싸이게 딱딱하게 보인다.

우리는 춘향전을 읽을 때 변학도의 인상은 딱딱하게 느끼게 되고 춘향

12) 윤경수, 「3.춘향전의 주인공과 물과의 상관성」, 『圖解 조선조소설의 신화적분석』, 태학사, 1999, 126~136쪽.

과 몽룡의 인상은 부드럽게 풍기는 것을 알 수 있다. 우리민담에는 강하면 강철과 같이 부러지기 쉽다고 하였다. 변학도는 불같이 세력이 막강하였다. 물은 약하기 그지없지만 물로 비유된 춘향이 변학도 권력 앞에 가혹한 옥살이로 죽기직전에 놓였을 때 몽룡이 암행어사로 출두하여 변학도는 봉고 파직되고 만다. 원래 불은 강철도 녹이는 성질을 지니고 있으나 물은 자연의 현상에서 불을 끄게 되는 이치에서 보면 춘향이 이기게 되었다.[13] 어찌 노자가 주장하는 유약함이 강한 것을 이긴다고만 할 수 없겠는가? 1950년대와 60년대는 장 자크 루소(Jean Jacques Rousseau, 1712~1778)의 『사회계약론』(Du Contrat social ou principes du droit politique, 1755)에서 "자연으로 돌아가라"(Retout a la nature)는 말이 유행사조를 이뤘다. 루소가 주장한 자연은 노자와 상관없는 자연관인 것이다.

이와 같은 관점으로 보면 『춘향전』에서의 물이나 루소의 자연은 노자와는 상관없고 자연 그 자체로의 천도를 순수하게 나타난 것이다. 이런 물과 상관된 『춘향전』을 노장의 자연관의 영향이라고 할 수는 없지 않는가. 순수 자연은 자연그대로 볼 것이니 여기에 노장사상과 관련시킬 필요가 없다. 또 물이 불을 끄는 이치로 이긴다는 유가의 오행상극의 원리로 볼 필요도 없고 순수한 자연관의 정서로 보면 될 것이다. 따라서 『춘향전』은 유도이가의 관계없이 연약한 물의 속성인 춘향이 세력이 막강한 불과 같은 존재의 변학도를 이겨 물린 것으로 보면 될 것이다.

13) 윤경수, 「춘향전에 내재한 오행사상의 구조분석(1)」, 『동방문학』 72호, 신세림출판사, 2014, 252쪽.

Ⅳ. 을지문덕의 전공과 노장(老莊)의 문학

1. 을지문덕(乙支文德)의 전공(戰功)

고구려, 고려, 조선조, 오늘의 경우 노장의 안분지족과 관련하여 지은 한시와 시조, 현대시가가 발표되어 왔다. 원래 노장의 무위자연관은 나라가 안정된 상황이 아닌 상태에서 발생하였기 때문에 선인들도 한시나 시조 그리고 현대 시인들도 그런 배경을 딛고 지었다.

노장사상이 우리문학에 효시로 나타난 것은 고구려의 장군 을지문덕에 작품을 들지 않을 수 없다. 일찍이 그는 『자치통감』(資治通鑑)에 위지문덕(尉支文德)으로도 되어 있고, 살수대첩(薩水大捷)을 승리로 이끈 고구려의 장군으로만 알려져 있다. 『해동명장전』(海東名將傳)에는 평양 석다산(石多山) 사람이라고 전하고 성(姓)이 '을지'에 대해서는 고구려 관등 우태(于台)와 같이 연장자나 가부장을 뜻하는 것으로 풀이하기도 하고, '을'만을 성으로 보기도 한다. 그의 용맹스런 장군 됨을 초상화로 보기로 한다. 초상화 세 가지 중 ①은 대한제국 교과서 초등한국역사에 삽화로 실린 조선시대 을지문덕초상화이고, 후 이자(二者)의 ②③은 표준형의 초상화다.

수(隋)나라는 초원지역과 동아시아의 모든 나라를 굴복시켜 수나라 중심의 중국지역을 통일하려 했으나, 오직 고구려가 걸림돌이었다.

수양제는 고구려를 정복하기 위해 운하를 건설하여 5년간이란 전쟁준비를 하고 북경지역에서 집결한 수나라 110만 대군(보급인원까지 200만)은 육군과 수군으로 나누어 고구려 장안성(북한 평양성)을 향해 공격했다. 그러나 수나라군은 고구려군의 철옹성인 요동성 철벽수비에 막혀 3개월을 낭비하면서 막혀 버렸다.

[그림 13] ① 을지문덕 초상화

[그림 14] ② 을지문덕 초상화

[그림 15] ③ 을지문덕 초상화

[그림 16] 수(隋), 고구려군 역공세의 지도

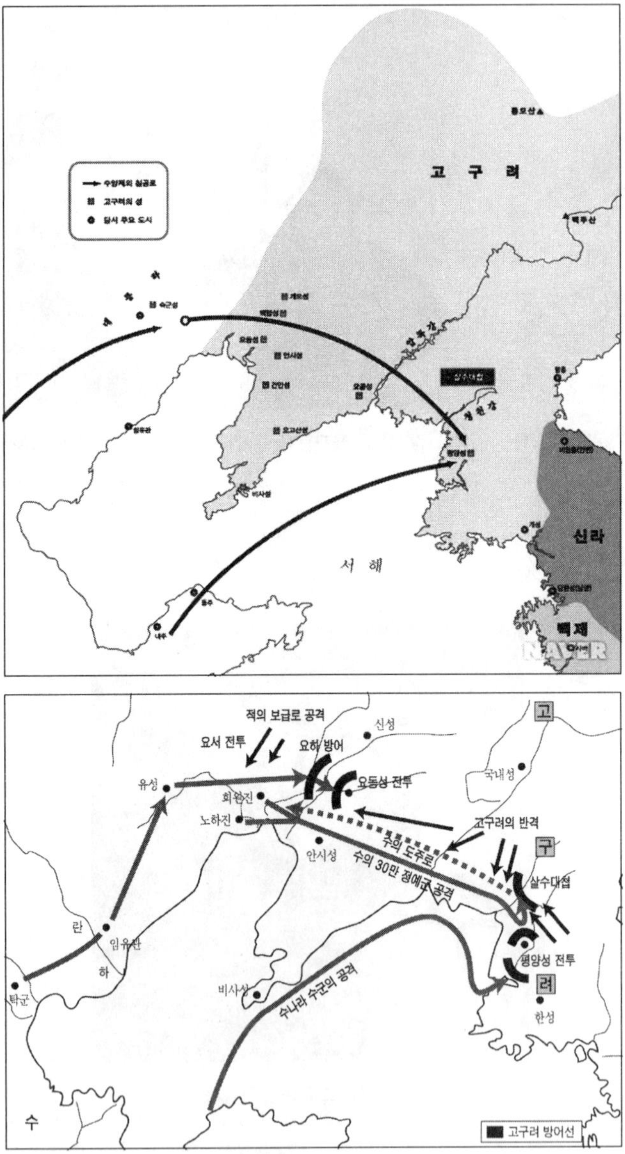

[그림 17] 수군(隋軍)의 작전도(作戰圖)

[그림 18] 을지문덕의 지휘 하에 수군진격 장면

[그림 19] 고구려군의 살수대첩 장면

수양제는 장마철로 접어들자 다급하게 30만 별동대를 장안성 지역으로 투입시켰다. 을지문덕 군대는 싸우는 척하며 수나라 군을 지치게 만들어 고구려 장안성까지 계속 유인하였다. 적군은 고구려군에게 유인당해 드디어 30만군이 고구려군의 역공으로 본국으로 돌아가려 살수(지금의 청천강)에 집결하여 도강을 할 때 거의 전멸 당했다. 이때 수군 중 살아간 자가 2,700명에 불과할 정도였다. 그 장면을 영화화면으로 나타내면 그림 18, 19와 같다.

위의 화면은 612년(영양왕23) 고구려 군이 중국 수나라의 군대를 살수에서 크게 격파한 싸움이다. 을지문덕은 30만 수나라 군대를 청천강에서 물귀신으로 만든 전공을 높이 평가되어, 서울특별시 중구 태평로1가동 서울특별시청 앞에서 을지로7가동 동대문운동장(옛 서울운동장) 앞에 이르는 도로 총연장 2,740m, 도로폭 30m로 지정했다. 현행 을지로는 조선시대에 황토현(黃土峴) 또는 구리개로 불리던 것을 을지로 입구에서 광희문까지 연결되던 길

[그림 20] 을지문덕의 동상, 서울어린이대공원

이다. 해방 후인 1946년에 을지문덕 장군의 성을 따서 을지로라 개칭했다. 이뿐 아니라 그의 공은 을지문덕을 기리는 공덕비를 어린이 대공원에 세워 많은 사람들이 우러러 보며 그 앞을 지나간다.

2. 을지문덕 장군의 한시

을지문덕은 살수대첩에서 훌륭한 지략으로 빛나는 전과를 올리고 살수대첩의 영웅으로 추앙받고 우리문학사에서 노장사상을 효시로 나타낸 것이 그의 한시이다. 그는 612년(영양왕23)에 수나라 30만 대군이 고구려를 침범하려고 하였을 때 적진에 들어가 적장 우중문(于仲文)을 만나 다음과 같이 지어주었다.

수나라 우익위 대장군 우중문(贈隋右翊衛大將軍于仲文)

그대의 신책은 하늘의 이치를 깨달은 것이고,	神策究天文(신책구천문)
기묘한 계략은 지리를 통달하였네.	妙算窮地理(묘산궁지리)
이미 전쟁에 이겨 그 공이 높았으니,	戰勝功旣高(전승공지고)
만족할 줄 알고 그침을 원하노라.14)	知足願云止.(지족원운지)

위의 시 내용과 같이 을지문덕은 당황하지 않고 적장 우중문에게 여유만만하게 대하여 준 것은 우주자연의 도량이 겸비되었기 때문이다. 잘 알려진 바와 같이 노자는 물산이 풍부한 초나라인 양자강 유역인 초나라에서 때어나 성장한 관계로 무위자연의 형이상학적인 철학이 뒷받침이 되어 우중문에게 시로써 여유만만하게 대해준 것이다. 이 시의 미련(尾聯)의 "만족할 줄 알고 그침을 원하노라."는 노자의 자연에 질서에 따라

14) 『東文選』 卷19, 五言絕句. 「贈隋右翊衛大將軍于仲文」.

살라는 교훈이므로 그 내용과 상관되는 것을 『도덕경』에서 인용하면 다음과 같다.

> 족함을 알면 욕되지 않고, 머물 줄을 알면 위태롭지 아니하여 장구할 수 있다.
>
> 知足不辱, 知止不殆, 可以長久(老子 44章)

을지문덕의 한시 미련(尾聯)은 바로 노자 44장에서 온 말임을 알 수 있다. 물론 이 말의 내용은 『한서』(漢書) 소광전(疏廣傳)과 『명심보감』(明心寶鑑) 안분편(安分篇)에도 전한다. 그러나 이들 문헌과 경전은 다 같이 노장의 영향을 무의식적으로 입은 것이다. 이중에서 『명심보감』은 고구려 영양왕 당시에 없었으니, 문제도 되지 않는다. 그러므로 위의 시에서의 지족(知足)은 노자의 무위의 영향으로 봐야 한다. 원래 노자의 지족(知足)은 백재장군 막고해(莫古解)의 진중발언(陣中發言)에서도 유명하게 전하는 말이다.[15)]

을지문덕은 수(隋)군이 우문술(宇文述)과 우중문(于仲文)의 지휘 하에 30만군을 압록강 서쪽에 집결시키자 영양왕의 지시대로 거짓으로 항복을 의사를 전하고 시를 주어 주고 적진의 동태를 예의 주시하고 돌아오게 되었다. 그 적진을 살펴본 것은 피로해 보이고 굶주린 기색을 보여 고구려군은 일부러 거짓으로 패주하면서 살수(청천강)를 건너 평양성에서 30리 떨어진 곳까지 유인했다.

적군은 군량이 부족한 데다 군사들이 지쳐 고구려 군을 이길 수 없다는 판단으로 철수를 시작했다. 고구려 군은 적군이 강을 건널 때 맹렬한 공격을 가하여 치명적인 타격을 가해 살수대첩을 이뤄 우리 육전사상 가장

---

15) 『三國史記』 卷24 百濟本紀 第二 近仇首王 條.

빛나는 전공으로 길이 남게 되었다. 을지문덕이 적진에 들어가 수(隋)나라 장수에게 노장의 안분지족(安分知足)의 한시를 지어준 것은 노장학의 수용으로 길이 전할 것이다.

V. 고려·조선조의 한시와 시조 및 중국 한시의 노장사상

1. 이인로(李仁老)의 한시(漢詩)

고려 중기 명종 때의 학자 이인로(1152~1220)는 자가 미수(眉叟), 호는 쌍명재(雙明齋)이다. 시문에 능했고 글씨 또한 뛰어나 초서(草書)와 예서(隸書)가 특출하였다. 그는 신종 때 예부원외랑(禮部員外郎), 고종 초에 비서감(秘書監)·우간의대부(右諫議大夫)가 되었다. 관직에 있으면서도 무신 치하의 혼란한 현실에 염증을 느끼고 노장사상에 심취하던 강좌칠현(江左七賢):이인로(李仁老)·오세재(吳世才)·임춘(林椿)·조통(趙通)·황보항(皇甫抗)·함순(咸淳)·이담지(李湛之)의 일원이었다. 강좌칠현은 중국 진(晋)나라 때의 죽림7현(竹林七賢)에 빗대어 강좌7현이라 불렀다. 동참의 권유에는 중국의 죽림칠현(竹林七賢)을 흠모하여 죽림고회란 모임을 만들어 서로 의를 맺어 망년지우(忘年之友)를 삼고 시와 술을 즐겼다. 저서에 『은대집』(銀臺集), 『후집』(後集), 『쌍명재집』(雙明齋集), 『파한집』(破閑集) 등이 있다.

이인로는 자신이 무신정권에 염증을 느껴 당시의 이름난 선비 들과 칠현(七賢)의 교유를 맺었다. 특히 그는 "경(庚)·계(癸)의 난(정중부의 난)에 머리를 깎고 중이 되어 산에서 노닐기도 했다."[16]라고 한 바와 같이 죽림

16) 『高麗史節要』卷15 高宗安孝大王 庚辰(1220) 7年 3月 條.

고회를 만들어 노장사상에 심취되어 장양(張良)을 칭송하는 시를 지었다, 장양은 한고조를 보좌하여 만4연간에 걸친 항우와의 쟁패전에서 해하[垓下] 결전에서 항우를 대파하고 천하통일의 대업을 실현시켰다. 그럼에도 그는 공을 세웠지만 신선 적송자(赤松子)를 좇아 지냈다. 범려(范蠡) 또한 오나라를 멸한 다음에 오호(五湖)에서 산 것은 노자 언(老子言)에서 유래된 것이다. 이 고사의 유래를 이인로의 작품에서 인용하기로 한다.

장자방은 유후(留侯)로 봉하게 되자	子房封候
적송자를 따라갔네.	與赤松遊.
도주공인 범려는 월나라의 재상인데	陶朱相越
배를 타고 오로로 떠나갔네.	泛五湖舟.
마음은 기심이 없어	心絶於機
해객(海客)의 갈매기를 친할 수 있었다네.	可狎海客之鷗.
족적(足跡)은 속세와 혼동하여	迹混於俗
노군(老子)의 소(牛)를 탈수 있었다네.	宜駕老君牛.[17]

위의 시에서와 같이 장자방(張良의 字)과 범려는 공을 이루고도 벼슬에 연연하지 않고 물러나 노자 언을 실천해 그 고사로 시를 지었다. 노자는 ‘공이 이루어지면 몸이 물러나는 것은 하늘의 도이다’(功成身退는 天之道(老子9章))라고 했다. 그래서 장량과 범려는 공을 이루고도 물러났던 것이다. 선인들의 행적에서도 공명이 이뤄지면 그 자리에서 머물러 있지 않는 것이 가장 안전하고 옳은 길이라고 하여 물러난 난 이도 수없이 많다. 현대 군사독재정권 때에도 이를 지키지 않고 장기집권을 행하다가 화를 당한이도 있다. 일극(日極)이면 측(仄)하고 월만(月滿)이면 휴(虧)되는 이

17) 李仁老,『東文選』卷50 太尉公騎牛圖贊.

치와 같아서 노자도 천도라고 한 것이다. 그래서 이 이치로 동양의 산림현사(山林賢士)들은 명철보신의 처세훈으로 삼았던 것이다. 비단 그들뿐만 아니다. 영웅호걸도 그 처세훈으로 지냈다. 노자의 무위자연은 우주를 관통한 사상이니 선인들만 아니라 중국역대의 유명한 시인들도 노자언을 인용해 공이 이뤄지면 물러나는 것이라고 한시로써 읊어댔던 것이다. 천하의 시성이라 일컬었던 이태백(李太白)도 백낙천(白樂天)도 그렇게 한시를 지었다.

공이 이루어지고 물러가지 않으면	功成身不退,
예로부터 원망과 허물이 크리라.	自古多愆尤(李太白 古風)
부귀를 좋아하지 않고	誰不愛富貴,
누가 군은을 연모하지 않으리.	誰不戀君恩.
나이가 많아 오로지 늙음을 고해야 하니	年高須告老,
공명도 이르면 몸도 물러나는 것이라네.	名遂合退身.(白樂天 不致仕)

이러한 중국의 문호들의 관념으로 동국의 문인들도 영향을 받았는데 노자의 무위관은 시대가 혼란할수록 위안거리가 되어 심취되었다. 우리 선인들 또한 유자들이 다스리는 정사가 경직되고 파쟁을 일삼아 노자의 무위자연의 부드러운 유약의 진리가 관심의 대상이 되어 나라의 공은 이룬 후에는 강호가도를 이루며 살았다. 고려중기의 문신 이인로는 또한 그 중의 한 사람이다.

2. 목은 이색과 노자의 무위자연

고려의 문인들은 은둔의 영향이 다분히 작용되어 노장의 무위 자연관이 행적이나 작품에서 나타나는데 이중에 고려의 문인 목은(牧隱) 이색(李

[그림 21] 목은 이색선생 영정

[그림 22] 포은 정몽주선생 영정

[그림 23] 야은 길재선생 영정

穡, 1328(충숙왕15)~1396(태조5))의 한시를 소개하지 않을 수 없다. 이색은 신흥무인정치에 염증을 느끼어 관직생활를 멀리하게 되었는데 목은(牧隱) 포은(圃隱) 야은(冶隱)을 고려의 삼은(三隱)이라 한다. 이들 삼은의 인물을 소개하면 그림 21~23과 같다.

고려 말의 성리학은 성균관을 중심으로 안향・백이정(白正)・권부(權溥)・李齊賢・이색(李穡)・정몽주(鄭夢周)・길재(吉再) 등에 의해서 계승되었다. 이 중에서 목은(牧隱) 이색(李穡)은 고려 말의 문신・학자로서 성리학에 본격적으로 접하게 되어 당시 사상계의 흐름을 주도하였다.

일찍이 목은 이색은 14세인 1341년(충혜왕 복위2) 성균시에 합격하여 진사가 되면서 이름이 알려졌다. 20세에 아버지를 뵙기 위해 원나라에 들어갔다가, 다음해 1348년(충목왕4)에 원나라 관원의 아들 자격으로 국자감의 생원에 뽑혀 3년간 수학하면서 성리학에 본격적으로 접하게 되었다.

1367년 대사성이 되어 국학의 중영(重營)과 더불어 성균관의 학칙을 새로 제정하고 김구용(金九容)・정몽주(鄭夢周)・이숭인(李崇仁) 등을 학관으로 채용하여 성리학의 보급과 발전에 공헌하였다. 그런 가운데 1389년

(공양왕1) 위화도회군으로 우왕이 강화로 쫓겨나 조민수(曺敏修)와 함께 창왕을 옹립, 즉위하게 하고, 이성계(李成桂) 일파의 역성혁명에 부정적으로 보고 협조하지 않고 세력을 억제하려 하였다. 이색은 1395년(태조4)에 한산백(韓山伯)에 봉해지고[18] 이성계가 출사를 종용하였으나 끝내 고사하였다. 1396년(태조5) 이색(李穡)이 여흥(驪興)에 있는 신륵사(神勒寺)에서 졸(卒)하였다는 부음(訃音)이 들리자, 임금이 조회를 정지하고 치제(致祭)하였으며, 부의를 내려 주고 시호를 문정(文靖)이라 하였다.[19] 그러나 한산이씨 대종회에서는 여강(驪江)으로 가던 도중에 의문으로 죽었었는데 독살로 간주하고 있다. 고려 말은 어수선한 혼란기에 신진사대부와 신흥 무인세력 간에 대립이 벌어지게 되었다. 전자는 주로 정몽주 이색을 중심으로 하는 개혁파파이고 후자는 이성계 정도전 등이다. 고려 말은 결국 신흥무인세력들이 주도권을 장악함으로써 조선은 건국하게 되어 신진사대부계는 절의를 지키며 생을 마감하게 된다.

정몽주(1337~1392)는 시대적 격동기에도 두 임금을 섬기지 않는다는 충절을 지키다가 신흥 무인세력인 이성계를 찾아가 문병을 하고 귀가하던 도중 이방원의 문객 조영규(趙英珪) 등의 습격을 받아 철퇴를 가하여 선죽교에서 죽었다.[20] 정몽주가 선죽교에 흘린 피가 영원히 지워지지 않

---

18) 『太祖實錄)』 卷8 乙亥4年(1395) 12月 22日(辛亥) 條.
以李穡爲韓山伯, 仍命爲義成、德泉等五庫都提調。

19) 『太祖實錄)』 卷9 丙子 5年(1396) 5月 7日(癸亥) 條.
韓山伯 李穡卒于驪興神勒寺。訃聞, 上輟朝, 致祭賜賻, 謚文靖。穡字穎叔, 號牧隱, 韓州人, 征東行中書省郎中都僉議贊成事謚文孝公 穀之子.

20) 『太祖實錄)』, 總序
殿下更命英珪至上王邸取劍, 直抵夢周家洞口以要之, 呂、敷等數人隨之。夢周入, 不留卽出。殿下恐 事不濟, 欲親往指揮。出門, 有麾下士之馬具鞍在門外, 遂乘之, 馳至上王邸, 問: “夢周過否?” 曰:“未也” 殿下更授方略而還。時前判開城府事柳源死, 夢周過弔其家遲留, 故英珪等得備兵器以候之。夢周至, 英珪馳擊不中, 夢周叱之, 策馬而走。英珪追擊馬首, 馬蹶, 夢周墜地, 起而急走, 呂等追殺之。

는다는 전설로 남았고, 그의 학문과 이념은 조선의 사림파에게 이어졌을 뿐만 아니라, 조정 신하에게 영향을 끼쳤다. 전조(前朝)에 목은(牧隱)과 포은(圃隱) 같은 문장의 선비가 배출되어 여풍(餘風)이 없어지지 않았으므로 세조 때에도 문학의 선비가 많았다.[21] "포은(圃隱) 정몽주(鄭夢周)는 절의를 세웠고, 야은(冶隱) 길재(吉再)는 절의를 온전히 하였으니, 죽어서도 진실로 광영이거니와 살아서도 또한 부끄러울 것이 없으니 두 사람에게 모두 충절을 정표하고 시호를 내리는 은전을 베풀었다.[22] 문효공(文孝公) 이곡(李穀)은 문충 이제현에게 배웠고, 그의 아들 문정공(文靖公) 목은(牧隱) 이색(李穡)은 문효공에게 배웠으며, 문충공(文忠公) 정몽주(鄭夢周)는 목은선생 문하의 제자였기에 절의를 지키게 된 것이다. 목은에 대한 도통(道統)과 도설(圖說)은 역사책에 분명히 게재되어 있다.[23] 후대의 시인, 묵객들도 이러한 사실을 당연시하면서 학통이 높은 목은 이색을 흠모하게 되었다. 포은은 목은의 제자로서 활동하여 유명하게 되어 후인들이 포은에 대해 시를 남겼다. 그 중 허균(許筠, 1569~선조2~1618(광해군10))은 시문집인 『성소부부고』(惺所覆瓿藁)에서 '포은(圃隱)의 구택(舊宅)을 지나면서 노래하다.'는 제목으로 정몽주에 대해 노래를 지었다.

---

21) 『中宗實錄』 卷101, 38年(1543 癸卯 / 明 嘉靖 22年) 10月 10日(辛巳) 條.

22) 『正祖實錄』 卷48 22年(1798 戊午 清 嘉慶 3年) 2月 6日(庚子) 條.
慶尙道儒生金陽燓等上言: "高麗禮儀判書金澍之忠節, 請節惠。" 敎曰: "圃隱之立節, 冶隱之全節, 死固榮矣, 生亦不怍, 擧施旌忠節惠之典 惟金籠巖澍, 臨江寄衣, 遯跡荊楚。皇朝奇之, 除禮部尙書而不就, 以其祿終身."

23) 『承政院日記』 2974冊 고종 25년(1888年 光緖(淸/德宗14年) 6月 4日 條.
全羅道儒生李東荚等疏曰, 伏以我東方, 雖壤地偏少僻陋, 典章法度, 侔擬中華, 蓋由於箕聖之八條之敎, 而聖賢之君相傳授而然也。有若群哲則薛弘孺聰・崔文昌致遠, 倡於新羅, 安文成裕・李文忠 興於高麗矣。文孝公李穀, 學於李文忠, 其子文靖公牧隱先生李穡, 私淑於文孝公, 而文忠公夢周, 出於先生之門弟, 先生之道統圖說, 昭揭史册.

포은 정 선생은 고려 말엽 그 시절에,	圃隱先生在麗末
충절이 늠름하다 어느 뉘 빼앗지 못하네.	忠節凜然不可奪
어찌 이학만을 전하였겠는가?	豈惟理學傳不傳
공이 조정에 계실 땐 나라도 살았다네.	公在巖廊國幾活
송악산의 왕기는 오백 년에 끝이 났고,	神嵩王氣五百終
몽금척(夢金尺)은 하룻밤에 수강궁으로 내려갔네.	金尺夜下壽康宮
공께서 은띠 드리우고 태연자약 그 자세로	公也垂紳不動色
호랑이가 깊은 숲에 도사린 듯 앉아 있네.	隱若虎豹蹲深叢
선죽교라 다리 위 뿌려진 한 줄기 붉은 피	善竹橋頭一腔血
이름은 우뚝 솟아 서산과 높이 같이하네.	名與西山並崷崒
성읍이 남으로 옮겨 조정과 시전은 비었지만	城邑南遷朝市空
옛 사당의 향화는 지금도 향기로움 끊임없네.	遺祠香火猶芬苾
나는 사내 형을 따라 집터를 찾아보니	我從四耐尋宅基
무너진 담장이라 풀 덩굴만 나란히 엉기었네.	頹垣野蔓生離離[24]

일찍이 교산(蛟山) 허균은 1569년(선조2) 서울 건천동에서 태어나 불꽃처럼 살다가 1618년 광해군 10년 역모 죄로 능지처참 당했다. 일찍이 허균은 26세에 정시(庭試)에 합격하여 승문원 사관(史官)으로 벼슬길에 진출한 당대 천재 문장가로서 "타고난 성품이 총명하여 모든 서적을 박람(博覽)하였으므로 글을 잘하였다. 병조 좌랑으로"[25] "오직 문장의 재주로 세상에 용납되었다."[26] "허균은 문재가 극히 높아 붓만 들면 수천 마디를 써냈다."[27]라고 학식이 뛰어난 문재로 로 문명을 날렸다. 조선의 외교 방식인 수창외교(酬唱外交)를 훌륭하게 수행해내기도 한 할 만큼 조선중

24) 許筠, 『惺所覆瓿藁』, 詩部1, 「戊戌西行錄」過圃隱舊宅歌.
25) 『宣祖實錄』 卷105, 31年 戊戌(1598) 10月 13日(乙丑).
26) 『宣祖實錄』 卷113, 32年, 5月 25日.
27) 『光海君日記』 卷50, 光海6年 10月 10日 10張.

기의 문장가였기에, 포은에 대해서 지나쳐 벌릴 수 없어 시를 쓴 것이다. 그는 포은이 충절이 뛰어난 것을 예찬하고 그에 죽음에 대해서 "사내이의 한 번 죽음은 본디 피하기 어려우나(男兒一死固難逃), 차라리 죽을진대 충의를 따르리라."(寧欲將身徇忠義)라고 그의 죽음을 따르겠다고 「과포은구택가」(過圃隱舊宅歌)에서 노래하였다.

그는 예조참의·좌찬성 등을 역임했다. 그런데 그는 유재론(遺才論)·호민론(豪民論)을 통해 당시 정부의 모순을 비판하고 개혁방안을 제시했다. 특히 그의 『홍길동전』은 적서차별로 인한 신분적 차별을 비판하고 탐관오리에 대한 징벌, 가난한 서민들에 대한 구제, 새로운 세계의 건설 등을 제안했으니, 그의 비판정신과 개혁사상은 의의를 지니는 것이라 할 수 있다. 허균은 포은의 구택을 지나며 충의에 대해 노래를 했으니, 그의 정신을 마음속의 지니고 따라 충의를 지키며 참형을 당하는 일을 행했다고 볼 수 있다. 고려 말의 이색도 정몽주도 길재가 스승과 제자 간에 다 함께 은둔의식에 의해 각각 호를 목은(牧隱) 포은(圃隱) 야은(冶隱)이라 한 것은 당시 위정자들이 나라를 정도로 다스리지 않아 부정인식에 의한 저항으로 절의를 지키기 위한 일환으로 죽어갔고 야은은 향리에서 제자를 키워냈다.

포은과 야은의 스승이었던 이색의 학문적 업적은 이들 이외에 성리학에 바탕을 둔 교육개혁을 시도해 권근, 정도전, 김종직, 변계량 등 수많은 제자를 양성하여 동방(東方)의 대유(大儒)로 추앙을 받을 만큼 뛰어났다. 그의 글은 『목은시고』(牧隱詩藁, 35권)에 수록된 현존하는 작품은 6천여수로 양적으로나 질적으로 당대 최고의 시인으로 평가받고 있다. 정몽주는 쓰러져가는 고려를 일으키고자 충신이었는데 이성계와 노선을 달리한 역성혁명이기 때문에 결국 이방원의 자객에 참극으로 1392년 4월 4일 생을 마감했다.

[그림 24]

이색의 후손들인 한산이씨 대종회 회원 400여 명은 2014년 6월 18일 선생의 추모비를 남한강변의 여주시 현암동 215-10번지에 건립하고 18일 오전 성균 관장과 지역유림이 참석한 가운데 추모비 다음과 같이 제막식을 거행했다.

이색은 조선조 이전 고려 말에선 평탄하게 벼슬살이를 하였다 그런데 1388년 위화도회군이 일어나자 문하시중에 임명되었다. 위화도회군은 군령을 위반하고 왕의 명령을 거역한 행위로 이성계 세력에 반감을 갖고 있었다.

이색은 조선왕조가 개창되면서 고려 말에 결당모란(結黨謀亂)한 자로 지목되어 우현보 등 56명과 더불어 논죄되어, 직첩을 빼앗기고 서인(庶人)이 되어 해도(海島)에 유배되었다. 장흥에서 석방된 그는 3년간 한산에서 지내고 1394년(태조3) 오대산에 들어갔다가 돌아왔다 1396년 여주 신륵사(神勒寺)에 가는 도중에 죽었다. 그는 1392년 고려가 망하고 태조 이성계가 조선을 세운 뒤 이색의 학문을 높이 사서 벼슬을 내렸으나 받아들이지 않자 결국 귀양을 갔고, 그 여파로 세상을 떠났다. 저서로 『목은유고』·『목은시고』 등이 있고, 장단 임강서원(臨江書院), 청주 신항서원(莘

巷書院), 한산 문헌서원(文獻書院), 영해 단산서원(丹山書院) 등에 체향되고 시호는 문정(文靖)이다.

길재(吉再, 1353~1419)는 고려후기의 문신이자 고려 말 조선 초의 성리학자이다. 본관은 해평, 자는 재보(再父), 호는 야은(冶隱) 또는 금오산인(金烏山人)이다. 구미 출생으로서. 관료로 있던 아버지를 만나러 개경에 갔다가 이색(李穡)·정몽주(鄭夢周)·권근(權近) 등의 문하에서 학문을 익혔다. 1388년에 순유박사(諄諭博士)를 거쳐 성균박사(成均博士)로 승진하였다. 1389년(창왕1) 문하주서(門下注書)에 임명되었으나, 이듬해 고려의 쇠망을 짐작하여 늙은 어머니에 대한 봉양을 구실로 사직하였으며, 고향으로 가는 길에 장단에 있던 이색(李穡)을 만나기도 하였다.

야은 길재는 조선이 건국된 뒤 1400년(정종2)에 이방원(李芳遠)이 태상박사(太常博士)에 임명하였으나 두 임금을 섬기지 않겠다는 뜻을 말하며 거절하였다.

이색은 조선조의 신흥무인세력의 세력 간에 소용돌이치는 틈새에 세사를 못마땅하게 여기고 특히 이성계가 다스린 혁명세력에선 벼슬을 하사해도 물려받지 않았고, 절의를 지키며 살다가 신흥무인들에 의해 포은(圃隱)과 목은(牧隱)이 비명으로 죽어갔고, 야은(冶隱)은 고려가 망하자 명철보신으로 강호에서 후진을 양성하며 살았다. 이색은 도가의 자연관을 선호하게 되었는데 그 시의 시를 소개하면 다음과 같다.

한 고조가 용비하여 사수가 넓어졌고,	漢家龍飛泗水闊
아방궁이 두 달이나 붉은 불길로 탔네.	秦宮二月紅焰烈
그 당시의 모사들과 몸에 상처 입은 장수들,	當時運籌身被瘡
공 이루자 하루아침에 높은 지위에 올랐네.	諸公一旦高閥閱
영원토록 나라를 보존토록 한맹세도 마르기 전,	礪山帶河字未乾

한신과 팽월이 주륙되니 그 원한 누가 씻으리.　　韓彭菹醢冤誰雪
당시에 자방은 미부인 같은 용모,　　當時子房美婦人
도인이 지은 소서 한권 비결과 세 치 혀로다.　　素書一篇三寸舌
유후에 봉해지자 신선 적송자 따라 놀다가,　　封留便與赤松游
금방 사이에 태자를 우익했네.　　羽翼儲皇眞一瞥
이제 알겠노라, 치이자, 마음 씀이 보통사람과 다름을　　乃知鴟夷子用心與人別
공을 이루고 물러서지 않으면 화의 기틀 되나니,　　成功不退多禍機
신인의 비결은 그가 먼저 배웠던 것이네.　　先獲黃石公祕訣
오호에 연월 가득, 하늘이 가없는데,　　五湖煙月天無邊
천고에 끼친 바람은 불어 끊이지 않는다네.　　千古遺風吹不絕[28)]

이 시의 주인공은 월(越)나라 벌려(范蠡)이다. 그가 오호(五湖)에서 놀 때 이름을 치이자피(鴟夷子皮)로 고쳤다는 고사로 목은(牧隱)이 지은 것이다. 원래 치이자(鴟夷子)는 월상국(越相國) 범여(范蠡)가 왕 구천(句踐)을 도와 오(吳) 나라를 멸한 뒤에 벼슬을 사양하고 오호(五湖)에 노닐며 성명을 고쳐 치이자피(鴟夷子皮)라 했다. 치이(鴟夷)는 가죽주머니라는 뜻으로 세태를 따라 가죽주머니처럼 늘었다 줄었다 한다는 뜻이다.

위의 시 중 밑줄 친 부분은 노자의 지족(知足, 止足)을 좌우명으로 삼아 태조 이성계가 벼슬자리를 주어도 사양하였다. 그는 노자의 지족(知足)을 처세훈으로 삼아 강호에서 지냈다고 할 수 있다.

> 멀리 노자의 지족의 훈계에 부끄러워 깊이 가뜩 차면 기운다는 것을 경계하나이다. 운운
>
> 遠慚止足, 深戒滿盈云云[29)]

28)『東文選』卷8, 七言古詩, 鴟夷子歌.

노자사상의 지족(知足, 止足)의 영향은 목은에게 작용했던 것이다. 고려인에게 무인정치를 대표하는 최충헌(崔忠獻, 1149~1219)이 독재자로서 17년간의 무인정치를 행할 때 4명의 왕을 바꾸고 수많은 정적을 살해하는 혼란상는 고려인에게 은둔의식을 조성시킨 원인이 되었다고 할 수 있다, 더구나 고려말 원나라 부마국에서 오는 몽고 풍속, 신흥무인세력의 등장 또한 신진사대부 계층들이 혐오하는 대상이다. 이런 원인으로 목은도 노장의 영향을 받은 것으로 볼 수 있다.

3. 박은(朴誾)의 오언고시

박은(朴誾, 1479(성종10)~1504(연산군10))은 조선중기의 학자·시인이다. 이행(李荇)과 더불어 해동(海東)의 강서파(江西派)로 일컬어졌으며, 1496년 18세의 나이로 식년문과에 병과로 급제한 뒤 홍문관(弘文館)에서 정자(正字)·수찬(修撰)을 지냈다.[30] 1498년 20세에 유자광(柳子光)과 성준(成俊)을 탄핵하는 상소를 올렸다가[31] 파직되어[32] 옥중에서 지낸 후 석방되었다. 그 후에는 지제교(知製敎)에 임명되었으나 나가지 않았으며 26세에 갑자사화에 연루되어 짧은 생애를 불우하게 살다가 죽었다. 죽은 지 3년이 지나 신원(伸寃)되고 도승지로 추증되었다. 그의 인물됨은 훌륭해 짧은 생애를 살았음에도『연산군일기』·『중종실록』·『명종실록』·『인조실

29)『東文選』卷38, 表箋, 太尉謝表.

30)『燕山君日記』卷40, 7年(辛酉1501) 4月 5日(壬午).
以曺世唐爲司諫院正言, 朴誾弘文館修撰, 洪淑副修撰

31)『燕山君日記』卷41, 7年(辛酉1501) 11月 16日(庚寅).
弘文館攻前臺諫上疏時, 有一人製疏而來, 誾見之, 謂不合意卽裂之, 乃自製焉, 其意欲報復其父之事也。臣等非謂彈子光之事, 而言也, 聞如此之弊, 不得不啓故耳。且於疏內云: '李季甸爲集賢殿時, 亦上疏云云。' 所謂季甸上疏者, 臣等未知何事也, 然臣等以三公受辱如此, 決不可就職, 請遞臣等。傳曰: "如此之弊, 何可勝言?"

32)『燕山君日記』卷51, 9年(癸亥) 11月 13日(丙子).

록』·『정조실록』·『연려실기술』(練藜室記述) 등에도 수록되어 있고, 『국조인물고』(國朝人物考)에도 전한다. 친구 이행(李荇)이 그의 시를 모아 펴낸 『읍취헌유고』(挹翠軒遺稿)가 남아있다.

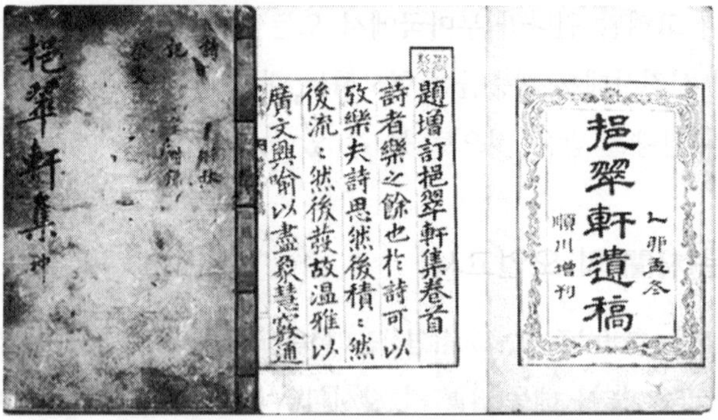

[그림 25] 박은(朴誾)의 문집

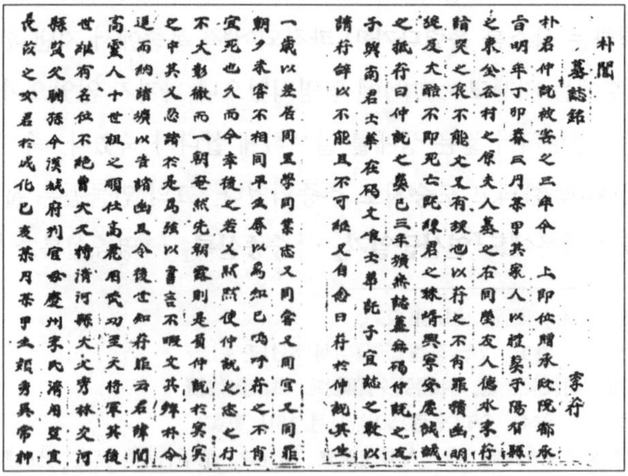

朴誾
墓誌銘 李荇
朴君仲說被害之三年今 上即位贈承政院都承
旨明年丁卯春三月葬甲其家人以柩葬于陽智縣
之東谷吞村之原夫人墓之右同學友人德水李荇
歸哭之哀不能文又有規也以荇之不肯罪猜幽明
號及大臨不即死亡既練君之妹婿興寧安處誠
之狀荇曰仲說之葬已三年猶未誌墓無碣仲說之友
子與南君士華在碣文惟士華既予宜誌之數以
請荇辭以不能且不可緩又自念曰荇於仲說其生
一歲以長若同里學同業志又同審又同官又同罪
朝夕未嘗不相同乎生辱以爲知己嗚呼荇之不肯
宜死也久而今幸後之若又賦既使仲說之志之付
不大彰徹而一朝並然先朝露則是負仲說於冥冥
之中其又忍諸於是爲強以書言不暇文其辭朴今
退而納諸壙以告諸幽且令後世知荇非而君諱誾
高靈人十世祖之頎仕高麗用武功至大將軍其後
世雖有名位不絶曾大父持清河縣大父秀林父河
聰贊父聃孫今漢城府判官母慶州李氏清用女宣
長故之女君於成化己亥某月某甲生娶秀兵曹柳

[그림 26] 국조인물고 박은

박은(朴誾)의 시는 노자와 관련된 장양(張良)의 고사로 지었다. 한고조를 보좌하여 천하를 통일하는데 공이 세웠지만 관직을 머물지 않고 신선 적송자(赤松子)를 좇아 지냈다는 내용이다. 시 제목은 장문으로『昨飮萬里瀨劇談古今事扶醉而還夜半酒醒懷抱耿耿吟城古體詩七首呼燈書之明日投客齋以答前日七篇之惠』(어제 말리뢰에서 술을 마시며 마음껏 고금의 일을 이야기하다가 취한 몸을 부축 받고 돌아와서 밤중에 술이 깨어 회포가 경경하기로 고체시 7수를 지어 읊으며 등불을 가져오라 하여 써서 다음 날 용재(客齋, 李荇의 號)에게 보내어 전날 보내준 7편의 후의에 답한다)라고 되어 있다. 7수 중 제1수인 장량(張良=張子房)의 관계로 지은 시를 소개하면 다음과 같다.

대자연의 조화가 작용을 멈추지 않아,	造化無停機
한 홀수가 있으면 또 한 짝수로 돌아오네.	一奇還一偶
공을 이루고는 만물에게 주니	功成付萬物
하늘도 또한 제 것으로 삼지 않네.	天亦不自有
장부의 조그만 공업(功業)	丈夫小勳業
때가 오면, 애오라지 시험해 보네	時來聊下手
아, 남보다 월등하게 뛰어나다 장자방이며,	卓哉張子房
공 이루고 적송자와 벗하였네.	更與赤松友[33]

박은은 4세부터 4세에 책을 읽고 20세 이전에 수찬에 있으면서 경연관을 지낸 수재였다. 1498년(연산군4) 20세의 약관으로 간신을 경계하는 상소를 올려 오히려 그들의 모함을 받아 옥살이를 겪은 후 다시 벼슬자리 통고받았으나 진출하지 않고 지냈다. 그는 해동강서파(海東江西派)의 대

---

33)『續東文選』卷3, 五言古詩, 答前日七篇之惠.

표적 시인으로서 귀양살이를 하는[34] 환해풍파에 놀라 시달려지는 것을 기피하고 현실초극에의 노력으로 노자의 무위자연과 장자방을 연상하고 위의 오언고시(五言古詩)를 지었다.

4. 김춘택 시조의 노자의 지족(知足)

김춘택(金春澤, 1670~1717)은 조선 후기의 문인으로서 숙종 때 폐비복위운동을 벌이는 등 당쟁(黨爭)에서 서인(西人) 노론(老論)을 대표하는 인물로 활동하였으며, 그 때문에 제주 등지에서 오랜 기간 유배 생활을 하였다.

본관은 광산(光山)이며, 자(字)는 백우(伯雨), 호는 북헌(北軒)이다. 그가 조선후기에 문인으로 대성할 수 있었던 것은 대대로 학자로 내려오는 뿌리의식과 관계된데 있다. 예학(禮學)의 태두인 김장생(金長生, 1548~1631)의 직계 후손으로 서인(西人) 노론(老論)의 중심 가문 출신의 후예로 자랐기에 학문적 소양이 갖춰져 있었다. 그는 평생 과거를 보지 않고 관직에도 오르지 않았던 것은 당쟁의 염증으로 기피하였고 가객으로 세월을 보냈기 때문이다. 그러나 그의 인물됨이 학문적으로 워낙 출중했던 관계로, 고종 때인 1888년 영의정(領議政) 심순택(沈舜澤)의 건의로 이조판서(吏曹判書)로 추증(追贈)되었으며, 충문(忠文)이라는 시호(諡號)를 받았다.

할아버지인 김만기(金萬基, 1633~1687)는 딸이 숙종(肅宗)의 초비(初妃)인 인경왕후(仁敬王后)가 되어 광성부원군(光城府院君)에 봉해진 인물이고 보사공신(保社功臣)이 되었다. 서포(西浦) 김만중(金萬重, 1637~1692)은 김만기(金萬基)의 동생으로 김춘택(金春澤)에게 작은할아버지가 된다. 아버

34)『燕山君日記』卷52, 10年(甲子 1504) 4月 3日(甲午).
義禁府啓: "配李幼寧泗川, 朴誾東萊, 卞亨良茂長" 傳曰: "如此姦詐之輩, 不書罪名, 而只書付處遐 裔, 後人豈知見謫之由? 各於名下, 列書罪名, 永竄遐方, 使不得復還王都."

지인 김진구(金鎭龜, 1651~1704)는 호조판서(戶曹判書), 한성부(漢城府) 판윤(判尹) 등을 역임하였다.

이처럼 김춘택은 서인 노론의 중심인 훈척(勳戚) 가문 출신이나 경신환국 이후 더욱 대립이 심해진 당쟁(黨爭)으로 세 번이나 감옥에 갇히고, 다섯 번이나 유배되는 어려움을 겪었다. 1689년 기사환국(己巳換局)으로 남인이 정권을 장악하면서 김만중(金萬重), 김진구(金鎭龜) 등은 탄핵을 받아 남해와 제주로 유배되었으며, 노론계의 인현왕후(仁顯王后) 민씨(閔氏)가 폐비되고 남인계의 희빈(禧嬪) 장씨(張氏)가 왕비가 되었다. 김춘택은 다시 서인이 정권을 장악하려는 폐비복위운동을 벌여 발각되어 1694년 감옥살이를 하게 되었다. 그 뒤 김춘택은 서인 내부에서 다시 분파로 인해 대립이 확대되면서 소론(少論)의 중심인물이면서 비판을 받아 1697년(숙종23) 에 금천(金川)으로 유배되었고[35] 그의 아우와 자질 등이 절도애 나누어 정배 당하였다.[36] 그는 조선조 후기 당쟁의 소용돌이에서 파란 많은 생활을 보낸 것이다.

그는 김만중(金萬重)이 쓴 『구운몽』(九雲夢)과 『사씨남정기』(謝氏南征記)를 한문(漢文)으로 옮겼으며, 제주 유배중인 1708년에 지은 '별사미인곡(別思美人曲)'도 전해진다. 79행의 가사 작품인 '별사미인곡(別思美人曲)'은 순 한글의 대화체로 구성되어 있다. 경학(經學)에도 밝아 『주자시설』(朱子是說), 『설학강리』(說學講理) 등도 저술했다. 문집으로 20권 7책으로 된 『북헌집』(北軒集)이 있으며, 저서로 『만필』(漫筆)이 있다. 경기도 군포시에 묘가 있다.

조선 영조 때 활약한 대표적인 가객(歌客)·시조작가로서. 사대부들이 즐겼던 시조가 중인 가객들에게까지 확산되는 데 선구적 역할을 했으며,

35) 『肅宗實錄』 卷31, 肅宗 23年 丁丑(1697年) 10月 25日(壬申).
36) 『承政院日記』 579冊, 英祖卽位年 甲辰(1724) 11月19日(己未).

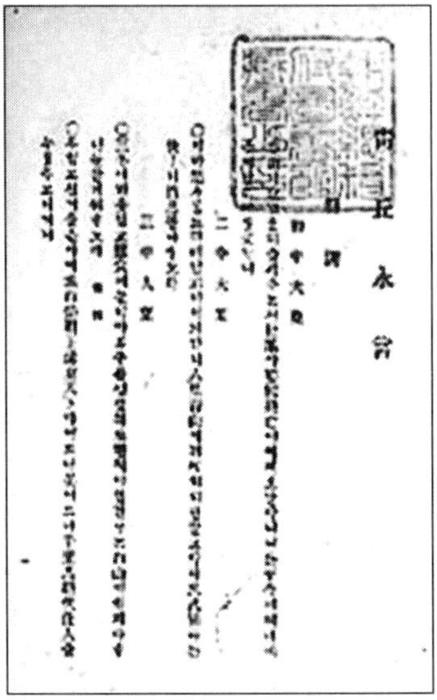

[그림 27] 『진본 청구영언』 / 김천택

[그림 28] 『해동가요』 / 김수장·김삼불 교주

최초의 가집인 『청구영언』을 편찬해 시조의 훌륭한 공적을 남겼다.

그는 당시 많은 가객들처럼 그도 중인계층으로서, 젊었을 때 잠시 관직에 있었을 뿐 거의 평생을 가객으로 지냈다. 1728년(영조4)까지 노래로만 불리고 기록되지 못했던 역대 시조를 모아 최초의 가집인 『청구영언』을 편찬했다. 그 서문에서는 국문시가인 시조도 한시 못지않게 중요한 가치가 있다고 주장했다. 평시조 외에도 '만횡청류'(蔓橫淸類)라는 이름 아래 사설시조 111수를 수집해놓아 그 연구에 도움을 주고 있다. 그의 작품은 『진본 청구영언』에 30수, 주씨본(朱氏本) 『해동가요』에 57수가 실려 있다. 이 가운데 14수가 겹쳐 있으므로 전체 작품 수는 73수 정도이며, 모두 평시조이다. 남파는 중인신분이라 벼슬길에서도 양반층으로부터 차별대우를 받았다고 할 수 있다. 젊었을 때 한 때 벼슬을 역임하고 지난

날을 돌아보고 느낀 점을 나타낸 시조를 소개하면 노자의 언으로 다음과 같이 나타냈다.

> 지족이면 불욕이요 지족이면 불태라 ᄒᆞ니
> 功成名遂 ᄒᆞ흐면 하난 것이 긔 올으니
> 어즈버 宦海諸君子ᄂᆞᆫ 모다 조심ᄒᆞ시소.[37)]

위의 초・중장(初・中章)에 대한 출처는 앞서 소개한 바와 노자의 언으로 이해하면 될 것이고, 종장은 벼슬자리에서 어려움이 많다는 것을 나타낸 것이다. 김천택은 18세기 영조 때 가객이니 이때는 임금이 탕평책을 발동할 정도로 파당이 격심했던 때다. 작자가 평민층이었으니 심한 차별을 받아 환해풍파를 사람들에게 조심하라고 당부한 것이다.

이 시를 볼 때 당파가 격심했던 18세기에 관직은 오래 있을 것이 못되고 공을 이루면 물러나야 화를 입지 않는 것이라 하였다. 작자가 노자(老子) 언(言)을 인용하고 환해풍파를 조심하라고 한 것은 파쟁으로 중상모략이 심하여 우선 명철보신을 꾀하라는 뜻이다. 그가 젊어서 관직에 있다가 사퇴하여 가객으로서 처신 한 것은 그 시대상을 조명해 보면 험악 상을 알 수 있다. 특히 그의 시조에서 노자의 지족(知足)에 대해 언급한 것은 당쟁에서 오는 정신적인 고뇌를 해소하기 위한 일환이었다. 역대 많은 시인들이 시조의 무위자연을 구가한 것은 안분지족으로 정신적 안위를 찾고자 한데 있다. 앞으로 노자의 무위자연은 문인들이 개발하여 현대적 위기를 극복하고 자연의 도인 천도로 살아가는 것으로 전개시켜 나가야 현대적 의의며 그 과제라 할 수 있다. 첨언할 것은 노자의 무위자연으로

---

37) 『珍本靑丘永言』, 263쪽.
『校注海東歌謠』, 419쪽.

일제 시대를 혐오한 신석정의 문학에 대해선 지면관계로 소개하지 못했다. 필자가 발표한 논문으로[38] 참고하면 도움이 되리라 믿는다.

Ⅵ. 맺음말

노자는 주(周)나라 수장실사(守藏室史)로서 오늘날로 말하면 도서관장을 역임함으로써 널리 내외 문헌을 섭렵하였다고 본다. 더구나 노자는 물산이 풍부하게 생산되는 양자강 유역에서 성장했으니 공자와는 차원이 달랐다. 왜냐하면 공자는 황하유역인 노나라에서 성장했던 관계로 가뭄과 홍수가 잦아 힘써 행행하지 않으면 살아가기 힘든 것이라 노자와 같이 우주관계의 진리에 집착하거나 천착하지 못했다. 그러나 노자는 현실생활에 얽매이지 않고 고금의 도서를 관리 책임자인 도서관장직에 재임하다 보니 박통하게 되고 형이상학의 진리도 알게 되었다. 당시 주나라의 실상은 문화가 최고로 발달한 문화국이었지만, 세월이 흐름에 따라 기강이 해이해지고, 당시 제후국간에는 힘겨루기나 일삼아 약소국은 살아갈 수 없고 강대국만이 살아가가는 시대상이다.

노자는 시대상황이 우주의 무위자연관과는 괴리가 심한 관계로 당시 사람들 특히 위정자들에게 각성시키고자 약자도 안심하게 살아갈 수 있게 『도덕경』을 전한 것이다. 노자는 강자나 약자가 호혜평등하게 살아가기 위해 유약의 진리를 자연과 관련시켜 『도덕경』을 저술한 것이다.

노자의 무위자연은 2천년 이상을 유학들이 이단으로 간주한 관계로

---

38) 윤경수, 「신석정문학의 도연명 삶과 노장의 자연관 연구」, 『동방문학』, 2014, 제74호, 226~259쪽, 75호, 2014, 210~257쪽.

그 여파로 인하여 소극적인 사상이라 처리되어 왔다. 뿐더러 노자는 실존인물이 아니거나 춘추시대가 아닌 전국시대 인물로 간주하여 노자사상을 폄하하여 중국이나 일인학자가 가세하여 믿을 것이 못된다고 하여왔다.

이들은 노자가 고금의 역사와 천문지리에도 밝고 앞을 예시하는 학자라는 것을 이해하지 못하고 유학자들이 이단으로 매도하는 것에 편승하여 학설을 펴내어 노자를 제대로 연구하지 못하고 오류에 빠져든 것이다.

유학자나 근세학자들로 인하여 노자와 도가는 오늘에도 사람들이 낯설게 여기게 되었으니 21세기는 이런 근시안적인 태도는 버려야 하고, 우주시대를 맞아 새로이 연구해야 된다. 더욱 오늘에는 노자가 금과옥조로 여기는 자연을 훼손하여 온난화현상으로 지구촌이 몸살을 앓고 있는 이때 노자와 도가사상은 새로이 조명되어야 한다. 이에 따라 연목구어 격으로 전하는 노자의 무위자연의 문학도 새로운 시각으로 연구해야 마땅한 일이다. 오늘에는 노자를 소극적인 사상으로 간주되고 있은 경향이 짙으나 그런 것은 아니고, 오늘의 상황을 대처하는 긍정적이고 적극적인 사상인 것이다. 본고에서 소개한 을지문덕, 이인로, 이색, 박은의 한시와 김천택의 시조는 당시를 슬기롭게 살아가는 명철보신의 처세훈이라 할 수 있다. 이들의 문학은 난세에 자연의 진리대로 살아가는 천도이고 이에 따른 문학이니 연구할 가치가 있다. 오늘의 도가와 관련된 문학은 답보상태에 있거나 신진학자들이 의해 연구가 진행되고 있으나 그 역사가 일천한 감이 있다. 다시 말하면 우리나라의 노자의 무위자연의 문학은 강호가도에 불과한 것으로 보고 있는 경향이다. 노자의 자연은 당쟁이 극렬했던 조선조에서와 같이 강호에서 일시적으로 때나 기다리고 있다가 다시 출사하는 것으로 일종의 기회주의 성향으로 자연을 예찬해서도 안 되고 치사한객들이 자연에서 은둔하는 경향으로 연구해서도 안 되는 것이다.

노자는 세상을 살아가는 경제관념에 대해서도 검(儉)을 강조하였는데 축덕(畜德)의 뜻을 지니게 되어 사물을 절약하는 것으로 된다. 따라서 노자의 검(儉)은 절괘(節卦)에 '천지는 조절함에서 사시가 성행하니, 인간은 그를 모법해서 제도로써 조절하여 상재(傷財)와 해민(害民)하지 말라'라고 한 말과 통한다고 하겠다. 때문에 노자의 언과 같이 물을 절약하여 족히 쓰라는 말과 같으니 산간으로 도피하여 허성세월을 보내서는 안 되는 것이다. 노자는 무에서 유를 창조하는 사상이니, 노자의 정신으로 힘써 살아가야 하는 것이다.

오늘에 상황도 무위자연의 삶으로 본을 삼아야 부조리한 양상도 퇴치되어 정신적으로나 물질적으로 안정된 삶을 누리리라 믿는다. 노자의 무위자연의 삶도 이 달성에 현대적 의의가 있다고 본다. 아울러 문학도 노자나 도가의 무위자연을 올바르게 이해하고 작품을 지어야 한다. 그리고 겸해서 고전문학도 양반유자들이 강호에서 음풍농월식이 아닌 무위자연의 삶을 기린 문학을 찾아 연구가 진행되어야 연구다운 연구라 믿고 이만 끝을 맺는다. 사족을 달면 무위자연의 사상과 문학은 유가와 도가인 노장학설이 아닌 순수한 우리의 생활정서로도 밝힐 수 있음을 앞서 「논학문」, 『춘향전』가 현대시 등에서 밝힌 바와 같음을 알린다.

신석정문학의 도연명 삶과 노장의 자연관 연구

–전원생활과 작품세계를 중심으로–

Ⅰ. 머리말

신석정(辛夕汀, 1907~1974)은 전원시인이다. 한 생애를 전원에서 시를 지으며 살다가 생을 마쳤으니 전형적인 전원시인이라 일컬을 수 있다. 일찍이 그는 향리 부안(扶安)에서 초등학교를 졸업하고 한문을 수학하고 신문학의 관심을 기울여 1924년부터 『조선일보』와 『동아일보』에 시작을 투고하였다. 그가 시인으로 자격을 인정받게 된 것은 1930년 『시문학』이 창간되고 작품을 발표하면서 비롯되었다. 24세에는 동국대학교 전신인 중앙불교전문강원에서 불전을 수학하였다. 그는 농촌에 파묻혀 주경야독하는 자연에서 도연명 타골 솔로우 카펜테에 심취된 정경을 그의 작품에서 나타냈다. 그뿐만 아니라 그는 전원에서 사는 동안 노장철학과 장자 그 리고 루소 등 구미에 자연주의 철학에 경도되기도 하였다.

그의 시 주류는 자연의 삶과 직결되어 있는 관계로 도연명을 사숙하였는데 그 중 도연명의 『오류선생전』을 직접 몸소 실천했다. 집 앞에 다섯 그루의 버드나무를 심어 기르기도 했다. 그런데! 버드나무가 자라 이웃에 담을 넘어 베어나지 않으면 안 되었고 또 한 그루는 동네 아이들이 매달리는 등쌀에 고사되어 세 그루가 남게 되었다. 사람들은 석정을 일컬어 오류선생이라 하던 것을 삼류선생(三柳先生)이라 부르게 되어 삼류선생(三流先生)이란 말로 자족했다는 것으로 글을 지어 자기의 뜻을 풀었다.

대개 우리나라에선 집근처에 버드나무를 심지 않는 것으로 되어 있다. 그 이유는 바람에 버드나무 가지가 휘적거려는 것이 화류계들이 춤을 출 때 치마폭이 간들거리게 보이는 것과 같게 보기 때문이다. 그럼에도 석정은 대문밖에 버드나무 다섯 그루를 심은 것은 도연명의 순박한 생활을 본받기 위함이다. 도연명의 전원생활은 노장의 자연관의 영향을 입었기 때문에 석정의 시에서도 다분히 풍긴다.

석정이 도연명에 대해 관심을 기울였다는 것은 향리에서 자연과 더불어 살아갈 때 안빈낙도로서 살고 노장사상의 실천이었다고 할 수 있다. 그러한 연고로 석정은 일제강점기에도 순수한 마음가짐으로써 친일행위를 하지 않았던 것이다.

석정은 자신이 밝혔듯이 작품에서 가장 강렬하게 풍기는 세계를 도연명과 노장임을 수상집에서 밝히고 있다. 석정의 삶은 도연명의 깨끗하고 조촐한 시상과 노장의 소박한 사상으로 자연과 더불어 살아오면서 사회참여적인 서정시를 남겼다는데 연구하여 보기로 한다.

Ⅱ. 전원시인 도연명(陶淵明)과 신석정(辛夕汀)의 삶

1. 도원명의 전원생활과 주요 작품

석정의 전원생활과 작품은 도연명(365~427)의 영향이 많이 작용하였다. 김기림은 석정이 목가 그 자체가 견지에 따라서는 훌륭하게 현대문명에 대한 간접적이고 비평이기도 하면서 석정을 목가시인으로 규정하였다. 석정이 자연으로 귀의하여 목가시인이란 칭호를 받게 된 것은 일제의 파시즘(fascism)으로부터의 불안요소를 초극하기 위해 자연의 순수주의 함께하여 인간미질을 채득하려는 카다르시스와 의미상 연결된다. 일제의 파시즘은 당시의 지식인과 문인에게 불안요소를 고조시키고 허의 의식을 강요하여 신념의 분리를 가져오게 함으로써 현실과 유리된 자폐적 개인주의 화난에 빠지도록 유도한 것이었다.[1] 여기에는 시문학파의 일원인 석정도 예외일수가 없어 마음의 안식처를 찾기 위해 향리로 귀의하여 도연명을 사숙하였다.[2]

석정의 시경을 규명하기 위해서는 도연명의 역사적 배경을 지나칠 수가 없어 그의 문학을 개략적 설명으로 보기로 한다. 도연명과 석정이 살아온 배경은 불의가 판치는 시대였든 만큼 이들 양인의 시를 이해하기 위해서 그 시대의 산물인 배경을 N. 프라이의 「문학의 길」을 근거로 하여 양인의 시세계를 먼저 도연명으로 살펴보기로 한다.

도연명은 한말로써 불의와는 거리가 멀고 천지자연의 순리에 의해 순박하게 살아가는 사람이다. 그는 서기 365년 진(晉)나라 에제(哀帝) 흥녕(興寧) 3년에 현 강서성(江西省) 주장현(九江縣)의 남서 시상(柴桑) 출생했다. 그의 고향 자상은 양자강(揚子江)의 중류에 있으며 북으로는 명산인 여산(廬山)을 등에 업고 남으로는 도양호(都陽湖)을 바라보고 있는 명승지이다. 그의 고조부는 진(晉)의 명장 도간(陶侃)이었고, 외조부는 당시에 풍류인으로서 이름이 높았던 맹가(孟嘉)였다. 도연명의 인물을 소개하면

1) 오세영, 「30년대의 문학적상황과 순수문학의 대두」, 『한국문학입문』, 조동일 외, 지식산업사, 1982, 593쪽.
2) 윤경수, 「신석장의 자연관」, 『성대문학』 20집, 성균관대학교 국어국문학과, 1978, 18~23쪽.

[그림 1] 도원명의 초상화

그림 1과 같다.

도연명의 과단성있는 기질은 조부의 풍류와 외조부의 기질의 영향을 받아 고궁절(固窮節)을 지키면서 전원생활을 하였다. 그의 나이 30세 이후에는 동진(東晋) 왕실의 세력이 약화되고 신흥군벌들이 대두하여 각축을 벌이고, 외부로부터의 이민족의 침략과 내부에서의 농민봉기 등으로 국가사회가 도탄에 빠져 백성들의 생활이 호구책 마련에 빠져 있었다. 42세시에는 명리(名利)와 환락(歡樂)만을 쫓는 당시 관리들과는 달리 오연(傲然)히 관직(官職)을 버리고 전원(田園)으로 돌아왔다. 그는 관직의 결별하는 내용으로 "내 어찌 한낱 농사를 지으며 오두미(五斗米)로 인하여 허리를 굽히고 향리(鄕吏)의 소아(小兒)에게 절을 하겠느냐"며 가난과 병의 괴로움을 당하면서 전원생활을 보내고 64세에 졸하였다.

도연명은 당시 명작(名爵)과 매명(賣名)을 인생의 보람과 가치로 여기는 부류(部類)가 볼 때 너무나 실속이 없는 허황되고 비루한 행위라 비웃음을 사는 것이었다. 그러나 당시 도연명은 정절(靖節)선생, 오류(五柳)선생으로 불린 거와 같이 석정도 도연명을 사숙하고 향리에서 전원생활을 하며 집 앞에 버드나무 다섯 그루를 심어 오류선생으로 통해졌다.

도연명은 은퇴하여 농사를 지으며 다른 관리들과는 다르게 청렴결백하게 전원생활을 하며 『귀거래사』의 내용대로 자연과 친화하며 살았다. 그는 난세에 처하여 추위와 굶주림에 못 이겨 할 수 없이 벼슬살이에 나갔으나 관리들의 부정비리를 보고 천성을 어기고 살아갈 수 없다고 벼슬을 내던지고 전원으로 귀의한 것이다.

① 도연명의 전원생활과『귀거래사』

도연명이 석정에게 영향을 가장 많이 미치게 한 작품은 자연으로 돌아가자는 내용을 담은『귀거래사』(歸去來辭)이다. 이 작품은 석정에게 발신자(發信者)역할을 하여 수신자(受信者)인 석정의 작품에선 그 작품이 풍기게 된 것이다.

도연명은 자연으로 돌아와『귀거래사』를 지었는데 명문 중에 명문이기 때문에 당대에 유명한 맹호연(孟浩然)·왕유(王維)·저광희(儲光羲)·위응물(韋應物)·유종원(柳宗元) 등이 도연명에 대해 위대한 시인이라 칭송하였다. 그의 이 작품은 1600년이 흐른 지금까지 중국 문학·문화계에서 그만큼 존숭(尊崇)을 받는 인물도 없다고 학자들도 평하고 있다. 그의 시는 천성에서 울어 나오는 것과 같이 한 점의 수식도 없이 문장이 간결하여 그의 작품을 접할 때 심성을 정결케 되어 청량제 구실을 한다.『귀거래사』는 자연과 합일케 하는 내용이 형성되어 전원에서 은거생활을 이해할 수 있게 되었고, 당대나 후세인들이 도연명을 사숙하거니 그를 애송하는 이유도 알 수 있게 했다.

도연명은 생계를 유지하기 위해 평택(彭澤)의 현령(縣令)이 벼슬을 하게 되니 평소에 좋아하던 술도 빚어 마실 수 있어 먹고 사는 문제가 없었다. 그런데 그는 벼슬한지 며칠이 못되어 집으로 돌아가고자 하는 생각이 간절했다. 그 이유는『귀거래사』서(序)에서 밝히고 있는 바와 같이 본성과 성품이 무위자연을 닮게 태어나 억지로 교정하거나 독려해서 고칠 수 있는 있는 일이 아니었기 때문이다. 그는 자기의 천성과 맞지 않아 벼슬한지 80여 일 만에 본성을 좇아 고향으로 돌아왔다고 했다, 전원으로 돌아온 사연은『귀거래사』본문에서 다음과 같이 나타냈다.

벼슬에서 물러나 내 집에 논밭으로 돌아가자.	歸去來兮
전원이 황폐하니 어찌 돌아가지 않으리오.	田園將蕪胡不歸
이미 내 스스로 심령을 육신이 괴롭혔으니,	既自以心爲形役
어찌 혼자서 한탄하고 슬퍼해야 하는가! …	奚惆悵而獨悲
나는 부귀를 원하지 않고,	富貴非吾願
죽은 후 천제가 사는 천국을 가려하지도 않네.	帝鄕不可期
때가 좋다고 생각하면 혼자서 거닐고,	懷良辰以孤征
또 때론 지팡이를 세워 놓고 김매기도 하겠네.	或植杖而耘耔
동쪽 언덕에 올라 조용히 읊조리고,	登東皐以舒嘯
맑은 시냇가에서 시를 짓겠네.	臨淸流而賦詩
모름지기 천지조화에 따라 죽음으로 돌아가자!	聊乘化以歸盡
또 천명을 즐긴다면 그 무엇을 의심하겠는가?	樂夫天命復奚疑[3]

도연명이 전원으로 돌아온 것은 관리들의 부정비리 때문으로 볼 수 있다. 그는 관리들이 백성에게 행하는 것을 보고 타고난 성품과 너무 거리감이 생긴 것으로 인해 양심상 본심을 속일 수 없어 귀거래를 한 것이다. 따라서 『귀거래사』는 그러한 내용이 내재된 것으로 이해하면 될 것이다, 『귀거래사』는 명문 중의 명문이므로 명나라의 명필가에 의해 전하므로 그를 소개하면 그림 2와 같다.

도연명은 41세 때 자신이 전원으로 돌아온 정황과 자연과 벗 삼아 농경생활을 할 것을 다짐하고 『귀거래사』를 지었다. 석정이 향리에서 농사를 지으며 목가시인으로서 행세하며 살아온 것은 『귀거래사』의 영향이 크게 작용되었다고 본다.

우리나라에서의 도영명의 시 수용은 도연명 시를 차운한 '화도시'(和陶

3) 陶潛撰, 『箋註陶淵明集』, 卷五 雜文 「歸去來辭」, 中華彩色印刷份有限公司, 民國 80(1991), 215~217쪽.

詩) 여러 편을 손쉽게 찾아볼 수 있다. '화도시'란 도영명 시작품의 제목과 운자를 사용하여 지은 시를 가리키는데, 조선의 시대부들의 경우 시를 지을 때 중국시를 전범으로 삼았다. 현존하는 우리나라에서의 '화도시'의 최초는 고려후기 이인로(李仁老)의 『화귀거래사』(和歸去來辭)가 효시를 이루는 작품이라 할 수 있다. 이애 따라 한국학계에선 '화도시'의 연구논문이 발표되어.[4] 도연명연구의 도움을 주게 되었다.

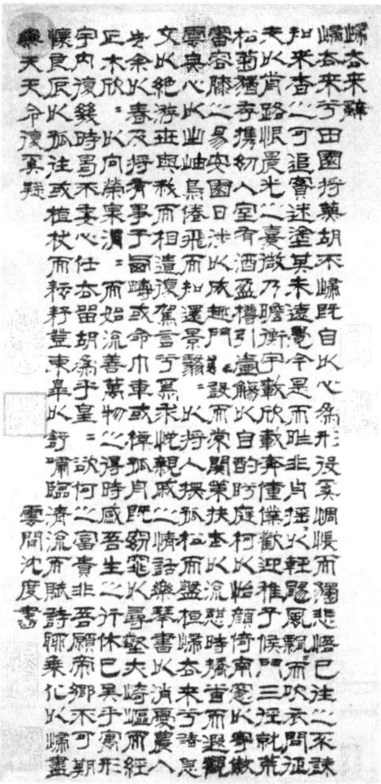

[그림 2] 『歸去來辭』(明 沈度 書體)

② 도연명의 자화상인 『도화원기』와 「병기」(并記) 소개

석정이 도연명의 작품 중 두 번째로 영향을 받은 것은 『도화원기』라고 할 수 있다. 석정은 일제의 식민지 정책이 가혹하여 식민지에 따른 고뇌를 해소하는 일환으로 이상향을 그리워한 것이 『도화원기』이다. 도연명은 전원으로 돌아온 지 10년이 지난 후 진(晉) 의희(義熙) 14년(418) 경에 『도화원기』(桃花源記)를 지었다. 『도화원기』는 진나라 임금이 천도를 흩

4) 金潤惠, 『「梅月堂의 和陶詩에 대한 硏究」 연구제』, 『한문교육』 4집, 1990.
金周伯, 「象村 申欽의 和陶詩硏究」, 『漢文學論集』 第10輯, 檀大漢文學會, 1992.
安未淑, 「金壽桓和陶詩與陶淵明原詩的對比考察」, 『中國學論叢』 第23輯, 韓國中國文化學會, 2007.

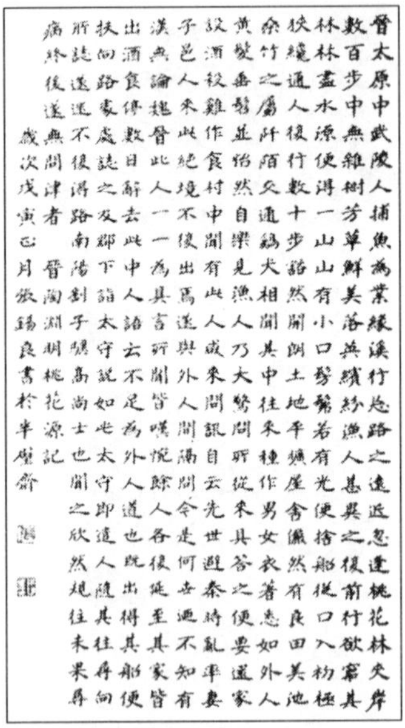

[그림 3] 무인(戊寅)에 쓴 장석량(張錫良) 글씨

뜨릴 정도로 나라를 다스리지 못하자 현자들이 세상에서 숨어살았다. 도연명에 대한 전기가 『송서』(宋書)·『진서』(晉書)·『남사』(南史)의 「은일전」(隱逸傳)에 나타나 있는 바와 같이 정치기 문란한데서 전원으로 돌아온 것이다.

도연명의 전원에서의 은거생활은 농경생활에서 호학(好學)하고 기주(嗜酒)하고 안빈낙도하며 좋은 시를 지어 자기의 뜻을 풀었다. 석정도 일제의 강압정치를 못마땅하게 여기는 가운데 『도화원기』를 발신자로 간주하고 수신자로서 이상향을 자화상으로 그리며 영향을 입어 수상집과 시상에서 나타나게 된 것이다. 대개 고려와 조선은 화도(和陶)의 기풍을 통해서 정신상의 귀은(歸隱)을 추구하는 모습으로 도연명을 따랐지만 석정과 같이 전원생활에서의 안빈낙도의 삶을 실천하지는 못하였다. 이점은 고려와 조선조 인에게 영향을 미치게 한 소식(蘇軾)의 경우도 도연명과 같이 전원생활을 하지 않았다. 그는 다만 유배생활을 풀려고 정계로 돌라왔다.[5] 석정이 도연명을 사숙하고 노장의 자연관의 생활을 실천한 『도화원기』를 이해하기 위해서는 그 작품과 그 작품이 지어진 배경적 파악이 필요하다. 도연명은 위정자와 관리들이 천도와 멀어진 속세의 영리(營利)만을 구하며 살아갈 때 이를 시정하는 일환으로 유토피아를

---

5) 진영희, 「동파의 정치생애와 문학과의 관계시론」, 『중국어문학』 제10집, 영남 중국어문학회, 1985, 74~75쪽.

허구로 그려놓은 것이 『도화원기』이다. 이 내용은 도연명이 전원생활의 자화상이라 할 수 있는데, 이를 소개하면 다음과 같다.

서로 도와 농사에 힘쓰고,	相命肆農耕
해지면 편하게 쉬더라. …	日入從所憩
순박한 도원경과 이미 달라,	淳薄旣異源
다시 깊숙한 신비로 돌아왔노라.	旋復還幽蔽
묻노라 속세에 사는 사람들에게,	借問游方士
속세를 떠난 신비경을 헤아리겠는가.	焉測塵囂外
원하노니 사뿐히 바람을 타고,	願言躡輕風
높이 올라 나의 이상을 찾으리.	高擧尋吾契[6]

이 오언고시(五言古詩)의 『도화원기』를 지은 내력은 서문에서 지은 동기를 밝혀놓았는데 이에 대해 설명하기로 한다. 도화원(桃花源)은 어부에 의해 발견했는데, 물론 도연명이 가공적으로 그린 유토피아인 관계로 지구상에는 없는 곳이다. 그는 무위자연(無爲自然)의 소박한 생활 속에서 진나라 때 살았던 시대상이 자연과 너무나 어긋났던 관계로 어부를 등장시켜 도화원을 발견한 것이다. 이 내용은 인위적인 정치적 구속이나 인간 역사의 변천도 느끼지 못하는 꿈같은 마을을 새로 설정하여 지은 것이다.

오늘에는 후난성[湖南省] 북부에 있는 중국 제2의 담수호인 둥팅호(洞庭湖) 서쪽에 무릉(武陵)이 있으며, 호수 안에는 섬이 많아, 일찍이 샤오샹 8경[瀟湘八景]의 하나로 꼽힌 아름다운 풍광으로 유명한 이곳을 도화원이라 한다. 그러나 도연명의 『도화원기』는 이상향으로 전해오는데 어부가 발견했다는 내용으로 되어 있다. 『도화원기』 서문이 명필가의 서체로써

6) 漆田又西郎 譯, 「桃花源記 并記」, 『陶淵明集』, 「岩波書店 12刷發行」, 昭和15年, 1940, 207~208쪽.

[그림 4] 어부가 발견한 이상향의 도원경(桃源境)

전하니 이를 근거로 하여 대충 설명하기로 한다.

위의 『도화원기』 병기(幷記)[7]의 주인공은 진나라 태원(太元) 중(376~396)에 무릉(武陵)에 사는 어부가 있었다. 하루는 물길을 따라 갔다가 얼마나 멀리 왔는지도 모를 무렵 홀연히 복숭아꽃 숲이 눈앞에 전개됐다. 어부가 발견했다는 이상향의 그 서문에 의하면 도화원에 사는 사람들은 태평성대에서 유유자적으로 살아가는 이들이었다, 그 내용은 도연명이 평소에 그리던 무위자연의 이상세계였다고 할 수 있는데, 그 경치는 그림 4와 같다.

이곳에 사는 사람들은 농사를 짓는 사람들이고 노인이나 어린아이나 다들 즐거운 듯 안락하게 보였다. 사람들은 어부를 보자 크게 놀라며 어디서 왔느냐고 물었다.

7) 釋淸潭 註解,『續國譯漢文大成』卷六, 東京 國民文庫刊行會, 1929, 191~194쪽.

[그림 5] 桃花源记(出処:北京頤和园长廊彩画

어부는 묻는 말에 자세히 대답하자 어부를 집으로 데리고 가서 술을 내고 닭을 잡아 대접을 했다. 다른 마을 사람들도 어부가 왔다는 말을 듣고 와서 저마다 물었다. 어부는 마을 사람들과 대화를 나누고 또 집으로 데리고 갔다. 이들 또한 어부에게 술과 닭을 잡아서 융숭한 대접을 하였다. 집주인은 어부에게 여기에 와서 살게 된 것을 알려 주었다.

집 주인이 "우리 선조가 진나라 때의 난을 피해 처자와 마을 사람들을

[그림 6]

[그림 7]

이끌고 이 절경(絕境)으로 와 다시 나가지 않았으므로 결국 바깥세상 사람들과 단절됐습니다."라고 말했다. 그리고 지금이 어느 때냐고 묻는 것을 보니, 그는 한나라가 있었다는 것은 물론이고 그 뒤로 위나라와 진나라가 있었다는 사실도 모른다고 하였다. 어부가 지난 역사를 하나하나 자세히 이야기해 주자 모두들 놀라며 감탄했다.

다른 사람들도 저마다 어부를 자기 집으로 초대해서 술과 밥을 대접했다. 어부는 며칠을 묵은 후 작별하고 떠났다. 마을 사람들은 어부가 지상과는 별천지로 생각하는 것을 눈치채고 이런 신선경지를 알리면 세상 사람들이 물밀 듯이 찾아오는 것이 싫어해 "바깥세상 사람들에게 말하지 마십시오."라고 당부를 했다.

어부는 마을은 떠나면서 세상에 태어나서 처음으로 보는 곳이라 표적을 하고 읍에 이르러 태수를 찾아 그대로 말했다. 태수는 그 길로 어부가 여러 곳을 표적한 곳을 사람을 파견하여 찾아가게 했으나 도화원을 찾지 못했다.

[그림 8]

[그림 9]

도연명의 『도화원기』는 복숭아꽃이 만발한 마을이라 했으니, 도연명이 전원으로 돌아와 살던 곳을 비유한 것이다. 이 『도화원기』는 너무나 유명하였기에 명나라 송욱(宋旭)이 그린 도화원도(桃花源圖)는 그림 10과 같다.

[그림 10] 명나라 송욱(宋旭)이 그린 도화원도(桃花源圖)이다.

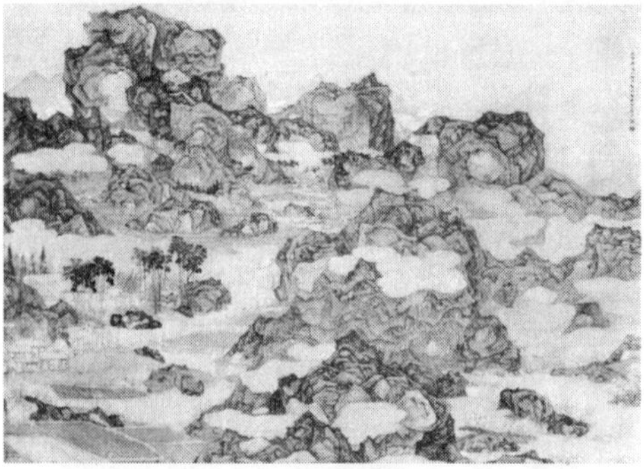

[그림 11] 청(淸)나라 고부진(顧符稹)의 도원도(桃源圖)

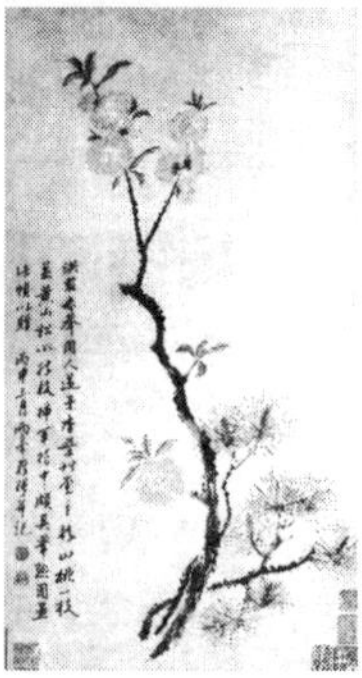

[그림 12] 청나라 나빙(羅聘)이 그린 복숭아꽃이다

그 중 청대의 화가의 작품은 그림 11, 12와 같다.

복숭아꽃을 그린 나빙(羅聘, 1733~1799)은 청나라 화가로 평생 동안 관직에 나아가지 않았다. 자(字)는 돈부(遯夫)이며 그의 필정(筆情)이 고일(古逸)하여 오묘함에 이르지 않음이 없어서 예술가로서 「송지벽도도(松枝碧桃圖)」인 양주팔괴(揚州八怪) 한 사람으로 알려져 있다. 『도화원기』는 도연명이 전원생활을 자연과 더불어 유유자적하는 생활상을 반영한 삶이

歲丁卯四月二十日夜余方就枕精神蘧栩
睡之熟也夢亦至焉忽與仁叟至一山下層
巒深壑崷崒窅窱有桃花數十株微徑抵林
表而分歧徊徨竚立莫適所之遇一人山冠
野服長揖而謂余曰從此徑以北入谷則桃
源也余與仁叟策馬尋之崖磴卓犖林莽薈
鬱溪回路轉蓋百折而欲迷入其谷則洞中
曠豁可二三里四山壁立雲霧掩靄遠近桃
林照暎蒸霞又有竹林茅宇柴扃半開土砌
已沈無雞犬牛馬前川唯有扁舟隨浪游移
情境蕭條若仙府然於是踟蹰瞻眺者久之
謂仁叟曰架巖鑿谷開家室豈不是歟實桃
源洞也傍有數人在後乃貞父泛翁等同撰

[그림 13] 안평대군이 쓴 무릉도원의 서문

다. 『도화원기』는 조선조 안평대군(安平大君)이 쓴 『무릉도원』(武陵桃源)의 서문(序文)과 안견(安堅)의 무릉도원도(夢遊桃源圖)가 너무나 유명하게 전해온다. 이 서문과 그 그림을 소개하면 그림 13, 14와 같다.

안견의 몽유도원도(夢遊桃源圖)는 1447년(세종29), 비단 바탕에 먹과 채색, 106.5×38.7cm의 크기로 현재 일본 덴리[天理]대학 중앙도서관 소장되어 있다.

『도화원기』는 자연의 경지를 나타난 관계로 후세의 명필가의 서체로 전했는데 그중 고서체로 쓴 것을 소개하면 그림 15와 같다.

도영명의 『귀거래사』·『도화원기』에서 본 바와 같이 해학적인 필치로 가공적인 인물을 그려서 쓴 전기처럼 지었지만 사실은 자신을 빗대어 쓴 자화상이다. 우리선인들은 강호에서의 자연과의 삶을 예찬하였는데 도연명의 영향이 크다 하지 않을 수 없다. 그중 석정은 도연명의 『도화원기』

[그림 14] 안견의 몽유도원도(夢遊桃源圖)

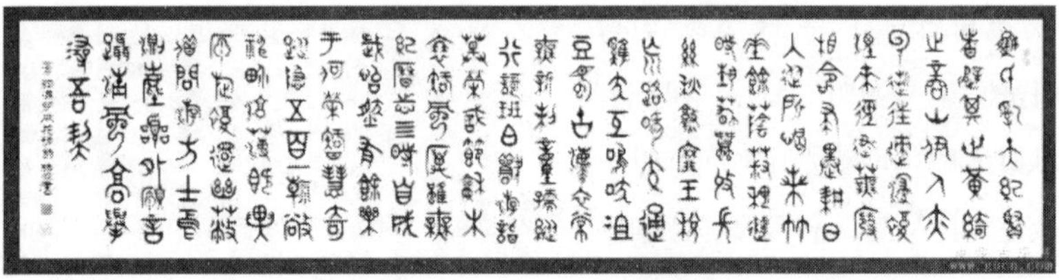

[그림 15] 중화(中華) 고완도(古玩圖)

를 대거 수용하여 전원시인 목가시인이란 평을 받게 되었다. 또 도연명의 자연에서의 생활을 수용하여 실천하기도 하였다.

③ 도연명의 『오류선생전』과 『음주』 실천

석정은 도연명의 작품을 수용하여 전원생활을 했는데 『오류선생전』(五柳先生傳)을 실천하여 집 근처에 다섯 구루의 버드나무를 심어 오류선생이린 칭호도 받았다. 『오류선생전』이 어떠한 내용인가 소개하면 다음과 같다.

선생은 어디 사람인지 알지를 못하고,	先生不知何許人
또한 성과 이름도 지세히 알 수 없다.	亦不祥其姓字
집 가에 다섯 주의 버드나무가 있었는데,	宅邊有五柳樹
이로 인해 호를 삼았다.	因以爲號焉
한적하고 고요하여 말이 적고,	閑靖少言
영리를 원하지 않았다.	不慕榮利
책 읽기를 좋아하나 심히 알기를 구하지 않았다.	好讀書不求甚解
매양 뜻에 맞을 때마다,	每有意解
문득 흔연히 식사를 잊어버리곤 한다.	便欣然忘食
타고난 성품은 술을 좋아했도다.…	性嗜酒家貧不能常得

노상 글을 지어 스스로 즐기고 있었다.	常著文章以自娛己志
오직 자기의 뜻을 표현했을 뿐 득실엔 관심을	頗示己志
두지 아니하고 지내다가 생을 마쳤다.	忘懷得失 以此自終[8]

위의 『오류선생전』의 내용은 '글은 그 사람'이라는 말이 있듯이 도연명 자신의 자화상임을 알 수 있다. 도연명은 집 언저리에 버드나무를 다섯 그루가 있어 오류선생이라 했다. 도연명은 버드나무에서 무의자연의 도를 체득한 것으로 되어 있다. 버드나무는 무언의 교훈을 주는 나무다. 바람이 불면 그 가지는 나뭇가지에 달린 천 가지 만 가지 버들가지 잎들이 휘늘어져 춤을 춘다. 그러면서도 버드나무에 달린 잎은 녹비(綠肥)가 되어 농사에 도움을 주고 가을이면 시냇가에 낙엽으로 물에 떨어져서도 떠내려가지 않아 땅을 비옥하게 하는 작용을 한다. 이 나무는 사람들에게 무언의 교훈을 주는 나무다. 도연명이 버드나무를 키웠던 것은 의미가 있는 것이다.

[그림 16] **周覺鈞 五柳先生歸隱圖**
50.5×83cm 2005年

[그림 17] **석정 집 주변에 심은 버드나무 다섯 주**

석정 또한 도연명의 『오류선생전』을 수용하여 집 앞에 버드나무 다섯

8) 陶潛撰, 『箋註陶淵明集』 卷五, 「五柳先生傳」, 222쪽.

구루를 그림 17과 같이 심었다.

도연명은 전원생활을 할 때 버드나무 외에 특히 국화를 좋아했다. 이에 대한 내력을 『음주』 시에서 소개하면 다음과 같다.

동쪽 울타리 부근에 국화꽃 따들고, 采菊東籬下
한가롭게 남산을 바라보네. 悠然見南山[9)]

도연명이 국화꽃을 들고서 남산을 바라본 정취에 매혹된 것은 들판에 농막을 짓고 살 때 관리들 수레소리가 시끄럽게 찾는 이가 없어서 정신적으로 편벽된 구석 같이 조용하기 때문이다. 시적화자인 도연명은 그런 한가로운 심정으로 남산을 바라보았을 때 인간속세의 야심이나 욕심이 없으니 자연을 마냥 바라보게 되어 맑게 보이게 되어 이상향의 경지에 이르렀다고 할 수 있다. 그는 이런 자연의 경지를 바로 참맛이라고 하고 말로는 도저히 표현할 수가 없다고 하였다. 후세 화가들은 도연명과 국화와의 풍경을 화폭에 담아 그림 16과 같이 전했다.

위의 그림 중 호놀룰루 미술관 소장은 1620년~1650년경에 비단에 먹과 채색으로 세로 30cm로 그린 유화이다. 도연명의 『음주』(飮酒) 시(詩) 중 위의 인용된 시는 국화의 시로 유명한 화가들이 많은 그림을 남겨 그 중 두 폭의 그림을 소개한 것이다. 도연명을 국화 향기만이 아닌 난초 향기에도 매료되었는데, 전원생활에서 자연과 친자연적인 삶과 일치하는 내용이다. 도연명의 『음주』(飮酒) 시(詩) 중에는 난초 향에 대해 지은 시도 보이는데 소개하면 다음과 같다.

9) 위의 책, 권三 「飮酒」, 其五., 117쪽.

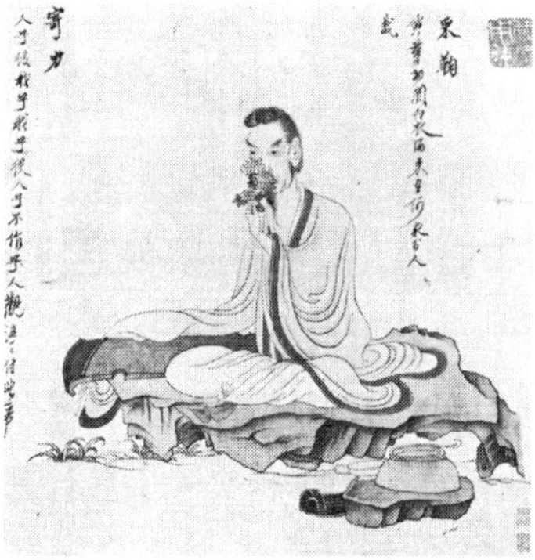

[그림 18] 국화 향기를 맡는 도연명 (청나라 장풍(張風)). 호놀룰루 미술관 소장

그윽한 난 꽃이 앞뜰에 꽃봉오리 벌어지어,	幽蘭生前庭
향기 품고서 맑은 바람 기다리네.	含薰待清風
맑은 바람 후련히 불어올 때,	清風脫然至
난 꽃향기 쑥 풀과 다르게 나타나네.	見別蕭艾中
나서서 가다가 옛길을 잃었으니,	行行失故路
자연의 대도에 따라야 능통하네.	任道或能通
깨달아 마땅히 돌아가리니,	覺悟當念還
새가 잡히면 활은 바림 받네.	鳥盡廢良弓[10]

도연명은 그윽한 난초가 앞뜰에 피어 향기를 품고 맑은 바람이 와 높은 향기가 퍼지자 잡초인 쑥과 다름을 알게 되었다고 했다. 이는 인간과의 관계로 속인과 시적화자인 작자가 엄연히 구별되는 상항을 나타낸 것이다. 도연명은 한 때 벼슬길에 나아가 진리인 옛길을 잃고 말았다는 것을 후회하는 내용으로 시를 지었는데 이제부터 자연의 도를 따라 살면 그 진리를 깨달을 수 것이라고 했다. 당시 위정자들은 온갖 비리와 모략과

10) 위의 책, 권 三 「飮酒」, 其十七, 132쪽.

배반을 일삼아 사람을 제물로 희생시키곤 했다. 그 중에는 장화(張華)・육기(陸機)・유곤(劉琨)・사령운(謝靈運) 등 문인이나 학자가 위정자들에게 피살당하였다.[11] 이런 실상은 위의 시 미련(尾聯)에서 "새가 잡히면 활은 버림 받네"와 같이 그 험악함을 『사기』(史記) 권九十二 「회음후열전」(淮陰侯列傳)에에 나타나 있는 바를 인용하여 비정한 위정자를 풍자한 것이다.

도연명이 전연으로 돌아온 것은 위정자들의 비위에 거슬리는 행위뿐만 아니라 현인들을 희생시키는 일 등 여러 가지 원인으로 전원으로 돌아와 고궁절(固窮節)을 지키는 가운데 『귀거래사』・『도화원기』・『오류선생전』・『음주』의 내용대로 실천을 하였으니 명철보신을 잘 하였다. 특히 조선조의 상촌(象村) 신흠(申欽, 1666~1628)은 도연명의 『음주』 20수를 매개로 창작하여 현실에서 느끼는 좌절과 울분을 극복하기 위한 방편으로 화도시를 남겨 조선의 문인이 남긴 30여 수가 전하는 가운데[12] 그의 20수는 조선 문인들 중 유래가 드물 정도로 많은 화도시를 남겨 남길 정도이고, 살아서 돌아온다면 스승으로 삼겠다고 숭배하였다.[13] 만약에 도연명이 벼슬을 사퇴하지 아니하고 재임했다면 날 새를 다잡으면 좋은 활을 내버리듯 이용만 당하고 다른 공신들이나 문인 학자와 같이 위정자에게 피살당했는지 모르는 일이 아닌가?

석정은 일제강점기에 일제에 감언이설에도 귀 기울여 협조하지 않고 향리에 칩거하면서 주경야독으로 시를 지어 오늘에 훌륭한 작품을 남겼다. 각 대학교에서는 매년마다 그의 작품에 우수성으로 인해 석사・박사의 논문이 줄을 이어 인재가 배출되고 있다. 이런 이유는 조부의 영향으

---

11) 張基槿 編著, 中國古典漢詩人選三, 『陶淵明』, 「飮酒」, 十七首, 大宗出版社, 1975, 174쪽.

12) 남윤수, 『韓國의 韓國의 和陶詩 研究』, 역락, 2004, 24쪽.

13) 정숙인, 「象村 申欽의 和陶詩 중 飮酒 20首 研究」, 『우리문학 연구』 35집, 우리문학회, 2014, 95~97쪽.

로 도연명의 청렴 결백한 삶으로 살아온데 있는 것이다, 그런 의미에서 다음에서는 신석정의 자란 배경과 조부의 영향으로 도연명을 사숙하여 작품 활동에 대해서 살펴보기로 한다.

2. 석정(夕汀)의 시

① 신석정의 환경, 신학문 수학, 시문학 동인

신석정(1907~1974)은 동학혁명의 발상지이기도 한 전라북도 부안군 동중리에서 신기온(辛基溫)과 전주이씨 이윤옥(李允玉) 사이 3남 2녀 중 차남으로 1907년 음력 7월 7일 태어났다.[14] 그는 한학을 공부한 선비 집안으로 태어나 집안이 넉넉하지 못한 환경에서 살았으나 동기간의 우애와 부모에 대한 효심이 깊은 집안의 영향에서 자란 것으로 되어 있다.[15] 그의 본명은 석정(錫正), 석정(夕汀)은 아호다. 향리에서 부안보통학교를 졸업한 뒤 조부 제열(濟烈)씨로 인해 한문의 소양을 쌓게 되었다. 1923년 2살 연하의 양갓집규수 박소정(朴小汀)과 성례를 올렸다. 1924년『조선일보』에 첫 작품『기우는 해』를 발표했다. 1930년 상경하여 지금의 동국대학교 전신인 중앙불교전문강원에 입학하여 석전(石顚) 박한영(朴漢永) 문하에 불전을 배웠다. 그는 1931년에『시문학』3호에『선물』을 발표 뒤 활동을 하게 되었다. 1932년 전북 부안읍 선은리 560번지에 가옥을 신축하여 청구원(靑丘園)이라 명명하고 '노장철학과 타골을 탐독하면서 만해 한용운 스님을 자주 찾아다녀' 시적 기법과 정신을 크게 영향을 입었다. 석정에 대한 자세한 행적과 가계를 알기위해선「신석정의 고택과 석정문학관」[16]에서 소개한 것을 인용하면 다음과 같다.

---

14) 辛錫祥,『죽음보다 외로운 가슴을 위하여』, 동천사(東泉社) 1984, 34쪽.
15) 河順明,『신석정시연구』, 중앙대학교 교육대학원 석사학위논문, 1981.8, 6쪽.

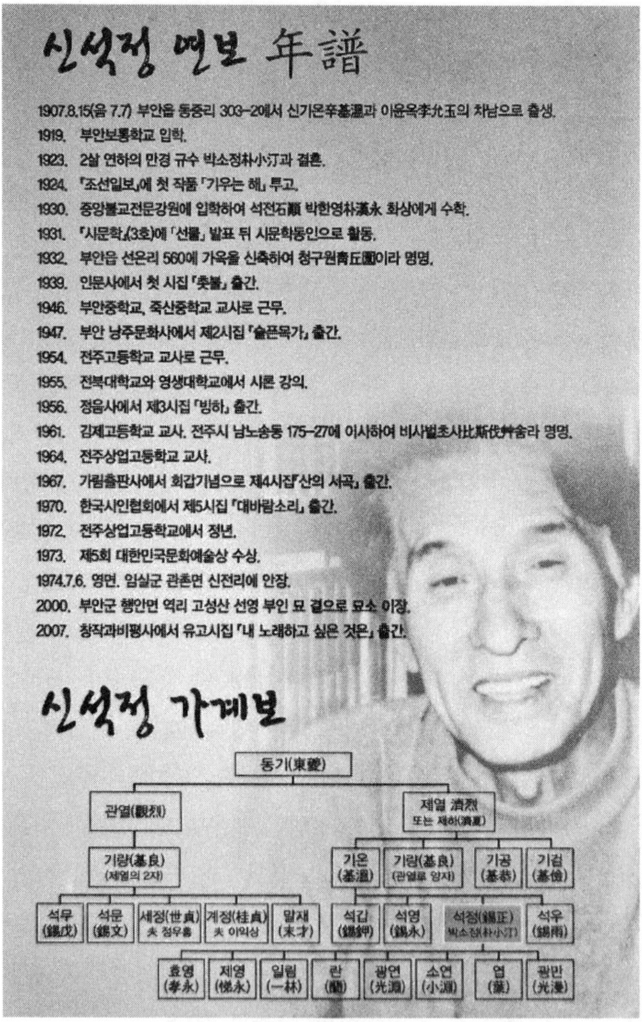
신석정 연보 年譜

1907.8.15(음 7.7) 부안읍 동중리 303-2에서 신기온辛基溫과 이윤옥李允玉의 차남으로 출생.
1919. 부안보통학교 입학.
1923. 2살 연하의 만경 규수 박소정朴小汀과 결혼.
1924. 『조선일보』에 첫 작품 「기우는 해」 투고.
1930. 중앙불교전문강원에 입학하여 석전石顚 박한영朴漢永 화상에게 수학.
1931. 『시문학』(3호)에 「선물」 발표 뒤 시문학동인으로 활동.
1932. 부안읍 선은리 560에 가옥을 신축하여 청구원靑丘園이라 명명.
1939. 인문사에서 첫 시집 『촛불』 출간.
1946. 부안중학교, 죽산중학교 교사로 근무.
1947. 부안 낭주문화사에서 제2시집 『슬픈목가』 출간.
1954. 전주고등학교 교사로 근무.
1955. 전북대학교와 영생대학교에서 시론 강의.
1956. 정음사에서 제3시집 『빙하』 출간.
1961. 김제고등학교 교사. 전주시 남노송동 175-27에 이사하여 비사벌초사比斯伐艸舍라 명명.
1964. 전주상업고등학교 교사.
1967. 가림출판사에서 회갑기념으로 제4시집『산의 서곡』 출간.
1970. 한국시인협회에서 제5시집 『대바람소리』 출간.
1972. 전주상업고등학교에서 정년.
1973. 제5회 대한민국문화예술상 수상.
1974.7.6. 영면. 임실군 관촌면 신전리에 안장.
2000. 부안군 행안면 역리 고성산 선영 부인 묘 곁으로 묘소 이장.
2007. 창작과비평사에서 유고시집 『내 노래하고 싶은 것은』 출간.

신석정 가계보

[그림 19] 신석정 연보

---

16) blog.naver.com/jcjkks/70170873416 쓸쓸한 일상.

[그림 20] 신석정

[그림 21] 신석정 시인의 생가

그는 일제 강점기 세속의 무리들이 일제와 야합하는 것을 못마땅하게 여기고 향리로 돌아와 시작품을 본격적으로 발표하게 되었다.

② 첫 시집 『촛불』의 자연 동경

시문학파의 일원이었던 석정이 극명하게 보여주는 것이 첫 시집 『촛불』이다. 이 시집은 1930년대 문학적상황과 일치점을 밝히고 있다.[17] 그는 전원에서 시작활동을 하여 전원시인 목가적 시인이란 명성을 받게 되었다. 그의 생전의 모습을 소개하면 그림 20과 같다.

석정은 일시적으로 한 동안 상경하였다가 고향으로 귀향하여 전원생활을 하며 시를 지어 목가시인으로서 알려지게 되었다. 그의 생가는 아담한 시골마을이므로 소박하고 서정적인 정서가 풍겨 그의 생가를 소개하면 그림 21과 같다.

석정은 24세 때인 1931년 10월 『시문학』에 시를 발표한 후 박용철·정지용·김영랑·김기림 등과 교류를 갖기 시작하여 시를 본격적으로 발표하였다. 1939년 첫 시집 『촛불』 을 간행하여 석정이 어떤 의도로써 시를

17) 강외석, 『신석정시 연구』, 경상대학교 대학원 국어국문학과 석사학위논문, 1991.2, 4쪽.

짓게 된 것을 짐작할 수 있게 되었다.

여기에 유명한 '임께서 부르시면', '그 먼 나라를 알으십니까', '나는 어둠을 껴안는다.', '이 밤이 너무나 길지 않습니까' 등에서 조국을 생각하고 식미지 통치 망국의 한을 고통스러워하는 시를 썼다.18)

[그림 22]『촛불』

어머니
당신은 그 먼 나라를 알으십니까?
깊은 森林帶를 끼고 돌면,
고요한 湖水에 흰 물새 날고,
좁은 들길에 野薔薇 열매 붉어

멀리 노루새끼 마음 놓고 뛰어 다니는
아무도 살지 않는 그 먼 나라를 알으십니까?

그 나라에 가실 때에는 부디 잊지마서요.
나와 가치 그 나라에 가서 비둘기를 키웁시다.

어머니,
당신은 그 먼나라를 알으십니까?

山비탈 넌즈시 타고 나려오면,
양지밭에 흰 염소 한가히 풀 뜯고,
길솟는 옥수수 밭에 해는 저물어,

18) 1939년 첫 시집, 「촛불, 인문사」 발간, 이 시집에는 당시 석정시인의 나이에 맞춰 33편이 수록.

먼 바다 물소리 구슬피 들려오는,
아무도 살지 않는 그 먼 나라를 알으십니까?

어머니 부디 잊지 마서요
그때 우리는 어린洋을 몰고 돌아옵니다.

어머니
당신은 그 먼 나라를 알으십니까?

五月 하늘에 비둘기 멀리 날고,
오늘처럼 촐촐히 비가 나리면,
꿩소리도 유난히 한가롭게 들리리다.
서리가마귀 높이 날어 산국화 더욱 곱고,
노란 은행잎 한들 한 푸른 하늘에 날리는,
가을이면 어머니! 그 나라에서,

양지밭 果樹園에 꿀벌이 잉잉거릴 때,
나와함께 고 새빨간 林檎을 또옥 똑 따지 않으렵니까?[19)]

이 시는 '돌아가신 어머니를 만날 수 없듯이 일제하의 현실에선 이상적인 세계를 접할 수 없다는 비극적인 세계인식의 표현이다'[20)]라고 한 것이 떠올려진다. 또한 석정 시에 나타난 "어머니는 생명의 탄생을 가능하게 한 근원적 고향을 의미하니 절대자인 사랑의 화신을 의미하기도 한다"[21)]는 것이다. 그리고 "강인한 생명력의 표상한다"[22)]는 의미로도 볼

19) 1932년 5월 『삼천리』지에 '그 먼 나라를 알으십니까?' 발표.
20) 宋正仁, 『신석정시 연구』, 전남대 교육대학원 국어국문학과 석사학위논문, 1994.2, 28쪽.

[그림 23] 새 시대를 『촛불』로 밝힘

수 있다.

석정은 어려서부터 조부의 가르침으로 일제를 미워하여 원수로 알고 지내 일제에게 협력하지 않는 각오로써 일제강점기 말에도 협박 강요하던 창씨개명을 거부했다. 또 일제강점기에 일문으로 시 쓰기를 청탁했을 때도 원고 청탁서를 찢어버렸다고 그의 기념관 동영상에서 볼 수 있으니 지조를 지킨 시인이었다.

신석정(辛夕汀)은 연명의 영향을 받았던 관계로 일제와 야합하는 일에 동조하기 싫어 전원생활을 하였다. 첫 시집 『촛불』은 일제식민지 밑에서 전연생활을 할 때 자연을 기리며 동경하는 내용이라 할 수 있다.

그 예문으로는 저 재를 넘어가는 저녁 해의 엷은 광선(光線)들이 섭섭해 합니다 / 어머니 아직 촛불을 켜지 말으셔요. / 그리고 나의 명상(冥想)의 새새끼들이 지금도 저 푸른 하늘에서 날고 있지 않습니까 / (2행 생략)

---

21) 김영숙, 『신석정시 연구』, 초기시, 상지대학교 교육대학원, 석사학위논문, 1999, 830쪽.

22) 김재홍, 『편저 한국현대시시어사전』, 고려대학교 출판사, 1997, 759쪽.

[그림 24]
『난초잎에 어둠이 내리면』

/ 언덕에서는 우리의 어린 양(羊)들이 낡은 녹색침대(綠色寢臺)에 누워서 / 남은 햇볕을 즐기느라고 돌아오지 않고 / 조용한 호수(湖水)위에는 인제야 저녁 안개가 자욱히 내려오기 시작하였습니다 / (1행 생략) / 늙은 산의 고요히 명상하는 얼굴이 멀어가지 않고 / 먼 숲에서는 밤이 끌어오는 그 검은 치맛자락이 / 발길에 스치는 발자국 소리도 들려오지 않습니다.(4행 생략) / 어머니 아직 촛불을 켜지 말으요 / 인제야 저 숲 너머 하늘에 작은 별이 하나 나오지 않았습니까. '아직 촛불을 켤 때가 아닙니다.'에서 보는 바와 같이 전원에서 자연을 동경하는 내용으로 나타나 있다.

석정시집 초기에 속하는 시집은『슬픈목가』(1947)를 들 수 있다. 이 제2시집에 수록된 것은 모두 1930년대 후반의 작품으로,『촛불』뒤이어 쓴 것들이라 일제말기에 식민지통치가 가중스러운 때니 비가적(悲歌的) 음조를 띠고 있어 자연의 동경과 인고의 내용을 나타냈다.

③ 조부 영향의 도연명 사숙

석정이 연명을 사숙한 것은 조부(祖父)의 영향이 컸다. 석정은 조부가 손수 산(寫)한 시문집 20여질의 한시를 즐겁게 읊게 되어 그 중에서도 연명시를 좋아 하게 됐다. 이 사실은 1974년에 지식산업사(知識産業社)에서 출판한 수상집『난초잎에 어둠이 내리면』에서 밝히고 있다. 이 수상집은 석정의 전원 생활를 이해하는데 없어서는 안 될 자료가 되어 그 표지는 그림 24와 같다.

석정은 수상집에서 연명을 사숙한 그 내력을 소개하면 다음과 같다.

일터에서 돌아오니… 고저 있게 시를 읊고 계시었다. 내가 방에 들어와 인사를 드릴 때에도 잠깐 코대답을 하실 뿐 역시 재촉하여 즐겁게 시를 읊으시었다. 시흥(詩興)은 바야흐로 절정에 이르신 모양이었다. …

며칠 후에도 손수 사(寫)하신 시문집(詩文集)을 20여권 가져다 놓으셨다. 그 중에는 당시집(唐詩集)들도 있지만 내가 사랑하는 것은 도연명시집(陶淵明詩集)과 매창(梅窓)의 시집이 끼어 있는 것이다. 이리하여 내 책장에는 한적(漢籍)이 늘고 가끔 서재에서는 할아버지의 시 읊으시는 소리가 나게 되었다. 이렇게 나를 사랑하고 시를 사랑하시는 할아버지가 오는 뒷날 돌아간다면 나는 누구와 앉아서 도연명(陶淵明)을 이야기하고 …[23]

이와 같이 신석정은 조부로 인해 언명시를 공부하고 익히게 된 것이다. 석정에 의하면 조부 때부터 벼슬에 운이 없어 전원에서 살게 되었다고 피력하고 있다. 조부는 구한말 일제에게 아전직(衙前職)을 본의 아이게 박탈당하고 고향에서 선비생활로 한평생을 보낸 분이다. 석정의 부(父) 또한 세속의 일과는 맞지를 않고 일제가 통치하는 것을 보기 싫어하여 만주에서 살았다. 석정이 일제를 미워한 것은 이런 가정적인 연유에서 온 것이다. 석정이 일제를 미워한 면모를 석성이 지난날 담담하게 술회한 데에서 찾아본다.

이조 말엽에 그 씨식잖은 아전직을 그나마 일제에게 앗기고 데카당도 반항도 아닌 다만 회고적인 감상시(感傷詩)를 저 중국에서 물러 받은 칠언절구(七言絕句)쯤 된 한시 짓기에 여생을 보내신 우리 할아버지는 단발(斷

23) 신석정, 「화병(花瓶)과 새와 노시인(老詩人)」, 『난초 잎에 어둠이 내리면』, 지식산업사, 1974.3, 26~27쪽.

髮)하는 것과 왜말 지껄이는 것을 한사 하고 막아내시면서 자식을 내버려 놓는다고 아버지에게 얼굴 붉히던 일이 엊그제 같이 떠오르곤 한다.[24)]

조부가 일제로부터 아전 직을 뺏기어 적개심이 불타올라 자연적으로 가정교육도 항일 적이었다. 석정은 조부의 구전심수(口傳心授)를 받고 자랐던 관계로 일제가 하는 행위를 심히 못마땅하게 여기어 관직에 나가려고도 안했다. 석정은 조부 때부터 연명을 좋아한데서 많은 영향을 받은 바가 되었다.

주지하는바 연명이 살았던 진(晉)나라는 부정이 난무하는 시대였다. 그런 소용돌이에서 그는 물들지 않고 절개를 지키고, 자연에서 운치 있는 생활을 하여 연명이 연명다워진 것이다. 석정은 연명의 운치 있는 생활을 동경하게 되어 그의 생활대로 나타낸 것이다.

그러기에 도연명은 오두미(五斗米)에 허리를 굽힐 수가 없어 평택(彭澤)의 현령을 내던지고 무서운 가난에 쪼들리면서도, 평담한아(平淡閒雅)한 속에 〈귀거래사〉(歸去來辭)로 마음을 달래야 했고, 끝내는 '채국동리하 유연견남산'(採菊東籬下 悠然見南山)의 정점(頂點)에 도달한 것이 아니겠는가?[25)]

석정은 연명을 사숙하였던 관계로 전원생활에서 농사일에 게을리 하지 않았다. 연명이 벼슬길에서 세속의 무리들과 어울리지 못하고 고독감 속에서 초조하게 살아갈 때 천명의 순응 하는 진리를 실천하기 위해 팽택(彭澤)의 현령(縣令)을 헌신짝 같이 내던지고 전원생화를 하였다. 그 실천

---

24) 위의 책, 「빈루기(貧陋記)」, 176~177쪽.
25) 「생활의 운치」, 『난초앞에 어둠이 내리면』, 지식산업사, 1974, 72쪽.

이『귀거래사』에 담겨 있는 바대로의 생활이라고 할 수 있다. 본디 연명이 처했던 진(晉)나라는 모순과 악순환이 연속적으로 일어나 올바로 보고 들을 수 없는 일들이 횡행하였다. 연명은 전원으로 돌아왔음에도 헝클어지고 미친 세상을 그대로 볼 수가 없어 술을 즐겨 마신 것이다. 연명이 술을 즐긴 것은 마음의 공허함을 맨 정신으로 치유할 수 없는 상황에서 고독함을 치유하기 위함이었다. 이는 연명의 시 편편유주(篇篇有酒)에서 볼 수 있는 바와 같다.[26]

연명의 음주이십편(飮酒二十篇)은 그가 술을 좋아는 것을 알 수 있다. 그러니까 연명은 육안으로 당시사회가 비쳐지는 상황과 관리들의 비리를 도저히 볼 수 없었던 까닭에 이를 잊기 위해 음주를 즐긴 것이다.

> 각설, 그 무렵 나는 의지 할 데 없는 정신적 고아로 나날을 보냈다. 술을 마냥 마시던 것도 그 무렵이었다. 그러나 가슴에 맺힌 설움이 가실 리는 만무하였다. 천지를 바라봐야 몸담을 곳이 없고, 꽃 한 송이 새 한 마리 나를 달랠 수 있는 것은 아니었다. 다만 어두운 밤이 나를 에워쌀 따름이었다. 어제도 흐르던 검은 빛이 오늘도 흐르고, 다만 그 무서운 밤이 밀리고 흐를 뿐이었으나 어쩌지 못하는 마음은 어느 밤 하늘 별에다 두어야 할 것이었던가?[27]

이런 연고로 석정은 마음의 공허감을 메꿀 수 없어 정신적 지주로 숭배한 이가 연명이다. 더구나 석정은 술을 마시면 연명을 생각하게 된다. 물론 석정이 술을 좋아한 것은「정원(庭園)이야기」(81쪽),「가을수감(隨感)」

26) 李昌龍,「高麗詩人과 陶淵明」,『建大學術誌』, 1973, 129쪽.
"양(梁)의 소명태자(昭明太子)는 그의 도연명집서(陶淵明集序)에서 연명의 시에는 편편유주(篇篇有酒)라고 했다. 그는 고독을 치유하는 방법으로 술이 필요했다."

27)『난초앞에 어둠이 내리면』, 283~284쪽.

(124쪽), 「빈루기(貧陋記)」(175쪽), 「정년(停年)의 눈물」(197쪽) 등에서 찾아 볼 수 있다. 취중에 연명을 생각하는 것은 석정이 정신적 지주로 사숙한 때문이다.

> 늦더위에 너무 시달린 탓인지 몰라도 가슴이 답답한 요즘엔 이백(李白)처럼 호탕하게 잔을 기울이지는 못할지언정 두보(杜甫)처럼 침통하게라도 마시고 싶고, 그도 아니면 「한자음(閑自飮) 독자작(獨自酌)」을 즐기던 도연명의 경지가 부럽기만 하다. 구태여 청평조사(淸平調詞)가 아니더라도 좋다.… 송강(松江)의 장진주사(將進酒辭)라도 소리 높이 읊어가며, 그런 대로 답답한 때를 달래보고 싶다. 오류선생(五柳先生) 같은 분이 있어 같이 잔을 기울일 수 있다면 이를 나위 없으련만 …[28]

이와 같이 석정은 술을 들 때는 으레 연명을 거론치 않으면 안 될 정도가 되었다. 시(詩)에서도 그 면모가 보인다.

> 준영이랑 여름밤이 소주로 이슥했습니다. …
> 아침에도 손을 꼬옥 잡고 소줄 마시자니 아예 도연명 같이 살고픈 까닭이신가요.
> 국헌(菊軒)! 당신을 찾아내 또다시 오는 날엔 매실(梅實) 담근 소주를 꼭 가지고 찾아 가오리다.[29]

석정은 날이 갈수록 연명에 심취되어 생각하는 열도가 점점 고조되는 경향이다. 더구나 일제는 패색이 짙어 극성을 더 피운다. 그럴수록 석정은 연명을 더 그리워하게 된다. 연명은 자기가 죽은 후에 부를 노래를

28) 위의 책, 「장진주사」(將進酒辭), 206쪽.
29) 『빙하』, 「국헌(菊軒)님께」, 48쪽.

미리 시로 지어 현실과 속세를 해탈하여 유연히 살았는데 술을 마냥 못 마신 것은 가난 때문이라 했다. 드디어 석정은 연명의 시 중에서 『만가』(輓歌)[30]를 읊는 버릇이 생긴 것이다. 이 시는 연명이 64세시 서거하던 해(A.D.427) 『자제문』(自祭文)과 같이 지었다. 여기에서 『자제문』[31]은 연명이 죽기 전에 자기 손으로 지은 시문이다. 연명이 이 두 시문을 짓고 청양군자상(淸陽郡紫桑)에서 세상을 떠났는데 최후에 그가 남긴 작품이라고 할 수 있다. 석정이 외었다는 『만가』와 그에 대한 느낌에 쓴 것을 소개하여 본다.

> 일찍이 陶淵明은 술로 그의 울분과 빈궁을 달래던 나머지 〈千秋萬歲後, 誰知榮與辱. 但恨在世時, 飮酒不得足〉-천만년이 지나간 뒤 뉘 있어 영예로움과 욕됨을 알리오? 다만 한되는 것은 내 세상에 있었을 때 마음껏 술을 마시지 못한 것이로다.- 이런 데카당적 自輓을 써 놓았음을 볼 때 새삼 가슴에 파고드는 측은한 것을 어찌할 도리가 없다.
>
> 그러기에 동쪽 울 밑에 피어 있는 국화꽃을 꺾어들고 유연히 보았으리라. 그 또한 꿈에서 살고 꿈을 먹다가 꿈같이 떠나간 시인이다. 아아! 위대한 무상일진저![32]

석정은 술을 마시면 연명의 시 경지를 그리워하는 것이다. 이러한 모습은 다음에서도 보인다.

---

30) 陶潛撰, 『箋註陶淵明集』 卷八, 「祭程氏妹文」, 281~283쪽. 「祭從弟敬遠文」, 283~286쪽.

31) 위의 책, 卷八, 「自祭文」, 286~289쪽.

32) 『난초앞에 어둠이 내리면』, 「生活의 韻致」, 74~75쪽.

> 桃源境 찾아다니던 陶淵明도 허탄히 인생을 졸업한 나머지 이런 輓歌를 불렀으리라. 거나 하게 술에 취하던 陶淵明의 이 輓歌 한 토막을 외워보는 입버릇이 들었다. 太白처럼 호탕한 술보다는 淵明의 閑自飮獨自酌의 경지가 부러웁다.[33]

연명은 날이 갈수록 유가의 정사가 말 못할 정도로 부패되어 그 고뇌를 잊으려 술을 한 것이다. 현실의 부조리를 잊기 위해서 마음껏 술을 하겠다는 뜻이리라. 그래서 연명은 생전에 맺힌 한이 풀려질 것이라는 뜻에서 『만가』를 지었던 것이다.

석정이 연명의 시상과 인생관으로 생활의 운치를 찾으려고 애쓴 시인이라는 것은 취중 아닌 생시에서도 볼 수 있다. 석정은 연명의 『오류선생전』(五柳先生傳)을 실천하였다. 이 전기는 집앞에 다섯 그루의 버드나무가 있어 그를 소재로 지은 명칭이다.[34] 오류선생(五柳先生)이 벼슬도 내던지고 깨끗하게 살아가는 내용의 글이다. 그러니까 이 전은 연명의 자화상이라 보면 되는 것이다. 본디 연명은 생전의 모습을 이 전기에다 실었다고 할 수 있다. 석정은 연명의 행적으로 사는 것을 보람으로 여겼으니 그의 벽(癖)도 알만하다. 과연 석정은 이러한 모습으로 실천했는가를 알아본다.

> 五柳선생은 못될지언정 그래도 문 앞에 버드나무를 심고 좁은 대로 뜰에는 잔디와 꽃을 가꾸는 운치를 잊지 않는 사람이 있어 세상은 살맛이

---

33) 위의 책, 「永遠한 喪失」, 204쪽.

34) 『陶淵明文集』 蘇軾編 光緖(1879)卷六 「記傳贊述」, 張七.
王瑤 編注, 『陶淵明集』 卷六, 「五柳先生傳」, 人民文學出版社, 1956, 1983. 作家出版社, 1967.
陶潛撰, 『箋註陶淵明集』 卷五, 宅邊有柳樹, 因以爲號焉. 222쪽.

> 나는가보다. 이렇게 혼탁한 속에서도 운치는 근절되지 않고 장강처럼 곤곤(滾滾)히 흐르기에 더 값진 것이리라.[35]

본디 양반집 주변에는 버드나무를 심지 않는데, 점잖지 못한 나무로 평가하기 때문이다. 왜냐하면 버드나무는 실가지가 바람에 흔들리는 것이 못마땅하게 여겨지는 데서다. 따라서 이는 일종의 화류계 여성들의 치마를 연상하여 노류장화(路柳墻花)의 주변에서 볼 수 있는 풍경이기 때문에 자녀교육상 좋지 않은 영향을 미치게 하는 관계이다. 석정가로 말하면 반명하고 일제통치에 일체 협조하지 않고 지초를 지켜 내려오는 가문이다. 그럼에도 석정은 도연명의 심취되어 버드나무 다섯 그루를 심은 것이다. 특히 호남지방은 조선조 왕가인 전주이씨(全州李氏)의 본향이라 양반가로 행세하는 가문이 다른 지방보다 많은 편이다. 석정은 재래적인 전통에 구애받지 아니하고 버드나무를 집 앞에 심었다는 것은 연명에 심취되지 않고서는 행하기 쉽지 않은 일이다. 집 문 앞에 버드나무 다섯 그루를 심어 버드나무집으로 통하게 되었다는 것에 대해 쓴 것에 대해 소개해 보기로 한다.

> 문 밖에 심은 버드나무도 벌써 10년이 가깝게 자라고 보니, 이른 봄부터 찾아와서 옥을 굴리듯 울어주는 밀화부리도 버드나무가 없었던들 엄두도 낼 수 없는 일이다. 그러기에 이 근방에서는 버드나무 집으로 통할 뿐 아니라, 혹시 전화번호라도 우리집 위치를 묻는 친구가 있으면 어느 지점에 와서 문 앞에 버드나무가 세 그루 서 있는 집이라면 무난하게 찾아오게 마련이다.[36]

---

35) 『난초앞에 어둠이 내리면』, 73쪽.

36) 『난초앞에 어둠이 내리면』 「1. 향기(香氣) 있는 사람」, 24쪽.

이와 같은 상황에 버드나무 다섯 그루 중 세 그루가 남게 되었는데, 한 그루는 버드나무 가지가 이웃집을 침범하게 되므로 베이게 되고, 다른 한 그루는 아이들 등쌀에 고사(枯死)하여 끝내는 세 그루가 남게 되었다는 내용을 소개하여 본다.

당초엔 다섯 그루를 심어 정성들여 가꾸었는데, 이웃집에서 가을 낙엽에 성화를 내고 자기 집 옆에 서 있는 놈만은 베어 주었으면 하기에, 그 집 주인에게 처분을 맡겼더니 베어다가 장작으로 패 땐 모양이고, 또 한 그루는 동네 애들이 매일 시망스럽게 매달리는가. 했더니 끝내는 껍질을 홀랑 벗겨내는 등쌀에 그에 고사(枯死)하고 보니, 남은 세 그루가 옆채를 사이에 두고 태산목과 마주보고 서 있게 되었다.[37]

이와 같이 석정이 심은 오류(五柳)는 삼류(三柳)만 남아 있다. 이에 대해서 석정은 재미있는 발설을 해 주고 있다. 사람들이 찾아와서 삼류선생(三柳先生)이라 부를 때 자기는 과분한 칭호로 받아들이지만 삼류인생(三流人生)으로 살아가는 자기를 혹시 그리 취급하는 것이나 아닌지 반신반의하는 내용으로 쓰기도 했다.

그래도 다섯 그루가 자랐더라면 宅邊에 五柳를 가꾸어 '閑靖少言, 不慕榮利.'(한적하고 평화롭고 말이 적었으며 명예와 이득을 추구하지 않았다.) 의 道를 터득한 저 陶淵明의 풍모를 배우자함이었더니, 세 그루가 남게 되어 짖굳은 친구가 찾아올라치면 숫제 삼류선생(三柳先生)이라 부르는 데는 긍정도 부정도 하지 않는 까닭은 고작 三流 선생을 살아가는 나에게 五柳선생은 못 될지언정, 三流 선생의 칭호도 오히려 과분한 것만 같아 三流선생이라 부르는 것은 아니겠지 하고 자위하기 때문인지도 모른다.[38]

---

37) 위의 책, 「1. 향기(香氣) 있는 사람」, 24쪽.

이와 같이 보면 석정은 작품에서나 일상생활에서 그의 행적을 실천한 시인이라고 할 수 있다. 우리 선인들 중에는 연명의 경지와 같이 술을 하는 이도 많다. 그러나 오류(五柳)를 심어서 도연명의 풍모를 배우고자 실천하고 글을 쓴 사람은 없을 줄 안다. 다만 연명의 시의 경지를 연상하여 시를 지은 이는 중국이나 우리의 경우도 더러 있다. 본디 연명은 은일한적(隱逸閑寂)으로 살아온 시인이기에 은일시인(隱逸詩人)의 종(宗)이란 평도 있다.[39] 또 고고(孤高)한 경지에 이르렀다고[40] 또는 가슴속을 오묘한 경지를 그려주었다는 이도 있다.[41] 우리선인들은 단가(短歌)를 비롯하여 장가(長歌) 그리고 한시(漢詩)에 걸쳐서 많은 영향을 받았다. 그 중에서 특히 퇴계(退溪)는 당파싸움에 휘말리게 되어 이정(怡靜)하고 한적(閑寂)한 정신세계를 구현하여[42] 연명의 은퇴를 몸소 실천한 것은 그의 영향이라는 좋은 증거다.[43] 연명의 시의 경지는 무욕함으로 조촐하고 고요한 맛을 풍겨주는 이담청정(怡淡淸靜)이 그의 시경이기 때문이다.

④ 『빙하』, 일제와의 알력과 야합 거부

석정은 『빙하』(氷河)의 시집에서 거침없이 자신의 의도를 밝혀 놓았는데, 우선 그 시집을 소개 하면 그림 25, 26과 같다.

석정은 『빙하』의 「삼대」(三代)에서 다음과 같이 일제와의 야합의 알력

38) 「1.향기(香氣) 있는 사람」, 24쪽.

39) 淵明詩爲古今隱逸詩人之宗陶澍集註, 『陶淵明全集』, 鍾嶸評, 155쪽.

40) 放逸之致, 而棲託仍高.(北齊, 陽休之)

41) 淵明不爲詩, 寫其胸中之妙耳.(黃庭堅)

42) 我本山對質, 愛靜不愛喧.(『退溪先生文集』,卷一張五十和陶集飮酒二十首其五)·『退溪集』 卷一 朝鮮古書刊行會, 朝鮮京城, 發行者 釋屋典彷 大正四年, 31쪽.

43) 獨酌一杯酒 聞詠陶瑋詩. 逍遙林澗中, 曠然心樂之.(上仝張四十八和陶集 移居韻二首其二)·『退溪集』 卷一, 31쪽.

[그림 25] 『빙하』(氷河) 시집 표지

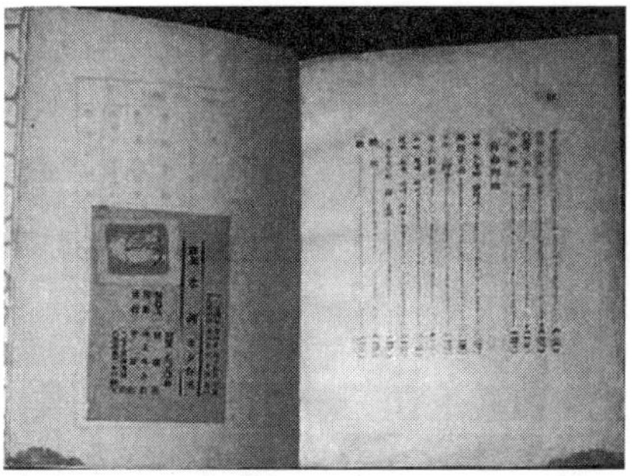

[그림 26] 『빙하』 1956년 정음사 발행

관계에 대해서 못 마땅히 여기는 내용에 대해 자신이 응어리진 울분을 다음과 같이 펼치었다.

> 한 때 우리는 단념의 철학을 배웠으니 / 벼슬을 잃으신 할아버지는 / 벼슬과 나라를 고스란히 단념하면서 / 술과 친구와 글에 묻히어 말썽 많은 세월을 잊은 듯이 보내시더니 … / 나라를 잃으신 아버지는 / 육신도 벗도 고향도 단념하면서 / 사무친 설움에 큰 뜻을 세우시고 / 밤길로 국경을 넘어가시더니 … / 에미도 애비도 잃어버린 자식은 / 한 때 제 몸까지도 단념하면서 / 갈라진 하늘을 목메이게 호흡하더니 / 모조리 단념하기를 서로 맹세로 하였더니다.[44]

석정의 자연귀의(自然歸依)는 가정적인 연유가 많이 작용되었다. 그는 일제의 가증스러움과 야합하는 무리들이 싫어서 향리에서 살게 된 것이다.

석정이 처했던 일제식미지 통치는 가혹한 수탈로 인해 사람들이 그들

---

44) 「삼대」, 『빙하』, 정음사, 1956, 5~6쪽.1

뒷바라지에 굶주리고 지치었다. 이때 뜻있는 인사는 그들에게 당하는 민족의 설움을 맨 정신으로 직시할 수가 없어 음주로 식민지의 한을 달래며 풀었던 것이다. 석정 또한 참을 수 없는 분노가 솟구쳐 억누를 수 없어 음주를 시작하였다고 다음과 같이 술회하고 있다.

> 한 때 독립운동의 기치를 높이 들고 맨 앞장을 내딛던 분들이 학병과 지원병이 권유유세의 앞장에서 눈물로 호소하던 슬픈 풍경을 목격했을 때, 나는 가슴속으로, 뜨거운 눈물을 흘리며 소리 없는 통곡을 하던 일이 바로 엊그제 같이 선하게 떠 오른다. 그들이 한 때 생명처럼 여기던 지조를 헌신짝처럼 팔아넘기면서도 그들 나름의 변명을 하지 않았을 것이다. 일제의 총칼에 할 수 없었다는 것은 차라리 좋으나 그것이 민족을 위하는 길이라는 궤변에는 침을 뱉어 주기에는 내 침이 아까 왔다. … [45]

이『슬픈구도』에서는 우국지사였던 이들이 일제의 감언이설에 넘어가 지조를 내팽개치는 이들에게 일침을 가해주는 말이다. 석정은 이들 애국지사들이 일본인에게 이용당하여 조국을 배반하는 일들이 날이 갈수록 늘어만 가는 데에 순박했던 석정은 놀라고 당시 우국지사도 분개하였으리라는 것은 어렵지 않게 알 수 있다. 석정이 음주를 하게 된 것은 이런 실상에서다.

3. 후기시집, 사회참여시

석정의 고향은 전북 부안(扶安)이라는 바닷가이다. 초기 작품발표는 바다를 소재로 한 것이 많다. 그러나 연명은 산(山)을 좋아한 시인이다.[46] 석정을 연명에 심취된 후에는 바다에 대한 작품이 별로 없다. 그

45) 신석정,「4. 슬픈구도」,『난초앞에 어둠이 내리면』, 283~284쪽.

대표적 예가 세 번째 시집 『산의 서곡』(嘉林出版社, 1967)이 출간된 것은 그를 의미한다. 조지훈(趙芝薰)도 이 점을 시인하여 다음과 같이 서문을 썼다.

> 바닷가에서 자랐으면서도 山의 詩를 더 많이 쓴 것이라든지 가슴의 불을 지녔으되 끝으로는 항상 시드럽고 마음에 깊은 恨을 안았으면서도 결코 넋두리하여 울지도 않는 그의 詩에 姿勢는 바로 이러한 人品에서 由來하는 것이 아니던가. 夕汀詞伯을 친히 만나 본 이는 누구나 그 시와 상당이 너무도 같음에 놀랄 것이다.[47]

석정은 연명을 그리워하여 생활하고 글을 쓴 것이 사십 개 성상(星霜)이 지나도록 이다. 그는 시종일관 연명의 영향으로 시작(詩作)을 하였다는 것은 놀라지 않을 수 없는 일이다. 석정은 일제에 밑에서 조국을 배반하고 민족을 팔고 날뛰는 무리를 싫어했다. 또 그는 그런 무리가 마땅치 않아 농사를 짓고 전원을 꾸미고 생활을 하였다. 또 그는 천성적인 성품도 연명과 통하여 사숙하고 작품을 쓴 바가 되었다. 후기시 『대바람소리』는 자연에서의 생활이 '帝王의 門을 부러워하랴'[48]라고 할 정도로 좋아했다. 마치 이는 선인들이 천석고황(泉石膏肓)의 경지를 삼공불환차강산(三公不換此江山) 격으로 비한 것과 같은 면모가 된다. 석정은 '자연의 이미지를 매개로 하여 한 단계 승화시켜 놓았다'[49]고 할 수 있으니, 연명의 자연의 시 경지를 그리며 수용했다고 본다. 석정은 이 세상 갖은 권력과

---

46) 少無適俗韻 性本愛邱山(『陶淵明文集』 卷二, 「歸園田居」 其一張三)
陶潛撰, 『箋註陶淵明集』 卷二, 60쪽.

47) 『山의 序曲』 序文.

48) 『대바람소리』, 女苑社, 1970, 16쪽.

49) 許素羅, 「신석정론」, 『국어언어문학』 14집, 1976.2, 24쪽.

부귀영화를 누리는 제왕의 자리도 부러워하지 않는다고 했으니 이는 전원생활에서 난초의 그윽한 향기와 대(竹)와 같이 꼭꼭하게 자라는 것을 느끼고 보는 향취에서 속세적인 생활을 멀리하게 된 것이다. 석정의 이런 경지를 도표로 나타내면 다음과 같다.

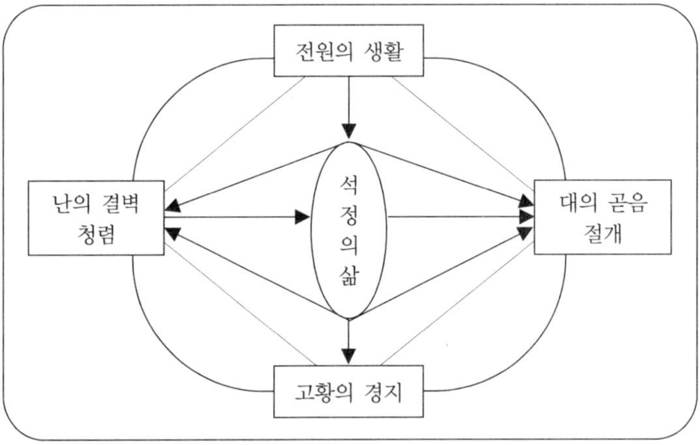

석정은 초기시집 『촛불』(1939)에서보다 제4시집 번째 시집 『山의 序曲』(1967)에 이르러서는 초기 시에서의 안일에만 머물지 아니하고 자연의 관조가 심화되어 사회참여 정신에 두고 있다고 했으며,[50] 서영석 또한 백의종군하듯 대담하게 현실참여를 한 서정시인[51]이라고 하였다. 물론 다섯 번째 시집 『대바람소리』(1970) 이후는 사회참여의식의 더욱 구조화되어 있음을 감안할 때 전원시인으로 각광을 받게 된 것이다. 그의 자연에서의 생활은 대나무에서 불어오는 바람과 같이 자연의 삶에서 순수주의로 참여시 작가로 활동을 하였다. 자연 친애의식은 첫 번째 시집 『촛불』

50) 박두진, 「석정의 시」, 『현대문학』 1968, 239쪽.
51) 허형석, 『신석정연구』, 경희대대학원 박사학위논문, 1988, 153쪽.

에서 두 번째 시집 『슬픈목가』(1947)에서 더하여 졌고 제3시집 『빙하』(1956)에서 더한층 점점 승화되었다. 세월이 흐름에 자연친화 의식에서 사회참여 의식의 농도가 짙어갔다. 마침내 제4집 『山의 序曲』에서는 사회참여의식이 두드러졌다. 제5집 『대바람소리』에서는 자연에서의 삶이 제왕의 문의 듦을 부러워하지 않는다고 했으니, 친자연의 삶이 이 세상에서 가장 으뜸이라 하여 사회참여의 의지도 강화되어 나타냈다. 후기시집 『대바람소리』는 집안에 소장된 중국 후한(後漢)시대의 상서랑(尙書郎) 중장통(仲長統, 179~219)이 지은 병풍(屛風)에 있는 악지론(樂志論, 행복하게 산다는 의미를 논함)이 모방주술형의 역할을 한 것이다. 이에 대한 자세한 내용은 다른 지면을 통하여 발표하기로 한다.

석정은 다섯 권의 시집을 출판했는데 이에 대한 내용을 석정의 의도한 바를 각각 시대상황과 관련시켜 나타난 연구가 보이는 데[52] 이를 참고하면 원만하게 이해되리라 보고, 기타 많은 젊은이들이 특히 학위논문에서 5권 시집과 시대와 관련시켜 연구하여 이를 참고하면 원만하게 이해되리라 믿는다.

Ⅲ. 석정과 난초 관계

1. 석정의 난초벽(蘭草癖)

석정은 전원시인이고 전원생활에서 가장 좋아한 것이 난초다. 난초와

52) 고윤환, 『신석정시연구』, 인화대학교 교육대학원 국어교육전공, 석사학위논문, 1995. 8, 14~83쪽.
권도일, 『신석정시연구』, 교원대학교 대학원, 국어국문학과, 석사학위논문, 2006.2. 5~35쪽.

석정과의 관계는 한 치의 양보도 없을 정도로 가깝다. 그의 인품은 난초에서 받을 정도로 동화되었다.[53] 그가 일제 강점기에 야합하지 않고 끝까지 지조를 지킨 것은 난초의 기질에서 영향 받은 것이다. 물론 석성이 난초를 좋아하게 된 것은 연명도 난초를 좋아한 것으로 그 수용관계를 알 수 있다. 석정은 도연명을 사숙하였더라도 천성적으로 태생이 난초기질과 통하는 바가 되었다. 그가 난초를 얼마나 좋아했는가에 대해서는 수상집 『난초 잎에 어둠이 내리면』에서 잘 반영되고 있는데 그 면모를 소개하여 보기로 한다.

> 책장(册欌) 위에 놓인 난초 잎새가 수욱 처진 게 흡사 절정에 뿌리박은 난초와 같고, 책장의 책장의 수선화 움이 水墨色으로 해변의 돛대처럼 쭝긋쭝긋 멀어가고 서편 문 옆에 둘러 놓인 병풍이 마치 海岸의 작은 소나무 덮인 나직한 언덕이 밤안개에 사라져가듯 좁은 방 안에 이 모든 물체가 내 視野에서 멀어갈 임시에서 나는 촛불 켤 준비를 한다. 밤이 오기 전 그리고 황혼이 떠나기 전같이 내 작은 방안의 풍경이 絶景일 때는 없다. 이 풍경들이 사라질 무렵에 나는 촛불을 켠다. 그러면 갑자기 이것들은 나를 다시 찾아와서 내 앞에 전개된다. 황혼의 명상이 내 생활의 큰 일과와 같이 촛불을 켜는 것도 밤의 일과인 것이다.[54]

위의 구절은 석정의 시상도 매개시켜야 원만하게 풀어지리라 믿는다. 석정은 황혼 무렵 방안에 들어와 명상하는 버릇이 있다. 그럴 때 책장위에 놓인 난초 잎 새는 마치 깎아지른 절벽에서 자라나는 풀잎과 같게 보이게 된다. 그는 어두워질 때 어둠의 새끼들이 몰려와 난초와 속삭이는 모습을 볼 때 더 좋은 것이 없다는 것이다. 萬物與物我一體가 되는 경지

---

53) 윤경수, 「신석정론」, 『현대문학』, 269호 5월호, 현대문학사, 1977, 86쪽.
54) 『난초 잎에 어둠이 내리면』. 「2. 촛불을 켤 때」, 지식산업사, 1974, 15쪽.

라고 할 수 있다. 석정은 이런 경지로 난초에 대한 시를 지은 것을 소개하면 다음과 같다.

창 밖에 겨울을 세워놓고 / 그 위에 / 봄을 세워놓고 / 그 위애 / 나를 세워놓고 / 文珠蘭은 / 文珠蘭 끼리 / 제주도 사투릴 쓰고 … / 이마를 마주대고 / 얼굴들을 바라보고 / 더러는 손을 잡고 / 볼에 볼을 문지르면서 / 주고받는 이야기에 / 사뭇 溫室이 흔들린다. … / 글쎄 / 너희들의 이야길 / 언제까지 들어야 할 것이냐![55]

석정은 난초와의 대화를 들을 수 있는 경지까지 이르게 된다. 이러한 시경(詩境)은 다음 시에서도 보인다.

文珠蘭 風蘭 石斛 仙人掌 萬有靑 제라니움 들이 외로운 家族처럼 모여서, 더러는 얼굴을 맞대고,

더러는 볼에 볼을 문지르고, 더러는 여윈 손을 높이 들고, 이 외로운 家族들이 겨울을 拒否하여, 살아가야 하는 나의 작은 방에서 이들의 意志를 배워야 하고 이 家族들 사이에 끼어 함부로 떨어진 뭇 種子들이 어두운 地層에서 發芽를 陰謀하는 密語를 믿어야 하고, 때론 窓 너머로 기린처럼 길게 목을 내밀고, 時計塔 언저리에 쏟아지는 太陽의 噴水를 橫斷했을 비둘기의 빨간 발목에 묻어오는 어린 봄을 나는 맞이해야 하고.[56]

이와 같이 석정의 난초관(蘭草觀)은 만물(萬物)과 제동(齊同)하는 경지로 몰입되었음을 알 수 있다. 석정은 기자와의 인터뷰에서 “자연은 부동의 자세로 어떤 커다란 것을 교훈합니다.”[57]라고 했다. 석정이 전원생활

55) 『山의 序曲』, 「溫室」, 嘉林出版社, 1967, 88쪽.
56) 위의 책, 「봄이 올 때까지」, 嘉林出版社, 1967, 62~63쪽.

에서 제일로 친한 것이 난초이다. 그가 가장 숭배하는 시인은 연명이지만 그와 함께 난초를 벽(癖)이 될 정도로 좋아하였음을 다음 시에서 보기로 한다.

난초는 / 얌전하게 뽑아 올린 듯 갸륵한 잎새가 어여쁘다.
난초는 / 건드러지게 쳐진 청수한 잎새가 더 어여쁘다.
난초는 / 바위틈에서 자랐는지 그윽한 돌 냄새가 난다.
난초는 / 산에서 살던 놈이라 아모래도산냄새가 난다.
난초는 / 예운림(倪雲林) 보다도 고결한 성품을 지니었다.
난초는 / 도연명(陶淵明) 보다도 청담한 풍모를 갖추었다.
그러기에 / 사철 난초를 보고 살고 싶다.
그러기에 / 사철 난초를 보고 살고 싶다.[58)]

석정이 난초를 좋아한 면모는 「선유도(仙遊島)를 다녀와서」에서 잘 반영되고 있다.[59)] 석정이 난초 벽은 대단하여 "외상값이 밀리고 아내의 연탄 타령이 귀 시끄럽게 들려도 연내의 숙망인 난 한 盆를 구해놓고 싶다."고 「멋」(38쪽)에서 술회하고 있다. 난에 너무나 애착한 나머지 영애(令愛)를 난(蘭)이라고 지은 것은 「소한도」(消寒圖)나 시(詩) 「일림(一林)이와 난(蘭)이에게」, 또 1947년 대지사(大志社)에서 발행한 「슬픈목가」에서 찾아볼 수 있는 바와 같다.[60)]

---

57) 「망각속에서」, 『중앙일보』, 1965.10.30.

58) 『촛불』, 「난초」, 84~86쪽.

59) 黑山島에 가서 나도 그 섬처럼 외로워 보고 싶었고, 그 숱하게 群生한다는 風蘭속에서 마음껏 그 심산유곡 같이 그윽한 향기에 젖어 보고도 싶었다. … 가람 댁에서 정을 드려 놓은 風蘭의 멋을 原産地에서 마음껏 즐기고 싶은 것이 나의 유일한 욕망이었다.(『난초잎에 어둠이 내리면』, 「1.산과바다를 찾아」, 「2.仙遊島를 찾아서」, 지식산업사, 1974, 114~115쪽.

이렇게 석정은 난(蘭)을 좋아함이 癖(벽)이 될 정도였다. 더구나 석정은 난을 몸소 기르고 글도 지은바 있는 가람과도 전북대학교에서 7, 8년 동안 접촉관계로 난을 좋아하는 벽의 농도가 더 짙어 굳어 갔다고 할 수 있다. 그의 난초를 좋아하는 벽은 일기에서도 보인다.

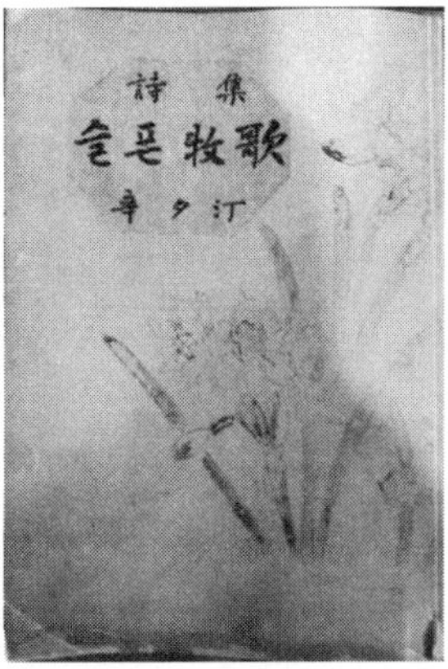

[그림 27] 「슬픈목가」

> 庭園에 옮긴 春蘭이 滿開했다. 향기가 아주 강렬하다. 瑞香에 못지않다. 春蘭에 無香이란 서투른 蘭의 재배가의 잠꼬대가 아니냐? 養士齋에도 주인 없는 집에 춘란이 피었을 것이다. 갑자기 老가람이 퍽은 그리워진다. 적막한 病床을 찾아가야 할 터인데, …[61]

석정과 가람과의 관계는 「春分에 앞서서 가람님께 올리는 글」[62]에서도 볼 수 있는 바와 같다. 석정이 향리에서 정원을 마련하고 살았다는 것은 『난초 잎에 어둠이 내리면』에서도 잘 보여 주고 있는 바와 같다.

---

60) 난이와 일림에게 크림이 있어 적이 안심되었다.(『난초잎에 어둠이 내리면』, 「소한도」(消寒圖, 60쪽.)
보리꼽쌀미와 밀주일 죽도 달가운 것은 / 풀잎파리 죽으로 끼니를 이던 봄을 살아 그렇지. / 공일날 눈이 빠지게 기두리던 아버지는 … (「일림(一林)이와 난(蘭)이에게」, 『빙하』, 52쪽.)
난아 / 푸른대가 무성한 이 언덕에 앉아서 / 너는 노래를 불러도 좋고 새같이 지즐대도 좋다. /… 너의 아버지 나는 차라리 한 그루 푸른 대로 내 심장을 삼으리라.(『슬픈목가』, 「차라리 한 그루 푸른 대로」, 50쪽.)

61) 『난초잎에 어둠이 내리면』, 「3.日記抄」, 3월, 196쪽.

62) 『난초잎에 어둠이 내리면』, 「3.봄은 포도의 계절처럼」, 151쪽.

삭정은 지방에서 난초를 키우는 이가 있으면 가까이 지내고, 그에 대해서 글을 짓기도 하였다.

> 그 무슨 향기기에 이리도 멀리 들려옵니까?…
> 福建省이 고향이라는 난초를 여덟 해나 가꾸시기에 정녕 임께서도 蘭草와 여덟 해를 늙으셨군요. 성근 잎 사이로 꽃도 저리 꽃도 저리 맑아야만 하는 것이옵니까?
> 蘭草처럼 곱게 늙으시는 임이 퍽은 부러 웁니다.[63)]

석정의 난초관은 단순히 취미적인 것이 아니지만 난초와의 생활과 심히 밀착되어 있다. 그래서 그는 제주도를 위시해 여러 고장을 여행하여 난초를 구하다 전원에다 가꾼 것이다. 석정이 난초를 기린 것은 다른 선비와 같이 필수적으로 길러야 되는 여론과 상식에서도 아니다. 석정이 난초를 기른 것은 정신의 보고라 할 수 삶의 원동력을 난에서 찾아보자는 데 의의가 있었다. 석정은 지식의 보고라 할 수 있는 서재(書齋)에서 난초 향기가 풍기어 여기에 의미를 두어 인간 형성이 이뤄졌다고 할 수 있다.

> 개미새끼 흙 탑을 쌓아 올리듯 / 작은 서가에 틈없이 책을 쌓아놓고 / 마음에 호수처럼 가라앉은 날 … / 한권 두권 내들고 읽은 한가한 날 … / 때로는 서가가 드높은 산같이 보이기도 하고 / 나는 그 산을 천천히 오르기도 하고 / 곤륜산보다 더 깊숙한 내 서가며 / 오늘은 난초향기가 그윽이 흐르는 듯하여 …[64)]

---

63) 『빙하』 其二, 「素公님께」, 48쪽.
64) 『촛불』, 「書架」, 76~77쪽.

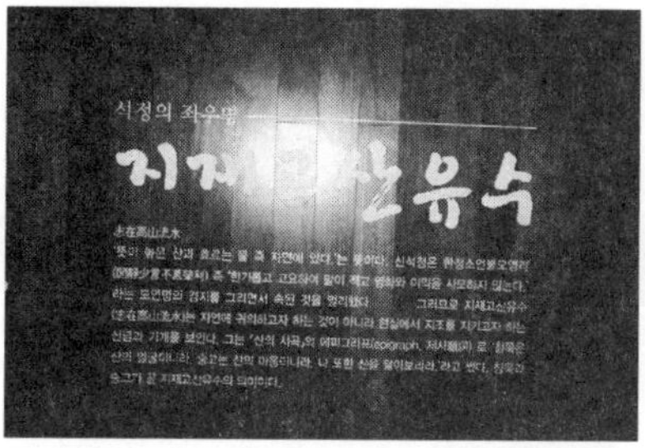

[그림 28] 석정문학관 게시(揭示)한 석정의 좌우명

이와 같이 그는 서가(書架)에서도 난초와 같이 살았다고 할 수 있다. 그래서 난초와 그의 인격은 융합되어 고결한 인간상이 형성되었다고 할 수 있어 난의 매력에 끌리게 되어 난을 좋아한 것이지만 실상은 지조로 통하는 관계로 난에 심취되었다고 할 수 있다.

2. 지조(志操)로 통하는 난초

석정의 시에서는 유독 난초가 많이 나타나는데 그윽한 향기 이상의 지조로 통하는 식물로 심취된 것이다. 석정의 지조론은 조부 때부터 삼대에 걸쳐 이어져 왔는데, 연명도 난초의 향기만으로 애호한 것은 아니다. 진나라의 위정자와 관리가 자연의 생활과 거리가 멀었기 때문에 전원생활을 하게 된 것이다. 특히 석정은 수상집에서 밝힌 거와 같이 일제강점기에 친일파와 친일세력들이 조국을 등지는 반민족행위를 다반사로 행하는 것을 목격하고 식물 중 난초를 애호하게 된 것이다. 조국을 배반하는 일은 석정에게 양심상 허락되지 않아 전원생활을 한 것이고 그 중 난초에서 지조를 본받고자 하는 의미에서 선호하게 되었다고 할 수 있다. 난초는 깨끗하고 조촐하게 사는 의미를 부여하여 지조를 지킬 줄 아는 가르침을

[그림 29] 나무에서 자생하는 풍란

[그림 30] 바위에서 자생하는 석곡

무의식으로 배울 수 있다. 난초는 향기를 발산하여 주는 관계로 군자의 덕풍으로 비유하게 된다. 석정은 일제강점기나 1945년 8.15 광복 후 친일파의 득세로 이들 무리들과 어울릴 수 없어 전원생활에서 난초를 유독 관심을 가지고 키워 심적인 안정을 취한 것이다.

석정이 전원생활에서 좌우명으로 삼은 것은 현실에서 한가롭고 고요하여 말이 적고 영화와 이익을 사모하는 것이 아니었다. '지재고산유수'(志在高山流水)(뜻은 고산유수(高山流水)에 있다)라고 하여 뜻이 높은 산과 물에 있다고 했으니 자연에 둔 것이다.

석정은 『촛불』과 『山의 序曲』에서 주류를 이를 정도다. 난은 종류에 따라 자라는 것이 다르지만 흔히는 수상(樹上)이나 암상(巖上)에서 자란다. 기근(氣根) 인 공중뿌리가 있어 수분(水分)만 취하고도 섭생이 가능하다. 이는 풍란의 경우에도 알 수 있다. 이 난은 난초과의 여러해살이풀. 산속의 나무 위에 붙어살며, 줄기는 짧고, 뿌리줄기는 굵은데, 여름에 흰 갈래꽃이 피고 뒤에 노랗게 변하는 관상용이다. 예전에는 고목이 많아 심산유곡에서 볼 수 있었던 난이라 격세지감이 있다고나할까. 기근으로 자라는 풍란에 대해서 정태현(鄭台鉉)은 다음과 같이 나타냈다.

常綠多年生草木, 根은 多數의 긴 氣根이 있다. … 花는 綠白色 78月

[그림 31] 풍란화(風蘭花)

[그림 32] 석곡화(石斛花)

開花, 生地 暖地濕潤한 樹上 및 巖上分布 濟州, 全南 梅加島.[65]

풍란은 나무 위나 바위 틈에 자생하는 것이라 했다. 석정은 수상(樹上)에는 「풍란」(風蘭, Neofinetia falcata (Thunb. ex Murray) Hu)이 있고 암상(巖上)엔 「속곡」(石斛, Dendrobium monile)이 자란다고 시에서 읊었는데 이들을 공기식물(空氣植物)이라 했다.

석정은 수상(樹上)과 바위틈에서 기근(氣根)인 공중뿌리로 자라는 난을 『촛불』, 『산의 서곡』에 대해서 주로 발표를 했는데, 이는 다름 아닌 혼탁한 세상에서 깨끗한 선비 상으로 비유한 것이다. 수상의 경우를 보면 다음과 같다.

> 작은 香나무 등걸에 / 뿌릴 감고 / 못 견디게 칭칭 뿌릴 감고, / 햇볕과 공기를 마시고 사는 / 네 가련한 숨소리 속에 / 나는 시방 외로운 나그네로 / 백록담(白鹿譚) 물소리를 멀리 듣고 있다.(『山의 序曲』, 「風蘭」, 190쪽)

암상(巖上)에서 자라는 「속곡」(石斛)의 예를 들면 다음과 같다.

65) 鄭台鉉, 『韓國植物圖鑑』, 草木部, 理文社, 1974, 997쪽.

> 몇 만 년 후 뒷이야기를 간직한 채 있듯 한 돌 … / 돌같이 정수하고 / 평온한 마음을 간직하고 싶다. / 성당에 켠 촛불처럼 / 맑고 희게 내가 늙을 때 까지 … / (『촛불』, 「돌」, 78~79쪽.)
>
> 가칠하게 여윈 어깨에 / 줄 등켜 달 듯 꽃을 달고 / 漢拏山 어느 낭떠러지 꾸미던 솜씬데 / 비좁은 꽃가게에 갇혀 〈비바리〉처럼 이내 말이 없다. (『山의 序曲』, 「石斛」, 191쪽.)

석정이 풍란과 석곡에 대해 지은 것은 깨끗한 이슬을 마시고 사는 자생하는 관계로 관심에 대상이 되었다. 난초는 비옥한 토지 조건만이라고 살지는 않는다. 깨끗한 곳에서 살면서 향기를 진동시켜주는 가운데 우리 선인들이 선호했다.

난초는 사람들이 흔히 그윽한 향기 발산으로 선호하는 것으로 되어 있지만 석정의 경우는 그와 함께 지조로 통하는 데서 키우게 된 것이다. 난에 대해 지조로 통하는 내용으로 시를 지은 이는 초나라 굴원을 들지 않을 수 없다. 굴원은 난초와 같이 살아 마침내는 지조를 지키게 되었다. 그는 맑은 이름 남기지 않을까 두려워, 목란의 이슬 마시며 그 뿌리 캐어도 향초 대를 엮어 띠 매고 은(殷)나라 때 충신이던 팽함(彭咸)이 남긴 바른 도리 따르겠다고 하였다. 팽함은 은나라의 충신으로 간언이 받아들여지지 않자, 강물에 몸을 던져 죽었다.[66]

목란은 껍질을 벗겨도 살고 숙망(宿莽)라는 난초는 겨울에도 잎이 죽지 않는 데서 절개를 지키는 식물로 알려져 굴원의 인생관이 통해져 있는

---

66) 『楚辭』 卷一離騷經句一校書郎王逸上曲阿興祖補註張五.
朝飮木蘭之墜露兮, 夕餐秋菊之落英. 아침에는 목란에 맺힌 이슬마시며, 저녁에는 가을국화 삼키면서 삼겠노라.
雖不周於今之人兮, 願依彭咸之遺則. 비록 사람에게는 맞를 않는다고 하나, 바라건대 옛 팽함의 남긴 도리 따르리라.

것으로 된다. 석정 또한 난초와 같이 지조를 지키며 살았다. 연명은 국화를 좋아했지만 난초를 심히 가까이 하며 지냈다.67) 물론 중국의 역대시인들과 우리선인들은 난을 길러 시의 소재로 시를 짓는 이가 많았지만 석정과 같이 난초벽을 지닌 이도 드물다. 그는 산을 좋아하여 각처를 다니며 난초를 구해오는 수집벽도 보통이 아니고. 난초와 같이 깨끗하고 정갈한 글을 쓴 것이라든가 또, 그와 같이 군자다운 면모 로 지조를 지키는 모습으로 실천했다.

이러한 가운데 석정은 성삼문(成三問)을 찬양하고 신숙주(申叔舟)는 지조가 비틀어진 사람이라 혹평을 한 것이다. 또 그는 괴테도 나무랬다. 그가 남긴 문학의 업적은 인정하지만 바이마르에 진공해 온 나폴레옹에게 달려가서 송시(頌時)를 봉정한 것을 좋지 않게 여겼다. 석정은 괴테에게 나폴레옹은 일개 정복왕에 불과하다고 하며 어찌 마제하(馬蹄下)에 그렇게 써 바쳐야 할 것인가 하고 주책없음을 나무랬다. 또 석정은 백마를 타고 달려오는 나폴레옹의 웅자(?)를 자기 서재 베란다에서 바라보던 헤겔이 '세계의 정신'이라고 환호를 올렸다는 것으로 이 철학자 역시 괴테에 못지않다고 보았다.

일제강점기 때 총독의 문학상을 받고 거드럭거리던 친일파나 친일행위자도 지조가 없다고 나무랬다. 자유당 정원 때 모시인은 우남찬가(雩南讚歌)를 쓴 것에 대해 나무랬다. 이승만 박사의 귀만 보더라도 배가 부른다는 명성을 떨친 그는 너무나 명예욕에 사로잡혀 있다고 했다.68) 이에 대한 고사는 분서갱유(焚書坑儒)로 수선을 피우던 진시황(秦始皇) 때 비롯

---

67) 『陶靖節集抄』 晉陶潛著 藝閣筆書體字本 詩五言張九 問來使·陶潛撰『箋註陶淵明集』卷二, 詩 五言「問來使」, 166~167쪽.
薔薇葉已抽, 秋蘭氣當馥. 찔레꽃도 이미 났으니, 추란의 향기 그윽하겠구나.
歸去來山中, 山中酒應熟. 돌아가야지 산 중으로, 거기에는 술이 익었을 것이니.
68) 『난초잎에 어둠이 내리면』, 「5. 志操」, 301~302쪽.

[그림 33] 석정문학관에서 기념 촬영

[그림 34] 젊은 남녀들 석정문학관 방문

한 이야기 지록위마(指鹿爲馬)로 그 유래를 밝혀 놓았다. 사슴은 사슴이요 말할진대, 그것을 똑바로 말하는데 인간다운 격이 있고 그 격이 바로 지조로 통하는 길이라 했다.[69] 석정은 지조를 지키는 시인이기에 만해(萬海) 한용운(韓龍雲)을 위대한 시인이라고 격찬하였다.[70]

이와 같이 석정은 일제강점기 때 가난에 쪼들리면서도 관직에 나아가지 않고 지조를 지킨 것으로 인해 친일행위나 자유당 때 어용시인을 나무랐다.[71] 그가 지조를 지킨 인간미질은 조부와 연명과 전원생활 중에서 난초를 가까이 한데서도 영향을 받아 빈한(貧寒)으로 인한 인고 속에서도 깨끗하게 살은 바라고 본다. 정태용(鄭泰瑢)도 "그의 첫인상 대해서 조용한 거동, 귀공자다운 풍모 명상 하는듯한 얼굴 - 이것이 내가 처음 석정을 때의 인상이다."[72]라고 한 것은 '글을 그 사람이다'와 같이 일치되는 말이니 군자의 도를 지닌 시인이라 할 수 있다.

석정은 난초의 기질로 지조를 지켰던 관계로 관광객들이 신석정회관

---

69) 위의 책, 「5.指鹿爲馬」, 307쪽.

70) 위의 책, 「4. 시인으로서 만해」,(萬海), 234쪽.

71) 윤경수, 「신석정의 난초관과 작품세계」, 『우리문학연구』 14집, 우리문학회, 2001, 226~241쪽.

72) 정태용, 『현대문학』 147호 3월호, 1967, 263쪽.

을 찾아 기념 촬영을 하고 특히 젊은 세대들이 방문하는 것이다.

이상과 같이 석정과 석정과 난초와의 관계는 밀접한 것으로 작품도 그 수용으로 지조로 울어난 것이라 보니 큰 의의를 지닌다. 특히 우리문학사에서 난초하면 연명의 영향을 받았건 석정을 지칭하리만큼 제일인자가 된 것은 난초(蘭草)의 벽(癖)으로 인연하였다고 본다.

Ⅳ. 노장사상(老莊思想)과 석정의 작품세계

1. 조부의 영향과 도연명·노장의 심취

석정은 조부가 연명(淵明)의 시를 좋아하고 창하게 되어 노장철학에 심취되었다. 석정이 노장의 관심을 기울였다는 것은 "화자의 자연과의 합일을 통하여 무위자연(無爲自然) 즉 이간의 행동지표를 자연의 원리에서 얻으려는 자연법적 사고를 추구한 것이다."[73]라고 한 것과 석정에서의 "노장은 삶의 궁극적인 기저를 자연과의 완전한 조화에서 찾으려 하였다."[74]는 것을 수긍하게 된다. 발신자인 연명시는 노장사상으로 근저를 이뤘기 때문에 수신자인 석정이 수용한 것이다. 더구나 노장사상은 춘추전국시대 불합리한 제도를 자연관으로 시정하는 내용으로 되어 있는 관계로 석정이 처했던 일제 식민지 정치의 불합리성의 염증을 느껴 영합되었다. 더구나 인도의 타골(1861~1941)은 영국의 식민지 시대에 탄압받는 시대인 관계로 일제식미지시절의 석정의 시대적 배경과 무관하지 않아 그를 선호하고 특히 노밸문학상을 수상한데(1913) 그의 시를 즐겨 읽게

73) 안후경, 『석정시연구』, -노장사상을 중심으로-, 서울여자대학교대학원 국어국문학과 석사학위논문, 1997, 13~16쪽.

74) 이재민, 『석정시연구』, 창원대학교대학원 국어국문학과, 석사학위논문, 2010.2, 16쪽.

되었다. 여기에 만해 한용운은 일제에게 대항하는 저항시인이기에 자주 상면의 기회가 있었다. 만해는 일제식민지 통치에서 민족의식을 고수하는 시인이기에 석정은 그와 의기가 통하는 계기를 이뤘다. 더구나 그는 어려서부터 한문을 배우고 조부가 일제로부터 아전 직을 박탈당하고 연명 시를 전해 듣게 되어 일제와 야합하는 것을 금기시하여 조국 광복애 대한 시를 지었다.

① 석정과 노장의 시대상

노자(老子)와 장자(莊子)와 연명과 석정의 시대는 정상적인 궤도를 잃은 시대상이라는 데는 삼자가 공히 일치된다. 일제강점기에는 일제가 우리나라를 강압적으로 억누르는 시대인 관계로 이옥정(李玉貞)은 석정은 어려서 한문학을 수학한 관계로 젊은 시절에 노장을 섭렵하게 되었다고 『난초 잎에 이슬이 내리면』을 근거로 밝히고 있다.[75] 노자(老子, B.C.570~B.C.479)는 성(姓)은 이(李), 이름은 이(耳), 자는 백양(伯陽), 또는 담(聃), 노군(老君) 또는 태상노군(太上老君)으로 신성화되었다. 도가경전인 『도덕경』(道德經)의 저자로 알려져 있다. 노자는 유가에서는 철학자로, 일부 평민들 사이에서는 성인 또는 신으로, 당(唐, 618~907)에서는 황실의 조상으로 숭배되었다. 노장의 시대적 배경은 춘추전국시대(춘추전국시대: B.C.770~B.C.221) (㉠춘추시대: B.C.770~B.C.403 ㉡전국시대: B.C.403~B.C.221)는 열강국간에 약육강식으로 강강(剛强)만을 주장하여 노자와 장자(莊子, B.C.369~B.C.289)는 이를 치유하기 위해 무위자연의 대도인 유약(柔弱)을 주장하기에 이른다. 앞에서 보아온 바와 같이 연명의 시대적 배경은 위정자들의 부패가 난무하였던 관계로 전원생활에서 노장의 무위자연의 도를 주장한

75) 이옥정, 『석정시연구』, 한양대학교 국어국문학과 석사학위논문, 1972.7, 7쪽.

것이다. 석정의 처했던 시대는 일제강점기이다. 일제는 우리에게 강압저인 식민지 정책을 수행했던 관계로 자연의 대도와는 너무나 어긋나므로 연명을 사숙하게 되었으며 노장사상에도 심취된 것이다. 연명의 시에서는 노장사상이 깊게 깔려 있다. 석정은 전원시인 연명의 시를 조부 때 익혀왔던 관계로 강압적인 일제의 정책을 노장사상으로 조명하게 되었다. 석정은 시대적으로 일제 암흑기였기에 현실을 초극하는 일환으로 새로운 이상향의 시를 쓰기 위해 전원생활에서 연명과 노장사상에 심취된 것이다. 석정은 싱싱한 자연의 움직임으로 인해 활력을 더해주었던 까닭에 일찍 익힌 연명시와 노장사상을 형상화하여 시를 쓴 것으로 본다.[76)]

석정은 연명의 심취된 나머지 그의 시를 더욱 깊이 알기 위해 낙향하여 목가시인으로서 노장에 매력을 느끼고 있었던 탓이다.[77)] 연명의 시는 노장사상이 내제되어 있는 관계로 석정에도 자연발생적으로 영향을 미친 바가 되었다. 어느 면에서는 시에 따라 주제를 이뤘다고 할 수 있다. 호운익(胡雲翼)은 『중국문학사』(中國文學史)에서 연명의 시에 대해서 다음과 같이 거론했다.

> 도연명의 사상은 비록 유교적인 충의정신에 있으나, 다만 그는 노장일파의 철학의 깊은 영향을 받아 가지고 일개의 자연주의적 인생관을 갖고 일개의 낙천주의 문학사가 되었다.
>
> 陶潛的思想, 雖說很有點儒教的忠義氣分, 但他受老莊一派哲學的陶冶很深, 成爲一個, 自然主義的人生觀者,是一個, 樂天派的 文學家.[78)]

---

76) 국효민, 『신석정연구』, 성신여자대학교 박사학위논문, 1994.3. 80쪽.

77) 손미영, 『석정시연구』, 성신여자대학교 석사학위노문, 1988, 13쪽.

78) 胡雲翼, 「第三編 魏晉南北文學, 第八章 魏晉南北朝的詩歌」, 『中國文學史』, 臺北市, 三民書局有限公司, 中華民國 五十七年 五月, 1968, 81쪽.

이와 같이 그는 연명을 노장의 영향으로 시가 이뤄졌다고 했다. 당시 연명이 생존했던 진나라는 유가적 의식으로 위정자와 관리들에 의해 부패한 시대를 조성시킨 데서 유학자들이 그들을 믿지 않는 경향이었고 연명 또한 그 실상을 시로 읊었던 것이다.

한(漢)나라의 많은 치밀한 노하자 들이,	區區諸老翁
정성 기울여 유학을 되찾는 일 기울였네.	爲事誠殷勤
어찌할까 순박이 멀어진 세상에서,	如何絕世下
한 사람도 육경을 대하지 않도다.	六籍無一親[79]

이와 같이 유가가 다스리는 천하는 신용이 타락되었다. 연명은 그런 상황에 처했기에 「어려서 배운 육경」[80]을 멀리하고 『귀거래사』를 읊으며 전원으로 돌아온 것이다. 『귀거래사』에 '애호라지, 자연 현상의 변화에 따르다가 한 세상 마음껏 되는 것이다. 대저 천명을 즐기면 그만이지'[81]라고 함은 도가사상의 영향임을 증명하게 된다. 『문선』(文選)에도 학자들은 모두 노장을 높이고 육경을 배척했다.[82]라고 했음은 그 시대상황을 잘 반영해 준 바라고 믿는다. 연명도 시대상황이 정상적인 궤도를 잃었기에 노장으로 물들었던 바가 된다. 석정도 일제식민지 지배를 받는

---

79) 『陶淵明詩集』 卷三, 飮酒二十首 其二十・陶潛撰 『箋註陶淵明集』 卷三, 135쪽.

80) 汪榕培 外 譯, 『陶淵明集』, 湖南人民出版社, 大中華文庫, The Complete work of Tao YUANMING, 2003, 120쪽.
少年罕人事,(年經時不喜交往應酬) I as I made few friend e' en in my youth
游好在六經.(所愛好的有儒家之經) In ancient classics did find the truth.
『陶淵明詩集』 飮酒十六 張十一・陶潛撰 『箋註陶淵明集』 卷三, 131쪽.

81) 聊乘化以歸盡, 樂夫天命復奚疑. 上仝 第五賦辭張八・陶潛撰, 『箋註陶淵明集』 卷五, 217쪽.

82) 學者以老莊爲師而黜六經(『文選』(昭明太子撰 甲寅字本)干寶・晉紀總論)

[그림 35] 노자의 초상화

[그림 36] 당의 오도자(吳道子)가 그린 초상

통치하에서 살게 되니, 그 피압박의 설움으로 노장에 경도된 것이다. 노장사상은 자연의 질서에 의해 살아가는 것이다. 자연의 질서는 노자의 명언인 '극즉필반'(極則必反)을 되새겨 볼 필요가 있다. 노자는 춘추시대 약육강식의 세태 하에서 당시 사람들에게 무위자연의 진리인 도를 주장하여 순리를 따르며 살아가게 하는데 도움을 주었다고 할 수 있다. 노자의 인물됨을 소개하면 그림 35, 36과 같다.

노자의 인물됨을 당시 춘추시대 강자만이 살아남는 세태를 치유하기 위한 한 방편으로 유약(柔弱)으로 주장하여 당시 모순된 제도를 개선시키려 했다. 그 유약의 자연 진리를 다음에서 설명하여 보기로 한다.

② 노자의 유약과 석정의 자연

노자(老子, B.C.570~B.C.479)는 자연의 도로써 살아갈 것을 주장하여 노자 44장에서 자연의 질서에 따라 살라고 족한 것을 알면 욕되지 않고 머물 줄을 알면 위태하지 아니하여 장구할 수 없다.(知足不辱 知足不殆, 可以長久)라고 주장하였고, 노자 78장에 유한 것이 군센 것을 이긴다고(弱者

勝强, 柔者勝剛)라든지 노자8장의 상선약수(上善若水)이므로 만물을 이롭게 하면서도 다투지 아니한다(水善利萬物而不爭)는 점을 들어 노자사상에서 물은 세상에서 으뜸가는 선(善)의 표본이라 하였다.

노자 61장에 강대국은 약소국에 겸손하라(大者宜爲下)고 하여 이를 실천하기 위해선 큰 강이나 대양을 이루는 것은 물이 아래에 처하기 때문이고 암컷이 수컷을 이기는 이치도 이와 같다고 했다. 따지고 보면 세상을 지배하는 것은 결국 수컷이 아니라 암컷이라고 하여 우리 인간도 이 이치와 같은 것이니 노자의 유약의 진리를 깨닫고 살아가야 하는 것이다.

석정이 노장의 심취된 경위는 워낙 이들이 춘추전국시대에서 난세를 살아가는 지혜를 자연의 진리로써 살았기 때문이다, 노자의 진리는 우주

상좌 [그림 37] 물이 아래로 흐르는 냇가
상우 [그림 38] 맑은 물의 흐름
하좌 [그림 39] 대순진리회 회보
–인문고전 산책

자연의 이치이기 때문에 무위자연에 대해 이해하기 어려운 것이다. 그만큼 노자의 도는 우주자연의 진리가 함유되어 쉽게 이해할 수 없게 되어 있기 때문에 공자가 노자를 찾아가 인간이 살아가는 예를 묻게 된 것이다.

③ 노자에게 문례(問禮)한 공자

공자가 노자를 찾아가 문례(問禮)한 사실이 역사적 사실로 드러나 있다. 천하의 성인공자라고 하는 공자도 노자를 찾아가 천하인 들이 사람이 사람답게 살아가는 예의에 대해 노자를 찾아가 물었다. 그 경위를 소개하기로 한다.

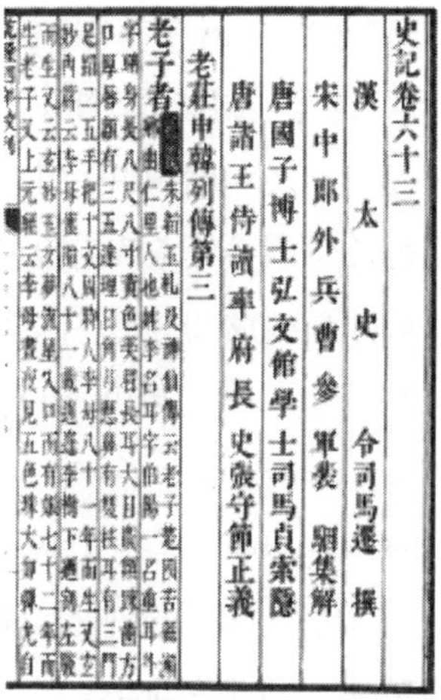
史記卷六十三
漢 太史 令司馬遷 撰
宋 中郎外兵曹參軍裴駰集解
唐 國子博士弘文館學士司馬貞索隱
唐 諸王侍讀率府長史張守節正義
老莊申韓列傳第三
老子者

[그림 40]

노자는 명경지수와 같은 마음가짐으로 무위자연의 도를 연마하여 낙양의 주(周)나라 왕실(王室) 도서관을 관리하는 사관이었기에 학덕이 뛰어난 성인으로 널리 알려져 공자가 노자에게 예(禮)를 물었던 기록이 사마천(司馬遷) 『사기』(史記) 노자열전(老子列傳)에 전하고 있다.

공자(孔子, 551~479)는 『사기』(史記) 공자세가(卷四十七, 孔子世家)에 의하면, 노(魯)나라 창평향 추읍(昌平鄕鄒邑, 지금의 山東省曲阜의 남동)에서 BC 551년에 출생하였다. 자는 중니(仲尼), 이름은 구(丘)이다. 공자의 '자(子)'는 존칭이다. 어려서 부모를 잃고 고아로 자란 그는 관직에 투신, 50살까지 관리로 일했다. 자신의 이상을 실현하려고 13년간 각국을 돌아다니다가 돌아온 지 3년만인 기원전 479년 세상을 떠났다. '인'(仁)이란 아들의 아버지에 대한 '효', 동생의 형에 대한 '제', 이 효제를 가족, 사회, 국가로 넓혀나가면 '예'를 회복하고 질서를 바로잡을 수 있다는 것이다.

공자의 '인'은 중국사상의 지평을 이뤘다

그는 춘추말기 사람으로 주나라의 봉건질서가 쇠퇴하여지자 사회적 혼란이 가중되었을 때, 주왕조 초의 제도로 복귀해야 한다고 생각하고 꿈에도 주공(周公)이 보인다고 할 정도로 주나라를 그리워했다. 공자의 대표적인 사상은 그의 안행록인 『논어』(論語)에서 주장한 인(仁)이며, '극기복례(克己復禮爲仁: 자기 자신을 이기고 예에 따르는 삶이 곧 인(仁)이다)'(『論語』卷12 顔淵1)를 그 핵심으로 여겼다. 공자가 말한 이 인(仁)은 『논어』 20장 중에서 단연 가장 핵심이며, 이 명언으로 본격적으로 동양의 제자백가를 모두 침몰시킨 최후의 승자가 공자이다. 공자는 "몸을 죽이고라도 인(仁)을 이룩하라"(殺身成仁) 하였다. 그는 최고의 선(善)인 인(仁)을 목표를 애인(愛人)이라고 하며 고타마 싯다르타의 '자비慈悲, karuna' 그리고 예수의 '박애(philanthropy; benevolence; humanity; charity. love (man-kind); engage in philanthropy)'·'사랑love'과 비교되면서 환웅천황의 건국이념인 높고 널리 인간을 유익하게 하라는 홍익인간(弘益人間)의 이화세계(理化世界)와 상부하는 세계주의임을 알 수 있다[83] 공자의 사상이 두드러지게 나타난 사상은 인(仁)이며, 이 인(仁)은 단지 도덕규범이 아닌 사회질서회복에 결정적 역할을 할 수 있는 정치사상이라 하였다. 즉 공자의 인(仁)을 중심으로 한 정치사상의 이상적 염원은 이상향인 대동(大同)사회 건설이다.

> 큰 도[大道]가 행해지고 어진 사람과 능력 있는 자가 버려지지 않으며, 가족주의에 얽매이지 않고, 노인은 자기의 생을 편히 마치고, 젊은이는 모두 일할 수 있으며, 노약자·병자·불쌍한 자들이 부양되며, 길에 재물

83) 윤경수, 『단군예절교훈 366事와 홍익인간사상』, 민속원, 2007, 상권 총621쪽 하권 총732쪽. ; 『한국고대문학사상의 탐구』, 한국학술정보(주), 2011, 상권 총 686쪽. 중권 740쪽, 하권 690쪽.

이 떨어져도 줍지 않는 세상이 바로 대동세계이다.(『예기』(禮記) 권7 예운편(禮運篇))

이 대동유토피아란 한마디로 말해 공자님의 사상이 이루어진 세상이라 할 수 있다. 유교의 조(祖) 공자는 유가들이 받들어 왔으며 다른 학문은 이단시하고 배척하였다. 그중 유교는 조선조 500년은 유교를 신봉하여 21세기 오늘에도 거의 우리나라의 가정이 유교의식이 잠재되어 있는 실정이다. 인(仁)은 유교의 전덕(全德)과 도덕을 의미하는 것이니, 공자의 핵심사상이라 할 수 있다. 공자는 그러한 고매한 인격을 지니고 유교를 창시자가 노자를 만나 문례한 사실이 『사기』(史記)에 전하고 있으니 그 내막을 알아보기로 한다.

공자는 주(周)나라에 가서 노자를 만나 예(禮)를 묻자 공자에게 "그대의 교만과 탐욕, 허세와 지나친 욕망을 버리도록 하시오."라고 충고 하였다. 그 문답한 자세한 내용을 다음에서 보기로 한다.

"그대가 말하는 것은 그 육신과 뼈가 모두 이미 썩고 오직 그 말만 남았소이다. 다만 군자는 그때를 만나면 관직에 나아가지만, 때를 못 만나면 다북쑥처럼 떠돌아다니는 떠돌이 신세가 될 것이네. 내들으니 뛰어난 장사꾼은 물건을 깊이 숨겨두어 아무 것도 없는 것 같이 보이고, 군자는 훌륭한 덕을 간직하고 있으나 외모는 어리석게 보인다고 했소. 그대의 교만과 다욕 버리시오. 이러한 것들은 그대의 신상에 도움이 되지 않을 것이오. 내가 그대에게 충고할 바는 단지 이것뿐이오."[84]

---

84) 孔子適周, 將問禮於老子. 老子曰:「子所言者, 其人與骨皆已朽矣, 獨其言在耳. 且君子得其時則駕, 不得其時則蓬累而行. 吾聞之, 良賈深藏若虛, 君子盛德容貌若愚. 去子之驕気與多欲, 態色與淫志, 是皆無益於子之身. 吾所以告子, 若是而已.」(『史記』卷63 老子韓非列傳第3)

[그림 41] 성균관대학교박물관 소장

공자는 돌아와서 제자들에게 말하기를 "새는 날고, 물고기는 헤엄을 치며, 들짐승은 달릴 수 있다. 달리는 들짐승은 그물로 잡을 수 있고, 헤엄치는 물고기는 낚시로 낚을 수 있고, 나는 새는 화살로 잡을 수가 있다. 용은 구름과 바람을 타고 하늘로 올라가니 용에 대해서 아는 바가 없도다 오늘 내가 노자를 만나보니 용과 같았도다."85)

후세에는 공자가 노자에게 문례한 그림이 그림 41과 같이 전하고 있다. 위의 그림은 1742년 작자 미상으로 종이에 연한 색으로, 33×54cm에 크기로 그려진 것이 성균관대학교박물관에 소장되어 있디. 유가의 조 공자는 성인으로 알려져 있었지만 주나라의 성인으로 알려진 노자를 찾아가 문례하였다. 공자는 노자를 성인 중에 성인이라 예를 묻고 노자에 대해 용(龍)으로 비유하였다.

85) 孔子去, 謂弟子曰:「鳥, 吾知其能飛 ; 魚, 吾知其能遊 ; 獸, 吾知其能走. 走者可以為罔, 遊者可以為綸, 飛者可以為矰. 至於竜, 吾不能知其乘風雲而上天. 吾今日見老子, 其猶竜邪!」(上仝)

[그림 42] **대사구 벼슬 시절 공자**

[그림 43] **노자의 거우도**

주지하는 바 용(龍)은 호풍 환우(呼風喚雨)를 주재하는 것으로 농경국가에서 숭배하여 왔다. 그뿐만 아니라 용은 하늘과 왕을 상징하여 『역경』(易經)에서는 건괘(乾卦)에 등장하고 있다. 이에 대해서 자세하게 개진한 내용을 소개하기로 한다.

> 용은 천(天)으로 상징되고 왕으로 비유된다. 왕을 백성의 부(父) 민(民)의 군(君)으로서 지고지순(至高至純)한 통솔자이다. 왕은 하늘로 여기는 대상이기에 전지전능한 신으로 백성들이 받들게 되고, 도덕・정치・종교・생명상에 있어서 유일 절대적인 대상이다 그래서 용으로 상징되는 왕은 천과 합치되는 천일합일 하는데 의의가 있는 것이다.[86)]

노자는 무위자연의 순수한 마음가짐으로써 살기 때문에 다시 주나라가 약육강식과 더불어 사회가 혼탁하여 세상에 나타나지 않으려고 소를

86) 윤경수, 「용의 상징론」, 『현대문학』 100호 기념호, 1963.4, 438~439쪽.

[그림 44] 윤희(尹喜)가 노자를 만나 5000언을 전함

타고 떠나게 된다.

노자가 난세를 피해 서쪽으로 가던 중 함곡관에 이르렀을 때 그곳을 지키던 관리 윤희(尹喜)가 도를 물어오자 즉석에서 5천자를 적어준 것이 오늘에 전하는 『도덕경』(道德經)이다.

노자의 인물됨과 그가 지은 『도덕경』 오천언(五千言)이 오늘에 전하는 것은 이런 연유에서 지어진 것이다. 공자가 노자를 만나 예를 물었다는 것은 공자가 주장하는 도는 현상적인 것으로 노자와 같은 우주자연의 심오한 이치를 주장하여 한 차원 높은 경지이기에 문례한 것이다.

④ 노장의 자연과 장 자그 루소의 자연

석정이 전원에서 노자의 무위자연의 도를 실천하게 된 것도 우주자연과 연계시킨 것으로 볼 수 있고 장자(莊子)를 숭배한 것도 사람이 살아가는데 자연의 도를 숨김없이 나타낸데 있다. 그에 대해서 알아보기로 한다.

장자(莊子) 또한 전국시대 살아오면서 노자(老子)의 도와 접근하고 자연

[그림 45] 장자상(莊子像)

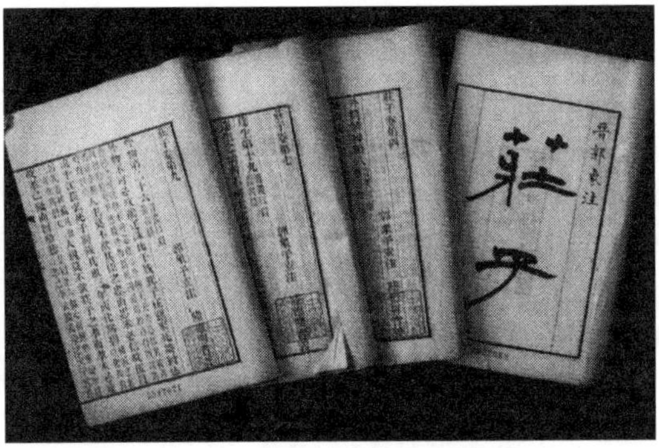

[그림 46] 『장자』(莊子) 서책(書册)

의 도인 유약으로 살아갈 것을 주장하기에 이른다. 그는 B.C.4세기에 활동한 중국 도가 초기의 가장 중요한 사상가로 알려지고 있다.

위의 도서 중 한원진(韓元震)의 『장자변해』(莊子辨解)의 제작 시기는 1716년(숙종42) 때 간행한 노자비평서이니 성격은 유학서(儒學書)라고 보면 되는데 규장각도서(奎章閣圖書)이다.

장자(莊子)는 『사기』에 의하면 전국시대 송(宋)나라의 몽(蒙, 지금의 허난성(河南省) 상구 현(商邱縣))에서 태어났고, 이름은 주(周)이며, 고향에서 칠원(漆園)의 하급 관리를 지냈다. 그가 쓴 『장자』(莊子)는 노자의 『도덕경』을 참고로 사상을 편 것으로 되어 있고 중국불교의 발전과 중국의 산수화와 시가(詩歌)에도 많은 영향을 미친 것으로 되어 있다. 서진(西晉)의 곽상(郭象, ?~312)은 『장자』를 도가의 원류라고 하였는데. 『장자』에는 총 33편 중에는 위작도 있다고 전한다.

장자는 인생의 모든 것이 도(道)로 통한다는 것을 주장하였다. 그는 도(道)를 『장자』 제六 태종사(太宗師)에서 자연・무위를 밝혔는데, 심지어

오줌이나 인분에도 깃들어 있다고 했으니, 무애자재(無碍自在)를 깨친 위대한 사상가이다. 장자는 천지자연의 진리와 같이 정(靜)의 경지로 보면 밝게 비쳐볼 수가 있다고 다음과 같이 주장하였다.

천지는 위대한 미덕을 가지고 있으나 말이 없고	天地有大美而不言
사시는 밝은 법을 지니고 있으나 논의하지 않으며	四時有明法而不議
만물은 생성의 이법을 가지고 있으나 이야기함이 없다.	萬物有成理而不說
성인은 천지의 아름다움에 근거하여,	聖人者原天地之美
만물의 이치를 통달하는 사람이다.	而達萬物之理[87]

성인은 명경지수와 같은 마음을 지녀서 천지만물의 모든 모습을 거짓없이 비추게 되므로 천지만물을 거울로 받아들이고 관조하면 본디의 실상을 관조하게 된다. 이러한 실상은 성인뿐만 아니라 일반사람들 또한 조용한 마음으로 자연의 본질을 바라보면 욕심이 없어지고 명경지수처럼 빈 마음이 되므로 세상 모든 것이 본모습으로 비추어진다.

사람들은 성인의 마음으로 조용한 마음가짐으로 만물을 거울로 받아들이면 생성의 이법을 체득할 수 있는 것이다. 따라서 시골마을에선 오늘에도 냇가 웅덩이에서 명경지수를 볼 수 있다. 어두운 밤에 달빛이 선명하게 보이는 것은 말할 것도 없고, 또 대낮에 우물에 비친 자신의 얼굴을 비쳐볼 때 수염이나 눈썹이 밝게 비치게 된다. 따라서 명경지수는 천지의 거울이니 자기 자신을 온전케 하여 자연으로 돌아가면 하늘의 마음을 볼 수 있게 된다.

서양에서도 노장의 자연과 비교되는 자연사상을 구가하여 프랑스 혁명의 도화선이 되게 한 장 자크 루소(Jean Jac ques Rousseau, 1712~1778)

87) 『莊子』 卷二十二. 知北遊 4.

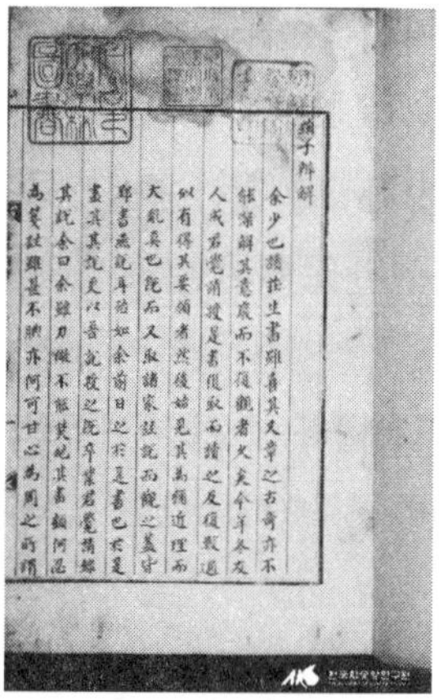

[그림 47] 韓元震, 『莊子辨解』(奎章閣所藏)

[그림 48] 에밀의 저자 장 자그 루소

에 대해서 개략적으로 언급하여 보기로 한다. 석정은 중앙불교전문 강원 시절에 노장과 함께 루소를 공부한 바도 있으니, 그에 대해서 알아보기로 한다.

60년대~70년대 우리나라에서는 루소의 자연관인 "자연으로 돌아가라!!"(Back to nature, Retour a la nature)라는 말이 유행한 적이 있었다. 루소의 자연법사상의 모태가 된 그의 주장은 『에밀』(Emile, 1762)에 집약되어 있는데, 그가 말하는 자연은 이상적인 자연인으로까지 끌어올리는 것이다. 프랑스 국적의 그는 계몽사상가로, 낭만주의를 탄생시켜 자연미 등으로 인해 '신낭만주의의 아버지'로 불리며, 프랑스 혁명의 뒷받침이 되었고, 나아가 서유럽 근대 사상의 확립을 가져왔다. 만년에 『에밀』의 일종인 성선적(性善的)인 사상이 원인이 되었다가도 전한다. 그의 자연론은 오늘에도 진행 중이다. 그런데 21세기는 20세기 자연을 정복하여 그 자체로 뉴 비전이었지만 날이 갈수록 그 혹독한 대가를 받고 있으니, 노장의 자연이나 루소의 자연은 현대인들이 자연을 이용하라는 의미여지 정복이라 데는 어울리지 않는다.

본디 석정은 전원생활을 할 때 연명과 노장사상을 심히 좋아했고 루소의 자연관으로 생활도 실천했으니, 그의 자연관을 물아일체(物我一體)의 경지로 보면 일목요연하게조명하게 볼 수 있다.석정은 장자의 경지를 본받고 루소의 자연관으로 전원생활을 하게 된 것이다. 그와 자연과의 친화된 모습은 장자(莊子)가 "천균(天鈞)의 안주(安住)"[88]하는 것으로 분석해 봐도 좋은 것이다.

⑤ 석정의 노장사상 수용

석정은 어려서부터 조부의 영향으로 연명을 알게 되어 사숙하게 된 것으로 노장사상이 요구되었다. 그가 노장을 전적으로 공부한 것은 1930년 24세 때 동국대학교 전신인 중앙불교전문강원생이 된 후부터이다. 석정은 다음과 같이 술회하여 썼다.

> 나는 매일 총독부 도서관(지금 국립도서관)에 나가서 룻와 타고르의 작품을 찾아 탐독하고, 일찍이 섬렵해오던 노장철학을 굽어보기 시작했다. 〈道德經〉은 河上公注와 王弼注를 구해놓고, 다게우찌 요시오 (武內義雄)의 〈老子硏究〉를 샅샅이 읽어 내리고, 莊子의 〈南華經〉을 굽어보면서 그 해 여름을 보냈다.[89]

이렇게 석정은 연명시의 근간이 되는 노장사상과의 인연을 석전(石顚)

88) 勞神明爲一, 而不知其同世, 謂之朝三, 何爲朝三, 日, 狙公賦芧, 日朝三而暮四, 衆狙皆怒日, 然則朝 四暮三, 衆狙皆悅. 名實未虧, 而喜怒爲用, 亦因是也. 是以聖人和之以是非, 而休乎천鈞, 是之謂兩行.(『莊子』, 卷二 齊物論)

89) 『난초잎에 어둠이 내리면』, 「못다 부른 牧歌」, 「2.신념으로 배운 信心」, 275쪽.

박한영(朴漢永) 스님의 문을 두드리게 된 뒤부터가 된다. 도가서는 이본(異本)이 많음에도 기본이 되는 본을 골라서 공부하였으니, 정당하게 이해하려는 의도가 엿보인다. 석정은 노장에 대해 주소(晝宵) 침식(寢食) 잊다시피 심혈을 기울였던 관계로 작품도 그 사상으로 관류되어 있다. 이에 그 면모를 찾아보기로 한다.

> 老莊哲學을 섭렵해 보려고 무진 애도 써보고 도연명의 시를 애독하는가 하면 … 타고르의 세계의 파묻히던 때도 바로 그 때였다.…나의 〈촛불〉이 모두 그때(1939)에 출판되었다. 빈한과 인고 속에서 겨우 결실된 〈촛불〉이었으니, 노장사상을 바닥으로 하고, 도연명과 타고르와 솔로에게서 받은 영향이 적지 않았다.[90]

이와 같이 석정이 노장철학의 심취된 경위를 스스로 토로하고 있으니, 그의 시는 도가사상을 토대로 지어져 작품 도처에서 그 사상이 나타난다. 노장사상의 본채는 도(道)이다. 도(道)는 한 말로 말할 수 없는 것이다. 노자도 '누구의 자식인지 모른다'[91]고 하여 하느님 보다 먼저 존재한다는 것이다. 노자는 또 도(道)를 이름 붙일 수 없어 무리하게 도(道) 혹은 대(大)라고 했다.[92] 장자도 도는 있지 않는 데가 없이 천한 것에서도 편재해 있다고 했고,[93] 또 형체도 없어 볼 수도 없다고 했다.[94] 때문에 도는

---

90) 『난초잎에 어둠이 내리면』, 「4. 나의 文學的 自敍傳」, 297쪽.

91) 道沖而用之, 或不盈. 淵兮, 似萬物之宗, 挫其銳, 解其粉, 和其光, 同其塵. 湛兮 似或存. 吾不知其誰之子, 象帝之先.(『道德經』 4章)

92) 吾不知其名 强字之日道, 强爲之名日大. 大日逝, 逝日遠, 遠日反, 故道大, 天大, 地大, 人亦大, 中有四大, 而人居其一大, 人法地, 地法大, 天法道 道法自然(上仝 25章)

93) 東郭子問於莊子日, 所謂道, 惡乎在. 莊子日, 無所不在. 東郭子日, 期而後可. 莊子日, 在螻蟻. 日, 下 其下邪. 日, 在稊稗. 河其愈下邪. 日. 在瓦甓. 河其愈甚邪 在屎溺.(『莊子』 第22 知北遊)

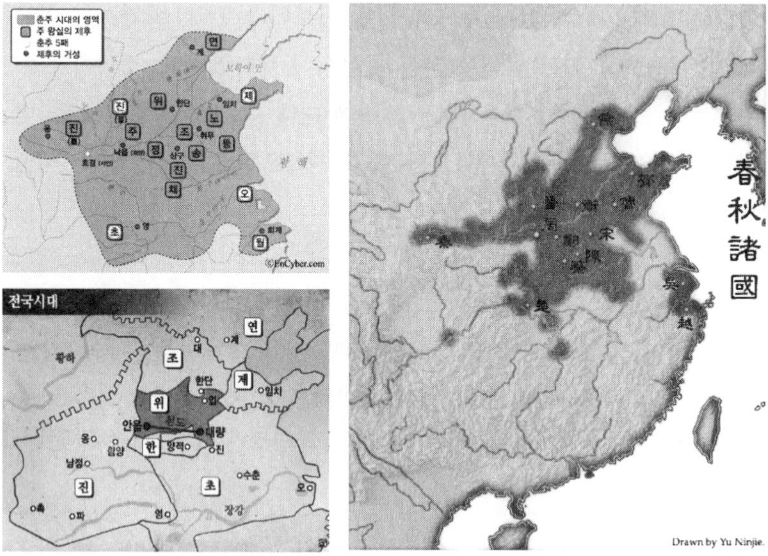

[그림 49] 춘추전국시대 지도

무엇이라 단정할 수 없는 것이 된다. 서양학자도 logos나 god로 보고 있으나 그도 아니다. 도(道)는 도(道)대로 규명해야 실감이 나는 것이다. 도(道)는 무시무종(無始無終)이므로 만물의 어머니라고 할까? 그러나 우리는 도를 인식할 수는 없지만 느낄 수 있고, 직각하거나 요해할 수도 채득할 수 있다. 도는 불가시의한 존재이므로 천도에서는 찾아볼 수 있으니 자연에서나 체득할 수 있는 것으로 보면 될 것이다. 왜냐하면 노자 25장에서와 같이 도법자연(道法自然)인 자연을 본받기 때문이다. 도(道)는 유약(柔弱)을 고수하면 강강(剛强)의 상황으로 전환할 수 있는데 노자의 생존 당시. 춘추시대에서 조명하여 볼 수 있다. 더구나 노자의 모국은 진국

94) 夫天, 有情有信, 無爲無形, 可得而不可受. 可得而不可見. 自本自根, 未有天地, 自古以古存.(『莊子』 第6 太宗師)

(陳國)이다. 강한 초나라에게 멸망당하여 예속되었으니 노자는 나라를 잃었으니 고아와 같은 신세가 되었다. 그러나 춘추시대는 강함만을 내세워 전국시대에 이르러서도 약육강식의 전쟁만을 일삼다가 한의 진시황이 통일한 것이다.

진시황은 만리장성과 그의 사후에도 진시황릉의 공사로 인해 수(隋)에게 멸망당한 것이다. 춘추시대국이 멸망은 자연의 도가 아닌 강강(剛强)만으로 치달은데 있다.

석정이 처한 배경은 일제가 우리에게 식민지 정책을 행하는 관계로 강압적으로만 통치를 행했다. 그는 진리로부터 위배되고 일탈된 식민지정책이었기 때문에 자멸하는 길이라 내다봤다. 강한 것은 꺾이기 때문에 석정은 멀지 않아 일제가 망할 것이라 믿고 1930년대부터 작품을 우회적으로 반영시켰다.

그는 모든 생성 발전의 경우 극(極)에 달하면 반드시 되돌아온다는 노자의 명언을 믿었다. 그렇기 때문에 우리나라는 반드시 밝음인 광복을 맞이할 것이라고 1939년 출간된 시집 『촛불』에서 보여주었다. 그 후에도 석정은 암흑을 물리쳐야 한다는 경황을 자연의 진리로 작품을 발표했다. 석정은 노장의 심취되었으니 유약(柔弱)의 내용을 비유적으로 형상화 했다.

노자는 유약을 설명하기 위해서 물과 암컷을 설명하고 있다.[95] 물은 단단한 돌을 뚫게 마련이고 암컷은 모든 숫 컷을 끌어들이기 때문에 이긴다는 것이다. 그 이기는 이유는 유약을 고수한 것으로 보고 있다. 특히 노자는 유약의 상징을 여성으로 비유했다. 아마 인류역사상에서 여성의 체질을 높이고 숭상해서 말한 성인은 노자밖에 없을 줄 안다. 다른 성인

---

95) 知其雄, 守其雌, 爲天下谿, 常德不離, 復歸於嬰兒.(老子二十八章) 天下莫柔弱於水, 而攻堅强者, 莫之能勝, 以其無以易之, 弱之勝强, 柔之勝剛, 天下莫不知, 莫能行.(上仝, 七十八章)

들은 모두 남성위주로 말했다. 물론 여성은 현실적으로 남성과의 대결에선 여자가 진다. 그러나 거시적으로 보면 여성이 남성을 이기는 것으로 되어 있다. 가정에서 남자가 하는 일은 모두 여성을 위하는 결과로 귀착된다. 그렇기에 일제는 자연의 진리에서와 같이 약소국으로 대하지 않는 이상[96] 우리가 반드시 이기게 된다고 석정이 믿었다.

실제로 어느 가정을 막론하고 여성은 남성을 지배하고 살아간다고 해도 지나친 말이 아닐 것이다. 일제는 우리에게 강압적으로 식민지정책을 행사하고 있다. 그러나 석정은 세상을 여자가 지배하는 노자의 학설로 일제를 바라보고 있는 것이다. 석정은 그 일환으로 『어머니』에 대해서 쓴 것은 그 의미가 내존 되어 있는 것이다.

> 나무 새이로 / 가지 새이로 / 잎 새이로 / 엽맥이 드러나게 햇볕이 흘러들고 젊은 산맥 멀리 푸른 하늘이 넘어갑니다. / 어머니 / 한 때는 하늘을 잃어버리고 / 한 때는 햇볕을 잃어버리고 / 슬픈 전설을 가슴에 지닌 채 / 죄 없는 짐승처럼 살아 왔건만 … / 하늘이 너무 푸르지 않습니까? 내 별이 너무 빛나지 않습니까? / 어머니 / 당신은 아예 슬픈 전설을 빚어내지 마시시오 / 너그러운 햇볕을 안고 / 저 푸른 하늘을 우러러 / 무성한 나무처럼 세차게 서서 / 무성한 나무처럼 세차게 서서 / 슬픈 전설은 심장에 지니고 / 정정한 나무처럼 살아가오리다.[97]

여기에서 하늘은 석정이 지향해야 할 될 이상과 희망과 포부가 된다. 그는 조국이 일제식민지 통치에서 짓밟히고 있으니 슬프지 않을 수 없는 일이다. 그러나 석정은 희망을 가지고 전원에서 살기 때문에 나무처럼

---

96) 大國者, 天下之下流, 天下之交, 天下之牝, 牝常以靜勝牡, 以其靜故爲下也.(仝上, 六十一章)

97) 『슬픈목가』, 1947, 大志社.

세차게 살아간다고 어머니에게 고백하고 있다. 살아 있는 나무는 유약한 성질을 지니고 있다. 그러나 죽으면 딱딱하여 강(强)의[98] 속성을 지니고 있다. 그렇기 때문에 석정이 어머니에 대해서 말한 것은 유약을 체득한 자연을 지칭한다.

자연의 진리를 체득하였다는 것은 장자가 이르는 만물제동설(萬物齊動說)로 귀착하는 이론이기도 한 것이다. 석정이 가끔 어머니에 대해서 읊고 있는 것은 현실에서 괴로움을 하소연하여 부르는 자연이라 보아도 된다.

석정은 자연을 사랑한 나머지 자기 자신도 자연화하려 했다. 그의 시화석이 되고 싶어 하는 것은 이를 의미한다. 그런데 석정이 찾은 자연은 불러도 대답이 없는 것이다. 그는 그런 것으로 더 자연을 더 그리워했다. 자연은 본디 노자가 불언지교(不言之敎)를 주장했으니, 그가 좋아할 일이다. 평론가 정태영(鄭泰榕, 1919~1972)은 석정시 어머니에 대해 생모(生母)·대지(大地)·자연(自然)·우주(宇宙)의 어머니라고 했다.[99] 그러나 석정이 시에서 어머니라고 한 것은 모성(母性)을 지닌 현빈(玄牝)이라 보면 된다. 이는 신비스럽고 현묘(玄妙)한 어머니이기 때문이다.[100] 석정이 시에서 어머니라고 하는 것은 식민지생활에서의 설움을 하소연하는 대상이라고 할 수 있다.

석정의 집안은 조부 때부터 일제를 유독 남다르게 싫어했음은 삼대(三代) 시에서 나타나는 바와 같다. 일제는 무단정치를 자행하여 강강(剛强)으로만 내달았다. 이러한 면모는 춘추시대 노자도 전국시대 장자도 명나라 도연명도 못마땅하게 여긴 대상이다. 석정 또한 이들을 숭배하고 사숙한 데서 중앙 진출을 하지 않고 유약의 총본산인 전원에서 지조를 지키며

98) 故柔弱者生之徒, 堅强者死之徒 是以兵强則滅, 木强則折(上上, 七十六章)
99) 『현대문학』, 147호 1967, 264쪽.
100) 谷神不死, 是謂玄牝, 玄牝之門, 是謂天地根. 綿綿若存, 用之不勤.(老子6章)

산 것이다.

석정의 시가 유약(柔弱)이나 정(靜)으로 일관된 것은 노장사상의 영향이라 할 수 있다. 더구나 석정은 도가(道家)의 한 사람인 기원전 400년경 정(鄭)나라에 태어난 열자(列子)가 주장하는 바로 '병(兵)이 강하면 멸한다.'는 명제를 믿어[101] 희망적 삶에서 살게 되었다고. 할 수 있다. 석정이 열자(列子)에 대해 거론하지 않는 것은 중국학자들도 그에 대한 생애가 분명치 않아서 거론하지 않은 것 같다. 석정의 희망적인 것은 자연의 도에서 어긋나는 것은 오래가지 못하고 멸망한다는 것을 전원에서 깨닫고 하늘의 도인 자연의 이치를 믿는 것이니 천리가 그의 희망이었다. 일제는 밝은 하늘밑에서 천리를 거역하기 때문에 일제의 식민지 정책도 머지않아 여명의 새아침이 돌아오게 되는 거와 같이 광명이 도래된다는 것을 시에서 희망의 빛을 다음과 같이 나타냈다.

> 푸른 산이 흰 구름을 지니고 살 듯 / 내 머리 위에는 항상 푸른 하늘이 있다. / 하늘을 향하고 산림처럼 두 팔을 들어낼 수 있는 것이 얼마나 숭고한 일이냐. / 두 다리는 비록 연약하지만 젊은 산맥으로 살고 / 부절이 움직인다는 둥근 지구를 잃었거니 / 푸른 난처럼 든든하게 지구를 드리고 사는 것은 얼마나 기쁜 일이랴. / 뼈에 저리도록 생활은 슬퍼도 좋다. / 저문 들길에 서서 푸른 별을 바라보자 … / 푸른 별을 바라보는 것은 하늘 아래 사는 거룩한 나의 일과이거니 … [102]

위의 시에서 석정은 푸른 하늘을 바라보자는 내용으로 쓴 것은 희망적인 삶을 나타낸 것이다. 『들길에 서서』는 우선 작자가 차분한 솜씨를 구

---

101) 老聃曰, 兵彊則滅, 木彊則折. 柔弱者生之徒, 堅彊者死之徒.(『列子』 卷二 第二 黃帝篇)

102) 「들길에 서서」, 『슬픈 목가』, 大志社, 1947, 26쪽.

사하는 인상을 느끼게 풍겨준다. 하늘은 형이상학적인 지고지순한 존재이기에 순수한 자연이다. 석정은 이를 대상으로 자신의 심상을 숨김없이 시에서 나타낸 것이다. 작자는 어둠에서 광명이 돌아오게 되는 자연의 이치를 믿기 때문에 향리에서 비록 가난하게 살면서도 희망을 가지고 살았다. 석정은 이 시를 일제 때 지었던 것으로 보는데 광복 후 3년이 지난 후 『슬픈목가』의 시집에서 발표한 것이다.

석정은 식민지시대인 어둠 속에서 사는 가운데 조국광복의 희망이 부풀어 어둠과 밤도 즐겁게 현(玄)의 세계로 받아들이고 작품을 발표했으니 노장의 영향으로 볼 수 있다. 그는 어둠인 밤을 좋아한 것은 새벽을 맞이하게 되기 때문이다. 석정은 밤과 어둠을 좋아하면서도 끝내는 새벽을 맞이하는 것으로 시에서 나타냈다. 본디 도(道)의 경지는 미추선악(美醜善惡)이 없는 것으로 되어 있다.[103] 석정은 일제도 도의 경지로 보았기 때문에 일제를 미워하지 않고 작품을 썼다. 장자의 호접몽(胡蝶夢)의 우화는 무차별의 절대적 입장으로 본 것이다.

도(道)의 경지에선 차별의식의 구별을 하지 않기 때문이다. 그렇기 때문

[그림 50] 장자몽접도(莊子夢蝶圖)

---

103) 以道觀之, 物無貴賤. 以物觀之, 自貴而相賤.(『莊子』 卷四外篇秋水十七)

에 석정은 노장의 도(道)로써 상대성을 현상계의 가상에 불과한 것으로 보지 않고 우주의 본체인 무상 무위한 것으로 일제를 대한 것이다. 그래서 석정은 일제가 가혹하게 통치하는 것도 시에서는 나무라지 않고 나타냈다.

석정은 일제가 강대국체통으로 식민지를 통치하는 관계로 자연의 이치와 어긋나게 천리를 거역하므로 머지않아 물러날 것으로 믿게 되었다. 비록 석정은 어둠과 밤 같은 암흑 속에서도 희망이 있어 도의 경지로 산 것이다. 석정을 그 과정의 이치를 반(反)의 이치로 나타냈다. 반(反)이란 근본으로 되돌아온다는 말이다. 석정은 반(反)의 원리를 노장의 문구를 쓴 것이 아니고 시상으로 형상화하여 노장의 시대적 배경을 일제통치와 부합하게 그의 시집과 수상집에서 도의 경지로 나타낸 것이다.

석정의 노장과의 관계는 조부 때부터 연명시를 익힌바 되어 일재와 야합을 단념하고 전원으로 돌아와 연명시의 영향이 크게 작용하여 그의 시를 깊이 알기 위해 노장사상에도 심취된 바가 되었다.104) 따라서 석정의 '시정신은 조국과 민족의 역사의 현실 앞에서 민감했고 점 더 시대적 사명이 불탔음을 실증하고 있다'105)는 것을 실감하게 된다. 석정은 '자연이 새롭게 움직이는 변화상에 대해 우주의 질서가 다분히 우리에게 선물하는 바로 나타냈는데'106) 다분히 자연의 도인 노장사상과도 연계로 볼 수 있다.

2. 새벽의 의미, 노장의 반(反)과 복궤(復卦)와 상관

① 새벽은 세시대의 도래 의미

석정은 시에서 암울했던 식민지 시대에서 어둠과 밤을 껴 앉고 새벽을

104) 윤경수, 「신석정의 전원생활」, 『월간문학』, 1978.1, 176~177쪽.
105) 이기반, 『한국현대시연구』, 창문각, 1981.12, 209쪽.
106) 박수경, 『신석정시연구』, 성심여자대학교대학원 국어국문학과 석사학위논문, 1994, 23쪽.

잉태하는 것이라 했으니, 필연코 조국광복을 예시해 놓은 것이다. 석정은 앞을 예시해 일제가 물러날 것이라고 당당하게 시를 발표했는데 노장사상의 영향으로 보게 된다. 왜냐하면 극에 달한 것은 자연의 이치로 원위치인 진리로 돌아오게 되어 있기 때문이다.

석정은 일제가 미국과 영국과의 대전에서 승승장구하였을 때 진리에 어긋나는 행하는 전쟁을 일삼았기에 패망할 것과 광복이 돌아올 것이라 믿어 그 모습이 시에서 반영되어 있다. 더구나 일제는 강대국 체통으로 우리를 대하지 않고 가혹한 식민지통치를 일삼았기 어둔 밤일지라도 기어코 새벽이 돌아온다고 한 것은 조국광복의 서광을 나타낸 것이다. 그는 암울한 상황에서도 자연의 도(道)인 경지로 여기고 살고 작품 활동을 한데 있다. 석정은 일제에게 변절하지 않고 조국광명을 바라고 산 것은 가정에서의 조부의 영향과 노장사상이 뒷받침이었다고 할 수 있다.

석정은 그 방법을 앞에서 소개한 바 있는 노자25장의 되돌아온다는 반(反)의 원리로 나타냈다. 그 돌아온 이치는 도(道)의 작용으로 보고 여기에 이르면 인간의 사려지식도(思慮知識)도 정(靜)하게 된다. 이 정을 돈독히 지키면 복(復)을 관찰할 수 있다고 했다.[107] 왕필주(王弼注)에도 이허정관기반복(以虛靜觀其反復, 허정으로써 그 되돌아오는 것을 본다)라고 하여 반(反)은 복(復)과 동의어가 됨을 밝혔다. 또 반(返)과 귀(歸)와 같은 뜻이다. 연명의 귀거래사(歸去來辭)에서 귀(歸)자는 반과 복과 같아 근본으로 되돌아오는 뜻이 들어 있어 무위자연(無爲自然)의 세계가 되는 말이다.

석정은 일제암흑기에도 반(反)의 이치로 광명인 광복을 맞이하게 될 것이라고 믿고 작품 활동을 했다. 이런 이치를 보인 것은 『역경』(易經)의 복괘(復卦)이다. 복(復)의 괘체(卦體)는 진하건상(震下坤上:☳ ☷)이다. 이

107) 致虛極, 守靜篤,萬物竝作, 吾以觀其復.(老子 十六章)

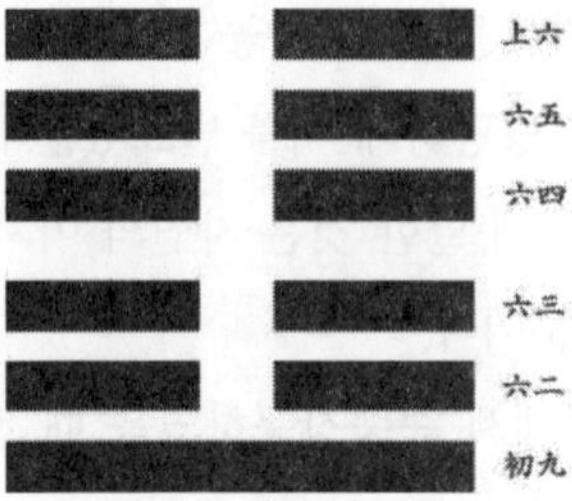

[그림 51] 地雷復卦

[그림 52] 地雷復卦의 象徵

괘는 겹쳐 싸여 음효.(陰爻--)밑에 양효(陽爻—)가 있는 것이다. 이 복괘의 괘상(卦象)은 육효(六爻)의 배열이 오음(五陰)이 위에 있고 일양(一陽)이 아래에 있다. 이는 일양이 전진하여 오음을 물리치는 것으로 보면 복괘(復卦)의 의미를 알 수 있다. 일 년 사계절 중에서 음의 한기(寒氣) 속에 양이 처음 생기는 때는 동지 날에 해당한다.

지리복괘(地雷復卦)의 그 상징은 예전에 명절로 지냈다던 양력 12월 22~23일 동지(冬至)를 기준으로 보면 된다. 동지가 지난 후는 우리가 육안으로 봐도 해가 노루꼬리만큼 해가 길어진 다는 말이 있다. 즉 남회귀선(南回歸線), 적도이남 23.5°가 °동지선(冬至線)에 이르는 때이다. 이때는 일 년 중에서 북반구에서 낮이 가장 짧고 밤이 가장 길다. 남반부는 북반구와는 상대적으로 낮이 가장 길고 밤이 가장 짧아 양기는 차츰 소생하는 계기가 이뤄진다. 옛날 관상감에서는 이날 달력을 만들어 백관(百官)에게 달력을 만들어 나누어주었다고 한다. 양력 1월은 음양학 상으로 지택임계(地澤臨卦≡≡ ≡(兌下坤上))가 되고 2월은 지천태괘(地天泰卦≡≡ ≡(乾下坤上))가 되어 양기는 장성해오는 상이 된다.

이런 이치로 3월 춘절은 화풍난양(和風暖陽)의 계절을 맞는다. 음양의 원리인 팔괘(八卦)는 세 개의 효를 겹치어 자연세계의 기본요소인 여덟 가지의 상(相)을 나타내는 것으로, ① 건(乾:≡, 하늘), ② 태(兌:≡, 못), ③ 감

(坎:☵, 물), ④ 이(離:☲, 불), ⑤ 진(震:☳, 우레), ⑥ 손(巽:☴, 바람), ⑦ 간(艮:☶, 산), ⑧ 곤(坤:☷, 땅)을 음양이치로 대하면 우주자연의 이치를 무난하게 이해할 수 있다. 석정의 시작품에서는 눈에 띌 정도로 새벽·태양·봄에 대해서 나타나는데 인용하면 다음과 같다.

> 밤과 함께 나의 침실을 지키는 / 작은 촛불이 있다. / 그러나 그 촛불은 / 밤을 멀리 보낼 수 없는 약한 자이거니 / 어찌 그를 보고 대낮에 화려하던 나의 살림을 계속할 수 있을까? / … 나는 세벽처럼 밝지 못하기 때문에 / 너의 영토의 확장을 할 수는 없다. / 그럼으로 나는 네가 추방한 / 어둠의 어린 야기들을 맞아드리니 / 내살림의 새로 비롯하는 작은 촛불이여! 이윽고 세력은 네 뒤를 이어 오셨지 …108)

위의 시는 어둠에서 광명을 맞이하는 결과로 보면 된다. 석정이 시적 화자를 통해 어둠을 껴안은 것은 새벽을 잉태하는 근원이 되는 것을 의미하기 때문이다. 그래서 그는 우리민족과 떠날 수 없는 관계로 밝음을 상징하는 새벽에 대해서 다음과 같이 짓게 되었다.

> 잔인한 촛불에서 추방을 당하면서 / 나의 성실을 잊지 않는 충실한 어둠이여! / 오늘날 나는 너를 위하여 촛불을 끄고 / 내 작은 침실에 전 면적을 제공하오니 / 어둠이여 너는 오늘밤에도 나를 안고 / 새벽이 온다는 단조한 이야기를 계속하겠지? / 그러나 나는 밤마다 네가 속삭이는 / 그 '새벽'을 한번도 맞어본 일은 없다. / (대체 네가 새벽이 온다는 이야기를 한 것도 오래되곤만…) 109)

108) 「나는 어둠을 껴 앉는다」, 『촛불』, 인문평론사, 1939, 53쪽.
109) 「새벽을 기다리는 마음」, 『촛불』, 55쪽.

이 시는 1939년 이전에 지은 것이다. 이때는 일본 제국주의가 팽창일로로 승승장구할 때다. 사람들은 이런 치하에서라 조국광복을 노래한다는 것은 꿈에도 생각하지 못할 때 석정은 그런 상황에서도 광복이 도래된다는 것을 믿어 새벽이 온다는 것을 노래하였다. 『촛불』 시집은 민족의 운명을 나타낸 관계로 깊은 감명을 받게 된다. 이는 노장의 도를 동경하고 믿었기 때문이라 할까? 석정 시에서 '어둠의 인식기능은 밝음의 세계와의 대응 구조로 순환관계로 형성되어 있다[110]고 한 것은 석정이 노래한 것과 통하는 내용이다.

노장의 도의 작용인 복(復)을 알려면 자연·무위의 그것임은 말할 것도 없다. 자연의 도는 노자26장에 나타나 있는 바와 같이 움직이는 사물가운데 고요한 것이면서도 조급한 것을 지배하고 있어 정(靜)은 동(動)을 움직이게 하는 역할을 한다. 장자(莊子)는 자연(天)이 하는 일을 알고 일을 하는 자는 자연그대로 산다는 것을 의미한다고 했다.[111] 이 도는 극에 달한 행위를 하면 어긋나게 되어 있으므로 자연의 도를 본받아 행하면 순응하는 것으로 되어 있다.

일제식민지 통치는 자연의 도를 그르친 극에 다한 행위라 근본의 진리로 돌아올 것을 석정을 믿었다고 할 수 있다. 우선 자연의 도를 알려면 하늘의 행함과 같아야 한다. 하늘은 만물을 주관하면서도 불언(不言)으로 행하고 있다, 성인은 하늘의 도를 본받아 무게 있게 기하고 또 고요한 자리에 앉아서 종일 행하고 있다. 노장의 무위자연의 도는 함이 없는 것이 아니라 하지 않음이 없는 것이다. 따라서 노장에서의 정(靜)은 고요한

110) 홍인철(洪仁喆), 『신석정시연구』, 영남대학교 대학원 국어국문학과 석사학위논문, 1987, 18쪽.

111) 知天地所以, 知人之所以者, 至矣. 知天地所爲者, 天而生也. 知人之所爲者, 以其知之所知.(『莊子』 第6 大宗師)

그 자체가 아니라 하늘의 이치인 자연으로 보면 된다.

[그림 53] 명경지수(明鏡止水)

명경지수(明鏡止水)는 글자의 풀이대로 '밝은 거울과 정지된 물이라는 뜻으로, 고요하고 깨끗한 마음을 가리키는 말'이다. 석정을 노장의 도인 복(復)의 원리를 믿어 어둠에서 새벽이 돌아온다는 것을 믿서 일제치하에서 향리에서 일제에게 조용히 새벽이 온다는 그 때를 기다리며 살겠다는 것이다.

② 새벽을 노래한 시

석정을 그 당시 불교전문을 수료하여 일제와 협력만 하면 대우를 받게 되어 있었다. 문맹이 많았던 시절 불교전문 강원의 학벌을 지닌 사람은 별로 없었기 때문이다. 그는 새벽의 도래에 대해서 지은 시는 1939년 출판한 『촛불』 시집에서 많이 보이지만 그 이후에 간행한 시집에서도 발표를 했다. 석정은 일제 치하인 어둠의 상황에서도 노장의 반(反)의 원리와 복(復)의 세계를 그리는 시를 다음과 같이 지었다.

> 새해가 흘러와도 새해가 밀려가도 / 마음은 밤이란다. / 언제나 밤이란다. / 때가 이르는 이 작은 분수령을 / 넘어도 밤이어니 / 흘러도 밤이어니 / 막막한 이 밤이 막막한 이 한 밤이 / 천년을 간다 해도 / 만년을 간다 해도 / 밤에서 살으련다. 새벽이 올 때까지 / 심장처럼 지니고 / 검은 밤을 지니고[112]

112) 「밤을 지니고」, 『슬픈목가』, 33쪽.

이 시는 1947년 출판한 『슬픈목가』에 실린 시이지만 1937년에 지은 것이다. 일제통치 밑에서 민족의 독립을 갈망하는 모습이 노장의 사상으로 읊어진 것이다. 실상 어둠에서 광명이 찾아올 때는 평탄하게 오는 것이 아니라 진통이 따르게 된다.

> 어둠이 범람하는 지역에 / 도도히 범람하는 처참한 지역에 / 자꾸만 짐승들은 울고 / 목 놓고 짐승들은 / 자꾸만 울고 / 찌눌린 가슴이라 숨결도 영영 동결되어 가는가?… / 몸서리나는 어둠 밤을 비바람 미치게 몰려오는데 / 번갯불 사이사이 천둥소리 / 몰려오고 / 머언 먼 천둥소리 산을 넘어 들려오고 / 새벽을 잉태하는 / 뼈저린 신음소리. 우리 가슴에 밀려드는 파도소리… / 그대들의 귀에 젖은 / 노랫소리 아닌가?[113]

위의 시는 1967년 『山의 序曲』에 실린 시이지만 일제가 물러날 기미를 보일 때 쓴 것이라 볼 수 있다. 천둥소리 번개소리 요란하게 들리는 것은 새벽을 잉태하는 뼈저린 신음소리가 된다. 음기가 물러가는 마지막 2월 20일쯤은 기승을 부리게 마련이다. 지뢰복괘(地雷復卦)에서 규명될 수도 있는 시이다.

석정의 예견은 적중하여 일제는 마지막 기승을 부리고 물러났다. 석정은 겨울에서 봄이 오는 자연의 이치로 보았기 때문에 필연적이고 절대적인 것이라 보았기에 앞을 예견한 것이 적중하였다. 이는 석정이 반과 복의 진리를 믿고 바라면서 산 것이다. 석정은 1945년 8월15일 광복을 맞이하였을 때 말 할 수 없이 기뻐했고 즐거웠고 행복했을 것이다. 그런데 광복 후 친일파들이 득세를 하여 부정부패가 만연되었을 때 또다시 노장의 도인 반(反)과 복(復)으로 작품을 짓게 된다. 석정이 노당의 도로 입각

---

113) 「밤의 노래」, 『山의 序曲』. 119쪽.

하여 시를 짓는 것은 치세를 잘하라는 뜻이 담겨져 있다. 그는 잔원 생활에서 할 일이 없어 해 뜨는 것을 바라보고 쓴 것은 아니라고 본다.

> 엄숙한 역사의 宣告로 동결된 地區에서 / 그렇게도 우리가 목마르게 바라는 것은 결국 / 헤아릴 수 없는 쥐구멍에 / 햇볕을 보내는 民主主義의 作業을 떠나선 의미가 없다. / 다시 그 쥐구멍에서 여윈 손이 나오고 / 노오란 얼굴들이 나온다면 / 차라리 그때엔 그 어두운 地區에 / 까마귀로 하여금 목 놓아 울게 하리.114)

마침내 바라고 바라던 조국광복이 36년 만에 돌아왔다. 이 광복은 자연의 이치로 보면 음지가 양지되는 격이다. 음지로 볼 수밖에 없는 쥐구멍에 양지가 들게 되었으니 이보다 더 즐거울 수밖에 없는 것이다. 그런데 석정은 광복 후 동포 간에는 친일파나 일제의 앞자비 들이 정권을 잡고 온갖 부정이 횡행하여 극성을 피우니 슬픈 일이다.

석정은 쥐구멍에서도 싱싱하게 자랄 싹이 돋아나야할 터인데 노란 싹이 돋아난다면 민족의 앞날이 의구(疑懼)서러울 수밖에 없는 것이라 그에 대해 시를 지은 것이다. 석정이 봄을 기리는 시를 쓰게 된 것은 이 때문이다. 즉 「봄을 기다리자」(『슬픈목가』), 「봄을 기다리며 살아가는 것이다」(『빙하』), 「미치고 싶도록 햇볕이 다정하여」(『山의 序曲』)에서 쓴 바와 같다. 석정은 "이런 嚴肅한 姿勢로 이 가난한 窓邊에서 / 새로운 봄에 對備할 禮儀를 나는 窮理해야 한다".115)

이와 같이 석정문학을 조명하면 그가 시적화자를 통해 노장의 반(反)과 자연의 이치인 『약경』(易經)의 복괘(復卦)의 원리로 볼 수 있는 것이다.

114) 「쥐구멍에 햇볕을 보내는 민주주의 노래」, 『山의 序曲』.
115) 「봄이 올 때까지」, 『山의 序曲』, 62~63쪽.

다시 말해 석정에 있어 어둠은 광명을 잉태하는 새벽이 돌아오게 하는 전주곡이라 할 수 있다. 그러한 관계로 석정은 일제가 통치하는 어둠속에서 살지라도 어둠을 지키며 전원에서 살며 작품을 쓴 것이다. 어둠은 반(反)과 복괘(復卦)의 작용으로 볼 때 광명을 맞이하는 한 과정이라 할 수 있다. 석정은 조국광복을 애타게 바라고 있었기에 새벽 봄 태양을 자품에서 나타냈다. 그런 점에서 다음에서 그의 시를 인용한다.

> 태양을 의론하는 가혹한 이야기는 / 항상 태양을 등진 곳에서 비롯되었다. / 달빛이 흡사 비오듯 쏟아지는밤에도 / 우리는 헐어진 성터를 헤대이면서 / 언제 참으로 그 언제 우리 하늘에 / 오롯한 태양을 모시겠느냐고 …116)

이 시는 1946년 1월 12일 밤에 지은 것이다. 조국이 일제로부터 광복을 맞이한 지 6개월쯤에 쓴 시라서 일본이 패망한 때이지만 그 당시 국내사정은 밝지만은 아니했다. 친일파와 그 압자비들을 그대로 관리들을 채용하여 부정부패가 횡행하여 어수선했다. 이럴 때 석정의 후기의 시 『대바람 소리』에서 자연관조의 세계로 나타내 현실을 초월하여 현실의 속세인과는 다르게 거리를 두고 있는데, 그 내용을 인용하여 보기로 한다.

> 국화향기 흔들리는 / 좁은 畵室을 / 무료히 거닐다 / 앉았다, 누웠다 / 잠들다 깨어보면 / 그저 그런 날을 / 눈에 들어오는 / 屛風의 「樂至論」을 / 읽어도 보고 / 그렇다! / 아무리 쪼들리고 / 웅숭그릴지언정 / 〈어찌 帝王의 門에 듦을 부러워하라〉 / 대 바람 타고 / 들려오는 / 머언 거문고 소리(〈대바람소리〉 전문)

---

116) 「꽃덤불」, 『빙하』, 7쪽.

석정의 시를 시대상과 관련하여 보면 '현대시 참여시로 보는데 총체적 관점에서 자연의 바탕위에 현실인식이 투영된 것으로 볼 때'[117] 그의 시작이 의도를 파악할 수 있다. 그는 『대바람소리』에서 '현실을 초월하는 도가적인 자연을 볼 수 있다.'[118] 도가적인 노장사상은 현실을 초월한다고 해서 소극적으로 보아서는 안 된다. 노자 37장에는 무위이무불위(無爲而無不爲)(하는 것이 없으면서 하지 않는 것이 없다)에서 같이 이중부정이 된다.

자연의 도는 소극적이 아닌 적극적인 것이 되어 세상만물을 낳고 키우고 하여 모든 생물들이 생육하게 한다, 그렇게 하면서도 자연은 소유로 하지 않고 행할 뿐이다. 『대바람소리』에서는 석정은 노장의 무위자연의 도덕을 깨달아 무욕함으로써 안정(安靜)한 상태에서 이치를 깨달아 궁색하게 지닐지라도 '帝王의 門에 듦을 부러워하랴'라고 한 것이다. 그러면서 그는 '현실에 머물러 대응함으로써 멀리서 들려오는 거문고소리는 가깝게 들을 수 있게 되어 현실에서 새로운 미래를 끌어 올 수 았음을 나타낸 것이다.'[119]라든지 '역사적 현실에 관여한 신석정의 정신은 『대바람소리』에서 면면이 이어져오고 있는 것을'[120] 참여시에 관련된 증거로 볼 수 있다. 석정의 역사적인 참여관계로 보는 것은 문인들과 신진학자들의 논문에서 자주 거론되곤 한다. '석정은 실존성을 억압하는 역사적 시간의 압력에 훼절되면서도 이에 굴복할 수 없다는 강인한 시 정신을 상징미학으로 승화시킨 참여적 서정 시인으로 평가받아야 마땅하다.'[121]라고 한

117) 정연석(鄭然錫), 『신석정 시에 나타난 형식의식에서 관습해진 교육해석론』, 관동대학교 교육대학원 국어교육과, 1996, 40쪽.
118) 이성교, 「신석정론」, 『한국현대시인연구』, 태학사, 1997, 228쪽.
119) 오창열, 『신성정시 연구』, 전북대학교대학원 국어국문학 전공, 1995.2, 78쪽.
120) 김진, 『신성정시 연구』, 한국외국어대학교육대학원 1999.8, 57쪽.
121) 강희안, 『신성정시 연구』, 한남대학교 대학원 국어국문학전공, 2002.2, 136쪽.

것에서 참여적 시인으로 평가할 수 있다.

석정의 자연관에서는 노장의 반(反)의 진리와 『역경』의 복괘(復卦)의 이치로 시작을 했다는 데에 의의를 현실과 관련을 맺게 된다. 하여간 그의 시상이 노장의 반(反)의 시상이 주체적으로 관류되었다는 것은 앞으로 재음미 평가해야 할 문제라고 본다. 앞서 소개한 비 있는 『대바람소리』는 중장통(仲長統)의 『악지론』(樂志論)에서 수용하였을 밝힌 바 있어 다른 지면에서 발표하기로 한다.

V. 맺음말

석정의 전원생활과 작품세계는 동양적 자연과 한국적 강호생활관의 요소로 규명하는 가운데 근본적인 도를 일 수 있게 된다. 도연명은 우리 선인들이 전원생활을 함에 있어 치사한객(致仕閑客)이나 당쟁과 사화(士禍) 그리고 벼슬자리에서 본의 아니게 물러났을 때 장신적인 지주역할을 하여 왔던 것도 사실이다.

삭정은 일제하에서 그들의 협조자가 되기를 싫어하여 향리에서 도연명을 사숙하는 가운데 노장의 무위자연 관과 친숙하게 된 것이다. 이에 따라 그의 인생관은 아마도 이런 유대관계는 크게 작용되었다고 할 수 있다. 특히 그는 전원에서 도연명의 심취되는 가운데 노장의 반(反)과 복(復)의 원리로써 자연을 즐겨 작품을 썼던 것이다. 즉 그는 노장의 '극즉필반'(極則必反)의 이치를 믿고 앞을 내다보는 작품을 남겨 오늘에 그의 자연관이 사회참여의 서정시로 각광을 받게 되었다.

광복 후 석정은 일제 앞잡이 노릇을 했던 반민족 행위자 친일파들이 자유당정권을 집권하였던 관계로 사리사욕으로 부정부패가 만연하여 그들의 부조리를 치유하기 위한 일환으로 반(反)의 치료해야 됨을 작품으로 썼다. 자유당정권 이후 장면정권 군사정권도 마찬가지로 자연의 진리와는 너무나 거리감이 상존했었다. 그렇기 때문에 그는 도연명을 사숙하고 노장의 무위자연을 그리움에 대상으로 삼은 것이다.

원칙으로 도연명의 시는 노장사상으로 관류되어 있다고 해도 지나친 말이 아닐 정도로 반영되어 있다. 석정에 있어 노장사상은 순수의식으로 일제식민지 통치나 광복 후에도 정치일선에 끼어들지 않고 문인으로서 지조를 지켰다. 그가 도연명의 전원생활과 전원적이고 목가시인으로 평을 받은 것도 그 영향의 수용이여 시집 5권과 수상집도 출간하게 당시 시대와 연계로 지었다.

석정은 도연명을 남다르게 수용하여 그의 인생관으로 살고 작품을 올바르게 형상화 시켰다. 그리고 그의 난초 벽은 우리문학사에서 어느 누구도 추종을 불허할 만큼 선호하고 작품도 남겼다. 하여튼 석정은 도연명의 심취된 경위라든가 노장의 정통적 사상으로 슬픔을 형상화 시킨 점, 그리고 난초 벽으로 쓴 작품은 우리문학사에서 기념비적인 공적에 해당한다.

이상으로 석정의 작품세계와 생활관은 도연명의 시상과 노장사상과 난초의 깨끗함과 정갈함이 삼위일체가 관류되었다. 전원생활가운데 석정에게 가장 영향을 미친 것은 자연의 소박함이지만 노장의 반(反)의 진리로 볼 수 있다. 이 반은 『역경』의 복괘(復卦)의 원리로 규명될 수 가 있는데 모든 것이 극에 달하면 근본으로 되돌아온다는 것을 석정이 철석같이 믿었다. 그는 특히 일제하에서 조국광복이 돌아올 것을 믿고 36년간 일제에게 협조하지 않고 지조를 지켜 오늘의 전원시인이자 목가시인으로 일컫게 되었다.

석정이 일제강점기에 지조를 지켰기에 석정문학관을 건립하여 많은 사람들이 그를 인간다음을 기려 찾아드는 것이다. 앞으로 서정은 한국문학사에서 역사적인 기반에서 참여적 서정 시인으로 기리 연구대상이 될 것이라 믿어 의심치 않고 이만 끝을 맺는다.

찾아보기

ㄱ

ㄴ

ㄷ

ㅇ

ㅈ

그림출처

제1부 실학파문학

18세기~19세기 민족문학의 정체성 연구

[그림 1] blog.ohmynews.com/jeongwh59
[그림 2] blog.daum.net/soohl0909/384
[그림 3] terms.naver.com
[그림 4] mpva.tistory.com/1549
[그림 5] mpva.tistory.com/1549
[그림 6] book.skku.edu
[그림 7] blog.daum.net/hs1109/8532020
[그림 8] blog.naver.com
[그림 9] terms.naver.com
[그림 10] media.daum.net
[그림 11] ungang.gbmg.go.kr
[그림 12] blog.daum.net
[그림 13] blog.naver.com

다산(茶山)의 사회시(社會詩) 연구

[그림 1] slownews.kr/24624
[그림 2] media.daum.net
[그림 3] search.daum.net
[그림 4] search.daum.net

제2부 양반층을 비웃는 풍자문학

『춘향전』 배경론과 오행사상의 관계 구조분석

[그림 1] blog.daum.net/smute/5755650
[그림 2] blog.daum.net/you590604
[그림 3] blog.daum.net/you590604
[그림 5] blog.naver.com
[그림 6] blog.daum.net/tjkwon45/151
[그림 7] jiriroad.namwon.go.kr

[그림 11] ibulgyo.com
[그림 12] maniadb.com
[그림 13] blog.daum.net/ih2oo/15706657
[그림 16] yonhapnews.co.kr
[그림 17] www.nsinews.net/
[그림 18] jiriroad.namwon.go.kr
[그림 19] blog.joins.com
[그림 20] m.grandculture.net
[그림 21] gwanghallu.or.kr
[그림 22] blog.daum.net/jang10db/369
[그림 24] cafe.daum.net
[그림 25] blog.daum.net
[그림 26] blog.daum.net
[그림 27] blog.daum.net/kombi
[그림 28] blog.daum.net/kombi
[그림 32] cafe.daum.net/2040
[그림 33] cafe.daum.net/2040
[그림 34] cafe.daum.net/2040
[그림 41] terms.naver.com
[그림 42] terms.naver.com
[그림 43] terms.naver.com
[그림 44] jsghnews.com
[그림 46] usknegi.egloos.com
[그림 52] newsis.com
[그림 53] blog.daum.net
[그림 54] blog.naver.com
[그림 55] blog.daum.net
[그림 56] blog.daum.net
[그림 58] terms.naver.com
[그림 59] terms.naver.com
[그림 60] terms.naver.com
[그림 64] terms.naver.com
[그림 65] terms.naver.com
[그림 66] terms.naver.com
[그림 68] cybermusee.com
[그림 71] blog.naver.com/jismin
[그림 72] blog.naver.com/jismin

제3부 고전문학의 현대적 분석

『서동요』의 역사적 배경과 픽션화 고찰

[그림 1] bud1080.tistory.com/301
[그림 2] namu.wiki
[그림 3] namu.wiki
[그림 4] cha.go.kr
[그림 5] yonhapnews.co.kr

『사씨남정기』의 작가의식과 주인공의 운명관

[그림 1] ko.wikipedia.org

제4부 고조선 문화와 서사문학

고인돌에서 유래된 제례문화와 문학연구

[그림 3] blog.daum.net/hanquk/6825488
[그림 4] dapsa.kr/blog
[그림 5] gnedu.net
[그림 6] yourincheon.tistory.com
[그림 7] culture.gochang.go.kr
[그림 8] bebehouse.com
[그림 9] terms.naver.com
[그림 10] newsis.com
[그림 11] recypace.wordpress.com
[그림 12] blog.daum.net/jahami/13757007
[그림 13] blog.daum.net/samjoon/4316814
[그림 14] www.idolmen.or.kr
[그림 15] hwasuntoday.com
[그림 16] cafe.daum.net/360lee/F1AG/9
[그림 22] ohmynews.com
[그림 26] jamiwon.tistory.com/111

단군신화의 '밝'의식과 백의(白衣) 전통양상

[그림 1] terms.naver.com
[그림 2] terms.naver.com
[그림 3] blog.ohmynews.com/cari/132384
[그림 4] blog.ohmynews.com/cari/132384
[그림 7] 출처:cafe.naver.com
[그림 8] 출처:blog.naver.com/kdang81
[그림 9] 출처:terms.naver.com
[그림 10] 출처:terms.naver.com
[그림 11] 출처:blog.daum.net
[그림 17] 출처:EnCyber
[그림 45] 출처:www.dress-house.net
[그림 46] 출처:http://blog.daum.net/yykim65/13720403

『정경부인해평윤씨행장』에 나타난 효의식 고찰

[그림 1] blog.naver.com
[그림 2] yoosi0211.tistory.com
[그림 3] terms.naver.com
[그림 4] blog.naver.com/lgs06161
[그림 5] cafe.naver.com/fioregarden/1253
[그림 8] yoosi0211.tistory.com
[그림 10] terms.naver.com
[그림 11] terms.naver.com
[그림 14] blog.daum.net
[그림 15] blog.daum.net
[그림 16] ko.wikipedia.org
[그림 17] cafe.daum.net
[그림 18] kto.visitkorea.or.kr

주몽(朱蒙)신화와 이규보『동명왕편』연구

[그림 2] ko.wikipedia.org
[그림 3] blog.daum.net
[그림 4] ko.wikipedia.org
[그림 5] blog.joins.com/dangye

한국전통의 신선문화와 고소설 고찰

[그림 1] terms.naver.com
[그림 3] openart.tistory.com
[그림 4] purplecat.tistory.com
[그림 5] purplecat.tistory.com

제5부 노장사상과 한국문학

노자(老子)의 자연관과 문학연구

[그림 12] movist.com
[그림 17] 인물로 보는 고구려사
[그림 18] iusm.co.kr
[그림 19] iusm.co.kr
[그림 20] blog.daum.net/hyeon-gyu/12379249
[그림 21] m.grandculture.net
[그림 23] m.grandculture.net
[그림 24] blog.daum.net/karate

신석정문학의 도연명 삶과 노장의 자연관 연구

[그림 4] cafe.daum.net/hongbae
[그림 6] blog.naver.com/brucelee55
[그림 7] blog.naver.com/brucelee55
[그림 8] blog.naver.com/brucelee55
[그림 9] blog.naver.com/brucelee55
[그림 10] 중국문화답사기 2 : 형초지역의 도원지몽을 찾아서
[그림 11] 중국문화답사기 2 : 형초지역의 도원지몽을 찾아서
[그림 12] 중국문화답사기 2 : 형초지역의 도원지몽을 찾아서
[그림 25] angelwalk.blog.me/70038968191
[그림 26] angelwalk.blog.me/70038968191
[그림 27] bookhunt.co.kr
[그림 50] terms.naver.com

윤경수(尹敬洙)

1934년 경기 화성시 출생. 문학박사 문학평론가 수필가.
성균관대학교 국어국문학과 졸업.
건국대학교 대학원 국어국문학과 석사과정수료.
성균관대학교 박사과정 수료.(문학박사학위취득)
성균관대학교, 한성대학교, 국어국문학과 강사.
부산외국어대학교 대학원 일어일문학과 강사.
성균관대학교 국어국문학과 교류교수 및 부산외국어대학교 국어국문학과 교수 역임.
고조선단군학회 고문 역임.
현: 세종대왕기념사업회 이사·中國北京自修大學校 名譽敎授 및
　우리문학연구회·동방문학 고문

저서(著書)

石北詩 硏究(正法文化社, 1984)
鄕歌·麗謠의 現代性硏究(集文堂, 1993)
韓國文學思想의 現代性硏究(太學社, 1994)
圖解·韓國神話와 古典文學의 原型象徵性(太學社, 1997)
圖解·朝鮮朝小說의 神話的 分析(太學社, 1998)
圖解·韓國古小說의 洞窟모티프 硏究(太學社, 1999)
圖解·弘益人間과 敍事文學(上·下)(한국겨레문화연구원, 2003~4)
檀君禮節敎訓 366事와 弘益人間思想(上·下)』(민속원, 2007)
關山戎馬의 美學的 考察(舒川文化院, 2007)
韓國古代文學思想의 探究(上·中·下)(한국학술정보, 2011)
韓國文學思想의 正體性 硏究(한국겨레문화연구원, 2015)

詩人大會 및 外國學術大會招請 發表

(1990.5.13.~17.)Malaysia, KualaLumpur, ASIANPOETS CONFERENCE 초청 'Korean Armistice Line' 發表
(1992.10.3.~4.)日本 天理大學 主催 學術大會 招請 '茶山詩 哀絶陽ついて' 發表
(1993.8.20.~23.)SEOUL ASIAN POTS CONFERENCE 초청 'WIND' 發表
(1994.10.1.~2.)日本 天理大學 主催 學術大會 招請(第145回朝鮮學大會) '鄕歌文學 歷史意識 包容の 宇宙科學的 考察' 發表.
(1996.7.21.~22.)中國民間文藝家協會 延邊分會 主催 韓國과 中國朝鮮族 口碑文學 比較硏究 學術大會 招請 '說話에 나타난 龍의 韓中 比較' 發表

겨레문화 27

한국 문학사상의 정체성 연구

2015년 8월 26일 초판 1쇄 펴냄

지은이 윤경수
엮은이겸 한국겨레문화연구원
판권소유 세종대왕기념사업회
펴낸이 이은경
펴낸곳 이회

책임편집 권송이
표지디자인 윤인희

등록 2001년 9월 21일 제307-2006-55호
주소 서울특별시 성북구 보문동7가 11번지 2층
전화 922-4884(편집), 922-2246(영업)
팩스 922-6990
메일 kanapub3@naver.com
http://www.bogosabooks.co.kr

ISBN 978-89-8107-557-6 93810

정가 38,000원